중국명시감상

中國名詩鑑賞

이동향 외 엮음

明文堂

▲ 두보(杜甫)

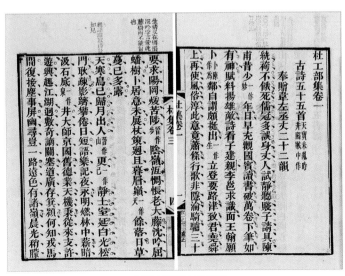

▲ 두공부집(杜工部集)

朝披夢澤雲笠釣清湘尋
絲得雙鯉魚中有三元章篆
字勢丹地逸勢如飛翔還家
問天老奧我不可量金刀割青素
靈文爛煌雌雄十三環奄見仙
人房莫跨紫鱗去海嶠侵肌
逐龍子善變化作梅花稀贈我客
我齎珠癰明月光勸我穿
絳綃整佩展間踏子履携
壬訣炎間道香

▲ 이백시(李白詩) 소식필(蘇軾筆)

▲ 이백(李白)

▲ 도연명(陶淵明)

歸去來兮辭

歸去來兮田園將蕪胡不歸旣自以心爲形役
奚惆悵而獨悲悟已往之不諫知來者之可追實
迷途其未遠覺今是而昨非舟搖搖以輕颺風飄
而吹衣問征夫以前路恨晨光之熹微乃瞻衡宇載
欣載奔僮僕歡迎稚子候門三逕就荒松菊猶存攜
幼入室有酒盈樽引壺觴以自酌眄庭柯以怡顏倚南
窗以寄傲審容膝之易安園日涉以成趣門雖設而常
關策扶老以流憩時矯首而遐觀雲無心以出岫鳥倦
飛而知還景翳翳以將入撫孤松而盤桓歸去來兮且
息交以絕遊世與我而相遺復駕言兮焉求悅親戚
之情話樂琴書以消憂農人告余以春及將有事於
西疇或命巾車或棹孤舟旣窈窕以尋壑亦崎嶇而
經丘木欣欣以向榮泉涓涓而始流善萬物之得時
感吾生之行休已矣乎寓形宇內復幾時曷不委心任去
留胡爲乎遑遑欲何之富貴非吾願帝鄉不可期懷
良辰以孤往或植杖而耘耔登東皐以舒嘯臨淸流而
賦詩聊乘化以歸盡樂夫天命復奚疑

辛亥九月十一日橫塘舟中書

徵明時年八十二

▲ 도연명(陶淵明)의 귀거래혜사(歸去來兮辭)

▲ 귀거래도(歸去來圖)

🔺 왕유(王維)

🔺 왕유(王維)의 왕마힐집(王摩詰集)

詩卷之九

小雅二

朱熹集傳

雅者正也正樂之歌也其篇本有大小之殊而先儒說又各有正變之別以今考之正小雅燕饗之樂也正大雅會朝之樂受釐陳戒之辭也故或歡欣和說以盡羣下之情或恭敬齊莊以發先王之德詞氣不同音節亦異多周公制作時所定也及其變也則事未必同而各以其聲附之其次序時世則有不可考者矣

鹿鳴之什二之一

🔺 주희(朱熹)의
『시집전』 소아(小雅)

🔺 주희(朱熹)

◀ 두목(杜牧)

◀ 이하(李賀)

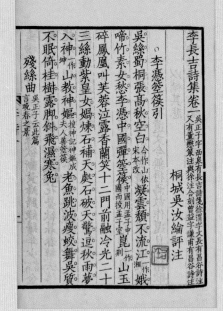

▲ 이하(李賀)의
이장길시집사권(李長吉詩集四卷)

▲ 두목(杜牧)의 번천문집(樊川文集)

▲ 주문공교창려선생집(朱文公校昌黎先生集)
　한유(韓愈)의 시문집을 주희(朱熹)가 교정한
　책이다.

▲ 황정견(黃庭堅)의 예장선생문집(豫章先生文集)

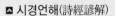

詩經諺解 卷之一 일
國風
周南

關關雎鳩ᅵ 在河之洲ᅵ로다
窈窕淑女ᅵ 君子好逑ᅵ로다
述구다로 窈窕ᄒᆞᆫ 淑女ᅵ 君子의 好혼 짝이로다

○ 參差荇菜ᄅᆞᆯ 左右로 流之로다
窈窕淑女ᄅᆞᆯ 寤寐예 求之로다
參춤差치 荇ᄒᆡᆼ菜ᄎᆡ칠 左자ᅵ며 右우로 流류ᄒᆞᆯᄌᆞ다 窈窕ᄒᆞᆫ 淑女ᄅᆞᆯ 오ᄃᆞᆯ며 자며 求구ᄒᆞ욤이니 사ᄅᆞᆷ 反복ᄎᆞᆨᄒᆞᆫ소

求之不得이라 寤寐思服ᄒᆞ야
悠哉悠哉라 輾轉反側ᄒᆞ놋다
求구ᄒᆞᆯ 不불得득디 몯ᄒᆞᆯᄌᆞ다 오ᄃᆞᆯ며 자매 思ᄉᆞ服복ᄒᆞ야 悠유ᄒᆞ며 悠유ᄒᆞᆫᄌᆞ다 輾젼轉뎐ᄒᆞ며 反반ᄒᆞ며 側측ᄒᆞ놋소라

參差荇菜ᄅᆞᆯ 左右로 采之로다
窈窕淑女ᄅᆞᆯ 琴瑟友之로다
參춤差치 荇菜ᄅᆞᆯ 左자ᅵ며 右우로 采ᄎᆡᆯᄌᆞ다 窈窕ᄒᆞᆫ 淑女ᄅᆞᆯ 琴금瑟슬로 友우ᄒᆞ놋다

參差荇菜ᄅᆞᆯ 左右로 芼之로다
窈窕淑女ᄅᆞᆯ 鐘鼓樂之로다
參춤差치 荇菜ᄅᆞᆯ 左자ᅵ며 右우로 芼모ᄒᆞᆯᄌᆞ다 窈窕ᄒᆞᆫ 淑女ᄅᆞᆯ 鐘죵鼓고로 樂락ᄒᆞ놋소라

▲ 시경언해(詩經諺解)

▲ 굴원(屈原)

▲ 전겸익(錢謙益)의 열조시집(列朝詩集)

▲ 여산(廬山)에 위치한 백거이(白居易) 초당(草堂)

서 문

반농(伴農) 이장우(李章佑) 선생님께서 영남대학교 중문과에서 근 30년 동안 후학을 지도하시고 2005년 2월로 정년을 맞으시게 되었습니다.

평생 중국시를 전공하시고 애송하신 반농 선생님의 정년을 기념하기 위하여 전국 각 대학의 중국어문학을 전공하시는 교수님들이 애송하는 시를 모아 한 권의 책으로 엮어보는 것도 의미 있는 일이라 여겨, 각 대학 교수님들께서 보내주신 옥고들을 모아 《중국명시감상(中國名詩鑑賞)》이라는 제목으로 한 권의 책을 엮었습니다.

각 대학 교수님들께서 보내주신 시들은 ≪시경(詩經)≫에서부터 고시(古詩)·근체시(近體詩)·사(詞)·곡(曲)·현대시에 이르기까지 운문으로 된 모든 체제의 작품들이 포괄되어 있고, 중국의 유명 시인들의 시들이 두루 소개되어 있어, 책 제목을 《중국명시감상》이라고 하더라도 조금도 손색이 없을 듯합니다. 특히 각 교수님들이 소개해 주신 시 가운데 〈감상부분〉에서 단순한 시의 내용만이 아닌, 교수님들의 깊은 인생 경험이 그 속에 함께 녹아 있어 시를 이해하는 데에 깊이를 더할 수 있습니다. 또 여러 교수님들께서 반농 선생님과의 인연과 평소 보고 느낀 반농 선생님의 참 모습을 진솔하면서도 소상하게 소개해 주셔서 이 글들을 통해 미처 알지 못했던 선생님의 소박한 인간미와 학문에 대한 열정을 두루 엿볼 수도 있습니다.

반농(伴農) 선생님은 일찍이 50년대에 서울대 중문과에 입학하여 학술원 회원이신 차주환(車柱環) 선생님의 가르침을 받으셨고, 대만대학에 유학하시어 왕숙민(王叔民), 굴만리(屈萬里), 대정농(臺靜農) 등의 석학들에게 사사(師事)를 받으셨다. 미국 하바드대, 스탠포드대, 프랑스 제7대학, 대만 중앙연구원, 일본 경도대학(京都大學) 등 세계 유명대학에서 연구하셨으며 단국대학, 국민대학, 영남대학 등에서 37년간 학부생과 대학원 석·박사과정 학생들에게 강의와 논문지도 등에 심혈을 기울여 오셨습니다. 1978년 3월에 영남대 중문과로 부임하시면서 27년 동안 영남대 중문과에서 후진들을 가르치는 한편, 중국어문학·한국한문학 및 한중비교문학 등 다방면에 걸쳐 저역서와 학술논문 등을 발표하시면서 왕성한 학술활동을 하셨습니다.

한편 사단법인 영남중국어문학회(嶺南中國語文學會)를 창설하시어 회장직과 법인 이사장직을 맡으시면서 여러 동료 교수님 및 후학들과 함께 뜻을 모아 학회발전에 심혈을 기울여 중국문학계의 발전에 크게 기여하였습니다.

중국문학의 발전에 크게 공헌하신 반농 선생님께서 정년하신 후에도 늘 강건하시어 그동안 진행하고 계신 여러 가지 과제들을 잘 정리하여 좋은 결실 맺으시고, 중국문학계의 발전을 위해 항상 든든한 버팀목이 되어주시기를 바라며 선생님의 앞날에 무궁한 영광과 축복이 함께 하시길 빌면서 이 책을 엮었습니다.

반농 이장우 선생님 퇴임기념 시집 발간에 옥고를 보내주신 여러 교수님들께 깊은 감사의 말씀을 드립니다. 다만 몇 번의 편집회의를 거쳐 편집체제를 통일하다 보니 원래 보내주신 원고와 차이가 다소 있어서 교수님들께서 의도하셨던 목적과 조금 어긋남이 있을지도 모르겠습니다. 혹시 미진함이 있더라도 널리 양해해 주시기 바랍니다.

끝으로 이 책의 출판을 기꺼이 허락해 주신 명문당(明文堂) 김동구(金東求) 사장님께 깊은 감사를 드리고, 아울러 편집에 참여하여 고생하신 여러 편집위원님들께도 심심한 감사를 드립니다.

2005년 2월

영남대학교 문과대학 중어중문학과 학과장 **박 운 석**

〈중국명시감상〉편집 목차

河廣 황하가 넓어서
<small>하 광</small>

≪시경 · 위풍(詩經 · 衛風)≫

誰謂河廣 <small>수 위 하 광</small>	누가 황하(黃河)를 넓다고 했던가,
一葦杭之¹⁾ <small>일 위 항 지</small>	한 줄기 갈대도 건널 수 있는데.
誰謂宋遠 <small>수 위 송 원</small>	누가 송(宋) 나라를 멀다고 했던가,
跂予望之²⁾ <small>기 여 망 지</small>	발꿈치만 들면 보이는 것을.
誰謂河廣 <small>수 위 하 광</small>	누가 황하를 넓다고 했던가,
曾不容刀³⁾ <small>증 불 용 도</small>	칼로 자를 수도 없는데.

---

1) 葦: 갈대 [毛詩正義] "一葦라는 것은 한 묶음을 말하는 것으로 물위에 띄워 건널 수
   있는 뗏목과 같은 것이므로 갈대 한 줄기가 아니다.(日言一葦者, 謂一束也. 可以浮
   之水上而渡, 若桴栰然, 非一根葦也.)" [詩集傳] "葦는 갈대의 일종이다.(葦, 蒹葭之
   屬.)" 杭: 건너다. [毛傳] "杭은 건너다는 뜻이다.(杭, 渡也.)"
2) 跂: 발돋움하다. 予: 나 [鄭箋]予, 我也.
3) 刀: 칼, 작은배[鄭箋] "작은 배를 刀라고 부른다.(小船曰刀.)" [毛詩正義]"劉熙의
   ≪釋名≫에 '二百斛 이상을 실을 수 있으면 艇이라고 하고, 三百斛 이상을 실을
   수 있으면 刀라고 한다.' 라고 되어 있다.(劉熙釋名云二百斛以上曰艇, 三百斛曰
   刀.)" [詩經全釋](屈萬里) "칼은 매우 얇아서 '칼도 들어갈 수 없다(不容刀)'는 표
   현은 황하가 좁아서 쉽게 건널 수 있음을 과장하여 말한 것이다. 옛날에는 刀를 작
   은 배라고 풀이했는데 설득력이 없다." 번역문에서 칼이 들어갈 수 없다는 말을
   '칼로 자를 수 없다' 고 번역한 것은 칼로 자를 수 없을 정도로 강폭이 좁다는 뜻을
   나타냄과 동시에 그 대상이 강물이기 때문에 자를 수 없다고 표현하는 것이 더 적
   합하다고 생각되기 때문이다.

^{수 위 송 원}
誰謂宋遠   누가 宋나라를 멀다고 했던가,

^{증 불 숭 조}
曾不崇朝[4]   반나절도 안돼 건널 수 있는 것을.

◀감상▶

〈모시서(毛詩序)〉에서 이 시는 송(宋) 양공(襄公)의 어머니가 고향인 위(衛) 나라로 쫓겨 간 뒤 자식을 그리워하며 지은 시라고 설명되어 있다.(河廣, 宋襄 公母歸于衛, 思而不止, 故作是詩也.) 그러나 이러한 배경을 염두에 두지 않는 다면 오히려 이 시의 해석 범위가 훨씬 넓어질 수 있다.

이 시는 큰 강을 사이에 두고 떨어진 님을 그리워하는 내용이다. 비록 님은 멀리 있고, 님과 나 사이에는 큰 강이 가로막혀 있지만, 갈수만 있다면 강의 폭 이나 거리쯤은 아무런 문제가 되지 않는다. 오히려 다른 이유 때문에 나는 님 에게 갈 수 없다. 그 이유가 〈모시서〉에서 밝히듯이 남편에게 쫓겨난 송 양공 의 어머니가 아들이 즉위했어도 아들 곁에 다시 돌아갈 수 없는 것이든 다른 곡절이든 간에, 이 이유는 공간적인 거리보다 훨씬 중요한 것이기 때문에 작중 (作中) 화자(話者)는 차마 님에게 갈 수 없는 것이다. 그럼에도 불구하고 만나 고 싶은 마음이 얼마나 깊은지 발꿈치만 들면 강 너머가 훤히 보일 정도로 가 깝게 여겨지고, 칼로 자를 수 없을 정도로 강폭이 좁아서 한가닥 갈대도 반나 절이면 금방 강을 건너 님 계신 곳에 닿을 것 같다. 일부 주석(註釋)에서 칼을 작은 배로 보고, 갈대를 갈대로 엮은 배로 보기도 하지만 칼이나 갈대는 화자 의 그리움의 크기를 나타내는 요소이기 때문에 상식적으로 해석하기 보다는 과장의 극대화를 꾀하는 것이 그리움의 크기를 나타내는 데에 효과적이다. 화

---

4) 鄭箋: "崇은 끝남이다. 출발하여 아침이 끝나기 전에 도착한다는 것이므로 거리가 매우 가까움을 비유한 말이다.(崇, 終也. 行不終朝, 亦喻近.)"

자의 그리움의 크기에 가려 물리적 거리가 문제시 되지 않고, 그리움 때문에 현실적인 거리감을 상실하게 되는 것, 이것이 이 시의 첫 번째 역설이다.

강물은 님과 나를 가로막는 공간적인 장애물이다. 그러나 다른 한편으로 쉼 없이 흘러가는 강물은 님을 향한 나의 마음을 전해줄 수 있는 매개체이자 동시에 나의 마음을 대변하는 상징체이다. 나의 마음은 님을 향하여 쉼 없이 흘러가지만 다른 사람들에게는 그 마음의 물결이 보이지 않고 그저 님과 나 사이에 버티고 있는 너른 강폭만이 문제될 뿐이다. 그래서 사람들은 강이 넓어서 건널 수 없고 님 계신 곳이 멀어서 갈 수 없다고 화자에게 말해주었다. 화자의 입장에서는 강이 넓고 송(宋)이 먼 것은 충분히 극복할 수 있는 문제이지만 다른 사람들한테는 불가능한 요소이다. 이러한 관점의 차이가 바로 화자가 님한테 갈 수 없는 원인이 되는 것이다. 갈대도 건널 수 있고 아침이 다 가기 전에 도착할 수 있다는 화자의 발언이 오히려 일상의 법칙을 준수하는 다른 사람들한테는 허황된 얘기로 들리기 때문에 다른 사람들은 화자에게 강을 건너지 못하게 말리는 것이다. 명분이란 사회 구성원들이 암묵적으로 정한 일상적이고 상식적인 규칙이다. 화자에게는 이러한 명분이 전혀 문제시되지 않지만 다른 사람들은 이 명분이야말로 반드시 지켜야 할 대상인 것이다. 그러므로 황하(黃河)는 님과 나를 만나지 못하게 하는 자연적인 장애물이자 나와 님의 만남을 허락하지 않는 명분의 크기를 비유한다. 이 시에서는 결코 이러한 명분 때문에 만나지 못한다는 이야기는 없지만 "누가 말했던가(何謂)"라는 반어문을 통하여 화자가 명분 때문에 님에게 가는 길이 막혀 있음을 암시하고 있다. 이것이 이 시의 두 번째 역설이다.

일반적으로 그리움이나 애정을 나타내는 시는 슬픈 정조(情調)를 띠게 된다. 그리고 이러한 슬픈 정조는 아름다우면서도 섬세한 소재를 통하여 표현하게 된다. 그런데 이 시는 님에 대한 그리움과 애정을 노래하고 있으면서도 시에 나타난 중심소재인 황하는 섬세하거나 아름답지 않다. 오히려 황하를 소재로 삼음으로써 이 시는 대범하고 호쾌하다. 황하의 넓이나 흐름을 갈대나 칼과 같은 정도로 간단히 무시하는 남성적 호흡으로 그리움과 애정을 노래하고 있는 것이다. 남성적 정조(情調)로 여성적 주제를 다루는 이와 같은 형식이 이 시의 세 번째 역설이다.

이 세 가지 역설적 장치로 인하여 이 시는 짧고 간단하지만 커다란 감동을 안겨줄 수 있는 것이다.

손민정(서울대)

螽斯^{종 사}[1] 베짱이

≪시경 · 주남(詩經 · 周南)≫

螽斯羽^{종 사 우}, 詵詵兮^{선 선 혜}[2]　　베짱이는 씨인씨인,

宜爾子孫^{의 이 자 손}, 振振兮^{진 진 혜}[3]　　자손들은 튼실튼실.

螽斯羽^{종 사 우}, 薨薨兮^{훙 훙 혜}　　베짱이는 우왕우왕,

宜爾子孫^{의 이 자 손}, 繩繩兮^{승 승 혜}[4]　　자손들은 굼실굼실.

螽斯羽^{종 사 우}, 揖揖兮^{읍 읍 혜}　　베짱이는 찌입찌입,

宜爾子孫^{의 이 자 손}, 蟄蟄兮^{칩 칩 혜}[5]　　자손들은 옹기종기.

◀감상▶

　　대개는 실사(實詞)로 처리하는 깃(羽)과 마땅하다(宜)도 과감하게 허사로 처리해 보았다. 이렇게 하고 보면 시가 훨씬 간결해진다. 모두 실사로 처리한다고 해도 의미상의 변화는 크지 않으며 작품의 주제는 그대로이다. 이 글자들이 실사인지 허사인지는 분명치 않다. 또 실사라는 증명이나 허사라는 증명 역시

---

1) 螽斯: 베짱이(詩經諺解) 여치라는 견해도 있다.(김학주)
2) 詵詵: 베짱이 소리(王逸, 馬瑞辰). 뒤에 나오는 揖揖도 마찬가지임.
3) 振振: 어엿하다(震, kalgren).
4) 繩繩: 줄을 잇다(承, 朱熹).
5) 蟄蟄: 모이다(集).

마찬가지로 수월하지는 않다. 실사일 수도 있고 허사일 수도 있다고 하는 것이 어쩔 수 없는 시경 해석의 너비인 측면도 있다. 물론 가장 합리적인 해석은 하나일 것이다.

황선주(서원대)

鶴鳴 두루미 울어

≪시경 · 소아(詩經 · 小雅)≫

鶴鳴于九皐[1]　　저기 먼 못 가에 두루미 우니

聲聞于野　　그 소리 들판 가득 울려 퍼지고

魚潛在淵　　연못 깊이 숨어서 사는 물고기

或在于渚　　때로는 연못가에 나와 노닐기도 하네.

樂彼之園　　즐거울사 저기 저 동산 속에는

爰有樹檀[2]　　한 그루 박달나무 솟아 있어도

其下維蘀[3]　　낙엽만 그 밑에 수북이 쌓여.

佗山之石[4]　　다른 산의 하찮은 돌멩이라도

可以爲錯[5]　　구슬 가는 숫돌은 됨직한 것을!

---

1) 九皐: 먼 늪과 못이 있는 지대(地帶). ≪모전(毛傳)≫에서 "고(皐)는 택(澤)"이라 했음. 九는 ≪정전(鄭箋)≫에 "못물이 넘쳐서 웅덩이를 이룬 곳이, 밖으로부터 헤어 아홉인 것이니, 심원(深遠)에 비유(比喩)"라 했음.

2) 爰: 발어사(發語辭). 樹檀: 단수(檀樹), 박달나무.

3) 蘀: ≪모전(毛傳)≫에서 "떨어짐"이라 했음. 낙엽.

4) 佗: 타(他).

5) 錯: 주자(朱子)는 "숫돌"이라 했음. 구슬 돌을 가는 숫돌.

鶴鳴于九皐　저기 저 못 가에 두루미 우니

聲聞于天　그 소리 하늘 높이 울려 퍼지고

魚在于渚　물가에 나와 노니는 물고기

或潛之淵　때로는 연못 깊이 숨기도 하네.

樂彼之園　즐거울사 저기 저 동산 속에는

爰有樹檀　한 그루 박달나무 솟아 있어도

其下維穀⁶⁾　닥나무만 그 밑에 자라난다고.

他山之石　다른 산의 하찮은 돌멩이라도

可以攻玉⁷⁾　숫돌 삼아 구슬은 갈만한 것을!

◀감상▶

　≪시경(詩經)≫은 중국 최고(最古)의 시편(詩篇)이다. ≪서경(書經)≫·≪역경(易經)≫·≪예기(禮記)≫·≪춘추(春秋)≫와 더불어 오경(五經)으로 일컬어지고 있다. ≪모전(毛傳)≫이래의 통설(通說)에 의하면, 그중에서 가장 오래된 것은 주(周)나라 건국 초기라고 하니, 기원전 십이 세기까지 거슬러 올라간다. 현대의 학자들의 고증에 의해 연대가 훨씬 아래로 내려온다 해도 기원전 십 세

---

6) 穀: ≪모전(毛傳)≫에서 "악목(惡木)"이라 했음. 석문(釋文)에서는 "저야(楮也)"라고 했음. 닥나무.

7) 攻: ≪모전(毛傳)≫에서 "착야(錯也)"라 했음. 구슬을 가는 것.

기 후반부터 기원전 육세기 초에 걸쳐 성립된 시편들이라 여겨지며, 가장 오랜 것은 지금으로부터 약 삼천 년, 뒤진 것도 이천육백 년 전의 작품들이다. 지금 전하는 시(詩)의 수효는 삼백오 편, 그밖에 편명(篇名)만 남은 것이 여섯이 있다.

≪시경≫의 시는 "풍(風) · 아(雅) · 송(頌)의 세 가지로 분류되었으며, 풍(風)에 대해 ≪모시(毛詩)≫에서 "위정자는 이로써 백성을 풍화(風化)하고, 백성은 이로써 위정자를 풍자"한 것이라 했다. 이것들은 분명히 황하(黃河)를 중심으로 한 각 지방의 민요들인데, 민요를 풍(風)이라는 말로 나타낸 것으로 여겨진다. 민요 속에는 민중의 사랑과 아픔과 한숨과 눈물이 반영되어 있다는 점에서 그것을 풍으로 표현했다고 본다. 이 풍은 백육십 편이나 되어 양적으로 전체의 과반수를 차지하고, 문학적 가치에 있어서도 가장 높은 평가를 받는다.

풍(風)은 민중의 노래인데 대해 아(雅)와 송(頌)은 귀족의 노래라 할 수 있다. 아(雅)는 궁중에서 연주된 것으로서 소아(小雅)와 대아(大雅)의 구별이 있다. 소아는 향연의 노래이고, 대아는 군신(群臣)과 제후(諸侯)가 천자(天子)를 뵙는 의식에 연주된 것이다. 소아는 칠십사 편(그 밖의 편명만 전하는 것 육 편), 대아 삼십일 편이 전한다. 송(頌)은 종묘(宗廟)에서 제사 때에 연주되던 노래로서 사십 편으로 되어 있다. 작자는 왕후(王侯)로부터 서민에 이르기까지 각계 각층에 걸쳐있다. 그중에는 작자가 명료하게 알려진 것도 있고 분명치 않은 것도 적지 않다.

주대(周代)에는 풍속을 살펴 시정(施政)의 참고로 하기 위하여 민간에서 부르는 시가를 수집하는 채시관(采詩官)이 있어 각 지방의 시가를 채집하여 이것을 중앙의 태사(太師)에게 주어 분류 · 정리했다. 그 시는 삼천 편에 달했으나, 공자(孔子)는 중복된 것을 삭제하고 번거롭고 긴 것을 빼버려, 지금의 편수(篇數)로 만들었다. 그것이 현존의 ≪시경≫이라는 것이 ≪사기(史記)≫이래의 통설이지만 실은 공자 이전의 시편의 수가 대략 삼백 편 전후였던 것 같다. 공자는 "詩三百一言而蔽之曰 思無邪"라고 말했으며, 후인은 "온유돈후(溫柔敦厚)는 시의(詩) 가르침"이라고 말하고 있다. 상대(上代)의 순박한 민정(民情)이 저절로 사람들을 감동시키고 교화(敎化)하는 힘을 지녔던 모양이다. ≪시경≫의 시는 또한, 교묘하게 비유를 인용하여 언외(言外)에 사람을 풍간한다.

이 작품은 현인(賢人)을 구할 것을 가르친 시이다. 이 시에서 초야에 묻혀있는 어진 사람들을 데려다가 임금의 덕을 더욱더 아름답게 만드는 재료로 삼으라는 것을 비유로 시종(始終)하고 교훈성(敎訓性)을 띠고 있다. "타산지석(他山之石)" 즉 다른 산에서 나는 돌도 아름다운 옥(玉)을 가는데 소용된다는 말은 타국의 산에서 나오는 거칠고 나쁜 돌이라도 그것을 자신의 보옥(寶玉)을 연마하는데 숫돌로 만들어 사용할 수 있다는 뜻이다. 또한 현인(賢人)을 쓰는 일은 영내(領內)의 사람에게만 국한해서는 안 된다. 타처의 사람이라도 현재(賢才)라면 그 사람을 써서 자국을 다스리는 데에 유용할 수 있다는 의미다.

여기서 돌은 소인에 비유하고 옥(玉)은 군자에 비유해서 군자도 소인을 보고 수양을 쌓고 학덕(學德)과 지덕(智德)을 쌓을 수 있다는 것을 뜻한다. 또한 타인의 불선(不善)한 언행 그 자체는 가치가 없는 것일지라도 그것을 자신의 인격도야나 반성의 자료로 삼아 덕(德)을 연마하는데 유용할 수 있다는 비유이다.

이 시에서 자기보다 못하거나 더 뛰어난 다른 사람의 말이나 행동이 자신의 학문과 덕을 닦는데 좋은 참고의 대상, 비교의 대상이 될 수 있다는 뜻으로 "타산지석(他山之石)"이란 말을 쓰게 되었다. 이 시에서 고사성어인 "타산지석"이 비롯되었다.

鄭東國(대구대)

湘君 상군

굴원(屈原)

君不行兮夷猶[1]
당신은 어찌하여 오지 않음이여,
머뭇머뭇 망설이네.

蹇誰留兮中洲[2]
아아! 도대체 누가 당신을 머물게 하는가
물가 모래톱에서?

美要眇兮宜修[3]
천생 아름다움에 다시 곱게 치장하여 꾸미고

沛吾乘兮桂舟[4]
나 계수나무 배 타고 빠르게 나아간다네.

令沅湘兮無波[5]
원수와 상수여, 파도 일으키지 마시고

使江水兮安流[6]
거대한 장강(長江)의 물이여,
잔잔하게 천천히 흐르소서.

望夫君兮未來
애타게 그대를 기다림이여,
당신 아직 오지 않으시니

---

1) 君: 湘君을 말함. 夷猶: 머뭇머뭇하며 망설이는 모습.
2) 蹇: 특별한 뜻이 없는 발어사(發語詞)이다. 中洲: 洲中의 도치로써, 강물 중간에 사람이 살 수 있는 곳이다.
3) 要眇: 용모가 아름답다. 宜修: 곱게 치장하여 꾸미다.
4) 沛: 배가 움직여 나가는 모습. 여기에서는 배가 빠르게 가는 모양. 桂舟: 계수나무로 만든 배.
5) 沅湘: 沅水와 湘水. 모두 호남성(湖南省)에 있는 강으로 북쪽으로 흘러 동정호(洞庭湖)로 들어간다. 無波: 파도가 일지 않는다.
6) 安流: 잔잔하게 천천히 흐른다.

취 참 치 혜 수 사
吹參差兮誰思[7]

피리 조용히 불어 봄이여,
누구에 대한 그리움인고?

가 비 룡 혜 북 정
駕飛龍兮北征[8]

비룡(飛龍) 배 몰아감이여,
북쪽으로 날 듯 향하여

전 오 도 혜 동 정
邅吾道兮洞庭[9]

나의 길 바꿈이여,
동정호로 곧바로 들어가노라.

벽 려 백 혜 혜 주
薜荔柏兮蕙綢[10]

벽려 붙여 장식함이여,
혜초로 배를 휘감으며

손 요 혜 난 정
蓀橈兮蘭旌[11]

창포로 장식한 노여,
난초처럼 깃발 늘어졌어라.

망 잠 양 혜 극 포
望涔陽兮極浦[12]

잠양 강안(江岸) 바라봄이여,
가물가물 아득한 저편 물가

---

7) 參差: 피리의 일종인 취주 관악기로써 배소(排簫)를 말한다.

8) 飛龍: 배의 명칭. 北征: 북쪽으로 가다.

9) 邅吾道: 나의 행로를 바꾸다. 洞庭: 동정호(洞庭湖). 양자강 상류 호북성(湖北省)
과 호남성(湖南省) 사이에 걸쳐 있는 큰 호수. 동정호 가운데 상산(湘山)이란 섬에
상비묘(湘妃墓)가 있다.

10) 薜荔: 香草의 일종. 나무에 붙어서 자란다고 함. 柏: 다른 판본에는 拍(붙이다)으
로 되어있다. 여기에서는 향초로 장식함을 가리킴. 향초인 벽려로 엮어 선창(船
艙)에 건 발(簾)로 보기도 함. 蕙: 향초인 혜초. 綢: 휘감아 다발로 묶다. 여기에서
는 혜초를 용선(龍船)에 붙여서 장식하는 것을 말함.

11) 蓀橈: 향초인 손초(창포)로 장식한 짧은 노. 蘭旌: 난초처럼 늘어지게 장식한 깃
발.

12) 涔陽: 호남(湖南) 풍현(澧縣)에 있는 강안(江岸)의 명칭. 極浦: 아득히 먼 물가.

횡 대 강 혜 양 령
橫大江兮揚靈[13]

거대한 장강 가로질러 건너감이여,
정성을 드러냈어라.

양 령 혜 미 극
揚靈兮未極[14]

정성을 드러냈음이여,
그래도 이르지 아니하니

여 선 원 혜 위 여 태 식
女嬋媛兮爲余太息[15]

시녀가 부축함이여,
나 때문에 길게 탄식하는도다.

횡 류 체 혜 잔 원
橫流涕兮潺湲[16]

앞을 가리는 눈물이여, 줄줄 흘러내리니

은 사 군 혜 비 측
隱思君兮陫側[17]

마음 속 그대의 그리움이여,
가슴만 아프도다.

계 도 혜 란 설
桂櫂兮蘭枻[18]

계수나무로 만든 긴 노여,
목란으로 만든 뱃전으로

착 빙 혜 적 설
斲冰兮積雪

얼음덩이 깨트리며 앞으로 나아감이여,
눈까지 쌓여 더욱 어렵네.

채 벽 려 혜 수 중
采薜荔兮水中

벽려를 채취함이여,
물속에서 찾는 것처럼 힘든 것이고

---

13) 揚靈: 정성을 드러내다.
14) 未極: 아직 도착하지 않다.
15) 女嬋媛: 湘君의 시녀가 부축하다의 뜻.
16) 潺湲: 물이 흐르는 모습. 여기에서는 눈물이 줄줄 흐르는 모습을 형용함.
17) 陫側: 悱惻. 마음속으로 슬퍼한다는 뜻.
18) 桂櫂: 계수나무로 만든 긴 노. 蘭枻: 목란(木蘭)으로 만든 선현(船舷), 뱃전.

_{건 부 용 혜 목 말} 搴芙蓉兮木末[19]	부용을 꺾음이여, 나무에서 따는 것처럼 어려운 것이네.
_{심 부 동 혜 매 로} 心不同兮媒勞	두 마음 같지 않음이여, 중매만 애쓰고
_{은 불 심 혜 경 절} 恩不甚兮輕絕[20]	은정이 깊지 않음이여, 매우 쉽게 끊어지네.
_{석 뢰 혜 천 천} 石瀨兮淺淺[21]	바위 사이를 흐르는 급류여, 매우 빨리 흐르고
_{비 룡 혜 편 편} 飛龍兮翩翩[22]	용선(龍船)이 빠르게 나아감이여, 경쾌히 날 듯 미끄러져 가네.
_{교 불 충 혜 원 장} 交不忠兮怨長[23]	사귐이 두텁지 못함이여, 원한만 길어지고
_{기 불 신 혜 고 여 이 불 한} 期不信兮告余以不閒[24]	약속이 지켜지지 않음이여, 만날 틈이 없다 말하네.
_{조 빙 무 혜 강 고} 鼂騁騖兮江皋[25]	이른 아침 내달음이여, 강가 언덕에서

---

19) 搴: 손으로 잡다.

20) 恩不甚: 은정(恩情)이 심후(深厚)하지 못하다.

21) 石瀨: 바위 사이를 흐르는 급류. 淺淺: 매우 빠르게 흐르는 모양.

22) 飛龍: 여기에서는 용선(龍船)이 날듯이 빠르게 나아감을 말함. 翩翩: 매우 경쾌하게 나는 모양.

23) 交不忠: 사귐이 두텁지 않다.

24) 期不信: 만나기로 한 약속이 지켜지지 않다. 不閒: 만날 틈이 없다.

25) 鼂: 朝(아침). 騁騖: 급하게 내달리다.

석 미 절 혜 북 저
夕弭節兮北渚[26]

초저녁에 채찍 내려놓음이여,
북쪽 물가에 머문다.

조 차 혜 옥 상
鳥次兮屋上[27]

새는 지붕 위에 깃들고

수 주 혜 당 하
水周兮堂下

흐르는 강물은 집 아래를 맴돈다.

연 여 결 혜 강 중
捐余玦兮江中[28]

내 옥고리 내던짐이여,
강물 속으로 사라지고

유 여 패 혜 예 포
遺余佩兮醴浦[29]

내 패옥 내버려둠이여, 예포에서 나뒹군다.

채 방 주 혜 두 약
采芳洲兮杜若[30]

방초 가득한 모래톱에서 캠이여,
향초인 두약을

장 이 유 혜 하 녀
將以遺兮下女

이것을 바치리라, 당신의 시녀에게.

시 불 가 혜 재 득
峕不可兮再得[31]

시간은 고귀하여라. 다시 얻지 못하는 것

요 소 요 혜 용 여
聊逍遙兮容與[32]

잠시 천천히 거닐리라, 마음 느긋하게!

---

26) 弭節: 멈추다. 말채찍을 내려놓아 수레를 멈추고 휴식한다는 뜻.
27) 鳥次: 새가 머물다.
28) 玦: 한쪽을 자른 반원형의 옥고리. 訣絕을 암시한다.
29) 醴浦: 澧水의 강가. 澧水는 호남성에서 동정호로 흘러드는 강.
30) 杜若: 사람으로 하여금 잊어버리지 않게 할 수 있는 향초라고 전해진다.
31) 峕: 時(시간).
32) 容與: 마음이 느긋한 모양.

◀◀감상▶▶

〈상군(湘君)〉은 굴원(屈原)이 초(楚) 지방의 무가(巫歌)에 근거하여 개작한 것이라고 전해지고 있는 《초사 · 구가(楚辭 · 九歌)》중의 한 작품이다. 〈구가(九歌)〉는 〈동황태일(東皇太一)〉 · 〈운중군(雲中君)〉 · 〈상군(湘君)〉 · 〈상부인(湘夫人)〉 · 〈대사명(大司命)〉 · 〈소사명(小司命)〉 · 〈동군(東君)〉 · 〈하백(河伯)〉 · 〈산귀(山鬼)〉 · 〈국상(國殤)〉 · 〈예혼(禮魂)〉등 11편으로 이루어져 있는데, 모두 신에게 제사를 드리는 노래들이다. 〈구가〉의 "구(九)"는 "많다"는 뜻을 나타내는 허수라는 것이 일반적인 견해이다. 그러나 첫 번째의 〈동황태일〉과 마지막의 〈예혼〉을 각각 영신(迎神)과 송신(送神)의 노래로 보고, 전편이 9신(神)에게 제사를 드리는 노래라고 여기지기도 한다.

상군(湘君)에 대한 해석이 분분하여 혹자는 산신(山神)으로 보기도 하지만, 상군을 상수(湘水)의 남신(男神), 그리고 이 작품 다음에 나오는 상부인(湘夫人)을 상수(湘水)의 여신(女神)으로 보는 것이 일반적이다. 이 남신이 바로 순(舜)임금이고, 여신은 요(堯)임금의 두 딸로서 순임금의 왕비였다가 순임금이 죽자 그 소식을 듣고 상수에 뛰어들어 죽었다는 아황(娥皇)과 여영(女英)으로 보기도 한다.

이 작품은 상군에게 제사를 드리기 위해서 상부인으로 분장한 여무(女巫)가 노래하는 형식을 취하고 있다. 즉 제목은 상군이지만, 시가(詩歌) 전편에 흐르는 서정(抒情)의 주인공은 상부인이다. 작품 전체가 상부인의 수시로 변하는 감정 기복이 하나의 줄거리로써, 상부인의 상군에 대한 사모 · 기다림 · 회의 · 추측 · 실망 · 원망 · 그리움 등 복잡한 마음 속 내면의 세계를 묘사한 것이다.

전편을 모두 4부분으로 나누어 감상해 볼 수 있다. 첫 부분은 처음부터 "취참치혜수사(吹參差兮誰思)"까지로, 상부인이 상군에 대한 정을 가슴에 품고 정성스럽게 머리 빗어 화장 한 후, 계주(桂舟)를 타고 상군을 만나러 가는 설렘을 묘사하였다. 그러나 상군이 약속장소에 나타나질 않자 상부인은 조바심에 애가 타서 그가 오지 않는 원인을 헤아려본다. 누가 그를 붙잡아서 일까? 아니면 파도에 막혀서 일까? 그녀는 상군이 약속한 장소에 오기를 간절히 기다려본다. 그러나 오랫동안의 기다림과 그리움이 수포로 돌아가는 듯하자, 상부인은 피리를 불어 애원의 정을 달래본다.

둘째 부분은 "가비룡혜북정(駕飛龍兮北征)"에서 "은사군혜비측(隱思君兮陫側)"까지로, 상부인이 비룡 배를 몰고 상군을 맞으러 북쪽으로 나아갔지만, 상군이 오질 않기 때문에 그리움과 애절함 속에서 어쩔 수 없이 뱃머리를 돌려 돌아옴을 서술하였다. 시녀도 상부인의 마음을 헤아려 탄식하고 상부인 자신도 더욱 상심하여 눈물을 흘린다. 상부인의 상군에 대한 지난날의 정분과 깊은 사랑에 대한 간절한 바람을 표현하였다.

셋째 부분은 "계도혜란설(桂櫂兮蘭枻)"에서 "기불신혜고여이불한(期不信兮告余以不閒)"까지로, 상군을 만나지 못하고 돌아오는 상부인의 비통하고 실망스런 마음을 서술하였다.

결국 그녀는 상군이 "두 마음이 같지 않고(心不同)" "은정이 깊지 않은(恩不甚)" 것은 아닌지 의심하며, 그가 "사귐이 두텁지 못하여(交不忠)" 만나자고 한 약속을 지키지 않고, 또한 "시간이 없어서"라고 기만하는 것을 원망하였다. 상군에 대한 상부인의 사랑과 원망의 깊고 절실함이 잘 드러나고 있다.

넷째 부분은 "조빙무혜강고(鼉騁騖兮江皐)"에서 마지막까지로, 상부인이 고통스런 그리움의 번뇌에서 벗어나기 위하여 정표인 옥고리와 옥패를 던져버리며 의연하게 결별의 뜻을 나타냄을 서술하였다. 그러나 이것은 단지 화가 났기 때문에 그렇게 한 것이지, 실제로는 여전히 강렬하게 상군을 그리워한다. 그리하여 마지막 두 구절 속에서 끈끈한 애정으로 상군이 언제든지 오기만을 고대하는 상부인의 마음을 표현하고 있다.

전편에 걸쳐 상수의 여신인 상부인이 강렬한 사랑의 마음으로 상군을 주동적으로 영접하려고 그리워하다가 상군이 약속을 어기게 되자 극도로 고통스런 슬픔 속에서 원망하는 복잡 미묘한 심리의 변화를 묘사하였다.

〈상군〉도 다른 《초사(楚辭)》 작품과 같이 《시경(詩經)》 4언구 위주의 전통에서 벗어나 풍부한 상상과 화려한 수식을 갖추고 있다. 특히 어조사 "혜(兮)"자를 사용하여 낭송하는 사람으로 하여금 시구의 박자감과 음악성을 더하고 있다.

백승석(경주 동국대)

^{고 시}
古詩

19수(首) 중 제 15수

^{생 년 불 만 백}
生年不滿百　　사는 해가 백을 채우지 못하는데,

^{상 회 천 년 우}
常懷千年憂　　항상 천년의 근심을 품고 있구나.

^{주 단 고 야 장}
晝短苦夜長　　낮은 짧고 고통스러운 밤은 긴데,

^{하 부 병 촉 유}
何不秉燭遊¹⁾　어찌 촛불을 잡고 놀지 않으리오.

^{위 락 당 급 시}
爲樂當及時²⁾　즐기는 데는 마땅히 때에 미쳐야 하는 것을,

^{하 능 대 래 자}
何能待來茲³⁾　어찌 능히 내년을 기다리리오.

^{우 자 애 석 비}
愚者愛惜費　　어리석은 자 쓰는 것을 애석히 여기나,

^{단 위 후 세 치}
但爲後世嗤　　그러나 단지 후세의 조롱거리나 될지니.

^{선 인 왕 자 교}
仙人王子喬⁴⁾　신선 왕자교(王子喬)를

^{난 가 여 등 기}
難可與等期　　가이 더불어 만나는 것을 기다리기가 어렵도다.

---

1) 秉: 손으로 잡는다.

2) 及時: 때를 놓치지 않고 제 때에 하다.

3) 來茲: 내년.

4) 王子喬: 주(周)나라 태자 진(晋)으로 생(笙)을 잘 불었는데, 도사 부구공(浮丘公)과 더불어 숭산(嵩山)에서 신선이 되어 하늘로 올라갔다고 한다.

◀감상▶

　기(起) 두 구 즉 "생년불만백(生年不滿百), 상회천년우(常懷千年憂)"는 천고의 명언으로 인구에 널리 회자되고 있는 명구이다. 이들 고시 19수는 대체로 후한 말쯤에 채집된 것으로 알려졌다. 이 지상에서 영생불사(永生不死) 혹은 불노장생(不老長生) 할 수 있는 신선이 가능하다는 진한시대 이후부터의 믿음이 후한 말쯤부터 완전히 깨어지는데, 이런 풍조 아래 짧은 인생 그냥 즐기며 재미있게 보내자는 식의 향락주의 풍조가 크게 일어 고시 19수 같은 이런 데카당스한 시를 짓게 만든 것으로 보인다. 인생무상과 그냥 술 마시고 즐기자는 내용으로 된 허무주의 풍조의 시는 후한 말에 본격적으로 채집되고 지어지고 있다. 악부(樂府) 〈서문행(西門行)〉은 장단구로 이루어져 있지만, 그 내용이 윗시와 대체로 일치한다. 그래서 옛부터 많은 중국학자들에 의해 이들 두 작품의 선후 관계와 그 영향에 대해 문제를 제기했었다.

김인호(동의대)

短歌行
<small>단 가 행</small>

조조(曹操)

對酒當歌
<small>대 주 당 가</small>
술을 마주하여 노래하노니

人生幾何
<small>인 생 기 하</small>
사람의 한 평생 그 얼마인가?

譬如朝露¹⁾
<small>비 여 조 로</small>
비유하면 아침이슬 같은데

去日苦多
<small>거 일 고 다</small>
지난날을 돌아보니 괴로움이 많았구나

慨當以慷
<small>개 당 이 강</small>
(술기운을 빌어) 강개한 마음에 젖어보나

憂思難忘
<small>우 사 난 망</small>
마음속의 근심을 잊기 어렵구나.

何以解憂
<small>하 이 해 우</small>
무엇으로 이 근심을 해소하리오?

唯有杜康²⁾
<small>유 유 두 강</small>
오직 두강(즉 술)이 있을 뿐이네.

青青子衿³⁾
<small>청 청 자 금</small>
푸르고 푸른 그대 옷깃이여

---

1) 譬如朝露: 아침이슬은 태양이 뜨면 증발해 버린다. 따라서 아침이슬은 인생의 덧없음을 비유한 것임.

2) 杜康: 두강은 최초로 술을 만들었다는 전설상의 인물이다. 따라서 두강이라고 하면 흔히 술을 뜻하는 대명사로 사용된다.

3) 青青子衿: 이 구절은 《시경 · 정풍 · 자금(詩經 · 鄭風 · 子衿)》에서는 연인을 그리워하는 구절로 쓰이고 있는데, 조조는 푸른 옷깃의 이미지를 몽매에도 갈구하는 현능한 인재에 대한 그리움으로 표현하고 있다.

유 유 아 심
悠悠我心   (그대를) 그리워하는 내 마음.

단 위 군 고
但爲君故   다만 그대들을 위하는 까닭에

침 음 지 금
沈吟至今   지금도 이 노래를 읊조린다네.

유 유 녹 명
呦呦鹿鳴4)   유-유 사슴무리 울음소리 내면서

식 야 지 평
食野之苹   (동료를 모아) 들판의 부평초를 먹는구나.

아 유 가 빈
我有嘉賓   내게 훌륭한 손님들 있으니

고 슬 취 생
鼓瑟吹笙   거문고와 생황 연주하여 대접하리.

명 명 여 월
明明如月   밝고 밝은 달빛 끝없이 비추니

하 시 가 철
何時可輟5)   어느 때에야 (이 근심을) 그칠 수 있으리요.

우 종 중 래
憂從中來6)   (마음속 깊은 곳에서) 근심이 나타나나니

---

4) 呦呦鹿鳴: 원래는 《시경 · 소아 · 녹명(詩經 · 小雅 · 鹿鳴)》에 나오는 구절로 사슴들
이 울음소리를 내면서 무리와 함께 들판에서 풀을 뜯는다는 뜻이다. 조조는 이 구절
을 차용하여 자신의 연회에 모인 빈객들을 사슴의 무리로 비유하고 있다.

5) 明明如月 何時可輟: 명명여월은 밝기가 달과 같다는 의미가 있으므로 뛰어난 인재
로 풀이하고, 철(輟)자를 철(掇)자로 보아서, '달처럼 밝은 인재를 어느 때나 얻을
수 있으리요' 라고 풀이한 예도 있다. 그러나 일반적으로는 명명여월을 '달빛처럼
끊임없이 나타나는 근심거리' 라고 해석하고 있으므로 역자 역시 명명여월의 구절
을 마음속의 근심과 연관된 것으로 풀이하고자 한다.

6) 憂: 근심, 또는 고민의 뜻이지만 조조가 품고 있는 고민은 천하를 다스리는 통치자
로서의 고민이며, 일상생활 속에 나타나는 보통 사람의 근심과 약간 의미가 다르
다고 하겠다.

^{불 가 단 절}
不可斷絕　　끊을 도리가 없구나.

^{월 맥 도 천}
越陌度阡　　논둑 길 넘고 밭둑 길 건너(손님들 모였으니)

^{왕 용 상 존}
枉用相存[7]　공연히 모여서 기대하게끔 하였네.

^{계 활 담 연}
契闊談讌[8]　오래 헤어졌다 다시 만난 손님들 담소하며 즐기니

^{심 념 구 은}
心念舊恩　　옛날의 교분을 마음으로 떠올리네.

^{월 명 성 희}
月明星稀[9]　달은 밝고 별은 드문데

^{오 작 남 비}
烏鵲南飛　　까마귀와 까치는 남쪽으로 날아가네.

^{요 수 삼 잡}
繞樹三匝　　(까마귀와 까치는) 나무를 세 번이나 맴돌았는데

---

7) 枉用相存: 枉用은 '쓸데없이', '공연히' 정도의 뜻, 存은 '기대하다'의 뜻으로 인
　재들이 험한 길을 넘고 모인 것은 조조의 명성을 사모하여 모인 것이다. 이 때문에
　조조는 공연히 손님들을 기대하게 하였다는 겸손한 표현을 쓴 것이다.

8) 契闊談讌: 계활은 오랫동안 헤어져 있다가 다시 만났다는 뜻. 담연은 연회에서 웃
　고 떠들며 즐기는 것.

9) 月明星稀: 달(月)은 조조 자신을, 별(星)은 뭇 영웅을 뜻하는데, 별이 드물다는 것
　은 조조 자신이 두각을 나타내면서 군웅들이 제거되고, 유비와 손권 등 몇 명의 인
　물만 남았음을 은연중 부각하고 있는 것이다.

10) 何枝可依: 《삼국지연의》를 보면, 이 구절은 무지가의(無枝可依)로 바뀌어져 있는
　데 아마도 소설가의 개작인 듯 하다. 《연의》의 작자는 아마 적벽대전에서 조조가
　패전한다는 사실을 염두에 두고 조조가 부하들 앞에서 삭(槊)을 휘두른다는 멋진
　장면을 만들기 위해 복선으로 하(何)를 무(無)로 바꾸었다. 그러나 이 작품의 정
　확한 연대는 아직 밝혀지지 않았으므로 적벽대전 직전에 이 시를 지었다는 주장
　은 아마 사실이 아닐 것이다. 다음 구절에 나오는 해불염심(海不厭深)의 구절도
　《연의》에는 수불염심(水不厭深)으로 되어 있는데 이것 역시 소설가의 개작이다.

何枝可依[10]   어떤 가지에 의지하겠는가?

山不厭高   산은 더 높아져도 싫어하는 일 없고

海不厭深   바다는 더 깊어져도 싫어하는 일 없다네.

周公吐哺[11]   주공은 인재를 영접하고자 먹던 밥도 내뱉었고

天下歸心   (이리하여) 천하가 그에게 귀순하였다네.

◀감상▶

  단가행이란 당시의 악부시 제명으로 사물의 수명이 긴 것을 노래하면서 인생에 대해 노래하는 장가행의 형식과 마찬가지로 사물의 수명이 짧은 것을 노래하면서 인생에 대한 감상을 노래한 악부시이다. 두 수의 시 중 첫째 시이다.

  조조(曹操, 155-220년)는 자가 맹덕(孟德)이며, 후한(後漢) 말기의 대정치가이다. 우리에게는 《삼국연의》의 등장인물로 잘 알려져 있으며, 중국문학사의 기록을 보면 건안문풍(建安文風)을 제창한 시인으로 유명하다. 조조는 사실상 위나라를 건국하였던 일대의 영웅이지만, 전란의 와중에서 창작한 20여 수의 악부시 또한 수준이 매우 높은 일류의 명시라 할 수 있다. 본 《단가행》시는 《삼국연의》를 보면 적벽대전의 전야, 강상에서 연회를 베푼 조조가 창[矟]을 들

---

11) 周公吐哺: 주공(周公)은 은나라를 정벌한 주문왕(周武王)의 동생으로 무왕이 사망하자, 나이 어린 주성왕(周成王)을 보좌하여 주나라를 안정시킨 대정치가이다. 공자가 이상적인 정치가로 생각했던 주공은 인재를 대우하는데 많은 관심을 기울였다고 한다. 이 때문에 식사 중에도 빈객들이 찾아오면, 먹던 밥을 내뱉고 맨발로 뛰쳐나가 빈객들을 대접했다고 한다. 곧 조조가 주공과 마찬가지로 천하의 인재들을 잘 대우하여 중국을 통일시키겠다는 포부가 엿보이는 구절이다.

고 휘두르며 읊은 노래로 서술하고 있다. 송대의 시인 소식(蘇軾)이 《전적벽부(前赤壁賦)》에서 "月明星稀, 烏鵲南飛"의 구절을 인용하면서 이 작품을 적벽대전의 전야에 지은 것처럼 말하고 있기 때문에 《삼국연의》의 작자 역시 적벽대전 직전의 작품으로 본 것이다. 물론 이것은 사실이 아니며, 이 작품의 창작연대는 현재까지도 분명히 알 수 없는 실정이다.

　시의 첫 번째 단락인 "對酒當歌 人生幾何……何以解憂 唯有杜康"의 여덟 구절은 조조가 크게 연회를 베풀고 술잔을 기울이며 지난 날을 회고하는 장면이다. 이로 보면 이 작품은 원소를 격파한 이후의 작품일 것 같다. 원소 격파 이전의 조조는 한 날 지방의 장군에 불과 했으나 원소를 격파하면서 북방의 강자로 등장했던 것이다. "지난 날을 돌아보니 괴로움이 많았구나", "마음속의 근심을 잊기 어렵구나" 등의 구절에서 천하를 경영해야 하는 영웅의 근심을 읽을 수 있다. 두 번째 단락의 "靑靑子衿 悠悠我心……我有嘉賓 鼓瑟吹笙"의 여덟 구절은 천하를 경영하기 위해 인재가 절실히 필요한 조조의 사정과 모여든 인재들을 극진히 대접하겠다는 조조의 의지(但爲君故 沈吟至今)를 엿볼 수 있다. 세 번째 단락의 "明明如月 何時可輟……契闊談讌 心念舊恩"의 여덟 구절은 천하를 경영하느라 생기는 끝없는 마음의 근심거리에 대해 토로하는 한 편, 조조를 기대하고 모여드는 인재들에 대한 고마운 감정을 표현하고 있다. 네 번째 단락의 "月明星稀 烏鵲南飛……周公吐哺 天下歸心"의 여덟 구절은 천하에는 영웅들이 많지만, 뭇 인재들이 머물만한 큰 나무는 조조 자신 밖에 없다는 것을 은근히 과시하고 있다. 한편으로 자신을 주무왕(周武王)을 보좌한 주공(周公)에 비유하면서 천하를 통치하겠다는 야심을 내비치고 있다. 이 시는 4언의 악부시 형식을 빌었으므로 감정의 표현이 상당한 제한을 받기 마련이나 조조는 적절한 전고를 능숙하게 사용하면서 자기 자신의 포부를 거침없이 서술하여 형식과 내용이 상당히 어울리는 한 편의 가작을 만들었다.

남민수(영남대)

詠懷詩 (제70번째)
영 회 시

완적(阮籍)

有悲則有情
유 비 즉 유 정

슬픔 가지면 감정 생기고,

無悲亦無思
무 비 역 무 사

슬픔 없으면 생각도 없다.

苟非嬰綱罟
구 비 영 강 고

정말 덫에 걸리지만 않는다면,

何必萬里畿
하 필 만 리 기

만리의 땅이 무엇하러 필요한가?

翔風拂重霄
상 풍 불 중 소

회오리바람 하늘 높이 치솟고,

慶雲招所晞
경 운 초 소 희

채색 구름 햇빛에 말리어 진다.

炭心寄枯宅
탄 심 기 고 택

재 같은 마음 말라 버린 집에 기탁하니,

曷顧人間姿
갈 고 인 간 자

어찌 인간의 모습 돌아보겠는가?

始得忘我難
시 득 망 아 난

비로소 망아(忘我)의 어려움 깨닫나니,

焉知默自遺
언 지 묵 자 유

스스로를 버림을 알 수 있게 되려는지!

◀ 감상 ▶

완적(阮籍, 210-263)은 천자(天子) 조차 하루아침에 쫓겨나는 무섭고 불합리한 현실을 목도하면서 자신의 존재양식에 관한 전반적인 재조정의 필요성을 느끼게 된다. 목숨조차 보전하기 어려운 타락과 불신으로 점철된 현실은 그에게 혐오와 환멸만을 가져다 줄 뿐이다. 완적은 결국 점진적으로 현실 속에서 이상('濟世志' 의 포부, '名敎' 와 '自然' 의 절충)을 실현할 가능성을 상실해 버린다. 현실과 이상의 괴리라는 비극적인 상황은, 그 선후를 따질 것 없이 자연스럽게 시인의 자아와 현실의 괴리를 초래한다. 당시의 '명교(名敎)' 는 위(魏) · 진(晋) 교체에 즈음하여 정권장악이라는 거대한 탐욕을 실현하기 위한 도구 내지는 명분으로 정치적 도그마에 불과한 것이 되어버린다. '명교' 에 대한 완적의 혐오는 '자연' 과 '명교' 의 대립 반목을 거쳐 순수한 '자연' 추구에의 욕구와 지향으로 드러나는데 이 시는 그 정신적 고민과 사상적 편력의 부산물이다.

깨달음의 경지를 주제로 한 이 시의 의미는 논자마다 다르다. 우선 황절(黃節)은 늘 그렇듯이 정치적 풍자의 잣대를 들이댄다. 그는 넷째 구인 '하필만리기(何必萬里畿)' 를 '만리 밖의 땅에 몸을 숨긴다' 고 하여 은둔의 의미로 새기고, 여섯째 구인 '경운초소희(慶雲招所晞)' 는 경운('慶雲')이 해가 오르는 곳에서 움직인다' 고 하여 '간신이 조정의 높은 자리에 오르려는 것' 을 풍자한다고 본다. 그에 의하면 다섯째 구의 '상풍(翔風)' 은 사악한 무리를 뜻한다. 또 마지막 두 구는 도치된 문장이며 '언(焉)' 은 '어시(於是)' 의 뜻이라고 보아 '이리하여 조용히 스스로를 버리는 것을 알았으니, 비로소 '내 어려운 것[我難]' 을 '잊어버리게[忘] 되었다' 라고 해석한다.[1]

넷째, 여섯째 구에서 황절(黃節)을 따른 鈴木修次는 마지막 두 구의 해석에서 그와 의견을 달리한다.[2] 그는 완적이 당대의 '지신(至愼)' 이었음을 상기시키면서 마지막 두 구를 '비로소 망아(忘我)의 어려움을 알았다. 어찌 조용히 스

---

1) 黃節曰‥ '萬里畿, 猶遠託之意.' 翔風猶飄風. 王逸「離騷注」曰‥ '飄風, 無常之風, 以興邪惡之衆也.' 又曰‥ '拂, 擊也. 蔽也. 重霄喩君也.' 「楚辭. 九懷」王逸注曰‥ '慶雲, 喩尊顯也. 以言佞曲之臣陞於顯朝也.' 招, 申動貌. '所' 如 '日月所照' 之所. 「毛詩」曰‥ '東方未晞.' 毛傳曰‥ '晞, 明之始昇.' 此言邪惡蔽君, 如雲氣招搖於日之始昇時也 '嗣宗此詩收二句乃焉, 始倒文, 言于是知嘿以自遺者, 始得忘我難也.'

2) 鈴木修次〈嵇康・阮籍から陶淵明へ---矛盾感情の文學的處理における三つの型〉「中國文學報18」(1963) p.25-50

스로를 버리는 것을 (다른 사람이) 알 수가 있겠는가?' 라고 해석한다.

D.Holzman은 이 두 사람의 의견을 검토한 뒤 전혀 다른 해석을 내세운다. 그는 넷째 구를 '만리(萬里)나 되는 땅을 가질 필요가 무엇이 있겠는가?' 라고 보아 '사회 속에서 덫에 걸리지 않는다면 큰 부(富)를 가질 필요가 없다' 라고 새긴다. 즉 '만리기(萬里畿)'를 부에 대한 풍자적 의미로 보는 것이다. 그리고 여섯째 구는 '경운(慶雲)이 마르는 바를 초래해 들인다. 아무리 좋은 정치적 '운세(慶雲)'도 경운이 말라버리듯 오래가지 못할 것이다' 라고 해석한다. 마지막 두 구는 '처음으로 나는 나의 어려움(고통, 사회에서 느끼는 불안)을 잊을 수가 있었다. 그러나 어떻게 나 자신(육체, 열망, 충성, 인간관계)에서 조용히 벗어날 수가 있겠는가?' 라고 해석하여 '결코 조용히 벗어날 수 없다. 왜냐하면 너무나 세속에 집착하고 있기 때문이다' 라는 부정적 의사 표시로 본다.[3]

필자는 이 세 사람과 의견이 다르다. 이 시는 기본적으로 깨달음의 '경지(忘我)'에 이르는 과정을 아주 사실적으로 묘사하고 있다. 첫 두 구의 '비(悲)' '정(情)' '사(思)'는 〈詠懷詩·28〉과 〈詠懷詩·41〉의 '이목(耳目)' '성색(聲色)'과 동일한 의미의 차원이다.[4] 시인은 불완전한 감각의 미로를 벗어나 '망아(忘我)'의 경지를 지향하려는 것이다. 셋째, 넷째 구는 완적의 삶의 방식과 관련하여 이해해야만 된다. 여기서 시인은 공간적 도피로서의 은둔이 아닌, 육심적(陸沈的) 삶의 방식을 유지하는 하나의 수단으로서 '망아'를 택하겠다는 의지를 표명하고 있다. 다섯째, 여섯째 구는 '망아'의 과정 속에서 그것을 방해하는 잡념 같은 것으로 이 시의 언어로 말하자면, '비' '정' '사'를 유발케 하는 사회적 제상을 의미한다. 일곱, 여덟째 구는 황간(黃侃)도 말했듯이 '망아'를 수련하는 모습을 그대로 묘사한 것이다.[5] 『진서·완적전(晉書·阮籍傳)』

---

3) D. Holzman 『Poetry and Politics』 Cambridge Univ.Press

4) 〈詠懷詩28〉‥"豈若遺耳目, 차라리 감각을 초월하여."

　〈詠懷詩41〉‥"聲色焉足娛. 聲色같은 것이야 어찌 즐거움을 주리."

5) 黃侃曰‥'卽已忘情世事, 糞土形骸,則不屑爲人間姿態. 叔夜常一月十五日不梳頭, 意同於此.'

의 기술을 보아도 완적의 순수한 정신적인 초월 및 이에 대한 관심은 주목할 만한 것이었다.[6] 즉 '혹폐호시서(或閉戸視書), 누월불출(累月不出).'과 ''당기득의(當其得意), 홀망형해(忽望形骸).'등의 구절은 완적이 도가적 명상의 경지인 '좌망(坐忘)'의 수련을 하였으며 그 정도가 상당한 수준이었음을 시사해 주는 것이다. 마찬가지로 〈청사부(淸思賦)〉와 〈대인선생전(大人先生傳)〉의 난해하고 환상적인 소요(逍遙)와 비상(飛翔)도 '좌망'의 영역 안에서의 신비주의적 체험의 일종으로 봐야 할 것이다.

마지막 두 구를 필자는 '비로소 망아(忘我)가 어렵다는 것을 알았다. 내가 스스로를 버리는 것을 알 수 있게 될 것인가?'라는 의미로 해석한다. 시인은 '망아'의 수행을 하였으나 끝내 그것을 이루지 못한 채 한탄하고 있다. 만약 시인이 '망아'의 경지에 도달했다면 이 시는 지어지지 않았을 것이다. 왜냐하면 '망아'한 사람이 자기를 외부적으로 표현할 필요는 없었기 때문이다. 그러나 '灰心, 所以無情, 忘我, 所以無悲也'라는 장사약(蔣師瀹)의 언급대로 시인은 '망아'까지는 아니라도 최소한 감정을 어느 정도 조절하는 경지에는 도달하였음이 틀림없다.

변성규(한양대)

---

6) 『晉書 · 阮籍傳』 · · '籍容貌瓌傑, 志氣宏放, 傲然獨得, 任性不羈, 而喜怒不形於色. 或閉戸視書, 素月不出. 或登臨山水, 經日之歸. 博覽群籍, 尤好老莊. 嗜酒能嘯, 善彈琴. 當其得意, 忽志形骸. 時人多謂之癡, 惟族兄文業每歎服之, 以爲勝己, 由是咸共稱異.'

嬌^교女^녀詩^시 사랑스런 딸¹⁾

좌사(左思)

| 吾^오家^가有^유嬌^교女^녀 | 우리 집 귀염둥이 딸 |

皎^교皎^교頗^파白^백晳^석²⁾　　맑디맑은 피부 백옥 같다네.

小^소字^자爲^위紈^한素^소³⁾　　아명은 환소이며

口^구齒^치自^자淸^청歷^력⁴⁾　　입 안 가지런한 치아는 본디 또렷하기 그지없고

鬢^빈髮^발覆^복廣^광額^액⁵⁾　　살쩍은 넓은 이마를 덮었으며,

雙^쌍耳^이似^사連^련璧^벽⁶⁾　　두 귀는 나란한 한 쌍의 벽옥 같다네.

明^명朝^조弄^롱梳^소臺^대⁷⁾　　이른 아침부터 화장대 앞에서 노는데

黛^대眉^미類^류掃^소跡^적⁸⁾　　눈썹 화장은 빗자루 지나간 듯 하고

---

1) 嬌: 사랑스럽다. 귀엽다. 아름답다. 嬌女: 사랑스런 딸이란 뜻으로, 작가의 두 딸 좌방(左芳)과 좌원(左媛)을 가리킨다. 같은 제목의 작품이 《악부시집(樂府詩集)》 제47권 「청상곡사(淸商曲辭) 오성가곡(吳聲歌曲)」에도 1수 수록되어 있다.

2) 皎皎: 희고 깨끗한 모양 또는 밝게 빛나는 모양. 여기에서는 전자의 의미로 쓰였다. 頗: 매우. 白晳: 얼굴과 피부가 희고 깨끗하다.

3) 小字: 아명(兒名).

4) 自: 본래. 淸歷: 분명하며 가지런한 모양.

5) 鬢髮: 살쩍. 관자놀이와 귀 사이에 난 털. 廣額: 넓은 이마. 당시 진(晉)나라 때 여인들은 넓은 이마와 가는 눈썹을 선호했다고 한다.

6) 璧: 가운데가 비어 있는 고리모양의 옥.

7) 明朝: 이른 아침. 梳: 빗. 梳臺: 화장대.

8) 黛: 눈썹먹. 類: 비슷하다. 掃跡: 빗자루로 쓴 흔적.

^{농 주 연 단 순}
濃朱衍丹脣⁹⁾　　진홍색 연지가 붉은 입술에 번져

^{황 문 란 만 적}
黃吻瀾漫赤¹⁰⁾　　노란 입가가 온통 새빨갛다네.

^{교 어 약 련 쇄}
嬌語若連瑣¹¹⁾　　사랑스런 말소리가 구슬을 꿴 듯 이어지다가도

^{분 속 내 명 획}
忿速乃明恑¹²⁾　　화가 나면 이내 붉으락 푸르락

^{악 필 리 동 관}
握筆利彤管¹³⁾　　붓을 쥐어도 붉은 대롱에 더 마음이 가 있으니

^{전 각 미 기 익}
篆刻未期益¹⁴⁾　　글씨 쓰기는 늘 것 같지도 않으며

^{집 서 애 제 소}
執書愛綈素¹⁵⁾　　책을 읽을 때도 그 비단 재질을 더 좋아하며

^{송 습 긍 소 획}
誦習矜所獲¹⁶⁾　　익힌 것 외우며 공부한 걸 뽐낸다네.

---

9) 濃朱: 입술에 칠하는 붉은 연지. 衍: 퍼지다. 번지다. 넘치다.

10) 黃吻: 새의 노란 부리와 같은 어린아이의 입술을 가리킨다. 瀾漫: 어지럽게 흩어져 있는 모양.

11) 連瑣: 사슬처럼 이어진 것.

12) 忿速: 화나다. 성내다. 恑: ① 분명하게 구분하다, ② 어둡다, ③ 어긋나다. 비딱하다. 여기에서는 明자와의 결합이란 점에서 ②의 뜻으로 보았다. 明恑: 화가 났을 때 하는 말의 억양이 높았다 낮았다 하며 일정치 않은 상태.

13) 利: 좋아하다. 집착하다. 彤管: 붉은 색 붓대. 옛날 궁중의 일을 기록하던 여사(女史)가 쓰던 붓.

14) 篆刻: 글씨를 쓰는 것을 비유한 말. 期: 기대하다. 益: 나아지다.

15) 綈: 두터운 비단. 이것으로 책갑(책을 보호하기 위한 책가위 또는 서질)을 만든다. 素: 희고 고운 비단. 여기에다 글자를 쓴다.

16) 矜: 뽐내다. 자랑하다. 所獲: 독서를 통해 알게 된 지식.

其^기姊^자字^자惠^혜芳^방¹⁷⁾　그의 언니 아명은 혜방인데

面^면目^목粲^찬如^여畫^화¹⁸⁾　얼굴이 그린 듯이 아름답다네.

輕^경妝^장喜^희樓^루邊^변¹⁹⁾　옅은 화장할 때는 창가를 더 좋아하고

臨^임鏡^경忘^망紡^방績^적²⁰⁾　거울 앞에 있으면서 실잣기를 잊는다네.

擧^거觶^치擬^의京^경兆^조²¹⁾　붓 들어 경조윤 부인의 눈썹 본뜨고

立^입的^적成^성復^부易^역²²⁾　연지 곤지 화장할 땐 찍었다가 또 고치니

---

17) 字: 앞 절 셋째 구의 소자(小字)와 같은 의미로 쓰였다.

18) 粲: 粲자의 당시 속자(俗字). 곱다. 밝다. 아름답다. 어떤 책에는 찬(燦)자로 되어 있다.

19) 輕妝: 가벼운[옅은] 화장. 樓邊: 창가. 이 구는 아이가 거울을 보고 화장을 하기 위해 빛이 잘 들어오는 창가 쪽을 좋아한다는 뜻이다.

20) 紡績: 방적. 짧은 섬유를 조작하여 적당한 굵기의 길다란 실을 만드는 일.

21) 觶: 뿔잔. 의미가 통하지 않아 오주(吳注)에서는 고(觚: 木簡)자의 잘못으로 여겼다. 그러나 《옥대신영고이(玉臺新詠考異)》에서는 그것 역시 눈썹을 그리는 것과 무관하다고 하며 미상으로 남겨 두고 있다. 일설에 의하면 목간(木簡)으로 붓을 만들기도 하기 때문에 고(觚)자로 볼 수 있다고 하는데, 여기에서도 이 설을 따랐다. 京兆: 여기에서는 서한(西漢) 선제(宣帝) 때 경조윤(京兆尹) 장창(張敞)이 처의 눈썹을 그린 고사를 가리킨다. 《한서·장창전(漢書·張敞傳)》에 "또 아내를 위해 눈썹을 그려 주었는데, 장안 내에는 장경조윤의 눈썹이 아름답다란 소문이 돌았으며, 담당자가 장창의 일을 임금에게 아뢰었다. 임금이 그에게 물으니 대답하기를 '소신이 듣건대 안방 안은 부부지간의 사사로운 곳으로, 눈썹 그리는 것보다 더한 일도 있다 합니다.'라고 하였다."(又爲婦畫眉, 長安中傳張京兆眉憮. 有司以奏敞. 上問之, 對曰,「臣聞閨房之內, 夫婦之私, 有過於畫眉者.」)란 기록이 있는데, 여기서는 단지 눈썹을 그린다는 뜻만 따 왔다.

22) 的: 여인들이 얼굴에 붉은 점을 찍던 곤지와 같은 화장. 立的: 곤지를 찍다.

<table>
<tr><td>완 롱 미 협 간
玩弄眉頰間²³⁾</td><td>눈썹과 뺨 주위에서의 손놀림은</td></tr>
</table>

玩弄眉頰間²³⁾　눈썹과 뺨 주위에서의 손놀림은

劇兼機杼役²⁴⁾　베틀에서 일할 때보다 몇 배나 더 빠르다네.

從容好趙舞²⁵⁾　나긋나긋한 동작은 조나라 춤을 좋아하여

延袖像飛翮²⁶⁾　소매 펼치며 나는 새 날개 흉내내고

上下弦柱際²⁷⁾　아래위로 거문고 줄과 기러기발 조절할 땐

文史輒卷襞²⁸⁾　문학책 역사책은 번번이 말아서 쌓아 둔다네.

顧眄屛風畫²⁹⁾　병풍 그림 대충 보고는

如見已指摘³⁰⁾　뭔가 보인다는 듯 가리켜가며 비평하는데

丹靑日塵闇³¹⁾　붉고 푸른 채색은 날이 갈수록 먼지로 인해 흐릿해져

---

23) 玩弄: 장난감을 만지듯 한 손놀림. 頰: 뺨. 볼.

24) 劇: 빠르다. 兼: 두 배 또는 두 배 이상. 杼: 베틀의 북.

25) 從容: 한가롭고 나긋한 모양. 趙舞: 예부터 유명하였던 조(趙)나라 여인들의 춤.

26) 翮: 새의 깃(촉).

27) 上下: 위아래로 줄을 고르는 행동. 弦柱: 거문고 등 현악기의 줄과 기러기발.

28) 輒: 매번, 번번이. 卷: (두루마리로 된 책을) 말다. 襞: 옷의 주름. 또는 접다. 포개다.

29) 顧: 주위를 둘러보다. 眄: 곁눈으로 보다. 顧眄: 자세하게 보지 않음을 의미한다.

30) 如見: (실재로는 잘 보이지 않는데도) 마치 보이기나 하는 것처럼. 已: 게다가, 또한. 指摘: 손가락으로 가리키며 비평하다.

31) 闇: 흐릿하다. 어둡다. 이하 두 구는 병풍 속의 그림이 오랜 세월을 거치는 동안 먼지 등이 끼여 색채가 희미해져 그림의 분명한 의미를 알기 어렵다란 뜻이다.

明^명義^의爲^위隱^은賾^색[32] 명확한 의미는 애매하여 알기가 어렵다네.

馳^치鶩^무翔^상園^원林^림[33] 동산 숲 속을 말 달리듯 새 날듯 내달리는데

菓^과下^하皆^개生^생摘^적[34] 아래로 처진 과일은 익지 않았지만 죄다 따버리며

紅^홍葩^파掇^철紫^자蔕^체[35] 붉은 꽃은 보라색 꼭지 채 따기도 하고

萍^평實^실驟^취抵^저擲^척[36] 종종 과일을 던지면서 논다네.

貪^탐華^화風^풍雨^우中^중[37] 비바람 속에서도 꽃을 너무 좋아해서

倏^숙忽^홀數^수百^백適^적[38] 순식간에 수백 걸음 달려가며

務^무躡^섭霜^상雪^설戲^희[39] 서리와 눈 위를 열심히 다니며 노니

---

32) 明義: 분명한 의미. 賾: 깊다. 심오하다. 隱賾: 모호하여 알기 어렵다.

33) 馳: 말이 빨리 달리는 것. 鶩: 말이 달리는 것. 翔: 새가 날아오르는 것.

34) 菓: 果자와 같다. 과일. 下: 여기에서는 (과일이) 아래로 늘어뜨려져 있음을 뜻한다. 生摘: 익지 않은 것을 따다.

35) 葩: 꽃. 掇: 줍다. 따다. 蔕: 꼭지 부분.

36) 萍實: 옛 전적에 기록된 전설의 과일로, 후에 맛있는 과일을 가리키는 말로 쓰였다. 한(漢) 유향(劉向)의 《설원·변물(說苑·辨物)》에 의하면, 옛날 초(楚)나라 소왕(昭王)이 장강(長江)을 건널 때 국자만한 크기의 과일이 배에 부딪힌 후 안으로 들어왔는데, 소왕이 매우 이상히 여겨 사람을 보내 공자(孔子)에게 물었다. 공자는 그것을 「평실(萍實)」이라는 과일이라고 하면서 오직 패자만이 얻을 수 있는 것이니 좋은 징조라고 하였다 한다. 驟: 자주, 빈번히. 抵擲: 던지다.

37) 貪華: 꽃을 매우 좋아하다. 華: 꽃.

38) 倏忽: 매우 빠른 모양. 適: 가다.

39) 躡: 밟다.

^{중 기 상 루 적}
重綦常累積⁴⁰⁾　겹겹 들메끈엔 항상 눈이 쌓여 있다네.

^{병 심 주 효 찬}
并心注肴饌⁴¹⁾　한 눈 팔지 않고 음식에만 열중하며

^{단 좌 리 반 핵}
端坐理盤槅⁴²⁾　단정히 앉아서 쟁반에 담긴 과일을 손질하고

^{한 묵 즙 한 안}
翰墨戢閑案⁴³⁾　필묵은 잘 사용하지 않는 책상에 보관해 둔 채

^{상 여 수 리 적}
相與數離逖⁴⁴⁾　둘 다 여러 날 동안 내팽개쳐 둔다네.

^{동 위 로 정 굴}
動爲鑪鉦屈⁴⁵⁾　걸핏하면 장사꾼의 딸랑이 소리에 이끌려서

^{사 리 임 지 적}
屣履任之適⁴⁶⁾　신발도 채 신지 않고 끌면서 그것을 따라 나가고

^{지 위 도 숙 거}
止爲荼菽據⁴⁷⁾　집안에 있을 땐 씀바귀와 콩 삶으려고 땅에
　　　　　　　　　손 짚고 웅크려

---

40) 重: 겹겹이, 중첩되다. 綦: 들메끈. 신발이 벗겨지지 않도록 하기 위해 묶는 끈.

41) 并心: 정신을 집중하다. 注: 관심을 가지다. 肴: 익힌 고기 요리. 饌: 여러 가지 음식을 통틀어 일컫는 말.

42) 盤: 쟁반. 槅: 핵(核)자의 이체자. 과일.

43) 翰墨: 붓과 먹. 여기에서는 문구 전체를 뜻한다. 戢: 거두어 간수해 두다. 閑案: 거의 사용하지 않는 책상.

44) 相與: 서로 함께. 여기에서는 두 자매를 가리킨다. 數: 여러 날. 離逖: 멀리 떨어지다. 내팽개치다.

45) 動: 번번이. 걸핏하면. 鑪: 향로. 鉦: 옛날 악기의 하나. 청동으로 만들었으며 종과 비슷하지만 좁고 길며 손잡이가 있어 그것을 쳐 소리를 내어 행군 중의 걸음을 통제하였다고 한다. 鑪鉦: 향로 모양의 쇠종. 屈: 굴복되다. 이끌리다.

46) 屣履: 신을 끌고 나가다. 매우 바쁜 모양을 나타낸다. 任之: 그것을 따라서, 즉 장사꾼들이 마을로 들어와 딸랑이 소리를 내면 장사꾼이 떠나기 전에 나가 그것을 구경하려고 신발도 제대로 신지 않고 나간다는 뜻이다.

취 허 대 정 력
吹噓對鼎䰣⁴⁸⁾　　솥 아궁이에다 얼굴을 대고 훅훅 입김을 불어댄다네.

지 니 만 백 수
脂膩漫白袖⁴⁹⁾　　기름때 얼룩덜룩 흰 소매에 너절하고

연 훈 염 아 석
烟熏染阿錫⁵⁰⁾　　연기 그을음이 고운 비단옷 삼베옷에 묻는데

의 피 개 중 지
衣被皆重地⁵¹⁾　　입은 옷은 모두 두터운 천이라서

난 여 침 수 벽
難與沉水碧⁵²⁾　　물에 넣어 씻어도 깨끗해지기 어렵다네.

임 기 유 자 의
任其孺子意⁵³⁾　　저 아이들 마음대로 하게 내버려 두었으니

수 수 장 자 책
羞受長者責　　어른들의 꾸지람 듣는 것도 부끄럽게 여기고

별 문 당 여 장
瞥聞當與杖⁵⁴⁾　　문득 매를 맞아야 되겠다는 말을 들을라치면

---

47) 止: 머물다. 살다. 쉬다. 爲: …를 하기 위하여. 茶: 국화과의 여러해살이 풀인 씀바귀. 산이나 들에 절로 나며, 줄기는 25~50cm이며, 잎은 가늘고 길며 가장자리에 톱니가 있다. 초여름에 노란 꽃이 피며, 뿌리는 맛이 쓰나 봄에 나물로 먹는다. 菽: 콩과에 속하는 식물 전체. 據: 과(跨)자와 같다. 웅크리다. 쭈그리다. 《옥대신영고이(玉臺新詠考異)》에서는 《태평어람(太平御覽)》(제867권)에 따라 「심위도천극(心爲茶荈劇)」(마음은 씀바귀와 차를 몹시 갈망한다)란 구로 고쳤다.

48) 吹噓: 숨을 내뿜는 것. 䰣: 격(鬲)자와 같다. 발 사이가 넓은 솥 또는 발이 굽은 솥.

49) 脂膩: 기름때. 漫: 가득 묻어 있음을 뜻한다.

50) 烟熏: 연기 또는 그을음. 染: 묻다. 阿: 결이 고운 명주. 錫: 결이 고운 삼베.

51) 衣被: 입은 옷가지를 통칭하는 말. 重: 겹겹이, 겹치다. 地: 재질. 송각본(宋刻本) 《옥대신영(玉臺新詠)》에는 지(池)자로, 또 다른 책에는 시(施)자로 되어 있다.

52) 與: …를 통해. …로써. 沉水: 물에 잠기게 하다. 물에 넣다. 碧: 맑고 깨끗하다.

53) 任: 내버려두다. 방임하다. 孺子: 아이.

54) 瞥: 문득. 우연히. 當: 마땅히. 與: 받다. 杖: 매, 회초리.

_{엄 루 구 향 벽}
掩淚俱向壁　눈물 훔치면서 함께 벽을 향한다네.

◀**감상**▶

　좌사(左思, 250-303): 자는 태충(太沖)이며 제국(齊國) 임치(臨淄: 지금의 산동성山東省 임치현臨淄縣) 사람이다. 일찍이 서예와 거문고 연주를 공부하였으나 완성을 보지 못하였다. 부친의 자극으로 학문에 전념하였으며, 음양의 술법에도 밝았다. 외모는 볼품이 없었으며 말도 어눌했으나 문장만큼은 힘이 있고 화려하였다. 그는 서진(西晉)의 대표적인 시인으로 이른바 「삼장이륙양반일좌(三張二陸兩潘一左)」란 이름에 들었으나, 교유는 좋아하지 않았으며 저작에 힘을 쏟았다. 그가 지은 《삼도부(三都賦)》는 10년이나 걸려 완성된 것으로 낙양(洛陽)의 종이 가격을 올릴 정도였다. 당시 육기(陸機) 역시 이 제목의 부(賦)를 지으려고 하던 중 좌사가 이미 짓고 있다는 소문을 듣고 비웃으며 술동이를 엎었는데, 나중에 그의 작품을 본 후 감탄을 금치 않으며 부 짓기를 포기했다고 한다.

　그의 누이 좌분(左芬)이 무제(武帝)의 귀빈(貴嬪)이 되자 누이를 따라 낙양에서 살았으며, 가밀(賈謐)의 「이십사우(二十四友)」 중의 한 사람으로 그에게 《한서(漢書)》를 강의하기도 하였다. 가밀이 피살되자 벼슬에서 물러나 오로지 저작에만 뜻을 두었으며, 제왕(齊王) 사마경(司馬冏)이 그를 불러 기실독(記室督)에 임명코자 하였으나 병을 핑계로 사양하였다. 나중에 장방(張方)이 낙양을 혼란에 빠뜨릴 때 기주(冀州: 지금의 하북河北)로 이사하였으며, 얼마 후 병사하였다.

　그의 작품으로는 《삼도부(三都賦)》와 14수의 시가 있다. 《삼도부》는 〈촉도부(蜀都賦)〉·〈오도부(吳都賦)〉·〈위도부(魏都賦)〉를 말하는데, 체제는 반고(班固)의 《양도부(兩都賦)》와 장형(張衡)의 《이경부(二京賦)》를 모방하였으나 사실적이라는 특징이 있어 사료로서도 가치가 높다. 그의 시는 〈영사시(詠史詩)〉 8

수가 대표적인데, 한사(寒士) 출신 작가로서 옛날 사람이나 사건을 빌어 당시 귀족들이 농단하던 정권의 불합리성을 드러내었다. 또한 어린 딸들의 모습을 생동감 있게 묘사한 이 작품 〈교녀시(嬌女詩)〉는 당시로선 나오기 힘든 작품이라고 할 수 있으며, 아울러 남조(南朝) 양대(梁代)에 편찬된 서릉(徐陵)의 《옥대신영(玉臺新詠)》이란 시가선집 덕분에 후대에 전해지게 된 작품이기도 하다.

이 작품은 어린 두 딸의 사랑스런 모습을 아버지의 시선으로 묘사한 시다. 작품은 묘사 대상, 즉 동생·언니·공통 등에 따라 크게 세 단락으로 나눌 수 있으며, 자구 해석상 난해한 시로 꼽힌다.

첫째 단락에서 묘사하고 있는 동생의 모습을 통해 알 수 있는 사실은 그녀가 아직 철이 없는 천진난만한 어린 아이라는 것이다. 어머니의 화장대를 장난감 삼아 가지고 놀면서 화장을 해보는데 당연히 제대로 될 리가 없다. 재잘대는 말소리가 끝없이 이어지다가도 화가 나면 갑자기 토라지며, 글자를 쓰기 위해 붓을 잡지만 글자보다 붉은 붓대롱에 더 마음이 가 있고, 공부하기 위해 잡은 책 또한 그 내용보다 아름다운 비단 책표지에 더 마음이 가 있는 천진스런 어린 아이인 것이다.

둘째 단락에서 묘사하고 있는 인물은 시의 내용으로 보아, 같은 어린 아이이지만 앞 단락의 동생보다는 좀 나이가 든 언니임을 명확히 알 수 있다. 일을 배우기 보다는 화장하기를 더 좋아하고, 공부보다는 춤추기와 거문고 연주를 더 좋아한다. 또 잘 보이지도 않는 빛바랜 병풍 속 그림을 보고서는 이것은 무엇이고 저것은 무엇이고 하며 이러쿵 저러쿵 비평을 하는 모습 등은 분명 동생의 행동과는 차이가 있다.

마지막 단락은 두 딸아이의 공통적인 행위에 대한 묘사인데, 사시사철 집 안팎에서 함께 장난하면서 노는 개구쟁이의 모습을 눈앞에 선하도록 그리고 있다.

「중남경녀(重男輕女)」 사상이 철저히 지배하던 고대 사회에서 이 시와 같은 여아에 대한 사랑을 묘사한 작품의 출현은 기적이 아닌가? 이 작품을 읽고 있노라면 마치 현대의 어느 자상한 아버지의 육아일기 한 편을 읽는 듯한 느낌을 받게 된다. 예나 지금이나 자녀를 그린 이러한 글은 깊은 관심과 사랑이 전제되지 않으면 불가능한 법이다. 특히 아버지란 위치와 역할은 어머니의 그것보다 자녀에 대한 사랑의 표현을 몇 갑절이나 더 어렵게 함은 말할 필요도 없을 것이다. 이 글을 쓰는 순간 내 머릿속에도 내 사랑스런 두 딸의 몇 년 전 어릴 적 모습과 행동들이 주마등처럼 스쳐 지나가고 있다.

權赫錫(충주대)

雜詩(其一)
^{잡 시}

도연명(陶淵明)

人生無根蒂¹⁾ _{인 생 무 근 체}	인생은 뿌리도 꼭지도 없이,
飄如陌上塵²⁾ _{표 여 맥 상 진}	들길 위에 휘날리는 먼지와 같다.
分散逐風轉³⁾ _{분 산 축 풍 전}	나뉘어 흩어져 바람 따라 구르니,
此已非常身⁴⁾ _{차 이 비 상 신}	이건 이미 본래의 모습 아니네.
落地爲兄弟 _{낙 지 위 형 제}	세상에 태어나면 모두 형제거늘,
何必骨肉親⁵⁾ _{하 필 골 육 친}	하필 피붙이를 따질까?

---

1) 根蒂: 근은 나무의 뿌리. 체는 꼭지로 꽃이나 열매가 가지와 연결되는 부분을 가리
   킨다. 즉 튼튼한 근본, 바탕. 근체가 없다는 것은 미래가 어떻게 될지 알 수 없다는
   뜻이다.
2) 飄如陌: 표는 바람에 날리다. 맥은 들길. 원래는 동서로 통하는 밭두둑 길을 말하
   며, 남북으로 통하는 밭두둑 길은 천(阡)이다.
3) 逐風轉: 바람 따라 돌다. 축은 '종'(從: 따르다)과 통한다. 소재가 일정하지 않음을
   형용한 말이다.
4) 非常身: 상신은 자신의 본래 모습, 영원히 고정된 존재. 비상신은 무상(無常)한 존재.
5) 落地爲兄弟, 何必骨肉親?: 『논어 · 안연편(論語 · 顔淵篇)』에서 자하(子夏)가 사마
   우(司馬牛)에게 "君子敬而無失, 與人恭而有禮, 四海之內, 皆兄弟也. 君子何患乎無
   兄弟也?"(군자로서 경건하고 과실이 없고, 사람들에게 공손하고 예의를 지키면 온
   천하 사람들이 모두 형제이다. 군자가 어찌 형제 없음을 근심하겠는가?)라고 한
   말이 있다.

득 환 당 작 락
得歡當作樂   기쁜 일이면 마땅히 즐겨야 할 터,

두 주 취 비 린
斗酒聚比鄰⁶⁾   한 말의 술로 이웃을 불러 모은다.

성 년 부 중 래
盛年不重來⁷⁾   젊은 시절은 거듭 오지 않고,

일 일 난 재 신
一日難再晨⁸⁾   하루에 두 번 날이 새기도 어렵다.

급 시 당 면 려
及時當勉勵⁹⁾   때맞추어 힘써야 할 것이니,

세 월 부 대 인
歲月不待人   세월은 사람을 기다리지 않는다.

◀감상▶

　도연명은 난세인 동진(東晉, 317-420)에서 유송(劉宋, 420-479) 시대에 걸쳐 활약한 시인이다. 당시는 동진의 왕실이나 사족(士族)의 세력이 약화되고 차츰 신흥 군벌들이 대두하여 서로 각축을 다투던 때였다. 군벌들은 왕을 유폐시키거나 사살하는 행위를 자행했으며, 자기들끼리 엎치락 뒤치락 하며 흥망성쇠를 거듭하였다. 그리고 외부로부터의 이민족의 침략과 내부에서의 농민봉기 등이 끊이질 않아 국가와 사회와 백성들의 생활은 문자 그대로 도탄에 빠져 허덕이고 있었다. 따라서 한대의 국시(國是)인 유학은 쇠미해지고 노장사상

---

6) 斗酒聚比鄰: 두주는 한 말[斗]쯤 되는 술로 즉 많은 술. 혹은 한 구기[斗]쯤 되는 술로 큰 술잔 안에 담긴 적은 술을 가리키기도 한다. 취는 모으다. 비린은 이웃이다.

7) 盛年: 청년기, 한창 젊은 시절.

8) 一日難再晨: 하루에 두 새벽이 있기는 어렵다.

9) 及時當勉勵: 급시는 때에 이르러, 때에 미치어. 즉 때를 놓치지 않는 것. 當은 부사로 마땅히, 勉勵는 부지런히 힘쓰다.

과 함께 도교, 불교의 피세와 염세사상이 팽배했다. 그는 중국 전원시의 개조(開祖)로 후세 중국문학사에 있어 걸출한 문인으로 평가받는다.

그의 생졸년대에 대해서는 이설이 많으나 대체로 향년 63세로 동진 애제(哀帝) 흥녕(興寧) 3년(365)에서 송(宋) 문제(文帝) 원가(元嘉) 4년(427)까지 살았다고 추정한다. 그의 이름과 자(字)에 대해서도 이설이 많지만 이름은 연명(淵明)이며 자는 원량(元亮)으로 동진이 멸망한 후 남조 송에 이르자 잠(潛)이라 개명하고 연명을 자로 썼다는 설이 유력하다. 집 가에 버드나무 다섯 그루가 서 있어 자호(自號)를 오류선생(五柳先生)이라 하고, 안연지(顔延之)가 그의 뇌문(誄文)「도징사뢰(陶徵士誄)」를 지어 시호(諡號)를 정절선생(靖節先生)이라 불렀다. 그는 심양(潯陽) 시상리(柴桑里: 강서성江西省 구강현九江縣 서남西南) 사람으로 몰락한 사대부 가문에서 태어났다. 시조는 제요(帝堯) 도당씨(陶唐氏)로 증조부 도간(陶侃, 259-334)은 동진 개국원훈(開國元勛)으로 도독팔주군사(都督八州軍事), 형주(荊州)·강주(江州)의 자사(刺史)를 지냈고 장사군공(長沙郡公)까지 봉해졌으며 사후 대사마(大司馬)로 추증되고 환(桓)이라는 시호를 받았다. 조부 무(茂)는 무창태수(武昌太守)를 지냈고 무명씨(無名氏) 부친도 얼마간 벼슬을 살고 일찍 죽었다. 외조부 맹가(孟嘉)는 동진의 명사로서 고아한 성품을 지녔으며 남에게 아첨하지 않으며 자기가 하고 싶은 대로 행동하였다고 전한다. 그는 도간과 맹가의 각기 다른 성격을 동시에 물려받았다고 평가된다. 따라서 그의 사상은 유가를 바탕으로 도가와 합일점을 갖는다고 볼 수 있다.

그는 어려서부터 고상한 정취를 지녀 박학다식하였고 시문사부(詩文辭賦)를 포함하여 문장을 잘 지었고 사람됨이 빼어나고 소절(小節)에 얽매이지 않았다. 그는 본래 유가적인 훈육을 받아 큰 뜻을 품었으나, 점차 장성하면서 당시 유행하던 노장사상에 깊은 영향을 받았다. 8세에 부친을 여의었으며 30세에 아내와 사별하고 적씨(翟氏)를 재취로 맞았다. 슬하에 아들 서엄(舒儼), 선사(宣俟), 옹분(雍份), 단일(端佚), 통통(通佟) 다섯을 두었으며 못난 자식들을 희화적으로 묘사한 시「책자(責子)」를 지은 바 있다. 그의 귀전(歸田) 초기에는 동복(僮僕)을 두고 그럭저럭 유복했으나 의희(義熙) 4년 6월 큰 화재가 일어나면서 임실(林室) 모두를 태우고 가세는 나날이 기울어졌다. 그러나 그는 평생 명리(名利)를 멀리하고 고궁절(固窮節)을 지키며 시와 술로써 유유자적한 삶을 즐기는 한편 더러 출사(出仕)와 은일(隱逸)의 모순 속에서 이상을 실현할 수 없는 고뇌를 표현하기도 한다. 392년인 28세 무렵 지은 「오류선생전」에서 그의 진솔한 생활과 의취를 엿볼 수 있다. 그의 삶은 독서, 음주, 안빈낙도, 질박·평담·자연 등으로 집약되며 이 풍격은 문학작품에 그대로 반영된다. 주제는 대부분 회재불우(懷才不遇), 일회적인 삶에 대한 무상감이다.

도연명 사후 100여 년이 지나 소통(蕭統)이 그의 유문(遺文)을 수집하여 『도연명집(陶淵明集)』 8권을 편정(編定)하였다. 이후 북송에 이르기까지 몇 종의 『도잠집(陶潛集)』이 간행되었으나 망실되었고 지금 볼 수 있는 제일 이른 판본으로 몇 종의 남송본과 원초본(元初本)이 전해진다. 그의 작품은 시 125편, 문 12편, 사부(辭賦) 3편, 운문 5편, 산문 4편이 전한다. 시에 있어서 9수의 사언시를 제외하면 116수 전부 오언시이며 크게 영회시(詠懷詩)와 전원시로 분류한다. 오언시 중 「잡시」 12수는 『도연명집』 권4와 『고문진보』 전집에 실려 전한다. 그의 문학은 남북조에서 그다지 중시되지 않았던 듯 하다. 유협(劉勰)의 『문심조룡(文心雕龍)』에선 아예 언급이 없고, 종영(鍾嶸)의 『시품(詩品)』은 중품(中品)에 넣었고, 소통의 『문선(文選)』에서도 시 8수와 1편의 문(文)만을 선록(選錄)했다. 당대(唐代)에 와서 비로소 이백(李白)·고적(高適)·백거이(白居易) 등이 그의 인품과 기절(氣節)을 숭상했고, 맹호연(孟浩然)·왕유(王維)·위응물(韋應物)·유종원(柳宗元) 등이 그 제재(題材)와 풍격을 따랐다. 북송 이후 그의 지위는 더욱 높아졌는데 소식(蘇軾)이 그를 흠모하여 「화도시(和陶詩)」 111수를 짓기에 이른다. 남송의 주희(朱熹)·육구연(陸九淵) 등도 그의 시를 찬양했으며 원·명·청 삼대에는 그와 관련된 주본(注本)·평본(平本)의 저술이 활발해진다.

그의 생애는 크게 세 시기로 나눈다. 제1기는 진(晉) 효무제(孝武帝) 태원(太元)17년(392) 28세 이전으로 출사하기 전까지의 수학기(修學期)이다. 제2기는 태원 18년 29세부터 진 안제(安帝) 의희원년(義熙元年)(405) 41세까지로 사환기(仕宦期)이다. 그는 29세에 강주좨주(江州祭酒)란 낮은 관직을 지냈으나 적응하지 못하고 곧 사직하였다. 다시 주(州)에서 주부(主簿)로 불렸으나 나가지 않았다. 다시 35세를 전후로 대족(大族)인 환현(桓玄)의 막료가 되었으나 이것도 바로 사직하였다. 404년 유유(劉裕)가 환현을 쳐서 멸하자 생활고로 유유 진군(鎭軍)의 건위참군(建威參軍)이 되었다. 곧 이어 41세에 팽택령(彭澤令)을 지냈으나 누이의 죽음을 구실 삼아 80여 일만에 그만두고「귀거래혜(歸去來兮)」를 읊으며 고향으로 돌아온다. 사전(史傳)에 오두미(五斗米)를 위해 향리의 소인에게 허리를 굽힐 수 없다며 출영(出迎)을 거절했다는 고사가 전한다. 제3기는 41세부터 삶을 마감한 송(宋) 문제(文帝) 원가(元嘉) 4년(427) 63세까지로 전원에 묻혀 산 은거기(隱居期: 유로기遺老期)이다. 이때 쓰여진 작품 대다수가 전원시인의 면모를 보이며 높은 예술적 성과를 거둔다.『맹자 · 진심 · 상편(孟子 · 盡心 · 上篇)』에 "窮則獨善其身, 達則兼善天下."(곤궁해지면 혼자서 자신을 선하게 해 나가고, 영달하게 되면 동시에 천하를 선하게 이끌어 나간다)라는 구절에 근거하여 그의 수학기, 사환기에는 '겸선천하(兼善天下)'에, 은거기에는 '독선기신(獨善其身)'에 그 뜻을 두었다고 평가한다.

「잡시(雜詩)」는 12수로 일종의 무제시(無題詩)이다. 이들 12수 대부분은 회재불우, 인생무상을 주제로 하며 시의 분위기도 비슷하여 동일한 시기에 창작된 것으로 여긴다. 중년의 행역분파(行役奔波)를 노래한 4수를 제외하고 모두 50세(義熙10년, 414) 이후 창작되었을 것이라고 추정하는데「잡시」제6수 중 "奈何五十年, 忽而親此事."(어쩌다 쉰이 되어, 문득 이 일을 몸소 겪는가)라는 구절에 근거하기도 한다. 그는 50세 전후 무렵부터 병상에 누워 있는 시간이 많았으며 중년에서 노경으로 접어든 바 삶에 대한 고뇌와 관조 또한 더욱 깊었을 것이다.

이 시는「잡시」12수 중 제1수로 1구-4구는 일회적인 삶에 대한 인생무상을 노래한다. 5구-8구는 혈육관계를 초월하여 술을 매개로 타인과의 동화와 애정을 그린다. 인류에 대한 박애주의로『논어 · 안연편』에 "四海之內, 皆兄弟

也."라는 구절이 실려 있다. 또한 소통은 도연명의 시를 "篇篇有酒"라고 평한 바 있을 정도로 그의 시문은 술을 제재로 삼은 것이 많다. 그러나 그의 음주태도는 위진교체기(魏晉交替期)의 죽림칠현(竹林七賢) 등에서 볼 수 있는 무절제한 폭음과 염세주의와는 다르게 절도가 있고 온건하였다. 마지막 9구–12구는 이성과 자기절제로 인생에 대한 허무주의를 극복하고, 적극적이고 긍정적인 삶의 철학을 담고 있다. 하루는 한 번 지나가면 그만이니 때 맞춰 뜻있게 시간을 보내도록 힘써야 한다는 뜻을 담고 있다. 후세 젊은이들에게 주는 경계의 글로 훗날 『명심보감 · 권학편(明心寶鑑 · 勸學篇)』에서 인용된 바 있다.

다음 『명심보감』에서 도연명의 시문과 함께 인용된 『주자 · 권학문(朱子 · 勸學文)』, 『순자 · 권학편(荀子 · 勸學篇)』 등을 참고로 소개한다.

『주자 · 권학문』: 朱文公曰, 勿謂今日不學而有來日, 勿謂今年不學而有來年. 日月逝矣, 歲不我延, 嗚呼老矣, 是誰之愆.(주문공이 말하길, 오늘 배우지 않고서 내일이 있다고 말하지 말며, 금년에 배우지 않고서 내년이 있다고 말하지 말라. 해와 달은 가고, 세월은 나를 위해 더 늘어나지는 않는 법, 아! 늙어감이여! 이 누구의 허물인가?) 少年易老學難成, 一寸光陰不可輕. 未覺池塘春草夢, 階前梧葉已秋聲.(소년은 늙기 쉽고 학문은 이루기 어려우니, 일촌광음이라도 가벼이 여겨서는 안된다. 아직 연못의 봄 풀은 꿈에서 깨어나지 못했는가 싶더니, 섬돌 앞 오동나무 잎은 이미 가을의 소리를 내는구나)

『순자 · 권학편』: 荀子曰, 不積頍步, 無以至千里, 不積小流, 無以成江河.(순자가 말하길, 반걸음을 쌓지 않으면 천리에 이르지 못하며, 작은 물줄기를 쌓지 않으면 강을 이룰 수 없다)

尚基淑(한서대)

참 고 문 헌

池榮在 편역, 『中國詩歌選』 세계문학전집71, 을유문화사, 1973.

李長之 저, 松枝茂夫 · 和田武司 역, 『陶淵明』, 東京, 筑摩書房, 1987.(초판 제14쇄)

石川忠久, 『陶淵明とその時代』, 동경, 硏文出版, 1994.

성백효 편저, 『명심보감』, 전통문화연구회, 2000.

車柱環 역, 『韓譯 陶淵明全集』, 서울대학교출판부, 2002.(초판 제2쇄)

팽철호 역해, 『도연명 시선』, 계명대학교출판부, 2002.

中國大百科全書出版社編輯部編, 『中國大百科全書』 中國文學Ⅱ, 上海, 新華書店, 1986.

飮酒〈其五〉 술을 마시고(다섯 번째 시)

도연명(陶淵明)

結廬在人境[1]　　사람 사는 마을에 오두막집 엮었어도

而無車馬喧[2]　　수레와 말들 오가는 시끄러운 소리 들리지 않네.

問君何能爾[3]　　그대에게 묻노니 어찌하여 그럴 수가 있는가,

心遠地自偏[4]　　마음이 멀리 있으니 땅조차 절로 외지다네.

採菊東籬下　　　동쪽 울타리 아래서 국화를 따다

悠然見南山[5]　　유유히 남산을 바라보니

山氣日夕佳[6]　　산 경치 해질녘이라 아름답고

---

1) 結廬: 집을 짓다. 즉 기거(寄居)한다는 뜻. 人境: 인간 세상.

2) 車馬喧: 수레와 말들이 오가며 내는 시끄러운 소리. 즉 속세의 분주한 왕래를 상징하는 소리.

3) 君: 시인 자신. 爾: 그러하다. 이와 같다.

4) 偏: 편벽(偏僻)하다. 멀고 외지다. 心遠地自偏: 마음이 이미 속세를 초탈하였으니 몸은 비록 속세에 기거하고 있더라도 편벽한 땅에서 은둔하고 있는 것과 진배없다는 뜻.

5) 悠然: 침착하고 여유있는 모양. 한가롭고 만족스러워하는 모양. 유유(悠悠)히. 見: ≪문선(文選)≫ 권30과 ≪예문유취(藝文類聚)≫ 권65 등에는 "망(望)"으로 되어 있음.

6) 山氣: 산의 기운 혹은 산속의 구름. 즉 산의 경치.

비 조 상 여 환
飛鳥相與還[7]　　날아다니던 새들 짝지어 돌아간다.

차 중 유 진 의
此中有眞意[8]　　이 가운데 참 뜻이 있으되

욕 변 이 망 언
欲辨已忘言[9]　　밝혀보려다 어느새 말을 잊는다.

◀ 감상 ▶

〈飮酒〉는 일정 기간에 걸쳐 창작된 20편의 시들을 〈음주〉라는 제목으로 한데 모은 조시(組詩)이다. 그 내용을 살펴보면 〈음주〉라는 제목과 걸맞지 않는 작품들이 많은데, 은둔 생활의 한 단면을 노래한 이 작품 역시 그러하다. ≪문선(文選)≫이나 ≪예문유취(藝文類聚)≫에서는 이 시를 〈잡시(雜詩)〉라는 제목으로 수록하고 있다.

〈귀거래혜사(歸去來兮辭)〉를 부르며 고향으로 돌아온 도연명(365-427)은 그로부터 10여 년을 고향의 전원에서 지내며 은둔 생활의 참 맛과 인생의 참 뜻을 깨닫게 되었다. 그의 나이 53세에 지은 이 작품은 이 당시 시인의 감회를 가장 잘 표현해내고 있는 작품으로 꼽힌다.

---

7) 相與還: 함께 돌아가다. 짝지어 돌아가다.

8) 此中: "此"는 좁게는 짝지어 둥지로 돌아가는 새이며, 넓게는 새를 포함한 남산의 해질녘 경치이다. ≪문선≫ 권30과 일부 판본에는 "此還"으로 되어 있음. 眞意: 자연에 귀의하는 인생의 참 뜻. 즉 저녁이 되면 날아다니던 새가 둥지로 돌아가듯 자신도 때가 되어 고향으로 돌아와 자연에 귀의하였음을 말함.

9) 欲辨已忘言: ≪장자 · 외물(莊子 · 外物)≫ … "言者所以在意, 得意而忘言. 吾安得夫忘言之人而與之言哉.(말이란 뜻을 표현하는 것이니, 뜻을 얻으면 곧 말을 잊게 된다. 나는 어디서 이처럼 말을 잊은 사람을 만나 그와 더불어 이야기할 수 있으랴)"라고 하였다. 이는 언어의 목적이 뜻을 얻는데 있으므로, 뜻을 얻게 되면 더 이상 말이 필요하지 않다는 말이다. 따라서 마지막 두 구의 뜻은 인생의 참 뜻을 깨달았으나 이는 말로는 표현할 도리가 없고 말로 표현할 필요도 없다는 것이다.

시인은 시의 첫머리에서 "結廬在人境, 而無車馬喧."이라는 이해할 수 없는 명제(命題)를 던진 다음, "問君何能爾, 心遠地自偏."이라 하여 자문자답의 형식으로 이 명제를 풀이하였다. 그는 〈귀거래혜사〉에서…"園日涉以成趣, 門雖設而常關.(뜰을 날마다 거닐자니 취미가 되었고, 대문이 있기는 하나 늘 닫혀 있네.)"이라 하였으며, 또한 "歸去來兮, 請息交以絕游, 世與我而相違, 復駕言兮焉求.(돌아왔노라, 왕래도 쉬고 교류도 끊으리라, 세상과 나는 서로 맞지 않으니, 다시 수레를 타서 무엇을 구하리.)"라고 하여, 속세와의 단절 특히 수레를 타는 것으로 상징되는 관계(官界)와의 결별을 선언하고, 전원에서의 은둔생활을 즐기겠다는 각오를 다지고 있다. 우리는 이와 같은 구절들을 통하여 "而無車馬喧"이 의미하는 바는 곧 몸은 비록 인간 세상에 있으나 속세와는 단절된 채 외계의 어떠한 간섭도 받지 않는 평온한 심리상태에서 은둔 생활을 즐기고 있는 것임을 알 수 있다.

"採菊東籬下, 悠然見南山."은 바로 위와 같은 은둔 생활의 한 단면을 표현하고 있다. 어느 가을 저녁, 울타리 아래서 한가로이 국화를 따다 허리를 펴고 고개를 드니, 노을에 물든 남산이 눈에 들어온다. 이 시를 읽는 독자로 하여금 한가로이 유유자적 하는 은사(隱士)의 모습을 쉽게 떠올릴 수 있도록 하는 이 구절에 대하여 소식(蘇軾)은 "「採菊東籬下, 悠然見南山」, 因採菊而見山, 境與意會, 此句最有妙趣. 近歲俗本皆作「望南山」, 則此一篇神氣都索然矣.(「採菊東籬下, 悠然見南山」은 국화를 땄으니 남산을 보게된 것으로, 경계와 뜻이 어우러지니, 이 구가 가장 묘미를 지니고 있다. 근래 세상에 떠도는 판본에는 모두 「망남산(望南山)」이라 되어 있으니, 곧 이 한 편의 신비스러움이 모두 사라져 버렸다.)"(≪東坡題跋≫ 卷二 · 〈題淵明飲酒詩後〉)라고 하였다. 남산을 바라보는 것이 결코 의도된 행위가 아니므로 목표와 방향을 정하여 의식적으로 바라보는 행위를 뜻하는 "망(望)"자를 쓰는 것은 잘못이라는 주장이다. 왕국유(王國維)가 그의 ≪인간사화(人間詞話)≫에서 이 두 구를 "무아지경(無我之境)"의 본보기로 꼽고 있는 것도 같은 맥락이다. 즉 시인의 주관적인 감정이나 사상은 물론 어떠한 의도된 구성의 흔적도 시구에 전혀 드러나 있지 않으며 단지 객관적이며 직관적으로만 묘사하였음에도 불구하고, 전원에 은둔하여 유유자적하며 살아가는 시인 자신의 모습을 생동감 넘치게 표현해 내고 있기 때문이다.

국화를 따다 고개를 든 시인의 눈에 저녁 노을 물든 남산을 배경으로 둥지를 찾아 짝지어 돌아가는 새들의 모습이 들어왔고("氣日夕佳, 飛鳥相與還"), 이 순간 시인은 그 새가 곧 자신이라 여기게 된다. 저녁이면 둥지를 찾아 돌아가 자연의 품에 안기는 새와 같이 자신도 고향의 전원으로 돌아와 자연에 의지하며 살아가고 있는 것이다. 나아가 시인은 이처럼 때가 되면 자연에 귀의하는 것이 인생의 참 뜻(진의)임을 깨닫는다("此中有眞意"). 그러나 이 참 뜻은 순간적으로 체득한 인생 체험으로, 느끼고 깨달을 수는 있으되 무엇이라고 밝혀 말하기는 어려운 것이다. 이에 시인은 "欲辨已忘言"이라 하여 "진의"의 해답을 독자들의 상상에 맡겨둠으로써 끝없는 여운을 남겼다.

도연명의 시 가운데 가장 많이 애송(愛誦)되는 작품인 만큼 수많은 이들이 이 시에 대한 감상을 남겼고, 시구 자체는 물론 시와 관련된 사소한 것까지 낱낱이 파헤쳐 비평하였다. 따라서 오늘날 이 시를 감상하는 독자들은 앞선 비평가들에 의하여 철저하게 해체되고 해부된 결과에 경도되어 이 시를 감상할 우려가 높다. 따라서 우리는 이 점을 특히 경계하며 이 시를 감상해야 할 것이다. 아울러 이 시는 마지막에서 "此中有眞意, 欲辨已忘言."이라 하고 있듯이, 독자들의 입장에서도 언어를 매개로 한 논리적 사고를 통해서가 아니라 몸과 마음으로 시인이 전달하고자 한 바를 체득해 보려는 감상 태도가 바람직 하다고 여겨진다.

최웅혁(대구 가톨릭대)

^{음 주}飮酒, 제9수¹⁾ - 인생(人生)의 방향(方向)과 유지(維持)

도연명(陶淵明)

^{청 신 문 고 문}淸晨聞叩門   이른 새벽부터 대문 두드리는 소리가 들려온다.

^{도 상 왕 자 개}倒裳往自開²⁾   옷도 제대로 입지 못한 채 대문으로 달려간다.

^{문 자 위 수 여}問子爲誰歟   "누구십니까?"라고 물어보는데,

^{전 부 유 호 회}田父有好懷³⁾   호의로 가득 찬 미소 짓는 전부(田父)가 서 있다.

^{호 장 원 견 후}壺醬遠見候   술병 들고 멀리서 일부러 나를 만나러 왔다.

^{의 아 여 시 괴}疑我與時乖⁴⁾   그는 내가 시류(時流)와 어긋나게 살아감을
　　　　　　　　　　의아히 여기고 있다.

^{람 루 모 첨 하}襤縷茅檐下   "남루한 옷차림을 한 채로 누추한 초가에서
　　　　　　　　　　살아가시는데,

^{미 족 위 고 서}未足爲高栖⁵⁾   이는 선생 같은 귀한 분이 선택할만한 처소가
　　　　　　　　　　못된다.

---

1) 이 시는 대화의 방식으로 세상과 타협하거나 세상에 굴종하며 살아가지 않고 초지
　일관(初志一貫)하고자 하는 도연명의 심경을 묘사하고 있다.

2) 倒裳: 顚倒衣裳. 옷을 거꾸로 입다. 총망(悤忙)함을 형용.《시경·제풍·동방미명
　(詩經·齊風·東方未明)》:「東方未明, 顚倒衣裳.」

3) 子: 고대의 남자에 대한 존칭. 그대. 歟: 의문조사. 田父: 나이든 농부. 好懷: 호
　의.

4) 醬: 술을 가리킴. 疑: 의아(疑訝)하게 여기다. 乖: 어긋나다.

5) 襤褸: 누더기. 高栖: 거주하는 장소에 대한 미칭(美稱).

일 세 개 상 동
一世皆相同⁶⁾　온 세상 사람들이 모두 다 대충 서로서로
어울리며 살아가고 있다.

원 군 골 기 니
願君汨其泥⁷⁾　그대 역시 세상 먼지 묻혀가며 시류(時流)에
어울려 살아가기 바란다."

심 감 부 로 언
深感父老言　"부로(父老)의 호의(好意)만은 가슴 깊이
감사하게 받아들이겠다.

품 기 과 소 해
稟氣寡所諧⁸⁾　그러나 저는 천성적으로 남들과 잘 어울려
살아가지 못한다.

우 비 성 가 학
紆轡誠可學⁹⁾　사도(仕途)로 나아가 관직을 맡는 것은
실로 해볼만한 일이지만,

위 기 거 비 미
違己詎非迷　자신의 초지(初志)를 어기는 것 또한 자신을
미혹에 빠뜨리는 일이 될 것이다.

차 공 환 차 음
且共歡此飮　자, 이제 가져오신 술이나 즐겁게 마시자.

오 가 불 가 회
吾駕不可回¹⁰⁾　제 인생의 수레바퀴는 결코 그 방향을 되돌릴 수
없다."

---

6) 一世: 擧世. 온 세상. 尙同: 세속의 무리와 어울려 살아감을 귀히 여김.

7) 汨其泥: 汨은 溷과 같다. 휘젓다. 泥 는 진흙탕. 《초사 · 어부(楚辭 · 漁父)》:「'擧世皆濁而我獨淸, 衆人皆醉而我獨醒, 是以見放.' 」漁父曰:「'夫聖人者不凝滯於物, 而能與世推移. 擧世皆濁, 何不淈其泥而揚其波?'」

8) 稟氣: 稟性. 타고난 기질. 諧: 어울리다.

9) 紆轡: 말 고삐를 늦추고 서서히 가다. 紆는 굽다. 여기서는 '고삐를 늦추다' 라는 의미. 違己: 자신의 초지(初志)에 어긋나다. 詎: 어찌. 迷: 미혹되다.

10) 駕: 수레. 포부를 가리킴. 回: 수레를 돌이켜 되돌아가다.

◀감상▶

이 시(飲酒, 제9수)는 대체로 도연명의 나이 53세 되던 해에 지어진 작품으로 본다. 그는 〈飲酒〉 20수를 통하여, 그 자신의 인생에 대한 정서와 상념, 포부 등에 대하여 담담하게 서술한다. 53세라면 세상살이에 대하여 웬만큼은 성숙되어 있을 나이이다. 인생과 세상에 대한 남다른 사고력과 통찰력을 지녔던 도연명의 경우, 더욱 그러하였을 것이다.

우리가 이 세상을 살아가면서 취하게 되는 자세는, 크게 보아 상동(尙同)과 고서(高栖) 두 가지일 것이다. 쉽게 말하면 대중의 뜻에 영합하며 살아가는 자세와 자기 고집대로 살아가는 자세이다. 이 시는 이 두 가지 삶의 자세에 대한 도연명과 전부(田父) 두 사람의 인생관을 묘사하고 있다. 그리고 이는 크게 보면 우리 자신을 둘러싸고 일어나는 삶의 근원적인 질문이기도 하다.

이 작품은 하나의 장편소설(掌篇小說) 같은 짜임새를 지니고 있다. 「淸晨聞叩門, 倒裳往自開.」라는 시구로 시작된다. 도연명의 집에는 일년 내내 거의 사람들이 찾아오는 일이 없었던 모양이다. 그런데 이른 새벽 같이 누가 문을 탕탕 두드린다. 도연명은 황급히 옷을 꿰어차고 대문으로 달려 나간다. 그 모습은 한가로이 자적하는 삶을 꾸려 나가던 도연명 평소의 모습과는 판이하다. 당황하고 서두르는 모습이 코믹하게 그려져 있는데, 그 가운데에서 우리는 그의 고독하고 외롭고 쓸쓸한 은자(隱者)의 삶을 발견하게 된다. 절실한 외로움이란 이런 것일까? 그래서 그리도 다급하게 달려나간 것일까? 그 외로움이 푹 적신 솜에서 물이 묻어나듯이 묻어난다. 도연명의 시 가운데에는 이와 같은 외로움이 도처에 암류(暗流)하고 있다.

도연명이 「누구이십니까?」 하고 물으면서 문을 열자, 호의로 가득한 미소를 짓는 전부(田父)가 서 있었다. 53세의 도연명보다 훨씬 더 연장자였음이 분명한 전부(田父)이다. 나이는 우리 인생의 나이테이다. 우리는 나이를 먹어감에

따라 철이 든다. 마소가 매 맞아가며 철이 들듯, 우리도 세월 속에 숨겨진 이런
저런 채찍들을 맞아가며 철이 드는 것이 아닐까? 비겁과 비굴을 배우고, 순종
과 타협을 배운다. 아첨과 영합을 터득하고, 고개 숙이고 무릎 꿇는 법을 터득
한다. 언젠가 어느 단편소설 속에서 대충 이런 글귀를 읽어 본 기억이 있다.
「그는 그녀와 결혼하고 나서부터 고개 숙이는 법을 배우게 되었고, 자식을 낳
고 나서부터 무릎 꿇는 법을 배우게 되었다.」 세월 속에 감추어진 채찍은 가열
차게 우리 인생을 마소처럼 길들인다. 그리고 그렇게 잘 길들여진 전부(田父)
가 지금 도연명에게, 그가 느끼고 생각한 나머지 추출해 낸 삶의 의미에 대하
여 피력한다.

전부(田父)는 분명 호의를 지닌 사람이다. 그는 도연명을 찾아올 때 먼 길을
걸어 왔으며, 술병을 들고 왔다. 그 시대가 전란의 시기를 전후하고 있었음을
감안한다면, 이는 결코 수월한 일이 아님을 짐작할 수 있다. 그래서 이는 그의
도연명에 대한 관심이 그만큼 컸음을 의미한다. 전부(田父)는 궁금했다. 어째
서 도연명이라는 사람은 세상을 이런 식으로 살아갈까? 왜 사서 고생을 하는
듯한 인생 행로를 고집스럽게 걸어가고 있는 것일까? 전부(田父)는 도연명의
이와 같은 삶의 방식에 대하여 강한 의아심을 품고 있었다.

도연명은 전부(田父)를 집안으로 모셔 들이고, 주안상을 준비한다. 이윽고
전부(田父)는 궁금하게 생각해오던 바를 털어놓는다. 「당신 같이 고매한 인격
을 가지신 분은 이렇게 남루한 옷을 입고, 이렇게 초라한 모옥 아래에서 살아
서는 안된다. 이 세상에는 당신보다 더 못한 자들도 호의호식하며 살아가고 있
다. 지금 온 세상 사람들이 다 강자에게 고개 숙이고, 다수의 편에 서서 살아간
다. 그런즉 당신도 그렇게 살아갈 수 있기를 바란다.」 그의 음성에는 비분강개
한 어조가 담겨져 있었을 것이다. 「願君汨其泥」는, 초사(楚辭) 〈어부(漁父)〉속
에 나오는 「世人皆濁, 何不淈其泥而揚其波?」라는 대목을 연상하게 한다. 도연
명의 이 작품과 초사의 〈어부〉라는 작품은 매우 유사한 구조를 지니고 있다.

두 작품 모두 공맹적(孔孟的) 인생관과 노장적(老莊的) 인생관의 대비라는 양상을 보여준다. 그리고 이는 《논어 · 미자(論語 · 微子)》篇의 재구성이기도 하다.

전부(田父)의 말을 다 듣고 나서 도연명은 조용하게 자신의 심경을 솔직하게 토로한다. 「부로(父老)의 말씀을 이해 못하는 바는 아니다. 아니 깊게 이해하고 있다. 그러나 문제는 내 자신의 타고난 성격이다. 관료사회로 나가는 것, 수신제가(修身齊家)한 나머지 치국평천하(治國平天下)의 꿈과 포부를 펼치는 것, 그리하여 입신양명(立身揚名)의 길을 열어나가는 것, 이 모두가 다 시도해 볼 만한 일이다. 그러나 문제는 나 자신의 지조이며 자존심이다. 인생의 방향이다. 나는 미혹에 빠진 인생길을 걷는 허수아비 같은 존재가 될 수 없다. 인생길의 수레바퀴 방향을 되돌릴 수 없다.

주어진 삶을 어떤 자세로 걸어가야만 할 것인가? 어떤 방향으로 나아가야만 할 것인가? 가만히 생각해 보면 이보다 더 어려운 질문도 없을 것 같다. 그리하여 우리 대다수는 부단히 궤도와 방향을 수정하며 살아간다. 중국고대문학사의 샛별 같은 존재 굴원(屈原)은 지식인의 고결한 정신세계를 후대 지식인에게 전달하는데 성공했다. 그러나 그는 다른 한편으로는, 외골수로 치달리면 패망과 좌절의 늪 속으로 빠져들게 된다는 또 하나의 교훈마저 전달하게 했다. 이 두 교훈이 바로 인생의 두 두레바퀴가 아닐까? 그리하여 서로 삐걱거리며 인생이라는 수레를 앞으로 나아가게 하는 것이 아닐까?

도연명은 굴원을 통하여 그가 걸어간 삶의 의미를 되새기고, 마침내 중국문학사에서 제2의 인생길을 모색해 나갔던 인물이다. 그것은 바로 귀거래(歸去來)의 길이었다. 이는 조선시대의 생육신(生六臣)과 비슷한 인생행로였다. 이 작품 가운데 등장하는 전부(田父)는 도연명이 상정한 허구의 인물일 수도 있다. 그러나 분명한 것은 도연명이 살아간 진(晉)나라 그 시대나, 우리가 살아가는 21세기 이 시대나, 도연명 류의 인생보다 전부(田父) 류의 인생이 살아가기

편한 세상임은 부정하기 어렵다. 도연명은 이 작품 속에서 전부의 인생관을 타매하거나 질타하지는 않는다. 다만 그 자신의 인생관과 판이하며, 방향이 서로 일치할 수 없음을 분명히 하고 있을 뿐이다.

　노장사상은 굴원보다는 도연명을, 도연명보다는 전부(田父)를 더 자연스럽게 수용한다고 생각된다. 이는 초사 《어부》편 가운데서, 굴원 보다는 어부가 그러한 것과 마찬가지이다. 우리가 이 세상을 살아가면서 상동(尙同)과 고서(高栖) 가운데서 어떤 길을 걸어갈 것인가 하는 문제는 결국 개개인의 인생관에 따라 결정된다. 살아 고생하고 사후의 명성을 얻든지, 살아 고생하지 않고 사후에 평범한 무덤의 주인이 되든지 각자가 알아서 결정할 일이다. 범부(凡夫)가 되어 걱정 없이 살 수도 있고, 시인이 되어 고뇌하며 살 수도 있다. 각자가 알아서 결정할 일이다.

윤수영(강원대)

^{귀 원 전 거}
歸園田居(其一)

도연명(陶淵明)

^{소 무 적 속 운}
少無適俗韻[1]   세속과 잘 어울리지 못하고

^{성 본 애 구 산}
性本愛丘山[2]   본래 자연을 사랑했거늘,

^{오 락 진 망 중}
誤落塵網中   잘못 세속의 길에 들어

^{일 거 삼 십 년}
一去三十年[3]   훌쩍 13년이나 가 버렸네.

^{기 조 연 구 림}
羈鳥戀舊林[4]   새장에 갇힌 새는 숲을 그리워하고

^{지 어 사 고 연}
池魚思故淵[5]   연못에서 자라는 물고기는 못을 생각한다 했던가?

^{개 황 남 야 제}
開荒南野際[6]   남쪽 들 가 황무지를 개간하고

---

1) 適俗韻: 세속에 잘 적응하다. 適: '맞다', '어울리다', '적응하다'의 뜻.

2) 丘山: 산. '대자연'을 가리킴.

3) 三十年: '十三年'의 오자로 보는 설이 있음. 즉, 도연명이 강주(江州)에서 좨주(祭酒)로 처음 출사한 때가 그의 나이 29세이던 393년(太元18年)이고, 팽택령(彭澤令)을 끝으로 벼슬을 그만둔 것은 405년(義熙 元年)이므로, 벼슬살이를 한 해가 꼭 13년간이었음.

4) 羈鳥: 새 장에 갇힌 새. 또는 '羈' 자를 '羇(나그네살이)'의 뜻으로 보고, 멀리 떠도는 즉, 도연명과 같이 떠도는 나그네 새의 뜻으로 해석하기도 함.

5) 池魚: 연못에 갇힌 물고기, 여기서 '池'는 인공으로 만든 연못을 뜻함. 故淵: 옛날에 살던 자연의 못을 뜻함.

6) 際: 먼 언저리

<ruby>守<rt>수</rt></ruby><ruby>拙<rt>졸</rt></ruby><ruby>歸<rt>귀</rt></ruby><ruby>園<rt>원</rt></ruby><ruby>田<rt>전</rt></ruby>[7]   소박하게 살고 싶어 전원으로 돌아왔다네.

方宅十餘畝   마당은 천여 평에,

草屋八九間   초가 팔 구간뿐이나.

榆柳蔭後簷   느릅나무 버드나무 뒤 처마를 그늘지우고

桃李羅堂前   복숭아 오얏나무는 마당에 늘어 서 있고,

曖曖遠人村[8]   저 멀리 인가가 보이고

依依墟里煙[9]   동리엔 하늘하늘 연기 피어오르며,

狗吠深巷中   골목길엔 개가 짖어대고

鷄鳴桑樹顚   뽕나무 꼭대기에는 닭이 울고 있구나.

戶庭無塵雜   집 뜰엔 정갈한 기운만이 깃들고

虛室有餘閒   빈 방엔 오히려 넉넉한 여유로움이 넘친다.

久在樊籠裏   오랫동안 새장 속에 갇혀 있다가

復得返自然   이제 다시 자연의 품으로 돌아왔구나!

---

7) 拙: 졸박함. '拙'의 원래의 뜻은 '어리석다', '못나다'로 '巧'와 상반되는 뜻으로
쓰임.

8) 曖曖: '흐리다', '어둡다', 여기서는 날이 저물어 어둑어둑해지는 것을 가리킴.

9) 依依: 가늘고 길게 늘어진 모양으로, 여기서는 연기가 피어오르는 모양을 형용한
것임.

◀ 감상 ▶

〈귀원전거(歸園田居)〉는 405년(동진東晉 안제安帝 의희義熙 원년元年) 팽 택령(彭澤令) 벼슬을 그만두고 고향에 돌아온 다음 해에 지은 시라고 한다. 모 두 5수로 되어 있는데, 그중 첫 수이다. 이 시는 도연명의 대표작으로 인구에 회자되고 있는 〈귀거래사(歸去來辭)〉와 같은 심정에서 쓴 것으로, 내용 또한 비슷하여 도연명이 왜 벼슬살이에서 돌아왔는지, 그가 얼마나 자연을 좋아하 였는지를 알 수 있게 한다. 시어(詩語)가 평이하면서도 진솔한 심정을 잘 토로 하고 있어 읽는 이의 마음이 편안해질 뿐만 아니라, 시를 읽어내려 가는 동안 나 자신도 이미 그와 함께 자연으로 돌아가 자연과 하나가 된 듯 한 느낌을 가 지게 한다.

장태원(경북대)

歸園田居(其三)

도연명(陶淵明)

種豆南山下   남산 밑에 콩을 심었더니

草盛豆苗稀   잡초만 무성하고 콩 싹은 드무네.

晨興理荒穢   새벽에 일어나 김매러 나갔다가

帶月荷鋤歸   달빛을 등지고 호미 메고 돌아오네.

道狹草木長   길은 좁은데 초목만 길게 자라

夕露霑我衣   저녁 이슬에 내 옷이 다 젖누나.

衣霑不足惜   옷 젖는 것이야 아까울 것 없지만

但使願無違   다만 이내 소원만 어그러지지 마소.

◀감상▶

이 시는 도연명의 〈귀원전거(歸園田居)〉 5수 가운데 세 번째 수이다.

도연명은 남산 밑에다 콩을 심어놓고, 새벽 일찍 밭에 나가 달빛 밟으면서 밤늦게 집으로 돌아오면서, 오직 "옷 젖는 것이야 아까울 것 없지만(衣霑不足惜), 다만 이내 소원만 어그러지지 마소(但使願無違)."라고 빌고 있다. 저녁 이슬에 옷 젖는 것쯤이야 문제가 아니다. 오직 농사만 잘되었으면 좋겠다고 바라는 그의 이러한 심정은 농사짓는 사람이라면 공통된 바람이다. 벼슬을 던져버리고 전원으로 돌아온 이 무렵의 도연명은 그야말로 소박한 농민의 감정과 일치한다. 그는 이처럼 전원에 돌아와 이웃집 농민들과 농사 이야기만 주고받는 소박한 농민이었기에 〈도화원〉과 같은 이상적 사회를 그려낼 수 있었던 것은 아닐까?

선생님께서도 곧 수무동이란 곳의 전원으로 돌아가 농사와 짝 하려 하신다. 수무동으로 가는 길은 험하지는 않지만 꼬불꼬불 운치 있는 길이다. 동네 끝 산 어귀에 자리한 조그마하고 고즈넉한 선생님의 전원은 밤이면 산마루 넘어 온 달빛이 찾아와 벗하고, 집 앞 개울물 소리가 즐겁게 노래하는 우리네의 전형적인 전원의 모습이다. 도연명이 그린 전원의 모습이 이 수무동과 흡사하지 않을까? 게다가 새벽 일찍 농사일 돌보시고 틈틈이 책 읽으시는 선생님의 전원생활의 모습도 어쩌면 〈귀원전거(歸園田居)〉에서 노래한 도연명의 모습이 아닐는지도 모르겠다.

가끔 우리도 수무동을 찾아서 모든 시름 벗어놓고 여울물에 발 담그고 고추 따다 안주 삼아 술 한 잔 나누며 전원으로 돌아가신 선생님의 생활을 이해할 수 있을러나.

노장시(영남대)

移居 이사
^{이 거}

도연명(陶淵明)

一

昔欲居南村¹⁾ 전부터 살고 싶었던 남촌
^{석 욕 거 남 촌}

非爲卜其宅²⁾ 집터를 점쳐 좋기 때문이 아니고
^{비 위 복 기 택}

聞多素心人³⁾ 소박한 사람들이 많다기에
^{문 다 소 심 인}

樂與數晨夕⁴⁾ 조석으로 만날 일이 즐거워서이다.
^{낙 여 삭 신 석}

懷此頗有年⁵⁾ 마음 먹은지 몇 년이 지나
^{회 차 파 유 년}

今日從玆役⁶⁾ 오늘에야 이사를 하였다.
^{금 일 종 자 역}

敝廬何必廣 가난한 집 클 필요가 없고
^{폐 려 하 필 광}

取足蔽床席 잠자리 눕일 터면 족하네.
^{취 족 폐 상 석}

鄰曲時時來⁷⁾ 이웃이 때때로 찾아오면
^{인 곡 시 시 래}

---

1) 南村: 남쪽 마을, 남리(南里). 실제로는 율리(栗里)라고도 하며, 또는 시상산(柴桑山) 부근에 있음.

2) 卜其宅: 택지를 점치다.

3) 素心人: 소박한 사람. 때묻지 않은 사람.

4) 數: 거듭하다. 자주.

5) 頗有年: 퍽 오래 되었다.

6) 從玆役: 그 일을 치루었다. 즉 이사를 하였다.

7) 鄰曲: 이웃 사람. 당시 도연명은 안연지(顔延之), 은경인(殷景仁), 방통지(龐通之) 등과 교류를 하였다.

抗言談在昔[8]　　옛 일을 큰소리로 나누거나

奇文共欣賞　　신기한 글을 감상하고

疑義相與析　　애매한 점을 서로 분석한다.

二

春秋多佳日　　봄 가을 좋은 날 많아

登高賦新詩[9]　　산에 올라 새로운 시를 짓는다.

過門更相呼　　문 앞 지나면 서로 부르고

有酒斟酌之[10]　　술 있으면 권하며 마시노라.

農務各自歸　　농사일 바쁘면 각자 돌아가지만

閑暇輒相思　　한가한 때면 문득 생각나는데,

相思則披衣[11]　　친구 생각에 옷 걸치고 찾아가서

言笑無厭時　　웃고 떠드느라 싫증을 모른다.

---

8) 抗言: 자기의 소신대로 큰 소리로 담론하다.
9) 佳日: 여기서는 당시의 풍속에 따라 봄에는 정월 초이레, 가을에는 구월 초아흐레에 산에 올라 시를 지었음을 일컬음.
10) 斟酌: 술을 걸러 잔에 뜬다.
11) 披衣: 옷을 걸치고 친구를 찾아간다는 뜻.

차 리 장 불 승
此理將不勝　　이런 생활 가장 좋거늘

무 위 홀 거 자
無爲忽去玆　　느닷없이 여기를 떠나지 말라

의 식 당 수 기
衣食當須紀　　옷과 밥은 모름지기 애써야 하지만

역 경 불 오 기
力耕不吾欺　　힘써 밭 갈면 나를 속이지 아니한다.

◀ 감상 ▶

　귀거래사(歸去來辭)의 서정을 옮겨 놓은 듯한 분위기이다. 가난에 의해 어쩔 수 없이 나아갔던 벼슬길(彭澤令)을 버리고 돌아 온 전원생활. 결국 그는 자기의 본성에 순응하고자 했다. 귀거래사(歸去來辭) 서문에서 위기교병(違己交病: 내 본성 어기고 벼슬살이를 하니 모든 병이 몸에 덮쳐 못 견디겠다)이라고 고백했던 것만 보아도 도연명의 안빈낙도(安貧樂道) 정신의 깊이를 느낄 수 있다. 논어에서는 이것을 군자고궁(君子固窮)이라 했다.

　시중유화(詩中有畵)의 서정과 잃어버린 고향을 생각나게 하며, 궁경(躬耕)과 낙도(樂道)의 절제를 느끼게 한다.

최성경(경남정보대)

〈歸去來辭〉讀後記

이 글은 〈귀거래사(歸去來辭)〉 감상문이다. 이 글은, 앞에 〈歸去來辭〉 전문을 제시하고, 다시 이를 한 구절 한 구절 읽으며 그에 대한 감상을 기술하는 형식으로 전개된다.

歸去來兮 　　　　돌아가리라

田園將蕪 胡不歸 　전원이 황폐하려 하니 어찌 돌아가지 아니하리오.

旣自以心爲形役 　이미 마음은 육체의 노예가 되었으나

奚惆悵而獨悲 　　어찌 아픈 마음으로 슬퍼만 하리

悟已往之不諫 　　지나간 일이야 어찌 할 수 없지만

知來者之可追 　　다가 올 일은 추스릴 수 있으리니

實迷塗其未遠 　　잘못 든 길 멀지 않음을 실감하면서

覺今是而昨非 　　지금이 옳고 어제가 그릇된 줄 깨달았다네.

舟搖搖以輕颺 　　배는 흔들리며 가벼이 날고

風飄飄而吹衣 　　바람은 표표하게 옷깃에 불어

問征夫以前路 　　길손은 남은 길이 멀다고 하니

恨晨光之熹微 　　새벽빛 희미함이 원망스럽네.

乃瞻衡宇   멀리 형문(衡門)과 추녀가 보여

載欣載奔   기쁜 마음 넘쳐서 걸음 바쁜데

僮僕歡迎   심부름 하는 아이 나를 반기고

稚子候門   아들 녀석 문에서 기다리누나.

三徑就荒   몇 갈래 길 이미 황폐한 속에

松菊猶存   소나무 국화는 아직도 섰네.

携幼入室   아들놈 손잡고 들어온 방에

有酒盈樽   술은 동이로 가득하구나.

引壺觴以自酌   술잔 끌어 스스로 따라 마시니

眄庭柯以怡顔   편안한 얼굴로 정원의 나뭇가지 지긋이 보며

倚南窓以寄傲   남쪽 창가 기대어 오기도 부려보고

審容膝之易安   작은 방 편안함에 젖기도 한다.

園日涉以成趣   들은 나날이 자태 갖추고

門雖設而常關   대문이 있어도 열 일 없으니

策扶老以流憩   늙은 몸 지팡이로 물가에 쉬고

時^시矯^교首^수而^이遐^하觀^관　　때로 머리 들어 먼 곳을 본다.

雲^운無^무心^심以^이出^출岫^수　　구름은 골짜기 낮게 깔리고

鳥^조倦^권飛^비而^이知^지還^환　　새도 날다 지쳐 돌아올 줄 아는구나.

景^경翳^예翳^예以^이將^장入^입　　햇빛 어둑어둑 지려 하는데

撫^무孤^고松^송而^이盤^반桓^환　　홀로 선 소나무 만지며 주변을 돈다.

復^부歸^귀去^거來^래兮^혜　　돌아가리라

請^청息^식交^교以^이絶^절游^유　　세상 사람 만나는 일 이제는 쉬자

世^세與^여我^아而^이相^상違^위　　나와 세상 다르니

駕^가言^언兮^혜焉^언求^구　　다시 나가 무얼 하리.

悅^열親^친戚^척之^지情^정話^화　　피붙이들 정겨운 대화에 즐거워하며

樂^악琴^금書^서以^이消^소憂^우　　거문고와 책으로 시름 달래리.

農^농人^인告^고余^여以^이春^춘及^급　　'봄이 왔네요' 농사짓는 사람 내게 알려 주나니

將^장有^유事^사于^우西^서疇^주　　장차 서쪽 밭이랑도 바빠지겠네.

或^혹命^명巾^건車^거　　　　더러는 수레 타고

或^혹棹^도孤^고舟^주　　　　혹은 노 저어

기 요 조 이 심 학
旣窈窕以尋壑　　아름다운 계곡을 찾아가거나

역 기 구 이 경 구
亦崎嶇而經丘　　더러는 구불구불 언덕 지나면

목 흔 흔 이 향 영
木欣欣以向榮　　나무는 화사한 모습 꽃 피려 하고

천 연 연 이 시 류
泉涓涓而始流　　샘물 졸졸 흐르기 시작하였지

선 만 물 지 득 시
羨萬物之得時　　부럽구나, 만물은 때를 다시 만나는데

감 오 생 지 행 휴
感吾生之行休　　내 생애는 끝을 향해 다가 가나니

이 의 호
已矣乎　　이제는 종말이 되어 가는가?

우 형 우 내 부 기 시
寓形宇內復幾時　　내 육신 세상에 머물 날 얼마 안 되니

갈 불 위 심 임 거 유
曷不委心任去留　　마음이야 자연의 흐름에 맡겨 두리라.

호 위 호
胡爲乎　　무엇을 할 것인가?

황 황 욕 하 지
遑遑欲何之　　서두르고 서둘러 어디로 가나?

부 귀 비 오 원
富貴非吾願　　부귀는 내 소원 이미 아니고

제 향 불 가 기
帝鄕不可期　　제향(帝鄕)이야 기약도 없는 것이니

회 양 신 이 고 왕
懷良辰以孤往　　좋은 날 좋은 때 홀로 나가서

혹 식 장 이 운 자
或植杖而耘耔　　지팡이 꽂아놓고 김을 매거나

등 동 고 이 서 소
登東皐以舒嘯　　동쪽 언덕 올라가 휘파람 불고

임 청 류 이 부 시
臨淸流而賦詩　　맑은 물가 이르러 시를 지으리.

요 승 화 이 귀 진
聊乘化以歸盡　　멋진 삶 살다가 돌아가리라

락 부 천 명 부 해 의
樂夫天命復奚疑　천명 즐길 것을 어찌 다시 의심하리오.

◀감상▶

　'귀거래혜(歸去來兮)'는 '돌아가리라'라는 도연명의 심회를 말하고 있다. 이 구절의 '來'의 해석은 명확하지 않다. 사문학(辭文學)의 원조라고 할 수 있는 초사(楚辭)에 '귀래혜('歸來兮)'는 보이지만 '귀거(歸去)'는 사용된 적이 없다. 그러므로 당연히 '歸去來兮'도 사용된 적이 없다. 시경(詩經)에는 '歸來'나 '歸去'가 한번도 나오지 않으므로 당연히 '歸去來兮'도 사용된 적이 없다. 이는 도연명 이전에 '歸去來兮'는 전통적 시어(詩語)가 아니었다는 사실을 말해준다. 도연명 이후에도 '歸去來兮'는 상용되는 시어가 아니었던 것으로 보인다. 당시삼백수(唐詩三百首)에는 '歸來'와 '歸去'는 자주 나오지만 '歸去來兮'는 나오지 않는다. 두시(杜詩)에는 '歸去來'가 2회 나오며, '歸來'는 자주 나오지만 '歸去'는 나오지 않는다. 따라서 '歸去來兮'도 나오지 않는다. 소식(蘇軾)의 시와 사(詞)에는 '歸來'와 '歸去'가 자주 나오며, '歸來兮'도 2회 나온다. 그러나 '歸去來兮'는 나오지 않는다. 오대사(五代詞)와 북송사(北宋詞)에는 '歸來'는 자주 나오지만 '歸去'는 나오지 않으며, 당연히 '歸去來兮'도 나오지 않는다. 유영사(柳永詞)에도 '歸來'와 '歸去'는 자주 나오지만 '歸去來兮'는 사용된 적이 없다.

　이상과 같은 사실은 도연명을 제외한 시편에서는 '歸去來兮'가 사용되었을 가능성이 거의 없으리라는 추정을 가능케 해준다. 필자는 도연명 보다 이른 시기의 한악부(漢樂府)나 한부(漢賦)에서 '歸去來兮'라는 시어가 사용되었는지의 여부를 조사하지 못했지만 '歸去來兮'는 도연명이 처음으로 시에 등장시킨 어휘라는 입장을 가지고 있다. 새로운 시어의 탄생은 새로운 시적 경지의 개척과 유사한 위대한 시적 작업이 된다.

그렇다면 '歸去來兮'의 의미를 찾아보기로 하자. 많은 학자들은 '來'가 의미없는 허사(虛詞)이므로 '歸去來兮'는 '돌아가리라'라는 의미라고 말하고 있다. 그러나 허사 '來'가 어떠한 기능을 하고 있는지를 설명하는 경우는 보이지 않는다. 이제 이러한 '來'의 허사적 기능을 찾아보기로 하자. 먼저 현대 중국인이 흔히 사용하는 '我來看一下, 我來介紹一下, 說來, 看來, 用來'와 같은 '來'의 용법에 주목하기로 하자. 이러한 '來'는 모두 허사로서 '행위의 시도'를 나타낸다. 만약 이러한 '來'와 '歸去來兮'의 '來'가 유사한 성격을 갖는다면 '歸去來兮'를 다음과 같이 해석될 수 있을 것이다.

> 歸去 → 돌아가다
> 歸去+來 → 돌아가기를 시도하다
> 歸去+來+兮 → 돌아가리라

이러한 설명에 대하여 혹자는, 현대 언어와 과거 언어의 비교라는 문제를 지적할지도 모른다. 그러나 언어의 보수성은 인류의 내면적 질서의 특성이며, 언어에 대한 상상력은 동서고금을 통하여 유사성이 유지된다는 점을 인정한다면 이러한 설명이 대단히 특이한 것은 아니라는 것이 필자의 입장이다.

'田園將蕪, 胡不歸'는 전원으로 돌아가야 하는 이유를 설명하고 있다. 그것은 고향의 전원이 황폐해질 것이라는 두려움이다. 도연명은 왜 이 구절을 귀향해야 하는 이유의 전면에 배치하였을까? 그에게 전원의 황폐는, 어떠한 보상으로도 회복되지 않는 귀중한 가치를 갖는다. 그러므로 그의 귀향은, 관직 생활에 대한 염증이나 속세의 다른 현상이 싫어서 실현되는 도피적 귀향이 아니라, 전원이 황폐해서는 안된다는 적극적 귀향이다. 그는 이만큼 전원을 사랑하고 있으며 그 사랑을 실현하려는 것이다. 그를 전원시인(田園詩人)이라고 부르는 이유는 바로 이러한 전원(田園)에 대한 사랑과 그 실현에 있다.

'旣自以心爲形役, 奚惆悵而獨悲. 悟已往之不諫, 知來者之可追. 實迷塗其未遠, 覺今是而昨非' 는 귀향의 두 번째 이유를 보여준다. 이는 과거의 자아에 대한 반성과 미래의 실천 의지로 요약된다. '정신이 육체의 노예' 가 되었다는 그의 고백은 처절하며, 쓰라린 심정으로 슬퍼하기만 한들 무엇을 하겠느냐는 토로는 바로 이어질 변화의 의지를 암시한다. 이 구절은 오직 도연명의 자기 반성을 제시하지만, 이러한 반성은 독자에게도 자연스럽게 다가온다. 그 이유는, 이러한 반성은 사실상 인류의 원형적(原型的) 반성 형식이기 때문이다. 현대에 사는 우리도 '旣自以心爲形役, 奚惆悵而獨悲' 의 사고 형식을 항상 소유하지 않는가?

'悟已往之不諫, 知來者之可追. 實迷塗其未遠, 覺今是而昨非' 에서는 귀향의 실천을 위한 자기 정리를 본격적으로 시도한다. 그 정리의 핵심은 과거의 자기에 대한 용서와 미래의 자기에 대한 확신이다. '悟已往之不諫' 에 드러나는 자기 용서는 아름다워 보인다. 과거의 자기를 용서하지 못하는 엄격성은, 타인으로부터 그 도덕적 타당성을 인정받기도 하지만, 자기에 대한 엄격성이 과도해지면 이는 결국 자기 부정으로 유도되며, 종국적으로 인간에 대한 부정으로 연결되기 쉽다. 그러므로 자기에 대한 과도한 엄격성이 언제나 아름다운 것만은 아니다.

도연명의 자기 용서와 자기 사랑의 근거는 미래의 실천의지에 있다. '知來者之可追' 는 이러한 실천의지의 근거를 보여준다. 이러한 실천의지는, 가능성의 확인과 판단으로 귀결된다. '實迷塗其未遠' 은 자기에게 남은 마지막 가능성의 확인이다. '實迷塗其未遠' 은 '잘못 접어든 길이 그토록 먼 것이 아님을 실감하다' 라는 의미이다. 도연명에게 '잘못 접어든 길이 그토록 먼 것이 아님' 은 실제적 사실일 수도 있다. 그러나 또한 도연명은 잘못 접어든 길로 너무나 멀리 갔을 수도 있다. 이러한 길이는 철저하게 주관적이다. 그런데 도연명이 '그 길이 멀지 않다' 고 말하는 근거는 무엇일까? 이는 아마도, 과거는 아무리 길더라도 더 이상 존재의 공간이나 죄업(罪業)의 확대 공간이 될 수 없지만, 미래는 아무리 짧은 공간이라도 그곳은 자기 존재의 공간이며, 자아 수정의 공간이 될 수 있다는 데에 있을 것이다. 그러므로 도연명에게 미래는, 가치 창출의 공간이며, 의미의 공간이 된다. 이러한 그의 판단이 '잘못 든 길이 머지않다'는 근거가 되었을 것이다.

'舟搖搖以輕颺, 風飄飄而吹衣. 問征夫以前路, 恨晨光之熹微'는 도연명이 고향으로 돌아가는 정경을 묘사하고 있다. 앞 구절의 '搖搖'는 동사 중첩형이며, '飄飄'는 형용사 중첩형이다. 이와 같은 동사나 형용사의 중첩형은 이미 시경과 초사에 자주 사용되는 수사법(修辭法)이다. 이러한 운문에 중첩형이 자주 사용되는 이유를 살펴보기로 하자. 현대 중국어에서는 단독의 동사와 중첩된 동사의 기능은 현격하게 구분된다. 중첩된 동사는 그 동작이 가볍게 발생하는 것을 나타낸다. 그러므로 그 행위의 심각성이 제거된다.[1] 중첩형용사는 그 상태를 양화(量化)시키며, 동시에 형상화(形象化)시킨다. 그러므로 중첩형용사는 그 상태를 양적으로 변화시켜 독자의 눈앞에 하나의 형상으로 제시하는 역할을 한다. 이에 의하면, '搖搖'는 배가 흔들흔들 거리며 가볍게 나아가는 상황을 제시해주고, '飄飄'는 표표하게 부는 바람이 양적으로 변화되어 독자의 눈앞에 떠오르게 해준다.[2] 이러한 현상은 외국인이 실감하기는 쉽지 않지만 중국인에게는 대단히 보편적인 감각이다.

'問征夫以前路'의 '問前路'의 내용은 아마도 '내 고향은 앞으로 얼마나 남았는가' 혹은, '내 고향은 어느 길로 가야 하는가'를 의미할 것이다. 그러나 양자 중의 어느 것이든 '問征夫以前路'는 그 자체로는 이해가 되지 않는 구절이다. 왜냐하면 도연명이 자신의 향리(鄕里)로 가는 길을 모를 리는 없기 때문이다. 그렇다면 이 구절은 무엇을 나타내는가? 심리학에서는 인정욕구(認定欲求: Approval Need)라는 개념을 사용한다. 이 개념은 자신의 문제를 타인으

---

1) 현대 중국어의 '看書'와 '看看書'를 비교해 볼 것.
2) 현대 중국어의 '高'와 '高高的'을 비교해 볼 것.

로부터 인정받음으로써 더욱 자기 확신을 가지게 되며, 더욱 희열을 느끼기도 하는 보편적 심리 현상을 말한다. 예를 들면 입학시험의 합격 발표 장소에서 자신의 합격을 이미 확인한 사람이, 뒤늦게 도착한 부모나 혹은 타인에게 자기 번호를 확인해줄 것을 요구하고, 부모나 타인이 이를 확인해 주면 더욱 기뻐하는 현상 등이 이에 해당한다. 이 구절은 이러한 인정욕구의 심리상태를 나타내고 있는 것으로 보인다. 즉, 그는 자신의 고향길이 얼마 남았는가를 이미 알고 있지만, 이를 길손에게 확인함으로써, 자신의 귀향, 즉 자신의 실천 행위를 확인하고 이에서 더욱 희열을 느끼는 것이다. 그리고 마음속으로 '맞아, 이제 내 고향은 얼마 남지 않았어!' 라고 말하는 것이다.

'乃瞻衡宇, 載欣載奔' 부터는 고향집에 도착하는 순간부터 그곳에서의 생활을 노래하고 있다. '瞻'은 '먼 곳에서 사물을 바라보는 행위'를 나타낸다. 그러므로 그는 여기에서 '보다'를 의미하는 '간(看), 시(視), 관(觀), 찰(察)'등을 쓸 수 없었을 것이다. 도연명의 시야에는 이제 고향 마을의 衡門과 집이 보이기 시작한다. 그리고 흔쾌한 심정으로 그곳을 향하여 발걸음을 분주하게 움직인다. '僮僕歡迎, 稚子候門'은 그 다음의 광경을 묘사해준다. 동복(僮僕)은 도연명을 기쁨으로 맞이하고, 어린 아들은 문에서 그를 기다린다. 동복은 '주인님~' 하면서 뛰어 나오는 듯하다. 여기에서 우리는 도연명의 인간적 품성을 발견한다. 일반적으로 동복은 주인을 환영하는가? 혹시 주인의 품성에 문제가 있었다면 동복은 주인의 새로운 출현을 기피할 것이다. 어린이는 진실 앞에서 항상 솔직하기 때문이다. 그렇게 보면 도연명의 출현이 동복에게는 즐거운 사건으로 다가오는 것이 분명하다. 동복에게 즐거운 존재로서의 주인! 이것이 곧 도연명의 따스한 품성을 보여준다. 그러나 정작 자신의 아이는 문에 서서 그를 기다린다. 아들에게 그는 엄격한 존재였는지도 모른다. 그러나 아들에 대한 그의 사랑은 여전하다. 이는 다음 구절에서 밝혀진다.

'三徑就荒, 松菊猶存'는 그가 만난 고향집의 최초의 풍경이다. '三徑'의 삼 '(三)'은 경우에 따라 실수(實數)가 아닌 개수(槪數)를 나타낸다. 예를 들면 논어(論語) 학이편(學而篇)에 나오는 '父在觀其志, 父沒觀其行, 三年無改於父之

道, 可謂孝矣'의 '삼년(三年)'을 실수(實數)로 해석하는 경우에는 이년 십일 개월 동안 '부지도(父之道)'를 지켜오다가 한 달을 못 채우면 불효인가의 문제가 제기된다. 이러한 경우의 해법으로 '삼'은 실수가 아니라, 어느 정도의 긴 기간을 나타내는 개수(槪數)라는 견해가 있다.[3] 이러한 견해에 따르면 '三徑'은 '몇 갈래 길'이라는 뜻이 될 것이다.

'松菊'은 일반적으로 우리에게도 낯설지 않은 단어의 조합으로 보인다. 소략하게나마 이들의 사용례를 보면 다음과 같다.[4]

작품집	'松'의 사용례	'菊'의 사용례	'松菊'의 사용례
楚辭	4회	3회	없음
詩經	11회	없음	없음
陶淵明詩	9회	5회	없음
杜甫詩	50회	12회	1회
柳宗元詩	7회	없음	없음
李商隱詩	없음	1회	없음
唐詩三百首	27회	3회	없음
蘇軾詩	246회	69회	4회
蘇軾詞	16회	12회	없음
柳永詞	1회	5회	없음
李賀詩	16회	2회	없음

위의 조사는 '松'과 '菊'의 사용빈도가 높은 것이 아니며, 더구나 '松菊'으로 연합되어 사용된 경우는 극히 희소하다는 사실을 보여준다. 그렇다면 '松'과 '菊'의 조합은 도연명이 최초로 시도한 이미지의 조합이라고 보는 것이 옳

3) 弓英德, 論語疑義輯注, 臺灣商務印書館, p13을 참고할 것.
4) 소략한 조사라고 말한 이유는, 다음의 조사가 컴퓨터에 입력된 상태를 조사한 것이므로 원본과 다르게 입력된 경우에는 오류가 있을 수 있다는 것이고, 한대(漢代)의 악부(樂府)와 사부(辭賦)를 조사하지 못했다는 것을 의미한다.

을 것이다. '松菊'은 황폐한 땅에서도 잘 자라는 식물이지만 아무리 황폐한 땅이라 해도 가을의 농촌 길에 오직 '松菊'만 자랄 수는 없을 것이다. 그러므로 '松菊'은 시인이 선택한 시어로서 이에는 일정한 시적 의도가 있다고 보아야 할 것이다. '猶'는 현대 중국어로 말하면 '可, 却'와 같은 어감을 가지는 어휘로 보인다. '可, 却'는 '화자의 생각과 달리 어떠하다'라는 어감을 준다. 그러므로 '三徑就荒, 松菊猶存'은 '몇 갈래 길은 모두 황폐하여 아무런 식물도 자라지 못할 줄 알았는데, 아, 웬일인가? 松菊은 그대로 살아있구나!'라는 정도의 어감을 주는 구절이 될 것이다. 도연명은 아마도 '松菊'의 이미지인 지조와 절개에 着目했는지도 모른다. 그리고 황폐한 땅에서도 존재하는 松菊의 모습에서, 이 세상에 존재하는 자신의 모습을 연상했을 것이다.

'携幼入室, 有酒盈樽'은 마침내 고향집에 도착하여 방으로 들어서는 상황을 보여준다. 이러한 상황을 도연명은 '어린 자식과의 스킨쉽' 및 '술'로 설명한다. 이 상황에는 그의 아내도, 방안에 걸려 있음직한 편액 하나도 나타나지 않는다. 여기에는 다만 세상에서 가장 부드럽고 가장 사랑하는 자식의 촉감이 있다. 자식을 키우는 사람은 누구나 자식과의 피부 접촉에서 느껴지는 황홀감을 경험했을 것이다. 이제 그는 관직생활로 말미암아 느낄 수 없었던 아이와의 황홀한 스킨쉽이 가능한 세계로 들어온 것이다. 그리고 거기에는 정신적 초월의 상징인 술이 존재한다. 마실 때마다 항상 부족했던 술이, 이제는 동이를 가득 채우고 있는 것이다. 그러므로 정신적 초월의 가능성은 그만큼 풍성하게 준비된 셈이다. 그리고 이러한 술동이에서 잠시 아내의 손길이 드러나 보인다.

'引壺觴以自酌'에는 빛나는 자유와 여유가 보인다. 지금까지 그는 술 권하는 세계, 혹은 권함을 받아야 하는 세계에 살아왔다. 그러므로 그에게 술은, 초월의 장치가 아니라 자아에 대한 제재와 억압의 장치로 변모된 것이었다. 그러나 이제 그는 스스로 술병을 끌어오고 스스로 술을 따른다. 그리고 이에서 새로운 해방감을 느끼는 것이다. 여기에 그가 느끼는, 빛나는 자유와 여유가 존재한다. 이로 말미암아 그는 '怡顔'을 갖게 된다. 도연명은 지금 자신의 표정이 즐겁고 온화하다는 것을 직접 느끼고 있다. 아마도 자신의 표정이 즐겁고 온화하다는 것을 스스로 느껴보는 경험은 현대에 사는 우리에게도 흔치 않은 일일 것이다. 우리는 사회 구조 속에서 자신의 표정에 무감각하든가, 아니면 대개는 긴장된 표정을 유지한다. 도연명은 바로 이러한 사실을 지적하고 있다. 그는 이전의 세계에서 자신의 표정이 평화롭다고 느낀 경험이 회상되지 않는 것이다. 그리고 이제야 그러한 감각이 살아남을 느끼는 것이다. 과거의 표정이 평화로운 것이 아니었다는 도연명의 발견은 놀랍다. 우리는 언제 즐겁고 온화한 얼굴을 가져 보았는가? 아니 자신의 얼굴이 즐겁고 온화하다고 스스로 느껴본 적이 있는가? '眄庭柯'는 도연명이 이러한 표정으로 정원의 나뭇가지를 지긋이 바라보는 상황을 나타낸다. 그러므로 그 나무들은 이제 아무 곳에서나 볼 수 있는 나무가 아닌 것이다. 그들은 지금부터 도연명에게 평화를 주고 자유를 느끼게 하는 나무들인 것이다.

'倚南窓以寄傲, 審容膝之易安'은 도연명의 직접적 경험을 표현하는 또 하나의 절창(絕唱)이다. 직접적 경험이란 소위 현실에의 逼眞을 뜻한다. 그는 남쪽 창가에 기대어 '寄傲'한다. '寄傲'는 오기를 펼쳐 본다는 의미, 혹은 오기에 나를 맡겨본다는 의미이다. 우리도 오기를 부려보는 경우가 있다. 이렇게 오기를 부린 다음에는 대부분 후회 혹은 씁쓸한 심정만이 남는다. 그러나 우리는 바닷가에서, 혹은 높은 산에 올랐을 때, 소리를 질러본 경험이 있을 것이다. 이렇게 소리를 지르는 이유 중의 하나는, '바다여 보았는가? 산이여 보았는가? 내가 왔도다!' 라는 것이 아니겠는가? 이러한 심정은 자연에 대한 오기이다. 이러한 오기는 누구도 탓하지 않는 오기이며, 스스로도 씁쓸함을 느끼지 않는 오기이다. 도연명은 지금 이렇게 자연에 대하여 오기를 부려보는 것이다. 남쪽 창이라면 그 앞에는 전원이 펼쳐져 있을 것이고, 그 저편으로는 산이 있을지도 모른다. 도연명은 그들에게 말하고 있는 것 같다.

'자! 田園이여, 자연이여! 모든 것을 버리고 내가 돌아 왔다네! 내가 참 대단하지 않은가? 이제 자네들과 하나가 되고자 한다네. 그대들은 나를 어찌 할 텐가?'

이것이 자연에 대한 도연명의 오기이다. 이러한 오기는 누구도 탓하지 않는, 그것을 부리고도 후회할 리 없는, 맑고 깨끗한 오기로 보인다. 도연명은 이러한 오기를 시에 담아낸 최초의 시인일 것이다. '審容膝之易安'은 작은 방이 편안하게 느껴짐을 이제 알겠다는 심정을 나타낸다. '易安'은 말 그대로 편안함이다. 자연으로 돌아와 느끼는, 몸과 마음의 편안함은 단순한 修辭로 느껴지지 않는다. 이를 실제로 경험한 자만이 느낄 수 있는 진실인 것이다. 진실의 서술, 이것이야말로 가장 진실한 시가 아니겠는가?

'園日涉以成趣, 門雖設而常關' 부터는 시간의 흐름에 따라 나타나는 전원의 변화와 도연명의 생활을 묘사한다. '園日涉以成趣'는 전원이 하루가 다르게 자신의 멋진 자태를 이루어 가는 것을 나타낸다. 초사와 시경, 당시삼백수(唐詩三百首), 두시(杜詩), 이상은시(李商隱詩), 이하시(李賀詩), 소식시(蘇軾詩) 등에는 '日涉'이라는 표현이 없다. 이를 보면 '日涉'은 보편적으로 사용되는 시어가 아니다. 이는 도연명의 조어(造語)일 가능성이 많은 것이다. '涉'은 초사와 시경에서는 대부분 '강을 건너다'라는 의미로 사용되고 있다. 도연명은 그러한 이미지를 빌려와 '해가 강을 건너면→하루하루가 강을 건너면→하루하루가 지나면→하루가 다르게'라는 이미지로 변화시키고 있다. 그는 '하루하루가 강을 건너다'라는 심층적 표현을 바탕에 두면서 세월의 흐름을 나타내고 있는 것이다. 이러한 표현은 세월의 흐름을, 하루하루가 강을 건너는 모습으로 형상화시킨다. 이로 말미암아 그는 세월의 흐름에 대한 몇 가지의 새로운 이미지를 보여주고 있다. 첫째는, 세월이 강을 건너고 또 강을 건너는 모습은 세월의 흐름에 일정한 율동성을 부여한다는 점이다. 시간의 흐름은 근본적으로 규칙적일 수밖에 없다. 그러나 도연명은 이러한 규칙성 대신 율동성을 부여함으로써 시간의 흐름을 풍성하고 아름답게 표현하고 있다. 둘째는, 형상의 제시이다. 그는 시간의 흐름을, 강을 건너는 모습으로 묘사함으로써, 시간이 흐르는 모습을 우리의 눈앞에 형상적으로 제시하고 있다. 셋째는, 윤회적(輪廻的) 순환의 제시이다. '日涉'과 '成趣'는 시간이 하루하루 강을 건너감에 따라 전원이 또한 하루하루 본래의 자태를 이루어감을 나타낸다. 다시 말하면 시간 소멸과 전원 생성의 대립적 순환이 제시되는 것이다. 이러한 대립 구조는 다음 구절인 '門雖設而常關'의 구조와 對를 이룬다. '門'은 항상 닫아 놓기 위하여 설치하는 것이 아니다. 도연명의 세계에서는 이것이 '雖設'과 '常關'으로 대립되어 있다. 이러한 앞뒤 구절의 대(對)가 좀처럼 드러나지 않는 〈歸去來辭〉의 정밀한 구성을 보여준다.

'門雖設而常關'은 '문'이라는 대상이 나와 외부의 경계이며, '닫힌 문'은 곧 외부로부터의 독립이라는 이미지를 전달해준다. 그는 이러한 이미지를 다른 시에서도 사용하고 있다. 〈歸園田去〉의 '白日掩荊扉'는 사실상 '門雖設而常關'과 동일한 상황과 이미지를 전해주고 있다. 이를 보면 그는 아마도 '닫힌 문'의 이미지에 상당한 애착을 가지고 있는 것으로 보인다. 그가 말하는 '닫힌 문'의 이미지는 고독이며 동시에 자유이다. 그에게 자유는 절대적 가치를 갖는다. 그러나 절대적 가치가 절대적 고독을 상쇄하는 것은 아니다. 그에게 가치와 고독은 독립적 배타적으로 존재하는 것으로 보인다. 그는 이제 절대적 가치를 유지하면서도 또한 고독으로부터 이탈하려는 시도를 한다. 그 시도의 핵심은 다음 구절에 나타나는 자연과의 교감이다.

'策扶老以流憩, 時矯首而遐觀'은 자연을 찾아 고독을 달래려는 도연명의 일상을 보여준다. 이러한 일상은 '流憩, 遐觀'의 요소로 구성된다. 그는 지팡이에 노구(老軀)를 의지하고 흐르는 물가에서 휴식을 취한다. 이러한 광경은 휴식이라는 정적 상태와 흐르는 물이라는 동적 상태로 묘사된다. 그는 왜 연못과 같은 고인 물이 아니라 흐르는 물가에서 휴식을 취했을까? 그는 인간적 고뇌를 그 흐름 속에 던져 버릴지도 모른다. 아니면 흐르는 물이 그의 고뇌를 씻어가 버릴지도 모른다. 이도 아니면 흐르는 물은 그에게 삶의 생동감을 줄지도 모르고, 삶의 근원적 고독감을 더욱 안겨 줄지도 모른다. 그러나 이 모든 것은 '휴식'으로 정리된다. 우리는 진정한 '휴식'을 언제 취하는가? 현대인에게는 휴식조차도 계획되거나 의도된 경우가 대부분이다. 도연명의 입장에서 이러한 휴식은 진정한 '휴식'이 아니다. 진정한 '휴식'은 초월적(超越的)이고 공적(空的)이어야 한다. 이러한 그의 생각은 '時矯首而遐觀'에서 드러난다. 이 구절의 진미를 알기 위하여 우리 자신을 돌아보자. 우리는 일생생활에서 하루에 혹은 일주일에 몇 번이나 고개 들어 먼 산이나 먼 하늘을 쳐다보는가?[5] 고개를 평형으로 유지할 때 그 앞에 전개되는 것은 일상이다. 고개를 드는 것은 일상으로부터의 이탈이다. '멀리 보는 행위', 즉 '邁觀'의 목적지는 시에 제시되지 않는다. 결정된 목적지는 또 하나의 의식적, 의도적 일상일 가능성이 있다. 그러므로 '邁觀'은 목적지를 필요로 하지 않는다. 그는 의도하지 않은 먼 곳의 풍경과 때때로 만난다. 그리고 그 풍경에서 자신의 고독이 다시 한번 확인된다. 다음 구절은 이를 말해주고 있다.

'雲無心以出岫, 鳥倦飛而知還'은 윗 구절의 '邁觀'의 결과로 시야에 들어온 풍경을 말해주고 있다. '無心'은 구름을 묘사한다. 산골짜기에서 피어오르는 구름의 모습과 '無心'의 시적 연결은 자연스럽고 아름답다. 우리는 구름의 외형(外形)에서 '無心'의 구체적 형상을 본다. 골짜기에서 피어오르는 구름의 모습은 고정되거나 확정된 모습이 아니라 산만하게 흩어져 가는 외형을 가진다. 이러한 구름의 모습에서 발현(發顯)되는 형태적 상상력(Formal Imagination)은 자연스럽게 '無心'과 연결된다. 구름은 근본적으로 사라짐의 속성을 갖는다. 그 사라짐은 흔적을 남기지 않는다. 이러한 구름의 속성이 또한 '無心'의 속성과 연결된다. '無心'은 마음의 흔적 없음을 나타내기 때문이다. 그러므로 '無心'은 또한 구름에 대한 물질적 상상력(Material Imagination)으로 연결된다. 이러한 연결과 조화는 중국의 시인들에게 공통적으로 나타난다. 시경과 초사에는 '無心'이 나오지 않는다. 그러나 두시(杜詩)에는 '無心'이 4회 나오는데, 〈백수최소부십구옹고재삼십운(白水崔少府十九翁高齋三十韻)〉의 '상유무심운(上有無心雲)'의 '無心'은 구름과 연결되어 있다. 당시삼백수(唐詩三百首)에는 '無心'이 1회 나오는데, 이는 유종원(柳宗元)의 〈어옹(漁翁)〉에 나오는 '암상무심운상축(岩上無心雲相逐)'이다. 이 '無心'도 구름과 연결되어 있다.

---

5) 실제로 필자는 대학생들에게 이를 물어 보곤 하는데, 자주 고개를 들어 하늘을 본다는 학생은 거의 없었다.

소식시(蘇軾詩)에는 '無心'이 25회 나온다. 이 가운데 〈송소본선사부법운(送小本禪師赴法雲)〉의 '출수본무심(出岫本無心)'은 도연명의 '無心'의 이미지와 사실상 동일하며, 〈증담수(贈曇秀)〉에 나오는 '백운출산초무심(白雲出山初無心)'도 구름과 연결되어 있다. 〈추화침료증남화노시(追和枕遼贈南華老詩)〉의 '완이무심운, 호위출수래(莞爾無心雲, 胡爲出岫來)'도 도연명의 '無心'의 이미지를 빌어온 것이다. 이상은(李商隱) 시에는 '無心'이 2회 나오는데, 그 가운데 〈화사(華師)〉의 '고학부수운무심(孤鶴不睡雲無心)'의 '無心'도 구름과 연결되어 있다. 이러한 현상은 구름과 '無心'에 대한 원형적 상상력으로 설명될 수 있는 것으로 보인다. 원형적 상상력은, 시공을 초월하여 보편적으로 나타나는 어떤 사물에 대한 기본적 이미지 혹은 원초적 이미지를 말한다.[6] 이에 의하면 구름은 원형적으로 '無心'의 상태를 나타낼 수 있다는 말이 된다. 이러한 구름은 그 자체로만 존재하는 것은 아니다. 도연명은 이러한 구름 사이로 나타나는 틈입자(闖入者)를 만난다. 그것은 지친 모습으로 돌아오는 새들이다. 구름과 지친 모습의 새는 '無心'이라는 추상적 공간에 존재한다. 이 공간은 '無心'한 상태의 자아와, 초월을 시도했으나 결국 새와 같이 지친 모습으로 형상화 되는 자아의 대립공간이다. 도연명은 여기에서 위대한 고백을 한다. 고백의 내용은 이렇다.

'無心'은 초월이다. 그러나 초월은 쉬운 것이 아니다. 나는 그것을 위하여 이곳에 왔고, 초월적 존재가 되기 위해 노력해 왔다. 그러나 마음 한 곳에는 여전히 외부 세계에 대한 잔상(殘像)이 남아 있다. 그러므로 나는 초월한 것이 아니라 사실은 저 새와 같이 지친 모습으로 귀환한 것이 아닌가? 진정한 초월적 존재는 무심한 저 구름일 뿐이다.'

---

6) 형태적 상상력, 물질적 상상력, 원형적 상상력에 대하여는 곽광수, 김현 저 〈바슐라르 硏究〉를 참고할 것.

그렇다. 초월은 쉬운 것이 아니다. 이 고백은 그 자신이, 본질적으로 모순을 가지고 있는 바로 그 실존적 인간이라는 고백으로 보인다. 여기에서 우리는 초월적 시인이 아닌 인간으로서의 도연명을 만난다. 지친 모습으로 돌아오는 새에는 시간이 숨어 있다. 그것은 저녁이다. 이 시간은 다음 구절의 배경을 이룬다.

'景翳翳以將入, 撫孤松而盤桓'은 저녁 무렵 외로운 소나무를 어루만지며 그 주위를 감도는 도연명의 행위를 묘사하고 있다. '松'은, 주위에 그 나무 밖에 없어서 등장한 시어라기 보다는 그에 의하여 선택된 시어로 보아야 할 것이다. '시인에게 대상은 이미 이미지이며, 대상은 상상력을 유발시키는 가치를 갖는다. 실제 대상은 그것의 원형에서 받아들이는 정열적 관심에 의해서만 시적 힘을 갖는다.'[7] 그렇다면 '松'은 어떠한 이미지를 갖는가? 그것은 지조이며, 절개이다. '孤松'은 이러한 지조를 지키려는 외로운 소나무이며, 바로 도연명 자신이다. 그는 그러한 소나무를 쓰다듬으며 그 주위를 감돈다. 그러므로 그는 자신을 위무(慰撫)하며 자신의 주위를 맴도는 것이다. 결국 초월적 존재이기를 바라지만 초월하지 못한 자의 고뇌가 여기에서 맴돌고 있는 것이다. 그리고 이 과정에서 그는 평범한 우리의 친구로 다가오는 것이다. 이 부분까지로 그의 고뇌와 고독은 끝이 난다. 이제 그가 해야할 일은 고뇌와 고독의 정리이다.

'歸去來兮'는 이미 〈歸去來辭〉의 처음에 나왔던 구절이다. 그러나 내용은 첫 구절의 반복이 아니다. 이 '歸去來兮'는 또 다른 상황으로의 귀환에 대한 선언이다. 또 다른 귀환의 이유는 무엇이며, 귀환의 종점은 어디인가? 다음부터는 이러한 내용이 전개된다.

'請息交以絶游, 世與我而相違, 復駕言兮焉求'는 외부와의 절연과 권력으로부터의 독립을 묘사하고 있다. '駕'는 권력을 상징한다.[8] 그렇다면 그가 앞 구

---

7) 앞의 책, p.237 참조. 이 인용문은 바슐라르의 저서인 〈La Terre et les reveries du repos〉에 나오는 내용의 번역이다. 그러나 필자의 견해에 따라 일부 수정한 곳이 있다.

절에서 말한 '지쳐 돌아오는 새'의 존재나 '撫孤松而盤桓'의 이유는 자명해진다. 그는 아직 세속의 꿈을 버리지 못하다가 이제야 이들로부터의 완전한 자유를 선언하는 것이다. 권력에의 지향은 인간의 진실의 하나인가? 아마도 이는 진실일 것이다. 도연명도 이에서 예외가 아님을 스스로 서술하고 있다.

'悅親戚之情話, 樂琴書以消憂'는 향후의 갈 길을 말하고 있다. '친척간의 정겨운 대화'는 권력 세계의 대화와 대비되는, 도연명에게는 순수한 대화의 하나로 상징된다. 이러한 대화를 즐기며, 음악과 학문으로 우수를 달래겠다는 의지가 이 구절에 나타난다. 그러나 이는 개인적 생활이며, 가족적 생활이다. 이에 이어 다음 구절에서는 이웃과의 생활과 진정한 농촌 생활의 모습이 묘사된다. 이는 권력의 세계와 다른 또 하나의 외부와의 접촉이다.

'農人告余以春及, 將有事于西疇'에는 농촌 생활의 정수(精髓)가 나타난다. 농민들은 '봄이 왔네요'라고 나에게 말해준다. 권력 세계의 대화는 어떠했던가? 그 세계의 대화는 가식과 탐욕으로 얼룩져 있었다. 그러나 '봄이 왔네요'라는 한마디에는 이러한 요소가 없다. 그러므로 '봄이 왔네요'는 정결과 순수의 상징이다. 그들에게 다른 말은 필요가 없는 것이다. 도연명은, 대화의 순수성으로 관계의 순수성을 묘사하려는 시적(詩的) 의도를 다른 곳에서도 보여주고 있다. 〈귀원전거(歸園田去)〉의 '相見無雜言, 但道桑麻長'이 이에 해당한다. 그들은 서로 만나면 다만 '뽕나무 잎, 삼나무 잎이 많이 자랐네요'라고 말할 뿐이다. 이것만이 그들의 관심사이기 때문이다. 잡언(雜言)이 없는 세계는 득도(得道)의 세계인지도 모른다. 불교에는 그래서 묵언(默言)의 수련이 있는지도 모른다. 봄이 왔으므로 서쪽 밭이랑에는 일하는 사람이 많이 보일 것이다. 왜 하필 서쪽 밭이랑인가? 이에 대한 정밀한 해석은 아직 보이지 않는다. 이를 해석하기 위하여 〈歸園田去〉의 다음 구절을 보기로 하자.

---

8) 수레는 권력을 상징한다. 도연명은 이러한 상징을 잘 이용하고 있다. 〈歸園田去〉의 '野外罕人事, 窮巷寡輪鞅'의 '輪鞅'도 수레의 일부로서 결국 권력을 상징한다. 영어 'wheel'에도 '권력'이라는 의미가 있다.

種豆南山下, 草盛豆苗稀
晨興理荒穢, 帶月荷鋤歸
道狹草木長, 夕露霑我衣
衣霑不足惜, 但使願無違

위의 '帶月荷鋤歸'는 호미를 등에 얹고 달빛 아래로 귀가하는 상황을 묘사하고 있다. 이는 달이 뜰 때까지 농사일을 하고 돌아오는 것을 나타낸다. 이를 원용하면 '서쪽 밭이랑'은 서산에 달이 올 때까지 밤늦도록 농사일을 하는 풍경의 묘사로 볼 수 있을 것이다. 서편에 달이 올 때, 서쪽 밭이랑에서 일하는 사람들은 선명하게 드러날 것이기 때문이다.

'或命巾車, 或棹孤舟. 旣窈窕以尋壑, 亦崎嶇而經丘'의 심층구조는 다음 중의 하나일 것이다.

　　(1) 或命巾車, 或棹孤舟,
　　　　旣崎嶇而經丘, 亦窈窕以尋壑.
　　(2) 或命巾車, 旣崎嶇而經丘,
　　　　或棹孤舟, 亦窈窕以尋壑.

위의 (1-2)는, '巾車'는 계곡을 찾아가는 것이며, '孤舟'는 '尋壑'을 찾아가는 것임을 잘 나타내고 있다.[9] (1-2)가 내용상 자연스러운 연결임에도 불구하고, 도연명은 '求, 憂, 疇, 舟'와 어울리는 脚韻 '丘'의 배치를 위하여 현재의 구조를 선택한 것으로 보인다.

'木欣欣以向榮, 泉涓涓而始流'은 위 구절에 이어서 봄이 오는 자연 경관을 묘사하고 있다. '欣欣'과 '涓涓'은 앞에서 말한 바와 같이 양화(量化)되고, 형상화 되어 우리의 감각에 접근해 온다. '木欣欣以向榮'는 '나무는 즐겁고 신나

---

9) 이 경우에 '旣'와 '亦'이 바뀌는 것은 이들이 現代漢語의 '旣~, 又~'의 기능을 하기 때문이다.

게 개화(開花)의 시기에 다가가고 있다' 라는 멋진 표현이다. 이 표현은 처소적 방향으로 시간적 접근을 나타낸다. 이러한 표현은 아마도 도연명이 처음으로 시도한 표현일 것이다.[10]

'羨萬物之得時, 感吾生之行休' 에서 자연은 회생하고 있으나 도연명 자신은 이제 인생의 종장(終章)을 향하고 있음을 보여준다. 이 감회를 통하여 자연과 자신의 대비가 이루어진다. 그러나 이는 평등한 대비가 아니라 자연이 우위(優位)에서는 불평등 대비이다. 그 원인은 결국 삶과 죽음의 문제에 있다. 자연은 때가 되면 회생(回生)하지만 사람에게는 회생 없는 죽음만이 있다는 사실이 이제는 중요한 화두가 된다. 도연명에게 죽음은, 준비를 요구하는 삶의 마지막 단계로 인식된다. 다음 구절에는 죽음에 대한 준비가 묘사된다.

'已矣乎, 寓形宇內復幾時. 曷不委心任去留, 胡爲乎, 遑遑欲何之, 富貴非吾願, 帝鄕不可期' 에서 도연명은 죽음을 피할 수 없는 자아의 정리를 시도한다. '이제는 종말이 되어 가는가?' 라는 물음 다음에 그는 자신의 육체가 이 세상에 얼마나 더 머물 수 있는가를 자문한다. 그는 '寓', 즉 '머물다' 라는 어휘를 통하여 우주의 주인은 자신이 아니며, 자신은 이곳에 잠시 머물다 사라지는 존재임을 확인한다. 그러므로 이제는 모든 마음을 자연의 흐름에 맡기지 않을 수 없음도 확인한다. 그리고 마지막 남은 생애에 해야 할 일도 정리한다. 그가 할 일은 두 가지로 구분된다. 하나는 개인으로서의 준비이며, 하나는 사회적 존재로서의 준비이다. 개인적 준비의 전제는 '富貴'를 추구하는 것이 아니며, 사회적 존재로서의 준비의 전제는 '帝鄕'을 기대할 수 없다는 것이다. '帝鄕'은 '요순시대(堯舜時代)'로 상징되는 이상적 사회를 말한다. 이제 그의 길은 명확해진다. 그것은, 이상적 사회의 도래가 불가능하다면 자신은 외부적 세계에 동참하지 않을 것이며, 따라서 개인적 삶에 충실하리라는 것이다. 이러한 삶의

---

10) 실제로 도연명은 수많은 시적 표현 양식을 창출하였고, 이는 후대 중국시의 수사 방식의 전범(典範)이 되었다는 것이 필자의 생각이다. 그러나 이는 아직 논증된 것이 아니다. 필자는 향후 적절한 시기에 이러한 논증을 해보려는 작은 소망을 버리지 않고 있다.

방식은 혁명론자에게는 도피에 불과하고 개혁론자에게는 보수에 해당한다. 그러나 인간 개체를 우주의 중심으로 보며, 사람은 누구나 존재할 가치가 있다는 입장에서 보면[11], 이는 인간으로의 회귀에 해당한다. 도연명은 이러한 인간으로의 회귀를 선택한 것이다.

'懷良辰以孤往, 或植杖而耘耔, 登東皐以舒嘯, 臨淸流而賦詩'는 인간으로의 회귀의 모습을 보여준다. 이러한 삶의 방식은 의외로 단순하다. 이 삶의 중심에는 '孤往, 耘耔, 舒嘯, 賦詩'가 등장한다. '홀로 다니기'는 고독의 상징이다. 고독은, 그것의 가치를 모르는 사람에게는 외로움이라는 아픔을 주지만, 그것의 가치를 아는 사람에게는 초월이라는 희열을 준다. '김매기'는 자연과의 대화를 상징한다. 실제로 흙을 만지고 흙의 냄새를 맡아 본 사람에게 이러한 상징은 자연스럽게 다가온다. 고독, 그리고 자연과의 대화는 소리 없는 그의 내면적 삶을 나타낸다. 그러나 사람은 내면적 삶만으로는 만족하지 못한다. 사람은 어떠한 형태로든 소리를 낸다. '소리내기'는 감정 풀어놓기, 감정 정리하기, 혹은 감정 전달하기의 수단이다. 그러나 지금 도연명의 소리내기는 감정의 전달 수단은 아니다. 동쪽 언덕에 올라 소리를 내는 것, 그것이 휘파람이든, 노래이든 그 소리내기는 감정의 풀어놓기이며 감정의 여과이다. 그러나 감정 풀어 놓기나 감정의 여과는 도연명에게 최종적 행위가 아니다. 그에게는 또 하나의 소리내기가 필요한 것이다. 그것은 시를 짓는 행위, 즉 문학적 소리내기이다. 시는 반드시 전달을 목적으로 하지는 않는다. 시는 내면의 소리를 문자의 소리로 치환한다. 도연명에게는 이러한 문자적(文字的) 치환(置換)이 전원에서 진행되는 고독한 생활의 마지막 행위가 된다.[12]

'聊乘化以歸盡'는 죽음에 대한 마지막 준비이다. 그는 乘化된 삶의 자세로 죽음을 맞이할 것임을 다짐하고 있다. 마지막 한 구절인 '樂夫天命復奚疑'는 우리의 폐부를 찌른다. 天命을 즐기고자 하는 사람은 도연명 이전에도 많았을

---

11) 예를 들면 '天上天下唯我獨存'의 입장이 이에 해당할 것이다.

12) 그러므로 도연명의 시학은 재정리 되어야 한다고 필자는 생각한다.

것이다. 그리고 도연명 스스로도 天命을 즐기겠다고 여러 번 다짐했을 것이다. 도연명 이전에 '歸去來'를 외친 사람도 많았을 것이다. 그러나 이러한 꿈을 실제로 이룬 사람은 적었을 것이다. 왜 적을 수밖에 없는 것일까? 도연명은 그 이유가 '의심'에 있다고 본 것이다. 진실에 대한 의심, 자아에 대한 의심은 꿈의 실현을 무산시킨다. 도연명은 이를 실감하고 있는 것이다. 그러므로 그는 자신의 마지막 다짐에 대한 확신, 곧 의심으로부터의 해방을 선언하는 것이다.

허성도(서울대)

代出自薊北門行[1] 계의 북문을 나서며

포조(鮑照)

羽檄起邊亭[2]	급한 격문 변방에서 다급히 일고
烽火入咸陽[3]	봉화는 함양으로 날아 들온다.
徵騎屯廣武[4]	광무현에 기병을 주둔시키고
分兵救朔方[5]	삭방군에 보병을 구원 보낸다.
嚴秋筋竿勁[6]	가을이면 적의 무기 더욱 굳세져
虜陣精且彊	적의 진영 사기는 하늘 찌른다.
天子按劍怒	천자는 칼을 잡고 진노하시고
使者遙相望[7]	허둥지둥 사신 행렬 끊임이 없다.

---

1) 薊: 옛 연(燕)나라, 지금의 북경 일대.
2) 羽檄: 긴급을 알리는 군대의 공문. 목간(木簡)으로 된 문서에 새 깃털을 꽂아 긴급을 표시하였음. 邊亭: 변방에서 적의 동정을 살피는 초소.
3) 咸陽: 진(秦) 나라의 수도. 여기선 서울의 뜻.
4) 廣武: 현 이름. 옛 성은 지금의 산서성 대현(代縣) 서쪽에 있었음.
5) 朔方: 군 이름. 지금의 내몽고 자치구 황하 남쪽 지역에 있었음.
6) 筋竿 두 구: '筋'은 활, '竿'은 화살로 적군의 무기. 흉노는 가을에 말이 살이 찌면 대림(蹛林)에 모여 대대적인 군사 훈련을 하였다고 하는데, 여기서는 적군의 병사와 무기가 더욱 강하고 굳세어짐을 말함.
7) 遙相望: 멀리서 서로 바라보다. 변방으로 파견되는 사신 행렬이 끊임없이 이어짐을 말함.

안 행 연 석 경
雁行緣石徑⁸⁾ 안행으로 넓은 돌길 따라서 가고

어 관 도 비 량
魚貫度飛梁⁹⁾ 어관으로 구름다리 건너서 간다.

소 고 류 한 사
簫鼓流漢思¹⁰⁾ 병사들 노래에는 한나라 생각

정 갑 피 호 상
旌甲被胡霜 정기와 갑옷에는 오랑캐 서리.

질 풍 충 새 기
疾風衝塞起 질풍은 변방 땅을 휘몰아쳐서

사 력 자 표 양
沙礫自飄揚 모래자갈 저절로 날아오른다.

마 모 축 여 위
馬毛縮如蝟 말 털은 고슴도치 뻣뻣이 얼고

각 궁 불 가 장
角弓不可張 각궁은 얼어붙어 당길 수 없다.

시 위 견 신 절
時危見臣節 위기라야 신하의 절개를 보고

세 란 식 충 량
世亂識忠良 난세라야 충신을 안다 했던가.

투 구 보 명 주
投軀報明主 목숨 바쳐 성군에게 보답을 하고

신 사 위 국 상
身死爲國殤¹¹⁾ 몸은 죽어 순국자가 되어야 하리.

---

8) 雁行: 기러기의 행렬을 본뜬 군진(軍陣)의 대오를 말함.
9) 魚貫: 물고기의 행렬을 본뜬 軍陣의 대오를 말함. 飛梁: 골짜기에 높이 걸린 구름다리.
10) 漢思: 한나라 생각. 즉 한나라 병사의 고향생각을 말함.
11) 國殤: 나라를 위해 희생한 사람, 순국자.

◀ 감상 ▶

포조(414?-466)는 자가 명원(明遠)으로 남조 유송(劉宋)의 문인이다. 문재(文才)로 임천왕(臨川王) 유의경(劉義慶)의 지우를 받아 그의 시랑(侍郎)이 된 것을 필두로 하여, 주로 제후 왕의 시랑이나 현령 등의 관직을 역임하였다. 〈의행로난(擬行路難)〉 등 현실주의적 색채가 강한 악부시와 칠언시로 유명하다.

종영(鍾嶸)은 ≪시품·서(詩品·序)≫에서 '수변(戍邊)'을 포조 시의 주된 경향으로 지적하였는데, 이 시는 변경의 경보, 천자의 파병, 변새의 혹한, 전투의 간고(艱苦)와 서사보국(誓死報國)의 결심을 단계적으로 읊은 포조의 대표적인 변새시이다. 유송(劉宋)은 북위(北魏)와 대치하면서 상호 공수의 전쟁이 끊임이 없었다. 특히 문제(文帝, 424-453 재위) 시대에는 북위군이 수도 건강(建康: 지금의 남경시)의 장강 북안(北岸) 과보산(瓜步山)까지 침공하여 수도가 함락될 뻔한 적도 있었고, 대규모 북벌 전쟁의 실패로 국력이 소진되어 결국 쇠망을 초래하게 되었다. 포조가 훌륭한 변새시를 적잖이 남기고 있는 것은 바로 이러한 시대 상황이 배경이 되었다. 이 시는 표면적으로는 국가 비상시기에 목숨을 초개와 같이 버려 순국하려는 장렬한 애국 정서가 충만한 작품으로 보인다. 그러나 평소 아무런 능력과 대책도 없이 입만 살아 있는 거짓 "충량(忠良)"들로만 채워져 있었기에 일단 긴급 상황이 닥치자 허둥지둥 할 수밖에 없는 조정에 대한 강렬한 풍자를, 행간에서 읽을 수 있다. 동시대의 대부분의 시와 달리 비분강개를 특징으로 하는 건안풍골(建安風骨)을 읽을 수 있는 작품이다.

송영정(계명대)

渡靑草湖¹⁾ 청초호를 건너며

음갱(陰鏗)

洞庭春溜滿 　　동정호엔 봄 물결 넘실대는데

平湖錦帆張 　　평평한 호수 위에 비단 돛 편다.

沅水桃花色²⁾ 　원수엔 복사꽃 빛 화사할 거고

湘流杜若香³⁾ 　상수엔 두약 향기 자욱하리라.

穴去茅山近⁴⁾ 　동굴로 가게 되면 모산 가깝고

---

1) 靑草湖: 호남성(湖南省) 악양현(岳陽縣) 남쪽에서 상음현(湘陰縣) 경계로 이어져 있는 호수. 호수 남쪽에 있는 청초산에서 이름을 따옴. 남쪽으로는 상수(湘水)와 북쪽으로는 동정호(洞庭湖)와 통하며 봄날 물이 불으면 동정호와 하나가 된다고 함.

2) 沅水: 호남성 서부에서 동정호로 흘러드는 강. 중류에 도연명(陶淵明)의 〈도화원기(桃花源記)〉의 공간 배경인 무릉군(武陵郡)이 있으며, 이 구에서는 이를 전고로 활용하였음.

3) 湘水: 호남성 동부에서 동정호로 흘러드는 강. 두약(杜若)은 강남 지방에 많이 자라는 향초(香草). ≪초사・구가(楚辭・九歌)≫의 〈상군(湘君)〉 "향기로운 섬에서 두약을 캔다(采芳洲兮杜若)"와 〈상부인(湘夫人)〉 "물 가운데 섬에서 두약을 캔다(搴汀洲兮杜若)"에 상수의 신이 두약을 채취하는 장면이 있는데, 이 구는 이를 전고로 활용하였음.

4) 茅山: 원명은 구곡산(句曲山)으로 강소성 서남부의 금단현(金壇縣) 서남쪽(태호太湖 서쪽)에 있으며, 서한(西漢) 경제(景帝, 157-141 B.C. 재위) 때에 모영(茅盈)・모고(茅固)・모충(茅衷) 3형제가 여기에서 수도하여 신선이 되었다고 하여 삼모산(三茅山)으로 개명하였고 모산(茅山)으로 약칭하게 되었음. ≪수경주(水經注)≫에 의하면, 동정호 가운데에는 상군(湘君)이 놀았다고 하는 군산(君山)이 있고 거기에는 석혈(石穴)이 있어서 지하 동굴을 통하여 태호(太湖) 가운데 있는 포산(包山)과 통한다고 하며, 모산은 포산에서 가까움.

江連巫峽長
강으로 이어져서 무협은 멀다.

帶天澄迥碧[5]
하늘 둘러 푸른 물은 더욱 말갛고

映日動浮光
햇빛 받아 물에 뜬 빛 출렁거린다.

行舟逗遠樹[6]
가는 배는 먼 나무에 머물러 있고

度鳥息危檣
건너는 새 높은 돛대 위에서 쉰다.

滔滔不可測
넓은 물 도도하여 끝도 없으니

一葦詎能航[7]
일엽편주 작은 배로 어찌 건너랴.

◀감상▶

음갱(陰鏗, 생졸년 不詳)은 자는 자견(子堅), 남조 양(梁) 무제(武帝, 502-549 재위)와 진(陳) 문제(文帝, 560-566 재위) 시대에 걸쳐 살았다. 오언시에 뛰어나 양(梁) 상동왕(湘東王) 소역(蕭繹)의 문학집단의 일원으로 활동하였다. 특히 서경시를 잘 지었고 율시의 형성에 상당한 기여를 하였다.

이 시는 양말(梁末) 후경(侯景)의 난 직후 시흥(始興: 지금의 광동성廣東省 소관시韶關市)으로 가기 위해 동정호를 건너며 지은 것으로 보인다. 일견 동정

---

5) 迥碧: 더없이 넓은 푸른 호수.

6) 「行舟」句: 호수가 매우 넓어 운항 중인 배가 먼 나무에 멈춰 있는 듯이 보인다는 뜻.

7) 一葦: 갈대 하나, 작은 배의 비유. ≪시경 · 위풍 · 하광(詩經 · 衛風 · 河廣)≫의 "누가 황하를 넓다고 하는가? 갈대 하나로도 건널 수 있는데(誰謂河廣, 一葦杭之)."를 전고로 활용하였음.

호를 일엽편주로 건너는 낭만적인 정취를, 광활한 호수의 풍경 묘사에 초점을 맞추어 읊은 것 같지만, 시의 중심부인 서경 부분 중 전반 네 구의 허경(虛景) 묘사에 주의하여 자세히 살펴보면 이 시가 단순히 유람의 정취만을 읊은 것은 아니라는 것을 알 수 있다. 이 네 구는 장강의 상류나 지류 및 하류에 대한 허경을 묘사하면서, 각각 그 지역과 관계 있는 전고를 사용하여 언외의 의미를 함축하고 있다. 도연명(陶淵明)의 〈도화원시병기(桃花源詩并記)〉의 "도화(桃花)", 〈상군(湘君)〉과 〈상부인(湘夫人)〉의 "두약(杜若)", 모산(茅山) 삼모군(三茅君)의 득선(得仙) 고사, 무협(巫峽)의 무산신녀(巫山神女) 고사 등은 모두 세외도원(世外桃源)이나 선계(仙界) 즉 피안의 경계를 그리고 있다. 그 다음 네 구는 드넓은 동정호의 모습으로 현실 세계를 나타낸다. 마지막 두 구는 도도하게 넓은 동정호[혼란한 현실] 저편의 선계[피안의 이상향]는 현실적으로 찾아갈 수 없다는 의미를 담고 있는 것으로 볼 수 있다.

송영정(계명대)

무 제
無題

왕범지(王梵志)

범 지 번 착 말
梵志飜着襪[1]　　버선을 뒤집어 신으니

인 개 도 족 착
人皆道足錯　　뭇사람들은 잘못 신었다 하네.

사 가 자 니 안
乍可刺你眼[2]　　얼핏보아 그대의 눈에는 거슬린다 해도

불 가 은 아 각
不可隱我脚[3]　　내 발이 편한 것을…

◀ **감상** ▶

　옛 어른들이 신었던 버선은 바느질 부분에 시접을 접어 꿰매고, 꿰매어진 쪽을 안으로 접어 넣어 겉으로는 두꺼운 시접을 전혀 보이지 않도록 매끈하게 처리되어 있으나, 사실 버선을 신은 사람 자신은 그 두터운 시접을 느낄 수 있는 구조로 되어 있었다. 특히 지금처럼 얇고 매끈한 천이 아닌 무명천으로 깁은 버선이었으면 오죽했을까?

　우리는 살아가면서 혹 다른 이들의 시선이나 겉치레와 같은 상에 사로잡힌 삶을 살아가고 있는 것은 아닌지…

　며칠 전 수업 시간에 오랜만에 중국 전역 지도를 볼 기회가 있었다. 중국 지도를 대할 때면 늘 느끼는 일이지만 그 지역이 얼마나 크고 넓은지 어디에서부터 어떻게 이야기를 끌어내야 할지, 또 여행을 원하면 얼마 만큼의 시간으로

---

1) 梵志: 시인의 자칭.

2) 乍: 잠깐,

3) 隱: '숨기다', '가리다', '비밀로 하다' 등의 뜻으로 쓰임.

어느 곳을 다녀보면 좋을지 참으로 막막할 때가 많이 있다. 마침 학생들과 중국 서쪽 사막 지역의 자연 지리 환경을 공부하다가 '돈황'이란 지명에 눈이 멈춰졌다.

'천불동'으로 우리들에게 널리 알려진 '돈황'이란 지역이 학계에 알려지기 시작한 것은 20세기 초 영국과 프랑스의 지질학자들에 의해 오래도록 역사 뒤쪽에 묻혀있던 여러 가지 문화 유적 유물들이 발견되면서 부터이다. 그 후 이들 유물 유적들로 인해서 돈황은 새로운 명소로 부상하기 시작했고, 유물 중에는 잘 보존된 불경필사본 외에도 다량의 귀중한 문헌 자료들이 발견되어 학자들의 관심이 집중되기도 했다. 왕범지의 시 또한 당나라와 송나라 때 크게 유행했으나 중간에 실전되었다가, 20세기 초에 페리오(P.Pelliot)에 의해 감숙성 돈황에서 재발견되면서 다시 세인에게 알려지게 된 것이다. 왕범지의 시 한 부분을 읽으면서 돈황을 여행하게 될 그날을 기다리기로 한다.

성윤숙(위덕대)

<ruby>送<rt>송</rt></ruby><ruby>杜<rt>두</rt></ruby><ruby>少<rt>소</rt></ruby><ruby>府<rt>부</rt></ruby><ruby>之<rt>지</rt></ruby><ruby>任<rt>임</rt></ruby><ruby>蜀<rt>촉</rt></ruby><ruby>州<rt>주</rt></ruby>[1] 촉주로 부임하는 두소부를 전송하며

왕발(王勃)

<ruby>城<rt>성</rt></ruby><ruby>闕<rt>궐</rt></ruby><ruby>輔<rt>보</rt></ruby><ruby>三<rt>삼</rt></ruby><ruby>秦<rt>진</rt></ruby>[2]   성궐은 삼진의 보좌를 받고 있는데,

<ruby>風<rt>풍</rt></ruby><ruby>煙<rt>연</rt></ruby><ruby>望<rt>망</rt></ruby><ruby>五<rt>오</rt></ruby><ruby>津<rt>진</rt></ruby>[3]   바람과 안개 아득한 오진을 바라본다.

<ruby>與<rt>여</rt></ruby><ruby>君<rt>군</rt></ruby><ruby>離<rt>이</rt></ruby><ruby>別<rt>별</rt></ruby><ruby>意<rt>의</rt></ruby>[4]   그대와 이별하는 내 마음,

<ruby>同<rt>동</rt></ruby><ruby>是<rt>시</rt></ruby><ruby>宦<rt>환</rt></ruby><ruby>遊<rt>유</rt></ruby><ruby>人<rt>인</rt></ruby>[5]   우린 다 같이 벼슬살이로 떠도는 사람이라.

---

1) 送杜少府之任蜀州: 촉주로 부임하러 가는 두소부를 전송하다. 소부는 현위(縣尉), 곧 현의 관리에 대한 별칭이다. 촉주는 지금의 사천성에 해당한다. 왕발의 지기(知己) 가운데 두(杜)씨 성을 가진 현의 관리일 것으로 추정되나, 누구인지는 알려져 있지 않다. 지임(之任)이 "之"는 여기서는 "가다"는 뜻의 동사로 쓰였으니 '之任'은 '가서 임명되다', 또는 '임명되러 가다'는 뜻임.

2) 城闕輔三秦: (장안의) 성궐이 삼진에 의해 보좌되다. 삼진은 지금의 섬서성(陝西省) 일대를 가리킨다. 원래는 진(秦)의 땅이었지만, 항우(項羽)가 진을 멸망시킨 후 그 지역을 옹(雍), 새(塞), 적(翟)의 세 나라로 분할한 뒤 이를 삼진이라 불렀다. 일설에는 삼진을 경성(京城)인 장안(長安)을 가리키는 것으로 보기도 한다. 삼진을 장안으로 본다면 해석은 "성궐은 장안을 보좌한다"로 번역해야 한다.

3) 五津: 다섯 개의 나루터. 민강(岷江)에는 전언(湔堰)이란 곳으로부터 건위(犍爲)에 이르기까지 백화진(白華津), 만리진(萬里津), 강수진(江首津), 섭두진(涉頭津), 강남진(江南津) 등의 다섯 개의 나룻터가 있는데, 이를 합칭하여 오진이라 한다. 모두 촉(蜀)에 있다.

4) 與: ~와 함께.

5) 宦遊人: 고향을 떠나 벼슬길 따라 떠도는 사람. 宦은 '벼슬', 또는 '벼슬살이 하다'는 뜻으로서, '宦遊'는 관직생활에서 이동 발령을 받으면서 여기저기 옮겨 다니는 것을 말한다.

해 내 존 지 기
海內存知己[6]   이 세상에 지기가 있다면야,

천 애 약 비 린
天涯若比鄰[7]   하늘 끝도 이웃 같으리.

무 위 재 기 로
無爲在岐路[8]   헤어지는 갈림길에서

아 녀 공 점 건
兒女共霑巾[9]   아녀자처럼 눈물로 수건을 적시지 말게.

◀감상▶

이 시는 송별시 가운데서 천고(千古)의 절창(絕唱)으로 평가되는 작품 중의 하나이다. 지어진 시기에 대해서는 이견이 있긴 하나, 내용이나 시의 분위기로 보아 아무래도 왕발이 아직 장안을 떠나지 않았을 때에 지어진 것으로 여겨진다. ≪전당시(全唐詩)≫에서는 시제(詩題)에 "송(送)"자(字)가 없는데, ≪문원영화(文苑英華)≫에 따라 보충하였다.

---

6) 海內: 온 세상. 天下라는 말과 같은 뜻으로 쓰임. 知己: 자기의 마음을 알아주는 사람. ≪사기(史記)≫의 〈자객열전(刺客列傳)〉에 "사위지기자사(士爲知己者死), 여위열기자용(女爲悅己者容): 남자는 자기를 알아주는 이를 위해 죽고, 여인은 자기를 기뻐하는 이를 위해 화장한다."는 말이 있다.

7) 比鄰: 이웃.

8) 無爲: ~하지 마라. 여기서 "無"는 금지명령사(禁止命令詞)로서 "물(勿: 말다)"과 같은 뜻으로 쓰였다.

9) 共(공): ~와 함께. 霑: 적시다. 巾: 건은 여자들이 외출 시에 차던 패건(佩巾)을 가리킨다. 따라서 '霑巾'은 '눈물이 떨어져 허리춤에 매단 패건을 적시는 것'을 말하는데, 현대적 의미로 번역하면, 그냥 '수건을 적시다'로 번역하여도 무난할 듯함. 따라서 '兒女共霑巾'은 '아녀자와 함께 눈물로 수건을 적시다.'는 뜻이다. '共'은 원래 '兒女' 앞에 와야 하나, 한시는 원칙적으로 의미단락이 5언시는 2언 3언으로, 7언시는 4언 3언으로 나누어지므로 '共' 자가 뒤로 간 것이다.

시인은 수련(首聯), 곧 1·2구에서 장안과 촉이라는 두 공간으로 원근을 대비시키면서 그 사이를 '연(煙: 안개)'이라는 시어를 두어 어렴풋한 명암을 교차시켰다. 그리고 다시 함련(頷聯), 곧 3·4구에서 먼저 '與'와 '同'이란 글자로 서로간의 동질성을 강조한 뒤, 다시 벼슬 따라 떠돌아 다니다 보면 어쩔 수 없이 서로 헤어질 수 밖에 없는 이별의 필연성을 서술하였다. 그리고 경련(頸聯), 곧 5·6구에서는 하늘 끝에 놓여 있더라도 이 세상에 지기(知己)만 있다면 이웃과 같이 느낄 수 있다고 하여 이별의 심정을 철학적으로 승화시켜 놓았다. 작가는 장안과 촉이라는 극히 먼 공간의 대비와, 그리고 다시 '여(與)'와 '동(同)'이라는 극히 가까운 공간의 대비를 설정한 뒤, '극원(極遠)'과 '극근(極近)'을 통합하는 매개로서 '지기(知己)'라는 개념을 제시하여 이별의 서러운 정서가 개입할 여지를 차단하여 버렸다. 그리고 미련(尾聯), 곧 마지막 두 구에서는 아예 직설적으로, 이별의 갈림길에서 아녀자처럼 눈물짓지 말라고 하여 이별 앞에서 더 이상 슬퍼하지 말도록 다짐주고 있다.

이 시는 기상이 매우 장대하고 정조가 호쾌하여, 일반인들이 이별에 앞서서 느끼는 상정(常情)을 크게 뛰어 넘는다. 이러한 초월성이 가능했던 이유는, 이 시를 지을 당시 왕발은 장안에서 득의만만해 있을 때였으며, 그때까지만 해도 장안을 떠나 전송받는 입장보다는 전송하는 입장에 있었기 때문일 것이다.

사랑하는 이와의 이별을 가슴 아파하지 않는 이가 또 있을까? 저를 알아주는 지기(知己)가 있다면 더욱 함께 있어야 한다. 지기가 멀리 하늘 끝으로 떠나간다면, 이별의 아픔은 저 하늘 끝만큼 더 멀리 커져 갈 것이라. 옛 시인은 말하지 않았던가? "슬픔 중엔 생 이별만한 슬픔이 없다(悲莫悲兮, 生別離)."고, 시인은 어쩌자고 거짓으로 친구의 아픈 마음을 달래려고 하였는가?

갈림길에서 짓는 이별의 눈물은 아녀자만의 전유물이 아니다. 그래, 장부이기 때문에 울지 말아야 한다면, 차라리 아녀자가 되어 마음껏 울어보아라. 문득 시 속에 등장한 두소부(杜少府)의 모습이 궁금하다.

황영희(세명대)

春曉
^{춘 효}

맹호연(孟浩然)

春眠不覺曉 봄잠에 날 새는 줄 몰랐더니
^{춘 면 불 각 효}

處處聞啼鳥 곳곳에 새 울음소리 들린다.
^{처 처 문 제 조}

夜來風雨聲 밤새 바람 소리, 빗소리 들렸는데
^{야 래 풍 우 성}

花落知多少 꽃은 얼마나 졌을까?
^{화 락 지 다 소}

◀감상▶

　맹호연(孟浩然, 689-740): 지금의 호북성(湖北省) 양양(襄陽) 사람으로 당나라의 대표적 산수·전원시인으로 왕유(王維)와 함께 왕맹시파(王孟詩派)로 불렸다. 이 시는 맹호연의 전원시가 갖고 있는 장점을 충분히 발휘하고 있는 시라 하겠다.

　맹호연의 이 시는 봄날 늦잠을 자고 일어난 시인이 이불 속에서 게으름을 피우는 느긋한 모습을 표현하고 있다.

　우선 이 시의 첫 구절 '날 새는 줄 모르고 자는 잠'을 살펴보기로 하자. 중국 문학에서 잠은 매우 재미있는 문화적 의미를 지니고 있는 단어이다. 옛 동양화에 자주 그려지는 잠자는 인물들은 항상 세상사에 눈감고 사는 은사를 상징하기 위한 것이었다. 또 잠은 현실의 복잡한 갈등으로부터 벗어나 호젓한 행복을 느낄 수 있는 세계를 열어주는 축복으로 이해되기도 하였다. 『침중기(枕中記)』의 노생(盧生)이 뜻대로 되지 않는 삶을 불행해 하고 있다가 꾼 꿈도 그러하다. 여옹(呂翁)이 주는 베개를 베고 잠이 든 노생은 잠 속에서 인간이 누릴 수 있는 온갖 부귀영화를 누리게 된다. 이처럼 잠은 여의한 세계로 들어가는 문이었다. 고단한 현실의 문을 닫고 화려하고 안락한 꿈의 세계를 여는 열쇠였다는 말이다.

그렇지만 서양의 경우 잠은 전혀 다른 차원으로 이해되고 있다. 『잠자는 숲 속의 미녀』의 잠은 카라보스 마녀의 저주였다. 반면 100여 년간의 잠에 빠진 오로라 공주를 깨운 데자이어 왕자의 키스는 축복이었다. 여기서 잠은 암흑이고 죽음으로 이해되고 있다. 일곱 난장이와 백설공주의 경우도 마찬가지이다. 어쨌든 서양에서 잠은 죽음의 변형된 형태였기 때문에 불행으로 인식되었던 것이다. 어둠을 거부하고, 잠을 거부하였으며, 죽음을 거부한 서구문명의 특징이 그대로 발견되는 대목이라 할 수 있다.

이러한 잠이 위에서 살펴본 것처럼 동양의 시에 이르면 「행복으로 이르는 문」, 혹은 「비범한 사람의 현실초월」을 상징하게 되는 것이다. 바로 그러하기 때문에 늦잠에 빠진 시적 화자는 현실을 벗어난 별세계에 은거하는 비범한 인물임을 알게 되는 것이다.

다음으로 「곳곳에 새 울음소리 들린다」는 둘째 구절을 살펴보기로 한다. 우리가 감각기관을 가지고 하는 행위에 대한 동양의 이해방식을 살펴보는 것도 재미있는 일이 될 듯하다. 가장 대표적 감각기관으로 이목구비를 들 수 있을 것인데, 이 중 우선 입(口)에 대해 살펴보기로 하자. 입은 그야말로 가장 활발한 기관임에 틀림없다. 그런데 동양인에게 입은 될 수 있으면 아예 꿰매버리고 싶은 기관이기도 하였다. 「입을 지키기는 병뚜껑 닫듯 하라(守口如甁)」는 말도 있었고, 또 실제로 공자가 사당에서 입을 꿰맨 옛 사람의 동상을 보고 제자들에게 훈계를 내렸다는 얘기가 전한다. 공자는 생전 말 잘하는 일에 대해 수많은 경고를 하였던 바, 그 내용이 『논어』의 곳곳에 보인다. 「꾸미는 말을 하는 사람 중에 어진 사람 드물다(巧言令色, 鮮矣仁)」, 「말은 무디고 행동은 민첩하게 하라(君子欲訥於言, 而敏於行)」는 등의 언술이 그것이다. 왜 그럴까? 분명한 것은 고대 동양인들은 입으로 하는 일들이 꾸미는 말, 거짓말, 이간질하는 말, 나쁜 말 등등일 뿐이라고 생각하였음에 틀림없다. 결국 가장 적극적인 감각기관인 입은 가장 부정적으로 이해되고 있었던 것이다. 그렇다면 듣는 일은, 특히 들리는 일(聞)은 어떻게 이해되었을까? 그것은 가장 수동적인 행위라 할 수 있는데, 어쩌면 이것이 동양시의 핵심에 서 있다고 해도 과히 틀리는 말은 아니지 싶다.

흔히 말하는 것처럼 헤르만 헷세의 『싯다르타』가 동양적이라면 어떤 점이 동양적인 것일까? 무엇보다도 강물소리를 듣는 싯다르타의 행위, 그래서 전혀 다르게 들리는 강물소리에 자신을 맡기는 그 수동성에 대한 찬양은 반드시 지적되어야 할 부분일 것이다. 분명 듣기는 극히 수동적 행위라 할 수 있다. 그러면서도 그것은 가장 적극적인 자기방기를 요구하는 행위이다. 예컨대 강물 소리를 제대로 들으려면 우선 자신의 이해득실에 급급한 태도에서 벗어나야 한다. 그것이 극에 이르면 세계의 깊은 속말이 들리기 시작한다는 것이다.

그런데 자연은 적극적으로 행위하거나 말하지 않으므로 보통의 귀에는 들리지 않는다. 그래서 자신의 말하기를 멈추는 일이 중요해지는 것이다. 그때에야 비로소 자연의 말소리가 들리기 시작하기 때문이다. 일본 하이꾸의 명인 바쇼우(芭蕉)가 「해묵은 연못에 개구리 뛰어드는 물소리로다」는 명구를 토했을 때 왜 모두들 감탄하였던 것일까? 개구리가 뛰어들기 전의 고요, 뛰어든 이후의 더한 고요를 듣는 귀를 가진 바쇼우의 수동성이 가장 동양적인 멈춤의 세계를 보여주고 있다고 생각되었기 때문일 것이다.

셋째 구절 「밤새 들리던 바람소리, 빗소리」는 넷째 구절 「꽃은 얼마나 졌을까」를 살리기 위한 배경이다. 만발한 꽃을 앞에 두고 우리는 그 꽃이 오랫동안 피어 있기를 바란다. 그런데 꽃이 피자 마자 밤새 비바람이 몰아치는 것이다. 이 시의 백미는 이렇게 아까운 꽃이 얼마나 졌을까 걱정하고 궁금해 하면서도 문을 열어 보지 않는다는 데 있다. 그냥 방안에 게으르게 누워 그 상황을 상상하고 있는 것이다. 그리고 바로 이 게으름! 이것은 자연에 어울려 살아가는 사람의 절대 덕성이 되는 셈이다. 자연(自然: 저절로 그러함)의 짝이 무위(無爲: 행위하지 않음)가 되는 것과 같은 이치이다. 이 시를 환골탈태한 것이면서 그 게으름의 미학을 잘 나타낸 시가 하나 또 있다. 송나라의 뛰어난 여류시인 이청조(李淸照)의 시이다.

작 야 우 소 풍 취 昨夜雨疎風聚	어젯밤 빗발 성기고 바람 거세었는데
농 수 불 소 잔 주 濃睡不消殘酒	달게 잔 이후에도 술기운 남았네요.
시 문 권 렴 인 試問捲簾人	주렴 걷는 하녀에게 물어 보았더니
각 도 해 당 의 구 却道海棠依舊	해당화는 변함없다 해요.
지 부 지 부 知不 知不	아시나요? 아시나요?
응 시 녹 비 홍 수 應是綠肥紅瘦	틀림없이 초록은 살찌고 다홍은 수척해졌을 거예요.

이청조의 이 시 역시 봄날, 늦잠에서 일어난 시인이 이불 속에서 바깥의 풍경을 상상하는 내용으로 이루어져 있다. 그런데 이 시에 나오는 하녀는 이미 밖에 나가서 해당화가 얼마나 졌는지 살펴보고 온 사람이다. 그리고는 해당화가 여전히 붉은 빛으로 피어있다고 말하고 있는 것이다. 그런데 시인의 예민하게 열려져 있는 감각은 그 무딘 하녀가 발견하지 못한 것을 보지 않고도 감지한다. 그 마음이 꽃에 집중되어 있기 때문에 꽃의 사소한 변화를 감지할 수 있었던 것이다. 그래서 보지 않고도 틀림없이(應) 해당화 꽃이 절정기의 아름다움에서 조금씩 퇴색해가고 있다고 말할 수 있었던 것이다. 마찬가지로 이 시에서도 꽃을 보기 위해 일어나 문밖을 내다보지 않는 게으름이 백미이다. 그 게으름은 시인을 고요하게 만든다. 그리고 바로 이러한 내면적 고요함이야말로 자연의 호흡과 일치하는 세계를 열 수 있었던 것이다.

강경구(동의대)

過故人莊 친구의 시골집을 찾아

맹호연(孟浩然)

故人具鷄黍[1]　　친구가 닭고기와 기장밥 마련하고,

邀我至田家　　시골집으로 나를 불렀네.

綠樹村邊合　　푸른 나무 마을 가에 빙 둘러 있고,

靑山郭外斜　　청산은 성 밖에 비껴 있네.

開軒面場圃[2]　　창문 열어 채마밭 마주하고,

把酒話桑麻[3]　　술잔 들고 뽕이며 삼 이야기.

待到重陽日[4]　　중양절 되기를 기다렸다가

---

1) 鷄黍: 닭고기와 기장밥. 이는 어떤 노인이 공자(孔子)의 제자인 자로(子路)를 집에 묵게 하고 닭을 잡고 기장밥을 지어 대접했다는 고사에서 나온 말로 손님을 대접함, 손님 접대용의 음식을 가리킨다. 《논어(論語)·미자(微子)》: "닭을 잡고 기장밥을 지어 그에게 먹였다."(殺鷄爲黍而食之)

2) 開軒: 창문을 열다. 軒: 여기서는 窗의 뜻. 場圃: 채마밭(圃) 혹은 타작마당(場). 봄·여름에 채소를 심는 채마밭으로 쓰다가 가을에는 곡식을 타작할 마당으로 쓰는 곳. 《시경(詩經)·빈풍(豳風)》: "구월엔 채마밭에 마당을 닦고"(九月築場圃)

3) 桑麻: 뽕과 삼. 누에치기 길쌈 등의 농사일을 가리키는 것으로 보기도 한다. 도연명의 〈귀원전거(歸園田居)〉: "서로 만나더라도 잡된 말은 없이 다만 뽕나무나 삼대 자라는 얘기한다."(相見無雜言, 但道桑麻長.)

4) 重陽日: 음력 9월 9일의 중양절(重陽節). 중국에서는 높은 곳에 오르기(登高), 산수유나무 꽂기, 국화 감상, 국화주 마시기 등의 풍속이 있었다.

^{환 래 취 국 화}
還來就菊花⁵⁾　　다시 와서 국화 감상하기로 하네.

◀감상▶

　이 시는 시골에 사는 친구의 초대를 받아 그의 집을 방문하고 지은 작품이다. 작자는 꾸밈없이 자연스럽고 평범한 시어로 한적한 전원생활의 정취와 감회를 담담하게 그리고 있다.

　친구의 집으로 가는 길에 펼쳐진 조용하고 아름다운 마을의 정경(情景)은 마치 한 폭의 전원풍경화(田園風景畵)를 보는 듯 하고, 술잔 기울이며 친구와 도란도란 나누는 이야기 소리는 생생하여 귓전에 울리는 것만 같다. 특히 마지막의 "중양절 되기를 기다렸다가 다시 와서 국화 감상하기로 하네"라는 구절은 두 사람이 얼마나 막역한 사이인가를 여실히 드러내 주는 부분이라 할 것이다. 아마도 중양절이 되면 두 친구는 다시금 만나 국화를 감상하고 술을 마시며 환담을 나누게 될 것이다.

李甲男(영남대)

---

5) 就: 가까이 가다. 여기서는 감상하다로 풀이한다.

登鸛雀樓[1] 관작루에 올라

왕지환(王之渙)[2]

白日依山盡 해는 산 너머 기울어지고

黃河入海流 황하는 바다로 흘러들어 가네.

欲窮千里目 천리 머나 먼 곳을 내다보려고

更上一層樓 누각을 한 층 더 오르네.

감상

소박하고 간결한 언어로 눈앞에 펼쳐진 끝없이 광활한 자연 경관을 그려내면서 정신세계의 깊은 곳을 이끌어냄으로써, 오언절구(五言絕句)의 효과를 극대화시키고 있다.

---

1) 鸛雀樓는 일명 관작루(鸛鵲樓)라고도 불린다. 『청일통지(淸一通志)』의 기록에 의하면, 이 누각의 옛 터는 산서성(山西省) 포주(蒲州: 지금의 영제현永濟縣) 서남쪽에 위치해 있다. 황하(黃河) 가운데 높이 솟은 구릉이 있는데 때때로 관작(鸛雀)이 그 곳에 둥지를 틀어 이러한 이름이 붙여졌다. 심괄(沈括)의 『몽계필담(夢溪筆談)』에는 다음과 같은 기록이 있다: "하중부(河中府)에 삼층의 관작루가 있는데 앞으로는 중조산(中條山)이 내다보이고 아래로는 황하가 한눈에 보여, 당대(唐代)에 시를 지어 남긴 사람이 매우 많다.(河中府鸛雀樓三層, 前瞻中條, 下瞰大河. 唐人留詩者甚多)"

2) 당대(唐代) 변새파(邊塞派) 시인으로, 자(字)는 계릉(季陵), 산서(山西) 병주(并州) 사람이다. 『전당시(全唐詩)』에 시 6수가 실려 있으며, 「양주사(凉州詞)」와 「등관작루(登鸛雀樓)」가 천고절창(千古絕唱)으로 꼽히고 있다.

앞의 두 구는 황하(黃河) 가운데 서 있는 누각에 오른 시인(詩人)의 넓은 시야를 통해 멀리 서쪽으로 만중산(萬重山)의 선을 따라 발갛게 지고 있는 낙일(落日)의 장면과 동쪽으로 바다를 향해 굽이쳐 흘러가는 황하의 모습을 그리고 있다. 눈앞에 펼쳐지는 광경을 간결하게 묘사한 듯하지만, 멀리 면면히 이어지는 산 너머로 기울어지는 해와 끝없이 넓은 바다로 흘러들어가는 황하의 물은 시인의 시선을 놓아주지 않고 더 요원하고 깊은 곳으로 끌어들인다.

뒤의 두 구에서는 시선 밖으로 사라져버리려는 낙일과 황하를 놓치지 않기 위해 더욱 간절해진 마음으로 누각을 한 층 더 오르는 시인의 모습을 묘사하였다. 여기에서 경치에 대한 묘사가 감정으로 절묘하게 이어지고 있으며, 쉼 없이 진리를 추구하는 시인의 정신세계를 담고있는 시의 경계(境界)를 만들어낸다.

이 시는 자연 경관의 묘사라는 형상사유의 방식을 통해 새롭게 만들어진 의경(意境)에 시인의 정신세계를 담아내면서, 매우 자연스럽고 소박한 즉경생의(卽景生意), 정경교융(情景交融)의 예술 효과를 만들어낸다.

朴明眞(영남대)

^{청 계}靑谿 푸른 계곡

왕유(王維)

^{언 입 황 화 천}
言入黃花川¹⁾　　황화천 들어가서

^{매 축 청 계 수}
每逐靑谿水²⁾　　푸른 계곡 물 따라가면,

^{수 산 장 만 전}
隨山將萬轉　　먼 산 따라 굽이굽이 돌았는데도,

^{취 도 무 백 리}
趣途無百里³⁾　　산길 백리도 못되네.

^{성 훤 란 석 중}
聲喧亂石中⁴⁾　　물소리 자갈 따라 요란하나,

^{색 정 심 송 리}
色靜深松裏　　울창한 소나무 길 아늑하네.

^{양 양 범 릉 행}
漾漾汎菱荇⁵⁾　　마름 풀 물 따라 일렁이며,

^{징 징 영 가 위}
澄澄映葭葦⁶⁾　　갈대 잎 맑은 물 비추네.

^{아 심 소 이 한}
我心素已閒　　본디 한가로운 마음,

---

1) 言: 발어사. 黃花川: 지금의 섬서성(陝西省) 봉현(鳳縣) 황화진(黃花鎭) 부근에 있
　는 냇물.
2) 逐: 쫓다. 靑谿: 지금의 섬서성(陝西省) 면현(沔縣) 동쪽에 있다. 또는 황화천 일대
　에 있는 계곡을 통칭한 것이라고 한다.
3) 趣: 추(趨)와 같은 의미로 '가다' 라는 뜻이다.
4) 喧: 시끄럽다. 亂石: 자잘하게 산재한 돌.
5) 漾漾: 물결이 출렁이는 모양. 汎: 물 위에 뜨다. 菱荇: 마름(물풀의 이름).
6) 澄澄: 물이 맑은 모양. 葭葦: 갈대.

청 천 담 여 차
清川澹如此[7]   푸른 물 이렇게 맑으니

청 류 반 석 상
請留盤石上[8]   너럭바위에 앉아

수 조 장 이 의
垂釣將已矣[9]   낚시나 드리워 보세.

◀감상▶

　청계(青谿)는 지명이라고도 하지만, 어쩌면 우리 가까이에 있는 맑은 물이 흐르는 모든 계곡을 말하는 것 같다. 맑은 계곡 물 따라 산을 오르다 보면, 나도 모르게 마음이 편안해지는 것을 느끼게 된다. 우리는 이러한 것을 알면서도 가까운 계곡도 가지 못하는데, 한가하게 낚시까지 할 생각을 하는 시인이 부럽다. 이 시는 바쁘게 사는 우리 현대인에게 잔잔한 여유로움을 주고, 마음까지 정화시켜 주는 좋은 시라고 생각한다.

　이 시는 왕유(王維)가 처음 은거를 시작했던 남전(藍田)의 남산(南山)에서 지었다고 한다. 시인은 맑은 계곡을 걸으며 맑고 평화로운 주위 풍경을 그림 그리듯 자세하게 묘사하고 있어, 마치 우리가 영화를 보듯이 먼 경치부터 점점 가까운 장면으로 이어져, 결국 시인의 여유로운 마음까지 느낄 수 있게 한다. 이 시는 '(왕유의) 시에는 그림이 있고, 그림에는 시가 있다(詩中有畵, 畵中有詩)' 는 소식(蘇軾)의 말을 실감나게 하는 명작이라고 생각된다.

　또 시의 구성을 보면, 앞 네 구절의 黃花(노란 꽃)와 青谿(푸른 계곡), 隨山(산을 따라가다)과 趣途(길을 따라가다), 가운데 네 구절의 聲(소리)과 色(색깔), 喧(시끄러움)과 靜(고요함), 漾漾과 澄澄(의태어), 汎(띄우다)과 映(비추다)

---

7) 澹: 담박(澹泊)하다.
8) 盤石: 넓고 편편한 큰 돌.
9) 將已矣: 어조사.

등이 시각적으로 청각적으로, 동적으로 정적으로 잘 대비되어, 독자로 하여금 실제로 계곡 사이를 걷고 있는 듯한 느낌을 준다.

康惠根(충남대)

輞川集
망천집

왕유(王維)

并序
병서
"서문"

余別業在輞川山谷
여 별 업 재 망 천 산 곡
내 별장은 망천의 산골짜기에 있다.

其遊止有孟城
기 유 지 유 맹 성
그 가운데 내가 노니는 곳은,
'맹성 골짜기',

華子岡, 文杏館, 斤竹嶺
화 자 강 문 행 관 근 죽 령
'화자 언덕', '살구나무 별관',
'대나무 고개',

鹿柴, 木蘭柴, 茱萸沜
녹 시 목 란 시 수 유 반
'사슴 울짱', '목란 울짱',
'수유나무 물가',

宮槐陌, 臨湖亭, 南垞
궁 괴 맥 임 호 정 남 타
'홰나무 오솔길', '호숫가 정자',
'남쪽 구릉',

敧湖, 柳浪, 欒家瀨
기 호 류 랑 난 가 뢰
'비스듬한 호수', '버드나무 숲',
'난가 여울',

金屑泉, 白石灘, 北垞
금 설 천 백 석 탄 북 타
'금가루 샘', '흰 돌 여울',
'북쪽 구릉',

竹里館, 辛夷塢, 漆園
죽 리 관 신 이 오 칠 원
'대숲 별관', '목련 둑',
'옻나무 동산',

椒園等. 與裴迪
초 원 등 여 배 적
'산초나무 동산' 등이 있다.
배적과 더불어

閒暇各賦絕句云爾 (한가각부절구운이)　　한가로이 각각 절구(絕句)를
　　　　　　　　　　　　　　　　　다음과 같이 읊었다.

망천집(輞川集)의 첫째 절구(絕句) "맹성 골짜기"는 전체 작품의 서곡 역할
을 하고 있다.

孟城坳 맹성 골짜기 (1) (맹성요)

新家孟城口 (신가맹성구)　　새 집, 맹성 입구,

古木餘衰柳 (고목여쇠류)　　고목나무, 쇠잔한 버드나무 잎.

來者復爲誰 (내자부위수)　　오는 사람은 또 그 누가 될까?

空悲昔人有 (공비석인유)　　하염없이 옛사람이 있었음을 슬퍼한다.

이 작품은 명승지 "맹성 골짜기"의 경관을 자세하게 묘사하고 있지는 않다.
"새 집"과 "고목나무"를 병치함으로써 시간의 흐름에 대한 시인의 추상적인 슬
픔을 암시한다. 더구나 이는 맹성 골짜기에 위치하고 있는 시인의 이 별장이
원래는 비참하게 삶을 마감한 송지문(宋之問, 656-712)의 소유였던 것을 은유
적으로 암시하고 있다. 시간의 흐름, 즉 현재, 과거, 그리고 미래에 대한, 절제
된 시어(詩語)속에 함축된 연상(聯想)을 통함으로써, 독자는 시간의 흐름에 좌
우되는 현실 세계와 시간과 세상사를 초월하는 환상의 초월적 세계의 경계선
에 서 있는 시인을 상상하는 것이 어렵지 않다.

두 번째 작품에서 시인은 끝이 없는 공간 속의 자연을 감각적으로 제시한다.

華子岡 화자 언덕 (2)

^{화 자 강}

飛鳥去不窮	나는 새, 끝없이 날아가고,

^{비 조 거 불 궁}

連山復秋色　　이어진 산줄기, 또 다시 가을 색.

^{연 산 부 추 색}

上下華子岡　　화자 언덕을 오르고 내리는데,

^{상 하 화 자 강}

惆悵情何極　　애끊는 이 마음 어찌 다할 수 있을까!

^{추 창 정 하 극}

　시인은, 끊임없이 날아가는 새를 통하여, 독자로 하여금 끝없는 시간의 흐름, 무한한 공간을 연상한다. 그리고 나서, 시인은 계속적으로 반복되고 있는 계절 변화를 새로이 인식한다. 이러한 끝없는 시 · 공간 속에 위치한 화자의 언덕을 오르내리면서 시인은 돌연 설명할 수 없는 슬픔을 토로한다. 주의 깊은 독자라면, 시인이 서 있는 바로 이 자리가, 시 · 공간에 얽매인 고통스런 삶을 초월하는 곳으로 향하여 움직이고 있음을 암암리에 느낄 수 있다.

　이제 세 번째 작품에서 우리는 시인이 어느덧 초월적 천상 세계로 진입하여 있음을 발견하는 것은 놀라운 일이 아니다.

文杏館　살구나무 별관 (3)

^{문 행 관}

文杏裁爲梁　　살구나무 다듬어 대들보 해 넣고,

^{문 행 재 위 량}

香茅結爲宇　　향그러운 띠풀로 지붕을 이었다.

^{향 모 결 위 우}

不知棟裡雲　　그 누가 알까, 마룻대안의 서린 구름,
(부지동리운)

去作人間兩　　날아가 인간 세상의 비가 될 것을.
(거작인간량)

　이 작품에 전고(典故)로 사용된 것으로 알려지는 사마상여(司馬相如, B.C. 179~118)의 "장문부(長門賦)"나 곽박(郭璞)의 "유선시(遊仙詩)"를 참조하지 않더라도, 시인은 벌써 인간 세계를 탈출하여, 지금은 선계에서 향초로 자신의 집을 짓고 있는 것을 연상할 수 있다.

　세속 세계를 떠난 시인은 이제 주의 깊게 선택된 함축적이고 암시적인 이미지를 사용하면서, 자신의 별장을 초자연적인 정화된 세계로 그린다. 계속되는 다음 작품에는, 단순하게 묘사된 명승지의 주변 경관 그리고 극도로 절제된 풍경 묘사는, 자연 경관 자체를 아름답게 묘사하는 데 있는 것이 아니다. 각 작품에 사용된 이미지는 단순하며 또한 이미지를 구성하는 요소도 한 두개에 불과하다. 그렇지만 이러한 간결한 이미지는 시인의 별장 주변의 세계가 천상 세계에 속한, 정화된 자연이라는 신비한 느낌을 불러 일으킨다.

　네 번째 작품 "대나무 고개", 다섯 번째 작품 "사슴 울짱", 여섯 번째 작품 "목란 울짱", 일곱 번째 작품 "수유나무 물가"는, 각각 다음과 같이 정화된 자연 세계를 그리고 있다. 속세를 벗어난 정화된 자연속의 시인은 속세의 보통 인간과는 격리되어 있으며, 신비로운 고요함 속에 살고 있음을 항상 강조한다.

斤竹嶺 대나무 고개(4)
(근죽령)

檀欒映空曲　　길게 자란 대나무 숲, 빈 개울 목에 비추이고,
(단란영공곡)

青翠樣撞漪　　비취색 푸른 잔물결이 하늘거린다.
(청취양당의)

暗入商山路 (암입상산로)　　몰래 상산 가는 길로 들어서니,

樵人不可知 (초인불가지)　　나무꾼도 알지 못하리라!

　정화된 신비로운 자연 속의 시인은 청각적인 이미지만이 간간히 속세와의 가느다란 연결 고리를 만들고 있을 따름이다. 시인이 구축한 정화된 환상 세계에는 자신의 세계와 세속을 가르는 심리적인 경계가 존재한다. 두 세계는 격리되어 있어 시각적으로 인지될 수 없다. 그러나 고요함 속의 시인은 청각에 의하여 속세를 인지하고 있지만, 속세의 인간은 시인을 인지할 수 없다.

鹿柴 (녹시) 사슴 울짱 (5)

空山不見人 (공산불견인)　　빈 산, 사람은 보이지 아니하고,

但聞人語響 (단문인어향)　　다만 사람 말소리만 들려온다.

返景入深林 (반경입심림)　　돌아오는 저녁 햇살, 숲속 깊이 들어 와선

復照靑苔上 (부조청태상)　　푸른 이끼를 비춘다.

木蘭柴 (목란시) 목란 울짱 (6)

秋山斂餘照 (추산렴여조)　　가을 산, 남은 햇살 거두어들이고,

^{비 조 축 전 려}
飛鳥逐前侶　나는 새, 앞서가는 짝을 좇는다.

^{채 취 시 분 명}
彩翠時分明　얼룩진 비취색이 때 맞추어 또렷하고 맑은데,

^{석 람 무 처 소}
夕嵐無處所　저녁 이내는 갈 곳이 없다.

시인의 비밀스런 정화된 자연은 가끔은 "손님(7)", "산사의 스님(8)", "귀한 손님(9)"과 공유된다.

^{수 유 반} 茱萸沜　수유나무 물가 (7)

^{결 실 홍 차 록}
結實紅且綠　수유 열매 익어 가는데, 붉고 푸른 것이,

^{부 여 화 갱 개}
復如花更開　또 다시 꽃이 피어난 듯 하다.

^{산 중 당 류 객}
山中倘留客　산중에 손님을 머물게 할 거면,

^{치 차 수 유 배}
置此茱萸杯　이 수유나무 술잔을 놓으리라.

여덟 번째 "홰나무 오솔길"의 시적 어휘는 너무 단순하고 평범하다. 그렇지만 정화된 자연의 신비한 적막감을 불러 일으킨다.

宮槐陌 홰나무 오솔길 (8)

仄徑蔭宮槐　　기울어진 오솔길에 홰나무 그늘지고,

幽陰多綠苔　　어둡고 으슥하니 푸른 이끼 무성하다.

應門但迎掃　　문지기야, 손님 맞게 길이나 쓸어라!

畏有山僧來　　산사의 스님이 올 것만 같구나.

臨湖亭 호숫가 정자 (9)

輕舸迎上客　　가벼운 나룻배, 귀한 손님 맞이하고,

悠悠湖上來　　한가로이 호수 위를 건너온다.

當軒對樽酒　　창가에서 술잔을 마주하니,

四面芙蓉開　　사방에서 연꽃이 피어난다.

南垞 남쪽 구릉(10)

輕舟南垞去 가벼운 나룻배로 남쪽 구릉으로 가노라니,

北垞淼難即 북쪽 구릉은 아득하니 다가서기 어렵고.

隔浦望人家 포구 너머로 인가를 바라보지만,

遙遙不相識 아득하니 알아보질 못한다.

敧湖 비스듬한 호수(11)

吹簫凌極浦 퉁소 소리 포구 너머로 퍼져 가는데,

日暮遺夫君 해 저무니 그대를 떠나보낸다오.

湖上一迴首 호수 위에선 한 번 뒤나 돌아보시오!

山青卷白雲 산은 푸르고 흰 구름이 피어오른다.

柳浪[1] 버드나무 숲 (12)

分行接綺樹	나뉜 길에는 때깔 고운 나무 이어지는데,
倒影入淸漪	뒤집어진 그림자는 맑은 파랑 속으로 들어간다.
不學御溝上	황성 어구와는 달리,
春風傷別離	봄바람에 이별을 슬퍼하지 않는다.

열세 번째 작품 "난가 여울"은 사실적인 표현으로 채워지고 있다. 그러나 작품 속에 그려진 여울의 정경(情景)이 시각적으로는 완전하지만, 세속 세계와는 다른 정화된 자연이 뒤에 숨어 있을 듯한 신비한 느낌을 준다.

欒家瀨 난가 여울 (13)

颯颯秋雨中	쏴쏴 가을 비 속에,
淺淺石溜瀉	콸콸 세찬 물살이 바위를 친다.

---

1) 당(唐)의 장안성(長安城) 동쪽 파수(灞水)의 파교(灞橋)에서 이별할 때 버드나무 가지를 꺾어 주며 이별의 뜻을 표했다. 특히 당대(唐代)에는 공명(功名)을 추구하기 위해 장안(長安)에 왔다가 뜻을 이루지 못하고 이 다리를 건너 고향으로 돌아가는 일이 많았다고 전해진다. 시인 구축한 정화된 세계는 이러한 공명(功名) 추구라는 세속적 풍속을 떠난 곳임을 암시한다.

도 파 자 상 천
跳波自相濺　　튀어 오르는 물방울 서로 부딪치며 솟아오르고

백 로 경 부 하
白鷺驚復下　　해오라기 놀라 올라갔다 다시 내려온다.

　열네 번째 작품에서, 시인의 정화된 환상적 세계는 신화적 인물, "서왕모(西王母)"의 세계에 비유된다. 서왕모는 봉황이 끄는 비취빛 수레를 타고 다녔다고 전해진다. "옥제"는 가장 높은 지위에 있는 도교(道敎)의 신이다. 그리고 도교에 의하면 금은 불사약으로 믿어졌었다.

금 설 천
金屑泉　금가루 샘(14)

일 음 금 설 천
日飮金屑泉　　날마다 금가루 샘물을 마시면,

소 당 천 여 세
少當千餘歲　　젊음이 천년을 간다.

취 봉 상 문 리
翠鳳翔文螭　　비취 봉황 수레에 화사한 무늬의 용을 몰고 날아올라,

우 절 조 옥 제
羽節朝玉帝　　깃털 부절로 옥제를 알현한다.

백 석 탄
白石灘　흰 돌 여울 (15)

청 천 백 석 탄
淸淺白石灘　　맑고 얕은 흰 돌 여울엔,

녹 포 향 감 파
綠蒲向堪把　　푸른 부들이 움큼으로 잡힐 듯 무성하고

가 주 수 동 서
家住水東西　　집 있는 곳에서 동서로 갈라지는데,

완 사 명 월 하
浣紗明月下　　밝은 달 아래엔 빨래하는 사람.

　열여섯 번째 작품 "북쪽 구릉"에서는, 독자들로 세속과는 분리된 정화된 자연을 상기시키는, 또 다른 신비스런 정경 묘사가 이어진다.

북 타
北垞　북쪽 구릉 (16)

북 타 호 수 북
北垞湖水北　　북쪽 구릉은 호수 북쪽 기슭에 있는데,

잡 수 영 주 란
雜樹映朱欄　　우거진 잡목이 붉은 난간에 비추이고

위 이 남 천 수
逶迤南川水　　구비 구비 흐르는 남천의 강물은,

명 감 청 림 단
明滅青林端　　푸른 숲 끝으로 보이는 듯 아닌 듯.

죽 리 관
竹裏館　대숲 별관 (17)

독 좌 유 황 리
獨坐幽篁裏　　홀로 그윽한 대나무 숲에 앉아,

탄 금 부 장 소
彈琴復長嘯　오현금 타며 휘파람을 길게 분다.

深林人不知　깊은 숲 속이라 사람들이 알지 못하고

심 림 인 부 지

明月來相照　밝은 달이 다가와 비춘다.

명 월 래 상 조

辛夷塢 목련 둑 (18)
신 이 오

木末芙蓉花　나무 끝의 부용화인가?

목 말 부 용 화

山中發紅蕚　산속에서 붉은 봉오리가 터진다.

산 중 발 홍 악

澗戶寂無人　개울가 집은 고요하니 인적 조차 끊어졌는데,

간 호 적 무 인

紛紛開且落　피었다가 어지러이 떨어진다.

분 분 개 차 락

열아홉 번째 작품에서, 시인은 망천장(輞川莊)에 사는 자신의 생활을 자유롭게 유유자적 하는 장자(莊子)에 비유한다. 전설에 의하면 장자는 한 때 옻나무 동산의 관리인 생활을 했다고 전해진다.

漆園 옻나무 동산 (19)
칠 원

古人非傲吏　옛사람은 오만한 관리가 아니었으니,

고 인 비 오 리

자 궐 경 세 무
自闕經世務　그저 세속 일 경영에 모자랐을 따름.

우 기 일 미 관
偶寄一微官　그저 미천한 관직에 몸 붙이곤,

파 사 수 지 수
婆娑數枝樹　몇 그루 나무 아래 한가로이 춤을 춘다.

　망천집(輞川集)의 마지막 작품은 "산초나무 동산"이다. 이 작품은 산초나무 동산 주변의 경관을 묘사하는 시가 아니다. 시인은, 향초인 산초나무의 이미지를 빌려, 망천장에 속해 있는 자신의 산초나무 동산을 《초사(楚辭)·구가(九歌)》에 묘사된 신선의 세계로 탈바꿈 시키고 있다. "상제의 따님"은 상(湘) 강의 여신이 되는 요(堯)의 두 딸을 암시한다. "구름 신"은 구가의 작품명 중의 하나이다. 이 작품에서 시인은 분명히 자신의 망천장을 하늘에서 신들이 내려오는 성스러운 정화된 세계로 투사하고 있다.

초 원 椒園　산초나무 동산 (20)

계 존 영 제 자
桂尊迎帝子　계수나무 술로 상제의 따님을 맞이하고,

두 약 증 가 인
杜若贈佳人　두약 향초를 아름다운 이께 드리리.

초 장 전 요 석
椒漿奠瑤席　산초 술을 옥으로 만든 자리에 올려,

욕 하 운 중 군
欲下雲中君　구름 신이나 모셔올까?

　왕유(王維, A.D. 699-761)의 별장 망천장(輞川莊)은 당시의 수도 장안(長

安)에서 동쪽으로 약 26km 정도 떨어진 남전(藍田) 근처의 종남산(終南山) 발꿈치에 위치하고 있었으며 그 주변에는 망천(輞川)이 흐르고 있었기 때문에 이러한 이름이 붙여진 듯 하다. 이전 소유주는 당초(唐初)의 궁정 시인 송지문(宋之問, A.D. 656-712)이었다. 왕유가 이 별장을 언제 구입했는지는 분명한 기록이 없지만, 그의 나이 스물 여섯, 제주(濟州)로 폄적되었다가 돌아왔을 때인, 개원(開元) 14년(A.D. 726)이나, 남선(南選)으로의 여행에서 돌아왔을 때인 개원 28년(A.D. 740), 즉 그의 나이 마흔일 때 쯤으로 추정되고 있다. 당시의 귀족들이 소유하고 있었던 별장은 별업(別業), 전서(田墅), 별서(別墅) 등으로도 불렸는데, 이러한 별장은 근본적으로 두 가지 성격을 가지고 있었다. 첫째는 소유주 귀족 관리들의 휴양이나 사교적 파티를 위한 장소로 사용되었으며, 둘째는 별장의 광대한 토지를 통하여 막대한 수입을 올려주는 소유주의 정치 경제적 토대가 되는 것이었다.

왕유는 만년에 망천장에 은거하면서 시우(詩友) 배적(裴迪)과 더불어 자신의 별장 안에 있는 명승지, 정자, 누각, 정원 등, 즉 소위 "망천이십경(輞川二十景)"을 소재로 서로가 각각 이십 수의 오언절구(五言絕句)를 지어 창화(唱和)했다. 왕유는 이 일련의 절구(絕句)를 자신의 기타 작품과는 구분하여 "망천집(輞川集)"이라고 별도로 이름을 붙였다. 망천집의 서문이나 왕유의 망천장을 그린 망천도(輞川圖)에 의하면, 각각의 작품의 순서는 별장의 지형에 따른 지리적 위치에 따라 매겨진 것 같다. 개개의 작품이 망천이십경을 노닐면서 독립적으로 지어진 것처럼 보이며 상호 연관성이 없는 것 같지만, 망천집 이십 수의 절구를 읽어 나가노라면, 개개의 작품이 자신의 별장 망천장을, 지상의 속세와는 격리된, 어떤 하나의 선계(仙界), 즉 초월적이고 정화(淨化)된 자연 세계로 승화시키려는 내적(內的) 주제를 구심점으로 연결되어 있다는 인상을 지을 수 없다.

왕유의 망천집에 수록된 20수의 오언절구는 자신의 별장 망천장의 명승지에 대한 사실적 풍경 묘사가 아니다. 오언절구는 중국시 중에서 가장 짧은 시형(詩型)이므로, 당연히 극도로 축약되고 절제된 표현을 필요로 한다. 왕유가 망천집의 작품을 쓰면서 마음 속에 간직하고 있었던 것은, 별장 명승지의 경관을, 초월적인, 영원불멸의 정화된 자연 속의 세계로 승화시키는 것이었다. 왕유는 자신의 별장을 이러한 환상적인 정화된 자연 속의 세계로 형상화 함에 있어서 명승지를 장황하게 설명적으로 묘사하는 시인이 아니었다. 오히려 그는 오언절구라는, 가장 짧은 시형을 이용하여 단순하지만 극도로 암시적이고 함축적인 시적 어휘를 구사함으로써, 독자로 하여금 단순한 표현이 불러 일으키는 함축적 이미지를 통하여 망천장을 신비할 정도로 고요하고 정화된 세계로 느끼도록 유도하고 있는 것이다. 장황한 설명과 묘사는 독자의 환상적 이미지를 깨버린다. 극도로 절제된, 단순하면서도 함축적인 표현만이 시인이 의도하는 정화된 자연의 이미지를 성공적으로 불러 일으킬 수 있는 것이다.

金光照(인제대)

竹裏館[1] 죽리관
<small>죽 리 관</small>

왕유(王維)

獨坐幽篁裏[2]   혼자 그윽한 대나무 숲속에 앉아
<small>독 좌 유 황 리</small>

彈琴復長嘯   거문고 뜯으며 길게 읊조려 보네.
<small>탄 금 부 장 소</small>

深林人不知   깊은 숲속 아는 이 아무도 없고
<small>심 림 인 불 지</small>

明月來相照   밝은 달 만 내 곁에서 벗하여 주네.
<small>명 월 래 상 조</small>

◀감상▶

　이 시는 왕유가 연작으로 지은 〈망천집(輞川集)〉에 들어 있는 20수 중의 한 수이다. 왕유의 별장은 망천산곡(輞川山谷)에 있는데 거기에는 맹성요(孟城坳), 화자강(華子岡), 문행관(文杏館), 녹시(鹿柴), 목란시(木蘭柴), 의호(欹湖), 남타(南坨), 북타(北坨), 죽리관(竹里館) 등이 있다. 망천(輞川) 별장은 측천무후(則天武后) 때 궁정시인(宮廷詩人)인 송지문(宋之問)이 소유하고 있었던 망천장(輞川莊)을 왕유가 샀다고 한다. 망천(輞川)은 원래 강 이름이고, 송(宋)의 정대창(程大昌)의 〈옹록(雍錄)〉에는 "망전현(輞田縣: 장안長安 동남 종남산終南山 기슭에 위치하였음. 지금의 섬서성陝西省 남전현藍田縣이다.)의 서남 20

---

1) 竹里館: 망천(輞川) 별장의 북타(北坨)에 있는 대나무로 지은 건물로 의호(欹湖)의 북쪽에 있다.

2) 幽篁: 초사(楚辭)〈구가(九歌) · 산귀(山鬼)〉에 "余處幽篁兮, 終不見天.(나는 깊은 대나무 숲속에 살아서 끝내 하늘을 보지 못했네)"라는 싯구가 있다. 왕일(王逸)의 주(注)에 幽篁은 죽림(竹林)이라고 했고, 여향(呂向)의 주(注)에 幽는 심야(深也)이고, 篁은 죽총(竹叢)이라고 했다.

리에 있다"고 한다.

　시인은 이 망천별장에서 친구인 배적(裴迪)과 만년에 한가하게 시를 읊으며 지냈다. 배적과 둘이서 각각 오언절구로 20수씩 창화(唱和)하였다.

　이 시는 사언절구로 된 짧은 시이면서, 언뜻보면 감동을 주는 경어(景語)도 없고, 마음을 끄는 정어(情語)도 눈에 띄지 않는다. 어느 글자가 시안(詩眼)인지 찾기도 애매하고 또 어느 한 구가 읽는 이의 마음을 울리는지 특별히 꼬집어 말하기가 어려운 극히 평범한 단어로 구성된 평범한 시이다.

　시 중에 경물(景物)을 표현한 곳은 단지 6개의 글자가 만들어 낸 세 단어 "幽篁", "深林", "明月"뿐이다. 대지에 두루 비치는 달빛에 단 한 자의 글자 "明"을 사용하여 전체의 분위기를 밝고 맑게 만들고 있다.

　제1구(句)의 "篁"과 제 3구의 "林"은 사실은 동일한 뜻이다. 시인의 몸이 竹林 사이에 있다는 것을 중복해서 썼을 뿐이다. 竹林이라는 글자 앞에 "幽", "深"의 두 자를 첨가하여 설명하는 것에 불과하다. 그것은 유신(庾信)이 〈소원부(小園賦)〉에서 말한 "삼간양간지죽(三竿兩竿之竹)"도 아니고, 유종원(柳宗元)이 〈청수역총죽(淸水驛叢竹)〉에서 말한 "첨하소황십이경(檐下疏篁十二莖)"도 아니다. 단지 그윽하면서도 깊숙한 빽빽이 들어선 죽림일 뿐이다. 여기에서 모습은 마음이 가는대로 눈앞의 경물을 썼을 뿐이다. 시는 전체적으로 적막하고 고요한 분위기이지 교묘하게 꾸미는 말이나 습관적으로 쓰는 진부한 군더더기가 없다.

　시 중에서 사람의 움직임을 쓴 것은 단지 6개의 글자를 만들어 쓴 세 단어인데 즉 "獨坐", "彈琴", "長嘯"이다. 사람이 거문고를 뜯으며 천천히 읊조리는 모습을 묘사한 것 뿐, 그 이외의 표현, 희로애락의 정을 표현하지도 않았고 금음(琴音)과 소성(嘯聲) 소리 또한 기교를 부려 그 음조와 성정(聲情)을 묘사해 내지도 않았다.

　표면적으로 보면 4구의 간단한 시가 사용한 글자는 단순하면서도 맑다. 그러면서도 시 전체적으로 흐르는 기운은 매우 깊은 뜻이 있다. 경계(境界)도 확연히 들어나 특수한 예술적인 매력을 함축하고 있다.

왕유 시가의 매력은 이와같이 독자들을 자연스럽게 꾸밈없이 흡인력 있는 의경(意境)으로 끌어 들이는 데 있다고 볼 수 있다.

그것은 자구로써 얻어낸 것이 아니고 전체적인 분위기로 나타낸 미감이다. 그것의 아름다움은 정신이 모습을 드러내지 않고 있기에 느낌으로 깨닫고 느껴서 미감을 얻어내야 한다. 그 신(神)은 의경(意境)중에 포함되어 있으니 응당 유모취신(遺貌取神) 해야 얻을 수 있다.

의경(意境)은 아름답고 화려하면서도 겉으로 표현하지 않고, 단지 사람에게 "청유절속(淸幽絶俗)"(《현용설시(峴傭說詩)》)의 느낌을 준다. 또 달밤의 그윽한 대나무 숲 속의 정경은 마치 공명징정(空明澄淨)과 같이 그 속에서 탄금장소(彈琴長嘯)하는 사람은 이처럼 편안하고 자득하여 속된 생각은 다 없어지고 외경(外景)과 내경(內景)이 틈이 없이 모아져 일체가 융합되어 있다.

언어를 살펴보면 자연스럽게 맛이 느껴지고 평담한 중에 고운(高韻)이 보인다. 그것은 자연스럽고 평담한 특징의 풍격미와 또 그것의 의경미(意境美)가 서로 조화하여 이루어낸 작용이다.

생각해 보면 시인은 맑고 그윽함 속에서 의기가 일어나고 심령이 맑고 깨끗한 상태에서 죽림, 명월(明月)이 가지고 있는 본래의 청유징정(淸幽澄淨)한 속성과 서로 조화를 이루어 이 한편의 명작품이 탄생한 것이다.

시의 의경의 형식은 전적으로 인물심성과 경물에 내재해 있는 소질이 서로 일치가 되는 것에 의지해야지 외재적인 형태를 빌려 표현해서는 안된다. 이 때문에 시인은 아(我)와 물(物)의 만남, 정(情)과 경(景)의 합치에 이르러야 한다. 이것은 사공도(司空圖)의 《시품·자연편(詩品·自然篇)》에서 말한 "俯拾卽是, 不取諸隣, 俱道適王, 著手成春(내려다 보고 주워 올리니 곧 그것이다. 그것을 주위에서 취하지 않는다. 함께 마음 맞으면 가다가 손을 대고, 그러면 봄을 이룰 수 있다)"과 같은 것이고 더 나아가 "薄言情語, 悠悠天鈞(정겨운 말로 주고 받으니 유유히 天然의 움직임이다)"의 예술천지로 들어가는 것이다. 이것은 자연은 절로 그러함을 뜻하는 말이다. 시의 풍격으로써 자연은 결국 꾸밈 내지 조작이 없이 보고 느끼고 생각하는 대로 써낸 데서 우러나는 미감이라고 하겠다. 그러니 당연히 이 속에서 "부습즉시(俯拾卽是)"를 말하는 것이지 결코 시인이 제재를 취할 때 일부러 선택하는 것을 설명하는 것이 아니다.

이 속에서 "저수성춘(著手成春)"은 붓이 그려내는 것을 말하는 것이 아니고, 시인이 붓을 잡고 이리저리 구상하고 배치하지 않아도 저절로 자연스럽게 이루어지는 것이다.

시 중에 묘사한 주위의 경색으로 죽림과 명월을 선택하였고 그것을 취하여 드러내고자 한 것은 그 맑고 그윽하고 깨끗한 환경을 원래 그대로 표현하려고 했던 것이다. 시 중에 자아정회(自我情懷)를 취하여 표현하려고 한 것은 그 청유징정(淸幽澄淨)한 심경이 서로서로 표리가 되게 하려고 한 것이다. 이것이 즉경즉사(卽景卽事)이고, 이 경(景)과 사(事)가 곧 시상(詩想)이다.

다시 전체의 시를 감상해 보면,

시인은 달밤에 그윽한 대나무 숲 속에 있으면서 조용한 가운데 탄금(彈琴)과 장소(長嘯)의 소리를 내었다. 탄금과 장소의 소리가 주변의 정경(靜境)을 더욱 두르러지게 한다. 또한 시의 말구(末句)에 달이 와서 비추어 주는 것은 상구(上句)의 "인불지(人不知)"와 대조되는 묘미가 있는 구절일 뿐 아니라 캄캄한 밤을 톡 건드려 터트리는 작용을 일으켰다. 이러한 음향과 정적, 빛과 그림자, 명암이 서로 어울려 서로 두드러지게 하는 역할을 하여 배치를 묘하게 이루니 왕유와 같이 경지에 이른 사람만이 할 수 있는 묘작(妙作)이다.

시인은 심림월야(深林月夜)의 그윽하고 고요한 경계에서 자득의 정을 만끽하고 있다.

"伴農 선생님, 淡泊 · 平和 · 恬靜한 삶 속에서 怡然自得 하시길 기원합니다"

金勝心(안동대)

過香積寺[1] 향적사를 지나며

왕유(王維)

不知香積寺　　향적사가 어디인지 몰라서

數里入雲峯　　몇 리를 더 구름 낀 봉우리에 들어가니,

古木無人徑[2]　고목이 선 오솔길에 인적이 없는데

深山何處鐘　　깊은 산속 어디선가 종소리 들려 오도다.

泉聲咽危石[3]　샘물 소리 뾰족한 돌 사이에서 흐느끼고,

日色冷青松　　햇살은 푸른 솔 숲 사이에서 차갑도다.

薄暮空潭曲[4]　해질 녘 텅 빈 연못가에서

安禪制毒龍[5]　좌선하며 헛된 욕망을 씻어내리라.

(《王摩詰全集箋注》卷7)

---

1) 香積寺: 장안(長安) 동남쪽 종남산(終南山) 기슭에 있던 절.(지금의 섬서성陝西省 서안西安 남쪽)

2) 人徑: 사람이 다니던 자취가 난 길.

3) 危石: 산골의 기암 괴석.

4) 薄暮: 해 질 무렵. 潭曲: 연못가.

5) 安禪: 불교 용어. 마음을 편안히 하고 좌선하여 명상에 잠기는 것을 말한다. 毒龍: 마음속에 헛된 생각이나 잘못된 욕심을 상징한다.

◀ **감상** ▶

　30세에 부인을 잃고 평생을 독신으로 살며 사생활이 수도승과 같았던 왕유는 불교에 대한 깊은 신심(信心)을 지니고 있었기 때문에 시속에 선의(禪意)가 깃들여져 있다. 이 시에서는 오묘한 시흥(詩興)을 통해 입선(入禪)의 경계까지 도달하는 정신적인 해탈을 보여주고 있다. 이 시의 제5·6구의 묘사는 자연에 대한 섬세한 관찰력과 자연에 동화된 시인의 의식세계를 보여주고 있다. 그리고 제7·8구에서는 탈속과 해탈에 대한 참된 열망을 갈구하고 있는 것이 아닌가 생각된다.

류성준(한국외대)

使至塞上[1] 변방으로 가면서

왕유(王維)

單車欲問邊
홀로 가마 타고 변방의 형세 살피려고

屬國過居延[2]
사신 신분으로 거연 땅을 지나가네.

征蓬出漢塞[3]
흩날리는 쑥 잎은 변방을 넘나들고

歸雁入胡天
돌아가는 기러기는 오랑캐 하늘로 들어간다.

大漠孤煙直
사막에 외로운 연기 곧게 오르고

長河落日圓[4]
황하 위로 지는 해는 둥그렇구나.

蕭關逢候騎[5]
소관에서 정찰 기병을 만났더니,

都護在燕然[6]
도호의 군대가 연연산에 있다고 하네.

《王摩詰全集箋注》卷9)

---

1) 使: 출사하다. 塞上: 변방 지대.
2) 屬國: 전속국(典屬國)의 약칭. 사신을 가리키는데 변방으로 출사하는 왕유를 가리킨다. 居延: 당대 서북 변방의 요지. 지금의 감숙성(甘肅省) 장액현(張掖縣) 서북쪽.
3) 征蓬: 바람에 날려 가는 쑥, 정처 없이 떠도는 나그네. 漢塞: 당나라의 변방.
4) 長河: 황하.
5) 蕭關: 관문 이름. 候騎: 정찰 기병.
6) 都護: 벼슬 이름. 燕然: 산 이름. 지금 몽고 항애산(杭愛山).

◀ **감상** ▶

개원 25년(737)에 하서절도부사(河西節度副使) 최희일(崔希逸)이 토번(吐蕃)을 정벌하매, 왕유는 감찰어사(監察御使)로서 군대를 위문하고 감찰하려고 떠나는 길에 양주(涼州)에서 지은 시이다. 이 시의 제3연 '사막엔 외로운 연기 곧게 오르고, 장강엔 지는 해가 둥글구나.'는 변새의 경물에 대한 묘사가 마치 황량한 화면(畵面)과 호방한 시적인 기식(氣息)이 융화되어 츤영(櫬映) 작용을 하고 있다. '고연직(孤煙直)'의 세밀한 관찰과 '낙일원(落日圓)'의 깊은 체회(體會)는 곧 포착과 창조의 표징이라 할 것이다.

류성준(한국외대)

終南山¹⁾ 종남산

왕유(王維)

太乙近天都²⁾　　태을봉은 천궁(天宮)에 까지 가까이 닿았고

連山到海隅³⁾　　연이은 산줄기는 바닷가에까지 이르렀도다.

白雲迴望合　　흰 구름은 고개 돌려 바라보매 어느새 합쳐지고

靑靄入看無⁴⁾　　파아란 안개는 깊숙이 들어 보매 자취도 없구나.

分野中峰變⁵⁾　　천지 대응의 천문(天文) 분야 중봉에서 변하고

---

1) 終南山: 중남산(中南山)이라고도 하며, 섬서성 남쪽을 그 중심지로 하면서 동쪽으로는 하남성 섬현(陝縣)에서 서쪽으로는 감숙성 천수현(天水縣)에 이르기까지 천여 리에 걸쳐 길게 뻗어 있는 큰 산으로 곧, 진령(秦嶺)산맥.

2) 太乙: 산 이름. '태일'(太一)이라고도 하며, 일년 내내 눈이 쌓여 있으므로 '태백산'(太白山)이라고도 함. 종남산의 주봉(主峰)으로 지금의 섬서성 장안현(長安縣) 남쪽에 있으며, 흔히 종남산의 별칭으로 씀. 天都(천도): 천제(天帝)의 도성(都城). 곧, 천궁(天宮). 일설에는 제도(帝都)로서 여기서는 장안을 가리킨다고 하나 이 "태을" 구(句)가 종남산의 높음을 과장적으로 표현한 것인 만큼 이론의 여지가 있음.

3) 到海隅: 종남산 산줄기가 바닷가에까지 이르렀다 함은 사실과는 다른 것으로 곧, 그 산줄기가 실로 아득히 뻗어 있음을 과장적으로 표현한 말임.

4) 靑靄: 푸른빛이 도는 산중(山中)의 운기(雲氣), 안개.

5) 分野: 고대 중국의 천문분야(天文分野). 천상(天上)의 28수(宿) 성좌(星座)의 방위와 지상의 구주(九州) 제국(諸國)의 각 지역을 서로 대응시켜 구분해 일컫는 말. 이를테면 종남산 주봉의 이북 지역은 옹주(雍州: 지금의 섬서성, 감숙성 서북부 및 청해성 일대)로 하늘의 '정'(井), '귀'(鬼) 성좌에 대응하고, 그 이남 지역은 양주(梁州: 지금의 사천성 및 섬서성 서남부 일대)로 하늘의 '익'(翼), '진'(軫) 성좌에 대응한다고 한 것 등임. 여기서는 그 주봉에서 나뉘는 '분야'를 통해 종남산의 광대함을 표현함.

음 청 중 학 수
陰晴衆壑殊[6]　　흐리고 개는 날씨 수많은 골짜기마다 다 다르다.

욕 투 인 처 숙
欲投人處宿[7]　　어디든 사람 사는 곳에 들어 묵을 양으로

격 수 문 초 부
隔水問樵夫[8]　　산골 시냇물 저 건너 나무꾼에게 물어본다.

◀감상▶

　왕유(701-761)는 하동(河東) 포주(蒲州) 사람으로 자(字)는 마힐(摩詰)이며, 일찍이 상서우승(尙書右丞)을 지낸 적이 있어 흔히 왕우승(王右丞)이라 일컬어지기도 한다. 21살에 진사에 급제하였으나 벼슬살이가 결코 순탄치만은 않았고, 훗날 현상(賢相) 장구령(張九齡)에게 발탁됨으로써 새로운 전기가 마련되었으나 오래지 않아 장구령이 간상(奸相) 이임보(李林甫)의 시기와 모함 속에 파면되면서 다시 정치적 지주를 잃고 외직(外職)을 전전하는 등 실의에 찬 생활을 하였다. 그러다 개원 29년(741)에 귀경(歸京)하였고, 그 후에는 종남산에 은거하였는데, 본편은 바로 그 즈음의 작품이다.

　작품은 생동하면서도 과장된 필치로 종남산의 광대하고 웅장하며 험준하고 유심(幽深)하기 그지없는 형상을 그려내고 있는데, 진정 기세가 넘치고 묘사가 핍진하다. 여기서 우리는 회재불우(懷才不遇)한 시인의 가슴속 깊이 내장(內藏)된 원대한 포부와 고원(高遠)한 경지에 대한 열망을 감지할 수 있으며, 또한 동시에 세외(世外) 초탈적 산색(山色)에 대한 흥취에 젖어 현실적 해탈을 희구하는 듯한 시인의 고뇌를 느낄 수가 있다. 마지막 2구에서 산골짝 저 너머로 나무꾼을 향해 외치는 소리는 심산(深山)의 정적을 깨기보다는 오

---

6) 衆壑: 군곡(群谷).

7) 人處: 사람이 사는 곳.

8) 水: 여기서는 종남산 골짜기를 흐르는 시냇물을 가리킴.

히려 유심한 산중의 정취를 더욱 돌출케 하면서 대자연의 한정(閑靜)함에 매료
되게 한다.

朴三洙(울산대)

積雨輞川莊作[1] 장마 때 망천장에서 지음

왕유(王維)

積雨空林煙火遲[2]
빈숲에 계속되는 비는 [인가의]연기를 지체시키고,

蒸藜炊黍餉東菑[3]
명아주를 찌고 기장밥을 지어 동쪽 새밭에 보내네.

漠漠水田飛白鷺
광활하고 아득한 무논엔 백로가 날고,

陰陰夏木囀黃鸝
무성하게 그늘진 여름 나무 숲엔 꾀꼬리가 지저귀네.

山中習靜觀朝槿[4]
조용히 산속에서 수양하며 아침 무궁화를 바라보고

松下淸齋折露葵[5]
솔 숲 아래 절제하며 이슬 젖은 해바라기를 따네.

---

1) 輞川: 현 섬서성 남전현 서남쪽에 위치한 종남산 망곡(輞谷) 골짜기에서 북으로 흘러 파수[灞水: 남전현 발원 위수(渭水)로 흘러듦]에 합류됨. 또한 망곡일대를 지칭하는 지명으로, 작자인 왕유의 별장은 바로 이곳에 있었으므로 망천장이라 했다.
2) 煙火: 마을 굴뚝에 피어오르는 밥 짓는 연기.
3) 菑: 처음 개간하여 한 해가 지난 밭을 말하는데 여기서는 농토를 통칭함.
   餉: 들판에 밥을 내다 주는 것.
4) 習靜: 조용하게 심신을 수양하는 것[習].
5) 淸齋: 소식(素食)하는 것.
   露葵: 가을 저녁에 내린 이슬을 머금은 싱싱한 아욱.

야 노 여 인 쟁 석 파
野老與人爭席罷　　시골 늙은이는 사람들과 더 이상
　　　　　　　　　　　자리다툼을 그만두었거늘,

해 구 하 사 갱 상 의
海鷗何事更相疑[6]　　해구야 무슨 일로 또 의심하는가?

감상

　망천별장의 고요한 정경을 노래하고 있다. 수련(首聯)에서 "積雨"와 "煙火"의 대(對), 내리는 비와 이에 눌려 피어오르는 연기는 포근하고 정겨운 전원의 풍경을 극명하게 보여준다. 함련(頷聯)에서 의태어 "漠漠"과 "陰陰"으로 그 정경을 풀어서 노래하면서 색감과 동(動)·정(靜) 그리고 청감까지 자극하고 있다. 실제로 중당의 시인 이가우(李嘉祐)는 이 네 자로써 의태어 없이 시를 써, 네 자의 의미와 중요성을 크게 느끼게 한다. 이러한 정경 속에서 순응하며 은일로 들어선 작가는 경련(頸聯)에서 자신의 태도를 습정(習靜)과 청재(淸齋)로 속세로부터 결별했음을 표현한다. 미련(尾聯)은 이미 이렇게 살고자 하는 시인을 갈매기가 의심하면서 친구 되지 않고 배회한다는 상징적인 이야기를 통하여 역설적으로 노래하고 있다.〈수무동 별장을 생각하며〉

박세욱(경북대)

---

6)『열자·황제(列子·黃帝)』: 옛날 바닷가에 어떤 사람이 갈매기를 무척 좋아하여 늘 함께 어울려 놀았는데 나중에 그의 아버지가 그러한 사실을 알고 그 갈매기를 잡아오도록 하였다. 그런데 그 갈매기는 그를 바라 볼 뿐 내려오지 않았다는 고사. 이는 사람의 간교한 마음을 꼬집는 말인데, 왕유는 갈매기 잡는 것을 세속적인 부귀와 공명을 추구하는 것으로 비유하고 있다.〈제상사현영(濟上四賢詠)〉제일·최녹사(崔綠事): 이미 갈매기를 허물없이 가까이 한다고 하니, 나도 그대와 함께 뗏목을 타고자 하노라(已聞能狎鳥, 余欲共乘桴). 이 고사를 통하여 왕유는 세속의 일에서 완전히 벗어났음을 표명하고 있다.

秋夜獨坐 가을밤에 홀로 앉아
<small>추 야 독 좌</small>

왕유(王維)

獨坐悲雙鬢[1]　　홀로 앉아 늙어감을 슬퍼하니
<small>독 좌 비 쌍 빈</small>

空堂欲二更　　빈 방은 이경(二更)이 되려 하네.
<small>공 당 욕 이 경</small>

雨中山果落　　빗속에 산 열매 떨어지고
<small>우 중 산 과 락</small>

燈下草虫鳴　　등불 밑에서 풀벌레 운다.
<small>등 하 초 충 명</small>

白髮終難變　　백발은 끝내 검어지기 어렵고
<small>백 발 종 난 변</small>

黃金不可成[2]　　쇠는 결국 황금이 되기 어렵다.
<small>황 금 불 가 성</small>

欲知除老病　　늙음과 병 없애고자 한다면
<small>욕 지 제 노 병</small>

唯有學無生[3]　　오직 무생(無生)을 배울 따름이네.
<small>유 유 학 무 생</small>

---

1) 雙鬢: 양쪽 귀밑에 난 머리카락. 여기서는 그것이 희어짐을 뜻한다.

2) 黃金不可成: 옛날 신선도(神仙道)에서는 연금술(鍊金術)을 통해 불멸의 황금을 복용하면 불로장생하는 신선(神仙)처럼 불사의 경지에 이룰 수 있다고 믿었다.

3) 無生: 무생무멸(無生無滅) 또는 무생멸(無生滅)을 가리키는 말. 열반의 진리는 생멸(生滅)이 없기 때문에 무생이라고 한다. 따라서 무생의 이치를 잘 관찰하여 생멸의 번뇌를 제거해야 진정한 깨달음을 이룰 수 있다. 원각경(圓覺經)에 따르면 '일체 중생은 생멸을 제대로 보지 못하기 때문에 생사 속에서 윤회한다. 그러나 여래(如來)는 실체를 깨달아 망녕됨이 없으니 열반에 이를 수 있다.'라고 하였다.

◀감상▶

작자의 불교적 인생관이 짙게 나타난 작품 중 하나이다. 비 내리는 가을밤 홀로 빈 방에 앉아 늙어 감을 한탄하느라 시간 가는 줄도 모르니 인생 무상함을 절로 느끼게 한다. 특히 빈 방과 이경(二更)이라는 공간적·시간적 요소의 대비 외에 등불의 빛과 풀벌레 우는 소리라는 시청각적 효과를 통해 작자의 고독을 더욱 두드러지게 해준다. 즉 초목이나 곤충처럼 자연의 피조물의 하나이자 유한한 존재로서 결국은 자연의 법칙에 따라 늙고 병들어감에 비애를 느끼지만 어떤 인위적인 방법으로도 돌이킬 수 없음을 알기에 결국 무생(無生)이란 불교의 인생관으로써 덧없는 인생의 허무함을 극복하고 진정한 영생(永生)을 추구하려는 의지를 드러내고 있다.

변귀남(대구 한의대)

山居秋暝¹⁾ 산속의 가을 저녁

산 거 추 명

왕유(王維)

공 산 신 우 후
空山新雨後 텅 빈 산에 비 새로 내린 뒤,

천 기 만 래 추
天氣晚來秋²⁾ 날씨는 저녁이 되어 가을 기운이 완연하다.

명 월 송 간 조
明月松間照 밝은 달빛 솔가지 사이로 비추어 들고,

청 천 석 상 류
清泉石上流³⁾ 맑은 샘물은 바위 위를 흐르는구나.

죽 훤 귀 완 녀
竹喧歸浣女⁴⁾ 대 숲이 왁자지껄하니 빨래하던 여인들 돌아가는 듯,

연 동 하 어 주
蓮動下漁舟 연꽃 잎이 일렁이니 고깃배가 내려가는 듯.

수 의 춘 방 헐
隨意春芳歇⁵⁾ 자연의 섭리라 봄풀들은 쉬이 시들어가지만,

왕 손 자 가 류
王孫自可留⁶⁾ 그대여! 그런대로 머물만은 하지요.

---

1) 秋暝: 가을 저녁.

2) 天氣: 날씨.

3) 清泉: 맑은 샘물. 여기서는 비가 막 그친 후 냇물이 깨끗하게 흐르고 있는 모습을 묘사한 말이다.

4) 喧: 떠들썩하다. 여기서는 대나무가 흔들리는 소리를 묘사한 말이다. 浣女: 빨래하는 여인.

5) 隨意: 마음대로, 쉽게. 春芳: 봄철의 향기롭던 풀. 歇: 없어지다, 시들다.

6) 王孫: 귀공자. 원래는 왕의 자손이란 뜻이지만, 시에서 흔히 풍류재자(風流才子)를 뜻하는 말로 자주 쓰인다.

[出典] :《王右丞集注》, 冊1, 卷7, pp.6a~6b.
　　　　《全唐詩》, 冊4, 卷126.

◀감상▶

　이 작품은 왕유의 대표적인 오언율시(五言律詩) 작품으로, 산중에서의 한적한 생활상을 묘사하고 있다.

　작자 왕유(王維)는 성당(盛唐)의 대표적인 전원시인(田園詩人)일 뿐만 아니라, 중국 남종화(南宗畵)의 시조로 당시 화단(畵壇)을 이끌었던 대표적인 화가이기도 하다. 그래서 그의 시 작품에는 작자의 화가로서의 소양과 자질이 잘 반영되어, 매우 선명하고 생동적이며 진한 감동을 전해 주는 힘이 담겨 있는 것으로 정평이 나 있다. 그런 점에서 송대(宋代)의 문호 소식(蘇軾)은 왕유의 전원시(田園詩)를 평하여 "시중유화(詩中有畵)"라고 칭찬을 가한 바 있다.

　이 작품에서 작자는 우선 멀리서 바라보는 시각(視角) 곧 북송시대 화가 곽희(郭熙)가 지적한 산수화의 세 가지 시각 중 평원(平遠)시각에 입각하여, 비 내린 후 산 주변의 전체 모습을 묘사하였다. 이어서 먼 곳으로부터 가까운 곳으로 또 큰 사물로부터 작은 사물로 주체(主體)로부터 관련 사물로 초점을 옮겨가는 수법을 구사하면서, 밝은 달과 맑은 샘물 그리고 대 숲과 연꽃 등등을 close-up시켜 묘사하고 있다. 마지막으로 자연의 섭리에 따라 봄풀들이 시들어가는 산 경치의 변화와 그러한 심산(深山)에서 세속적인 추한 욕심 버리고 한적하게 생활해 나가고자 하는 자신의 심경을 밝혀 놓고 있다.

　한편 이 작품은 동양화에서의 백묘(白描) 수법을 운용한 것처럼 비 내린 후의 산 풍경에 대한 담백하면서도 사실적(寫實的)인 묘사를 통해, 독자들에게 마치 묘사된 사물을 직접 눈앞에서 대하는 것 같은 착각이 들도록 해 준다. 곧 비 내린 후 가을 산의 맑은 공기와 깨끗한 나무들, 소나무 숲 사이에 걸려 있는 달과 바위 위로 흘러내리는 맑은 샘물, 떠내려가는 배는 물결을 일으켜 연꽃이 흔들리게 하고 빨래하는 여인들이 왁자지껄 떠들면서 대 숲 사이 길로 돌아가는 풍경 등등이 마치 한 폭의 화면을 들여다보고 있는 듯 눈에 선하게 선명히 묘사되어 있으며, 마치 거울 속을 들여다보고 있기라도 하듯 한적하고 고요한 장면들이 직관적으로 생동감 있게 묘사되어 있다. 마치 대상물의 전형적인 한 순간을 예리하게 포착하여 신속하게 화면에다 옮겨 놓는 속사(croquis) 수법을 운용한 것처럼, 대자연의 순간적으로 돋보이는 빼어난 단면들을 시 속에다 한데 이어 맞추고 응집시켜 close-up시켜 놓은 듯 가을 산 야경의 아름다움을 완벽한 경지로 구성해 놓았다고 할 수 있다.

왕유의 시는 색감 묘사가 아주 선명하고 실감나게 잘 이루어져 있는 것으로 정평이 나 있다. 이 작품에서도 가을 산, 가을 하늘, 소나무 잎, 시냇물, 대나무 잎, 연꽃 잎, 봄 풀 등등 색감을 느끼게 하는 단어들이 거의 모든 구(句)에 사용되어 있을 정도이며, 특히 고요하고 광활함을 상징하는 파란 색과 시원하고 서늘한 느낌을 주는 푸른색을 주조로 하여 가을 산의 경치를 선명하게 부각시켜 놓고 있다.

왕유는 또 구도(構圖) 기법을 잘 운용함으로써 작품에 공간감과 입체감을 묘하게 살려내어, 자연 경치를 아주 실감나게 묘사하고 있기도 하다. 이 작품에서는 첫째 연과 둘째 연에서 각각 원경과 근경을 묘사함으로써 원근을 대비시켜 놓고 있으며, 둘째 연에서는 소나무 사이로 내리비치는 달빛의 종선(縱線)과 바위 위로 흘러가는 시냇물의 횡선(橫線)이 직각으로 서로 교차되어 있다. 또 둘째 연과 셋째 연에서 밝은 달과 대나무 가지는 높고 키가 크며 시냇물과 연꽃은 낮게 깔려 있는 것으로 각각 고저의 대비를 이루고 있다. 그리고 첫째 연의 텅 빈 산과 주변의 날씨 등이 크고 넓은 세계에 대한 묘사라고 한다면, 셋째 연의 빨래하고 돌아가는 여인들이 멀리서 내려가고 있는 모습과 역시 멀리 바라보이는 연꽃의 움직임 등은 하나의 점처럼 아주 멀고 작은 대상물에 대한 묘사로서, 회화에서의 초점투시화법(焦點透視畵法)을 통한 대소의 대비 효과를 잘 살리고 있기도 하다.

이상에서 살펴본 바와 같이 이 작품에서는 작자 왕유의 탁월한 회화 기법들이 교묘하게 종합적으로 잘 구사되어, 비 온 후의 맑고 고요한 산속 풍경의 그

욱한 운치가 한 폭의 동양화를 보는 것처럼 실감나게 잘 그려져 있다.

하평성(下平聲) 십일(十一) 「우(尤)」운(韻)으로 압운(押韻)되어 있고, 운자(韻字)는 추(秋) · 류(流) · 주(舟) · 류(留) 등이다.

이철리(경남대)

代悲白頭翁
_{대 비 백 두 옹}

유희이(劉希夷)

_{낙 양 성 동 도 리 화}
洛陽城東桃李花　낙양성 밖 동쪽 들에 흐드러진 꽃들은

_{비 래 비 거 낙 수 가}
飛來飛去落誰家　날아가다 날아오다 어느 집에 떨어지나?

_{낙 양 여 아 석 안 색}
洛陽女兒惜顔色　낙양성 젊은 여인 얼굴 늙는 게 아쉬워

_{행 봉 낙 화 장 탄 식}
行逢落花長歎息　길가다 꽃 날리면 장탄식을 하는구나.

_{금 년 화 락 안 색 개}
今年花落顔色改　올해 저 꽃 지고 나면 이 얼굴 늙어가서

_{명 년 화 개 부 수 재}
明年花開復誰在　명년에 저 꽃 필 땐 누가 여기 서 있을까?

_{이 견 송 백 최 위 신}
已見松柏摧爲薪　익히 보아 왔었네. 푸른 송백(松柏) 잘려져서
　　　　　　　　　장작되고 말더라.

_{갱 문 상 전 변 성 해}
更聞桑田變成海　듣고 듣고 또 들었네. 뽕나무 질펀한 밭
　　　　　　　　　푸른 바다 되었다고.

_{고 인 무 부 낙 성 동}
古人無復洛城東　낙양성 밖 동쪽 들녘 옛 사람 간 데 없고

_{금 인 환 대 낙 화 풍}
今人還對落花風　지금 사람 대신 나와 꽃 바람을 맞이 하네.

_{년 년 세 세 화 상 사}
年年歲歲花相似　해가 가고 해가 가도 꽃은 항상 비슷한데

_{세 세 년 년 인 부 동}
歲歲年年人不同　해가 가고 해가 오면 사람은 달라지는 법.

寄言全盛紅顏子　말 좀 전해 주오. 한창 때 즐기는 젊은이들에게.

應憐半死白頭翁　죽어 가는 백발 노인 불쌍히 여길 줄 알라고.

此翁白頭眞可憐　저 노인의 흰 머리 가련하기 짝이 없지만

伊昔紅顏美少年　그도 한 때 홍안의 미소년이었다네.

公子王孫芳樹下　지체 높은 귀공자들 향기로운 나무 밑에 모여서

清歌妙舞落花前　아름다운 노래와 춤을 즐기며 지는 꽃을
바라보았지.

光祿池臺開錦繡　호화로운 전각(殿閣)은 수놓은 비단으로 장식하고

將軍樓閣畫神仙　웅대한 저택에는 신선화를 그렸었지.

一朝臥病無相識　하루 아침 병들어 누우니 아는 이 모두 사라져

三春行樂在誰邊　봄날의 즐거움은 누구에게 가 있을까?

婉轉蛾眉能幾時　아름다운 얼굴 얼마나 오래 가나?

須臾鶴髮亂如絲　순식간에 백발 되어 엉킨 실타래마냥 어지럽더라.

但看古來歌舞地　이 말 믿기지 않으면 예전의 가무지(歌舞地)를
돌아보오.

惟有黃昏鳥雀悲　지금은 황혼녘에 새들만 슬피 울고 있으니.

◀감상▶

이 시는 당대(唐代)의 시인 유희이(劉希夷)의 작품으로 알려져 있다. 이 작품은 자세한 설명을 가할 필요가 없을 정도로 유명하다고 할 수 있다. 전해지는 이야기에 의하면 작자가 이 작품을 쓴 후에 송지문(宋之問)이 그를 해치고는 이 작품을 자기 것으로 만들어버렸다고 한다. 아마도 워낙 작품이 뛰어나서 송지문이 질투심을 느낀 것이 아닐까 생각해 본다. 이 작품을 애송하는 사람이 무척 많다고 생각되며 그래서 이 작품에 대해서는 다양한 감상이 있을 수 있다. 그래서 나는 나름대로 이 작품을 좋아하는 이류를 간단히 설명해 보기로 한다.

나는 중국 전통시기에 지어진 시(詩)의 특징이 시각화(視覺化)에 있었으며, 이 점이 서구에서 나타난 시(詩)와 가장 큰 차이를 보인다고 나름대로 생각해 왔다. 물론 서구의 시(詩)에서 시각화를 위한 노력이 전혀 없는 것도 아니고 중국의 시(詩)가 모두 시각화에 초점을 맞춘 것은 아니라고 할 수 있다. 그렇지만 중국에서 서구보다 시(詩)를 통한 시각화에 대한 관심이 더 높았던 것은 부인할 수 없다고 본다.

시각화는 다양한 모습으로 나타난다. 짧막한 절구나 율시에서는 정지된 광경을 묘사하면서 그것을 통해 자신의 감흥을 이끌어내는 모습이 비교적 자주 보인다. 그러나 이 작품과 같은 고체시에서의 시각화는 왕왕 어떤 줄거리를 전개하면서 정지된 광경이 아닌 동영상으로 시각화를 하는 것을 볼 수 있다. 그리고 〈代悲白頭翁〉은 그런 방식의 시각화가 가장 절실한 호소력을 발휘하면서 구현된 결과라고 생각된다. 줄거리를 전개한다고 하면 사람들은 소설을 연상하기 쉽다. 그러나 중국의 전통적인 글쓰기에서 소설이 전개하려던 줄거리와 시(詩)를 통해 전개된 줄거리는 여러 면에서 차이를 보인다. 이를 이해하기 위해서는 〈代悲白頭翁〉이라는 작품의 구조를 살펴볼 필요가 있다.

이 작품은 전체적으로 보아 세 부분으로 나누어질 수 있다고 생각된다, 제1구에서 제12구까지가 첫 부분을 이루고 제13구에서 제24구까지가 두 번째 부분을 이루며 마지막 2구가 세 번째 부분을 이룬다. 세 번째 부분을 일종의 여운이라고 생각한다면 이 작품은 첫 부분과 두 번째 부분에 각각 12구씩을 배정한 설계의 모습을 보여준다. 그런데 이것은 우연이 아니라고 생각할 여지가 다분히 있다.

첫 부분은 전반적으로 보아서 일종의 평면을 보여준다. 시인은 봄바람에 꽃이 분분히 날리는 낙양성이라는 공간에 시각을 맞추고 있을 뿐이다. 여기에서는 시간은 정지되어 있거나, 아니면 그리 주목할 필요 없이 무시되어 있다고 해도 과언이 아니다. 중요한 것은 꽃바람이 불어대는 봄날의 낙양성이라는 특정 시간의 특정 공간일 따름이다. 그 특정 시간을 두드러지게 나타내 주는 것은 금년과 내년의 동일한 봄날이라는 점뿐이다. 그리고 그 시간과 공간 안에서 벌어지는 모든 것은 단편적인 스케치의 수법을 통해 묘사되고 있다.

그런데 두 번째 부분에 들어서면 우리는 이 공간에서 펼쳐지는 시간의 흐름을 본다. 즉 한창 때를 즐기는 혈기왕성한 젊은이의 시간과 그들이 한창 때를 즐기는 모습에서 어느 날 갑자기 병이 들어 영락하기까지의 시간이 한편의 동영상처럼 펼쳐지는 것이다. 여기에서는 공간은 그리 중요하지 않다. 중요한 것은 젊은이들이 잔치를 벌이는 몇몇 장소에 불과하며, 그 곳이 낙양성이든 아니면 다른 곳이든 그것은 문제가 되지 않는다.

세 번째 부분, 다시 말해서 내가 여운이라고 부른 부분에서는 첫 부분의 시간이 정지된 공간과 두 번째 부분의 공간이 무시된 시간의 흐름을 통합하고 있다. 예전에 춤추고 놀던 장소와 지금의 쓸쓸한 장소를 대비시킨 것이 바로 평면과 시간을 통합한 결과가 아닐까?

이런 줄거리를 보면 시인은 객관적 자아로서 이 작품을 지은 것이 아니라고 생각된다. 그는 자신이 조그만 여행을 경험하고 있었다. 그의 경험은 꽃바람이

부는 낙양성 일대를 천천히 걸어가면서 자신이 목격한 것을 정리하는 것에서 시작되었다. 그러나 어느 모퉁이에선가 아마도 머리가 하얗게 센, 그리고 병색이 완연한 노인을 목격한 모양이다. 그로부터 그의 여행은 자신을 둘러싸고 있는 외부를 벗어나 머리와 가슴 속의 세계로 이행하기 시작한다. 이 세계는 그이 기억과 생각, 감상으로 이루어지며 시인은 이 세계에서 한참을 거닌다. 그러다가 어느 틈에 불현듯 그 세계를 벗어난 그의 눈에 아까 거닐던 공간의 모습이 나타난다. 그렇지만 그 공간은 더 이상 그가 여행하던 공간이 아니다. 이미 그의 시각이 머리와 가슴속의 세계에서 감성으로 물들어버린 탓에 똑같은 공간을 바라보면서도 그의 시각은 공간을 공간으로만 바라보는 것이 아니라 시간과 공간을 결합하여 바라보는 것으로 바뀌어 버린 탓이리라.

　나는 〈代悲白頭翁〉이라는 작품을 이런 식으로 바라보면서 시인의 이성과 감성이 절묘하게 결합하는 모습을 즐기곤 한다. 작품 곳곳에 배열되어 있는 절묘한 시어들이 나의 관심을 아니 끄는 것은 아니지만 나는 이런 줄거리와 그것을 통해 나타나는 시각화를 통해 이 작품이 어떻게 우리의 가슴을 울리는가를 곰곰이 생각하곤 한다. 그러면서 항상 머리를 떠나지 않는 것은 무엇이 시인으로 하여금 시를 쓰게 하며, 시인이 그 시를 통해 노리는 것이 과연 무엇일까 하는 점이다. 많은 사람들이 나의 질문에 대답해 주기를 기대하면서.

　　　　　　　　　　　　　　　　　　　　　서경호(서울대)

春江花月夜 봄날 꽃핀 강가에 달빛 어린 밤

장약허(張若虛)

春江潮水連海平 봄 강 밀물은 바다에 닿아 평온하고,

海上明月共潮生 바다에는 밝은 달 밀물과 함께 떠오르네.

灩灩隨波千萬里[1] 넘실대는 물결 따라 천만 리 비추니,

何處春江無月明 봄 강 어딘들 밝은 달빛 없으랴?

江流宛轉遶芳甸[2] 강물은 굽이굽이 꽃핀 들판 감돌고,

月照花林皆似霰 달빛 비친 꽃 숲은 온통 싸락눈 내린 듯.

空裏流霜不覺飛 허공에 흐르는 서리도 날리는 줄 모르겠고,

汀上白沙看不見 물가의 흰모래도 보이지 않네.

江天一色無纖塵 강과 하늘 한 빛 되어 티끌 한 점 없고,

皎皎空中孤月輪 휘영청 허공에는 외로운 달하나.

江畔何人初見月 강가에서 어느 누가 처음 달을 보았을까?

---

1) 灩灩: 달빛이 수면에 어른거리는 모양.
2) 芳甸: 꽃향기가 가득한 들판.

^{강 월 하 년 초 조 인}
江月何年初照人 강의 달은 언제 처음 사람을 비췄을까?

^{인 생 대 대 무 궁 이}
人生代代無窮已 인생은 대대로 끝임 없이 이어지나,

^{강 월 년 년 망 상 사}
江月年年望相似 강의 달은 해마다 똑같은 모습이네.

^{부 지 강 월 대 하 인}
不知江月待何人 대체 저 강의 달은 누구를 기다릴까?

^{단 견 장 강 송 류 수}
但見長江送流水 장강만 출렁출렁 흐르는 물 보낼 뿐.

^{백 운 일 편 거 유 유}
白雲一片去悠悠 흰 구름 한 조각 유유히 떠가는데,

^{청 풍 포 상 불 승 수}
靑楓浦上不勝愁³⁾ 청풍포구 거닐며 시름 잠긴 나그네.

^{수 가 금 야 편 주 자}
誰家今夜扁舟子 뉘 집에서 오늘 밤 조각 배 띄웠는가?

^{하 처 상 사 명 월 루}
何處相思明月樓 어느 곳에서 누각 위 밝은 달 보며 그리워 하나?

^{가 련 누 상 월 배 회}
可憐樓上月徘徊 가련하게도 누각 위의 달은 배회하면서,

^{응 조 이 인 장 경 대}
應照離人粧鏡臺 이별한 님 경대를 비추고 있겠지.

^{옥 호 렴 중 권 불 거}
玉戶簾中卷不去⁴⁾ 규방 창의 발 걷어도 달은 떠나지 않고,

^{도 의 침 상 불 환 래}
擣衣砧上拂還來 다듬잇돌 털어내도 달은 다시 온다네.

^{차 시 상 망 불 상 문}
此時相望不相聞 지금 서로 달을 보나 서로 소식 못 들으니,

---

3) 靑楓浦: 지금의 호남성(湖南省) 유양(溜陽)에 있는 지명.

4) 玉戶: 규방(閨房)을 가리킴.

願逐月華流照君
원 축 월 화 류 조 군
그저 달빛 좇아 흘러가 님이나 비췄으면.

鴻雁長飛光不度
홍 안 장 비 광 불 도
기러기 떼 길게 날아 달빛만 가리고,

魚龍潛躍水成文
어 룡 잠 약 수 성 문
물고기 떼 튀어 올라 파문만 만드네.

昨夜閑潭夢落花
작 야 한 담 몽 낙 화
어제 밤 고요한 못에 꽃 지는 꿈 꾸었는데,

可憐春半不還家
가 련 춘 반 불 환 가
가련하게도 봄이 다 가도록 아직 집에 못가네.

江水流春去欲盡
강 수 류 춘 거 욕 진
강물에 흐르는 봄 다 가려 하고,

江潭落月復西斜
강 담 낙 월 복 서 사
강물에 비친 달도 다시 서쪽으로 기우네.

斜月沈沈藏海霧
사 월 침 침 장 해 무
기운 달 점점 깊이 바다 안개 속에 숨고,

碣石瀟湘無限路5)
갈 석 소 상 무 한 로
갈석에서 소상까지 끝없는 나그네 길.

不知乘月幾人歸
부 지 승 월 기 인 귀
달빛 타고 몇이나 돌아갔을까?

落月搖情滿江樹
낙 월 요 정 만 강 수
지는 달에 흔들리는 마음 강가 숲에 가득하리.

---

5) 碣石: 하북성(河北省) 창려현(昌黎縣) 북쪽에 있는 산. 여기서는 북쪽 끝을 대표함.
瀟湘: 호남(湖南)의 동정호(洞庭湖)로 들어가는 지류인 소강(瀟江)과 상강(湘江)의
합칭. 여기서는 남쪽 끝을 대표함.

◀감상▶

장약허(張若虛, 711년 전후)는 강소성(江蘇省) 양주(揚州)사람이며, 초당의 하지장(賀知章, 659-744)·포융(包融, 727년 전후)·장욱(張旭, 711년 전후)과 함께 "오중사걸(吳中四傑)"로 일컬어진다. 관직은 지방의 하급관리인 병조(兵曹)를 지냈을 뿐으로 상세한 생평은 알려지지 않고 있다. 〈전당시(全唐詩)〉에 전해지는 그의 시는 단 2수 뿐이지만, 〈春江花月夜〉이 한 편으로 인해 불후의 이름을 얻게 되었다.

〈春江花月夜〉는 원래 악부의 제목으로 망국의 풍류제왕이었던 진(陳)의 후주(後主) 진숙보(陳叔寶, 582-588 재위)가 처음 지었다고 한다. 봄(春), 강(江), 꽃(花), 달(月), 밤(夜)이라는 시제의 의경이 한 폭의 아름다운 경치를 만들고 있는데다, 꽃이 있고 달이 있는 봄날 밤 강변의 경치를 낭만적인 정서로 끊일 줄 모르고 노래하는 장약허(張若虛)의 이 시는, 화려한 시구가 막힐 줄 모르고 이어지며 물 흐르듯 내려가 인구에 회자되고 있는 명시이다.

이 시는 크게 4단락으로 나누어 볼 수 있다. 제1단락은 처음 8구인데 여기에서는 꽃핀 봄날 강가의 달밤 경치를 화사한 필치로 아름답게 묘사했다. 봄날 강물이 불어나고 강물과 바다가 연결되어 넓은 수평선 바다 위로 밝은 달이 떠오르는 장관으로 시작해서, 다시 시야를 넓혀 그 달빛을 받는 광활한 우주지상의 봄 풍경을 노래하다가 점점 가까운 곳으로 포커스를 옮겨 달에 시상을 응축시켜 놓았다. 마지막 연에서는 청량한 달빛 쏟아지는 강가가 온통 흰색으로 채색되어 순수한 자연의 아름다움을 보여주고 있다.

제2단락은 다음 8구인데(제9구~제16구) 여기서는 달을 보고 일어난 인생과 우주에 대한 상념을 서술하고 있다. 강과 하늘이 한 빛으로 어우러진 깨끗한 세계에 밝은 달이 떠있는 것을 보자 작가의 시상은 달에 응축되어 기묘한 문제를 제기한다. 이 강가에서 처음 달을 본 사람은 누구이며, 강 위의 달은 언제부터 사람을 비추기 시작했는가? 우주의 오묘한 비밀과도 같은 철학적인 문제를 경쾌하고 아름답게 물어보고 있다. 보통은 짧은 인생에 대한 감상이 대부분이지만 이 작품은 오히려 활력과 낙관적인 정서로 충만해 있다. 강물은 끊임없이 흘러가고 한번 흘러가면 돌아오지 않기에 오늘의 강물도 어제의 그 강물이 아니듯, 인생도 짧은 삶을 살다 죽으면 또 다른 사람이 태어나 대대로 끊임없이 이어짐으로, 우주는 영원히 변화하면서 이어져간다는 우주 자연 속의 인간의 삶에 대한 자각을 그리고 있다.

제3단락은 그 다음 12구(제17구~제28구)이다. 흘러가는 강물과 구름을 보면서 시인은 자신이 나그네임을 깨닫게 되고, 문득 그리움이 밀려오자 이별한 사람과의 교류를 이어주는 "달"과 호응하여 자신의 시름을 드러내고 있다. 아내와 이별하여 조각배를 타는 나그네, 또 집 떠난 남편을 그리는 아내의 애타는 마음을 달의 상징성과 의인화를 통해 표현하면서 그 속에 자신의 내적 그리움과 이별의 슬픔을 드러내고 있다. 기러기와 물고기는 모두 편지(소식)를 전해주는 매개의 상징이나, 기러기는 너무 높이 날아가 버려 그리움을 전할 수 없고, 물고기도 물결만 일게 할 뿐 소식을 전하지 못하기 때문에 달빛 따라 흘러가 님의 곁을 비추고 싶을 뿐이다.

제4단락은 마지막 8구(제29구~제36구)이다. 이 단락은 "꽃이 떨어지고[落花]" "강물이 흘러가고[流水]" "달이 지는[落月]" 정경을 통해 나그네 신세에 대한 서러움을 그리고 있다. 강물은 봄을 싣고 자꾸자꾸 흘러가는데 이 봄이 다 가도록 기다리던 님은 돌아오지 않고, 또한 님과의 교류를 가능케 해 주었던 "달"마저도 서쪽으로 기울어 안갯속으로 사라져 버리니, 고향 길은 아득하기만 한데…… 화자는 절망감으로 가득하다. 어젯밤의 그 밝은 달빛을 보고 마음이 고향으로 내달은 사람은 몇이나 될까? 향수에 젖어 강가의 나무 숲만 멀리 바라보며 한없는 여수(旅愁)에 잠긴다.

이 시는 육조풍(六朝風)의 화려한 수사를 계승했으나, 언어의 아름다움에만 매이지 않고 시상과 잘 조화시켰다. 달이 떠서 서쪽으로 기우는 과정을 시의 주요구조로 삼으면서 달을 중심으로 봄, 강, 꽃, 밤의 이미지를 잘 어울리게 배치하여 풍요로운 정서를 아름답게 그려내고 있지만 이 시는 결코 언어의 화려함에만 매이지는 않았다. 이 한 편의 시 속에는 이전의 전통적인 소재였던 산수의 아름다움, 인생의 유한함, 이별의 한, 나그네의 설움 등이 다 담겨 있으면서도 시상의 연결에 전혀 어색함이 없고 잘 융화되어 자연스럽게 물 흐르듯 이어져갔다. 바로 이러한 시재와 시상의 조화가 이 시를 감탄하게 만드는 점이다. 때문에 이 시는 초당 칠언고시의 최고 걸작으로 평가받으면서 많은 사람들에게 회자되었으며, 문일다(聞一多, 1899-1946)는 이 시가 "시 중의 시요 최고중의 최고"이며, 일체의 꾸밈이 없기 때문에 아름다운 예술적 향수와 정감을 느낄 수 있다고 극찬했다.

고팔미(동의대)

_{회 향 우 서}回鄕偶書 고향에 돌아와서

하지장(賀知章)

_{소 소 리 가 노 대 회}
少小離家老大回[1] 어려서 고향 떠나 나이 먹어 돌아왔다.

_{향 음 무 개 빈 모 최}
鄕音無改鬢毛衰[2] 사투리는 그대론데 머리카락만 세어졌다.

_{아 동 상 견 불 상 식}
兒童相見不相識[3] 어린 시절 친구 녀석, 빤히 쳐다봐도 몰라본다.

_{소 문 객 종 하 처 래}
笑問客從何處來 웃으며 말하기를 「누구시지요?」

◀감상▶

사람이 한 세상 살아간다는 과정은 생로병사(生老病死)로 축약된다. 문학은 인생의 의미를 모색하는 작업이다. 중국 문학, 좁게는 중국의 시(詩)를 살펴오는 동안, 가장 큰 과제로 다가오는 것은 인생, 문학, 그리고 시 그 자체에 대한 의미였다.

하지장(賀知章)의 시 〈고향에 돌아와서(回鄕偶書)〉는 우리로 하여금 다시 한 번 인생, 문학, 그리고 시의 의미에 대하여 생각하게 한다. 「偶書」는 '우연히 쓰다, 곧 즉흥시를 쓰다'라는 의미이다. 그 즉흥 속에 인생의 참된 진실이 온전한 모습으로 담겨져 있다. 이 작품은 우리에게 고향의 의미를 생각하게 하고,

---

1) 少小: 소(少)는 나이의 어림을, 소(小)는 몸집의 작음을 나타낸다. 離家: 여기서 가(家)는 가향(家鄕), 곧 고향을 의미한다. 老大: 노(老)는 나이의 많음을, 대(大)는 몸집의 큼을 나타낸다.
2) 鄕音: 고향 사투리. 鬢毛: 귀밑머리.
3) 兒童: 여기서 아동은 추억 혹은 상념 속의 아동 형상, 곧 어린 시절 친구의 상징이다.

고향과 인생이 지니는 의미망(意味網)을 생각하게 한다.

우리는 이 세상에 태어날 때 어디서 왔는지 모른다. 그리고 우리가 이 세상을 떠나갈 때도 역시 어디로 가는지 모른다. 사람들은 흙에서 왔다가 흙으로 돌아간다고 말하기도 하고, 무(無)에서 왔다가 무(無)로 돌아간다고 말하기도 한다. 그러나 그 흙 또는 무(無) 역시 상징일 뿐이 아니겠는가? 또 육신이 흙에서 왔다면, 영혼은 그러면 어디서 왔다는 것인가? 우리는 왔던 곳으로 되돌아간다고 한다. 그래서 우리는 누가 죽으면 「돌아갔다」고 말한다. 육신이 흙에서 왔기에 흙으로 돌아간다면, 영혼은 하늘에서 왔기에 하늘로 돌아간다고 하는가?

이 시에는 이제 모두 인생의 황혼기에 접어든 두 주인공이 등장한다. 「少小離家老大回」라는 시구에서, 「少小」라는 어린 나이에 고향을 떠난 친구와 줄곧 고향에서 살아간 친구가, 「老大」라는 인생의 모경(暮境)에 이르러서야 비로소 처음으로 다시 만나게 된다. 그들 사이에는 「老大-少小=헤어진 기간」이라는 기나긴 시간의 띠가 가로 놓여 있다. 무상한 세월의 흐름──이것이 이 시의 기(起)에서 서술되고 있다.

이 시의 승(升)에 해당하는 둘째 시구「鄕音無改鬢毛衰」는 우리에게 「고향이란 무엇인가?」라는 질문에 대하여 생각하게 한다. 이 시에서 고향은 변함없는 존재로 등장한다. 그 변함없는 고향의 존재가 고향을 오래간만에 찾아간 사람을 당혹하게 만들기도 한다. 떠나간 사람은 변했는데, 고향은 도무지 변하지 않는다. 요즘은 사정이 다르겠지만 이 시가 지어진 그 당시만 해도 고향 산천은 불변하고, 고향 사투리도 불변하며, 고향 사람들의 삶의 행태도 불변한 상태 그대로 남아 있곤 하기 십상이다. 과거, 고향에서 산다는 것은 불변의 삶을 의미하곤 했다. 항상 그렇고 그런 형편이고 처지였다. 그런데 고향을 떠난 사람의 처지는 그렇지 않았던 것이다. 크게 성공한 사람도 있을 수 있고, 크게 몰락한 사람도 있을 수 있다. 조해일의 소설 《왕십리(往十里)》는, 오래간만에 찾아간 주인공 민준태에게 고향 왕십리가 보여주는 불변의 냉랭함을 잘 묘사하고 있다. 그러므로 고향은 언제나 두가지 얼굴을 지닌 야누스이다. 마음속에는 항상 동심의 따사로움을 전해주는 평화롭고 아늑한 존재로 남아 있다. 그러나 막상 찾아가보면 이따끔 보여주는 그 냉랭한 표정으로 인하여 찾아간 사람으로 하여금 삭막함을 느끼지 않을 수 없게 하기도 한다.

「兒童相見不相識」은 이 시의 전환점, 곧 전(轉)에 해당된다. 이제 두 어린 시절의 친구가 서로 대면한다. 찾아간 친구는 집을 알고 갔으므로 그가 누군지 안다. 그러나 방문 받은 친구는 그가 누군지 모른다. 아무런 인식의 단초가 없기 때문이다. 얼마 전 필자는 고등학교를 졸업한 이후 헤어진 고등학교 동창을 어느 모임에서 처음으로 만난 적이 있었다. 그때 나는 세월 흐름의 창량(蒼凉)한 모습을 바라볼 수 있었다. 나이든 동창들의 모습은 바로 나 자신의 나이든 모습의 투영이었다. 세월의 흔적을 구체적으로 바라볼 수 있었다. 그게 동창들의 얼굴이 아니라 바로 나 자신의 얼굴이었다. 무어라 한마디로 말할 수 없는 세월의 창연한 흔적이 그 한 가운데에 자리 잡고 있었다. 이 시 속의 하지장은 찾아간 인물일 것이며, 그는 수십 년 흐른 세월을 사이에 두고 옛 친구를 찾아가 대면하고 있다. 하지장은 그렇지만 자기 자신의 변한 얼굴을 그 친구의 창로한 얼굴 속에서 오버랩 시켜서 확인하고 있었을 것이다. 그리고 세월 무상, 인생무상의 슬픔을 가슴 깊이 느끼고 있었을 것이다.

그리고 이 시의 마지막 부분인 결(結)에서, 하지장은 참으로 기막힌 소리를 독자에게 듣게 한다. 「笑問客從何處來?」는, 직역하면 「웃으며 묻는다. "손님은 어디서 오셨습니까"」로 되지만, 그러나 이는 사실상 「웃으며 묻는다. "그런데 누구신가요?"」라는 의미를 지니고 있다. 하지장을 몰라보는 어린 시절의 친구, 그것이 세월무상의 그 냉랭한 실체이다. 세월의 무서움을 새삼 여기서 발견한다. 세월은 인생을 이렇게도 가혹하게 변모시켜 버린다. 어린 시절의 다정하던 친구로부터 「누구시지요?」라는 말을 듣게 한다. 그 말을 처음 들었을 때, 하지 장의 심경은 어떠했을까를 짐작하고 이해하여야만 한다. 이 시는 바로 그런 심경으로부터 창작의 동기가 형성되었을 것이기 때문이다. 자기 어린 시절의 가장 절친했던 친구가 짓는 순진무구 하면서도 어색한 웃음이 지닌 의미는 이 시에서의 압권을 이루는 부분이다. 그 웃음을 무엇에 비유해야 좋을까? 영화 『25시』의 마지막 부분에서 주인공 안소니 퀸이 보여주었던 그 웃음이라면 어떠할까?

다시 한번 고향의 의미에 대하여 생각해 보자. 고향이란 우리 인생에 있어 무엇이며, 어떤 존재인가? 인생이란 돌이켜 생각해 보면 고향(죽음)으로 돌아가는 과정이라고 할 수도 있다. 우리가 죽을 때 「돌아갔다」고 한다. 그것은 고향으로 돌아갔다고 하는 의미일 것이다. 우리의 시인 이형기(李炯基)는 「故鄕은/ 늘/ 가난하게 돌아가는 그로 하여 좋다. 지닌 것 없이/ 혼자 걸어가는/ 들길의 意味.// 白紙에다 한 가닥/ 線을 그어보아라. 白紙에 가득차는 線의 의미……/」(〈들길〉의 일부)라고 노래했다. 우리 인생행로는 결국 백지 위에 그어진 한 줄의 외로운 선일뿐이다. 백지에 선을 긋고 그것을 둥글게 말아보라. 그러면 출발점과 종점이 서로 만나게 됨을 알 것이다. 우리는 결국 원점으로 돌아가게 된다. 매일매일 원점으로 돌아가는 연습을 하다가 결국 마지막 귀환을 하게 된다.

尹壽榮(강원대)

題破山寺後禪院¹⁾ 파산사(破山寺) 뒤의 선원(禪院)을 읊다

상건(常建)

清晨入古寺²⁾　새벽의 맑은 기운 옛 절에 스며들고,

初日照高林　떠오르는 아침 햇살 숲 위로 비추네.

竹徑通幽處³⁾　대나무 오솔길 따라 그윽한 곳으로 이어지니,

禪房花木深⁴⁾　그곳 선방(禪房)은 꽃나무 우거져 있네.

山光悅鳥性　산의 경치 새들도 즐거워하고,

潭影空人心　연못의 그림자 마음을 비우게 하네.

萬籟此俱寂⁵⁾　여기 세상의 모든 소리가 멎은 듯 고요한데,

惟餘鐘磬音⁶⁾　오로지 종소리만 여운으로 들려오네.

---

1) 題: 어떤 사람에게 주는 시는 증(贈)--로 시작하고, 건축물을 읊은 시에서는 제(題)--로 시작한다. 이 시는 파산사(破山寺) 뒤의 선원(禪院)을 읊은 시이기 때문에 제(題)로 시작하였다.
2) 古寺: 파산사(破山寺), 지금의 강소성(江蘇省) 상숙현(常熟縣)에 있는 흥복사(興福寺)를 말함.
3) 竹徑: 곡경(曲徑)이라고 기록된 판본도 있다.
4) 禪房: 산사(山寺) 뒤의 선원(禪院), 승려들이 거주하는 곳.
5) 萬籟: 세상의 모든 소리.
6) 餘: 문(聞)이라고 된 판본도 있음.

◀감상▶

상건(常建)은 당(唐)나라 장안(長安)사람으로 자(字)는 미상(未詳)이다. 개원(開元) 15(727)년에 진사(進士)가 되었으며, 대력(大曆)년 간에는 우이(盱眙: 안휘성 봉양현(鳳陽縣)에 있는 성, 그 성 밑으로 회수(淮水)가 흐름)의 위(尉)가 되었으나 벼슬길이 그리 순조롭지 못해 결국에는 관직을 그만두고 은둔하였다. 후에 악저(鄂渚: 또 악주(鄂州)라고도 하며, 오늘날 호북성 무창 황학산(武昌 黃鶴山) 일대를 말함)에서 지냈으며, 왕창령(王昌齡), 장분(張僨), 육탁(陸擢) 등과 벗하여 교류하였다.

상건의 시는 오늘날 50여 수가 남아 있는데, 주로 전원시(田園詩)에 속한다. 여기 소개하고자 하는 〈제파산사후선원(題破山寺後禪院)〉도 아침을 맞이하는 산사(山寺)의 선방을 읊은 시이다. 새벽녘의 신선한 공기가 코끝으로 느껴지고 산사의 종소리가 귓가에 들려오는 듯한 한 폭의 풍경화 같은 시이다.

1. 淸晨入古寺, 初日照高林: 대부분의 시 해석에서 이 구절의 주어를 나로 보아 "새벽녘에 옛 절에 들어서니"라고 해석하였지만, 이 글에서는 둘째 구의 떠오르는 아침 햇살과 마찬가지로 맑은 새벽 기운을 주어로 보아 "새벽의 맑은 기운 옛 절에 스며들고"라고 해석하였다. 기(起)에 해당하는 이 두 구에서는 시의 배경인 새벽녘 아침햇살이 드리운 산사의 모습을 멀리서 카메라를 잡은 듯 묘사하고 있다. 또한 새로운 아침과 옛 절이 절묘한 대조를 이루며 맑고 신선한 기운을 전한다.

2. 竹徑通幽處, 禪房花木深: 대나무 오솔길이든 굽은 오솔길이든 이 오솔길은 그윽한 곳(幽處)으로 통한다. 그윽한 곳은 우리에게 일종의 기대감을 주며 그 기대감이 이른 곳이 바로 선방이다. 그리고 선방에는 꽃나무가 우거져 있다. 구도(求道)의 길은 선방으로 이어지고 선방에는 깨달음의 꽃나무들이 피어 있다. 카메라의 기법처럼 멀리서 잡았던 산사의 모습을 승(承)에서는 좀 더 가까이 잡아 산사 안의 오솔길과 선방의 묘사로 이어진다.

3. 山光悅鳥性, 潭影空人心: 산의 경치 새들도 즐거워하고, 연못 속의 그림

자 마음을 비우게 하네. 이 두 구는 널리 알려진 명구로 수많은 시인들이 이 싯구를 인용하였다. 전(轉)에서는 선방에서의 해탈의 경지가 만물 중생에게 나타나고 있다. 삼라만상이 기쁨으로 넘쳐나고 마음속의 허상이 사라지고.

4. 萬籟此俱寂, 惟餘鐘磬音: 여기 세상의 모든 소리가 멎은 듯 고요한데, 오로지 종소리만 여운으로 들려오네. 결(結)에서는 해탈의 여운이 고요한 세상으로 울려 퍼지는 듯한 느낌을 전하고 있다.

이연주(강원대)

將進酒[1]
장 진 주

이백(李白)

君不見黃河之水天上來
군 불 견 황 하 지 수 천 상 래

그대 보지 못하는가! 하늘에서 쏟아지는
듯한 저 황하의 물도

奔流到海不復回[2]
분 류 도 해 불 복 회

바다로 흘러가 버리면
다시는 돌아오지 못하는 것을.

---

1) 將進酒: "장진주(將進酒)"는 원래 한대(漢代) 악부(樂府) 고취곡·경가(鼓吹曲·鐃歌) 18곡 중의 하나이다. 여기서는 악부의 구제(舊題)를 빌어다 빼어난 능력을 가진 자로서의 자부와 그럼에도 불구하고 그 재능을 펼칠 수 없는 불우한 신세에 대한 자신의 소회를 읊고 있다. 이 시의 저작 시기는 당(唐) 현종(玄宗) 천보(天寶) 11년 즉 A.D. 752년으로 알려지고 있다. 시인이 친구인 잠훈(岑勛)과 함께 또 다른 친구인 원단구(元丹邱)가 거처하는 영양(潁陽)을 찾아 세 사람이 산에 올라 주연을 벌리면서 이 시를 지었다. 술을 소재로 하여 자신의 심회를 읊은 많은 이백의 시편 가운데 가장 빼어난 예술성을 지닌 작품으로 평가되고 있다. 장진주(將進酒)의 장(將)은 청(請)의 뜻으로, 장진주는 바로 "권주가(勸酒歌)"의 뜻이다.

2) 君不見: 그대 군, 아닐 불, 볼 견. 그대는 보지 못했는가의 의미. 黃河之水: 누를 황, 강 이름 하, 갈 지, 여기서는 조사로 사용되었음. 황하(黃河): 길이 5,464km, 유역면적 75만 2443㎢이다. 장강(長江)에 이어 중국에서 두 번째로 큰 강이다. 청해성(靑海省)의 바옌카라산맥[巴顏喀拉山脈]의 야허라다쩌산[雅合拉達澤山: 5,442m]에서 발원하여, 사천성(四川省), 감숙성(甘肅省), 영하회족자치구(寧夏回族自治區), 내몽고(內蒙古), 산서성(山西省), 하남성(河南省)을 거쳐 마침내 산동성(山東省) 발해만(渤海灣)으로 흘러 들어간다. 황하의 중·하류는 중국문명의 요람지(搖籃地)로서, 장강(長江: 양자강)이 중국 남방문화를 대표하는 강이라면, 황하는 중국의 북방문화를 대표한다. 奔流: 달릴 분, 흐를 류. 달리듯이 흐른다는 뜻. 不復回: 아닐 불, 돌아올 복, 돌아올 회. 다시 돌아오지 않는다는 뜻.

군 불 견 고 당 명 경 비 백 발
君不見高堂明鏡悲白髮

그대 보지 못하는가!
고대광실 맑은 거울 속에 비친
백발을 슬퍼하는 모습을

조 여 청 사 모 성 설
朝如靑絲暮成雪[3]

아침에는 비단실 같은 검은 머리가
저녁에는 눈 같이 하얗게 되고 말았네.

인 생 득 의 수 진 환
人生得意須盡歡

인생에 뜻을 얻었으면 마음껏 즐겨야
할 것이니

막 사 금 준 공 대 월
莫使金樽空對月[4]

빈 술잔을 그대로 달빛 아래 두지 말라.

천 생 아 재 필 유 용
天生我才必有用

하늘이 나 같은 재목을 낸 것은 필히
쓸모가 있음이요

천 금 산 진 환 복 래
千金散盡還復來[5]

천금은 다 쓰고 나면 또다시 돌아오려니.

---

3) 高堂: 높을 고, 집 당. 높은 집, 훌륭한 집. 고당은 어떤 판본에는 상두(床頭: 침대 머리)로 쓰고 있다. 明鏡: 밝을 명, 거울 경. 맑은 거울. 悲白髮: 슬플 비, 흰 백, 터럭 발. 부귀와 공명을 한 몸에 지니고 고대광실 훌륭한 집에서 사는 사람이라도 세월의 흐름은 어쩔 수 없는 것으로 맑은 거울에 비친 늙은 자신의 모습을 슬퍼하는 것을 보지 못했는가라는 뜻. 朝: 아침 조. 如: 같을 여. 靑絲: 푸를 청, 실 사. 청사는 어떤 판본에는 청운(靑雲)으로 되어 있다. 청춘의 검은 머리를 가리키는 말. 暮成雪: 저물 모. 이룰 성, 눈 설. 저녁에는 눈같이 하얗게 되고 말았다.!

4) 人生得意: 사람 인, 날 생, 얻을 득, 뜻 의. 살아가면서 잠시 마음에 기쁨을 얻다. 須盡歡: 모름지기 수, 다할 진, 기뻐할 환. 모름지기 기쁨을 다해 즐겨야 하리. 莫使: 없을 막, 하여금 사. 하게 하지 말라. 金樽: 쇠 금, 술통 준. 아름다운 술잔을 비유. 空對月: 빌 공, 대답할 대, 달 월. 빈 채로 달을 대하다.

5) 天生我才: 하늘 천, 날 생, 나 아, 재주 재. 하늘이 나의 재능을 만들다. 必有用: 반드시 필, 있을 유, 쓰일 용. 반드시 크게 쓰임이 있을 것이다. 千金: 많은 돈. 散盡: 흩어질 산, 다할 진. 모조리 써버리다. 還復來: 돌아올 환, 돌아올 복, 올 래. 또 다시 돌아오다. 천금의 재물이 도대체 무슨 가치가 있는가, 쓰고 나면 다시 벌어들일 수 있다.

팽 양 재 우 차 위 락
烹羊宰牛且爲樂 　　　양을 삶고 소를 잡아 한바탕 즐겨보세

회 수 일 음 삼 백 배
會須一飮三百杯⁶⁾ 　　한번 마시면 응당 삼백 잔은 마셔야지.

잠 부 자 　 단 구 생
岑夫子! 丹邱生 　　　　잠부자여! 단구생아!

장 진 주 군 막 정
將進酒君莫停⁷⁾ 　　　잔을 멈추지 말고 술을 들게.

여 군 가 일 곡
與君歌一曲 　　　　　　그대를 위해 내 노래 한 곡 부르려 하니

청 군 위 아 경 이 청
請君爲我傾耳聽⁸⁾ 　　그대 나를 위해 귀를 기울여 들어주게.

종 고 찬 옥 부 족 귀
鐘鼓饌玉不足貴 　　　아름다운 음악도 진귀한 성찬도
　　　　　　　　　　　　귀할 바 아니러니

단 원 장 취 불 원 성
但願長醉不願醒⁹⁾ 　　그저 오래오래 취해서 깨어나지
　　　　　　　　　　　　않기를 바랄 뿐이네.

---

6) 烹羊: 삶을 팽, 양 양. 宰牛: 잡을 재, 도살할 재, 소 우. 且爲樂: 바야흐로 차, 할
위, 즐길 락. 마음껏 즐겨 보자. 會須: 반드시, 꼭 회. 모름지기 수. 一飮三百杯: 한
번 마시면 삼백 잔은 마시다. 주량의 큼을 비유.

7) 岑夫子: 인명, 이백의 친구인 잠훈(岑勛). 丹邱生: 인명, 원단구(元丹邱). 君莫停:
없을 막, 머무를 정. 어떤 판본에서는 "將進酒, 杯莫停(술을 들게, 잔을 멈추지 말
고)"로 쓰기도 한다.

8) 與君: 줄 여. 그대 위하여의 뜻. 歌一曲: 노래 가, 한 일, 노래나 음악의 단위 곡.
請君爲我: 청할 청, 나를 위해 어떤 행동을 해달라의 뜻. 傾耳聽: 기울 경, 귀 이,
들을 청. 귀를 기우려 듣다.

9) 鐘鼓饌玉: 쇠북 종, 북 고, 반찬 찬, 옥 옥. 鐘鼓는 고대 부귀한 사람들의 음악. 饌
玉은 옥같이 아름답고 진한 음식. 不足貴: 아닌가 부, 족할 족, 귀할 귀. 멋진 음
악과 맛있는 음식을 즐길 수 있는 부귀영화가 무슨 가치가 있겠는가의 뜻. 但願長
醉: 다만 단, 원할 원, 길 장, 취할 취. 不願醒: 아닐 불, 깰 성. 내가 바라는 것은
단지 영원토록 취해서 깨어나질 않길 바란다는 뜻.

고 래 성 현 개 적 막
古來聖賢皆寂寞　　예부터 성현은 외롭고 쓸쓸하였고

유 유 음 자 유 기 명
唯有飮者留其名[10]　　오직 술 마시는 사람만 그 이름
　　　　　　　　　　　남겼노라.

진 왕 석 시 연 평 락
陳王昔時宴平樂　　그 옛날 진사왕은 평락관에서 잔치할 때

두 주 십 천 자 환 학
斗酒十千恣讙謔[11]　　한 말에 만금이나 하는 술도 마음껏
　　　　　　　　　　　즐겼거늘.

주 인 하 위 언 소 전
主人何爲言少錢　　주인은 어찌하여 돈이 적다 하시나

경 수 고 취 대 군 작
徑須沽取對君酌[12]　　어서 빨리 술을 사오시게.

오 화 마　천 금 구
五花馬, 千金裘[13]　　이 준마와 천금의 털옷도

---

10) 古來聖賢: 옛 고, 올 래, 성현 성, 어질 현. 皆寂寞: 다 개, 고요할 적, 쓸쓸할 막. 고래로부터 성현의 반열에 드는 빼어난 인물들도 모두 사람들에게 알려지지도 않았고, 또 그 능력을 인정받아 등용되지도 못했다는 뜻. 唯有飮者: 오직 유, 있을 유, 마실 음, 놈 자. 留其名: 머무를 유, 그 기, 이름 명. 오로지 술을 좋아하고 즐겨했던 사람들만이 그 이름을 남기다.

11) 陳王: 늘어놓을 진, 임금 왕. 진왕은 삼국(三國) 시대 진사왕(陳思王) 조식(曹植). 석시(昔時): 옛 석, 때 시. 석시는 그 옛날. 宴平樂: 잔치 연, 평평할 평, 즐길 락. 평락은 평락관(平樂觀)을 말함. 그 옛날 진사왕 조식이 평락관에서 연회를 베풀 때의 뜻. 斗酒十千: 말 두, 술 주, 열 십, 일천 천. 한 말에 만금의 가치가 있는 술이라는 뜻. 恣讙謔: 방자할 자, 시끄러울 환, 희롱거릴 학. 마음껏 즐기다의 뜻.

12) 主人何爲: 주인 주, 사람 인, 어찌 하, 할 위. 言少錢: 말씀 언, 적을 소, 돈 전. 주인께선 어찌하여 내가 돈이 없을까 걱정하는가?의 의미. 徑須: 지름길 경, 모름지기 수. 경수는 주저하지 말고의 뜻. 沽取: 팔 고, 취할 취. 고취는 사오다의 뜻. 對君酌: 대할 대, 임금 군, 따를 작. 대군작은 마음껏 다함께 마시자의 뜻.

13) 五花馬: 명마. 다섯 가지 색의 털을 가졌다 함. 일설에는 말갈귀에. 千金裘: 일천 천, 쇠 금, 갓옷 구. 천금의 가치를 지닌 가죽 옷.

호 아 장 출 환 미 주
呼兒將出換美酒　　아이 불러 좋은 술로 바꾸어 오시게

여 이 동 소 만 고 수
與爾同銷萬古愁[14]　　그대와 함께 오랜 세월 가슴에 쌓인
　　　　　　　　　　시름 녹여 없애려 하니.

◀감상▶

　이 장진주는 시작부터가 평범하지 않다. 어느 누구도 감당할 수 없는 기세로 도도하게 흐르는 황하이지만, 그 황하도 한 번 흘러가면 다시는 돌아오지 못한다. 흘러오고 흘러가며, 넘쳤다 사라지는 황하를 통해서 인생사의 끝없는 기복(起伏)과 성쇠(盛衰)의 변화를 읊고 있는 것이다. 부귀와 영화를 한 몸에 지닌 사람이라고 해도 그 청춘은 찰나에 사라지고 늙음이 다가온다. 황하가 흐르듯 인생도 흐르고, 황하가 다시 돌아오지 않는 것처럼 청춘도 되돌아 오지 않는다. 앞의 두 구절이 공간에 대한 과장이라고 한다면, 뒤의 두 구절은 시간에 대한 과장이다. 원래부터 광활하였던 황하를 더욱 광활하게 묘사하였고, 원래부터 찰나와 같이 짧은 삶을 더욱 짧게 표현하여서, 이로 말미암아 반향(反響)의 과장을 만들어 낸 것이다. 황하의 영원무궁한 흐름이 오히려 한 번 가면 다시 오지 않는 인생의 무상을 더욱 두드러지게 하여서 이로 말미암아 비장미(悲壯美)를 형성함으로써 독자들에게 슬프면서도 장엄한 느낌을 주고 있다. 그야말로 이백이 가지고 있는, 그 무엇에도 구애받지 않는 자유롭고 천진무구한 기상을 바탕으로 하여, 웅장하고 화려한 기풍과 아울러 이제 패망을 향해 치달아가는 성당(盛唐)의 비장한 기색이 이 한편의 시 속에 고스란히 녹아 있는 것이다. 그래서 이 장진주에는 한편으론 오래 동안 술에 취해 모든 것을 벗어던지

────────────

14) 呼兒將出: 부를 호, 아이 아, 장차 장, 날 출. 아이 불러(오화마, 천금구)를 내다가 팔아의 뜻. 換美酒: 바꿀 환, 아름다울 미, 술 주. 맛있는 술로 바꾸다. 與爾同銷: 더불어 여, 너 이, 한 가지 동, 녹일 소. 그대와 더불어 함께 녹이다. 萬古愁: 일만 만, 옛 고, 시름 수. 오래 동안 가슴에 쌓인 시름이라는 뜻.

고자 하는 허무하고도 우울한 기운이 있는가 하면, 또 한편으론 자신의 포부와 능력에 대한 자부를 바탕으로 현실에 대한 기대를 마지막까지 버리지 않는 적극적인 측면이 엿보이기도 한다. 어쩌면 이런 점이 바로 이백시의 가장 주요한 특징 중의 하나일 수도 있다. 그래서 혹자는 어떤 의미에서는 이백이 없었으면 당시(唐詩)는 그 찬란한 빛을 거의 잃어버렸을 것이라고 하는 것이다.

선정규(고려대)

山中問答 산중문답

이백(李白)

問余何事棲碧山　　무엇 때문에 푸른 산에 사느냐면

笑而不答心自閑　　웃으며 대답 못해도 마음만은 한가롭네.

桃花流水窅然去　　복사꽃 물길따라 아득히 흘러가는

別有天地非人間　　여기는 별천지 인간 세상 아니라네.

감상

이 시는 당대(唐代)의 유명한 시인 이백이 지은 짧은 절구(絶句)이다. 시제(詩題)는 판본에 따라 〈산중답문(山中答問)〉 또는 〈산중답속인(山中答俗人)〉으로 되어 있기도 하다. 또한 시의 원문도 판본에 따라 '하사(何事)'는 '하의(何意)'로, '부답(不答)'은 '불어(不語)'로, '요연(窅然)'은 '묘연(杳然)' 또는 '완연(宛然)'으로 되어 있는 경우도 있다. 시제에 문답이라 하고 있기 때문에 흔히 두 사람의 문답형식으로 이 시를 이해할 수 있으나, 오히려 자문자답(自問自答)의 형식으로 보아도 시적 정취와 묘미가 우러난다.

첫째 구가 질문[問] 형식으로 시작되어 독자들의 주의를 환기시키는데, 이 때 사람들은 일반적으로 어떤 모범답안을 기대하게 된다. 그런데 둘째 구에서는 오히려 대답하지 못한다[不答]는 의외의 결과를 만난다. 하지만 실제로는 셋째 구와 넷째 구에서 무엇 때문에 산속에 사는지를 직접적으로 이야기하고 있다. 답하지 않는다는 것으로 답을 대신하는 것은 그 경계가 그만큼 오묘하여 말로 나타낼 수 없기 때문이기도 하지만, 오히려 이러한 대답이 마치 이상 세계의 선경과도 같은 이곳 산속의 정경을 더욱 분명하게 표현하고 있다. 이는 '不答'에 이어 나오는 '마음만은 절로 한가롭다(心自閑)'라는 표현속에서, 답하지 않는 것으로 답을 대신하는 오묘한 경계를 더욱 확연히 드러내고 있다. 간접적이며 역설적인 대답이 더욱 구체적이고 분명한 대답으로 제시되고 있는 것이다.

이 시의 첫째 구와 둘째 구는 진(晋)나라 도연명(陶淵明)의 〈음주(飮酒)〉 20수 중 제5수에 나오는 "…… 그대에게 묻노니 어떻게 그러할 수 있는가, 마음이 멀어지니 사는 곳 절로 편벽해지네. …… 이 가운데에 참뜻이 들어 있어, 말하려 해도 이미 말을 잊어 버리네.(…… 問君何能爾, 心遠地自偏. …… 此中有眞意, 欲辯已忘言)"에 나오는 의경과 흡사하며, 셋째 구와 넷째 구 역시 도연명의 〈도화원기(桃花源記)〉에서 "…… 시냇물을 따라가다가 길의 원근을 잊어버리고, 느닷없이 복숭아꽃 가득한 숲을 만났다. …… 수풀은 수원에서 끝나고, 산이 하나 나왔다. ……(…… 緣溪行, 忘路之遠近. 忽逢桃花林, …… 林盡水源, 便得一山. ……)"라고 이상세계인 도원경(桃源境)을 묘사하고 있는 정경과 비슷하다. 도연명 詩文에 묘사되어 있는 이상 세계의 의경이 이백의 붓 끝에서 짧은 절구로 변화된 것이라 할 수 있을 것이다.

사실 이백의 이 시는 필자가 가장 애송하는 시이기 보다는, 필자와 인연이 가장 깊은 시라고 하는 것이 좋을 듯하다. 대학입학 이전에 있었던 이 시와 관련한 몇 가지 개인적인 인연은 여기서 거론할 필요가 없을 것이고, 여기서는 대학 입학을 전후한 때부터의 개인적 인연만을 한 가지 이야기하고자 한다.

20여 년 전 필자가 영남대학교 문과대학에 지원했을 때, 당시 면접을 하신 교수님이 필자에게 '무슨 과를 지망하느냐'고 물어 '중문과를 지망한다'고 대답했더니, 웃으면서 모처럼 중문과를 지망하는 지원자가 있구나 하였고, 재차 '중국 한시 중에 알고 있는 것 하나 외어보라'고 하였을 때, 필자의 입에서 대뜸 튀어나온 것이 바로 이백의 이 시였다. 당시 면접을 보시던 교수님은 매우 유쾌해 하시면서 '중문과에서 열심히 공부해봐라'고 말씀하시던 것이 아직도 기억에 생생하다.

물론 면접시험에서 이 시를 외웠기 때문에 대학에 입학하여 중문과에서 공부할 수 있었고, 또 반농 선생님을 만날 수 있었다 라고는 할 수 없겠지만, 어떻게 보면 필자와 중문과와 반농 선생님과의 인연은 이백의 이 시에서부터 시작되었다고 할 수 있다. 필자가 영남대에 지원했을 당시에는 계열별로 학생을 모집했기 때문에 입학과 동시에 중문과에서 공부한 것은 아니었다. 이후 필자는 중문과로 진학하였으며, 수업을 듣거나 학과 활동을 하면서 반농 선생님을 가까이서 자주 뵐 수 있었고, 선생님을 통해 중국학과 중국문학에 대해 조금씩 눈뜰 수 있게 되었다. 선생님의 훈도와 영향에 힘 입어, 지금은 필자 역시 대학에서 후학을 가르치고 학문을 연구하는 길을 걷고 있으니, 필자가 이백의 이 시를 대하는 개인적인 감회는 조금 남다르다고 할 수 있다.

최근 몇 년간 필자의 연구실에서 중문과 신입생들을 상담하다 보면, 몇몇 학생들이 연구실 한 방 가득 꽂힌 전공 책을 보면서 '교수님은 이 많은 책들을 다 읽었습니까' 라는 질문을 하는 경우가 더러 있다. 이 질문을 받으면 처음에는 빙그레 웃으며 말하지 않지만, 조금 뜸을 들이고는 연구실에 책이 왜 이렇게 많은지, 사전과 색인 따위의 공구서(工具書)가 무엇인지, 다 읽지 못하는 이유가 무엇인지 등에 대해 설명하곤 한다. 이런 문답을 주고받다보면, 20여 년 전 필자가 반농 선생님 댁에 명절 인사를 갔다가 한방 가득 꽂혀 있는 책을 보고, 지금 학생들이 필자에게 하는 똑같은 질문을 했었던 기억을 하곤 한다. 당시 선생님께서는 '소이부답(笑而不答)' 하시면서 이런 저런 다른 말씀을 해주셨지만, 필자의 기억으로 선생님께서는 분명 '심자한(心自閑)' 하신 것 같았다. 그런데 20년 후 지금의 필자는 학생들로부터 이 질문을 받았을 때, '그렇지 않은데' 라는 생각이 먼저 떠오르는 것을 보면 '심자한(心自閑)' 하지는 못한 듯 하다.

당시 필자가 위와 같은 질문을 반농 선생님께 했을 때, 필자는 20대 초반, 선생님은 40대 초반이셨다. 그런데 지금 20대 초반 학생들에게 똑같은 질문을 받는 필자는 당시의 선생님 나이를 넘어선 40대 중반이 되었고, 선생님은 어느덧 60대 중반이 되셔서 퇴직을 앞두고 계시니, 세월의 무상함을 통감하지 않을 수 없다.

선생님께서는 몇 년 전 청도에 있는 작은 시골집을 하나 장만하셔서 별장으로 사용하고 계신다. 학교나 서울에서의 급한 일이 없는 주말이면 늘 이 별장에 가셔서 농사도 짓고 독서도 하고 집필도 하신다. 경산의 영남대학교에서 거리상으로는 그다지 멀지 않은 곳에 위치하고 있지만, 높은 산속에 숨어 있기 때문에 큰 길에서는 이 마을을 찾을 수 없다 하여, 동네 이름이 숨어 있다는 의미의 '수무동'이다. 높은 산이 사방으로 막혀 있는 수무동 마을의 20여 호 가운데, 선생님의 별장이 큰 길에서는 제일 멀고 산에서는 가장 가깝다. 이 마을 어귀부터 복숭아 나무 감나무가 가득 심겨져 있어 봄이면 도화가 만개하고, 여름이면 개구리 소리 풀벌레 소리가 온 허공에 가득하며, 가을이면 단풍과 홍시가 온 천지를 울긋불긋 물들이고, 겨울에 눈이라도 내린다면 설국이 따로 없다.

소나무 대나무가 집 주위에 심겨져 있어, 바람이 불 때마다 자연의 협주곡이 울려 퍼진다. 숲 속에 파묻혀 공기 좋고, 주위의 모든 것이 맑고 깨끗하며, 낮이면 온갖 새들이 지저귀고, 밤이면 하늘에서 별이 쏟아질 듯하다. 집 앞에 개울이 하나 흐르는데, 봄꽃이 질 무렵에는 그야말로 '도화유수(桃花流水)'의 실경을 옮겨놓은 듯하다. 필자가 이백의 이 시를 택한 것은 한편으로 필자의 개인적인 인연 때문이기도 하지만, 한편으로는 수무동의 한 정경이 마치 이 시속에서 그대로 묘사된 듯하기 때문이었다.

이제 선생님께서 정년을 하시면 이 '별유천지비인간(別有天地非人間)'의 수무동에서 신선과 같은 여유를 누리시면서, 우리 후학들과 속인들에게 예전과 다름없이 훈도와 권면을 아끼지 않으시리라 기원한다. 수무동 별채에 걸려 있는 '송자학태(松姿鶴態)'라는 현판처럼, 천수를 누리는 소나무와 학의 자태를 지니셔서 늘 건강하시기를 바라마지 않는다.

禹在鎬(영남대)

獨坐敬亭山 홀로 경정산에 앉아서
<small>독 좌 경 정 산</small>

이백(李白)

衆鳥高飛盡   뭇 새들 높이 날아 사라지고
<small>중 조 고 비 진</small>

孤雲獨去閑   외로운 구름 홀로 떠가니 한가로와라.
<small>고 운 독 거 한</small>

相看兩不厭   둘이 서로 바라보아 싫지 않은 건
<small>상 간 양 불 염</small>

只有敬亭山   오직 경정산이 있을 뿐이네.
<small>지 유 경 정 산</small>

◀감상▶

이 시는 천보(天寶) 12년(753)년 경, 이백(李白, 701-762)이 53세 때에 지은 것으로 추정된다. 이백은 현종(玄宗)의 부름을 받아 천보원년(天寶元年: 742)에서 3년까지 한림학사(翰林學士)로 있은 때를 제외하고는 야인으로 천하를 유람하면서 명사(名士)나 도사(道士)들과 교유하고, 시문을 창작하면서 일생을 보냈다. 이백은 이 시를 짓기 전 해에는 한단(邯鄲), 유주(幽州) 등지를 돌아다니다가 남하하여 선성(宣城)에 머물었는데, 시제(詩題)에서 선성에서 지은 것이라고 언급한 작품으로는 〈자양원지경정산견회공담릉양산수(自梁園至敬亭山見會公談陵陽山水)〉, 〈증선성우문태수겸정최시어(贈宣城宇文太守兼呈崔侍御)〉, 〈선주사조루전별교서숙운(宣州謝朓樓餞別校書叔雲)〉, 〈등경정산남망회고증두주부(登敬亭山南望懷古贈竇主簿)〉, 〈추등선성사조북루(秋登宣城謝朓北樓)〉 등이 있다.

경정산(敬亭山)은 지금의 안휘성(安徽省) 선성현(宣城縣) 북쪽에 있는 산으로 높이는 317m, 서울의 북악산(北岳山: 348m) 보다 낮은 산이다. ≪여지기

승(輿地紀勝) · 권19 령국부(寧國府)≫는 ≪원화군현지(元和郡縣志)≫를 인용
하여 "선성현 북쪽 10리 쯤에 있는데, 산에는 만송정(萬松亭)과 호규천(虎窺
泉)이 있고 이백이 '相看兩不厭, 只有敬亭山.'이라고 읊었다."고 했다. 또 ≪강
남통지(江南通志) · 권16 령국부(寧國府)≫에는 "경정산은 령국부성(寧國府城)
북쪽 10리에 있다. 옛 이름은 소정산(昭亭山)이고, 동쪽은 완계(宛溪) · 구계(句
溪)에 임했고, 남쪽은 부(府)의 성문을 굽어보고 있다. 안개 낀 시가(市街)와 바
람을 맞은 돛폭을 멀리 바라보면 (경치가)그림 같다."라고 말하고 있다. 선성
(宣城)은 육조(六朝) 이래로 강남의 명군(名郡)으로, 이백과 동시대의 시인인
맹호연(孟浩然)이나 왕유(王維)도 이 산에 놀러와서 시를 지었다. 특히 육조의
시인 사조(謝朓)가 선성태수(宣城太守)를 지냈는데, 이백은 사조를 매우 좋아
하고 흠모하여, "봉래의 문장 건안의 풍골, 중간에 사조(謝朓)가 또 청신하고
뛰어났네."(蓬萊文章建安骨, 中間小謝又淸發.)〈선주사조루전별교서숙운(宣州
謝朓樓餞別校書叔雲)〉라고 칭송했다. 필자가 경정산에 가본 적이 없기 때문에,
경정산의 진면목이 어떠한 지는 알 수 없다. 산이 높다고 해서 명산이 되는 것
이 아니라 신선이 있으면 영산(靈山)이 된다는 말이 있다. 실제로 경정산은 경
치가 뛰어나서 유명해진 것이 아니라, 이백이 〈독좌경정산(獨坐敬亭山)〉 시를
읊었기 때문에 그 이름이 널리 전해지게 되었다고 생각한다.

이 시의 시형은 오언절구(五言絶句), 운자(韻字)는 한(閑: 上平 · 28山)과 산
(山: 上平 · 15刪)이다. 오언절구는 당시(唐詩) 가운데 제일 짧은 정형시로 모두
20자 밖에 안 된다. 시는 간결함을 생명으로 여기고 특색으로 삼고 있지만, 총
20자로 시인의 정서나 대상물을 표현해 낸다는 것은 쉬운 일이 아니다. 때문
에 오언절구는 다른 시형보다 우수한 작품을 창작하기가 더욱 힘들다 하겠다.

우선 작품의 시제(詩題)부터 살펴보자. '독좌(獨坐)'라고 했으니 작자 이백
은 술친구나 말 벗도 없이 홀로 앉아 있다는 것을 알겠다. 시제는 작품의 내용
을 요약해서 나타내거나 작품의 주제를 제시하는 것이니, 이 작품은 '외로움'
과 밀접한 관계가 있다는 것을 알 수 있다. 첫째 구와 둘째 구는 대구(對句)로
이루어졌으며, 이백의 눈에 비친 경치를 묘사한 것이다. 이 두 구는 도연명(陶

淵明)의 "구름은 무심히 골짜기에서 나오고, 새는 날기 지쳐서 돌아올 줄 안다."(雲無心以出岫, 鳥倦飛而知還.)〈歸去來辭〉와 "산 기운은 아침 저녁으로 좋아지고, 나는 새들은 서로 더불어 돌아오도다."(山氣日夕佳, 飛鳥相與還.)〈飲酒詩〉 시구를 연상시킨다. 그러나 이백은 구름이 피어오르거나 새들이 날아 돌아오는 것을 묘사하지 않고, 오히려 이와는 상반되는 풍경을 묘사했다. 즉 이제까지 이백과 함께 있던 것은 새들과 구름 뿐이었는데, 그나마 새들도 날아가 보이지 않게 되고, 산머리에 머물던 구름도 어디론가 흘러간다고 했다. 이백이 이처럼 높이 날아 아득히 사라지는 새를 바라보고, 떠가는 구름에 눈길을 보내고 있는 것은 그의 곁에 아무도 없기 때문이리라. 만약 그의 곁에 술친구나 말동무라도 있다면, 사라지는 새나 구름에 주의를 기울이지 않았을 것이다. 이 두 구는 또한 이백이 오랫동안 홀로 앉아 있다는 것을 암시하고 있다. 새들이 날아가 없어지고, 구름도 홀로 멀리 떠나간 후에 남아있는 것은 산과 이백 뿐이니, '독'(獨)이 더욱 부각되고 강조되고 있다. 또한 새나 구름이 경정산에 싫증이 나서 떠나가는 것 같기도 하니, 이는 뒤에 있는 '양불염(兩不厭)'과 연결된다.

혹자는 '중조(衆鳥)'는 명리를 구하는 세간의 무리에 비유한 것이고, '고운(孤雲)'은 세상을 버리고 숨어사는 사람에 비유한 것으로 보기도 한다. 예를 들면, 서증(徐增)은 ≪설당시(說唐詩)≫에서 "'衆鳥高飛盡'은 속물을 없애버려 눈앞이 깨끗해진 것을 느끼게 한다. '孤雲獨去閑'은 (은자가)세상을 잊기는 하였으나 그래도 오고 가는 자취가 있으니, 내 마음을 움직이게 하나 끝내 싫어질 때가 있을 것이다. 오직 이 경정산은 만고에 걸쳐 이와 같으니, 새가 날아가건 구름이 떠나가건 모두 무심할 뿐이고, 날아가고 떠나가도록 내버려둔다. 이백은 이러한 경정산이 마음에 들고, 경정산 또한 이백이 마음에 드니, 서로 멀리서 덤덤히 바라보면서 싫어지질 않는다. 이때 경정산에는 오직 이백 한 사람만이 있고, 이백의 흉중에는 또한 경정산 하나만이 있을 뿐이다."라고 했다.

이제 새들도 사라지고 구름도 가버려 텅 빈 공간에 남은 것은 적막한 산과 고독한 이백 뿐이다. 만약 이 시가 여기에서 끝을 맺었다면, 이 시는 아무런 의

미도 없고 아무런 감동도 주지 못할 것이다. 셋째 구를 전구(轉句)라고 하는데, '전(轉)'의 의미는 전환·변화의 뜻으로, 시상(詩想)의 새로운 전개와 변화를 말한다. 셋째 구는 바로 이러한 작용을 하고 있다. 이백의 시야에 움직이던 것들은 말끔히 사라지고 그와 마주한 것은 묵묵히 우뚝 서있는 경정산 뿐이다. '상간(相看)'은 산과 이백이 서로 마주 본다는 뜻이며, '양불염(兩不厭)'은 산과 이백이 아무리 오랫동안 마주 보고 있어도 싫지 않다는 말이다. 산은 눈도 없고 감정도 없는 무생물이니, 산은 볼 수도 없고 좋아하거나 싫어할 줄도 모른다. 그러나 이백은 경정산이 자기를 바라보며 자기를 좋아한다고 말하고 있다. 즉 산을 의인화하여 경정산이 감정과 생각이 있어 외로운 이백을 이해하는 것으로 묘사했다. 산은 아무런 말도 하지 않고 있지만, 이백과 경정산은 무언의 대화를 나누고 있는 것이다. 서로 마음이 통하는 지기(知己)는 말이 필요 없다. 산은 이백을 바라보고 이백의 마음을 이해하고 있으며, 이백 또한 산을 지기로 여겨 감정의 교류가 이루어지고 있다. 산은 마치 이백의 내심의 고민과 고독을 이해하는 듯 친구처럼 위안을 주고 있다. 이러한 감정의 교류는 산의 품격과 정신이 이백의 품격과 정신이 일체감을 이루고 있기에 가능한 것이다. '상(相)'과 '양(兩)'은 동의어 중복으로 둘 사이의 감정의 교류와 일체감을 강조하고 있다. 시인의 고독한 심경은 산의 심경이며, 세속과 멀리 떨어져 우뚝 서있는 산의 모습은 시인의 모습이다. 여기서 산은 사람이며, 사람은 산이다. 장자(莊子)가 말한 물화(物化)이고 망아(忘我)며 물아일체(物我一體)의 경지이다.

흔히 이백을 호쾌하게 술잔을 들고 달과 꽃을 노래한 낭만적인 시인으로 여기고 있지만, 이백 자신은 공업(功業)을 세우겠다는 기백과 포부가 있었다. 그러나 그는 포부를 펼 수 없었고 또한 현실에 영합하거나 추종하지도 못했다. 이 시를 지을 때 이백은 이미 노경에 들어선 때로 이곳 저곳을 떠돌아다니는 신세였다. 산을 마주하고 홀로 앉아 있는 이백은 자신의 신세와 존재에 대해 무한한 외로움과 좌절을 느꼈을지도 모르겠다. 또한 그의 천재성은 이백에게 일반 사람과 거리감을 느끼게 했는지도 모르겠다. 그러나 이백은 잠시 고독감을 느꼈지만 고독에 빠져들지 않고 있으니, 경정산이 있기 때문이다. 이백은 시끄러운 세상을 떠나 산의 침묵 속으로 들어와 모든 번뇌를 없애고 묵묵히 산과 마주하고 있다. 이백은 산과 하나가 되어 걱정 없고 근심 없는 허정(虛靜)한 경계로 들어가 있다. 자연은 인간사와 다르다. 인간세상의 여러 가지 복잡하고 얽히고 설킨 인간관계와 모순은 사람의 마음을 지치게 한다. 그러나 자연은 인간에게 요구하는 일이 없고, 자연의 아름다움과 넉넉함은 인간의 영혼과 감정에 무한한 안위와 휴식과 신선함을 주기 때문에, 인간은 자연에서 즐거움과 위로를 얻는다. 이제 이백의 심령은 평화롭고 유정(幽靜)한 자연으로 들어가, 한가한 마음으로 정경산을 바라보고 있으니, 마음 속의 번뇌와 근심은 산새가 날아가 버린 듯 없어지고 흘러가는 구름과 함께 한가롭기만 하다. 산의 모습은 나의 모습이고, 산의 마음은 나의 마음이다.

이 시는 경정산의 모습을 직접 묘사한 것은 없지만, 독자로 하여금 웅혼하고 초연한 산의 기상을 느끼게 한다. 마치 굵은 선으로 산의 윤곽을 단순하게 처리하여 산의 웅장한 기상을 강조한 수묵산수화(水墨山水畵)라고나 할까? 그러나 이백이 단순히 경정산의 모습과 기상을 묘사한 것은 아니다. 이백은 경정산을 통해 자기 자신의 심경과 정신을 표출해낸 것이다. 이백은 고독하고 초속(超俗)하려는 심적 상태에서 우뚝 선 경정산의 청고(淸高)하고 의연한 모습에서 자기 자신을 발견하고, 경정산에서 위안을 받았기 때문에 서로 보아도 싫지 않은 것은 오직 경정산 뿐이라고 말했다.

이 작품은 어찌 보면 무미하다고 할 정도로 기교나 아름다운 수식이 없고 글자 수도 20자 밖에 안 되는 아주 짧은 시이다. 그러나 이 시에 대해 역대로 많은 평자들이 극찬을 하고 있다. 그러나 대부분의 경우 자세한 설명은 생략하고 몇 마디의 말로 총평을 내리고 있기 때문에, 어떤 점이 좋은지, 어떤 심미적 조건을 갖추고 있는지를 알기 힘들다. 앞에서 이 시를 해설하고 감상하였기 때문에, 어느 정도 이 작품의 좋은 점을 이해할 수 있지만, 중국 고전시학에서 중요시하는 심미적 요소가 이 작품에 어떻게 나타나 있는지를 다시 살펴본다.

중국 시학(詩學)에서는 단순히 주위의 경물(景物)만을 묘사하기보다는 시인의 정감(情感)을 동시에 담아내는 것을 중요하게 생각했는데, 이를 '정경교륭(情景交融)'이라 하고, '차물언정(借物言情)' 또는 '탁물언지(託物言志)'라고 한다. 이 작품은 우선 이러한 면에서 성공하고 있다. 즉 경정산과 주위의 경물(景物)을 묘사하면서, 작자의 정감과 뜻을 나타내는 데에 성공하였다. 또한 중국 예술에서는 대상물의 외형을 사실적으로 묘사하는 '형사(形似)'보다는 대상물의 정신을 나타내는 '신사(神似)'를 중요시한다. 이 작품에서도 정경산의 외형을 묘사한 것은 없으나, 정경산의 정신이나 기상을 느끼게 하고, 더 나아가 작자의 정신과 심정을 기탁하고 있다.

중국 고전시학에서는 시인이 사물을 접촉하고 감흥이 생겨나서 시를 짓게 된다는 '물감설(物感說)'이 일찍부터 있어왔고 또 주류를 이루고 있다. 만약 시인의 정(情: 마음)과 대상물의 경(景)이 아무런 작용을 일으키지 않으면 시가 생겨나지 않는다. 때문에 시인은 경물(景物)을 대하고는 마음에 느끼는 바가 있어야 한다는 것인데, 이를 '즉경회심(卽景會心)'이라고 한다. 시인이 경물을 대하고 느낄 때, 시인의 일방적인 감흥만으로는 좋은 시를 지을 수 없고, 시인의 주체적인 감정과 객관적인 경물이 서로 교류하고 융합하는 가운데 좋은 시가 창작된다는 것이다. 이 작품에서 이백은 정경산을 지기로 여기고, 산과 감정이 통해 무언의 대화를 하고 있다. 즉 산을 의인화(擬人化)하고 있으며 감정이입(感情移入)이 자연스럽게 이루어지고 있다. 감정이입은 시인의 감정이 대상물에 영향을 미칠 뿐만 아니라, 동시에 대상물이 시인에게 영향을 미친다. 감정이입은 시인의 감정을 대상물에 주입시킬 뿐만 아니라, 동시에 대상물의 자태는 시인에게 흡수된다. 시인은 대상물에 자기의 감정을 색칠할 뿐만 아니라, 동시에 대상물은 시인의 감정에 영향을 준다. 이백은 경정산에서 지음(知音)을 찾고, 경정산을 정신적 교류의 대상으로 삼고, 정경산을 통해 자신의 내심의 성정(性情)을 표현해내고 있다. 한 걸음 더 나아가 이백과 정경산은 하나가 되는 물아일체(物我一體)의 경지에 이르고 있다. 이 시에서 앞의 두 구는 경물(景物)을 서술한 경(景) 부분이고, 뒤의 두 구는 작자의 심정을 언급한 정(情) 부분인데, 경(景)과 정(情)이 서로 어울려 합해지는 '정경교륭(情景交融)'을 이루고 있다.

　우수한 시 작품의 심미적 요소로 강조되는 것은 '언유진이의무궁(言有盡而意無窮)'이다. 말은 이미 끝났으나 뜻은 무궁한 것, 즉 작품이 심원한 함축미와 풍부한 상징성을 구비할 것을 요구하고 있다. 이 작품은 총 20자이지만, 내포하고 있는 감정과 뜻은 매우 풍부하다. 이백이 홀로 앉아 있을 때의 심정은 어떠했고, 정경산과 무언의 대화를 한 내용은 무엇인가? 이 모든 것은 독자의 상상과 해석에 맡겨놓고 있으니, 독자들에 따라 그 뜻은 무궁할 것이다. '서로 바라보며 싫지 않은 건 정경산 뿐'이라고 말하고 있지만, '언외(言外)의 뜻'은 매우 풍부하여 음미하면 할수록 깊은 맛이 우러나온다. 작가의 주관적 정신이 객관적 대상물과 교류하며 하나가 되는 것을 '신여물유(神與物遊)'라 한다. 작가의 정신과 객관적 경물이 상호 교류하고 하나가 되어 예술적 경계를 창조해 낸 것이 '의경(意境)'인데, 이백은 자기의 감정과 경정산을 하나로 녹이고 합쳐서 참신하고 개성적인 '의경(意境)'을 만들어내었다.

　　　　　　　　　　　　　　　　　　　　李東鄕(고려대)

登金陵鳳凰臺[1] 금릉 봉황대에 올라

이백(李白)

鳳凰臺上鳳凰遊   봉황대 위에 봉황이 노닐었다더니,

鳳去臺空江自流[2]   봉황 날아간 텅 빈 대엔 강물만이 흐르네.

吳宮花草埋幽徑[3]   오나라 궁궐터 화초가 쓸쓸한 길을 덮었고,

晉代衣冠成古丘[4]   진나라 고관들도 옛 언덕에 묻혔다네.

三山半落靑天外[5]   삼산은 하늘 위로 반쯤 걸려 있고,

---

1) 金陵: 오늘날 남경(南京)의 옛 명칭이다. 삼국시대의 오(吳), 육조시대의 동진(東晉)・송(宋)・제(齊)・양(梁)・진(陳) 등이 모두 이곳에 도읍을 두고 '건업(建業)'이라 칭하였다. 「봉황대」 남경성(南京城) 안의 서남쪽에 대의 옛터가 있다. 《강남통지(江南通志)》에 따르면 육조시대의 송 문제(文帝) 원가(元嘉) 16년(439)에 공작 같이 생긴 오색 무늬의 새 세 마리가 산에 날아들자, 당시 사람들이 그 새를 봉황이라 하였고, 산 위에 대를 지어 '봉황대'라 이름 지었다고 한다.

2) 江: 장강(長江)을 가리킨다.

3) 吳宮: 삼국시대 오나라의 마지막 임금인 손호(孫皓)가 궁궐을 새로 짓고 동산을 크게 조성하여 극히 호화로웠다고 한다.

4) 晉代: 건업에 도읍을 두었던 동진(東晉)을 가리킨다. 衣冠: 관리들이 착용하는 복장으로, 귀족문벌을 가리킨다. 成古丘: 화려한 의관의 고관들도 지금은 죽어서 그들의 무덤이 오래된 언덕으로 변했다는 말이다.

5) 三山: 지금의 남경시 서남쪽 57리 되는 곳에 있는 산으로, 봉우리 세 개가 남북으로 이어져 있기 때문에 '삼산'이라 한다. 半落: 반은 구름 속에 잠겨 보이지 않고, 반만 하늘 저쪽에 떨어진 듯이 보인다는 뜻. 금릉에서 바라보면 희미하여 윤곽도 분명하지 않은데다 흰 구름이 산허리에 감돌아치면 삼산이 마치 공중에 떠 있는 봉우리 같이 보인다고 한다.

^{이 수 중 분 백 로 주}
二水中分白鷺洲⁶⁾　　두 줄기 강물은 백로주로 갈라져 흐르네.

^{총 위 부 운 능 폐 일}
總爲浮雲能蔽日⁷⁾　　뜬구름은 해를 가리고도 남건만,

^{장 안 불 견 사 인 수}
長安不見使人愁　　장안은 보이지 않고 수심에 잠기게 하네.

◀감상▶

　이백이 지은 율시는 몇 수 안되지만, 〈등금릉봉황대〉는 당대의 율시 중에서 인구에 회자되는 걸작으로 꼽힌다. 이 시는 작자가 야랑(夜郎)으로 유배되었다가 사면되어 돌아온 후에 지었다고도 하는데, 일설에는 작자가 천보(天寶) 연간에 배척되어 금릉에 갔을 때 지은 것이라고 한다.

　처음 두 구에서는 봉황대에 얽힌 이야기를 하면서 '봉(鳳)'자를 세 번이나 사용하여 글자의 중첩도 피하지 않았고 음절도 명쾌하고 아름답다. 지난날에 상서로운 봉황이 날아들었다는 것은 왕조의 흥성을 상징한다. 지금은 봉황이 날아가 버려 텅 빈 봉황대만 남아있고, 육조시대의 번화함도 한 번 사라지고는 다시 회복되지 않고 있다. 다만 장강의 물결만이 예나 다름없이 여전하니, 대자연이야말로 영원한 존재인 것이다.

　3,4구는 '봉거대공'의 의미를 한층 심화시킨 것이다. 번화했던 오나라의 궁

---

6) 白鷺洲: 지금의 남경시 서남쪽에 있으며, 진회하(秦淮河)가 갈라지는 곳이다. 《건강지(建康志)》에 따르면 "진회하는 구용(句容)과 율수(溧水) 두 곳의 산에서 발원한 물이 합쳐져서 흐르다가 건강의 동쪽에서 두 줄기로 갈라진다. 한 줄기는 성안으로 흘러들고, 한 줄기는 성밖을 둘러 흐르는데, 함께 백로주라는 삼각주를 끼고 흐른다"라고 하였다.

7) 浮雲能蔽日: 육가(陸賈)의 《신어(新語)》에 "간사한 신하가 어진 자를 가리는 것이 마치 뜬구름이 해와 달을 가리는 것과 같다(邪臣蔽賢, 猶浮雲之障日月也.)"라고 하였다.

전도 이미 황폐해졌고, 동진의 풍류 인물들도 흙으로 돌아간지 이미 오래다. 한 시대를 풍미했던 명성이 역사상 무슨 가치 있는 것을 남겼는가?

5, 6구에서는 역사에 대한 추념에만 잠기지 않고, 시선을 다시 대자연으로 돌려, 끊임없이 흐르는 장강의 물줄기로 향하고 있다. 이백은 반쯤 가려져서 숨은 듯 드러나는 삼산의 모습을 아주 적절하게 그려내고 있다. 이 두 구는 기상이 웅장하고 대장(對仗)이 정교하여 흔히 볼 수 없는 뛰어난 구이다.

이백은 결국 현실에 관심을 둘 수밖에 없으며, 더 멀리 바라보고 싶어서 육조시대의 도읍이었던 금릉에서 당의 도성인 장안 쪽을 쳐다본다. 7, 8구는 깊은 의미를 내포하고 있다. 장안은 조정이 있는 곳이고, 해는 임금을 상징한다. 즉, 임금은 간신배들에게 둘러싸여 있고, 자신은 나라에 보답할 길이 없어서 매우 침통해하는 심정을 나타내고 있다. '불견장안'은 은근히 제목의 '등' 자와 연결되어, 보기만 해도 근심스럽고, 언외의 뜻을 함축하고 있어, 여운이 풍부하다.

전하기로는 이백이 최호(崔顥, ?~754)의 시 〈황학루〉를 좋아하였고, 그것을 모방하여 우열을 겨루어보고자 이 시를 지었다고 한다. 《초계어은총화(苕溪漁隱叢話)》와 《당시기사((唐詩紀事)》에도 이러한 내용이 있으며, 신빙성이 있는 듯하다. 이 시는 최호의 시와 비교해서 우열을 가릴 수가 없다. 방회(方回)는 《영규율수(瀛奎律髓)》에서 "격률이나 기세의 우열을 가리기가 쉽지 않다(格律氣勢, 未易甲乙.)"라고 하였다. 두 사람의 시는 모두 용운이나 언어가 자연스럽고, 지나치게 수식하지 않아 소탈하고 매끄럽다. 이 시는 높은 곳에 올라 옛날을 추념하는 작품으로서, 이백의 시의 특징이 더욱 잘 나타난다. 여기에서 이백은 자기의 독특한 느낌을 표현하였으며, 역사 전고, 눈앞의 경물, 자신의 느낌을 한 데에 엮어서 나라를 걱정하는 마음을 나타내었고, 취지가 더욱 심원하다.

이상엽(영남대)

高句麗 고구려

이백(李白)

金花折風帽[1]　　금화(金花) 꽃은 바람막이 꼬깔모

白馬小遲回[2]　　머뭇거리며 배회하는 백마

翩翩舞廣袖[3]　　넓은 옷소매 훨훨 날리는 그 모양

似馬海東來[4]　　마치 새가 해동에서 오는 듯.

◀감상▶

중국의 시선 이백이 고구려 민족이 춤추는 모습을 생생하게 표현한 시다. 당 태종 645년경 고구려와 전쟁을 시작하여, 668년 고구려 멸망 후에 많은 고구려인들이 중국의 황하(黃河) 이남지방으로 끌려갔다. 이백이 살았던 서기 700년대 초반의 당나라에서는 고구려인들이 전통 춤을 추는 모습을 볼 수 있었을 것이었다. 이 시는 무대 위에서 고구려 남자가 백마와 더불어 배회하는 모습을

---

1) 金花句: 당시 고구려 사람이 쓰는 한 종류의 모자다. 모자 꼭대기는 뾰죽하며 둥글다. 그의 형상은 중국 한(漢), 당(唐) 시대의 꼬깔 모자 같다. 신분의 부동함에 따라 모자 꼭대기의 장식도 부동하다. 예를 들어 새 날개 깃털, 자주색 비단 혹은 금은 등으로 장식을 다르게 한다. 그중 가장 귀한 것은 금화(金花)로 장식하는 것이다.

2) 遲回: 오가면서 망설이고 주저하는 모양.

3) 翩翩: 훨훨 날다. 나풀나풀 나는 모양. 경쾌하게 춤추는 모양. 廣袖: 넓고 긴 옷 소매.

4) 海東: 바다 동쪽 나라. 중국 역사에서는 신라, 고구려, 일본을 가리킨다.

우아하게 묘사하였고, 날아갈 듯한 아름다움을 해동의 새에 비유하여 표현하였다. 이 시를 통해 고구려의 웅대한 꿈과 기백을 상상해 보면서, 이백은 고구려의 혼을 어떤 상념 속에서 그리려 했는지 음미해 본다.

이충양(고려대)

월 하 독 작
月下獨酌

이백(李白)

화 간 일 호 주
花間一壺酒　　꽃밭에서 한 단지 술을 마련하여,

독 작 무 상 친
獨酌無相親[1]　　홀로 따라 마시며 벗이되 줄 사람이 없네.

거 배 요 명 월
擧杯邀明月　　술잔을 높게 받들어 밝은 달을 맞이하여,

대 영 성 삼 인
對影成三人[2]　　달빛아래 비쳐지는 내 그림자와 함께 셋이 벗이 되었네.

월 기 불 해 음
月旣不解飮　　물론 달은 술의 정취를 이해하지 못하거니와,

영 도 수 아 신
影徒隨我身　　그림자도 부질없이 내 곁에 따라다니고만 하네.

잠 반 월 장 영
暫伴月將影[3]　　그래도 잠시나마 그 달과 그림자하고 동반하여,

행 락 수 급 춘
行樂須及春　　봄빛이 무르익은 날에 즐거움을 누려야 하지.

아 가 월 배 회
我歌月徘徊[4]　　내가 노래하면 달은 높은 하늘에서 서성거리며,

아 무 영 영 란
我舞影零亂[5]　　내가 춤을 추면 그림자도 덩실덩실 거리고 하네.

성 시 동 교 환
醒時同交歡　　아직 깨어있을 때에는 함께 기쁨을 즐기지만,

---

1) 相親: 함께 있을 줄 벗을 가리킴.
2) 成三人: 밝은 달과 작자 자신, 그리고 작자의 그림자를 가리킴.
3) 月將影: 그림자와 밝은 달 뜻이고, "將"은 "과"이다.
4) 徘徊: 서성이며 머뭇거림의 뜻.
5) 影零亂: 그림자가 질서 없이 어지럽게 움직이는 것.

취 후 각 분 산
醉後各分散   술에 취하면 서로 흩어질 수밖에 없네.

영 결 무 정 유
永結無情遊[6]   정에 얽매이지 않은 사귐을 영원히 맺고,

상 기 막 운 한
相期邈雲漢[7]   저 아득한 먼 은하수에서 만나기를 서로 기약하노라.

◀감상▶

이 시는 이태백이 단지 이름만 있을 뿐, 실제 아무 직무가 없는(但假其名, 而無所職) 한림(翰林) 관직에 대해 날이 갈수록 불만이 쌓이고, 게다가 조정에 천자 주위에서만 방황하니 흐르는 세월이 너무나 안타까워 탄식만 하는 마음을 (彷徨庭闕下, 嘆息光陰逝)《答高山人兼呈權, 顧二侯》, 고민한 끝에 자신의 심정을《월하독작(月下獨酌)》이라는 네 수로 표현하였는데, 이것이 바로 그중의 하나이다.

이 시는 달·작자의 그림자·작자 자신 등을 주인공으로 등장시켜 독백 형식으로 시경을 펼쳐 낸 감성적인 시이다. 시에서는 오만한 이태백이 세속에는 진정 자기를 이해해주려는 벗은 없고, 오직 밝은 달과 고독한 자신의 그림자만이 자기를 동반하여 함께 술을 마시고, 함께 춤을 출 수 있다는 것을 묘사하고 있다. 시가(詩歌) 속에서는 달빛 아래의 작자와 작자의 그림자를 구분할 수 없는 경지가 되어 즐거움이 극치에 달하는, 이와 같은 미묘한 상상, 그리고 특이한 정취와 색다른 느낌이 가득 차 있는 것을 충분히 나타내었을 뿐만 아니라, 또한 독자로 하여금 주인공 내면의 깊은 고독감에 흠뻑 젖게 한다.

주학태(대구외대)

---

6) 無情游: "無情"은 정을 잊다. 여기서는 세속과 얽힌 모든 총애·모욕, 그리고 이해 득실 등 사상감정을 마음에 두지 않고 잊다라는 뜻이다.《唐詩三百首全譯》(貴州人民出版社)에서는 "無窮"으로 기재되어 있음. "游"는 사귀다 뜻이다.

7) 邈雲漢: 아득한 먼 은하수를 가리킴.

草書歌行[1] 회소스님의 초서를 노래함

이백(李白)

少年上人號懷素[2]　　젊은 스님이 호는 회소인데,

草書天下稱獨步　　초서 솜씨가 천하에 독보라고 일컬어지네.

墨池飛出北溟魚[3]　　먹물 못은 북쪽 바다 곤어(鯤魚) 날 만큼 넓고,

筆鋒殺盡中山兎[4]　　붓 매느라고 중산(中山)의 토끼 다 죽여 없앴네.

---

1) 歌行: 악부시가체(樂府詩歌體)의 일종.

2) 上人: 불교에서 덕망과 지혜, 선행을 갖춘 사람을 말하는데, 나중에는 승려의 경칭으로 쓰이게 되었다. 懷素: 당나라 때 서예가. 호남성(湖南省) 장사(長沙) 사람. 속성은 전(錢)이며, 자(字)는 장진(藏眞). 일찍이 출가하여 스님이 되었다. 종형(從兄)인 오동으로부터 왕희지(王羲之)의 《악계첩(惡溪帖)》, 왕헌지(王獻之)의 《소로첩(騷勞帖)》을 얻어 서법을 익혔다. 그는 종횡무진하며 변화무쌍한 광초(狂草)를 잘 썼는데, 작품으로 《자서첩(自敍帖)》·《초서천자문(草書千字文)》·《성모첩(聖母帖)》·《장진율공첩(藏眞律公帖)》 등이 있다.

3) 墨池: 벼루의 물을 담아두는 오목한 부분. 연지(硯池)라는 뜻과 필연(筆硯)을 씻는 못이라는 뜻이 있다. 北溟魚: 북극 바다의 고기. 《장자(莊子)》·〈소요유(逍遙遊)편〉에 '북극 바다에 고기가 있는데, 그 이름을 곤(鯤)이라고 한다. 곤의 크기는 몇 천리나 되는지 알 수가 없다.(北溟有魚 其名爲鯤 鯤之大 不知其幾千里也)'에서 나온 말. 글씨를 많이 써서 큰 물고기가 튀어 나올 정도의 큰 묵지(墨池)를 이루었다는 뜻.

4) 中山兎: 〈원화군현지(元和郡縣志)〉에 의하면, 중산은 선주(宣州) 율수현(溧水縣) 동남쪽 15리 지점에 있으며, 이곳에 토끼털이 나는데 붓으로 가장 뛰어나다고 한다. 또 〈태평환우기(太平寰宇記)〉에 의하면 율수현의 중산은 독산(獨山)이라고도 하는데 현의 동남쪽에 있으며, 다른 산들과는 이어져 있지 않다. 옛 늙은이들이 전하기를 중산에는 흰 토끼가 있는데, 세상에서 일컫기를 붓을 만들면 가장 뛰어나다고 한다.

八月九月天氣涼
_{팔 월 구 월 천 기 량}
팔구월 가을날 날씨 서늘해지니,

酒徒詞客滿高堂⁵⁾
_{주 도 사 객 만 고 당}
술꾼과 문인들 높은 대청에 가득 모였네.

箋麻素絹排數廂⁶⁾
_{전 마 소 견 배 수 상}
삼 종이와 흰 비단 여러 방에 벌여 놓고,

宣州石硯墨色光⁷⁾
_{선 주 석 연 묵 색 광}
선주(宣州)의 돌벼루에는 먹빛 빛나네.

吾師醉後倚繩床⁸⁾
_{오 사 취 후 의 승 상}
우리 스님 취한 뒤 승상(繩床)에 기대 앉아,

須臾掃盡數千張⁹⁾
_{수 유 소 진 수 천 장}
잠깐 만에 수천 장을 다 써버리네.

飄風驟雨驚颯颯¹⁰⁾
_{표 풍 취 우 경 삽 삽}
바람이 몰아치고 소나기 내리듯
휘익휘익 놀랍고,

落花飛雪何茫茫¹¹⁾
_{낙 화 비 설 하 망 망}
꽃 지고 눈 날리듯 어찌 그리 아득한고?

---

5) 詞客: 사인(詞人)이라고도 하며, 시인 묵객을 말한다.

6) 箋麻: 전(箋; 牋과 같음)은 글씨를 쓰는 종이. 곧 서한 용지를 말한다. 마(麻)는 마의 섬유질을 가지고 만든 종이. 곧 마지(麻紙)를 말한다.

7) 宣州: 안휘성(安徽省) 선성현(宣城縣)의 옛 이름. 원래 진(秦)나라 장군(障郡)이었는데, 한나라 원봉(元鳳) 2년에 단양(丹陽)으로 고쳤다가 순제(順帝) 때 선성(宣城)으로 고쳤다. 수나라 때는 선주(宣州)로 고쳤다가 다시 선성으로 고쳤다. 당나라 고조 무덕(武德) 3년에는 다시 선주로 고쳤다. 옛날부터 종이와 벼루의 산지로 유명하였다.

8) 繩床: 호상(胡床)이라고도 한다. 판자로 만든 간이 의자로서 접을 수 있도록 만들었는데, 새끼를 감은 것이다.

9) 掃盡: '掃' 자에도 '다하다' 의 뜻이 있음. 모두 다 쓸어버리다.

10) 颯颯: 바람 소리. 또는 빗소리를 나타내는 의성어. 또는 아주 빠름을 형용하는 말로도 쓰임.

11) 茫茫: 흐릿하여 분명하지 못한 모양. 또는 넓고 멀어 아득한 모양.

기 래 향 벽 부 정 수
起來向壁不停手 　일어나 벽을 향해 손을 멈추지 않고 씨내니,

일 항 수 자 대 여 두
一行數字大如斗 　글자 크기 말만 하여 한 줄에 몇 자 안된다네.

황 황 여 문 신 귀 경
恍恍如聞神鬼驚[12] 　어슴푸레 귀신도 놀라는 소리 들리는 듯하고,

시 시 지 견 교 룡 주
時時只見蛟龍走[13] 　때때로 다만 용과 뱀이 달리는 것만 보인다네.

좌 반 우 축 여 비 전
左盤右蹙如飛電[14] 　왼쪽으로 감아 돌고 오른쪽으로 오무려
　　　　　　　　　　번개치듯 하니,

상 동 초 한 상 공 전
狀同楚漢相攻戰[15] 　형세는 초한(楚漢)이 서로 공격하며
　　　　　　　　　　싸우는 것 같네.

호 남 칠 군 범 기 가
湖南七郡凡幾家[16] 　호남의 일곱 군(郡) 거의 모든 집에,

가 가 병 장 서 제 편
家家屏障書題徧[17] 　집집마다 병풍 가리개에 그의 글씨가
　　　　　　　　　　두루 있네.

---

12) 恍恍: 정신이 아찔한 모양. 정신을 차리지 못하는 모양. 황홀과 마찬가지의 뜻.

13) 蛟龍: 뿔 없는 용. 곧 이무기를 말한다. 초서를 쓸 때, 필세가 구불구불하여 힘이
　　넘치는 모양을 형용함.

14) 左盤右蹙: 왼쪽으로 돌리고 오른쪽으로 끌어당기다. 초서를 거침없이 써 내려가
　　는 모양을 형용한 말.

15) 楚漢: 항우(項羽)의 초나라와 유방(劉邦)의 한나라. 필체가 느슨하지 않고 팽팽한
　　긴장감이 감돈다는 뜻.

16) 湖南七郡: 동정호(洞庭湖) 남쪽 지방의 일곱 군. 장사(長沙)·형양(衡陽)·계양
　　(桂陽)·영릉(零陵)·연산(連山)·강화(江華)·소양(邵陽)군을 말한다. 凡幾: 거
　　의 모든.

17) 屏障: 안팎을 가리어 막는 물건. 병풍을 가리키는 말. 書題徧: 글씨를 쓴 제액(題
　　額)이 널리 퍼짐. 회소(懷素)가 쓴 병풍, 액자 따위가 널리 유행한다는 말.

_{왕 일 소} _{장 백 영}
王逸少 · 張伯英[18]   왕희지나 장지 같은 이는,

_{고 내 기 허 낭 득 명}
古來幾許浪得名[19]   예로부터 그 얼마나 헛된 명성을 얻었던가?

_{장 전 노 사 부 족 수}
張顚老死不足數[20]   장욱은 이미 죽었으니 따질 것도 없고,

_{아 사 차 의 부 사 고}
我師此義不師古   우리 스님 이러한 필의는 옛것을
  본받지 않았다네.

_{고 래 만 사 귀 천 생}
古來萬事貴天生   예로부터 세상만사 타고난 것이 귀중하니,

_{하 필 요 공 손 대 낭 혼 태 무}
何必要公孫大娘渾脫舞[21]   하필이면 공손대낭의 혼태무(渾脫舞)가
  필요하겠는가?

---

18) 王逸少: 진(晉)나라의 유명한 서예가 왕희지(王羲之). 일소(逸少)는 그의 자(字). 낭야 임기(臨沂) 사람으로 회계(會稽) 산음(山陰)에서 살았다. 초서 · 예서 · 해서 · 행서에 모두 제가의 장점을 받아들여 일가를 이루었으며, 당 태종이 그의 필체를 매우 좋아하여 일시에 그의 서체가 유행하게 되었고, 서성(書聖)이라 불린다. 張伯英: 후한의 장지(張芝). 백영(伯英)은 그의 자(字). 돈황(敦煌) 주천(酒泉) 사람. 아우인 장창(張昶)과 함께 초서에 뛰어났으며, 특히 장초(章草)에 뛰어났다.

19) 浪: 부사로 쓰이면, '부질없이'라는 뜻이다.

20) 張顚: 당대의 장욱(張旭). 자는 백고(伯高). 술에 취하면 머리에 먹물을 묻혀 글씨를 썼으므로 장전(張顚)이라고 불렸다.

21) 公孫大娘: 당나라 현종 때의 교방기(敎坊妓) 이름. 노래도 잘 했지만, 칼춤도 잘 추었다. 渾脫舞: 혼태(渾脫)는 당나라 때 유행한 춤의 이름. 중앙아시아에서 전래했다고 하며, 요즈음의 스트립쇼와 비슷했다고 한다. 두보는 공손대낭의 제자가 칼춤을 추는 것을 보고 노래함(觀公孫大娘弟子舞劍器行)의 서문에서 "현종 개원 3년(751) 내가 아직 아이였을 때 낙양의 언성(郾城)에서 공손씨가 검기와 혼태의 춤을 추는 것을 본 것이 기억난다. 사뿐사뿐 춤을 추다가 갑자기 거셈을 멈추는 폼이 당시의 춤으로는 으뜸이었다. 우두머리로부터 의춘(宜春)과 이원(梨園) 두 교방(敎坊)의 나인(內人)과 밖에서 공부하는 무녀의 이르기까지 이 춤을 깨우

◀감상▶

이백(李白, 701~762)은 성당(盛唐) 때의 시인으로 농서군 성기현(成紀縣) 출신이다. 자(字)는 태백(太白)이며, 호는 청련거사(靑蓮居士)이다. 두보(杜甫) 와 함께 이두(李杜)라고 일컬어지는데, 두보를 시성(詩聖), 왕유(王維)를 시불 (詩佛), 이백은 시선(詩仙)이라고 한다. 이 밖에 적선인(謫仙人) 또는 벼슬이름 을 따서 이한림(李翰林)이라고도 한다.

25세 때 촉(蜀)나라를 떠나 양자강(揚子江)을 따라 나와 평생 유랑생활을 했 다. 이백은 어려서부터 시문(詩文)에 천재성을 발휘하는 한편 검술을 좋아했 다. 젊었을 때 도교에 심취하여 선계(仙界)에 대한 동경심을 가졌으며 산속에 서 지내기도 했다. 그의 시에 나타나는 환상성은 대부분 도교적 발상에서 나온 것이며, 산은 그의 시세계를 이루는 주요 무대의 하나였다.

이백은 과거를 보지 않았으나, 현종(玄宗)의 부름을 받아 장안(長安)에 가서 환대를 받고 한림공봉(翰林供奉)이 되었다. 그러나 불기(不羈)의 성격 때문에 현종 측근들의 참언을 자초하게 되었고 마침내 궁중에서 떠나게 되었다. 장안 을 떠난 이백은 낙양(洛陽)에서 11살 아래의 두보와 만나 친교를 맺었다. 두 사 람의 만남은 짧았지만 우정은 평생 유지되었다. 말년에는 강남을 주유했으며, 당도현(當塗縣) 현령 이양빙 곁에서 병으로 죽었다.

이백의 시는 〈산중문답(山中問答)〉 등 1,100여 편의 작품이 현존하는데, 주 로 낭만적인 성향의 시들이다. 그는 악부(樂府)와 칠언절구(七言絕句)에 능하

친 사람은 성문신무황제(聖文神武皇帝) 초기에는 공손씨 한 사람 뿐이었다. ……
지난날 오 땅 사람 장욱(張旭)이 초서 서첩을 잘 썼는데, 일찍이 자주 하남성 업
성(鄴城)에서 공손대낭이 하남 땅 서하(西河)의 칼춤 추는 것을 보고 이로부터 초
서의 솜씨가 크게 늘어 호탕하고 감격해졌다 하니, 곧 공손대낭의 춤은 가히 알
만하다."고 하였다. 〈악부잡록(樂府雜錄)〉에서 "개원 연간에 공손대낭이 칼춤을
잘 추었다. 승려인 회소가 그것을 보고는 초서가 마침내 많이 늘었다고 하는데,
아마 그 돈좌(頓挫)의 기세를 본받은 것 같다"고 하였다.

였는데, 시풍이 호방하고 상상력이 풍부하며 언어 사용이 명쾌했다.

이백의 시문집으로는 당나라 위호(魏顥)가 편찬한 《이한림집(李翰林集)》과 이양빙이 편찬한 《초당집(草堂集)》이 있으나 지금은 없다. 현존하는 것 가운데 가장 오래된 것으로는 북송(北宋)시대 악사(樂史)가 편찬한 《이한림집》 30권과 북송의 송민구(宋敏求)가 편찬한 《이태백집》 30권이 있다.

이 작품은 회소(懷素)라는 스님의 초서를 감탄해 읊은 시이다. 이백은 회소보다 나이가 20여 세나 더 많았으나 그의 초서에 대하여 매우 추앙하였다. 회소는 성격이 매인 데가 없고 술을 좋아하였으며, 글씨에 뛰어났다. 특히 초서에 뛰어나 당대에 초성(草聖)이라고 일컬어졌다.

그는 일찍이 불가에 입문하여 참선 수행하면서 글씨에 몰두하였다고 한다. 글씨 연습에 필요한 종이가 없어 절 부근 황무지에 파초 만여 그루를 기르면서 그 잎에다 글씨를 썼다고 하며, 때로는 나무칠판을 이용하여 습자(習字)를 하였는데 구멍이 날 정도였다고 한다.

다소 과장되긴 했지만, 그의 이러한 서벽(書癖)은 위의 시 제 2, 3구에 잘 나타나 있다. 그가 쓴 먹물은 큰 고기가 노닐 만큼 많고, 중산의 토끼를 다 죽일 만큼 많은 붓을 만들어 사용했다는 것은 글씨연습에 매진한 그의 노력을 극찬한 것이다. 특히 이 시의 끝부분에서 옛 사람들의 필법을 맹목적으로 본받지 않고, 자신의 독창적인 필법을 구사한 것을 칭찬하였다.

이 시에서는 각운(脚韻)으로 평성운(平聲韻) '우(遇)·양(陽)·경(庚)운'과, 측성운(仄聲韻) '유(有)·산(霰)·우(麌)운' 등을 서로 바꿔 가며 사용하였다.

전일주(영남대)

宣州謝眺樓餞別校書叔云
선주 사조루에서 교서랑 운을 전송하며

이백(李白)

棄我去者　　날 버리고 가버린

昨日之日不可留　어젯날은 머물게 할 수 없고

亂我心者　　내 마음 어지럽힌

今日之日多煩憂　오늘은 얼마나 근심스러운지

長風万里送秋雁　긴 바람은 만리서 가을 기러기를 실어보내오고

對此可以酣高樓　이를 대하니 높은 누각에서 마음껏 취하리로다.

蓬萊文章建安骨　봉래의 문장은 건안의 풍골이요,

中間小謝又清發　중간의 소사 또한 맑고도 수려하다.

俱懷逸興壯思飛　모두 빼어난 흥장한 생각 품고 날아서

欲上靑天攬明月　푸른 하늘 올라서는 명월을 따려 한다.

抽刀斷水水更流　칼 빼어 물을 베나 물은 다시 흘러가듯

舉杯銷愁愁更愁　잔 들어 근심을 삭이나 시름은 더하누나.

인 생 재 세 불 칭 의
人生在世不稱意 사람 나서 세상에서 뜻대로 되잖으니

명 조 산 발 롱 편 주
明朝散髮弄扁舟 내일 아침 머리 흩어 조각배나 띄어볼거나.

◀감상▶

　요새는 중국문학의 어느 부문 할 것 없이 참고문헌이나 해설서 등이 그 수를 헤아릴 수 없이 쏟아져 나오고 있어서, 특히 명문이나 명시를 소개 해설하는 작업은 자칫 섣부른 사족이 되기 쉬울 것 같아서 두렵기조차 한 것이 사실이다. 그러나 이번의 일은 나의 스승 반농 선생님의 정년 기념으로 글을 모아 책을 내는 특별한 의의가 있다 하므로 무딘 글솜씨를 핑계삼을 수 없게 되었다. 대학 초년시절 내가 아침에는 《맹자(孟子)》를, 밤에는 《사기(史記)》를 읽는 것을 바로 옆에서 독려하신 선생님이 아니시던가. 억지로라도 용기를 내어 평소 애송하는 시 하나를 소개하여 감히 기념 책의 맨 구석진 자리에나마 실어주시기를 청해 올려 보기로 한다.

　이 〈선주사조루전별교서숙운(宣州謝朓樓餞別校書叔雲)〉시는 당대 시선(詩仙)으로 일컬어지는 이백(李白, 701-761)이 지은 것으로 인구에 회자(膾炙)되는 그의 대표작 중의 하나이다. 시제(詩題)는 〈배시어숙화등루가(陪侍御叔華登樓歌)〉로도 알려져 있다.

　이 시를 지을 당시는 안록산(安祿山)이 북방에서 모반을 꾀하여 난리가 일어날 조짐이 있어 온 나라가 뒤숭숭할 때였다. 천보(天寶) 13년(753) 가을, 이백이 선주(宣州, 즉 宣城. 지금의 안휘성 宣州市)에 당도했을 때 마침 감찰어사의 신분으로 그곳에 와서 일 처리를 하고 있던 족숙(族叔) 이운(李雲)을 만나 선주의 유서 깊은 사조루(謝朓樓)에 올라 곧 떠날 그를 전별하면서 지은 것이다.

　당시 이운은 관직이 비서성 교서랑(校書郎)이었다. 사조루는 남제(南齊) 시인 사조(謝朓, 464-499)가 선성 태수(宣城太守)로 있을 때 선성의 북쪽 능양

산(陵陽山) 마루에 지은 누각이다. 선성의 명승으로 유명하며 북루(北樓)·사공루(謝公樓)라고도 부르는 곳이다. 그러므로 이 작품은 그 제목에서 시작(詩作)의 확실한 유래를 드러내고 있다고 하겠다.

이 시는 모두 12구로 이루어져 있는데 첫 연을 각각 11자에 달하는 유례를 자주 찾기 힘든 파격적인 구식(句式)으로 시작하면서 당시의 암울한 세정과 정치적 조우에 대한 우울·분노·심란함 등으로 인해 억제할 수 없는 어제와 오늘의 복잡한 감정을 강렬하게 암시하고 있다. 실제로 이백은 천보 초년에 한림(翰林)에 봉해졌지만 별로 중용되지 못한 데다 권세들의 모함까지 받으니 오래 버티지 못하고 결국 벼슬을 버리고 떠나게 되었다. 사방 각지를 떠돌기를 십년 이상 계속하고 있었다. 이때 선주에서 그의 족숙 이운을 만나서는 그동안 가슴속에 맺혀 있던 억눌린 감정을 남김없이 토로하고자 했던 것이 아닌가 한다.

어제 나를 버려두고 가버린 세월은 붙잡을래야 붙잡아 둘 수 없는 지나간 것일 뿐이요, 나의 마음을 어지럽히고 있는 오늘의 이 상황 또한 아무런 변화 없이 시름만 더해 주고 있을 뿐, 암울한 가슴은 열리지 않고 있음을 기세차게 서술하고 있다.

그러나 이어서 작자는 늦가을 저 멀리로부터 북풍에 실려 무리지어 날아오는 기러기를 대하고는 이에 기분이 일신되어 사조루에 올라 주위의 아름다운 경치를 눈 앞에 두고 이윽고 작별하여야 할 이운과 함께 흔쾌한 마음으로 대작하며 전송하기로 한 것이다.

봉래(蓬萊)는 궁중의 비서성(秘書省)을 비유한 말로 그곳에 속하여 벼슬을 하고 있는 이운을 지칭하고 있다. 먼저 그의 문장이 건안 칠자(建安七子)의 풍골(風骨)과 같은 강건한 기상이 배어있음을 칭찬하였다. 이어 보이는 '소사(小謝)'는 시대가 앞서는 사령운(謝靈運, 385-433)이 '대사(大謝)'로 불리우는 데 대한 사조의 호칭으로, 이백 자신을 바로 이 남조('中間'은 바로 이 시기를 뜻함)의 사조에 비유한 것이다. 그 자신의 문제 또한 이운에 못지 않게 청신하고도 수려함을 자부하면서 이운을 전별하는 분위기에 어우러지게 하고 있다. 그런데 작가의 싯구 속에 사조가 직접 등장할 뿐만 아니라 이 시를 지은 장소가 사조가 지은 '사조루'인 점은 상당히 다른 데서 보기 드문 사례에 속한다 할 것이다.

시간이 흐르매 더욱 도도해지는 고담준론으로 두 사람은 한 마음이 되고, 서로 품고 있는 빼어난 이상 호방한 기상들이 한 덩어리가 되어서는 높이 훨훨 비상하여 마치 푸른 하늘에 둥실 떠 있는 교교히 빛나는 명월을 따서 품었으면 하고 원하는 경지에까지 이르게 된 것이다.

그리고 나서 다시 이백은 곧 헤아릴 수 없는 수심으로 가득 차 있는 현실세계로 되돌아오며 새로이 번민하고 있다. 칼로써 흐르는 강물을 베기로서니 강물은 그저 이전처럼 그대로 출렁이며 기세를 더해 흘러가기만 하듯, 술잔을 제아무리 높이 들어 마음속의 시름을 죄다 떨쳐 버리려 하나 그러면 그럴수록 가슴 깊이 도사린 수심은 더욱 깊어가기만 한다.

이렇듯 사람이 이 세상에 태어나 살아가면서 내 마음 기꺼이 마음먹은 대로 갈 수 없는 바에야 이 밤이 가고 내일 아침이 되면 머리에 쓴 관도 죄 벗어 미련없이 던져 버리고 아무런 얽매임 없이 강물에 조각배를 띄우고 세상을 벗어나 호젓이 두루 떠다닐까 보다 하고, 은둔생활을 암시하는 듯 다소 소극적인 면모를 보이며 자신을 둘러싸고 있는 갑갑한 현실에서 표연히 벗어나지 못하는 심정을 읊는 것으로 끝맺고 있다.

천하의 명인 명시가 거의 다 그렇듯 이 시도 어려운 표현 한 구석 없이 처음부터 끝까지 천근평이(淺近平易)한 가운데서 표현의 깊숙한 맛이 갈수록 더 느껴진다. 특히 소리를 내어 읊조리기라도 하면 글 속에 잠겨 있던 운율미가 전부 깨어나서는 독자의 세포 하나하나를 자극하여 매끄럽기도 하고 급하고 돌아서 미끌어지는 그 자연스러움에 또 다른 의미의 전율을 느끼게 된다.

내가 이 시를 좋아하게 된 것은 이 시의 후반부 "추도단수수갱류(抽刀斷水水更流), 거배소수수갱수(擧杯銷愁愁更愁)"이 두 구절의 운율과 의미가 다른 시작에서는 잘 찾아볼 수 없는 매우 독특한 것이라 생각되어 흥미를 갖고 종종 읊조려본 데서 비롯한다. 천재성이 가장 두드러진 것으로 알려져 있는 이백의 시가 대개 모두 그러하여 애송시가 달리 몇 수 더 있지만 특히 이 시는 개인적으로 늘 더욱 기특하게 여기고 있었다. 그런 데다 이 시에 더 관심을 갖게 된 것은 또 다른 연유가 있다.

1990년대에 들어서서 한국방송(KBS2) 텔레비전 프로그램에서 대만에서 제작된 포청천(包靑天) 극을 매주 방영하면서 그 극이 끝날 때마다 삽입하지만 광고에 쫓겨서 그랬는지는 알 수 없으되 늘 끝을 맺은 적이 단 한 번도 없는 노래가 있었는데, 노래의 가락이 독특하고 가사가 어디선가 귀에 익은 구절인 듯하여 관심을 두게 되었다.

뒤로 백방 알아보니 이 곡은 대만가수 황안(黃安)의 〈신원앙호접몽(新鴛鴦蝴蝶夢)〉이란 노래였다. 전곡과 가사 전문을 입수하여 우선 가사를 살펴보니 놀랍게도 이백의 이 시에서 구절을 그대로 따오거나 약간 개작하거나 한 부분이 제법 여럿 눈에 띄었다. 당시 이 노래는 이미 대만에서 가요차트에서 오랫동안 톱을 달린 바 있었고 대륙에서도 크게 유행하여 젊은 사람은 이 노래를 모르는 이가 없을 정도라 하였다. 언젠가 북경의 큰 서점에서 책을 고르고 있을 때 이 노래의 경음악곡이 흐르고 있었는데 카운터의 여점원에게 물으니 당연히 잘 알고 있다며 흥얼거리기까지 하는 것이었다.

어쨌거나 이처럼 가요 가사에까지 옛사람의 작품을 빌려와 변용하는 경우도 있구나 싶었던 적이 있었는데, 이로 인하여 이 시와 비교를 하며 이 노래를 요모조모 자세히 뜯어보게 된 적이 있었다. 더 나중에 가서 우연히 중국 어느 인터넷 사이트에서 황안 자신이 보채는 아이를 달래가며 이 노래를 짓게 된 경위를 적어 놓은 글을 본 적이 있는데, 여기서 그는 이 노래 가사는 이백의 이 시와 두보의 〈가인(佳人)〉 시에서 따오거나 변용하고 다시 자신이 나머지 구절을 지어 보태어 완성하였다고 하였다. 그 이야기를 듣고 비교해 보니 두보의 이 시에서도 약간 부분이 표가 크게 나지 않게 차용되어 있었다.

유장한 가락을 입혀 노래로 불리어지는 이 노래는 비록 빌어온 구절이 많기는 하나 완전히 다른 작품으로 다시 태어나 나를 포함한 만인의 사랑을 받아 애청 애창곡이 된 독특한 경우라 할 수 있을 것 같다. 당오대 혹은 송대의 사(詞)는 바로 당시의 노래 가사를 두고 일컫는 것이다. 자고로 중국에서의 대중성을 띠었던 작품이란 그들보다 앞선 작품을 딛고 완성된 것이 부지기수 어찌 아니더며 전통의 하나이지 않던가. 심지어는 대중과 유리되었던 어엿한 선비들의 시문 작품에서도 이런 예는 어렵지 않게 찾아낼 수 있는 것이다. 이를 염두에 두면 이러한 차용을 과히 탓할 바도 없겠다는 관대한 마음이 들기도 한다.

이야기가 나온 김에 참고로 이백의 시와 더불어 황안의 이 노래를 비교해 보는 것도 제법 재미날 듯하여, 아래에 그 가사를 적어두는 것으로 미루다 미루다 무던 솜씨로 몇 자 막 써내린 우리 선생님 정년 기념 애송시 소개를 마무리하기로 한다. 선생님의 만수강녕을 빕니다.

〈新鴛鴦蝴蝶夢〉

昨日像那東流水, 離我遠去不可留,
今日亂我心多煩憂.
抽刀斷水水更流, 擧杯銷愁愁更愁,
明朝淸風四漂流.
由來只有新人笑, 有誰聽到舊人哭,
愛情兩個字好辛苦.
是要問一個明白, 還是要裝做糊塗,
知多知少難知足.

看似個鴛鴦蝴蝶, 不應該的年代,
可是誰又能擺脫人世間的悲哀.
花花世界, 鴛鴦蝴蝶,
在人間已是癲, 何苦要上靑天, 不如溫柔同眠.

정헌철(鄭憲哲, 경상대)

江村[1] 강촌

두보(杜甫)

淸江一曲抱村流[2] 맑은 강 한 구비가 마을을 안고 흐르니

長夏江村事事幽[3] 긴 여름 강마을엔 일마다 모두 그윽하다.

自去自來梁上燕[4] 제멋대로 왔다 제멋대로 가는 것은 들보 위의
제비요

相親相近水中鷗[5] 서로 친하고 서로 가까이 하는 것은
물 가운데 갈매기라

老妻畫紙爲碁局[6] 늙은 아내는 종이에다 줄을 그어 바둑판을
만들고

稚子敲針作釣鉤[7] 어린 자식은 바늘 두들겨 낚시 바늘 만드네.

---

1) 江村: 강가의 마을. 두보는 성도(成都) 서쪽 금강(錦江) 곁에 초당을 짓고 짧은 시
간 동안이나마 편안한 생활을 하였다. 이곳은 성도 밖 벽계방(碧溪坊) 백화담(百花
潭)의 북쪽이요, 완화계(浣花溪)와 만리교(萬里橋)의 서쪽에 자리했다.

2) 淸江: 맑은 강. '淸江'은 완화계의 별명이기도 하다.

3) 事事幽: 매사가 고요하다. 모든 일이 조용하다.

4) 梁上燕: 들보 위의 제비. 들보 위에 제비가 집을 지었음을 말한다.

5) 水中鷗: 강 가운데 갈매기.

6) 畫紙: 종이에 줄을 긋다. '畫'는 '劃'과 같은 뜻으로 쓰여서 '획'으로 읽어야 한다. 碁
局: 바둑판. '碁'는 '기(棋)'와 동자(同字)로서 '바둑'이란 뜻이고, '局'은 '판'이란 뜻.

7) 稚子: 어린 아이. '稚'는 원래 '어린 벼', '어리다'는 뜻. 敲針: 바늘을 두드리다.
'敲'는 '두드리다'는 뜻이고, '針'은 '바늘'이라는 뜻. 釣鉤: 낚시 바늘. '釣'는
'낚시', 또는 '낚시하다'는 뜻이고, '鉤'는 '갈고랑이', 또는 '고리'를 뜻함.

^{다 병 소 수 유 약 물}
多病所須唯藥物[8] 병이 많다 보니 필요한 것이라곤
오직 약물 뿐인데

^{미 구 차 외 경 하 구}
微軀此外更何求[9] 하찮은 몸이 이밖에 다시 뭣을 바라랴?

🔹해설🔹

두보는 A.D. 759년, 그의 나이가 48세이던 건원(乾元) 2년 10월에 진주(秦州)를 떠나서 동곡(同谷)을 거쳐 12월에 성도(成都)에 도착한다. 두보 일가는 이때 성도의 서쪽 교외에 위치한 완화계(浣花溪)의 초당사(草堂寺)에 묵었다. 초당사는 남조(南朝) 송(宋)의 효무제 때 지어진 꽤 규모가 큰 절이었다. 그는 이 절에 묵으면서 이듬해 봄에 두제(杜濟)를 비롯한 여러 사람들의 도움을 받아 자기 집을 지었다. 그는 성밖 서쪽 7리, 초당사에서 3리 정도 떨어진 곳에 있는 200년 묵었다는 녹나무(枏樹: 남수) 아래 황무지를 물색하여 2~3개월에 걸쳐 모옥 한 채를 지었다. 이 집의 동쪽에는 완화계와 만리교(萬里橋)가, 남쪽에는 벽계방(碧溪坊) 백화담(百花潭)이 있었다. 두보는 친구들에게서 복숭아나무, 오리나무, 실대나무(綿竹) 등을 얻어 이 집에 심고, 이 집을 초당(草堂)이라고 불렀다. 또 이때 두보가 살던 성도의 이웃 고을인 팽주(彭州)의 군수격인 자사(刺史)에는 두보와 친한 고적(高適)이 부임해 있었다. 두보로서는 이때가 비록 짧은 시간이긴 하지만, 생활상에서 한숨을 돌릴 수 있었던 때였다.

---

8) 須: 여러 가지 뜻이 있으나, 여기서는 '바라다', '원하다' 는 뜻임. 唯: 오직.

9) 微軀: 미천한 몸. '微' 는 '미천하다', '보잘 것 없다' 는 뜻이고, '軀' 는 '몸' 을 뜻함. 更: '更' 은 부사로 쓰이면 '갱' 으로 읽어서 '다시', '새로이' 라는 뜻이고, 동사로 쓰이면 '경' 으로 읽어 '고치다', '바꾸다', '번갈다' 는 뜻으로 쓰인다. '更(갱)' 의 예로는 更新(갱신: 다시 새롭게 하다), 更生(갱생: 다시 살아나다)가 있고 ; '更(경)' 의 예로는 변경(變更: 바꾸다), 경의(更衣: 옷을 바꾸다, 갈아입다) 등이 있다.

이 시는 두보가 성도에 도착한 이듬해인 건원 3년, 곧 A.D. 760년에 지어진 시이다. 첫 1·2구는 먼저 맑은 강 한 구비가 江村을 끼고 도는 그림 같은 모습을 읊었다. 그리고 3~6구는 둘째 구 말미에서 말한 '사사유(事事幽)', 곧 '일마다 모두 그윽한' 모습의 핵심을 그려내었다. 들보 위에서는 제비들이 들락날락 날고 있으며, 강물에서는 갈매기들이 서로 다정하게 짝지어 놀고 있다. 이런 때 이런 곳에서, 늙은 부인은 하도 심심해서 종이에 줄을 그어 바둑판을 만들고, 어린 아이들은 어미의 바늘을 두들겨 구부려서 낚시바늘을 만든다.

마지막 두 구는 두보의 무욕(無慾)과 자족심(自足心)을 읽을 수 있는 대목이다. 다병한 몸인지라 약물이 필요할 뿐, 그 외에는 아무 것도 바라는 것이 없다는 그 경지가 부럽기만 하다.

일곱째 구는 판본에 따라서는 '但有故人供祿米(다만 친구가 있어 녹봉으로 제공되는 쌀이 있으니)'로 되어 있는 것도 있다. '병이 많다 보니 필요한 것이라곤 오직 약물뿐이니, 하찮은 몸이 이밖에 다시 뭣을 바라랴?'가 좋은지, 아니면 '다만 친구가 있어 녹봉으로 제공되는 쌀이 있으니, 하찮은 몸이 이밖에 다시 뭣을 바라랴?'가 좋은지는 독자들이 판단할 일이다. 다만 그 어느 쪽이 되었든, 역시 두보라는 찬탄이 나온다.

한편 상원(上元) 2년(761년) 12월, 두보의 오랜 친구인 엄무(嚴武)가 성도윤(成都尹) 겸 검남절도사(劍南節度使)로 임명받는다. 성도윤은 지금의 시장격에 해당하고 검남절도사는 도지사 정도의 직위에 해당한다. 두보로서는 반갑기 그지없는 일이었다. 거기에다가 엄무가 도착하기 전 한 달 동안에는 친구 고적(高適)이 그 직무를 대행하고 있었으므로, 두보는 오랜 친구인 고적과 엄무를 차례로 만나는 즐거움을 누릴 수 있었다. 그야말로 이때를 전후한 시기는 두보의 인생에서 가장 행복하였던 시기라 할 수 있다.

그러나 그것도 잠시뿐이었다. 762년 4월에 현종과 숙종이 차례로 서거하고, 대종(代宗)이 즉위한 7월에는 조정에서 엄무를 중앙으로 불러들였다. 엄무가 떠난 뒤 보응(寶應) 원년(762년) 7월, 성도에서는 성도소윤(成都小尹) 겸 검남병마사(劍南兵馬使) 서지도(徐知道)가 성도윤을 참칭하고서 반란을 일으켰다.

두보는 면주(綿州)의 봉제역(奉齊驛)까지 엄무를 전송나갔다가, 반란군에 의해 길이 막혀 성도로 돌아올 수 없었다. 두보는 가족을 성도에 남겨 둔 채 면주를 떠나 동천절도사(東川節度使)의 소재지인 재주(梓州)로 가서 난을 피했다. 완화계에서 약 3년간 평온하게 정착하였던 두보의 생활에는 이후 다시 혼란과 방랑의 그림자가 다가온다.

◀감상▶

두보의 〈강촌〉을 읽고 있노라면 마음이 참 평화로워진다. 평화롭다 못하여서 그냥 시간이 멈춰버렸으면 좋겠다는 생각이 든다. 〈강촌〉과 함께 초당(草堂)에서의 두보의 평화로운 삶을 묘사한 시로 〈진정(進艇)〉이란 시를 한 수 더 들 수 있다.

남경구객경남무
南京久客耕南畝　남쪽 밭 경작하며 성도에서 나그네 된 지 오래 되었고

북망상신좌북창
北望傷神坐北窓　북쪽 창에 앉아 고향을 바라보며 마음 아파하네.

주인노처승소정
畫引老妻乘小艇　낮이면 늙은 마누라 이끌고 작은 배를 타고

청간치자목청강
晴看稚子沐淸江　날 개이면 어린 아이들 맑은 물에서 목욕하는 것 본다.

구비협접원상축
俱飛蛺蝶元相逐　짝지어 나는 호랑나비는 원래부터 서로 뒤좇았고

병체부용본자쌍
并蔕芙蓉本自雙　꽃받침 나란히 한 연꽃도 본래부터 짝짝이라.

명음자장휴소유
茗飮蔗漿携所有　집에 있는 차와 사탕수수 가지고 나와

자 앵 무 사 옥 위 항
瓷罌無謝玉爲缸 옹기에 담아 배에 오르니 왕공귀족에
　　　　　　　　　뒤질 바 없네.

'진정(進艇)'은 '배를 띄우다'는 뜻이다. 시 제목을 우리말로 옮기면 '뱃놀이' 정도가 되겠다. 마지막 구에서 '玉爲缸'은 '옥으로 만든 항아리'라는 뜻인데, 왕공귀족(王公貴族)들의 생활을 암시한 말이다.

〈진정(進艇)〉시를 읽고 나면 〈강촌(江村)〉시에 담긴 두보의 마음이 더욱 선명히 다가온다. '제멋대로 왔다가 제멋대로 가는 들보 위의 제비'도, '서로 친하고 서로 가까이 하는 물 가운데 갈매기'도 결국은 암수가 짝을 이루어 서로 희롱하며 노니는 모습이었다. 두보가 이상으로 여겼던 우주자연의 모습이란 이처럼 암수가 제 짝을 찾아 희롱하며 사는 것이었다. 그의 눈에는, 짝지어 나는 나비는 태초부터 저렇게 나는 것이고, 꽃받침 나란히 한 연꽃도 태초부터 짝을 지어 피는 것이라 보였던 것이다. 그러니 인간도 제 짝(가족)과 함께 있을 때가 가장 본래의 모습을 회복한 것이라 할 수 있다. 마누라는 종이에 줄을 그어 바둑판 만들고, 애들은 바늘 두들기어 낚시 고리 만드는 그런 모습, 시간이 나면 특별한 준비 없이 기왕에 집에 있는 간단한 다과를 준비하여 마누라와 함께 뱃놀이 하고, 개인 날에는 애들이 맑은 물에서 벌거벗고 목욕하는 광경을 바라보며 살아갈 수 있는 바로 그런 생활이 두보가 생각한 최상의 삶이요, 이상적 삶이었음을 알 수 있다.

두보는 오랫 동안 가족과 떨어져 지낸 경험이 있다. 가족과 떨어져 지내면서 겪는 외로움은 어쩌면 인간의 가장 근원적인 외로움일 것인데, 그는 이러한 외로움을 너무나 아프게 겪어 왔다. 그가 시에서 묘사한 가족에 대한 사랑과 애착의 이면에는, 그가 시를 통해 표현하지 않았던 저간의 외로움과 고통이 배경으로 되고 있음을 알아야 한다. 가족과 헤어져 외로움을 겪어보지 않은 사람이라면 이 시에 담긴 두보의 마음을 진정으로 이해할 수 없을 지도 모르겠다.

내 마누라는 대학교수다. 그놈의 학교는 교수 승진에 왜 그리 많은 논문을 요구하는지 모르겠다. 어쩌다 주말이 되어 집에 가도 마누라는 항상 학교에 가 있다. 진짜로 연구만 하는지는 모르겠지만, 도대체 나하고 놀아줄 시간이 없는 듯하다. 나에겐 아들만 둘 있다. 학교 갔다 오면 학원에 가기 바쁘다. 한문서당, 중국어 학원, 피아노 교실, 영어 과외. 도대체 나하고 놀 시간이 없다. 이젠 저희 친구들하고 놀기만 좋아하고, 친구 없을 땐 컴퓨터 게임하기를 더 좋아한다. 나 외롭지 않자고 마누라 대학교수 그만두게 할 수도 없고(그만두라고 하여도 그만두지도 않겠지만), 나 좀 평화롭게 살자고 애들 무식하게 만들 수도 없지 않은가?

두보의 초당생활처럼 평화롭게 살기는 애초에 그른 인생이다. 그렇게 평화롭게 살려면 우선 삶이 가난해지더라도 그것을 즐길 줄 알아야 하고, 아니면 하다못해 농사라도 짓는 자급자족형 경제생활이어야 한다. 남편도 마누라도 직장생활하지 말고, 자식들은 학교에도 보내지 말고 무식하게 만들어야 한다. 그리고 우리끼리만 재미있게 강가에서 배타고 목욕하며 살거나, 제비나 갈매기만 보고, 나비와 연꽃만 보고서도 외롭거나 심심해하질 않아야 한다.

그러나 이건 아무리 생각해도 불가능한 일이다. 지금 당장 TV 하나만 없애 보아라, 온 세계에서 폭동이 일어날 것이다.

두보의 초당생활이 우리네 인생에 잠시라도 있었으면 좋겠지만, 아무래도 구두선(口頭禪)으로 그쳐야겠다. 평화로운 가족생활을 누리기엔 이 세상이 태초의 모습으로부터 너무 많이 변해버렸다.

권호종(경상대)

月夜 달밤
_{월 야}

두보(杜甫)

今夜鄜州月¹⁾
_{금 야 부 주 월}

오늘밤 부주의 달을

閨中只獨看²⁾
_{규 중 지 독 간}

규방에서 혼자만이 보고 있겠지.

遙憐小兒女³⁾
_{요 련 소 아 녀}

멀리서도 안타깝구나, 저 어린 녀석들이

未解憶長安⁴⁾
_{미 해 억 장 안}

엄마가 장안의 아빠를 그리워하는 것
이해하지 못할 것이.

---

1) 鄜州: 지금의 섬서성(陝西省) 부현(富縣). 당시 두보의 가족이 있던 곳이다.

2) 閨中: 본래의 뜻은 부인의 방이나, 여기서는 두보의 아내 양씨(楊氏)를 가리킴.

3) 遙憐: '遙'는 '멀다'는 뜻이고, '憐'은 '가련히 여기다', '불쌍히 여기다'는 뜻이니, '遙憐'은 '멀리서 가련히 여긴다'는 뜻이다. 여기서 '가련히 여긴다(憐)'는 말의 목적어는 '어린 아들과 딸들이 엄마가 장안의 아빠를 그리워하는 것을 알지 못하는 것(小兒女未解憶長安)'이다. 小兒女: 어린 아들[兒]과 딸[女]. 두보는 이때 아들이 둘, 딸이 둘 있었다.

4) 未解: '아직 ~하지 못하다.', '아직 ~할 줄 모른다'는 뜻. 憶長安: 직역하면 '장안을 그리워하다'는 뜻이다. 그러나 여기서의 '長安'이란 바로 '장안에 있는 두보 자신'을 가리키니, 내용상으로는 '장안에 있는 나를 그리워하다'는 뜻으로 해석해야 한다. '憶'의 주어와 관련하여서는 두 가지 해석이 있다. 하나는 '小兒女'가 '憶'의 주어가 되어, '遙憐小兒女, 未解憶長安'은 '멀리서도 안타깝구나, 어린 아이들이 장안의 나를 아직 그리워할 줄 모르는 것.'라는 뜻으로 해석하는 것이다. 다른 하나는 '憶'의 주어가 생략된 것이라고 보는 견해인데, 그 주어는 '두보의 부인', 곧 '아이들의 엄마'를 가리키는 것으로 해석하는 것이다. 그러면 '遙憐小兒女, 未解憶長安' 구는 '멀리서도 안타깝구나, 어린 아이들이 제 엄마가 장안에 있는 나를 그리워하는 것을 이해하지 못할 것이.'로 해석된다.

香霧雲鬢濕⁵⁾　　향기로운 안개는 구름같은 머리를 적시고

清輝玉臂寒⁶⁾　　맑은 달빛에 옥같은 팔이 시리리.

何時倚虛幌⁷⁾　　언제면 텅 비었던 창문휘장에 기대어

雙照淚痕乾⁸⁾　　둘이서 달빛 받으며 눈물 흔적 마르게 할 수
　　　　　　　　　있을런지?

해설

　두보는 천보(天寶) 13년(754년) 장안에서 먹는 문제를 해결하기가 어려워 가족들을 봉선(奉先: 지금의 섬서성陝西省 포성蒲城)으로 옮기고 자기는 다시 장안으로 돌아와 있었다. 그러다가 천보 14년(755년)에 안록산(安祿山)의 난이 일어났고, 지덕(至德) 원년(756년) 5월 안록산이 장안 가까이 쳐들어 오자, 두보는 다시 봉선으로 가서 가족을 데리고 백수(白水)로 피난시켰고, 6월에 장안의 관문인 동관(潼關)이 함락되자, 가족을 다시 부주(鄜州)의 강촌(羌村)으로

---

5) 香霧: 향기로운 안개. 가을밤의 안개를 가리킴. 부인의 아름다운 향기 때문에 밤안개마저도 향기롭게 되었다는 의미를 내포하고 있다. 雲鬢濕: '鬢'은 여인의 쪽진 머리를 말한다. '雲鬢'은 미인의 풍성한 머리카락을 구름에 비유한 말로서, '구름같이 쪽진 머리'라는 뜻. 그 당시에는 머리를 높고 크게 올리는 것이 유행이었다. '濕'은 '젖다', '축축해지다'는 뜻.

6) 清暉: 맑은 달빛. 玉臂: 옥같이 하이얀 팔. '臂'는 '팔'을 가리킴.

7) 倚虛幌: '倚'는 '의지하다', '기대다'는 뜻이고, '幌'은 '(창문의) 휘장'을 가리킨다. '倚虛幌'은 '투명한 창문 휘장에 기대다'는 뜻임.

8) 雙照: 달빛이 부부 두 사람에게 함께 비치다. 여기서 '雙'은 둘째 구의 '獨'과 대비되어 쓰였음. 淚痕乾: 눈물 흔적이 마르다. '痕'은 '흔적', '乾'은 '마르다'는 뜻.

피난시켰다. 그리고 현종(玄宗)의 뒤를 이어 숙종(肅宗)이 즉위했다는 소리를 들은 두보는 혼자서 연주(延州)로 북상했다가, 노자관(蘆子關)을 지나서 숙종이 있는 영무(靈武)로 가려다가 부주를 채 벗어나지도 못하고, 도중에 적도에게 잡혀서 장안으로 끌려왔다. 두보는 요행히 우위솔부주조참군(右衛率府胄曹參軍)이라는 낮은 지위에 있었으므로 별로 해를 입지는 않았지만, 장안을 마음대로 벗어날 수 없는 연금상태에 있었다.

이 시는 지덕 원년(756년) 가을, 시인의 나이 마흔 다섯에 장안에서 연금된 몸으로 있을 때 부주에 있는 가족들을 그리워하며 지은 시이다.

첫 구에서 '오늘밤 장안의 달(今夜長安月)'이 아니라, '오늘밤 부주의 달(今夜鄜州月)'로 시작하는 수법이 역시 예사롭지 않다. 둘째 구에서는 부주에 있는 아내의 모습을 상상 속에 그려내고 있다. 그는 밤하늘에 떠 있는 달을 바라보면서 먼저 아내를 연상하였다. 그리고는 자신이 아내를 그리워하듯이 아내역시 부주의 하늘에 떠 있을 저 달을 홀로 쳐다 보면서 장안에 있는 자신을 보고 싶어할 것이라고 추측하고 있다.

3 · 4구는 해석이 두 가지로 갈린다.

두보는 천보 14년(755년) 11월에 우위솔부주조참군(右衛率府胄曹參軍)에 임명되었다. 이것은 무기창고의 열쇠를 관리하는 정팔품하(正八品下)의 한직이었지만, 두보는 이 직책을 받기로 결정한 뒤, 가족을 만나기 위해 장안을 떠나봉선으로 간 적이 있다.(이때는 이미 안록산이 평로, 범양, 하동의 삼진(三鎭)을 근거로 반란을 일으켜 하북의 여러 군을 함락시킨 때이나, 두보가 봉선으로 떠날 때까지만 해도 이 소식은 아직 장안에 이르지 않았다.) 그는 이때 지은 〈장안에서 봉선으로 가면서의 느낌을 읊조린 500자의 시(自京赴奉先詠懷五百字)〉에서 "문에 들어가자 울부짖는 소리 들리는데, 어린아이가 배 주리다 이미굶어 죽었다 하네. 내 어찌 슬퍼하지 않으리요, 이웃 사람들도 흐느껴 우는데(入門聞號咷, 幼子飢已卒. 吾寧捨一哀, 里巷亦嗚咽.)"라고 말한 바 있다. 두보가 〈月夜〉 시를 지을 때 그의 두 아들은 종문(宗文)과 종무(宗武)로서 각각 7살과 4살이었다. 이런 전후 사정을 생각한다면, '遙憐小兒女, 未解憶長安'은 '멀리서도 안타깝구나, 어린아이들이 장안의 나를 아직 그리워할 줄 모르는 것이.' 라고 해석하는 것이 틀린 해석이라고 할 수도 없다.

그러나 시의 후반부가 부인과 관련하여 읊고 있다는 점을 생각한다면, '遙憐小兒女, 未解憶長安' 구는 '멀리서도 안타깝구나, 어린아이들이 제 엄마가 장안에 있는 나를 그리워하는 것을 이해하지 못할 것이.' 라고 해석하는 것도 가능하다. 만약 이렇게 해석한다면, 두보는 아이들이 엄마의 어떤 모습을 이해하지 못한 것으로 다루었단 말인가? 그것은 시의 마지막 구에서 알 수 있듯이 두보는 이때 자신의 부인이 자신을 그리워하며 울고 있는 모습으로 설정하였고, 아이들은 그렇게 울고 있는 엄마의 모습을 아직 이해하지 못할 정도로 어리고 철없는 모습으로 설정한 것이라 할 수 있다. 부인을 그렇게 울고 있는 것으로 설정한 것은 두보 자신이 부인을 보고 싶어서 울고 있었기 때문이다. 마지막 두 구에서는 그런 이유 때문에 "언제 다시 창문 휘장에 기대어 서서, 둘이서 달빛 받으며 눈물 흔적 마르게 할 것인가?(何時倚虛幌, 雙照淚痕乾?)" 라고 읊었던 것이다.

5·6구는 1·2구에서 상상한 아내의 모습을 보다 구체적으로 형상화시켜 놓았다. 미인의 상징인 구름같은 머리에 옥같이 흰 살결을 지면 위로 부각시켜 놓고 있다. 안개로 뽀얗게 젖은 타래머리, 달빛 아래 차가울 살갗, 모두가 두보만이 느낄 수 있는 감각이다. 거기에다가, '香' 자와 '淸' 자를 놓아, 아내를 돋보이게 하는 품격은 흔한 생각 같아도, 실은 사랑의 짙은 농말이 아니고서는 정녕 어려운 쓰임새이다.

7·8구는 이 시의 정점이요, 결말이다.

규방을 가리키는 말로서 시인은 왜 '허황(虛幌)' 이라 하여 '허(虛)' 자를 썼을까? '허' 자의 쓰임에 대한 해석엔 고래로 정설이 없단다. 혹 자신이 없던 규방이었으니 '허' 요, 다시 만나 뒤에는 서로의 눈물 흔적 마르도록 밝은 달빛을 통과시켜야 하니 역시 '허' 일 수밖에 없었던 것이 아닌가? 대 시인의 심산은 역시 엿보기도 어렵다.

이 시의 백미는 역시 마지막 구이다. '쌍조(雙照)' 는 '두 줄기로 비추다', 또는 '두 사람에게 비추다'로 번역할 수 있다. 마지막의 이 두 시구로 인하여 지금 달을 보고 있는 두보가 눈물을 흘리고 있음을 확인할 수 있다. 두보는 장안에서 부인생각으로 눈물을 흘리며 달을 바라보고 있었던 것이다. 그리고는 부인도 자신을 그리워하여 눈물을 흘리며 저 달을 바라보고 있을 것이라고 상상한 것이다. 부주와 장안에서 격해 있던 달을 바라보며 눈물 흘리던 두 사람이 다시 만나 투명한 창문 커튼에 기대어 서서는 두 줄기 밝은 달빛을 받으며(두 사람이 달빛을 받으며) 지난날의 눈물 자국을 마르게 한다는 것이다.

둘째 구에서는 '규방에서 혼자서 달을 바라보던 모습(獨看)'과 마지막 구의 '함께 달빛을 받는 모습(雙照)'이 서로 대비가 되면서 독자들로 하여금 눈물을 흘리게 한다. 반군들에 연금되어 내일을 기약할 수 없는 처지에서도 가족과의 행복한 미래를 꿈꾸는 두보의 모습 때문에 독자들의 흐르던 눈물은 한층 더 굵어진다. 정말이지 두보의 시 가운데서도 보기 드문 서정시라 할 수 있다.

◀감상▶

두보는 참 가난하게 살았다. 먹을 것이 없어 자식을 굶겨 죽인 적도 있고, 절간으로 양식을 구걸하러 간 적도 있다. 사는 곳도 일정치 않았고 항상 방랑하였다. 밭때기 하나 없으니 여기 저기 떠돌아 다니며 친구나 지인의 신세를 질 수 밖에 없었던 것이다.

두보의 시를 읽다 보면 눈물이 나는 경우가 많다. 두보의 시가 사람으로 하여금 눈물 흘리게 만드는 이유는 그러한 가난과 방랑에도 불구하고 그의 시에는 조국과 백성에 대한 끝없는 충성과 사랑이 배어 있기 때문이다. 정말이지 두보의 시를 읽고서도 두보를 사랑하지 않는다는 것은 불가능할 것 같다.

그런데 이 시는 두보의 시 중에서도 좀 특이한 시이다. 그의 시에서는 좀처럼 찾아볼 수 없는 서정시이다. 근엄한 두보에게서 인간미를 물씬 느낄 수 있는 시이다. 그도 역시 여인을 사랑할 줄 아는 남자이었던 모양이다.

제천에는 내자와 아들이 둘 있다. 비록 부유하지는 않지만, 두보처럼 그렇게 찢어지게 가난한 사람도 아니다. 아내의 직장 때문에 자식들을 제천에 맡기다 보니, 한 달에 겨우 한 두 번 가는 것이 고작이다. 직장생활 때문에 주말 부부가 되었지만, 그래도 두보보다야 훨씬 낫지가 않은가?

준휘가 초등학교 3학년이고, 한빈이가 4학년일 때의 일이다. 준휘가 갑자기 전화를 걸어왔다. "아빠, 한 눈 팔면 얼마 받아요?" 갑작스런 질문과 섬뜩한 질문 내용에 그 이유를 추궁하였다. 제 엄마가 초등학교 4학년인 큰놈에게 "한빈아, 길 건널 때는 항상 조심하고, 한 눈팔지 말아라."고 훈계하였는데, 그 말 뜻을 모를 리 없는 한빈이 녀석이 제 어미를 놀린다고 '눈 하나 팔면 얼마냐?'고 자꾸 물었던 모양이다. 착한 동생은 형이 정말로 그것이 궁금하여 묻는 줄 알고, 이젠 아빠에게 전화한 것이다.

얼마 전 TV에서 어린 애들의 질문에 어른이 대답하는 퀴즈게임을 보았다. "아빠가 출장을 가면서도 남겨 놓고 가는 게 무엇이냐?"는 것이다. 출연자 가운데 아무도 풀지 못한 이 문제의 답은 의외로 '걱정'이었다. "남자가 여자와 결혼하기로 작정하고, 여자에게 하는 것이 무엇이냐?"는 질문도 있었다. 답이 약간 선정적일 것 같아서 걱정이 되었는데, 정답은 의외로 '기다림'이란다. 정말이지 아이들의 마음은 읽기가 힘들다. 애들의 생각은 언제나 어른을 맑고 시원하게 한다. 어른들이 생각지도 못한 말을 할 때면 정말로 애들같은 순수한 마음과 눈으로 세상을 바라보고 싶다.

두보는 애들이 어려서 엄마의 마음을 이해하지 못할 것이 안타깝다고 하였다. 어른으로서의 두보는 정말로 애들의 마음을 헤아릴 수 있었을까? 혹 애들은 애들대로 어쩌면 진작부터 제 엄마의 마음을 알고 있었던 것은 아닐까?

난, 달이 뜨는 밤이면 언제나 제천을 그리워한다.

권호종(경상대)

絶句 二首
절구

두보(杜甫)

(一)

遲日江山麗[1] <small>지 일 강 산 려</small>	긴긴 해에 강산 화려하고
春風花草香 <small>춘 풍 화 초 향</small>	봄바람에 꽃 내음 진동하네.
泥融飛燕子[2] <small>니 융 비 연 자</small>	개흙 풀리고 제비 날아들 제
沙暖睡鴛鴦 <small>사 난 수 원 앙</small>	따뜻한 모래밭에 원앙이 조는구나.

(二)

江碧鳥逾白[3] <small>강 벽 조 유 백</small>	강물 파래서 새 더욱 희고
山靑花欲燃[4] <small>산 청 화 욕 연</small>	산 푸르니 꽃 더욱 붉게 타네.
今春看又過[5] <small>금 춘 간 우 과</small>	이 봄도 슬그머니 또 지나가는데
何日是歸年[6] <small>하 일 시 귀 년</small>	언제나 고향에 돌아가려나.

---

1) 遲日: 저녁 노을 진 봄의 태양을 말한다.
2) 泥融: 한겨울에 얼었던 진흙이 따뜻한 봄날에 풀림을 말함.
3) 江: 금강(錦江)을 말함.
4) 포조(鮑照)의 산앵홍욕연(山櫻紅欲燃), 유신(庾信)의 산화염욕연(山花焰欲燃)에서
   도 보이지만 두보의 시에서는 오묘한 색채의 대비를 더욱 잘 표현하고 있다.
5) 看: 보고 있는 동안을 뜻함.
6) 歸年: 고향에 돌아갈 해.

◀감상▶

이 시는 광덕(廣德) 2년(764), 두보 나이 54세에 지은 시다.

한 해의 시작인 봄이 돌아오니 내 마음을 알아줄 이 없는 산천초목은 제 옷으로 갈아입어 각각의 색깔을 드러내며 자랑하고 있다. 또 봄바람에 얼었던 땅은 풀리며, 강남 갔던 제비도 돌아오고 졸음에 겨운 행복한 원앙, 이 모두는 고향으로 돌아가고픈 작가의 쓸쓸한 타향살이와 잘 대비하고 있다.

1수 4구는 모두 대구(對句)로 되어있으나, 2수는 앞 2구만 대(對)를 이루고 있다. 1수는 봄의 경물(景物)을 서술하고 있고, 2수는 봄의 경물과 함께 고향의 그리움도 묻어 놓고 있다.

나는 봄이 되면 화가가 되고 싶고, 가을이면 시인이 되고픈 생각을 문득 문득한다. 봄이 되어 한 폭의 그림 같은 경치를 보노라면 조물주의 화려한 색채 마술에 놀라지 않을 수 없다. 저와 똑같은 색을 낼 수 있을 성 싶어 그림을 그리고 싶다. 가을이면 떨어지는 낙엽따라 내 마음도 읽고 싶다.

정신없이 살다가도 자연이 우리에게 주는 다양한 변화의 기쁨을 어떤 언어로 표현할 수 있을까?

김난영(부산대)

관 공 손 대 낭 제 자 무 검 행 병 서
觀公孫大娘弟子舞劍行并序[1]
공손노고 제자의 칼춤을 보고, 서문과 함께

두보(杜甫)

大歷二年(767)十月十九日,[2] 夔府別駕元持宅,[3] 見臨潁李十
二娘舞劍器,[4] 壯其蔚跂,[5] 問其所師,[6] 曰: "余公孫大娘弟子
也." 開元五載,[7] 余尙童稚, 記于郾城, 觀公孫氏舞劍器渾脫,[8]

---

1) 公孫氏: 공손 노고(老姑), 공손은 성씨. 당나라 현종(玄宗) 개원년 간의 저명한 무용
가로서 특히 칼춤 재주가 뛰어났는 바 〈인리곡(隣里曲)〉, 〈배장군만당세(裵將軍滿
堂勢)〉, 〈서하검기혼탈(西河劍器渾脫)〉 등 칼춤을 잘 췄음. 弟子: 즉 머리글 중의
임영 이씨 십이낭을 가리킴. 劍器: 당나라 시기에 유행된 칼춤의 이름, 여자가 남장
을 하고 칼을 휘두르면서 추는 춤. 깃발과 횃불을 손에 쥐고도 춤을 췄다고 함.

2) 大歷二年: 당나라 대종 이예(代宗 李豫)의 연호. 대력 2년은 기원 767년임.

3) 夔府: 기주, 지금의 사천성(四川省) 봉절현(奉節縣). 別駕: 벼슬 이름. 한(漢)나라
때의 자사 좌리(刺史 佐吏)를 가리킴. 자사를 따라 순찰할 경우 좌리도 따라 차에
앉아 다닐 수 있으면서 생겨진 관명(官名)임. 당나라 시기의 도독부(都督部) 좌리
에게도 이 같은 대우가 있었음. 元持: 원지, 사람 이름. 당시 기주 도독부 별가를
지냈는데 생평사적은 미상임.

4) 臨潁: 임영, 지명. 당나라 때 허주(許州)에 속했음. 지금의 하남성 임영현.

5) 壯: 동사로 쓰이어 장하다는 뜻으로 감탄을 표시함. 蔚跂: 동작이 황홀할 정도로
날래다는 뜻으로 연기가 출중함을 나타냄.

6) 所師: 따라 배운 스승.

7) 開元五載: 개원 5년. 개원은 당나라 현종 이륭기(玄宗 李隆基)의 연호를 가리킨다.

8) 郾城: 언성, 지금의 하남성(河南省) 언성 현으로서 당나라 때 허주에 속했음. 劍器
渾脫: 검기와 '혼탈'이 합쳐진 춤 이름이다. '혼탈'이란 본시 전모(氈帽)자를 가리
킴. 당나라 태종년 간에 조국공(趙國公) 장손무기(長孫無忌)가 양털로 전모 자를 만
들어 쓰자 많은 사람들이 그 본을 따르면서 '조공혼탈모'로 불리게 된 것이다. 연
후 '혼탈모'를 도구로 이용하는 춤이 생기면서 춤 이름이 '혼탈'로 연변된 것이다.

瀏灕頓挫,[9] 獨出冠時.[10] 自高頭宜春, 梨園二伎坊內人, 泊外供奉,[11] 曉是舞者, 聖文神武皇帝初,[12] 公孫一人而已. 玉貌錦衣, 況余白首; 今玆弟子, 亦匪盛顔.[13] 旣辨其由來, 知波瀾莫二.[14] 撫事慷慨,[15] 聊爲〈劍器行〉.[16] 昔者吳人張旭,[17] 善草書書帖, 數嘗於鄴縣見公孫大娘舞西河劍器,[18] 自此草書長進, 豪蕩感激,[19] 卽公孫可知矣.[20] (대력 2년 10월 19일 기주 별가 원지의 저택

---

9) 瀏灕: 춤동작이 능란하고 재치 있음을 뜻함. 頓挫: 춤동작의 빠르고 늦은 절주가 분명함.

10) 獨出冠時: 첫손 꼽힘. 독특하게 출중함.

11) 高頭: 황궁을 가리킴. 宜春梨園: 의춘, 리원은 황궁 관기원(官妓院)의 이름이다. 伎坊: 기예방이고 궁전 음악과 춤을 배우는 곳. 內人: 관기(官妓)가 되어 의춘, 이원에 들어간 사람. 泊: '及', '到'와 통하여 '泊外'는 '밖에 나감'으로 풀이됨.

12) 聖文神武皇帝: 성문 신무황제는 현종 이륭기를 가리킴. 개원(開元) 27년 그에게 봉한 존호(尊號)임.

13) 玉貌錦衣: 옥 같은 용모에 비단 옷차림. 꽃나이의 여자를 형용함. 白首: 백발이 성성함. 盛顔: 한창 꽃이 피는 얼굴.

14) 波瀾莫二: 본 뜻은 물결치는 모습이 꼭 같다는 것인데, 여기서는 스승의 연기를 일맥상승(一脈相承)한 제자의 춤 재주가 스승과 똑같음을 형용함.

15) 撫事: 기왕지사를 되새겨 봄.

16) 〈劍器行〉: 〈검기행〉은 시제명이다.

17) 張旭: 장욱은 당나라 유명한 서예가이다. 지금의 강소성(江蘇省) 소주(蘇州) 사람이었다. 그가 공손씨의 칼춤을 보고 그 연기의 오묘한 정신을 섭취하여 자신의 서예를 정화시킨 이야기를 당나라 사람인 이조(李肇)가 지은 ≪국사보(國史補)≫에 기재되어 있음.

18) 數: 누차. 鄴縣: 업현은 지금의 하남성(河南省) 안양시(安陽市)이다. 西河劍器: 서하검기는 칼춤의 이름이다.

19) 豪蕩感激: 감격의 정이 흘러넘침.

20) 卽公孫可知矣: 공손씨의 검기무가 서예가 장욱에게 그처럼 큰 계발을 준 실정을 감안하면 곧 그 연기의 오묘함을 알 수 있음.

에서 임영 이씨 십이낭의 칼춤을 구경했는데 그 연기가 장관이었다. 스승을 물은 즉 "저는 공손노고의 제자이옵니다."라고 대답했다. 개원 5년이면 내가 아직 어릴 때인데 언성에서 공손씨의 칼춤을 구경하던 일이 생각난다. 그녀의 춤 재간은 어찌도 출중한지 당시 첫손으로 꼽혔다. 황궁의 의춘, 이원 두 기예 방 예인들이 궁전 밖에 나가 연기를 전수하면서부터 이 춤을 아는 자는 성문신무황제 초년에 오직 공손씨 한 사람 뿐이었다. 당시 그녀는 옥 같은 용모에 비단옷 차림이었는데, 황차 내가 이미 백발이 성성한 노옹이 되었거늘 오늘 이 역시 꽃다운 나이 아님은 당연하기도 하다. 그들의 사제관계를 알고서야 그 연기가 일맥상승하는 까닭도 비로소 알게 되었다. 기왕지사를 되새겨 보고 감탄한 나머지 〈검기행〉을 지어 감회를 기탁하노라. 지난날 옛 오나라 땅 사람 장욱이 초서 서첩을 쓰는 솜씨가 괜찮았는데, 업현에서 공손노고의 서하 검기 보고 나니 그의 초서 재주가 크게 늘어 감격을 금치 못했다고 한다. 이 한 측면으로 만도 공손씨 칼춤의 오묘함을 알 수 있다.)

석 유 가 인 공 손 씨
昔有佳人公孫氏　　공손씨는 지난날에 이름난 예쁜 여자

일 무 검 기 동 사 방
一舞劍器動四方[21]　'검기' 무를 한 번 추면 사방이 들썩했네.

관 자 여 산 색 저 상
觀者如山色沮喪[22]　수많은 구경꾼 기색이 변하는데

천 지 위 지 구 저 앙
天地爲之久低昂[23]　천지도 오랫동안 덩달아 춤을 췄네.

---

21) 動四方: 사방을 들썩여 놓음.

22) 色沮喪: 기색이 변함.

23) 天地爲之久低昂: 하늘과 땅도 그녀의 춤동작에 따라 높아졌다 낮아졌다 했다는 뜻인데, 구경꾼들의 황홀한 시각적 환상을 형상화했음.

^{곽 여 예 사 구 일 락}
㸌如羿射九日落²⁴⁾ 후예가 구일(九日) 쏘듯 섬광이 번뜩이고

^{교 여 군 제 참 용 상}
矯如群帝驂龍翔²⁵⁾ 뭇 신선용을 탄 듯 동작이 날랬네.

^{래 여 뢰 정 수 진 노}
來如雷霆收震怒²⁶⁾ 시작할 땐 천동소리 갑자기 잦아지고

^{파 여 강 해 응 청 광}
罷如江海凝淸光²⁷⁾ 마감할 땐 강(江), 해(海)물결 서리 빛 굳어졌네.

^{강 순 주 수 량 적 막}
絳脣珠袖兩寂寞²⁸⁾ 미인과 검기가 둘 다 함께 사라졌지만

^{만 유 제 자 전 분 방}
晚有弟子傳芬芳²⁹⁾ 뒤늦어 제자들 그의 기예 이어 받았네.

---

24) 㸌: 번뜩이는 섬광. 羿: 후예(後羿)는 전설에 유명한 명궁수였다. 射九日: 전설에
의하면 중국 상고시기 요(堯)임금 때 하늘에 해가 동시에 열개나 나와서 초목과
곡식이 말라죽기 시작했는데, 궁국군(窮國君) 후예가 활을 쏘는 재주가 신묘하여
요임금이 해를 쏘아 떨어버리라고 명령하니 후예는 단숨에 해 아홉을 명중시켰
다고 함.

25) 矯: 날래고 재빠른 춤동작을 형용함. 群帝: 하늘의 뭇 신선. 驂龍翔: 용을 타고
날음.

26) 來: 칼춤이 시작됨을 가리킴. 雷霆收震怒: 천동소리가 멈추어짐. 칼춤이 시작될
때 먼저 음악의 반주와 더불어 북소리가 요란스럽게 울리다가 갑자기 잦아지면
서 춤추는 자가 등장함을 형용함.

27) 罷: 칼춤이 끝남을 가리킴. 江海凝淸光: 강과 바다의 물결이 멈춘 듯 번뜩이던
서리 빛도 굳어져 버렸다는 뜻인데, 춤추는 자가 춤동작을 마감하고 우뚝 서는
순간 파도가 멈춰진 강, 바다처럼 보검에서 번뜩이던 서리 빛도 굳어져 버렸음을
형용함.

28) 絳脣: 붉은 입술, 미인을 가리킴. 珠袖: 검기를 가리킴. 兩寂寞: 둘 다 함께 사라
져버림.

29) 傳芬芳: 그윽한 꽃향기를 전한다는 뜻인데, 여기서는 정묘한 기예(춤 재주)를 이
어 받았다는 뜻으로 풀이됨.

臨^임潁^영美^미人^인在^재白^백帝^제³⁰⁾　임영의 미인은 백제성에 있었는데

妙^묘舞^무此^차曲^곡神^신揚^양揚^양³¹⁾　묘한 춤곡에 맞춰 옛 풍채 새로웠네.

與^여余^여問^문答^답旣^기有^유以^이³²⁾　문답 거쳐 사연 밝힌 이내 마음도

感^감時^시撫^무事^사增^증惋^완傷^상　지나간 일 되새기며 아쉬움 더해졌네.

先^선帝^제侍^시女^녀八^팔千^천人^인³³⁾　선제의 시녀들 팔천이 된다지만

公^공孫^손劍^검器^기初^초第^제一^일³⁴⁾　공손씨 검기 춤 애당초 제일이네.

五^오十^십年^년間^간似^사反^반掌^장³⁵⁾　오십 년 세월도 순간 같은 사이에

風^풍塵^진澒^홍洞^동昏^혼王^왕室^실³⁶⁾　병란이 끝없어 왕실조차 어두웠네.

---

30) 臨潁美人: 임영 미인은 시의 머리글 중의 임영 이씨 십이낭을 가리킴. 白帝: 백제성이다. 기주(지금의 사천성 봉절현) 동쪽의 백제산에 있었음. 동한(東漢) 말엽 공손술(公孫述)이 이곳에 거주하면서 자신을 '백제'라 자칭한 데서 생겨진 지명임.

31) 神揚揚: 제자의 춤이 그의 스승 공손씨의 연기처럼 풍채가 새롭게 빛난다는 뜻을 나타냄.

32) 卽有以: 사연을 밝혀냄. 以: 유래, 사연으로 풀이됨.

33) 先帝: 현종 이륭기를 가리킴.

34) 初: 당초, 애당초.

35) 五十年間: 개원5년(717년)부터 대력(大曆) 2년(767년)까지 바로 50년간임. 似反掌: 한순간 같음.

36) 風塵: 안록산(安祿山)과 사사명(史思明)의 연이은 반란을 가리킴. 澒洞: 가없는 모양, 여기서는 끊임없음을 의미함. 昏王室: 왕실이 어두움. 조정의 정세가 위급하다는 뜻임.

이 원 제 자 산 여 연

梨園弟子散如烟³⁷⁾　　이원의 제자들도 민가에 흩어지어

여 락 여 자 영 한 일

女樂餘姿映寒日³⁸⁾　　여악의 남은 풍채 찬 햇빛에 비치네.

금 속 퇴 남 목 이 공

金粟堆南木已拱³⁹⁾　　금속산 앞 큰 나무도 한 아름 되는데

구 당 석 성 초 소 슬

瞿唐石城草蕭瑟⁴⁰⁾　　구당, 석성 풀잎들도 시들어 졌구나.

대 연 급 관 곡 부 종

玳筵急管曲復終⁴¹⁾　　대모 현금 빠른 곡이 또 다시 멈출 제

락 극 애 래 월 동 출

樂極哀來月東出⁴²⁾　　낙(樂)이 다해 슬픔 오니 동산에 달 뜨네.

로 부 부 지 기 소 왕

老夫不知其所往⁴³⁾　　늙은이 행방 몰라 서성이고 있는데

---

37) 散入煙: 민가로 흩어져 들어감. 煙: 백성들의 집을 가리킴.

38) 女樂餘姿: 여악의 남은 풍채. 임영 이씨 십이낭의 검기무와 노래 가락이 개원성세(開元盛世)시절 가무의 풍채를 아직도 보여주고 있다는 뜻임. 映寒日: 차가운 햇빛에 비낌. 두보가 이 시를 지은 때는 음력 10월이었음.

39) 金粟堆: 금속산의 무덤. 동주(同州) 봉선현(奉先縣, 지금의 陝西省 蒲城)에 있는 당현종의 묘소를 가리킴. 木已拱: 나무가 이미 아름드리로 자랐음.

40) 瞿塘石城: 구성과 석성은 기주(夔州)를 가리킴. 기주가 구당현을 가까이 하고 그곳의 건축물은 거개 돌로 이루어졌다는 의미로 불러 던 곳 이름. 草蕭瑟: 풀잎이 시들어버려 스산함.

41) 玳弦: 대모현금(玳瑁弦琴)이다. 대모로 장식한 칠현금의 이름. 急管: 선율이 급한 곡소리.

42) 樂極哀來: 즐거움이 다하면 슬픔이 옴. 두보가 검기무를 구경한 것은 평생 두 번인데, 첫 번은 태평성세의 어린 시절이고 이번은 병란 끝에 당나라가 쇠락의 길을 걷기 시작한 데다 그 자신마저 백발이 성성한 때였으니 낙 끝에 온 슬픔에 잠긴 것은 자연스러운 일이기도 함.

43) 老夫: 늙은이, 시인의 자칭.

足茧荒山轉愁疾⁴⁴⁾   황산 길에 멍든 발 수심에 쌓였노라.

◀감상▶

　두보는 유년시절에 유명한 무용가인 공손씨의 칼춤을 감명 깊게 구경한 적
이 있다. 그때는 당 현종 개원년 간에 들어선 당나라가 흥성기의 절정에 이른
태평시절이었다. 지금 백발이 성성한 시인은 기주에 머무르는 기간 공손씨 제
자의 칼춤을 재차 구경하게 되는데 현종의 손자 대종이 즉위한 지도 5년째 되
는 대력 2년에 있었던 일이었다. 비록 세 임금이 교체되는 기간 두 세대 여인
의 칼춤을 묘사한 시편이기는 하지만 그것을 배경으로 하여 시대변천에 대한
애국 시인의 감개를 피력한 것이 이 시의 특징으로 짚어볼 수 있다. 안록산, 사
사명의 연이은 병란을 겪은 당 왕조는 그때 벌써 흥성기의 절정에서 굴러 떨어
져 쇠락의 내리막길을 걷고 있었다. 시편 중 "오십 년 세월도 순간 같은 사이에
병란이 끝없어 왕실조차 어두네"라고 하여 감탄을 금치 못하는 시어 속에는 다
함없는 감개가 담겨져 있는 것이다.
　예술적 구상의 시각으로 보면 시의 서문에서 시를 짓는 연유를 설명했고 시
편의 보충 부분으로서 삼을 수 있다. 시 전체를 네 단락으로 나눌 수 있다. 스
물여섯 구의 시편을 네 단락으로 구분할 수 있다. 첫 여덟 구는 공손씨의 절묘
한 칼춤이 시인 자신의 가슴속에 남겨준 아름다운 인상을 아주 재치 있는 필치
로 자상히 서술했다. 이어지는 여섯 구는 시제에 밝힌 바와 같이 공손씨 제자
의 춤재주, 그녀와 시인과의 대화를 서술했는데, 무기(舞技)에 대해서는 이미
상세한 묘사가 있었으므로 여기서는 간추려 교대했다. 세 번째 단락의 여섯 시
구는 지금의 현실에 감안하여 기왕지사를 되새겨 보면서 이원(梨園)의 흥성과
쇠락으로 당 왕조의 흥성과 쇠락의 역사적 변화를 과시했다. '차가운 햇빛에

---

　44) 足茧: 멍이 들어 살이 굳어진 발. 轉愁疾: 수심에 쌓임.

비치는' 예 시절 '여악의 남은 풍채'는 바로 이같은 역사적 변화의 상징이기도 한 것이다. 마지막 여섯 구는 시각적 배경이 재차 바뀌어졌는 바 기주 별가 원지의 저택에서 칼춤 구경을 하는 장면으로 시인 자신의 감수(感受)로 돌아오는데 늦가을 날씨와 마찬가지로 쓸쓸하고 스산하여 수심에 잠긴 심정이 감개무량한 상태이다. 예술적 표현의 시각에서 보면 공손씨의 '검기무'를 묘사한 첫 여덟 시구가 제일 특색이 있다. 독자들마저도 그 소리를 귓가에서 듣고 그 장면을 눈 앞에서 보는 것 같은 느낌을 가지게 된다. 이 시는 7언 가행체(七言歌行體)로 극히 침울하고 멈춤과 바뀜이 뚜렷한 작품이다. 시 전체에 지난날의 일을 회상하여 감개하면서 당(唐)나라 금석(今昔)의 성쇠(盛衰) 변화에 대한 슬픔을 그려냈다. 기세가 웅혼하고 우울해지면서 변화가 풍부하다. 붓의 힘이 종이 뒷면에까지 배어든 걸작(傑作)이라고 말할 수 있다.

박정순(영남대)

曲江¹⁾ 二首

두보(杜甫)

一.

一片花飛減却春
한 조각 꽃잎이 날려도 봄빛은 문득 줄어드는데

風飄萬點正愁人
바람에 만 점이 흩날리니 정말 근심스럽네.

且看欲盡花經眼²⁾
시들어가며 눈앞을 스치는 꽃잎 얼핏 바라보니,

莫厭傷多酒入唇
너무 마셔 몸이 상해도 술 마시는 일 마다
하지 않네.

江上小堂巢翡翠³⁾
강 위의 작은 집에는 물총새가 둥지를 틀고,

苑邊高冢臥麒麟⁴⁾
부용원(芙蓉苑) 높은 무덤가에는 기린상이
누워있네.

細推物理須行樂
만물의 이치를 곰곰이 살펴보니,
오직 즐거움을 따를 뿐인데,

---

1) 曲江: 장안(長安)의 동남쪽 경승지에 있는 못 이름.

2) 且: 잠시, 잠깐.

3) 翡翠: 물가에 살면서 물고기를 잡아먹는 새 이름. 물총새.

4) 苑: 곡강 서남쪽에 있는 궁원(宮苑)인 부용원(芙蓉苑)을 가리킨다. 麒麟: 상상 속에 나오는 상서로운 동물로 여기에서는 무덤 앞의 석조물로 된 기린 상을 가리킨다. 강상(江上)부터 기린(麒麟)까지의 두 구절은 안록산(安祿山)의 난 이후에 곡강 주변의 건축물이 대다수 파괴되고 공경대부들이 살해되어 집에 사람은 살지 않고 물총새만이 집을 지어 살고, 무덤도 돌보는 이가 없어 석상이 쓰러져 있음을 나타낸다. 두보는 종종 아름다운 구절로 황량함을 표현했는데 이 구절이 그 예이다.

何^하用^용浮^부名^명絆^반此^차身^신　헛된 이름으로 이 몸 얽어매어 무슨 소용 있나.

二.

朝^조回^회日^일日^일典^전春^춘衣^의5)　조회를 마치고 돌아와 하루하루 봄옷을 잡히고,

每^매日^일江^강頭^두盡^진醉^취歸^귀　날마다 강어귀에 나가 흠뻑 취해 돌아오네.

酒^주債^채尋^심常^상行^행處^처有^유6)　술빚은 가는 곳 마다 으레 있는 것이고,

人^인生^생七^칠十^십古^고來^래稀^희　사람이 칠십을 살기는 예부터 드물었네.

穿^천花^화蛺^협蝶^접深^심深^심見^현7)　꽃무더기 속을 헤쳐 가는 나비는 보였다
안보였다 하고,

點^점水^수蜻^청蜓^정款^관款^관飛^비8)　물위에 점찍는 잠자리는 느릿느릿 날아오르네.

傳^전語^어風^풍光^광共^공流^유轉^전　저 봄날의 바람과 빛에 전하노니,
우리 함께 이리저리 떠돌면서

暫^잠時^시相^상賞^상莫^막相^상違^위　잠시나마 서로 즐기세나,
나를 버리고 가지 말고.

---

5) 典: 전당(典當) 잡히다. 저당 잡히다.

6) 尋常: 평상, 늘, 언제나.

7) 穿: 나비가 꽃 무더기 속에서 이리 저리 꽃을 헤치고 날아다니므로 천(穿)자를 사용하였다. 蛺蝶: 나비 혹은 호랑나비. 호접(蝴蝶)을 쓰지 않은 까닭은 평측(平仄)을 맞추기 위해서이다. 見: 현(現)과 통한다. 심심현(深深見)은 꽃 속에서 숨었다가 나타났다 하는 것을 말함.

8) 款款飛: 느릿느릿 나는 모양. 잠자리의 나는 모양을 형용함.

◀ **감상** ▶

이 시는 건원(乾元) 원년(758년) 봄, 두보가 좌습유(左拾遺)로 있을 때 지었다. 47세의 두보는 비록 관직에 있었으나, 천자(天子)의 신임을 얻지 못해 조정생활이 괴로웠다. 매일 술로써 나날을 보내며 괴로움을 잊으려 했던 그는, 이 시를 통해 무수한 꽃잎이 와르르 지는 봄날의 환한 장면을 통해 오히려 더 황량하고 쓸쓸한 인생을 보여주고 있다. 그는 이 시에서 저물어 가는 늦봄을 떠나보내는 비감한 심정을 애잔하게 묘사하고 있지만, 동시에 그를 온몸으로 껴안고 싶어 한다.

시인은 시들어 떨어지는 꽃잎을 얼핏 바라본다. 떨어지는 꽃잎이 눈앞을 스치니, 가는 봄을 아무리 막으려 해도 어쩔 수 없음을 이미 알고 있는 시인은, 몸이 상하는 것에도 아랑곳하지 않고 술을 마신다. 안사(安史)의 난 후, 곡강(曲江) 일대의 그 아름답던 경치는 사라지고, 인적 없는 빈집 처마에는 물총새만이 둥지를 틀었으며, 돌보는 이 없는 무덤 옆에는 기린상만이 뒹굴 뿐이다. 시인은 만감이 벅차올라 술로 근심을 떨쳐 버리고, 오직 사는 일이 즐거움을 뒤따르는 일이며 헛된 이름마저 부질없는 것이라고 애써보지만, 그의 마음은 더욱 근심이 더할 뿐이다.

지는 꽃잎 하나에도 봄빛이 줄어들고 만다는 시인의 안목은 놀랍고 애처로울 만큼 함축적이다. 신운(神韻)은 더없이 풍부하다. 시인은 전란 이후의 화려한 봄날이 오히려 더 가혹한 근심으로 다가온다. 마치 T.S 엘리어트가 전쟁이 끝난 뒤, 폐허에서 라일락과 욕망이 자라는 4월을 '잔인한 달'이라고 말한 것처럼.

시인은 매일 옷을 잡혀 술을 마시고 만취되어 집에 돌아온다. 술빚은 곡강에만 있는 것이 아니고 가는 곳 마다 쌓여 있다. 아스라히 나비가 날고 잠자리는 뜻 없이 날아오르는데, 떠나가는 봄날은 그러나 폭포수처럼 멈추지 않는다. 저 신운 앞에서 더 무엇을 덧붙이랴.

두보는 봄날의 풍광이 그를 버리고 갈 것임을 알고 있다. 저 봄의 창랑(滄浪)한 풍광이 썰물처럼 떠나는 길을 가로 막고 우뚝 서 있는 시인의 모습이 처연하면서도 당당하다.

申美燮(영남대)

여 야 서 회
旅夜書懷

두보(杜甫)

세 초 미 풍 안
細草微風岸　가는 풀에 산들바람 부는 강가,

위 장 독 야 주
危檣獨夜舟[1]　우뚝한 돛대 단 외로운 밤배.

성 수 평 야 활
星垂平野闊　별빛이 드리우니 벌판 넓게 보이는데,

월 용 대 강 류
月湧大江流　달이 용솟음치는 장강은 흘러 흘러 간다.

명 기 문 장 저
名豈文章著　이름이 어찌 문장으로 드러나리오?

관 응 노 병 휴
官應老病休　벼슬은 늙고 병들었으니 그만둘 수밖에.

표 표 하 소 사
飄飄何所似[2]　정처 없는 이 몸 무엇과 같은가?

천 지 일 사 구
天地一沙鷗　천지간에 홀로 나는 갈매기로다.

◀ 감상 ▶

　이 시는 두보(杜甫)가 영태(永泰) 원년(765)에 운안(雲安)으로 가는 도중에 지은 것이다. 두보는 당시 가족을 거느리고 장강을 따라서 이동하던 중이었다. 만년에 정착할 곳 없이 가족을 거느리고 떠다녀야 하는 시인이 자기의 지난날을 생각하면서 자기 인생에 대해 느낀 바를 시 속에서 극명하게 토로하였다.

---

1) 危檣: 높은 돛.
2) 飄飄: 정처 없이 떠도는 모습.

　시의 전반부는 시인이 어느 날 밤에 배를 강안(江岸)에 대고 하룻밤을 지내게 되었을 때 본 경물을 묘사한 것이다. 수련에서 그는 길게 펼쳐진 강안과 외롭게 돛대를 세우고 있는 자기의 배를 그리고 있다.

　이 광경을 그림으로 그린다면 강안은 수평을, 그리고 높다란 돛대는 수직을 긋는 수평수직형의 구도를 취할 것이다. 수평의 강안은 넓고 안정된 자연을 뜻하며, 수직의 돛을 단 밤배는 시인 자신의 모습이다. 그의 생활 능력으로 보아 결코 클 리가 없는 배의 돛이 우뚝하게 여겨진 것은 넓은 공간에 유일하게 수직의 모습을 취하였기 때문이다. 그리고 거기에는 천지는 무한히 넓지만 자신은 그 어디에도 몸을 붙이지 못하는 외로운 존재라고 생각하는 시인의 심리 상태가 반영되어 있다.

　함련의 배경 묘사도 수련과 별 차이가 없다. 별빛이 비치어 더욱 넓게만 보이는 들은 그가 외로움을 느끼며 본 현실 세계이며, 밤에도 쉬지 못하고 흘러가는 장강의 물은 떠돌아다녀야 하는 그 자신을 투영한 것이다.

　시의 후반부는 자신의 인생에 대한 직설적인 토로이다. 경련에서 시인은 자신의 꿈과 자신의 현실을 솔직하게 밝혔다. 시인은 어렸을 때부터 높은 벼슬을 하여 경세제민의 포부를 펼치고자 하였다. 즉 그의 꿈은 높은 벼슬을 하여 유가적인 이상 세계를 실현하는 데 있었지, 결코 시를 짓는 문인에만 그치는 것이 아니었다. 그러나 현실의 그는 미관말직 조차 제대로 하지 못하고 말았으니 그의 이상과 현실 생활 사이에는 큰 괴리가 있었다고 해야 할 것이다. 더구나 평생의 공력을 경주한 시 조차도 그 당대에는 그다지 높은 인정을 받지 못하였으니 당시 그의 비애와 분만이 어떠했겠는가?

　미련에서 그는 만년의 자신의 모습을 갈매기에 비유하여 말하였다. 한없이 넓은 천지 속에 머물 곳이 없어서 이리저리 날고 있는 외롭고 처량한 갈매기에게서 자신의 모습을 본 것이다. 그리고 그 모습은 위대한 재능과 고원한 이상의 소유자이면서도 현실과 이상의 갈등 사이에서 방황하는 삶을 산 시인에 대한 무한한 동정심을 유발시키며, 이 시의 독자로 하여금 현실에서의 자기의 생을 돌아보고 깊은 감회에 젖게 할 것이다.

이영주(서울대)

春夜喜雨[1]
춘 야 희 우

두보(杜甫)

好雨知時節[2]
호 우 지 시 절

좋은 비는 때를 알고 있어,

當春乃發生[3]
당 춘 내 발 생

봄이 되니 내리는구나.

隨風潛入夜
수 풍 잠 입 야

바람 따라 밤에 몰래 들어와,

潤物細無聲
윤 물 세 무 성

소리 없는 보슬비가 되어 만물을 적시네.

野徑雲俱黑[4]
야 경 운 구 흑

들판과 길은 먹구름으로 어두운데,

江船火獨明
강 선 화 독 명

강 위에 떠있는 배의 등불만이 홀로 밝게 빛나고 있구나.

---

1) 이 시는 당(唐) 상원(上元) 2년, 즉 761년 두보의 나이 50일 때 지어진 것이다. 두보는 건원(乾元) 2년, 나이 48세 되는 해인 759년 12월 말에 성도(成都)에 와서, 영태(永泰) 원년 즉 765년(나이 54세) 5월 성도를 떠날 때까지, 약 5년 반의 시간을 성도에서 보냈다. 성도 도착 다음 해(상원 원년 즉 760년), 친지와 친구들의 도움을 받아 성도성(成都城) 서쪽에 초당(草堂)을 완성하고, 〈당성(堂成)〉이라는 시를 지었다. 그리고 다음 해(761년), 〈춘야희우(春夜喜雨)〉, 〈강정(江亭)〉, 〈모옥위추풍소파가(茅屋爲秋風所破歌)〉 등의 시를 지었다. 이 시기 두보는 가족들과 함께 성도에 거주하면서, 주위 친척과 친구들의 도움으로 마음의 평정과 여유를 어느 정도 찾을 수 있었다. 그래서 이 시기 두보는 자연의 은혜에 감사하는 마음과 주위 사람들에게 고마워하는 마음을 시로 나타냈다. 바로 이 시에 자연의 은혜와 해택에 감사하는 마음이 가장 잘 표현되어 있다.

2) 知時節: 時節은 시기(時期)라는 뜻인데, 즉 만물이 비를 필요로 하는 시기를 알고 있다는 의미다.

3) 發生: 하늘에서 비가 내리다는 뜻이다. 비가 시절을 알고 있어, 봄이 되니 만물을 풍요롭게 하기 위하여 하늘에서 비가 내린다고 하였다.

효 간 홍 습 처
曉看紅濕處⁵⁾　아침 일찍 붉게 물든 곳을 바라보니,

화 중 금 관 성
花重錦官城⁶⁾　많은 꽃이 만발한 금관성(錦官城)이로구나.

◀감상▶

두보(杜甫) 자신의 말에 의하면 소년시절 이미 1,000여 수의 시를 지었다고 하지만, 현재 전해 내려오는 시는 30세 이후 지은 약 1,400여 수만 남아있다. 이 1,400여 수를 시풍에 따라 크게 4기로 나누어 설명할 수 있다. 제1기는 30세부터 44세까지로, 두보는 외부세계의 여러 가지 사회악을 고발하는 시들을 주로 지었다. 제2기는 48세까지로, 안록산(安祿山)의 난을 겪으면서 자기의 이상을 실현하지 못하는 슬픈 비애를 다른 사람의 우수에 접목시키는 노력이 시에 나타나고 있다. 제3기는 54세까지로 성도(成都)에 거주한 몇 년 동안이다. 이 시기 두보는 가족들과 함께 성도에 거주하면서, 주위 친척과 친구들의 도움으로 마음의 평정과 여유를 어느 정도 찾을 수 있었다. 그래서 이 시기 두보는 자연의 은혜에 감사하는 마음과 주위 사람들에게 고마워하는 마음을 시로 나타내었다. 제4기는 죽기 전인 59세까지로, 그의 시에는 비록 현실이 많은 모순

---

4) 俱: 俱는 모두(함께)라는 의미가 있기 때문에, '들판 길 그리고 구름 모두가 캄캄하다' 라고도 할 수 있을 것이다. 이렇게 할 경우, 다음의 江船火와 대구(對句)도 문제가 되고 또 시의 아름다운 맛이 줄어들기 때문에, '들판과 길(즉 사방 주위)은 비구름에 의해 캄캄하고' 로 이해하는 것이 좋을 것 같다.

5) 紅濕處: 붉게 물이든 곳이라는 의미이다.

6) 重: 重에는 겹치다 혹은 중복의 의미가 있다. 이곳에서는 많은 꽃이 만발하다는 의미로 이해하는 것이 좋을 것 같다. 錦官城: 성(城)의 이름이다. 유적지는 지금의 중국 사천(四川) 성도(成都) 남쪽에 있다. 옛날 성도에는 대성(大城)과 소성(少城)이 있었다. 고대 소성은 비단을 직조하는 관원들을 관장하였기에, 금관성(錦官城)이라고도 하였다. 후대에 와서 금관성은 성도의 별칭이 되었다.

을 가지고 있지만 영원히 지속할 수밖에 없다는 새로운 철학사상과 인간에 대한 따스함이 스며있다. 〈춘야희우(春夜喜雨)〉는 두보가 성도에서 가족들과 거주하면서, 주위 친지와 친구들의 도움으로 비교적 안정된 생활을 할 수 있는 시기에 지어진 시로서, 자연에 감사하는 마음이 가장 잘 나타나 있다.

이 시는 제1구 첫머리에 호(好)를 사용하였다. 중국어에서 호(好)는 일반적으로 좋은 일을 하는 사람을 수식하는 형용사로 사용되고 있는데, 이곳에서는 호자가 비(雨)를 수식하여, 우리들에게 비가 좋은 일을 하는 사람이라는 착각 현상을 불러오게 하고 있다. 이는 다음 어휘인 지(知)도 이와 똑같은 작용을 하는데, 바로 비를 의인화한 것이다. 봄날은 만물이 소생하는 계절로, 특히 농작물은 비를 가장 기다리고 있는 시기이다. 이 시기에 비가 내리기 시작하였으니, 비가 시절을 알고 있다고 표현하였으며, 이런 비이기에 호우(好雨)라고 하였다. 즉 비 역시 사람의 마음을 헤아릴 수 있는 지혜가 있다고 시인은 보고 있음을 알 수 있다.

제3구와 제4구에서 시인은 바람을 동반하여 내리는 보슬비(細雨)를 통하여, 호(好)자의 의미를 다시 재현하고 있다. 만약 봄비가 다른 사람들에게 자신의 존재를 알리고자 한다면, 비 내리는 소리도 동반하였을 것이며, 또한 낮 시간을 이용하였을 것이다. 하지만 낮 시간을 이용하여 내린다며, 들판에서 일하는 농부들에게 방해가 될 수 있기에 이를 피하여 밤에 내리고 있다. 그리고 비가 소리까지 동반한다면 사람들에게 소음도 될 수 있을 뿐만 아니라, 큰 비로 여겨 걱정을 할 것 같아, 소리 없는(無聲) 비가 되었다. 그리고 굵은 비가 되었다면, 인간에게 도움이 되는 비가 아니라 재앙을 가져다주는 비도 될 수 있어서 보슬비(細)가 되었다. 이는 제1구의 지시절(知時節)만으로 부족함을 느낀 시인이 호(好)를 더욱 강조하기 위하여 묘사한 것으로, 이 봄비는 자신의 존재는 잊어버리게 하고 단지 만물에게 도움을 주는 호우(好雨)로 만든 것이다. 즉 봄비는 단지 만물을 적시기 위하여(潤物), 보슬비(細)가 되어, 소리 없이(無聲) 바람 따라(隨風) 밤에 몰래 내리고 있으니(潛入夜), 얼마나 좋은 비(好雨)라는 것을 다시 한번 강조하고 있다.

이같이 좋은 비가 잠시 내린 후 멈춘다면, 만물(萬物: 농작물)이 성장하는데 충분하지 않을 것이라고 시인은 생각하였다. 그래서 시인은 이러한 애석한 감정을 보완하고 독자들에게 희망을 주기 위하여 제5구와 제6구에서 이를 보충해주고 있다. 제5구에서는 멀리 바라보니 들판과 길(野徑)은 검은 먹구름에 싸여 아무것도 볼 수 없이 캄캄하며(俱黑), 제6구에서는 오직 강 위에 떠있는 배의 등불만이 홀로 밝게 빛나고 있다고 하였다. 검은 먹구름 때문에 들판은 어두워 볼 수 없고, 길도 어두워 분별할 수 없이 온 주위사방이 캄캄하니, 이는 먹구름 때문에 봄비가 만물들에게 충분할 만큼의 많은 보슬비를 상당히 오래동안 내려줄 것이라는 것을 암시하고 있다. 또한 먹구름에 의하여 매우 캄캄하다는 것을 한층 더 강조하기 위하여 오직 江에 떠있는 배의 등불만이 맑게 빛나고 있다고 하였다.

봄의 밤 보슬비를 밤늦도록 충분히 받은 만물들은 아마도 모두 생기 넘치고 활발하게 성장할 수 있을 것이다. 만물 가운데에도 봄을 대표하는 것으로 우리는 꽃을 제일 먼저 손꼽을 수 있다. 시인도 이를 참작하여 제7구와 제8구에서 꽃을 소재로 삼아, 내일 아침 일찍 일어나 금관성(錦官城: 성도成都)에 가보면 저녁의 봄 보슬비의 정기를 듬뿍 받은 꽃이 붉게 물들어 당당한 자태를 자랑하고 있을 것이라고 상상하면서 시를 쓰고 있다. 물론 금관성의 꽃만이 밤에 내린 봄비를 머금어 붉게 물든 아름다움을 뽐낸다는 것은 아닐 것이다. 금관성의 꽃이 봄비에 붉게 불타고 있다면, 사방 주위 모든 만물들도 이와 같이 생기 있고 활발하게 성장하고 있을 것이라는 것을 충분히 암시하고 있다.

그리고 이 시에서 특히 재미있는 현상은, 제3, 4구는 청각을 이용하고 제5, 6구는 시각을 이용하여, 서로 대구(對句)를 이루고 있는 것이다. 즉 제3, 4구에서는 단지 만물을 적셔주기 위하여 밤중에 몰래 살며시 내리는 봄비를 시인이 귀를 기울려 듣고 있는 모습을 상상할 수 있다. 그리고 제5, 6구에서는 들판과 길이 먹구름에 의해 캄캄한데, 오직 강 위에 떠있는 배의 등불만이 홀로 밝게 빛나고 있는 것을 시인은 자신의 눈을 통하여 보고 있는 것을 상상할 수 있다.

이의활(대구 가톨릭대)

聞官軍收河南河北
관군이 하남하북을 수복했다는 소식을 듣고서.

두보(杜甫)

劍外忽傳收薊北[1]
검외에서 홀연히 계북을 수복했다는 소식,

初聞涕淚滿衣裳
처음 듣고서는 눈물이 옷을 흠뻑 적시네.

卻看妻子愁何在
처자를 돌아보니 근심은 어디에?

漫卷詩書喜欲狂[2]
서책을 대충 싸드니 미칠 듯이 기쁘구나.

白日放歌須縱酒
이 좋은 날에는 마음껏 노래하고 술 마셔야 하리,

青春作伴好還鄉
볕 좋은 봄날 한데 얼려 고향 가기도 좋아라.

卽從巴峽穿巫峽[3]
곧바로 파협에서 무협을 거쳐,

便下襄陽向洛陽[4]
양양에 닿아 낙양을 향하리.

---

1) 劍外: 사천성 북부에 검문(劍門)이 있는데 검문 이남지방을 가리킨다. 薊北: 지금
   의 하북성(河北省) 북부로써, 안사(安史)의 반란군이 집결해 있던 근거지.
2) 漫卷: 대충 수습하다.
3) 즉 파협으로부터 무협을 꿰뚫어. '巴峽 · 巫峽' 은 지명.
4) 곧 양양에 이르러서는 낙양으로 향하다. '襄陽 · 洛陽' 은 지명.

◀감상▶

보응(寶應) 원년(762) 4월 을묘일(乙卯日)에 현종(玄宗)이 78세로 죽고 12일 후 정묘(丁卯)에는 52세의 숙종(肅宗)도 죽었다. 이에 성도윤(成都尹) 겸 검남 동서천절도사(劍南東西川節度使)요 두보의 후원자였던 엄무(嚴武)가 두 황제의 장례를 관장할 황문시랑(黃門侍郞)이 되어 장안으로 돌아간 것이 7월이다. 크게 의지했던 후원자를 잃은 두보는 엄무를 송별하기 위해 면주(綿州)의 봉제역(奉濟驛)까지 갔다. 엄무가 장안으로 간 틈을 타서 엄무 밑에 있던 검남병마사(劍南兵馬使) 서지도(徐知道)가 반란을 일으켰다. 이 사건으로 두보는 성도(成都)로 돌아오지 못하고 이듬해 봄까지 재주(梓州)에 머무르게 된다. 바로 이 해 광덕(廣德) 원년(763) 원월(元月), 사사명(史思明)의 아들 사조의(史朝義)가 유주항장(幽州降將) 이회선(李懷仙)의 추격하에 자살했다. 이로써 8년간의 안사(安史)의 난이 막을 내리고 관군이 하남 하북을 수복한 것이다. 두보는 재주에서 이 소식을 듣고 미칠 듯이 기뻐하면서 지은 것이 바로 이 작품 〈문관군수하남하북(聞官軍收河南河北)〉이다. 두보는 개인적으로나 시대적으로 불운하여 그의 시는 비탄스런 내용이 주류를 이루고 있는데, 이 작품은 두시(杜詩) 중 드물게 보이는 환희의 감정을 분출한 작품으로 유명하다.

자칫 작품의 격에 손상을 줄 수도 있는 '체루(涕淚)'·'희욕광(喜欲狂)'·'방가수종주(放歌須縱酒)' 같은 표현을 무리없이 구사하여, 전쟁이라는 생지옥에 내던져진 한 인간이 승전보를 접하고서 기뻐하는 지극히 진솔한 심정이 적나라하다.

이 시에서 '각간처자수하재(卻看妻子愁何在)'에 잠시 시선이 멈춰짐은 《북정(北征)》의 한 대목이 떠오르기 때문일까? '粉黛亦解苞, 衾裯稍羅列. 瘦妻面復光, 癡女頭自櫛. 學母無不爲, 曉粧隨手抹. 移時施朱鉛, 狼藉畫眉闊.(짐 풀어 분대 꺼내고, 이불감이며 침대휘장 차츰 늘어 놓으니, 파리한 아내 얼굴 생기 돌고, 철없는 딸에도 제멋대로 빗질이네. 어미 따라 못하는 게 없어, 아침단장 한답시고 마구 손을 놀려, 한참이나 붉은 연지 바르더니, 넓게 그린 그 눈썹 어

지러워라.)' 정많은 시인, 아들이 굶어죽어 부끄러운 아버지 두보의 아내사
랑·자식사랑이 전란 속에 휘감겨 애처러운 가운데, 그 마음들을 읽어주는 자
애로운 눈길에 우습다가도 눈시울이 뜨거워진다.

　마지막 두 구절은 허자(虛字) 사용에 뛰어난 두보의 솜씨를 다시 한번 유감
없이 보여주고 있다. 꿈에도 그리던 낙양(洛陽)을 향해 땅을 가르며 휘달려가
고 싶은 나그네의 다급한 심정이 독자들의 숨을 잠시 몰아쉬게 한다. 그러나
낙양으로 가고자 했던 두보의 꿈은 그가 상강(湘江)의 배 위에서 죽은 후 43년
후인 813년, 손자 두사업(杜嗣業)에 의해 낙양 동쪽 수양산(首陽山) 아래 두심
언(杜審言) 곁으로 옮겨짐으로써 비로소 현실이 된다.

전영란(대구대)

江南逢李龜年 강남 땅에서 이구년을 만나

두보(杜甫)

岐王宅裏尋常見　　　기왕(岐王)의 댁에서 늘상 보았고,

崔九堂前幾度聞　　　최구(崔九)의 집에서도 몇 번 들었거니.

正是江南好風景　　　바야흐로 경치 좋은 이곳 강남 땅,

落花時節又逢君　　　꽃 지는 시절에 다시 그대를 만났도다!

감상

"제국 작가의 특권과 두보(杜甫)의 시심(詩心)"

대력(大曆) 5년(770년) 무렵 안사(安史)의 난의 여진(餘震)이 가시지 않았을 때, 대륙을 유랑하던 두보는 강남 땅에서 현종(玄宗)이 총애했던 이원(梨園) 제자(弟子) 이구년과 해후하게 된다. 왕년에 궁중 가인(歌人)으로 명성을 떨치고 부귀를 극했던 이구년의 초라한 행색을 보고 역시 낙백(落魄)하여 강호를 유리(遊離)하는 신세가 된 시인 두보의 감회는 남달랐으리라. 세월의 무상함과 인생의 비환(悲歡)에 대한 감개를 이 시는 오히려 담담한 필치 속에 깃들였다. 이러한 감개는 진홍(陳鴻)의 전기(傳奇) 『동성노부전(東城老父傳)』에서도 엿보인다. 황제의 고임을 한 몸에 받았던 투계 조련사 가창(賈昌) 역시 안사의 난으로 인하여 모든 것을 잃고 작자 진홍 앞에서 영화로웠던 시절을 쓸쓸히 회억(回憶)하고 있기 때문이다.

이 시의 의미심장함은 마지막 구절 '꽃 지는 시절에 다시 그대를 만났도다!'

에 있다. '꽃 지는 시절'은 바로 영락(零落)한 두 사람의 신세를 말해준다. 그러나 시인의 예지(叡智)는 개인사를 넘어 시대와 세계의 변화를 예감한다. '꽃 지는 시절'은 곧 중당(中唐) 이후 쇠락해가는 당조(唐朝)를 의미하며 나아가 그것은 중국 역사를 크게 가름하는 하나의 분수령이 된다. 즉 오늘날의 중평(衆評)이 말해주듯이 이 시기는 명문 대귀족의 몰락, 정통문학의 쇠퇴 등 사회, 경제, 문화사적 변동의 큰 갈림길이었다. 두보는 비록 몰락한 시인이지만, 제국 작가로서의 특권적인 시선을 지니고 있음이 여기에서 드러난다. 부성(賦聖)이라 일컫는 사마상여(司馬相如)는 일찍이 "시인의 마음은 세계를 포괄한다(賦家之心,包括宇宙)"고 득의양양하게 선언했다. 이는 제국 작가만이 향유할 수 있는 발언이다. 주변부 작가로서는 이렇게 호언(豪言)하기 어렵다. 두보 역시 제국 작가의 이 전방위적인 시선을 통해 세계사적 변화를 선취(先取)할 수 있었다.

마지막 구절 '꽃 지는 시절에 다시 그대를 만났도다!'는 지극히 감상적임에도 불구하고, 시인의 시대에 대한 예지(叡智) 그리고 그와 관련된 시인의 정치적 입지의 차이성을 생각하게 하는 훌륭한 사례가 아닐 수 없다.

정재서(이화여대)

春望 올 봄의 희망[1]

두보(杜甫)

國破山河在　　나라가 쓰러져도 산하는 여전하고,

城春草木深　　봄이 찾아온 성에는 초목이 무성하네.

感時花濺淚　　저 꽃은 시대를 슬퍼하여 눈물 뿌리고,

恨別鳥驚心　　저 새는 이별을 아파하여 마음 조리네.

烽火連三月[2]　춘삼월에도 봉화 연기는 가시지 않고,

家書抵萬金[3]　억만금 보다 더 소중한 가족의 소식.

白頭搔更短　　흰머리 긁고 긁어 더욱 듬성듬성,

渾欲不勝簪[4]　이제는 비녀조차 꽂기 힘드네.

---

1) 春望: 당나라 현종 지덕(至德) 2년, 즉 757년 따스한 봄볕이 대지를 적시던 어느
  날, 안록산의 난으로 현종은 촉(蜀) 땅으로, 숙종은 봉상(鳳翔)으로 피난 가 임금조
  차 없는 수도 장안(長安)이 적군에게 마음대로 유린된 모습을 보고 전쟁의 아픔을
  봄의 아름다움과 대비시켜 읊은 시로 보인다.
2) 三月: 시의 시간적 배경이 되는 춘 삼월을 뜻한다.
3) 抵: '막다', '마다하다'는 뜻이다. '가서(家書)'가 '만금(萬金)'도 마다하다는 뜻
  이니 가서(家書)가 만금(萬金) 보다 더 중요하다는 의미이다.
4) 渾: '정말', '거의' 등의 부사적 의미로 풀이된다. 不勝簪: 포조(鮑照)의 시에 "흰
  머리 빠져 비녀조차 꽂기 힘드네(白頭零落不勝簪)"라는 말이 있다.

◀감상▶

엘리엇(T. S. Eliot)은 4월이 잔인한 달이라고 했다.
세계대전이 끝나고,
황폐하고 처절한 가슴 속에,
절망조차 말할 엄두가 나지 않던 시절,
4월의 꽃은 왜 저리도 아름답고,
나뭇잎새는 어찌 저리도 따뜻한지.

두보(杜甫)는 그보다 훨씬 옛날에,
잔인한 봄을 이렇게 노래했다.
나라가 쓰러져도 국가가 없어져도,
여전히 봄은 오고,
산은 초록으로 물들고,
강은 지난 겨울의 얼음을 녹이며 흐른다.
그런데 이름 없는 저 꽃의 아름다운 이슬이,
두보의 눈에는 눈물로 보이고,
저 새의 즐거운 지저귐 소리는,
국난으로 인한 이별을 안타까워 하는 슬픈 울음소리로 들린다.
어쩌다 들려오는 가족 소식,
억만금 보다 중요하지만,
나이 든 개인의 한계 앞에,
오히려 잔인함으로 돌아온다.

이슬람 문명이 화려하게 꽃 피었던 곳,
그곳 이라크에 갑자기 석유전쟁이 터졌다.
낙천과 여유로움과 관용을 생명으로 살던 그들에게,

이제는 악마의 멍에를 뒤집어 씌우고 있다.
얼마나 힘들었으면 얼마나 분했으면,
자기가 탄 비행기를 폭파시키고,
폭탄을 몸에 안은 채 적진으로 뛰어들었을까?
부모의 사랑을 받고 인간에 대한 정을 배워야 할 어린 나이,
그들은 생이별과 인간에 대한 적개심부터 배우고 있다.

남의 일이 아니다.
불과 반세기 전 이 땅에서 꼭 같은 일이 일어났고,
또 한 세대 전에는 미국을 대신해 월남으로 갔고,
이제는 이라크라는 그 땅으로 자리를 옮겼다.
그곳의 전쟁이 끝나면 그 화살은 또 다시,
우리가 사는 이 곳 북녘 땅으로 돌아올 지도 모른다.

하영삼(경성대)

淮上喜會梁州故人¹⁾
<small>회 상 희 회 양 주 고 인</small>

회수에서 반갑게 만난 양주의 옛 친구

위응물(韋應物)

<small>강 한 증 위 객</small>
江漢曾爲客 　　江漢을 유랑하며 지냈던 시절에

<small>상 봉 매 취 환</small>
相逢每醉還 　　우린 만났다 하면 술에 취해야 돌아갔었고

<small>부 운 일 별 후</small>
浮雲一別後²⁾ 　이별 뒤로 그대는 떠도는 구름 되고

<small>유 수 십 년 간</small>
流水十年間³⁾ 　가버린 강물처럼 흘러간 세월이 십 년.

<small>환 소 정 여 구</small>
歡笑情如舊 　　환한 웃음 마음은 예전 그대로건만

<small>소 소 빈 이 반</small>
蕭疏鬢已斑⁴⁾ 　벌써 귀밑머리 드문드문 세어버렸구려.

<small>하 인 북 귀 거</small>
何因北歸去 　　무슨 까닭에 그대는 북으로 돌아가야 하고

---

1) 淮上: 오늘날의 강소성(江蘇省) 회음(淮陰)일대를 뜻함. 梁州: 오늘날의 섬서성(陝西省) 남정현(南鄭縣) 동편을 뜻한다. 위응물은 30대 중반에 들어서며 회음을 경유 할 기회가 있었고 그때 이름은 전해지지 않으나 예전에 양천(梁川)에서 머물며 절친하게 교제하던 친구를 객지에서 우연히 만났다. 그래서 반가움에 이 시를 지은 것으로 전해진다. 그래서 첫 구에서 「강한증위객(江漢曾爲客)」으로 묘사하게 된 것이다.(나련첨(羅聯添)〈위응물사적계년(韋應物事蹟繫年)〉참고)

2) 浮雲: 이곳저곳 떠돌아 다니며 지내던 친구의 자취를 비유.

3) 流水: 세월이 쏜살같이 흘러가 버림을 비유.

4) 蕭疏: 적다, 드물다.

^{회 상 대 추 산}
淮上對秋山⁵⁾   회수에서 나는 가을 산을 마주해야 하오.

◀**감상**▶

위응물(韋應物, 737-약789): 장안(長安: 섬서성陝西省 서안시西安市)사람으로 젊어서 한때 호방한 기질로 오만하기도 했었고 유랑하며 생활하기도 하였다. 그러나 안사(安史)의 난 이후로 절제하며 독서에 전념하여 뛰어난 시인이 되었다. 벼슬은 당현종(唐玄宗) 때에 궁중에서 삼위랑(三衛郎)을 역임 하였고 나중에 저주(滁州)·강주(江州)·소주(蘇州) 등의 자사(刺史)를 역임 하였다. 그래서 위강주(韋江州) 위소주(韋蘇州)로 칭하기도 한다. 시풍은 왕유(王維)에 가까워 산수전원을 주로 묘사하였으나 어떤 시에서는 감상(感傷)의 정조(情調)가 돋보이는 작품들도 있다.

─ ·─ ·─ ·─ ·─ ·─ ·─

삶의 길목에서 어느 날 뜻하지 않은 장소에서 좋은 추억을 간직하게 했던 젊은 날의 옛 친구를 우연히 만난다! 이럴 때 인생을 얼마만큼 살아본 사람들이라면, 누구나 세월의 시각을 기억속의 그 시절로 황급히 돌려놓고, 들뜬 마음으로 그때의 우리로 돌아가게 될 것이다.

객지에서 우연히 재회하게 된 옛 친구와 다시 헤어지며 시인 위응물은 「만남의 기쁨」과 「헤어짐의 아픔」이 교차하는 만감을 이 시에 담아내었다.
그는 여기서 십 년 만에 해후한 친구 앞에서 만남의 기쁨을 감추지 못하며,

---

5) 이 두 구에 대하여 현재 두 가지 판본이 보인다. 여기서는 《당시삼백수(唐詩三百首)》(邱燮友 主譯 三民書局) 본을 선택하여 번역을 했다. 그러나 또 다른 판본 즉 《당시선주(唐詩選注)》(余冠英等選注, 華正書局)에서는 「何因不歸去, 淮上有秋山」(무슨 까닭에 돌아가지 않으오, 회수에 가을 산이 있어서요)이라고 되어 있다.

친구에게 그와의 지난날의 추억과 재회의 감회를 여과없이 보이다가, 다시금 헤어져야만 하는 현실을 직시하고 쓸쓸히 마음에 드리우는 아픔의 그림자를 진실되게 묘사하며 한이 서린 채 시를 종결짓는다.

이 시는 율시라는 형식의 제한을 받고 있으면서도, 우연히 옛 친구를 만난 이의 내면세계의 복잡 미묘한 감정을 생동감 있게 적합한 어휘로 구사해 묘사하면서, 「일희일비(一喜一悲)」「일정일반(一正一反)」의 수법을 사용하며 한껏 예술성을 돋보인다.

또한, 비록 언어 사용의 제한을 받아야하는 詩라는 틀 속에 시인의 감회가 펼쳐지고 있지만, 무한한 상상을 불러 일으키며 수천 수만의 말로 쓰인 두루마리에 담겨진 글처럼 살아서 우리 마음에 펼쳐지는 것이다.

먼저, 첫 연의 둘째 구에서 「상봉매취환(相逢每醉還)」이란 구절이 만약 산문이란 장르에 쓰여 졌다면 대체로 그저 평범한 표현으로 받아들여질 수도 있다. 그러나 짧고 일상적인 어구이지만, 이 시를 감상하는 사람들은 지난날 두 사람의 관계가 얼마나 허물이 없었으며 격식을 갖추어야 하거나 어정쩡하게 만나는 관계가 아니었다는 것과, 서로의 장단점이 쉽게 들어날지도 모르는 술자리가 된다 해도 언제나 호쾌하게 그런 시간을 마련할 수 있는 격의 없는 교류를 하는 친구였음을 긴 부연설명과 이런저런 서술이 이어지지 않아도 자연스럽게 떠올리게 될 것이다. 그래서 묘사는 평범하나, 함축된 의미의 폭을 가늠케 하는 표현인 것이다.

둘째 연에서 예전에 서로 이별한 뒤의 긴 시간 속에 이곳저곳 떠돌며 세월을 느끼지 못한 채 살아온 삶의 현실이 있었음을 가늠하게 한다.

그리고 오늘 이렇게 만나게 된 반가운 벗을 대하며, 노래한 셋째 연의 첫 구는 서로의 마음과 정이 흘러가 버린 긴 세월로도 세상의 풍파로도 그들만의 우정을 퇴색시키지 않았음을 확인하고 흡족해 하며 기뻐한다.

하지만, 연이어진 다음 구에서 반백으로 변해가는 머리칼을 보며, 세월의 무상한 흔적을 발견하고 붙잡을 수 없는 시간으로 인하여 조급해져 가는 마음을 감추지 못한다. 왜냐하면, 우리는 이제 예전처럼 그렇게 더 젊지 않아 살아갈 날이 살아온 날 만큼 남아있지 않다는 것을 예감하기에 반백이 되어가는 모습을 바라보며 시인에게는 재회 뒤의 이별이 더 큰 멍이 되어 자리하는 것이다.

그러다 마지막 연에 이르러 시인은 우리가 어떻게 만났는데, 또 이렇게 헤어져 가야 하는가! 또 이렇게 이별하면 예전처럼 그렇게 함께 하지도 못할 것이며, 사는 일에 바빠져서 소식도 모른 채 각자의 자리에서 살아가게 되겠구나 하는 심정에 가슴이 시리고 저미어 오는 것이다. 그래서 떠나가야 하는 친구를 잡지도 못하고, 보내는 심정을 추스르지도 못하면서 자유롭게 함께 할 수 없는 서로의 현실을 들여다보며, 백 마디 천 마디 말 보다도 더 절실한 정을 담아 마지막을 「하인북귀거(何因北歸去), 회상대추산(淮上對秋山)」이라 장식한다. 이 마지막 두 구의 감회에 서린 묘사는 그 진가를 무엇으로도 형용할 수 없는 절창이 되어 우리의 마음에 깊이 다가와 꽂힌다.

「회자정리(會者定離)」라는 이것이 인생의 길목에서 비껴갈 수 없는 이치임을 누구나 다 알면서도, 사람들은 목숨이 있는 한 정(情)을 훨훨 떨치며 자유로워지지 못하고, 마음은 언제나 사람을 향해 머뭇거리며 서성이게 되는가 보다.

張星美(경성대)

楓橋夜泊[1] 풍교에서의 일박

장계(張繼)

月落烏啼霜滿天　달 지고 까마귀 울며 천지엔 서리만 가득한데

江楓漁火對愁眠　강가엔 단풍 물들고 고깃배 불빛 깜빡이니
시름에 겨워 잠 못 이루게 하는구나.

姑蘇城外寒山寺[2]　고소성 밖 한산사에서는

夜半鐘聲到客船　한밤 종소리가 멀리 나그네의 뱃전까지
들려오는구나.

감상

작자인 장계(張繼)가 장안에서 과거에 응시했다가 낙방한 후 낙향하는 길에 소주성(蘇州城) 교외의 풍교(楓橋)에서 일박하며 아픔을 그린 시이다. 그는 3번 과거에 낙방했다고 한다. 낙방의 상처와 가족에 대한 그리움으로 수심에 젖어 잠 못 이루는 작가의 심경과 서리, 까마귀, 단풍, 어화(漁火) 등의 처량한 주변 정경이 어우러져 있으며, 때마침 한밤에 들려오는 한산사의 종소리가 나그네의 아픔을 한층 더해주고 있다.

秦光豪 (부산 외국어대)

---

1) 楓橋: 강소성(江蘇省) 소주(蘇州)의 서교(西郊) 풍강(楓江)에 있는 다리로, 교통의 중심지이며 절경으로 이름이 나 있는 곳이다.

2) 姑蘇城: 오(吳)·월(越)시대 오(吳)나라의 수도로, 지금의 소주(蘇州) 지역. 寒山寺: 소주 교외 풍교(楓橋) 근처에 위치한 절. 유명한 한산(寒山)과 습득(拾得)이 살았다고 한다.

遊子吟 집 떠난 이의 노래

유 자 음

맹교(孟郊)

慈母手中線　　어머니 손수 옷을 지어
자 모 수 중 선

遊子身上衣　　길 떠날 아들에게 입히셨네.
유 자 신 상 의

臨行密密縫　　떠날 무렵 꼼꼼히 더 꿰매심은
임 행 밀 밀 봉

意恐遲遲歸　　돌아올 날 더딜까 저어하심이리라.
의 공 지 지 귀

誰言寸草心[1)]　　촌초(寸草) 같은 이 마음으로
수 언 촌 초 심

報得三春暉　　봄볕 같은 은덕에 어찌 보답하랴.
보 득 삼 춘 휘

감상

　맹교(孟郊, 751-814)는 당(唐)나라 시인으로 자는 동야(東野)이며 무강(武康) 사람이다. 젊어서 숭산(崇山)에 은거하면서 한유(韓愈)와 교우를 맺었다. 45세에 벼슬하여 하남수륙전운판관(河南水陸轉運判官)을 지내고, 50세에 율양현위(溧陽縣尉)가 되었다. 5언시(五言詩)에 뛰어났으며, 사회의 모순을 비판하고 백성의 질고(疾苦)를 탄식한 내용이 많다. 평이(平易)함을 피하고 각고(刻苦) 신음(呻吟)하듯 시를 썼으므로 가도(賈島)와 함께 「교한도수(郊寒島瘦)」라 일컬어진다. 장적(張籍)이 정요선생(貞曜先生)이라 사시(私諡)하였다.

　이 시는 《전당시(全唐詩)》 권372에 실려 있다. 작자의 주(主)에 "영모율상작

---

1) 誰言: 어떤 본에는 「난장(難將)」이라고 되어 있다.

(迎母溧上作)"이라고 되어 있으니, 맹교(孟郊)가 율양현위(溧陽縣尉)로 재직할 때에 어머니를 맞이하면서 지은 것이다. 이 시는 냉정하고 질박한 시어(詩語)로 읊고 있지만 모자(母子)간의 깊은 사랑을 오히려 더 절실히 느끼게 하고 있다. 시인은 늦게 낮은 벼슬로 입신(立身)하였으므로, 어려서부터 자신에게 기대를 크게 가졌을 어머니에 대하여 죄송스러운 마음을 말 밖에 표현하고 있어, 《시·육아(詩·蓼莪)》의 정신과 상통하는 점이 있다.

요요자아
蓼蓼者莪   요요(蓼蓼)한 것이 아(莪)[美菜]라고 여겼더니

비 아 이 호
匪莪伊蒿   아(莪)가 아니고 저 호(蒿)[賤草]로다.

애 애 부 모
哀哀父母   슬프고 슬프다 부모여

생 아 구 로
生我劬勞   나를 키우시느라 수고롭고 힘드셨다.

요 요 자 아
蓼蓼者莪   요요(蓼蓼)한 것이 아(莪)[美菜]라고 여겼더니

비 아 이 울
匪莪伊蔚   아(莪)가 아니고 제비 쑥이로다.

애 애 부 모
哀哀父母   슬프고 슬프다 부모여

생 아 로 췌
生我勞瘁   나를 키우시느라 힘들고 고달프셨다.

병 지 경 의
缾之罄矣   나의 작은 그릇으로

유 뢰 지 치
維罍之恥   큰 그릇을 부끄럽게 함이여!

鮮民之生
_{선 민 지 생}
과약(寡弱)한 백성의 삶이여

不如死之久矣
_{불 여 사 지 구 의}
죽음만 같지 못한 지 오래구나.

無父何怙
_{무 부 하 호}
아버지가 없으면 누구를 믿으며

無母何恃
_{무 모 하 시}
어머니가 없으면 누구를 의지할까.

出則銜恤
_{출 칙 함 휼}
나간들 걱정해줄 이 없고

入則靡至
_{입 칙 미 지}
들어와서 여쭐 곳이 없어라.

父兮生我
_{부 혜 생 아}
아버지 나를 낳아주시고

母兮鞠我
_{모 혜 국 아}
어머니 나를 길러 주시니

拊我畜我
_{부 아 축 아}
나를 어루만지고 나를 길러주시며

長我育我
_{장 아 육 아}
나를 자라게 하고 나를 키워주시며

顧我復我
_{고 아 복 아}
나를 살피고 살피시며

出入腹我
_{출 입 복 아}
출입할 때에 나를 마음에 두시니

欲報之德
_{욕 보 지 덕}
그 은덕을 갚고자 할진댄

昊天罔極
_{호 천 망 극}
하늘처럼 끝이 없구나.

南山烈烈
_{남 산 열 열}
남산이 열열(烈烈)[高大貌]하거늘

표 풍 발 발
飄風發發　　　표풍(飄風)은 발발(發發)[疾貌]하구나.

민 막 불 곡
民莫不穀　　　남들은 모두 잘 지내건만

아 독 하 해
我獨何害　　　나만 홀로 어찌하여 이런 해(害)를 당하는가.

남 산 율 율
南山律律　　　남산이 율율(律律)[高大貌]하거늘

표 풍 불 불
飄風弗弗　　　표풍(飄風)은 불불(弗弗)[疾貌]하구나.

민 막 불 곡
民莫不穀　　　남들은 다들 잘 지내건만

아 독 부 졸
我獨不卒　　　나만 홀로 (부모봉양) 마치지 못하노라.

1, 2구에서는 시인의 일상을 언제나 어머니가 보살펴왔음을 알 수 있으며, 3, 4구(句)에서 시인이 어머니의 정을 항상 느끼고 있음을 표현하고자 하는 절절한 마음을 읽을 수 있다.

남달랐던 시인의 재주에 대해 어머니가 가지셨을 기대에 부응하지 못했다는 자괴(自愧)하는 마음으로 살아오다 만년(晩年)에 관직을 얻어 어머니를 모셔오는 시인의 심정을 담담하게 역설적으로 되새기고 있는 모습이다.

필자는 어머니란 단어만 들어도 애연(哀然)한 그 순간을 억누르려고 노력해 왔을 뿐, 역시 어머니께 다정한 자식이 되어드리지 못함을 항상 아쉬워하면서도 모녀(母女)간의 자상한 교감(交感)은 평소에 표현해 보지 못했다.

여언: 몇 년 전 필자는 '우음(偶吟)'이란 제목으로 시를 짓고 모필(毛筆)로 써서 어머니 계신 곳에 걸어드렸는데, 여기에 덧붙인다.

望瞻星斗恢衷襟 북두칠성 바라보니 회포가 활달한데

惟見南牎歎母音 남창에는 어머니의 탄식 소리 보이구나.

騷客煩誇龍尾硯 소객(騷客)들 번거롭게 용미연(龍尾硯) 자랑하나

裏中盤處雪斑岑 내 마음은 눈 아롱진 높은 산에 노닌다네.

선시(選詩) 배경: 박운석 선생님으로부터 이 원고에 대해서 전화를 받던 그 시각, 나는 이 시를 한지(韓紙)에 옮기고 있었다. 이 시를 모필(毛筆)로 써서 넓은 전시장에 걸어두고 어머니께 읽어 드리고 싶었다.

언젠가 어머니께서 넓은 방에 병풍 둘러놓고 친구들과 한담(閑談)을 즐겨보고 싶다고 속내를 보이신 적이 있었다.

몇 해 전부터 어머니의 심각한 건강상태를 감지하고, 나는 어머니와 보내는 시간을 더 갖기 위해 주변을 정리하고자 했다. 그리고 어머니께 내 전시(展示)를 보여드리고 싶었다. 가슴 밑바닥으로부터 차오르는 회한을 냉정히 쓸어내리며 어머니와의 세월을 정리하는 필자 나름의 방식이었다.

우리 형제 자매는 남다른 가정환경으로 초등학교에 입학하면서부터 어머니와 떨어져 생활해야 했다. 방학이면 어머니께 갈 수 있었으므로 방학이 가까워 오면 학교 뒷산으로 올라가 어머니 계신 곳을 향해 시간의 지루함을 달래며 애를 태웠고, 개학이 다가오면 우린 어머니를 떠나야 했다. 고등학교를 졸업하고 어머니와 같이 생활하게 되었다. 성인이 되기 전에는 한해에 두어 달만 어머니와 같이 지낼 수 있었고, 성인이 된 후에는 어머니와 같이 생활할 수 있었는데도 각종 공부와 강의 때문에 육해공(陸海空)의 모든 교통수단을 이용하면서 돌아다닌 필자로 인해 어머니는 얼마나 애를 태우셨던가? 집을 나서는 그 순간부터 어머니의 기도하는 모습이 내 뒤통수 어디까지 따라다녔으며, 그 지극한 염력(念力)으로 오늘날 언제나 또 누구에게나 감사하는 마음으로 살고 있는 내

가 있으리라 믿는다. 어머니께 언제나 냉정하고 상전(上典)처럼 굴었던 자식의 마음을 조금이라도 보여드릴 기회를 갖고 싶었지만, 행사를 보름정도 앞두고 "네 전시(展示)는 내가 보고 가는 것과 마찬가지니, 서운하게 생각하지 마라. 그리고 네가 세상에 나가 사는 것만으로도 충분히 기쁘다" 하시고는 별세(別世)하셨다. 임종(臨終) 전에 나는 이제 더 이상 돌아다니지 않겠다고 약속드렸다. 지천명(知天命)이 되도록 어머니를 곁에 모시는 행운을 얻은 자식으로서, 평온한 모습으로 고개만 끄덕거리시던 당신을 생각하면 나는 왜 미소를 당신에게 보내고 싶은지? 사람의 자식으로 누군들 '풍수지탄(風樹之嘆)'이 없겠는가마는 이제 나로 인해 그렇게 애태우시던 어머니도 계시지 않고 또 그렇게 나를 기다리시는 분을 향해 애 태울 일도 없는 즈음, 이제 고애(孤哀) 자식이 된 필자의 두서(頭緖)없는 이유로 이 시를 소개하게 되었다.

　평생을 사계(斯界)의 학문을 위해 애쓰신 선생님의 퇴임에 임해, 학도(學徒)로서 존경심과 함께 이 시를 쓴 서예작품을 바치고 싶다.

이정자(경상대)

山石 산의 돌
산 석

한유(韓愈)

山石犖确行徑微[1]
산 석 락 학 행 경 미

산세가 험난하고 길이 좁아서,

黃昏到寺蝙蝠飛[2]
황 혼 도 사 편 복 비

황혼에 절에 다다르니 박쥐가 난다.

升堂坐階新雨足
승 당 좌 계 신 우 족

불당에 올라 섬돌에 앉으니 방금 비가
흡족히 와서,

芭蕉葉大支子肥[3]
파 초 엽 대 지 자 비

파초 잎이 커지고 치자나무 꽃이 활짝 폈다.

僧言古壁佛畫好
승 언 고 벽 불 화 호

스님은 오래 된 벽에 있는 佛畫가 좋다고
말하면서,

以火來照所見稀
이 화 래 조 소 견 희

등을 가져와 비추는데 잘 보이지 않았다.

鋪牀拂席置羹飯[4]
포 상 불 석 치 갱 반

침상과 자리를 준비하고 국과 밥을 제공하니,

疎糲亦足飽我飢[5]
소 려 역 족 포 아 기

거친 밥이어도 내 배고픔을 완전히 충족하였다.

夜深靜臥百蟲絕[6]
야 심 정 와 백 충 절

밤이 깊어 조용히 누우니 온갖 벌레 소리가
모두 그치고,

---

1) 犖确: 산에 돌이 많고 평평하지 않은 모양. 微: 좁다.
2) 蝙蝠: 박쥐.
3) 支子: 치자(梔子). 치자나무는 여름에 꽃이 피는데 향기가 있다.
4) 置: 제공하다. 羹飯: 국과 밥.
5) 疎糲: 거친 밥.
6) 百蟲絕: 많은 벌레 소리가 끊어지다.

_{청 월 출 영 광 입 비}
淸月出嶺光入扉⁷⁾   맑은 달이 고개로 올라와 빛이 방문으로
들어온다.

_{천 명 독 거 무 도 로}
天明獨去無道路⁸⁾   날이 밝자 홀로 떠나니 짙은 안개로 길이 없어,

_{출 입 고 하 궁 연 비}
出入高下窮煙霏⁹⁾   높은 곳으로 올라가고 낮은 곳으로
방향 없이 걷는데 안개가 흩어졌다.

_{산 홍 간 벽 분 란 만}
山紅澗碧紛爛漫¹⁰⁾   산의 꽃은 빨강, 개울물은 초록,
그 선명한 색깔이 어울려 빛나고,

_{시 견 송 력 개 십 위}
時見松櫪皆十圍¹¹⁾   가끔 보이는 소나무와 상수리나무가
열 아름이 되는구나.

_{당 류 적 족 답 간 석}
當流赤足蹋澗石¹²⁾   물가에 맨발로 개울의 돌을 밟으니,

_{수 성 격 격 풍 취 의}
水聲激激風吹衣¹³⁾   물소리는 졸졸거리고, 바람이 옷에 분다.

_{인 생 여 차 자 가 락}
人生如此自可樂   인생은 이와 같이 스스로 즐길만한데,

_{기 필 국 속 위 인 기}
豈必局束爲人覊¹⁴⁾   어찌 반드시 구속하여 사람들의 속박을 받는가?

---

7) 扉: 문.

8) 天明: 날이 밝다.

9) 煙霏: 안개가 움직이다.

10) 山紅澗碧: 山은 山의 花, 澗은 개울물.

11) 櫪: 력(櫟)과 같음. 상수리나무. 圍: 아름.

12) 赤足: 맨발. 蹋(답): 밟다. 澗石: 개울의 돌.

13) 激激: 물이 부딪치면서 흐르는 소리.

14) 局束: 구속하다. 覊: 재갈. 이 곳에서는 '속박'이라는 뜻이다. 爲人覊: 사람의 속박을 받다.

嗟哉吾黨二三子[15] 아! 나와 뜻이 맞는 두세 명의 친구들과

安得至老不更歸[16] 이 곳에서 함께 늙도록 살면 어찌 다시
돌아가겠는가!

◀ 감상 ▶

이 시는 당(唐)나라 덕종(德宗) 정원(貞元) 17년(801) 한유가 서주(徐州)에서
낙양(洛陽)으로 갈 때 낙양 부근의 혜림사(惠林寺)에서 하룻밤 머물렀을 때 지
은 것으로 '이문위시(以文爲詩)'의 걸작이다. 그는 황혼에 도착한 산사의 경치
와 깊은 밤 산사의 고요한 모습, 새벽에 산사를 떠나 짙은 안개 속으로 걸어가
는 그림 같은 정경을 행적의 순서대로 사실석인 필치로 묘사하였고 마지막에
가서는 속세의 번뇌를 떠나 귀거의 뜻을 표현하였다.

산에 돌이 많아 평평하지 않고 좁은 산길을 지나 마침내 해가 저물 무렵에
당도한 산사에서 박쥐가 날고, 스님이 소개한 오래된 불화(佛畫), 나그네를 위
하여 차려준 밥상과 침구 제공 등은 실제적으로 보고 듣고 느낀 산중(山中)의
자연미와 인정미를 꾸밈없이 표현하였다. 또한 저녁 비온 후 더욱 파래진 파초
잎과 치자나무의 진한 향기는 독자에게 색깔과 후각으로 전달되는 것 같고, 비
온 뒤의 청량함을 표현하기 위하여 '청월(清月)'이라 표현하였다. 다음날 이른
아침도 산중에 짙은 안개가 끼어 길을 찾을 수 없었는데 어느덧 태양이 온 산
을 강하게 비추자, 어제 내린 흡족한 비로 산에 있는 꽃은 더욱 붉고 개울물은
더욱 파래 그 색채가 선명하게 어울려 빛났다. 비온 후 안개의 유무, 날씨의 맑
고 흐림, 아침과 저녁 햇빛의 강약을 고려하여 색깔과 습도, 빛의 밝기 등을 선
명하게 표현하여 마치 눈으로 직접 보고, 짙은 안개를 몸으로 접촉하는 것 같

---

15) 吾黨二三子: 자기와 뜻이 맞는 두세 명.
16) 安得: 어찌 할 수 있는가?

이 아주 생동적으로 표현하였다. 이렇게 사실적인 표현을 하다가 마지막 단락에서 "인생은 이와 같이 스스로 즐길만하다"(人生如此自可樂)고 하여 황혼에 돌계단에 앉아서 꽃을 보고, 거친 밥으로 배고픔을 충족하며, 깊은 밤에 맑은 달을 감상하고, 맨발로 계곡 물을 건너는 것이 스스로 즐겁다고 고백하였다. 그리하여 어찌 다른 사람의 구속을 받아 살아가느냐면서 뜻이 맞는 이들끼리 모여서 이 곳에서 살고 싶은 뜻을 표현하였다.

이 시는 시의 첫 두 글자를 취하여 제목으로 삼은 것이어서 내용과는 거리가 있다. 작자는 산사에서 자연의 멋과 인생의 즐거움을 느끼고 세속의 구속을 떠나 이 곳에서 살기를 원하는 염원을 표현하였는데, 한유 시의 편벽하고 기이한 시어(詩語)와는 달리 언어가 청신(淸新)하고 평이하다.

이 시는 후인들의 많은 관심을 받았는데 대표적으로 소식과 그의 친구들이 남계(南溪)에서 놀 때 탁족(濯足)하며 이 시를 읊고 즐거워하며 원래의 운(韻)에 따라 시를 짓고 회포를 풀었다 한다.

朴璟實(울산대)

薦士 ^{천 사} 인재를 천거하며

한유(韓愈)

周詩三百篇¹⁾ ^{주 시 삼 백 편} 주나라 때의 시가 삼백 편은

雅麗理訓誥²⁾ ^{아 려 이 훈 고} 순정한 내용과 아름다운 시어에서
≪서경≫에 필적한다.

曾經聖人手³⁾ ^{증 경 성 인 수} 일찍이 성인의 손을 거쳤으니

議論安敢到⁴⁾ ^{의 론 안 감 도} 어찌 감히 의론을 가할 수 있겠는가?

五言出漢時⁵⁾ ^{오 언 출 한 시} 오언시는 서한 때에 나왔는데

---

1) ≪시경(詩經)≫을 가리킨다. ≪시경≫의 창작 시기는 서주(西周) 초기에서 춘추 중
엽까지 대략 5, 600년 간이며, 현재 305편이 전한다. 여기서 "삼백편(三百篇)"이
라고 한 것은 개략적인 숫자로 표시한 고대의 관행에서 연유한 것으로, 이는 ≪시
경≫이란 호칭이 정립되기 이전에 그것을 지칭하는 용어로 쓰였다.

2) 雅麗理訓誥: "雅"는 '정'(正)으로 '시의 내용이 순정함'을 말하고, "麗"는 '시어가
아름다운 것'을 말한다. 이는 한유가 〈진학해(進學解)〉에서 "시경은 내용이 순정
하고 시어가 꽃처럼 아름답다"(詩正而葩)고 한 말과 일맥상통한다. "理"는 '통한
다'(通)·'비견된다'(比)는 뜻이다. "訓誥"는 고대의 훈사(訓辭) 내지 조령(詔令)과
같은 부류의 전범(典範)이 되는 글로 ≪서경(書經)≫을 가리킨다.

3) 曾經聖人手: 이 구절은 사마천(司馬遷, B.C. 145?-86?)이 ≪사기(史記)·공자세
가(孔子世家)≫에서 거론한 '산시설(刪詩說)'을 인정하는 입장에서 말한 것으로
보인다. "聖人"은 공자(B.C. 551-479)를 가리키는데, 한대 동중서(董仲舒, B.C.
179?-104)가 유학만을 떠받들면서부터 이 호칭을 쓰기 시작했다.

4) 議論安敢到: 성인 공자가 산정(刪定)한 ≪시경≫에 대해서는 함부로 논평을 가하
지 않겠다는 의지를 표명한 말이다.

5) 五言出漢時: 오언시가 서한(西漢) 시기에 발생하였음을 말한다.

^{소 리 수 경 호}
蘇李首更號⁶⁾　소무와 이릉이 맨 먼저 그 호칭을 바꾸어 내었다.

^{동 도 점 미 만}
東都漸瀰漫⁷⁾　동한 시기에는 오언시가 점차 만연되어

^{파 별 백 천 도}
派別百川導⁸⁾　유파의 구분이 백 줄기 시내처럼 갈라지는 것 같았다.

^{건 안 능 자 칠}
建安能者七⁹⁾　건안 시기에는 오언시에 능숙한 이가 일곱이었는데

^{탁 락 변 풍 조}
卓犖變風操¹⁰⁾　우뚝 솟아 오언시의 풍격과 가락을 바꾸었다.

^{위 이 저 진 송}
逶迤抵晉宋¹¹⁾　우여곡절을 거치면서 동진 · 유송 시기에 이르러서는

---

6) 蘇李首更號: 서한 초의 소무(蘇武)와 이릉(李陵)이 오언시를 최초로 창작하였음을
말한다. 이는 한유 나름의 인식인데, 소무와 이릉의 작으로 ≪문선(文選)≫ 등에
실려 있는 오언시는 위작일 뿐 오언시의 성숙 시기는 동한(東漢)이라는 것이 현재
학계의 공통된 견해이다.

7) 東都漸瀰漫: 동한 시기에 오언시가 보편화되어 일시에 풍미하였음을 말한다. "東
都"는 '낙양('洛陽)'으로 동한을 가리킨다.

8) 派別百川導: 물줄기가 백 갈래로 갈라져 바다로 흘러 들어가듯이 오언시의 유파가
동한 시기에 이미 여러 갈래로 나뉘어졌음을 말하는데, 현전하는 동한 시기의 오
언시가 〈고시십구수(古詩十九首)〉와 몇몇 소수의 작품임을 고려하면 이는 과장된
표현이다.

9) 建安能者七: 건안(獻帝의 연호, 196-220) 시기에 오언시에 능숙한 일곱 작가로,
문학사에서 '건안칠자(建安七子)'로 부르는 공융(孔融) · 진림(陳琳) · 왕찬(王
粲) · 서간(徐幹) · 완우(阮瑀) · 응창(應瑒) · 유정(劉楨)이다.

10) 卓犖變風操: 건안의 작가들이 감상에 젖어 사회적 내용이 결여된 동한 시기 오언
시의 풍격과 가락을 변화시켰음을 말한다. "卓犖"은 '발군으로 우뚝 솟은 모습'
이다.

11) 逶迤抵晉宋: 시가가 우여곡절을 거쳐 동진(東晉) · 유송(劉宋) 시기에 이르렀음을
말한다. "逶迤"는 '우여곡절이 많다'는 뜻인데, 여기서는 복잡한 경로를 거쳐 동
진 · 유송까지 발전해왔음을 가리킨다.

^{기 상 일 조 모}
氣象日凋耗¹²⁾　그 기상이 날로 시들어 갔다.

^{중 간 수 포 사}
中間數鮑謝¹³⁾　그 가운데 포조와 사령운을 손꼽을 수 있으니

^{비 근 최 청 오}
比近最淸奧¹⁴⁾　동시대 시인에 비해서 가장 청신 오묘하다.

^{제 량 급 진 수}
齊梁及陳隋¹⁵⁾　제 · 양과 진 · 수 시기에는

^{중 작 등 선 조}
衆作等蟬噪¹⁶⁾　뭇 작품들이 매미 시끄럽게 우는 것과 같아

^{수 춘 적 화 훼}
搜春摘花卉¹⁷⁾　봄날의 상심을 찾고 화초를 따오기에 급급하여

^{연 습 상 표 도}
沿襲傷剽盜¹⁸⁾　그내로 답습해서 표절한 것이 가슴 아프다.

---

12) 氣象日凋耗: 문학사에서 '건안풍골(建安風骨)'로 불리는 바 사회의 동란과 시세에 대한 개탄을 반영하여 사회적 내용이 풍부한 창작 특징이 동진과 유송 시기로 오면서 날로 시들어갔음을 말한다.

13) 中間數鮑謝: 시가의 기상이 쇠락한 가운데서도 남조(南朝) 유송 시기에 포조(鮑照, 412?-466?)와 사령운(謝靈運, 385-433)의 두 작가는 손꼽을 만함을 말한다.

14) 比近最淸奧: 포조와 사령운은 동시대 시인에 비해서 가장 청신 오묘한 작가임을 말한다. "淸奧"는 시어가 청신하고 시의 의경에 깊이가 있음을 가리킨다. 포조는 악부(樂府) 가행(歌行)에 뛰어나 청준표일(淸俊飄逸)하고, 사령운은 자연 경물의 묘사에 정교한 솜씨를 발휘하여 산수시(山水詩)의 형성과 발전에 기틀을 다진 작가로 평가된다.

15) 齊梁及陳隋: 유송 이후 남조의 세 왕조인 제 · 양 · 진과 남북의 분열을 통일한 수나라로 모두 국조가 단명한 왕조들이다.

16) 衆作等蟬噪: 수많은 작품들이 매미 시끄럽게 우는 것과 같아 문학적 성취가 높지 않음을 말한다.

17) 搜春摘花卉: 시의 내용이 봄날의 상심을 찾고 화초를 따오기에 급급한 수준에 머무르고 있음을 말한다.

18) 沿襲傷剽盜: 타인의 작품에 이미 쓰인 시어를 답습 표절하였음을 말한다.

국 조 성 문 장
國朝盛文章[19]   국조에는 문학이 크게 성하여

자 앙 시 고 도
子昂始高蹈[20]   진자앙이 비로소 높이 날아오르기 시작했다.

발 흥 득 이 두
勃興得李杜[21]   문학 창작이 갑자기 발흥하여 이백과 두보를 얻으니

만 류 곤 릉 포
萬類困陵暴[22]   각양각색의 작가들이 무시당하고 압박 받는
곤욕을 치렀다.

후 래 상 계 생
後來相繼生[23]   후에 서로 이어 나타난 시인들

역 각 진 곤 오
亦各臻閫隩[24]   또 제각기 문지방이나 내실의 경지에 이르렀다.

---

19) 國朝盛文章: 당나라 왕조에 문학 창작이 크게 번성하였음을 말한다.

20) 子昂始高蹈: 당나라 초기에 진자앙(陳子昂, 661-702)이 처음으로 육조(六朝) 시
기의 화미(華美)한 시풍을 반대하고 한위(漢魏)의 풍골(風骨)을 제창하는 이른바
'시가혁신(詩歌革新)'을 이루기 시작했음을 말한다. "高蹈"는 '높이 날아오르듯
창작이 고조되기 시작하였음'을 형용한다.

21) 勃興得李杜: 문학 창작이 갑자기 흥성하여 이백(李白, 701-762)과 두보(杜甫,
712-770)와 같은 대시인이 등장하였음을 말한다. 한유는 이 〈천사〉시와 〈송맹
동야서(送孟東野序)〉에서 같은 취지로 당나라 시인 중 진자앙・이백・두보의 세
작가를 극구 칭찬하고 있다.

22) 萬類困陵暴: 온갖 유파의 수많은 작가들이 모두 이백과 두보에 의해 압도당하였
음을 말한다. "陵暴"는 '무시당하고 압박을 받는다'는 뜻이다.

23) 後來相繼生: 이백과 두보 이후에 서로 이어 등단한 많은 시인들을 가리킨다.

24) 亦各臻閫隩: 이백과 두보 이후의 작가들이 제각기 시단에 등장하여 나름대로의
성취를 일구어내었음을 말한다. "閫隩"는 '문지방 안의 대청(堂)'과 '내실(室)'
로, 여기서는 '시단(詩壇)'을 비유하여 많은 후대 작가들이 나름대로 승당입실
(升堂入室)의 경지에 이르렀음을 가리킨다.

有窮者孟郊²⁵⁾ 궁벽한 이 맹교는

受材實雄驁²⁶⁾ 타고난 재주가 실로 뛰어난 천리마 같다.

冥觀洞古今²⁷⁾ 깊이 관찰하여 고금을 꿰뚫어 보고

象外逐幽好²⁸⁾ 표상 밖에서 유현하고 아름다운 것을 추구한다.

橫空盤硬語²⁹⁾ 허공을 가로질러 생경한 말을 얽는데

妥帖力排奡³⁰⁾ 평온하고 거침이 없어 힘이 오를 밀어젖힌다.

敷柔肆紆餘³¹⁾ 완곡한 정서를 펴낼 때는 곡설함 다 부리고

---

25) 有窮者孟郊: 맹교(751-814)가 정치적으로 불우하여 궁벽한 처지에 있음을 말한다.

26) 受材實雄驁: 맹교의 천부적 재주가 실로 웅건한 천리마와 같다고 칭찬한 말이다. "驁"는 '천리마'로 여기서는 구속되지 않고 자유분방하게 치달리는 맹교의 빼어난 재주를 비유한다.

27) 冥觀洞古今: 맹교가 깊이 관찰하여 고금을 꿰뚫어보는 식견과 안목을 지녔음을 말한다.

28) 象外逐幽好: 사물의 표상에 현혹되지 않고 그것을 통하여 유현하고 아름다운 심오한 사상을 깨달았음을 말한다.

29) 橫空盤硬語: 허공을 가로질러 생경한 말을 얽어놓은 것과 같이 맹교가 구사한 시어가 고아하고도 힘이 있음을 말한다.

30) 妥帖力排奡: 맹교의 시가 평온하고 통달하면서도 힘이 있음을 말한다. "奡"는 하대(夏代) 전설상의 력사(力士)로 육지에서 배를 끌 수 있을 정도로 힘이 장사였다고 한다.

31) 敷柔肆紆餘: 맹교의 시가 완곡한 정서를 표현할 때는 곡절이 많은 변화의 극치를 이루었음을 말한다.

분 맹 권 해 료
奮猛卷海潦[32]　맹렬한 격정을 떨쳐낼 때는 바다의 파도를 말아
올리듯

영 화 초 천 수
榮華肖天秀[33]　활짝 핀 꽃 같은 아름다운 문채는 천연의
수려함을 본떴고

첩 질 유 향 보
捷疾逾響報[34]　구상의 민첩하고 신속함은 소리의 메아리를 초월한다.

행 신 천 규 구
行身踐規矩[35]　몸가짐은 사람으로서 지켜야 할 법도를 실천하니

감 욕 치 미 조
甘辱恥媚竈[36]　욕됨을 달갑게 여기고 권세가에게 아첨하는 것을
부끄럽게 여긴다.

맹 가 분 사 정
孟軻分邪正[37]　맹자는 사람의 사악함과 정직함을 분간하나니

---

32) 奮猛卷海潦: 맹교의 시가 맹렬한 격정을 표현할 때는 바다의 파도를 말아 올리
듯 웅혼하여 힘이 있음을 말한다.
33) 榮華肖天秀: 맹교가 구사한 시어가 활짝 핀 꽃같이 자연 그대로의 아름다움을
본떴음을 말한다.
34) 捷疾逾響報: 맹교의 시적 구상이 소리의 메아리보다 더 민첩하고 신속함을 말
한다.
35) 行身踐規矩: 맹교의 처신과 일 처리가 사람으로서 지켜야 할 도리와 법도를 실
천하였음을 말한다.
36) 甘辱恥媚竈: 빈천에 처하여 욕되게 사는 것을 달갑게 여기고 권세가에게 아첨
하는 것을 부끄럽게 여긴다. "媚竈"는 ≪논어(論語)·팔일(八佾)≫의 "내실에
아첨하기보다는 차라리 부뚜막에 아첨하는 것이 낫다"(與其媚於奧, 寧媚於竈)
고 한데서 나온 말로, "奧"는 '측근신하', "竈"는 '집정자'를 비유한다.
37) 孟軻分邪正: 전국시대의 대표적 유학자인 맹가(B.C. 372-289)가 사람의 사악
함과 정직함을 분간하는 안목을 지녔음을 말한다.

모 자 간 료 모
眸子看瞭眊³⁸⁾ 눈동자로 마음속의 맑음과 어두움 알아낸다.

묘 연 수 이 정
杳然粹而精³⁹⁾ 인품과 덕성이 아득히 순수하고도 정밀하여

가 이 진 부 조
可以鎭浮躁⁴⁰⁾ 부박하고 조급한 것을 진정시킬 수 있다.

산 한 율 양 위
酸寒溧陽尉⁴¹⁾ 궁색한 율양현의 현위를 맡음에

오 십 기 하 모
五十幾何耄⁴²⁾ 나이 오십에 거의 노쇠한 지경

자 자 영 감 지
孜孜營甘旨⁴³⁾ 부지런히 쉬지 않고 노모 위해 좋은 음식 마련하느라

---

38) 眸子看瞭眊: 눈동자를 통해서 마음 속이 맑은 것과 어두운 것을 알아낸다는 것으로, ≪맹자(孟子) · 이루(離婁)상≫에 사람을 살필 때는 눈동자보다 나은 것이 없으니 "마음속이 바르면 눈동자가 맑고 마음속이 바르지 않으면 눈동자가 어둡다"(胸中正, 則眸子瞭焉; 胸中不正, 則眸子眊焉)고 한 맹자의 말이 보인다. 앞 구절과 함께 눈빛이 그 사람의 인품을 나타낼 수 있음을 말한다.

39) 杳然粹而精: 맹교의 인품과 덕성이 아득히 순수하고도 깊이가 있음을 말한다.

40) 可以鎭浮躁: 맹교의 인품과 덕성이 그의 눈빛과 마찬가지로 맑고 깊이가 있어, 그와 가까이하는 사람들의 부박하고 조급한 마음을 진정시킬 수 있음을 말한다.

41) 酸寒溧陽尉: 맹교가 나이 50살(800)에 겨우 궁색한 율양현의 현위를 맡았음을 말한다. "酸寒"은 '정치적 지위가 낮아서 생활이 빈한함'을 뜻하고, "溧陽"은 지금 강소성(江蘇省) 율양현(溧陽縣)이다.

42) 五十幾何耄: 맹교가 나이 오십에 거의 노경에 다다랐음을 말한다. "耄"는 70세, 80세 또는 90세의 노인을 가리킨다는 여러 설이 있는데, 아무튼 여기서는 노쇠하였음을 말한다.

43) 孜孜營甘旨: 부지런히 쉬지 않고 노모를 위해 좋은 음식을 마련하기 위해 애썼다는 것으로, 맹교가 율양현위를 맡은 이유가 노모의 봉양 때문이었음을 말한다. "孜孜"는 '쉬지 않고 부지런한 모습'이고, "甘旨"는 '좋은 음식'으로 통상 '부모를 봉양하는 음식물'을 가리킨다.

辛苦久所冒⁴⁴⁾ 갖은 고초 오래도록 감내하였네.

俗流知者誰⁴⁵⁾ 속인들 중에 그를 알아주는 이 누구이런가?

指注競嘲傲⁴⁶⁾ 손가락질하고 눈길 흘리며 다투어 조소하고 무시한다.

聖皇索遺逸⁴⁷⁾ 성명한 황상께서 내버려진 숨은 인재를 찾음에

髦士日登造⁴⁸⁾ 준걸스런 선비가 날마다 등용된다.

廟堂有賢相⁴⁹⁾ 조정에 훌륭한 재상이 있어

愛遇均覆燾⁵⁰⁾ 예우하기를 즐겨하여 균등하게 사랑을 베푼다.

---

44) 辛苦久所冒: 맹교가 효도를 다하기 위해 갖은 고초를 오래도록 감내하였음을 말한다. "冒"는 '감내하다'·'감당하다'는 뜻이다.

45) 俗流知者誰: 사리를 모르는 세상 사람들이 아무도 맹교의 사람됨을 알아주지 않음을 말한다.

46) 指注競嘲傲: 세상 사람들이 손가락질하고 눈길을 흘기며 다투듯이 맹교를 조소하고 무시함을 말한다.

47) 聖皇索遺逸: "聖皇"은 헌종(憲宗, 806-820 재위) 황제 이순(李純)을 지칭한다.

48) 髦士日登造: "髦士"는 ≪시경(詩經)·소아(小雅)·보전(甫田)≫에 보이는 말로 '선발된 걸출한 인재'를 가리키고, "登造"는 '등용되다'는 뜻이다.

49) 廟堂有賢相: "廟堂"은 '조정'을 뜻하고, "賢相"은 정여경(鄭餘慶)을 가리킨다.

50) 愛遇均覆燾: "愛遇"는 '예우하기를 좋아하다'·'즐겨 이끌어주다'는 뜻이다. "覆燾"는 ≪중용(中庸)≫에 보이는 "부도(覆幬)"와 같은 말로 본래 '하늘의 태양이 만물을 덮어 비추는 것'을 가리키는데, 여기서는 '천하의 인재들에게 관심과 사랑을 베푸는 것'을 가리킨다. 정여경(鄭餘慶)이 후진들을 이끌어 발탁하는 데 관심이 있음을 말한다.

況承歸與張⁵¹⁾   하물며 귀숭경과 장건봉의 보살핌을 받음에

二公迭嗟悼⁵²⁾   두 대신께서 연달아 애석해하고 동정함에 있으서랴!

靑冥送吹噓⁵³⁾   조정의 대신이 추켜 세워준다면

强箭射魯縞⁵⁴⁾   굳센 화살이 노땅의 엷은 비단을 관통하는 것 같을 터

胡爲久無成⁵⁵⁾   어찌하여 오래도록 아무런 성취를 이루지 못하고

使以歸期告⁵⁶⁾   집으로 돌아갈 시기를 내게 알리도록 했겠는가?

---

51) 況承歸與張: "歸"는 귀숭경(歸崇敬), "張"은 장건봉(張建封)을 가리킨다. 귀숭경은 자가 정례(正禮), 소주(蘇州) 오군(吳郡: 지금 강소성 소주시) 사람으로 좌산기상시(左散騎常侍)·호부상서(戶部尙書)·공부상서(工部尙書)·병부상서(兵部尙書) 등의 관직을 역임하고 사후에 상서좌복야(尙書左僕射)에 증직되었다. 장건봉은 자가 본립(本立), 등주(鄧州) 남양(南陽: 지금 하남성 남양시) 사람으로 서주자사(徐州刺史)·서사호절도사(徐泗濠節度使)를 역임하고 검교우복야(檢校右僕射)의 직함을 받았다.

52) 二公迭嗟悼: 귀숭경과 장건봉의 두 대신께서 연달아 맹교의 불우한 처지를 애석해하고 동정하였음을 말한다.

53) 靑冥送吹噓: "靑冥"은 '높은 하늘'로 '조정의 대신'을 가리킨다. "吹噓"는 '추켜세우다'·'추천하다'는 뜻이다.

54) 强箭射魯縞: "魯縞"는 지금 산동성 서남쪽의 노 지방에서 나는 비단으로 '지극히 엷은 것'을 비유한다. 귀숭경과 장건봉과 같이 정치적 지위가 있는 사람이 만약 조정에서 맹교를 추천해준다면, 굳센 화살이 엷은 비단을 관통하는 것처럼 그가 쉽게 중용될 수 있음을 말한다.

55) 胡爲久無成: "胡爲"는 '무엇 때문에'·'어찌하여'의 뜻이다.

56) 使以歸期告: 조정에서 중용되지 못했기 때문에 맹교로 하여금 부득이 한유에게 집으로 돌아갈 시기를 알리도록 했음을 말한다.

霜風破佳菊⁵⁷⁾ 서리 바람이 가을 국화를 시들게 하고

嘉節迫吹帽⁵⁸⁾ 아름다운 절기에 바람이 모자를 불어 떨어지게 한다.

念將決焉去⁵⁹⁾ 그대가 장차 결연히 떠나가려는 것을 생각하니

感物增戀嫪⁶⁰⁾ 외물에 감하여 헤어지기 아쉬운 감회 더한다.

彼微水中荇⁶¹⁾ 저 미미한 물속의 노랑어리연꽃마저도

尚煩左右芼⁶²⁾ 오히려 번거롭게 좌우에서 가려 따며

---

57) 霜風破佳菊: 도연명(陶淵明, 365-427)이 전원으로 돌아와 은거한 뒤에 국화 감상을 낙으로 삼은 일을 가리키는 것으로 보인다. 이 일을 빌어 맹교가 귀가한 뒤 도연명처럼 한적하게 생활하고 있음을 나타낸다.

58) 嘉節迫吹帽: 동진(東晋)의 맹가(孟嘉: 대사마大司馬인 환온桓溫의 참군參軍, 도연명의 외조부)가 환온(桓溫)이 9월 9일 중양절에 용산(龍山)에서 관료들을 초청하여 개최한 연회 석상에서 바람에 모자가 날려 떨어진 것에도 아랑곳하지 않고 태연자약하게 술을 마신 고사를 빌어, 맹교가 맹가와 같은 비범한 풍모를 지녔음을 나타낸다. "嘉節"은 '중양절'을 가리킨다.

59) 念將決焉去: "決焉"은 '결연한 모양'을 나타낸다.

60) 感物增戀嫪: "感物"은 여기서 맹교가 불우하게 귀가하는 일로 인해 느끼는 감정을 말한다. "戀嫪"는 쌍성(雙聲)의 연면사(聯綿詞)로 '헤어지기 아쉬워함'을 나타낸다.

61) 彼微水中荇: "荇"은 '荇菜'로 '노랑어리연꽃'. 조름나물과에 속하는 다년생 수초로 연한 잎사귀는 식용으로 쓰인다.

62) 尚煩左右芼: "芼"는 '가려서 따다'는 뜻이다. 위의 구절과 함께 ≪시경(詩經)·주남(周南)·관저(關雎)≫의 "들쑥날쑥 노랑어리연꽃을 좌우에서 가려 따네"(參差荇菜, 左右芼之)에서 따온 말인데, '하잘것없는 물풀도 사람들이 가려 따니 하물며 국가의 훌륭한 인재야 오죽하겠는가?'라는 뜻을 나타낸다.

노 후 국 지 소
魯侯國至小⁶³⁾ 노나라 임금은 나라가 지극히 작음에도

묘 정 유 납 고
廟鼎猶納郜⁶⁴⁾ 묘당의 솥은 오히려 고나라의 것을 받아들였다.

행 당 택 민 옥
幸當擇珉玉⁶⁵⁾ 마땅히 옥돌과 옥을 분간해야 하나니

녕 유 기 규 모
寧有棄珪瑁⁶⁶⁾ 어찌 홀과 옥홀 같은 보옥을 버림에 있겠는가?

유 유 아 지 사
悠悠我之思⁶⁷⁾ 아득하니 나의 근심은

요 요 풍 중 독
擾擾風中纛⁶⁸⁾ 바람 속에 나부끼는 깃발 마냥 펄럭인다.

---

63) 魯侯國至小: "魯侯"는 춘추시대 노환공(魯桓公, B.C. 711-694 재위)을 가리킨다.

64) 廟鼎猶納郜: 노환공 2년(B.C. 710)에 송(宋)나라의 화부독(華父督)이 송상공(宋殤公, B.C. 719-711 재위)을 죽이자, 노환공이 제(齊)·진(陳)·정(鄭) 삼국의 제후들과 연합하여 송나라의 난리를 평정함에 송나라가 고(郜)나라에서 제작한 큰 정(鼎)을 노환공에게 뇌물로 바친 일에 있었는데, 노환공은 그 정(鼎)을 태묘(太廟)에 두고 조상에게 제사를 지내며 나라의 소중한 보물로 여겼다. 노나라는 소국인데도 불구하고 환공이 정(鼎)과 같은 보물을 소중히 여기는 것과 같이 당시의 집정자들도 인재를 중용하기를 바라는 것을 말한다.

65) 幸當擇珉玉: "幸當"은 '마땅히'의 뜻이고, "珉"은 '옥과 유사하지만 옥이 아닌 돌'을 말한다.

66) 寧有棄珪瑁: "珪"는 조회 시에 제후가 손에 쥐던 옥으로 된 기물이고, "瑁"는 천자가 손에 쥐던 옥으로 만든 기물로 둘 모두 여기서 '걸출한 인재'를 비유한다. 위의 구절과 함께 '마땅히 옥과 돌을 구분해야지 홀과 옥홀 같은 인재를 버려서야 되겠는가?'라는 뜻을 나타낸다.

67) 悠悠我之思: "悠悠"는 '근심하는 모양'이다.

68) 擾擾風中纛: "擾擾"는 '어지럽게 흔들거리는 모양'이고, "纛"은 '새의 깃털로 장식한 깃발'을 가리킨다. 위의 구절과 함께 작가의 마음이 근심으로 가득 차 흔들리는 것이 마치 깃발이 바람 속에 나부끼는 모습과 같음을 말한다.

^{상 언 괴 무 로}
上言愧無路⁶⁹⁾　황제에게 진언하려해도 길이 없음을 부끄럽게 여기고

^{일 야 유 심 도}
日夜惟心禱⁷⁰⁾　밤낮으로 오직 마음의 기도만 할 뿐

^{학 령 불 천 생}
鶴翎不天生⁷¹⁾　학의 날개는 태어나면서부터 생겨난 것이 아니고

^{변 화 재 탁 포}
變化在啄抱⁷²⁾　변화는 어미학이 쪼아 부화시켜 주는 데 있다.

^{통 파 비 난 도}
通波非難圖⁷³⁾　먼바다로 항해하기가 도모하기 어려운 게 아니고

^{척 지 역 가 조}
尺地易可漕⁷⁴⁾　척촌의 땅만 옮겨주면 물길로 나아갈 수 있다.

^{선 선 불 급 급}
善善不汲汲⁷⁵⁾　유능한 인재를 애호함에 바삐 서두르지 않는다면

^{후 시 도 회 오}
後時徒悔懊⁷⁶⁾　때가 지난 뒤에 한갓 후회할 뿐이다.

---

69) 言愧無路: "上言"은 황제에게 상소하여 진언하는 것을 말한다.

70) 日夜惟心禱: "心禱"는 '마음의 기도', 곧 '소리내지 않고 내심으로 축원하는 것'을 말한다.

71) 鶴翎不天生: 학이 날개를 펴고 높이 날 수 있는 것은 천부적으로 타고난 것이 아님을 말한다. "翎"은 '새의 날개'이다.

72) 變化在啄抱: "啄抱"는 '어미새가 알의 껍질을 쪼아 부화시켜 주다'는 뜻이다.

73) 通波非難圖: "通波"는 '먼바다로 항해하는 것'을 말한다.

74) 尺地易可漕: "易"은 '배를 육지에서 강이나 호수 또는 바다 등지로 옮겨주다'는 뜻이고, "漕"는 '물길로 나아가다'는 뜻이다. 위의 구절과 함께 맹교와 같이 재주와 덕을 겸비한 인재는 다른 사람이 조금만 끌어주기만 하면 큰 일을 이룰 수 있음을 말한다.

75) 善善不汲汲: "善善"은 [동사+목적어] 구조로 '유능한 인재를 애호하다'는 뜻이고, "汲汲"은 '마음이 급하여 바삐 서두르다'는 뜻으로 '속히 발탁함'을 말한다.

76) 後時徒悔懊: "後時"는 '일이 지나간 뒤', 곧 '장래'의 뜻이고, "徒"는 '한갓'·'속절없이'란 뜻의 부사이다.

구 사 구 팔 진
救死具八珍⁷⁷⁾ 죽어가는 이를 구하는 데는 팔진미를 갖추어주기
보다는

불 여 일 단 호
不如一簞犒⁷⁸⁾ 차라리 한 대소쿠리의 음식물이 나은 법

미 시 공 물 초
微詩公勿誚⁷⁹⁾ 하찮은 시이지만 공께서는 비웃지 마실지니

개 제 신 소 로
愷悌神所勞 화락하고 친근감 있는 품 신께서 수고하신 바이네.

◀감상▶

 이는 당나라 헌종(憲宗) 원화(元和) 원년(806) 가을 중양절 무렵에 한유(韓愈, 768-824)가 정여경(鄭餘慶)에게 맹교(孟郊, 751-814)를 추천하기 위해 써준 편지글 형식의 5언 고체시이다.
 중당(中唐) 시기를 통해 맹교는 시적 성취와 인품 등 여러 면에서 걸출한 존재였지만, 그의 생애는 과거시험과 관직 및 가정생활에 걸쳐 매우 불우하고 곤궁하였다. 한유는 일생동안 끊임없이 당나라 조정에 인재나 후진들을 천거하

---

77) 救死具八珍: "八珍"은 '팔진미(八珍味)', 곧 '여덟 가지의 각종 진미'인데 구체적으로 무엇인지에 대해서는 여러 가지 설이 있다.

78) 不如一簞犒: "簞"은 '밥을 담는 대소쿠리'이고, "犒"는 '술이나 음식을 주어 위로하다'는 뜻이다.

79) 微詩公勿誚: "微詩"는 한유 자신이 지은 이 시를 낮추어 말한 겸사이고, "公"은 정여경(鄭餘慶)이며 "誚"는 '비웃다'·'질책하다'는 뜻이다.

80) 愷悌神所勞: "愷悌"는 '화락하고 친근감 있는 모양'이다. 이 구절은 ≪詩經·小雅·靑蠅≫의 "화락하고 친근감 있는 군자는 신께서 수고하신 바이라네"(豈弟君子, 神所勞矣)에서 따온 것인데, "豈弟(개제)"는 "愷悌"와 같다. 즉, 고대의 군자가 화락하고 친근감 있게 인재 배양에 관심을 기울였듯이 정여경도 그들과 같은 군자의 풍모로 맹교를 천거해 달라는 바람을 나타낸다.

고 타인을 위해 일을 도모함에 있어 열성을 다하는 성격의 소유자였다. 당시 39세의 나이로 수도 장안(長安)에서 권지국자박사(權知國子博士)에 재직 중이던 한유는 역시 장안에 머무르고 있던 둘도 없는 지기인 맹교의 불우한 생애에 무한한 동정을 품고 정여경에게 간곡하게 이 장편의 추천시를 올린 것이다.

맹교를 천거하는 목적을 달성하기 위해 일필휘지 장장 80구에 달하는 도도한 웅변을 토해내었는데, 단도직입적으로 본론을 끄집어내지 않고 매우 근본적인 문제로 돌아가 우회적인 접근을 시도한 점이 우선 돋보인다. 맹교의 시적 성취와 빼어난 재주 및 고금을 꿰뚫어보는 식견과 정직한 인품을 찬양하기에 앞서, 중국시의 역사에 대해 개괄적으로 서술하여 본론을 끌어낼 힘을 비축하고 있다. 한유는 ≪시경≫ 및 한대 오언시의 발생과 흥성에 대해 나름의 견해를 밝힌 뒤, 건안칠자와 포조·사령운 및 당대 진자앙과 이백·두보의 시적 성취를 높이 평가하였다. ≪시경≫ 이래 현실주의적 시가 전통을 높이 평가하는 견지에서 건안(建安) 풍골을 찬양하고 음풍농월한 제량(齊梁)의 화미한 시풍을 반대하며, 진자앙과 이백·두보를 중심으로 당나라의 시가 성취를 비중있게 다룬 점이 눈여겨봐야 할 대목이다. 특히 당시(唐詩)를 대표하는 두 작가인 이(李)·두(杜)의 각기 다른 뛰어난 성취를 함께 받아들이려는 한유의 안목은 지금의 견지에서 보더라도 시사(詩史)의 흐름을 올바로 꿰뚫어 본 탁견이다. 이는 이·두 이후 당시(唐詩)의 다양한 성취에 대해서도 긍정적인 입장을 표명한 것과 함께, 한유의 시사(詩史) 인식이 ≪시경≫과 같은 고전으로의 회귀보다는 동시대의 시를 더 중시했다는 점에서 각별한 주목을 끈다. 그리고 시사를 통관하는 해박한 학식이 농축되어 있음으로 인해, 산문으로 시를 썼다는 한유 시의 두드러진 특징을 실감하게 하면서도 지기를 끔찍이 사랑하는 인간적 정의가 함께 무르녹아 있어 깊은 재미를 더한다.

중국시의 역사와 관련한 장문의 도입적 논의를 거쳐 "허공을 가로질러 생경한 말을 얽는데, 평온하고 거침이 없어 힘이 오를 밀어 젖힌다"(橫空盤硬語, 妥帖力排奡)고 한 표현은 맹교 시의 성취, 곧 기이함을 숭상한 언어적 특징과 가난과 고초, 원한과 우수를 비교적 힘차게 읊조린 시적 분위기를 매우 적절하게 평가한 것으로 받아들여진다. 기실 이 표현은 한유 본인의 시적 성취를 대변하는 동시에 그의 시가 이론을 집약적으로 잘 요약한 것이기도 하다.

한유는 유학을 신봉한 사람으로 지식인 엘리트들이 저마다의 갈고 닦은 재주가 적재적소에서 실현되는 사회를 꿈꾸었으리라. 따라서 그는 '미치광이 촌뜨기'라는 주위의 거센 비난과 조소에도 아랑곳하지 않고 인재의 양성과 천거에 열정을 기울여, "천리마상유(千里馬常有), 이백락불상유(而伯樂不常有)" 곧 인재는 늘 존재하지만 그것을 알아주는 안목을 가진 이가 늘 존재하지는 않는 것을 아쉬워하지 않았던가! 유감스럽게도 한유가 이 추천시를 올렸을 때 정여경은 이미 재상의 자리를 떠나 태자빈객(太子賓客)을 담당하고 있었고 얼마 지나지 않아 국자좨주(國子祭主)로 옮긴 관계로, 이 시의 창작 목적이 즉각적인 실효를 거두기는 어려운 형편이었다. 다만 당시의 유력자에게 이토록 간절하고 적극적으로 자신의 지기를 천거하는 한유의 아름나운 마음 씀은 성사 여부에 관계없이 천고의 미담으로 전해질 만하리라. 타인의 많은 장점보다는 사소한 단점을 들추어내기 일쑤인 고금의 경박한 세태에 비추어 볼 때 이러한 정신은 더더욱 빛을 발한다고 할 것이다.

나는 한유 시를 전공하신 반농(伴農) 선생님을 통해서 한유 산문에 관한 수많은 자료들을 구했다. 1980년대 중반 무렵 선생님 연구실에서 있은 일로 기억된다. 많은 돈과 소중한 시간을 들여서 어렵게 구한 귀중한 자료들을 원하는 대로 선뜻 내주시면서 열심히 해보라며 격려해주셨다. 그 일을 계기로 당시로서는 생소한 분야였던 중국산문 공부에 발을 들여놓아 한유 산문으로 박사논문을 쓸 수 있었고, 반농 선생님께서 심사위원까지 맡아주셨으니 보통 인연이 아닌 셈이다. 평소에 학문을 사랑하고 후학을 아껴오신 반농 선생님의 교육자로서의 모습과 인품으로 보면 너무 자연스러운 일이었다. 그 뒤로 흔한 말로 생색 한번 내신 적이 없었으니 하는 말이다.

1992년 4월에 반농 선생님을 모시고 이홍진·류종목 선생님과 함께 한유의 고향인 맹현(孟縣: 지금 하남성河南省 맹주시孟州市)에서 개최된 제1회 '국제

한유학술연토회(國際韓愈學術硏討會)'에 다녀온 적이 있다. 그때 한유 전공의 반농 선생님과 나는 아침 일찍 일어나 산책을 다녀오는 등 부지런을 떨었고, 소동파 전공의 이홍진·류종목 선생님은 그렇지 않은 편이었다. 한유와 소동파의 기질 차이가 전공자의 생활 방식과도 닮은 것이 아니냐며 함께 농담하고 파안대소 하던 기억도 새롭다. 학문 연구와 제자 양성 및 학회의 창설과 운영 등 여러 분야에 걸쳐 참 많은 일을 하셨다. 그간의 학문 여정이나 건강 및 특유의 끈기와 열정으로 보아, 퇴임하신 뒤에도 한유처럼 부지런히 왕성한 활동을 하시리라 굳게 믿는다. 반농 선생님과의 특별하고 고마운 인연을 한유의 이 〈천사〉시 역주에 담으며 사족을 달아보았다.

李鍾漢(계명대)

花非花 꽃이면서 꽃이 아니어라

백거이(白居易)

花非花	꽃이면서 꽃이 아니고
霧非霧	안개면서 안개가 아니어라.
夜半來[1]	한밤중에 왔다가
天明去[2]	날 새면 떠나간다.
來如春夢幾多時[3]	올 때는 봄꿈처럼 잠깐 왔다가
去似朝雲無覓處[4]	갈 때는 아침 구름처럼 흔적없이 사라진다.

◀해설▶

첫 구절부터 무슨 수수께끼 같습니다. 꽃이면서 꽃이 아니고 안개면서 안개가 아니라는군요. 우리가 주목해야 하는 대상의 정체가 처음부터 모호합니다. 그 대상이 꽃 하나에만 관련되었어도 헷갈리는데 안개에까지 관련되어 있어 더욱 그러하군요. 셋째 행 넷째 행도 그 정체 해명과는 무관하고 묘사된 행적 역시 아리송하여 꽃과 안개에 비유된 대상의 정체가 무엇인지 갈수록 궁금해

---

1) 夜半: 한밤중.
2) 天明: 날이 새다.
3) 春夢: 봄꿈. 짧고 허망함을 나타냄. 幾多時: 시간이 얼마 되지 않다. 즉 짧다는 뜻.
4) 朝雲: 아침 구름. 잠시 나타났다 흔적없이 사라지는 것을 나타냄. 無覓處: 찾을 길이 없다.

집니다. 그 대상이 다섯째 여섯 째 행에서 봄꿈과 아침 구름에 각각 비유되고 있지만 애초 사정에 따라 그 정체가 무엇인지 끝까지 애매하게 처리되어 있군요. 이럴 경우 다른 어떤 시들은 말미에서 그 정체를 짙게 암시하여 추정을 가능하게 하거나 과감하게 노출시키기도 하는데 이 시에서는 끝까지 베일로 차단하고 맙니다. 그리하여 시인은 우리 독자의 호기심을 유발하여 이 시에 관심을 가지게 하는데 성공하고 있습니다. 독자의 입장에서는 짜증이 날 수도 있겠지만 시인의 입장에서 보면 성취의 증표가 되겠습니다. 각 시행들의 의미나 기능이 어설프거나 억지 조작의 혐의가 있다면 비웃고 넘어가겠습니다만 이 시는 그렇게 무시할 수만은 없는 탄탄한 구조를 이루고 있습니다. 첫째와 둘째 행은 대상의 정체에 연관된 속성이, 셋째와 넷째 행은 행위와 사정이, 다섯째와 여섯째 행은 대상에 대한 화자의 심경이 각각 형상화되어 있습니다. 그리고 첫째와 둘째 행, 셋째와 넷째 행, 다섯째와 여섯째 행은 각각 절묘한 대구를 이루면서 상호 의미를 부각시키고 리드미컬한 리듬을 형성하고 있습니다. 한편 들쑥날쑥한 시행은 매끄럽고 규칙적인 근체시(近體詩)의 정제미를 파괴하였군요. 이 시는 백거이 문집에 가행체(歌行體) 잡언시(雜言詩)로 분류되어 수록되어 있지만 사실은 당시의 새로운 시형이라 할 수 있는 사(詞)의 형식에 더 가깝다고 할 수 있습니다. 다시 말해 이 시는 의미적으로도 또 형식적으로도 낯설게 하기 수법이 잘 구사되어 있으며 그 효과 역시 크다고 할 수 있겠습니다. 따라서 이 시는 수수께끼 같은 게 아니라 한 편의 형상성 풍부한 우수한 수수께끼입니다.

화자에게 한 밤에 봄꿈처럼 왔다가 먼동 틀 때 아침 구름처럼 가는, 꽃과 같고 안개와도 같은 존재… 도대체 그게 무엇인지, 우리도 망연히 그 정체를 상상해보지 않을 수 없게 되는군요. "꽃이면서 꽃이 아니고" "안개면서도 안개가 아니다"는 우선 화자가 자신의 어떤 심경과 무관한 상태에서 대상의 객관적 속성을 그대로 진술한 것으로 볼 수 있겠군요. 그렇다면 그 대상은 꽃에 비유되지 꽃 그 자체는 아니며, 안개에 비유되지 안개 그 자체는 아니다로 해석할 수 있겠습니다. 즉, 꽃과 안개의 속성을 지닌 그 어떤 무엇이라는 것입니다. 이럴 경우 해석이 너무 밋밋하고 쓸데없는 부연이라서 시구로 수용하기 힘듭니다. 하여 화자와의 관계가 함축되어 있는 진술로 보는 게 좋겠습니다. 역시 꽃과 안개가 대상의 환유인 것을 전제로 그 대상은 자신에게 꽃과 안개 같은 존재이면서도 꽃과 안개가 아니라는 것입니다. 이는 객관화될 수 있는 모순어법의 역설은 아니고 그저 자신과의 관계에 있어 그러하다는 것입니다. 그렇다면 그게 과연 무엇일까요? 우리의 직관은 이렇게 속삭입니다. 꽃으로 비유된 대상은 연인인거 같애… 네 그렇군요. 첫째 둘째 행은 우리에게 암시해줍니다. 그 연인은 꽃처럼 아름답고 안개처럼 촉촉한 감성을 지닌 여자라고요. 그런데 꽃은 쉬 집니다. 안개 역시 쉬 사라집니다. 아하! 그리하여 꽃과 안개이면서도 아니라고 하였군요. 또 셋째 넷째 행에서처럼 그 여인은 꽃처럼 안개처럼 님의 곁에 머무르는 시간 또한 짧고도 허망함을 알 수 있겠군요. 게다가 그 짧고도 아쉬운 만남 조차도 마음대로 뜻대로 이룰 수 없다는군요. 한밤중에 왔다가 새벽이면 떠난다고 하잖아요. 그런데 초저녁도 아니고 야밤의 밀회라… 심상치 않군요. 남의 이목을 피해야만 하는 무슨 사연이라도 있는 걸까요? 떳떳하게 만날 수 없는 무슨 이유라도 있는 걸까요? 아마 불륜의 사랑을 하고 있거나 부모가 반대하는 사랑을 하고 있는 것도 같습니다. 이럴 경우 떳떳하게 드러내놓고 사랑할 수는 없잖아요. 죄책감에 시달리면서 갈등과 번뇌로 괴로워하기 마련이지요. 만나면 괴롭고 안 만나면 더 괴롭기에… 해서는 안될 사랑이기에 마음은 더욱 더 애틋하고 가슴은 더욱 저려오는 것이지요. 그러나 그 사랑은 이미 비유되어 예정이 된 대로 결국 언젠가 아침 구름처럼 흔적없이 사라지고 또 사라질, 참 허망하고도 가슴 아픈 사랑입니다. 남이 이런 사랑에 빠지면 유치해 보이지만 자신이 당사자라면… 그리하여 당사자의 심경을 헤아리면서 인간에 대한 이해를 심화시킨다면… 문학이 휴머니즘에 봉사한다는 건 이런 뜻이 있을 것입니다.

　허망하고도 가슴 아픈 애절한 사랑을 이야기하면 여러분들은 아마 백거이의 대표작 〈장한가〉를 떠올릴 겁니다. 당 현종과 양귀비의 이루지 못한 사랑의 한을 풍부한 상상력, 치밀한 구성, 평이한 시어로 아름답고 애절하게 읊어낸 천고의 절창이죠. 그런데 그 〈장한가〉를 단순히 객관화된 서사시라고 보기에는 시 중간 중간의 가슴을 울리는 주간적 서정이 심상치 않습니다. 시인이 겪은 모종의 비련이 그 기저에 깔려있다고 생각합니다. 그는 36세에 이르기까지 결혼을 하지 않았습니다. 중세의 결혼 풍습을 상기하면 이건 보통 있을 수 있는 사안이 아닙니다. 왜 그랬을까요? 화비화, 이 시는 미적 변용(그중 하나를 예로 들자면 작중 화자가 실제에 있어서는 그의 연인이었을 수도 있다는 것)이 인정되지만 장한가의 주간적 서정이 그러하듯 그 개인사와 무관하지는 않을 것 같습니다.

아! 그런데 아주 각도를 달리해서 보니 이 시는 또 아주 다른 모습으로 아주 다른 성격으로 다가옵니다. 꽃은 아름답기도 하지만 쉬 지는 속성을 지니고 있지요. 떨어진 꽃잎을 다시 꽃가지에 붙일 수 있을까요? 없지요. 우리의 인생 역시 재방 없는 일회성 프로그램이라는 게 꽃과 다를 바가 없겠군요. 그리고 안개 또한 몽롱하고 불분명한 삶의 측면을 형상화한 비유일 수도 있겠습니다. 앞길이 잘 보이지 않는 인생이기도 하고. 게다가 삶의 시간은 짧고 그 환경은 그리 밝지도 못합니다. 다시 말해 비극적인 인생관의 시로 읽힐 수 있습니다. 쉬 그쳐 짧으며 몽롱하고 불확실한 삶은 꽃과 안개와 같은 속성을 지니고 있다고 할 수 있지 않겠습니까. 아닌 것 같으면서도 아무래도 모호하고 순식간에 사라지는 것, 인생이란 언제나 그렇게 파악될 수도 있는 것입니다. 어디 그뿐일까요? 한밤중에 왔다가 새벽이면 떠나간다고 했습니다. 참으로 봄꿈처럼 짧고 아침 구름처럼 허망한 인생입니다. 봄꿈과 아침 구름처럼 살짝 흔적을 나타냈다가 이내 흔적도 없이 사라지는 것, 그게 인생이라고 화자는 말합니다. 이런 인생관, 어떤가요? 심미적 감상(感傷)이라고 지적되어 왔지요. 그러나 시의 영역은 넓습니다. 바른 삶만 강조할 수 만은 없습니다. 특정 인생이 그럴 수 있고, 심지어는 일반적으로 인생이 그러하다고 할 수 조차 있으며, 견해를 달리하더라도 인생을 이해하고 자아를 성숙시키는데 도움이 됩니다. 어쨌든 이 시는 그런 인생을 예감하거나 자각하고 쓰여졌다고 할 수도 있겠습니다. 이 시를 이렇게 읽는다고 해도 틀렸다고 할 수 없을 것입니다. 시무달고(詩無達詁), 즉 시가 전달하는 메시지는 어느 하나 절대적인 의미로 고정시킬 수 없는 거니까요. 시는 어떤 사람이 어떤 환경에서 어떤 심정으로 읽었느냐에 따라 의미가 달라집니다. 관점에 따라 다양하게 읽혀지는 거지요. 새삼스럽지만 시가 이렇듯 다양하게 읽혀질 수 있는 건 시어의 함축성에서 비롯됩니다. 이는 시인의 의도와 유관할 수도 있고 무관할 수도 있습니다. 하나의 이미지가 다의적 함의를 지녀 연상과 상상의 나래를 펼쳐나가게 만들면서 꼬리에 꼬리를 물고 의미를 생성시켜 주는거죠. 시구마다 모두 풍부한 의미를 담을 수 있는 빈 광주리와도 같은거죠.

백거이의 화비화는 몽롱미를 구현한 대표적 고전시가라 할 수 있습니다. 그래서 사람들은 이 시를 중국 몽롱시파의 비조로 꼽기를 주저하지 않는가 봅니다. 그렇다고 백거이를 아주 몽롱시파로 간주하지 마세요. 백거이는 중국의 대표적인 민중시인 대중시인입니다. 누구나 쉽게 이해할 수 있는 시를 짓는 게 평소의 소신이었습니다. 시를 짓고 나면 이웃집 노파에게 보여준 후 그가 이해할 수 있을 때까지 자구를 수정했다고 합니다. 문학의 사회적 역할을 특히 중시하여 신악부 운동을 펼쳤고, 이론의 구체 성과물인 풍유시 170여 수를 지어서 당시의 사회의 난맥과 시정의 부패를 신랄하게 풍자하고 고발하기도 하였습니다.

유병례(성신여대)

香爐峰下, 新卜山居, 草堂初成, 偶題東壁[1]

향로봉하　신복산거　초당초성　우제동벽

향로봉(香爐峰) 아래 산중거처 새로이 잡고, 초당이 갓 준공되어 동벽(東壁)에 쓰노라.

백거이(白居易)

日高睡足猶慵起[2]　해는 중천이고 잠도 충분한데 왜 이리 나른한고?

일고수족유용기

小閣重衾不怕寒[3]　작은 누각이지만 이불 겹으로 덮으니 추운 줄 모르겠네.

소각중금불파한

遺愛寺鐘欹枕聽[4]　유애사(遺愛寺)의 종소리 베개 세우고 감상하며,

유애사종의침청

香爐峰雪撥簾看[5]　향로봉(香爐峰)의 잔설을 발을 제치고 바라본다.

향로봉설발렴간

---

1) 香爐峰: 여산(廬山:江西省)의 북쪽 봉우리 이름. 아래에 파양호(鄱陽湖)가 펼쳐져 있는 고래의 명승지(名勝地). 新卜山居: 산중의 거소(居所)를 새로이 잡다. 草堂初成: 초당이 갓 낙성되다. 백거이가 46세 되던 헌종(憲宗) 원화(元和) 12년(817)에 초당을 건립하였고, 처음으로 이주한 것은 4월 9일이었다고 한다. 偶題東壁: 우연히 동벽에 쓰다. '偶'는 우연히. '題'는 기록하다. 쓰다. '東壁'은 초당의 동쪽 벽을 이른다.

2) 日高睡足: 아침 해가 높이 솟았고 잠도 충분히 잤다. 猶慵起: 그런데도 몸이 나른하여 일어나기가 싫다. 늦봄의 한적한 환경, 그러면서 아무런 속박도 없는 자유로운 생활 단면을 말하고 있음.

3) 小閣重衾: 작은 건물이지만 여러 겹의 이불을 덮다. 不怕寒: 추운 줄을 모르다.

4) 遺愛寺: 백거이의 〈여산초당기(廬山草堂記)〉에 의하면, 향로봉(香爐峰)의 북쪽에 있는 사찰이다. 欹枕聽: 베개를 세우고 듣다. 잘 들리도록 베개를 곧추세우고 귀를 기울이다.

5) 撥簾看: 창문의 발을 제치고 바라보다. 마음에 드는 여산(廬山)의 잔설(殘雪)을 좀 더 자세히 보고 싶어서 창문에 드리워진 발을 제치고 보다.

　　<ruby>匡<rt>광</rt></ruby><ruby>廬<rt>려</rt></ruby><ruby>便<rt>변</rt></ruby><ruby>是<rt>시</rt></ruby><ruby>逃<rt>도</rt></ruby><ruby>名<rt>명</rt></ruby><ruby>地<rt>지</rt></ruby>⁶⁾　여산(廬山)이야 말로 은둔자가 깃들 곳이요,

　　<ruby>司<rt>사</rt></ruby><ruby>馬<rt>마</rt></ruby><ruby>仍<rt>잉</rt></ruby><ruby>爲<rt>위</rt></ruby><ruby>送<rt>송</rt></ruby><ruby>老<rt>노</rt></ruby><ruby>官<rt>관</rt></ruby>⁷⁾　사마(司馬)란 직책도 노후의 벼슬로 맞춤일세.

　　<ruby>心<rt>심</rt></ruby><ruby>泰<rt>태</rt></ruby><ruby>身<rt>신</rt></ruby><ruby>寧<rt>녕</rt></ruby><ruby>是<rt>시</rt></ruby><ruby>歸<rt>귀</rt></ruby><ruby>處<rt>처</rt></ruby>⁸⁾　심신이 편한 곳, 여긴 내가 귀의할 곳이로다!

　　<ruby>故<rt>고</rt></ruby><ruby>鄕<rt>향</rt></ruby><ruby>何<rt>하</rt></ruby><ruby>獨<rt>독</rt></ruby><ruby>在<rt>재</rt></ruby><ruby>長<rt>장</rt></ruby><ruby>安<rt>안</rt></ruby>⁹⁾　고향이 어찌 장안(長安)에만 있으랴?

◀감상▶

　　백거이(白居易, 772~846)의 자는 낙천(樂天)이요, 호는 취음선생(醉吟先生), 향산거사(香山居士)이며, 당(唐)나라 태원(太原) 사람이다. 가난하게 자랐지만 문재(文才)가 있어 5, 6세에 이미 시를 지었고, 29세 때 진사(進士)에, 그리고 35세 때에는 제거(制擧)에 합격하였으며, 관직도 순조로워 벼슬이 한림학사(翰林學士), 좌습유(左拾遺)에 올랐다. 그러나 44세 되던 해에는 강주사마

---

6) 匡廬: 여산(廬山)을 말한다. 옛 이름은 남장산(南障山)이었는데, 주(周)나라 때 광속(匡俗)이란 은자(隱者)가 이 산에 숨어 정왕(定王)의 부름에도 응하지 않자 사자(使者)를 보냈더니 광속은 이미 등선(登仙)하였고 빈 집만 있어서 그 뒤에 '여산(廬山)'이 '광산(匡山)', 혹은 '광려(匡廬)' 등의 이름으로 불리었다고 한다. 便是逃名地: 여기야 말로 세속의 명예를 피하여 숨어 살 곳이다.

8) 心泰身寧: 마음도 태평하고, 몸도 편안하다. 是歸處: 귀의할 곳이다. 즉 마지막으로 자신의 여생을 맡길 수 있는 곳이다.

9) 何獨在長安: (고향이) 어찌 다만 장안에만 있겠는가? 장안은 백거이가 오랫동안 살았던 곳이기에 고향이라고 말한 것이다. 지금 비록 그 고향을 떠나 낯선 강주에 와 있지만, 그러나 포근하고 안락하기가 고향에 견줄만 하고, 게다가 상사 최씨(崔氏)가 백거이를 장안의 조정(朝廷)에서 한림학사(翰林學士), 좌습유(左拾遺) 등의 관직에 있다가 강주로 좌천된 사람이라 하여 자유롭게 생활하며 즐길 수 있도록 배려하여 백거이가 고향처럼 느꼈을 것이다.(《文集》二六〈江州司馬記〉 참조)

(江州司馬)로 좌천되었고, 충주자사(忠州刺史)로 옮겼다가 조정에 복귀되어 조산대부(朝散大夫), 중서사인(中書舍人) 등을 역임하였으며, 다시 항주(杭州)·소주자사(蘇州刺史)로 나갔다가 만년에는 비서감(秘書監), 태자소부(太子少傅), 형부상서(刑部尙書) 등의 요직을 지냈다. 평이창달(平易暢達)한 시풍으로 작품 활동을 하였으며, 작품의 질과 양에 있어 공히 중당대(中唐代)를 대표하는 위대한 시인이다. 시호는 문(文)이며 작품집으로 〈백씨장경집(白氏長慶集)〉이 전한다.

이 작품은 동 시제(詩題)의 3수 중, 제 3수이다. 작자가 당(唐)나라 헌종(憲宗) 원화(元和) 10년(815) 6월, 재상이 살해된 것을 분개한 나머지 상소문을 올리고 자객의 체포를 주장하다가 강주사마(江州司馬)에 좌천되었는데, 이 시는 작자가 그곳에서 초당(草堂)을 짓고 낙성에 즈음하여 자신의 심경을 묘사한 작품이다.

백거이의 작품을 보면, 강주 좌천 이전엔 주로 시정(時政)을 보찰(補察)하고 인정(仁政)을 선도함에 목적을 둔, 이른바 겸제사상(兼濟思想)의 작품들을 펴낸 반면에, 만년에는 은사(隱士)를 좋아하고 석로(釋老)의 학에 심취하거나 지족(知足) 안분(安分)의 삶에 관한 시를 많이 썼는데, 이 시는 그 후자의 초기에 속하는 것이라고 하겠다.

시 전반(前半)의 내용은 초당(草堂) 생활의 구체적인 묘사이다. 당시 중앙정부에서 근무하다가 좌천되어 온 처지이니, 정치적인 실망과 정신적인 위굴(萎屈)이 없지도 않았겠지만, 이를 극복하고 초당에서 자유로이 늦잠을 자면서 게으름을 펴기도 하며, 때로는 멀리서 들려오는 유애사(遺愛寺)의 종소리를 즐기고, 때로는 향로봉(香爐峰)의 설경을 감상하면서 느긋하게 자적하는 모습을 묘사하고 있다.

후반(後半)의 내용은 한적하고 고요한 생활을 영위하면서 영욕과 득실을 망각한 삶의 구가이다. 여산(廬山)이 본래 은일이 깃들었던 곳이기에 자신도 그 옛 은일을 추종해 보고 싶은 충동을 가져 보고, 비록 좌천되어 사마의 직책에 몸담고는 있지만, 그것을 자신의 분수로 수용할 줄을 알아 나날의 생활이 한없이 자유롭고 즐겁기만 했다. 그래서 화려한 관직에 있을 때보다 오히려 삶의 보람을 느끼게 되고, 포근한 고향에 있을 때보다 못하지 않은 심신의 안락을 얻을 수 있는지라, 그리하여 '고향이 어찌하여 장안에만 있겠느냐' 라는 명구를 남길 수 있었던 것이다.

崔炳憙(충북대)

^{문 류 십 구} 問劉十九 유씨네 열아홉 번째에게 묻노라

백거이(白居易)

^{녹 의 신 배 주}
綠螘新醅酒[1]   술은 갓 익어 푸르스름한 거품이 일고

^{홍 니 소 화 로}
紅泥小火爐   붉은 흙의 작은 화로도 있네.

^{만 래 천 욕 설}
晚來天欲雪[2]   저녁 무렵인데 눈이 올 듯 하니

^{능 음 일 배 무}
能飲一杯無[3]   술 한잔할 수 있겠나?

◀감상▶

시에 등장하는 백거이(白居易)의 친구 유십구(劉十九)는 구체적으로 어떤 인물인지 알 수 없다고 한다. 그러나 시어에서 배어나오는 따스한 우정으로 볼 때, 두 사람이 퍽 친밀한 사이였던 것만은 분명하다. 꾸밈없고 담백한 시어가 소박한 삶을 즐기는 백거이의 면모를 여실하게 보여주고 있다.

---

1) 綠螘(녹의): '螘'는 개미. '綠螘' 즉 '푸른 개미'라고 한 것은 누룩이 발효되어 술이 익을 때, 푸르스름한 거품이 떠도는 것을 가리킨다. 醅酒: 거르지 않은 술.

2) 晚來: 저녁 무렵. 해질 녘. 天欲雪: 하늘에서 눈이 내리려고 한다. 부사 '欲' 자의 수식을 받고 있는 '雪' 자는 '눈이 내리다'라는 뜻의 동사로 쓰였다.

3) 無: 의문의 어기를 나타내는 구말(句末) 종조사(終助詞)로서 현대 중국어의 '麽' 또는 '嗎'에 해당하는 것으로 보는 견해가 있다. 그러나 이 '無'가 '不' 자와 통용되는 경우가 더러 있고, '不' 자는 문장 끝에 쓰여 부가의문문을 만들기도 하는 것에 비추어보면, 이 '無' 자도 문장 끝에서 부가의문문을 만드는 역할을 한다고 하는 것이 보다 근리할 것이다. 굳이 '無' 자로 쓴 것은 '爐' 자와 운을 맞추기 위한 것으로 생각된다.

때는 초겨울인 듯하다. 한겨울이라고 해도 눈이 올 낌새를 보이는 날씨라면 그다지 춥지는 않았을 것이다. 그날 마침 담가놓았던 술이 익어 개미 같은 연녹색의 거품이 뽀글뽀글 피어오르고 있다. 곁에는 따스한 느낌을 주는 붉은 흙으로 빚은 작은 난로도 있다. 물론 필요할 때에는 불을 피워 추위를 녹이거나 술을 데워 먹을 수도 있는 것이다. 그러니 날씨가 쌀쌀하다고 해도 한가로움이 감도는 환경이다. 이럴 때에는 입이 궁금해지는 것이 인지상정. 술을 좋아하는 사람이라면 금세 술 생각이 난다. 무심코 밖을 내다보니 낮게 드리운 우중충한 하늘이 금방이라도 눈을 흩뿌릴 기세다. 갑자기 곁이 허전해지면서 친구가 절실하게 필요해진다. 그래서 '친구여, 술 한 잔 하세'라는 말이 자연스럽게 새어나온다.

나는 이 시를 읽을 때마다 어린 시절 사촌 형들과 함께 국화빵을 구워먹던 일이 생각난다. 그때도 비인지 눈인지가 올 듯한 날씨였다. 그때 우리 사내아이 셋은 국화빵을 구워 먹었었다. 어렵사리 이웃집에서 빌린 빵틀에서 노릇노릇 빵이 익어 가면 구수한 냄새가 얼마나 좋았던지 금세 입안 가득 군침이 고였다. 잘 익은 빵을 들어내어 놓으면 호시탐탐 때를 기다리던 세 사내아이의 손이 질세라 한꺼번에 들이닥친다. 갓 구워낸 한 판은 마파람에 게눈 감추듯 사라졌다. 한창 먹성이 좋은 사내아이 셋은 한 판을 더 구워 먹어도 아쉽긴 마찬가지였다. 아니, 빵 맛을 들인 우리들은 도리어 더욱 게걸스러워졌다. 빵이 더디게 익는다고 한참 열이 오른 빵틀을 나무라기까지 했다. 이때 나이가 몇 살 많은 큰 형이 그래도 어른스럽게 동생들을 다독거렸다. "이렇게 먹다가는 신나게 먹어볼 수 없으니까 여러 판을 모아서 한꺼번에 신나게 먹자." 아쉬움 없이 실컷 먹을 것이라는 기대에 그렇게 하겠다고 응낙을 했지만 잘 구워진 빵이 구수한 냄새로 풍겨내는 유혹은 참기가 힘들었다. '형아, 한 개만 먹자' 하고 작은 형과 내가 간청을 하면 처음에는 안된다고 단호하게 말하던 형도 동생들의 거듭되는 애원에 점차 마음이 약해졌다. '그래, 하나만 먹어라.' 그참에 그동안 잘 참던 형도 동생들이 맛있게 먹는 것을 보고는 더 이상 참을 수가 없게 되었다. "그럼 나도 한 개……" 이렇게 하여 잠시 쌓이는가 했던 국화빵은 금세 다 사라졌다. 결국 한 주전자 준비했던 밀가루 반죽이 다 떨어질 때까지 대바구니에는 빵이 하나도 쌓이지 않았다. 이런 연유로 눈이나 비가 올 듯한 저녁 무렵에 길을 가다 구수한 냄새를 맡거나 백거이의 〈문유십구(問劉十九)〉를 읽으면 나의 상념은 어느새 삼십 여년 전의 그날로 되돌아간다.

팽철호(국민대)

江雪¹⁾ 눈 내리는 강

유종원(柳宗元)

千山鳥飛絶   온 산에 새 날지 않고,

萬徑人蹤滅²⁾   온 길에 사람 발자취 없는데,

孤舟簑笠翁   외로운 배엔 도롱이에 삿갓 쓴 노인이

獨釣寒江雪³⁾   눈 내리는 추운 강에서 홀로 낚시질 하노라.

◀감상▶

이 시는 범희문(范晞文)이 "당대의 오언절구 중 유종원의 이 시를 제외하고는 뛰어난 작품이 거의 없다."고 극찬했을 만큼 유명하다. 은거하는 늙은 낚시꾼을 빌려 작자의 청고(淸高)한 마음을 기탁하였는데, 정치적 실의에서 벗어나고자 애쓴 흔적이 뚜렷하며, 시풍(詩風)은 담담하고 그윽하며 청아하다.

유종원이 이 시를 지을 당시에는 사회 전반에 걸쳐 문제점과 모순이 끊임없이 일어나고 있었는데, 이 시의 고기잡이 '노인[翁]'은 도연명의 "도화원기(桃花源記)"에 나오는 가공적 인물일 뿐이며, 이 시의 세계도 환상적 세계에 불과하다. 그러면서도 독자들이 맛보는 쾌감은 다른 산수시와는 그 차원이 다르다.

---

1) 江雪: 눈 내리는 강가의 설경(雪景).
2) 萬徑: 여러 갈래로 뻗은 조그마한 길. 人蹤: 사람의 발자취.
3) 孤舟: 한 척의 작은 배. 이 말은 동진(東晉)의 도연명이 "귀거래사(歸去來辭)"에서 처음 쓴 이래 당나라 때의 시인 왕창령, 두보, 유장경(劉長卿) 등이 종종 사용한 시어임.

마치 중국이 삼천 년 역사에서 문화를 발전시키기 위해 거대한 한적(閑寂)의 세계를 향유해왔다는 임어당(林語堂)의 말처럼, 한적의 상태에 있는 이 노인의 모습이야말로 중국인의 참 모습이 아닐까?

우선 이 시는 쪽배에 도롱이 입고 삿갓 쓴 늙은이가 눈 내리는 가운데 낚시질하는 모습이 한 폭의 그림을 펼쳐놓은 듯하며 배경묘사에 치중되어 있다. '온 산[千山]'과 '온 길[萬徑]'로 광활한 정경이 펼쳐지지만, 이 시어들은 '외로운 배[孤舟]'와 '홀로 낚시질 하노라[獨釣]'라는 시어와 대비되어 고독을 유발하며, '절(絶)'과 '멸(滅)'은 세상의 절대적 고요와 평화를 체감하게 한다. 전반부가 정적으로 초연하고 고고한 경지를 느끼게 해주었다면, 후반부는 눈과 노인을 등장시켜 동적으로 이끌어가고 있다. 노인의 주변은 눈으로 뒤덮였고, 산도 길도 새하얗다. 다만 강만이 물빛이다. '눈(雪)'은 순결과 탈속의 경지를 암시하며, '추운(寒)'은 정치적 갈등을 거듭하고 있는 작자 내면의 고독을 의미하는지도 모를 일이다. '한강설(寒江雪)'은 이 시의 화룡점정(畵龍點睛)으로, 작자는 이 시상을 유기적으로 연결하여 원거리 화면을 소폭에 담아내는 정련된 솜씨를 발휘하고 있다.

이런 묘사는 독자들로 하여금 시인이 얼마나 세속을 벗어나 초연하여 물외(物外)의 고고한 경치를 체험하고픈 욕망이 큰 지를 알 수 있게 해준다. 이런 거리감각의 형성은 작가가 '설(雪)'자를 이 시의 맨 끝에 둔 점과 바로 앞에 '강(江)'자와 연결시켜 이 시의 제목에 함축되어 있는 어떤 새로운 효과를 자아내려 한다는 데 있다.

김원중(건양대)

夏初雨後尋愚溪[1]
여름날 비 개인 뒤에 우계(愚溪)를 찾다

유종원(柳宗元)

悠悠雨初霽[2]   하염없이 내리던 비 갓 개어,

獨遶清溪曲   홀로 맑은 시내 구비 둘러본다.

引杖試荒泉   지팡이 가져다 거친 샘 짚어도 보고,

解帶圍新竹[3]   허리띠 풀어 새로 지란 대나무 감아도 본다.

沈吟亦何事   깊이 생각에 빠지는 건 또 웬일인가?

寂寞固所欲[4]   조용함은 정말로 바라던 바였는데.

幸此息營營[5]   다행히 여기에서 분주함 벗어나고,

---

1) 이 시는 이른바 영정혁신(永貞革新)에 참여했다가 몰락하여 영주(永州)의 사마(司馬)로 쫓겨난 후에 지은 것이다. 우계(愚溪)는 본디 염계(冉溪) 또는 염계(染溪)로 부르던 것을 작자가 자신처럼 어리석다고 하여 개명(改名)한 영주 소재의 시내이다. 이 시내는 산문 〈우계시서(愚溪詩序)〉와 시 〈계거(溪居)〉 등 많은 작품의 배경이 되었다.

2) 悠悠: 끊이지 않고 연속되는 모습이다.

3) 이 두 구는 비 온 후에 샘물이 얼마나 깊어졌는지 또 새로 자란 대나무가 얼마나 굵어졌는지 알아봄을 가리킨다.

4) 이 두 구는 자문자답(自問自答)이다.

5) 營營: 분주히 왕래하는 모습으로 벼슬길에서의 분주함을 의미한다.

^{소 가 정 염 욱}
嘯歌靜炎燠　　　휘파람 불고 노래하니 찌는 더위 잦아든다.

◀**감상**▶

　비 온 후에 샘물이 얼마나 불어나고 대나무가 얼마나 자랐는지 지팡이와 허리띠로 알아보는 작자의 천진난만하고 한가한 모습이 동영상처럼 다가온다. 생기 또한 물씬 풍겨온다. 그러나 좌절의 근심에 싸인 불우한 지식인의 운명의 그림자가 여전히 드리워져 있다. 끝내 먼 외지에서 죄인의 처지를 벗어나지 못하고 사후에야 고향 장안에 돌아가는 유종원, 그의 좌절과 기다림의 일생이 더불어 떠오르며 이때의 한가함이 오히려 몸부림인 양 몹시도 안타깝고 애처롭게 다가온다.

　　　　　　　　　　　　　　　　　　　　오수형(서울대)

尋隱者不遇 은자를 찾아갔으나 만나지 못하다
_{심 은 자 불 우}

가도(賈島)

松下問童子[1]
_{송 하 문 동 자}　소나무 아래 동자에게 물으니,

言師採藥去
_{언 사 채 약 거}　스승은 약초 캐러 갔다고 하네.

只在此山中
_{지 재 차 산 중}　다만 이 산중에는 계시겠지만,

雲深不知處
_{운 심 부 지 처}　구름이 짙어 어디 계신지 모르겠다고 하네.

◀해설▶

　가도(賈島, 779-843, 자 낭선閬仙 혹은 浪仙), 범양(范陽: 지금의 하북성河北省) 탁현(涿縣) 사람이다. 출가한 적이 있었고 장강주부(長江主簿)라는 하급 관리를 지냈었다. 이 시는 〈방은자불우(訪隱者不遇)〉라고도 하며, 작자 가도는 "퇴고(推敲)" 두 자로 유명한 고음(苦吟) 시인이다. 일반적으로 그는 용자(用字) 방면에 노력을 많이 기울이는 것으로 알려져 있는데, 실은 자구를 다듬는 데 고심할 뿐 아니라 한편으론 구사방면에도 또한 고심을 기울이는 것이다. 이 시도 그 한 예이다.

　간략하게 묻고 답하는데, 교묘하면서 간결하다. 일종의 대화의 형식일 뿐 아니라 주요한 어구가 제 이인칭의 대답에서 나온다. 묻는 부분이 단지 서술이기 때문에 문구의 직접 진술이 아니다. 제 이인칭의 대답은 시의 주체적인 결과를 이루는데, 곧 "오(悟)"를 표현하는 과정이라 할 수 있다. 동자의 입을 통해 풍

---

1) 童子: 남자아이를 말하는데, 여기서는 은자의 제자를 말한다.

부한 철리를 담고 있는데, "채약거(採藥去)"의 실망에서 "차산중(此山中)"의 한 가닥 희망으로, 다시 "부지처(不知處)"의 절망으로 오묘한 이치라 이어진다. 동자의 세구의 대답이 점점 깊이를 더해가면서 한편으로 그의 스승 은자의 신묘(神妙)함을 그려내고 있으며 이는 은자라는 그의 이미지와 부합한다.

첫 구의 "송(松)"은 상징적 의미를 지닌 것으로, 둘째 구의 "약(藥)"과 서로 의미를 보충하는 작용을 하고 있으면서 자연에 근접한 은자의 생활을 상징하고 있다. 약초를 캔다는 것은 자신을 위한 것일 뿐만 아니라 다른 사람을 치료한다는 의미도 담고 있는 것으로 범상인과 다른 은자의 인품과 수양을 짐작할 수 있다. 또 은자가 "송하(松下)"에 사는 것은 사실상 특수한 생활 양태를 나타내는 것일 뿐만 아니라, 바로 그 생활의 특수한 추적과 의의를 암시하고 있다.

송(松), 약(藥), 산(山), 운(雲) 등의 형상을 통해 은자의 생활 모습과 의미를 그려내고 있을 뿐 아니라, 구체적이고 고정적인 송(松)과 산(山), 불특정적이고 헤아릴 수 없는 약(藥)과 운(雲)의 반복과 변천 이동을 통해 시의 의미를 더하고 있다.

은자가 명리를 추구하는 무리가 아니기 때문에 "심(尋)"하고자 하나 "불우(不遇)"의 결과는 미리 예견되어 있는 것이라 할 수 있으며, 한편으론 시인의 은자에 대한 존경과 흠모하는 심정을 더하고 있는 것이라 할 수 있다.

우강식(영남대)

夢天 꿈속에 하늘에 올라

이하(李賀)

老兔寒蟾泣天色[1] 달 속의 늙은 토끼와 한기 느낀 두꺼비가
　　　　　　　　　우는 듯한 하늘 빛

雲樓半開壁斜白 구름누각 반쯤 열리자 벽 사이로 비스듬히
　　　　　　　　　내비치는 새하얀 달빛

玉輪軋露濕團光[2] 옥 바퀴 이슬에 구르자 물기를 머금은 듯
　　　　　　　　　달빛은 몽롱해지고

鸞佩相逢桂香陌[3] 계수나무 꽃향기 피어나는 길에서 선녀를
　　　　　　　　　만난다.

黃塵淸水三山下[4] 삼신산 아래 인간 세상을 바라보니 누런 먼지와
　　　　　　　　　맑은 물뿐

---

1) 老兔寒蟾: 달에는 토끼와 두꺼비가 산다는 전설이 있음. 이에 따라 토끼와 두꺼비는 달의 별칭으로 쓰이기도 함. 여기서는 비 내리는 밤하늘을 달에 사는 토끼와 두꺼비가 울어 눈물을 흘리는 것으로 비유하고 있다.

2) 玉輪: 달. 여기서는 비오는 밤 구름을 뚫고 흐릿하게 보이는 달의 모습을 이슬에 굴러 습기를 머금고 몽롱한 빛을 내는 옥 바퀴로 비유하고 있다.

3) 鸞佩: 허리 근처에 매다는 새 모양의 옥 장식품. 여기서는 옥 장식품을 단 선녀를 말함. 桂香陌: 달에는 계수나무가 있다는 전설이 있음. 여기서는 시인이 꿈에 하늘에 올라 달 속으로 들어갔음을 암시함.

4) 三山: 삼신산(三神山). 신선들이 산다는 '봉래(蓬萊)', '방장(方丈)', '영주(瀛洲)'로 불리는 세 산.

更變千年如走馬 변화를 거듭하는 천년세월도 달리는 말처럼 한순간이다.

遙望齊州九點煙[5] 아득히 바라보이는 중국 땅은 아홉 점 먼지

一泓海水杯中瀉 넓은 바다도 쏟아낸 한잔의 물에 불과한 것을.

해설

이 시는 일종의 환상곡이라고 할 수 있다. 시인은 무한한 환상이 가능한 꿈이라는 시공을 설정하여 하늘과 달과 인간 세상에 대한 시인의 상상력을 펼쳐 보이고 있다.

시의 초반부에서는 시인이 하늘에 올라 달세계로 진입하는 과정을 신화와 전설을 동원하여 환상적이면서도 아름다운 시어들로 생동감 있게 묘사하고 있다. 후반부에서는 달에서 바라본 인간세계의 시간과 공간이 얼마나 허무하리만치 짧고 좁은가를 마치 하늘에 올라 세상을 바라보고 있는 듯이 실감나게 그려내고 있다.

여기에서 시인은 독특한 시공의식을 보여준다. 시인은 현실에서 급속한 시간의 흐름과 지극히 편협한 세상을 경험한다. 현실에서 펼쳐보지 못한 꿈과 이상향에 대한 동경을 시간과 공간적인 제약이 없는 꿈, 신선, 혼귀 등의 세계를 상상함으로서 잠시나마 보상받고 싶었던 것으로 보여진다. 이러한 기발한 착상들은 시인이 현실적인 불만으로 소진해 가는 자신을 위로하는 하나의 방편이면서 결과적으로는 다른 시인들과 구분되는 독특한 시풍을 이루게 하는 요인이 된다.

김민나(서울여대)

---

5) 齊州: '제'는 '중(中)'의 뜻이 있고 '제주'는 중국을 가리킴.

山行 산행
산 행

두목(杜牧)

遠上寒山石徑斜[1]
원 상 한 산 석 경 사

구불구불한 돌 길이 멀리 가을산으로 이어져 있고,

白雲生處有人家
백 운 생 처 유 인 가

흰 구름 피어오르는 곳에 인가가 있네.

停車坐愛楓林晚[2]
정 거 좌 애 풍 림 만

저녁 단풍 숲이 좋아 수레를 멈추니,

霜葉紅於二月花[3]
상 엽 홍 어 이 월 화

서리맞은 잎새가 이월의 꽃보다 붉네.

◀감상▶

이 시의 산행이란 소재는 너무 평범해서 무슨 글감이 될 수 있을까? 더구나 그 소재로 28자의 칠언절구(七言絕句)에 도무지 무슨 내용을 실을 수 있을까? 언뜻 시를 읽어보면, '단풍이 아름답고 단풍이 있어 가을이 좋다'는 평범한 찬탄 정도로 생각될 수 있다. 이 시를 대하는 첫 느낌은 대략 그런 것이었다. 좀 더 대하니, '멋지구나' '뭔가 여운이 남는다'는 정도로 느낄 수 있었고, 왜 그런지는 알 수 없었다. 그런데 더 음미해 보니, 이 시는 평범함 속의 기이함에 그 묘미가 있는 것이 아닌가 한다. 평범한 자연 속에서 기이한 광경을 발견한 것이 이 시의 창작 모티브이며, 시인은 이러한 자연의 아름다움을 독자와 함께

---

1) 寒山: 늦가을 산. 石徑: 돌 길.
2) 坐: …으로 인하여. 楓林: 저녁의 단풍 숲.
3) 霜葉: 서리 맞은 단풍 잎새. 於: …보다. 二月花: 음력 2월달의 꽃, 봄이 한창인 시기의 꽃.

감상하고 싶어한다.

시인은 수레를 타고 늦가을에 산 기슭으로 난 길을 가다가 문득 두 가지 기이한 광경을 목격한다. 하나는 원경(遠景)으로 돌산에 가파르게 난 돌길과 구름 자욱한 돌산에 인가를 발견한 것이요, 또 다른 하나는 근경(近景)으로 지극히 붉은 단풍잎을 발견한 것이다. 여기서 우리는 시인의 위치를 주목해야 하는데, 수레를 타고 돌길을 갈 수 없으니 시인은 산 아래에서 두 가지 광경을 목격한 것으로 보아야 할 것이다.

제1구는 운과 평측을 맞추기 위한 도치이며, 산문식으로 배열해보면 斜石徑遠上寒山이 된다. '遠上'을 '멀리 산을 올라간다'라고 풀이한 해석도 있으나 그렇게 풀이하면 제3구의 '停車'와 맞지 않는다. 왕지환(王之渙)의 〈출새(出塞)〉에 "黃河遠上白雲間(황하가 멀리 흰 구름 사이로 이어져 있다)"라는 표현을 보면, '遠上'을 위와 같이 해석함이 적절할 것이다. 제2구의 "白雲生處有人家"는 어려운 글자도 없고 문맥도 자연스러워 걸릴 것이 없이 해석된다. 그러나 단순해 보이는 문맥에 오히려 기이한 아름다움을 간직하고 있다. 고대 중국에서는 일반적으로 구름은 깊은 산의 동굴에서 피어오른다고 생각한다. 도연명의 〈귀거래사〉에서도 "구름은 무심히 동굴에서 피어오른다(雲無心而出岫)"고 표현했다. 그러나 지금 시인의 눈앞에 보이는 것은 동굴이 아니라 사람이 사는 집이다. 구름이 있을 정도로 높은 곳에 인가가 있고 인가가 있다는 것은 사람이 산다는 것인데, 이는 범상한 광경이 아니다. '저런 곳에도 사람이 사는가?' 물론 인가에 사는 사람은 범인이 아니며 도인(道人)일 것이다. 이는 평소 인간의 통념을 깨는 기이한 광경이다. 그래서 "白雲生處有人家"의 '處' 자 뒤에 '竟' 또는 '竟然'(뜻밖에, 의외로)을 넣어 풀이하면 시인이 의도한 바가 더욱 잘 드러난다. 즉 "흰 구름 피어오르는 곳에 뜻밖에 인가가 보이는데, 저기에도 사람이 산단 말인가?"라는 정도로 이해하는 것이 좋겠다. '有' 자의 의미에 주목하면서 깊이 음미하는 것도 이 시의 묘미를 살리는 낭송법이 될 것이다. 제3구도 평측을 고려한 도치이며 산문식으로 배열하면 坐愛晚楓林停車가 된다. 제4구는 비교문을 이용하여 평이하게 서술하였으나 내면에는 자연에 대한 시인의 심오한 통찰이 담겨있다. 평소 막연히 봄꽃이 더 붉고 아름다운 줄 생각했는데, 지금 알고 보니 가을의 단풍잎이 더 붉고 아름답다는 것이다. 이것은 통념을 깨는 또 하나의 신선한 충격이다. 시인은 이러한 미감을 표현하고자 했다. 굳이 비교문을 운용한 것도 바로 그러한 충격을 효과적으로 나타내기 위해서이다.

　　제1, 2구의 시선은 멀리 있어 원경(遠景)이라면 제3, 4구의 시선은 가까이 있어 근경(近景)이며, 제1, 2구가 객관적 아름다움을 담담히 표현였으므로 서경(敍景)이라면 제3, 4구는 주관적 정감을 표현하였으므로 서정(抒情)이라 할 수 있다. 그러므로 이 시는 중국고전미학에 추구하는 주객일체와 정경융합의 미학이 잘 발휘된 작품이라 할 수 있다.

심성호(위덕대)

題烏江亭 오강정을 제목으로

두목(杜牧)

勝敗兵家事不期[1] 승패라는 것은 군사를 움직이는데 있어
정해진 대로 되는 것은 아니거늘

包羞忍恥是男兒 수치를 안고 참아 내는 것도 남아
대장부 되는 일인데,

江東子弟多才俊 강동의 자제들 중에는 뛰어난 재주를 지닌
사람들이 많으니

捲土重來未可知[2] 후일을 기약하고 준비하여 다시 한번 흙먼지
몰아 중원을 도모했다면 한왕을 몰아냈을지도
또 몰랐을 것을……

◀감상▶

오강(烏江)에는 패왕묘(霸王廟)가 있다.

항우(項羽)가 장량(張良)의 사면초가(四面楚歌)라는

심리전에 걸려 군사 대부분을 잃고 유방(劉邦)에게 쫓기다가

이곳에 이르러 애첩 우미인(虞美人)을 죽이고

자신도 칼을 물고 자살했다는 곳이다.

항우가 이곳에 도착했을 때

---

1) 勝敗兵家事不期: '勝敗兵家之常事'를 시인이 나름대로 사용했다.
2) 捲土重來: '흙먼지를 말아 올리며 다시 온다'는 뜻으로 엄청나게 많은 기마병들이
대오를 지어 달리면 흙먼지가 뭉게구름처럼 일어나는 모습을 묘사한 것이다.

이곳 정장(亭長)이 그를 맞아들여
강남으로 돌아가 전비를 수습해
다시 한번 유방과 겨룰 것을 권고했다는 전설이 있는 곳이다.

항우는 교만한 장수였다.
그토록 교만했던 그도 마지막에는 염치가 없다는 유언을 남겼다.
역사란 무심한 채로 인간을 외면하고
냉혹하게 자기 나름대로 흘러만 간다라고 할 수 있을까?
항우가 유방 만큼이나 겸손했다면 어떠했을까?
이것은 크레오파트라의 코가 한 치만 낮았더라도 하는 식의
역사적 가정과 다를 바가 없는 것이리라.

두목은 강렬한 우국충정(憂國衷情)을 지닌 불우한 지식인이었다.
그러나 그가 불우하다는 식으로 그를 변명할 수 있을까?
아니면 그 역시 시대의 인식을 벗어나지 못했다고 할까?
모든 의식이 변해 버린 천년 뒤에 그를 바라보면서
이런 식으로 그를 평가한다는 것도 우스운 일이리라.
어쨌거나 당나라는 기울어져 갈 수 밖에 없는
역사적 행로에 들어 있었던 것이라고 생각한다.
그 길목에서 두목은 자신이 세상을 구할 수 있다는
호기(豪氣)를 가지고 있었다는 것일 뿐이리라.

이기연(경남정보대)

淸明 청명절
_{청 명}

두목(杜牧)

淸明時節雨紛紛¹⁾
_{청 명 시 절 우 분 분}
　청명 좋은 시절 흩날리는 가랑비에

路上行人欲斷魂²⁾
_{노 상 행 인 욕 단 혼}
　길 가는 나그네 마음이 서글퍼져

借問酒家何處有³⁾
_{차 문 주 가 하 처 유}
　묻노니, 주막은 어디 있는고?

牧童遙指杏花村⁴⁾
_{목 동 요 지 행 화 촌}
　목동 아이 멀리 살구꽃 핀 마을 가리킨다.

◀감상▶

　두목(803-852)은 만당(晩唐) 시인 중 일인자로 꼽힘. 자는 목지(牧之), 두보(杜甫)와 대비해 소두(小杜)로 불리고, 특히 칠언절구에 뛰어났다

　목가적인 풍경을 담은 한 폭의 빛 고은 수채화를 보는 듯 하다. 일년 중 가장 아름다운 절기인 청명, 비 내리는 아름다운 봄날을 한 장면으로 포착했다. 낯선 땅을 가는 나그네가 아름다운 마을을 지나다 부슬부슬 비 뿌리니, 향수에 젖어 가슴이 아려와 지나는 목동에게 술집이 어디 있느냐고 묻는데, 아이는 말 없이 살구꽃 핀 마을을 손가락질한다. 가리킨 곳은 보슬비로 인해 희뿌옇게 보여서 실제 거리보다 더 멀게 보였을 것이고 살구꽃 연한 붉은 빛은 더 신비로

---

1) 淸明: 24절기의 하나. 춘분과 곡우 사이로, 양력 4월 5-6일경 紛紛: 어지러운 모양, 뒤섞인 모양.
2) 斷魂: 몹시 슬퍼서 마음이 아픔, 단장(斷腸).
3) 借問: 감히 물어봄, 물어 보다.
4) 杏花村: 살구꽃 핀 마을, 지주(池州: 안휘성 귀지현 행화촌)의 지명으로 보기도 함. 두목은 42세 때인 844년에서 846년까지 지주의 자사(刺史)를 지냈다.

움을 발했으리라.

　인간의 고뇌가 계절 가려 찾아오는 것은 아니라, 아름다운 봄날의 슬픔은 더 애절할 수도 있으나, 나에게 있어 작자인 나그네의 '欲斷魂'이란 하소연은 그저 과장된 엄살로 보이니, 이유는 싱그러운 봄날의 자연경관에 시름이 묻혀버려 '애이불상(哀而不傷)', 산뜻한 슬픔으로 보일 뿐이다. 봄비는 대지를 촉촉이 적셔 생명을 자라게 하니 괴로움도 슬픔도 흡수해서 다시 희망의 기운으로 만들어낼 것 같으므로.

　지금 내가 사는 경산, 좀 더 가면 청도, 집에서 차를 몰아 20분만 지나면 어느새 이런 아름다운 살구꽃 복사꽃 마을을 만나는데, 그때마다 이 시구가 떠오른다. 시름에 겨워할 일도 없고, 그래서 술집을 찾을 일도 없는데… 남의 괴로운 심사는 몰라준다고 작가 두목은 섭해할지 모르지만, 봄비 흩날리는 살구꽃 마을로 들어서는 나의 느낌은 사뭇 굴하다.

　　　　　　　　　　　　　　　　　　　　최인애(영남대)

錦瑟 금슬

이상은(李商隱)

錦瑟無端五十弦[1] 금슬은 까닭 없이 오십 현으로 되어 있어

一絃一柱思華年 현 하나, 기둥 하나마다 꽃다운 시절
생각케 한다.

莊生曉夢迷蝴蝶[2] 장자는 새벽꿈에 나비인가 미혹되었다지,

望帝春心托杜鵑[3] 망제는 춘심을 두견에게 기탁했다지.

滄海月明珠有淚[4] 창해에 달 밝을 때 진주에 맺힌 눈물,

---

1) 錦瑟: 슬(瑟)은 고대부터 있었던 중국의 전통적인 현악기로서 금슬(錦瑟)은 비단으로 장식된 것처럼 무늬를 그려넣은 슬을 말한다. 五十絃: 《한서(漢書)》〈교사지(郊祀志)〉에 태제가 소녀(素女)라고 하는 악사에게 오십 현으로 된 슬(瑟)을 연주하게 했는데 그 소리가 너무 슬퍼 마음을 상하게 할까 염려되어 이십오 현으로 고치게 했다는 이야기가 나온다.
2) 迷胡蝶: 장자(莊子)가 어느 날 나비가 되어 훨훨 날아다니는 꿈을 꾸었는데 꿈속의 나비와 꿈에서 깨어난 장자 가운데 어느 쪽이 진짜 자신의 모습인지를 도무지 알 수 없었다는 《장자》〈제물론(齊物論)〉에 나오는 이야기를 말한다.
3) 託杜鵑: 《설문(說文)》에 보면 옛날 촉왕(蜀王) 망제(望帝)가 신하의 부인과 걷잡을 수 없이 사랑에 빠졌는데 어느 봄날 사랑을 나누던 장면을 신하에게 들키고 나서 부끄러움을 참지 못하고 숲으로 도망가 두견새가 되었으며 그 뒤로 망제는 먼 숲속에 숨어서 봄이 다 가도록 피를 토하며 울게 되었다는 이야기가 나온다.
4) 珠有淚: 《박물지(博物志)》에 인어의 이야기가 나오는데 그는 물속에서 살면서 쉬지 않고 길쌈을 하며 그가 눈물을 흘리면 진주가 된다고 한다.

藍田日暖玉生煙⁵⁾
남전일난옥생연

남전에 따뜻한 봄날 옥에서 피어오르던 아지랑이.

此情可待成追憶
차정가대성추억

이런 일들 어찌 추억이 될 수 있으리

只是當時已惘然
지시당시이망연

그저 당시에 이미 망연하게 된 것을.

◀ 해설 ▶

자신의 죽음을 예감한 듯 이상은은 자신의 시들을 책으로 묶었는데 이 시를 마치 서시(序詩)처럼 맨 앞에 실었다고 한다. 원래 이 시에는 제목이 없었으며 〈금슬(錦瑟)〉이라는 제목은 그냥 첫 글자를 따서 제목으로 삼은 것 외에 특별한 뜻은 없다고 볼 수 있다. 이 시가 노래하는 것이 무엇인가에 대해서는 여러 가지 해석이 있다. 자신의 죽음을 예감한 듯 비감에 잠겨 지난 날을 회상한 것이라고 보는 경우가 제일 많지만, 어떤 사람들은 죽은 부인 혹은 친구를 애도하는 시라고 보기도 했고, 어떤 사람은 또 금슬(錦瑟)이라고 하는 시녀의 죽음에 부친 시라고 보기도 했으며, 자신의 글재주를 의인화한 것이라고 본 사람도 있고, 악기에 새겨진 무늬와 그림의 모습을 노래한 것이라고 본 사람도 있었다. 그러나 역설적으로 이런 여러 해석이 나오는 상황 자체가 아마 이상은이 조성했던 시의 실체와 가장 가까운 것인지도 모른다. 어떤 한 편의 시가 시인이 마련해 놓은 하나의 정해진 답 혹은 누구나 동의하는 올바른 해석과 일대일로 대응하는 상황 자체를 이상은은 거부하고 있는 것으로 보인다. 이상은이 보편적인 사고의 관습이나 상식적인 추론에 의해 시의 의미를 결정하고 해석하는 중국 고전시의 관습을 뒤집는 모습은 여러 경우 특히 무제시와 영사시들을 통해 쉽사리 확인할 수 있다. 이상은이 시상을 전개해 나가는 방식은 합리

---

5) 藍田: 섬서성(陝西省) 남전현(藍田縣)에 있는 옥의 산지로 유명한 곳.

적인 사고나 논리의 틀을 멀리 벗어나 자유로운 상상력과 비일상적인 이미지들의 교차를 통해 개인적인 내면의 세계를 매혹적인 화면으로 만들어 보여주는 지극히 감성적인 방식으로 흐르는 수가 많다. 그래서 이상은의 시는 이야기를 축으로 하여 전개되는 전통적인 중국 고전시의 영역을 자주 훌쩍 뛰어넘어 현란한 이미지들의 교차를 통해 환각과 마술의 세계로 들어가려고 시도하는 표현주의적인 현대미술이나 영상예술의 한 흐름을 연상시키곤 한다.

금슬의 오십현은 환각과 신화가 교차하는 그 비합리의 세계로 들어가는 문이며 한 줄 한 줄의 현은 자신의 인생을 이루는 기억과 체험 혹은 시간의 흐름을 감지하는 감각과 같은 자신의 정체성을 구성하는 모호한 의식의 총체를 가리키는 것으로 보인다. 그러나 마치 긴 이야기를 풀어나갈 실마리처럼 제시된 금슬과 오십 가닥의 줄은 어느 사이엔가 주마등처럼 사라져 버리고 이상은은 곧바로 장자와 망제의 이야기로 비약해 버린다. 장자와 망제는 묘한 대비를 이루는 두 짝이다. 장자는 귀하고 천한 것과 옳고 그른 것 나아가 이것과 저것의 구별마저도 실상은 변화의 과정 속에서 존재하는 물화(物化)한 모습일 뿐 도의 근원으로 돌아가서 보면 모든 것은 다 같고 다 하나로 통한다는 만물제동(萬物齊同)이 도리를 깨친 현자 중의 현자로서 진정한 삶을 얻은 사람이다. 망제는 옛 촉나라의 어진 임금으로서 백성들을 아끼고 사랑하여 고금의 훌륭한 군주와 이름을 나란히 할 수 있었지만 불행하게도 인간의 허망한 욕망에 대한 한 순간의 망상과 집착 때문에 모든 것을 잃고 그 상실의 슬픔을 이기지 못해 영겁의 시간 동안 스스로에게 고통을 부과하게 되고 만 비운의 왕이었다. 이상은은 벼슬도 명예도 왕위도 없이 평생을 서민으로 살았으나 나비여도 상관없고 장자여도 상관없는 아무 것에도 매이지 않는 자유로운 삶을 살았던 장자의 모습에 자신의 젊은 날을 투영시키다가 곧바로 피를 토하며 한 순간의 미망으로 인해 망가져 버린 자신의 쓰라린 운명을 한탄하고 그 한탄 속에서 영원토록 헤어나지 못하는 망제의 모습에 자신의 인생을 포개어 놓는다.

곧바로 이어지는 창해와 남전의 신화적인 풍경은 장자와 망제의 대비에 뒤이어 또 하나의 짝을 이루는 기묘한 마술과 환각의 만화경 속으로 시선을 유도

한다. 중원의 동쪽 아득한 바다에 달이 뜨고 바다 속 인어의 눈물이 진주로 변하는 신화적인 풍경과 중원의 반대편 서쪽 아득한 옥의 산에서 화사한 봄빛을 받아 옥에서 아지랑이가 피어오르는 환각적인 장면은 그 공간적인 깊이와 넓이로 인해 극도로 넓어진 상상의 공간에 기왕에 제시되었던 시상들을 띄워 놓는다. 금슬의 아련하고 구슬픈 감상적인 소리처럼 자신의 인생을 구성하고 있는 꼬리에 꼬리를 무는 상념들과 줄을 받치고 서 있는 기둥처럼 여기저기 흩어져 있는 기억들, 아무 데에도 매이지 않는 자유로움을 쫓아 비상했던 나비같은 혹은 장자같은 자신의 젊은 날, 그런가하면 미망에 사로잡혀 허망하게 무너져 내려버린 자신의 사대부로서의 삶 이 모든 것들이 극단적으로 확대된 공간 속에서 너울거리며 춤을 추는 듯한 환각과 마술의 공간이 바로 이상은이 말하고자 하는 자신의 삶 그 자체일 것이다. 그리고 그 모든 것들은 지금도 그렇듯이 그 당시에도 미친기지로 혼돈 속에서 이루어졌으며 기억으로서 남아있을 뿐임을 이상은은 모호하고 아련하게 회상할 따름이다. 〈금슬〉의 화자로서의 이상은에게 있어서 사실과 기억은 본질적으로 구별되지 않고 또 구별의 필요성도 없는 것으로 비쳐지고 있다. 이상은에게 있어 자신의 과거에 일어났던 일들은 이미지로서만 존재하는 기억의 편린들일 뿐이다. 시의 마지막에 이르러서도 이상은은 때로는 선택하고 때로는 선택당하면서 그 일들을 대하고 있던 그 당시에도 그 모든 일들은 끊임없이 과거를 향해 저장되어 가던 기억의 덩어리로서 허망하게 존재하고 있었을 따름이라는 환각에 가까운 모호함으로 시를 끝맺고 있다. 이하가 예고한 서생의 마지막 밤처럼 다가오는 죽음을 예감한 듯 자신의 시를 모아 하나의 책으로 묶어내면서 이상은이 서시의 자리에 〈금슬〉을 놓은 뜻은 그의 인생이란 한 권의 책으로 묶여있는 시들을 통해 모호하게밖에는 말할 수 없는 혼란스런 기억의 덩어리였음을 말하고자 했던 것으로 보인다.

김영구(한국방송대)

登樂遊原[1] 낙유원에 올라서
_{등 낙 유 원}

이상은(李商隱)

向晩意不適[2]
_{향 만 의 부 적}
저녁 무렵 마음이 울적하여

驅車登高原[3]
_{구 차 등 고 원}
수레 몰아 낙유원에 올랐다네.

夕陽無限好
_{석 양 무 한 호}
석양은 한없이 아름답건만

只是近黃昏
_{지 시 근 황 혼}
오로지 황혼임이 아쉽구나.

감상

스스로의 마음이 울적할 때 옛 사람들은 어떻게 했을까? 고금을 막론하고 가장 보편적인 형태는 아마도 술을 무기로 삼아 내심의 우수를 마음껏 토로하는 것이리라. 그렇지 않으면 번잡한 세속을 벗어나 조용히 대자연 속에 자신을 내맡겨 자연을 통하여 스스로를 관조한 경우도 있다. 만당의 대표적인 시인으로서 송초 시단의 서곤체(西崑體)에 지대한 영향을 미친 이상은(李商隱)이 자기의 울적한 마음을 달래기 위해 한 일은 의외로 평범하다. 작금의 우리들과 마찬가지로 차(마차)를 몰고 교외로 나가 해지는 저녁하늘을 가만히 바라다 본 것이다.

---

1) 樂遊原: 장안 남쪽으로 8리 떨어진 곳에 있는 유명한 명승지 중의 한 곳으로 장안에서 제일 높은 곳에 위치하고 있다고 한다. 전하는 바에 의하면 일찍이 漢宣帝 때에 이곳에 樂遊廟를 건립하였기에 이로부터 낙유원이라고 칭하였다고 한다.

2) 向晩: 저녁 무렵. 意不適: 마음이 울적하다. 유쾌하지 못하다.

3) 驅車: 마차를 몰다. 高原: 즉 낙유원을 가리킨다.

낙유원에 올라서 바라다 본 저녁풍경은 말로 표현할 수 없는 아름다운 장관으로 가득 차 있었다. 우선 아무 것도 막힘이 없는 넓게 탁 트인 시야가 그렇다. 게다가 붉은 저녁노을로 아름답게 물들인 건너편 산자락은 그야말로 장관이다. 그러나 이렇게 눈앞에 펼쳐진 아름다운 풍경을 바라보는 시인의 마음 한편에는 즐거움 대신 왠지 모를 일말의 우수가 솟구쳐 오른다. 그것은 바로 작품의 눈앞에 보이는 아름다운 풍광의 실체를 파악했기 때문이다. 얼마 지나지 않아 밤기운 속으로 사라지는 일시적이고 순간적이라는 철리를 시인은 깨달았던 것이다.

마지막 두 구절은 이 작품에서 뿐만 아니라, 이상은(李商隱)의 작품을 대표하는 명구절로 대대로 전해져오고 있다. 가장 주된 이유는 역시 중국시의 주된 특징 중의 하나라고 할 수 있는 함축성(含蓄性)을 갖추고 있기 때문이다. 황혼기에 섭어든 시인의 개인적인 우수라고 할 수도 있고, 아니면 기울어가는 대당제국에 대한 시인의 감개라고도 볼 수 있다. 어느 쪽이든지 앞날의 운명에 대한 시인의 예감은 단순한 인생경험에서 얻어진 것은 아닌 듯하다. 물론 인지상정이라는 개인적인 정감의 테두리에서 해석할 수도 있겠지만, 그러나 그보다는 세상을 관조하는 여유와 능력, 그로 인한 인생에 대한 시인의 깊은 통찰력이 있었기 때문에 가능했던 것이리라.

朴永煥(동국대)

無題 무제

이상은(李商隱)

相見時難別亦難
어렵사리 만난 사이, 헤어짐이 더욱 어렵구나.

東風無力百花殘[1]
봄바람 힘을 잃으니 온갖 꽃 다 시드네.

春蠶到死絲方盡[2]
누에는 죽어서야 실 뽑기를 다하고,

蠟炬成灰淚始乾[3]
밀초는 재 되어서 비로소 눈물이 마른다.

曉鏡但愁雲鬢改[4]
아침에 거울 보니 귀밑머리 희끗희끗
수심만 가득,

夜吟應覺月光寒
저녁에 시 읊어도 싸늘한 달빛만 느껴지리!

蓬山此去無多路[5]
봉래산 여기서 멀지 않으니,

靑鳥殷勤爲探看[6]
파랑새야, 간절한 이 마음으로 날아가
살펴봐 주렴.

---

1) 東風: 봄바람을 가리킴.

2) 絲: '絲'와 '思'는 동음인 관계로, 중국문학 작품 속에서 '絲'가 '思'의 의미로 자주 사용되며, 여기에서도 같은 경우이다.

3) 淚: 초가 탈 때 흘러내리는 농을 말하며, 여기에서는 이별의 한(恨)을 상징하고 있다.

4) 雲鬢: 雲鬢이라고도 하며, 일반적으로 젊은 여자의 짙고 빽빽한 모발을 가리킨다.

5) 蓬山: 바다 위에 떠 있다는 전설 속의 산 이름. 봉래산이라고도 하며, 여기에서는 情人이 살고 있는 궁궐을 이야기 하고 있음.

6) 靑鳥: 선녀(仙女) 서왕모(西王母)의 사자(使者) 노릇을 한다는 신화 속의 새 이름.

◀감상▶

작자는 첫 연(聯)에서 사랑하는 이와의 어쩔 수 없는 이별과 그에 대한 미련을 읊조리면서, 만물을 소생케 하는 봄바람 마저도 그 힘이 다하니 시드는 꽃을 그냥 두고 볼 수밖에 없다라고 한탄하고 있다.

만남과 이별을 이야기 할 때, 일반적으로는 '만나면 헤어지게 마련이다(會者定離)' 혹은 '이별은 쉽고 만남은 어렵다(別易會難)'라고 하지만, 작자 옥계생(玉谿生)은 둘 사이의 만남과 헤어짐을 중복하여 '난(難)'으로 표현하였다. 하지만 그 어려움[難]은 결코 대등한 것이 아니었을 것이다. 전통 詩作에서는 동일한 글자의 중복을 피하는 것이 상례이나, 작자는 오히려 이러한 수사기교를 통하여 이별의 고통을 강조하려고 한 것이 아니었을까?

둘째 연(聯)의 첫 구는 사랑에 대한 집착을 표현한 바, 봄누에가 죽을 때 까지 실을 토해내는 것으로 비유하여, 끊임없이 이어지는 상사(相思)의 정을 사'(絲)'와 '사(思)'의 해음(諧音) 관계를 이용하여 우의적(寓意的)으로 표현하였다. 둘째 구도 얼핏 보면 첫 구와 중복된 표현 같지만, 촛농을 이별의 한을 담은 눈물로 비유하여, 다 타서 재가 되고 난 뒤에서야 비로소 그치리라는, 즉, 죽을 때까지 그 고통을 안고 살아갈 수밖에 없는 애절한 정을 표현하여 앞의 귀와 절묘한 대칭을 이루고 있다.

셋째 연에서는 작자 만큼이나 애 끓고 있을 정인(情人)의 모습을 묘사하고 있다. 첫 구에서의 '단수(但愁)', 둘째 구의 '응각(應覺)' 모두 작자의 가설로서, 만남이 단절된 채 흘러버린 세월은 어쩔 수 없이 여인네의 용모를 변하게 하고, 그 변한 모습은 못다 이룬 사랑의 아픔을 머금고 더욱 원숙해진 아름다움일 수도 있을 것이고, 다만 나이 먹어 쇠락한 모습일 뿐일 수도 있겠으나, 작자가 그린 정인의 모습은 아마도 전자이었을 것 같다. 그러기에 작자는 그 변한 모습을 '개(改)'로 표현한 것이 아닐까? 또한, 정인이 거울을 보며 수심만 가득할 것이라고 한 것은, 용모 때문이 아니라 이렇게 머리가 희끗희끗해 지기까지 지속된 만남의 단절 때문일 것이라고 생각하고 싶지 않았을까? 물론 그 그리움으로 인해 몸을 상하지나 않을까 하는 애틋한 우려의 정도 담았을 것이다. 저물어가는 봄날의 밤, 한 곡조 노래로 시름을 달래 봐도 달빛조차 '싸늘하게(寒)' 느껴질 수밖에 없을 것이라고 한 것 역시 같은 맥락으로 감상할 수 있을 것 같다. 다만 이와 같은 감정이입이 실제 정인의 심정과 같았는 지는 알 길이 없다.

마지막 연에서는 이룰 수 없는 사랑에 대한 미련과 희구를 '봉래산(蓬山)'과 '파랑새(靑鳥)'의 고사를 사용해 표현하였다. 천리 먼 길 바다 가운데 있다는 전설 속의 봉래산이 '여기서 멀지 않을(此去無多路)' 수 없을 것이며, 신화에나 등장하는 '파랑새'에게 어찌 사랑의 사자(使者) 노릇을 부탁할 수 있을까마는, 작자는 갈 수 없고 부탁할 수도 없는 일인 줄 뻔히 알면서도, 체념할 수밖에 없는 일인지를 알면서도, 미련을 버리지 못하고 이렇게 읊었다. 또한, 아무리 구중궁궐이라 하더라도 그 곳이 지척지간에 있다면 더더욱 애타는 심정일 수밖에 없지 않았을까?

이 시는 이상은 특유의 무제시(無題詩) 가운데, 후대에 가장 널리 애송되는 작품 중의 하나이다. 보편적 상황으로 이해한다면, 시인이 시를 읊으면서 주제가 없을 수 없을 것이며, 그 주제는 대개 시제를 통해 드러날 수 있을 것이나, 작자가 처한 개인적 사정 또는 주변 환경에 의해 드러내지 못할 경우도 있을 것이다. 이 시는 당시 작자와 궁녀(宮女) 송(宋)씨와의 이루어질 수 없는 사랑을 노래한 것이라는 것이 일반적인 설명이지만, 정치적 실의를 담고 있다는 주장도 있다.

칠언측기수구입운식(七言仄起首句入韻式)의 율시(律詩)로 한운(寒韻)을 사용하였으며, 마지막 구의 '간(看)'은 평성(平聲)으로 읽어야 율격에 맞다.

박추현(경상대)

蟬 매미
선

이상은(李商隱)

本以高難飽[1]
본 이 고 난 포
본디 높은 곳에선 배부르게 마시지 못하는 것을,

徒勞恨費聲[2]
도 로 한 비 성
부질없이 애써 소리 내어 우는 것이 한스럽구나.

五更疏欲斷[3]
오 경 소 욕 단
해 뜰 무렵 우는 소리 점점 끊어질 듯 하여도,

一樹碧無情[4]
일 수 벽 무 정
한 그루 나무는 푸르기만 하니 무정하기도 하여라.

---

1) 高難飽: 《오월춘추(吳越春秋)》「무릇 가을 매미는 높은 나무에 올라 맑은 이슬을 마시고, 바람을 따라 휘어져 흔들거리며 길게 슬픈 울음소리를 내며 신음한다.(夫秋蟬登高樹, 飮淸露, 隨風搖挑, 長吟悲鳴.)」높은 곳에 서식하여 이슬을 마시지만 쉬이 배부를 수 없는 매미를 통해 시인 자신의 고결한 성품과 한빈(寒貧)한 생활을 암시적으로 드러내었다.

2) 恨費聲: 가을로 접어들면서 매미의 울음소리는 마치 마음속에 원한을 품고 있는 듯 매우 처량하게 들리는데, 이는 마치 막다른 골목에 처한 자신의 한을 비탄하는 것 같다.

3) 五更疏欲斷: 한스럽게 노래하는 매미의 울음소리가 새벽녘까지 희미하게 들려오는 것을 말한다. 황혼에서 새벽녘까지를 갑(甲)·을(乙)·병(丙)·정(丁)·무(戊)의 다섯 단계로 나눈 것을 오경이라 하는데, 여기서는 다섯 번째 단계, 즉 날이 곧 밝아지려 하는 해뜰 무렵을 가리킨다.

4) 一樹碧無情: 고요하게 변함이 없는 짙은 나무 그늘을 매미에 대한 무정함으로 의인화 하였다. 매미가 처한 환경의 냉혹함을 빌어 시인 자신이 처한 냉혹한 현실적 비애를 표출하였다.

薄宦^{박 환}梗^경猶^유泛^{범5)} 낮은 벼슬은 나무 인형이 물 위를 떠도는 듯 한데,

故園^{고 원}蕪^무已^이平^{평6)} 고향 전원엔 잡초만 무성해 평평히 길을 덮었네.

煩君^{번 군}最^최相^상警^{경7)} 수고스런 그대가 제일로 나를 일깨우지만,

---

5) 薄宦梗猶泛: 떠도는 불우한 관직 생활을 가리킨다. 제(齊)나라 때 소진(素秦)이 진(秦)나라로 가려 하던 맹상군(孟嘗君)을 설득하던 이야기에 나오는 고사를 인용. 《전국책 · 제책 · 맹상군장입진(戰國策 · 齊策 · 孟嘗君將入秦)》「오늘 신이 치하(淄河: 山東省에 있는 강 이름)를 지나 올 때 진흙으로 만든 인형과 복숭아나무 가지로 만든 인형이 더불어 서로 이야기를 하는데, 복숭아나무 가지로 만든 인형이 진흙으로 만든 인형에게 말하기를: '그대는 서편 언덕위의 흙으로 만들어진 인형으로, 팔월이 되어 비가 치하에 내려 치하에 홍수가 지면 곧 허물어져 버릴 것이오.' 라고 말하였습니다. 진흙으로 만든 인형이 대답하기를: '그렇지 않소. 나는 허물어져도 또 다시 진흙으로 돌아가지만, 그대는 동쪽 나라의 복숭아나무를 깎아 만들어진 인형으로 비가 내려 치하에 홍수가 지면 물이 흐르는 대로 떠내려가게 되어 정처 없이 떠돌아다닐 그대는 장차 어디로 가는지 알 수 있겠습니까?' 라고 하였습니다.(今者臣来, 过於淄上, 有土偶人與桃梗相與语. 桃梗谓土偶人曰: '子西岸之土也, 挺子以为人, 至岁八月, 降雨下, 淄水至, 则汝残矣.' 土偶曰: '不然, 吾岸之土也, 土则復西岸耳. 今子东国之桃梗也, 刻削子以为人, 降雨下, 淄水至, 流之而去, 则子漂漂者将如何耳?')」홍수가 지면 정처 없이 물가는 데로 떠내려가는 복숭아나무 가지[桃梗]로 만든 인형처럼 자신 또한 벼슬을 얻기 위해 오랫동안 객지로 떠돌아다니며 고된 생활을 하고 있음을 나타낸다.

6) 故園蕪已平: 무더기로 자란 잡초가 이미 끝없이 넓게 펼쳐져 고향의 전원마저 묻혀버린 황폐한 풍경을 말한다. 이미 황폐하여 야생잡초가 무성하게 평지를 이루었다는 것은 고향으로 돌아갈 수 없는 시인의 안타까움을 비유적으로 나타낸 표현이다. 도연명(陶淵明)의 〈귀거래사(歸去來辭)〉「돌아가자! 전원이 황폐해지려 하는데 어찌 돌아가지 않으리요?(歸去來兮, 田園將蕪胡不歸.)」

7) 煩君: 울음소리를 내는 매미를 가리킨다.
  相警: 매미의 울음소리가 시인 자신의 처지를 깨닫게 함을 가리킨다.

我亦擧家淸[8] 내 역시 집안이 청빈하여 돌아갈 수 없다네.

아 역 거 가 청

◀ 감상 ▶

시인 자신의 감정을 매미에 이입시켜 물아일체의 경지를 만들어낸 영물시(詠物詩)의 대표작으로 회재불우(懷才不遇)한 처지를 표현했다.

높은 곳에 서식하며 맑은 이슬을 마시지만 항상 배불리 먹지 못하고 목이 쉬도록 그칠 줄 모르고 슬프게 우는 매미의 형상을 통해 시인의 의지와 품행이 고결하나 한빈한 생활을 면할 길이 없는 한스러움을 나타냈다. 슬픈 울음을 새벽녘까지 토해내는 매미의 소리에도 아랑곳하지 않는 나무의 무정함을 통해 시인의 가슴에 현실 불만에 대한 울분이 가득하나 아무도 이를 알아주지 않는 비애를 드러냈다. 또한 이 나무에서 저 나무로 옮겨 다니는 매미의 모습에서 홍수에 떠다니는 나무 인형을 연상하게 되고 결국은 낮은 관직만을 돌아다니며 오랜 세월을 보내고 있는 자신의 서글픈 모습을 발견하게 된다. 아무도 자신의 처지를 알아주지 않는 고독과 슬픔에 사로잡혀 있는 시인의 마음을 매미가 위로해 주는 듯하지만 이내 돌아갈 고향이 없는 신세임을 알고 더욱 슬퍼하는 처량한 심정을 고백했다.

시보화(施補華)는 《현용설서(峴傭說詩)》에 「당시 300편은 비흥이 많아 당나라 시인들이 그 뜻을 썼다. 모두가 하나같이 매미를 노래한 것이지만 우세남의 "높은 곳에 서식하니 소리는 자연히 멀리 퍼져나가고, 단아하여 가을바람을 빌리지 않는다네."는 청아함의 표현이고, 낙빈왕의 "이슬이 무거우니 날아오르기 어렵고, 바람이 심하니 우는 소리도 가라앉기 쉽다."는 환난을 읊은 것이고, 이상은의 "본래 높은 곳에선 실컷 마시지 못하는 것을, 공연히 힘들여 소리 내

---

8) 家淸: 집안이 매우 가난하다는 의미. 이미 성충이 되어 나무 위에 오른 매미가 땅속의 유충 시절로 돌아갈 수 없듯이 시인 자신 역시 고향이 있으나 돌아가기가 어려운 처지에 있음을 나타낸 말이다.

어 우는 것 한스럽네."는 불평의 드러낸 말이다. 비흥의 다름이 이와 같다.(三百篇比興爲多, 唐人猶得此意. 同一詠蟬, 虞世南 '居高聲自遠, 端不籍秋風.' 是淸華人語; 駱賓王 '露重飛難進, 風多響易沈.' 是患難人語; 李商隱 '本以高難飽, 徒勞恨費聲.' 是牢騷人語. 比興不同如此.)」라고 평하였다.

이주희(영진전문대)

夜雨寄北¹⁾ 밤비에 부쳐

이상은(李商隱)

君問歸期未有期　　그대 나 돌아올 날 물었지만 기약할 수 없다오.

巴山夜雨漲秋池²⁾　　파산의 밤비 소리 들으니 가을 연못 넘치겠소.

何當共剪西窓燭³⁾　　언제 함께 모여 서창의 촛불 돋우고,

却話巴山夜雨時⁴⁾　　파산의 밤비 이야기 나눌 수 있겠소?

---

1) 夜雨寄北:《만수당인절구(萬首唐人絕句)》에서는 이 시의 제목을 '야우기내(夜雨寄內)'로 적고 있다. 이 시는 일반적으로 이상은이 재막(梓幕)에 있을 때 지은 것으로 알려져 있는데, 당시 그의 아내 왕씨(王氏)는 이미 세상을 떠났다. 이 사실로부터 보면, 이 시는 아내에게 보낸 것이 아니고 북쪽 장안(長安)의 친구에게 보낸 것이라고 봄이 더 타당하다. 그래서 다른 책에서는 모두 '夜雨寄北'이라는 제목으로 되어 있다.

2) 巴山: '파(巴)'는 옛 나라 이름으로, 지금의 사천성(四川省) 동쪽에 위치하였다. '파산(巴山)'은 사천 동쪽의 산령(山嶺)을 두루 이르는 말이다.

3) 何當: '언제 할 수 있겠는가?'의 뜻으로, '희망·바람'을 나타내는 말이다. 剪燭: 옛날에는 촛불을 붙이면 심지 끝에 꽃 같은 모양의 불똥이 맺혀 그것을 수시로 잘라주어야 하는데, 이를 '전촉(剪燭)'이라고 한다. 이상은이 이 시에서 이 말을 사용한 후, 전촉(剪燭)은 '밤에 무릎을 맞대고 이야기하다'라는 의미의 전고로 사용되고 있다.

4) 却話: '회상해서 이야기하다'라는 뜻이다.

◀감상▶

필자가 이상은 시와 인연을 맺은 시기는 대만대학(臺灣大學) 석사반 과정에서 '이상은 시 연구'라는 과목을 수강할 때이다. 일반적으로 난해하다고 여겨지던 이상은 시를 비교적 쉽게 설명하시던 왕중(汪中) 교수님의 모습과 그 특유의 시 낭송 소리가 아직도 머릿속에 뚜렷이 남아 있다. 그 후, 석사반 졸업시험[學科考試] 두 과목 중 한 과목을 또한 '이상은 시 연구'를 선택하여 시험을 치렀다. 시험 준비 중에 적지 않은 시들을 외웠었는데, 지금은(아니 시험이 끝나자 마자) 거의 잊어버리고 말았다. 그러나 유독 이 시만은 아직도 분명하게 외우고 있다. 그 이유는 이 시가 칠언절구(七言絶句)로 비교적 짧기 때문만이 아니다. 그것보다는 또 다른 개인적인 이유가 있어서이다. 당시 필자는 3년 이상의 외국생활과 졸업시험 준비로 심신이 꽤 지쳐있을 때였다. 그런데 그 힘든 상황에서 가장 생각이 많이 났던 사람은 이상하게도 가족이 아닌 초등학교 시설의 시골 친구들이었다. 가장 스스럼없이 대할 수 있는 초등학교 동기 친구들이 정말 그리웠던 것이다. 그래서 어느 비 내리는 밤, 필자는 이상은의 이 시를 머릿속에 간직한 채 대만대학 캠퍼스 내의 취월호(醉月湖)라는 호수가로 나가 시인의 시적 체험을 직접 해본 적이 있다. 돌아갈 날의 기약 없음 · 밤비 · 연못 · 객지 생활 · 친구를 향한 그리움 등에서 우리는 서로 닮아 있었다. 그때부터 필자는 자연스럽게 이 시를 애송시로 삼게 되었다.

이 시는 결코 어렵지 않다. 단지 객지 생활 중의 외로움으로부터 오는 친구에 대한 그리움을 담담하게 표현하고 있을 뿐이다. 이런 면에서 이상은은 보통 사람과 전혀 다를 바가 없다. 그의 너무나 평범한 일면을 드러낸 시가 아닐 수 없다. 그는 먼저 친구와의 문답 형식을 사용하여 가을날 밤비 내리는 분위기를 묘사함으로써 자신의 외로운 심정을 더욱 뚜렷하게 표현하고 있는 것이다. '창추지(漲秋池)' 세 자는 대단히 기묘하다. 이는 상상의 말로, 시인이 비를 무릅쓰고 직접 연못에 나가 본 것은 아니다. 여기서는 실제로 가을비의 귀찮음을 묘사함으로써 자신의 어지러운 심사를 암시하고 있다고 볼 수 있다. '전촉(剪

燭'이라는 작은 동작으로 친구와의 정감어린 대화를 간절히 바라는 심정을 묘사하고 있는 부분은 그 옛날 시골 사랑방에서 호롱불의 심지를 돋우며 정담을 나누던 우리의 모습과 너무나 유사하다. 이렇듯 시인은 자신의 외로움을 직접적으로 묘사하지 않고 미래의 상봉을 상상하는 것으로 간접 표현하고 있다. 또한 이러한 상상을 지금의 외로움을 달래는 하나의 구실로 삼고 있기도 하다. 이 시는 시인의 외로움이나 친구에 대한 그리움이 넘쳐나 언뜻 소침(消沈)하고 애상적인 느낌을 줄 수도 있으나, 뒤 두 구(句)의 표현으로 인해 오히려 경쾌하고 명랑한 느낌을 주고 있다.

실제로 이 시는 명작으로 꼽히고 있다. 시어(詩語)는 담담하나 시 속에는 시인의 정(情)이 깊게 함유되어 있음을 알 수 있다. 그리고 시의 형식적인 면을 보면, 그 짧은 28자 중에서 '파산(巴山)'·'야우(夜雨)' 등의 글자를 중복해서 사용하고 있다. 그러나 진혀 번거롭다는 느낌이 들지 않는 것은 시인의 시작(詩作) 기교에서 연유한다고 할 수 있다. 즉, 앞의 '파산야우(巴山夜雨)'는 현재 내리는 파산의 밤비를 가리키며, 뒤의 것은 미래에 귀가한 후 친구들과 옛날을 회고하면서 나눌 이야기 꺼리로 사용되고 있다. 앞의 것은 '경(景)'이며 뒤의 것은 '정(情)'이라고 할 수 있다. 이 중복구(重複句)로 현재와 미래 그리고 경(景)과 정(情)을 자연스럽게 연결하고 있는 동시에 시인 자신의 현재적 정서나 감정을 더욱 분명하게 드러내고 있다.

최환(영남대)

浪淘沙¹⁾ 낭도사

이욱(李煜)

簾外雨潺潺²⁾　　주렴 밖의 빗소리 주룩주룩

春意闌珊³⁾　　봄빛은 어느덧 다해가건만

羅衾不耐五更寒⁴⁾　비단이불 한밤의 추위를 막지 못하네.

夢裏不知身是客　고달픈 포로 신세 꿈결에나 잊고서

一晌貪歡⁵⁾　　한때의 즐거움이나마 누려보려네.

獨自莫憑欄　　홀로 난간에 몸을 기대도

無限江山　　머나먼 고국강산 뵈질 않으매

別時容易見時難　떠나가긴 쉬워도 다시 찾긴 어렵네.

流水落花春去也　꽃 지고 물 흘러가 봄마저 가니

---

1) 浪淘沙: 사패(詞牌) 이름.

2) 潺潺: 물 흐르는 소리, 여기서는 빗소리.

3) 闌珊: 세력이 점차 줄어지다, 쇠잔해지다.

4) 羅衾: 비단으로 만든 이불.

5) 一晌: 한때, 잠시 잠깐.

천 상 인 간
天上人間6)　　　하늘나라 인간세상 멀고 멀구나!

◀감상▶

　이욱(李煜, 937~978년)은 본명이 종가(從嘉), 자가 중광(重光), 호가 종은 (鍾隱)으로 강소(江蘇) 서주(徐州) 사람이다. 25세에 왕위를 계승하여 오대(五代)시기 남당(南唐)의 마지막 군주로서 남당후주(南唐後主) 또는 이후주(李後主)라 불린다. 그는 15년 동안 군주로 재위하며 시문과 서화와 음악을 즐기면서 호화롭고 안일한 생활을 누렸다. 송(宋) 개선(開宣) 8년(975) 송이 남당을 멸망시키자 이욱은 저항도 못하고 송군(宋軍)의 포로가 되어 변경(汴京)으로 보내져 '위명후(違命侯)'에 봉해졌다가 3년이 지난 978년에 송태종(宋太宗)에 의해 독살되었다. 호화로운 궁중생활과 남녀간의 사랑을 다룬 사(詞)의 창작에 탁월한 실력은 보인 그였지만, 망국 후 유폐생활 시기에 지은 만년의 사는 대체로 매우 애처롭고 구슬픈 감을 주며 침울한 분위기를 자아낸다. 내용면에서 주로 지난날의 호화로운 궁중생활을 그리워하는 작품이 주를 이루지만, 표현 기교면에서 소박하고 세련된 언어로 가식없이 지어진 사들은 매우 생동적이며 곡절하여 후세 안수(晏殊), 구양수(歐陽修), 소식(蘇軾), 이청조(李淸照) 등의 사인(詞人)들에게도 큰 영향을 끼쳤다. 현존하는 30여 수의 사는 그의 아버지인 중주(中主) 이경(李璟, 916~961년)의 작품과 함께 ≪남당이주사(南唐二主詞)≫에 수록되어 있다.

　이 사는 작자 이욱(李煜)이 죽기 얼마 전에 지은 것이다. 송(宋)이 남당(南唐)을 멸망시키자 이욱은 변경(汴京: 하남河南 개봉開封)으로 압송되어 '위명후(違命侯)'로 봉해졌으나 그의 행동은 이르는 곳마다 감시를 받았다. 오로지 꿈속에서나 괴로운 포로 생활을 잊고 잠시나마 기쁨을 누릴 수 있었다. 그는 자

---

6) 天上人間: 하늘나라(제왕)에서 인간세상(포로)으로 생활에 근본적인 변화가 발생하였음을 형용함.

책과 한스러운 심정으로 고국강산을 이별하기는 쉬워도 다시 찾아보기는 어려움을 탄식하고 있다. 여기서는 빗소리와 한밤의 추위로 고달픈 포로 신세의 심경을 나타내고 지는 꽃과 흐르는 물을 비유로 하여 하늘나라와 인간세상을 대비시킴으로써 망국의 한을 한층 더 완곡하고 처량하게 표현하고 있다.

제해성(계명대)

山園小梅 산원의 매화

임포(林逋)

衆芳搖落獨暄姸[1]
온 꽃이 시들어 떨어진 후에 유독 매화만이
눈부시게 아름답고,

占盡風情向小園[2]
온통 작은 정원의 아름다운 경치를
차지하고 있네.

疏影橫斜小淸淺[3]
매화의 드문 그림자 뒤섞여 푸르고 얕은
물속에 흥취 있게 비치고,

暗香浮動月黃昏[4]
맑고 그윽한 향기 몽롱한 달빛 아래에
흩어지네.

霜禽欲下先偸眼[5]
흰색 겨울새가 멈춰 머물러, 먼저 매화의
아름다운 자태를 훔쳐보려 하며,

粉蝶如知合斷魂[6]
아름다운 나비가 겨울에 이처럼 향기로운
매화가 있다는 걸 알았다면, 역시 넋이
나갈 정도로 애모하여 미련을 두었을 것을.

---

1) 衆芳搖落: 모든 꽃들이 시들어 떨어지다. 暄姸: 어떤 판본에는 『선연(鮮姸)』으로
되어 있으며, 매화가 눈부시게 아름답고 산뜻함을 묘사했다.
2) 風情: 여기서는 풍광 경색(風光景色)을 가리킨다.
3) 疏影: 드문드문한 꽃 그림자. 橫斜: 종횡으로 교차하다.
4) 暗香: 그윽한 향기. 月黃昏: 달빛이 몽롱하다.
5) 霜禽: 일반적으로 흰색의 겨울새를 가리킨다.
6) 合: 마땅히, 斷魂: 좋아함이 극에 도달함을 묘사했다.

행 유 미 음 가 상 압
幸有微吟可相狎[7]

다행히 가벼이 시를 읊는 시인과 매화가
서로 어우러져,

불 수 단 판 공 금 준
不須檀板共金樽[8]

가무와 금잔으로 흥을 돋을 필요가 없구나.

◀감상▶

이 시는 예로부터 매화를 노래한 「천고의 절창」이라고 칭송되는 시이다.

수구(首句)에서는 모든 꽃들이 시들어도 유독 매화만 피어있음을 노래했으며, 한 개의 『독(獨)』자가 산원경물(山園景物)의 특색을 묘사했고, 또 아래 구에 나오는 『점진풍정(占盡風情)』의 연유에 대해서도 말하고 있다. 『소영(疏影)』·『암향(暗香)』 두 구절은 가장 생동감이 넘쳐서 사람들이 말하기를 신이 쓴 것이라 칭송되는 구절로, 매화의 그림자가 드문드문 뒤섞여 흥취가 있고 매화 향기가 맑고 그윽하여 사방에 넘치는 것을 묘사했다.

그중 『횡사(橫斜)』·『부동(浮動)』 두 단어는 매화 가지를 정적인 것에서 동적인 것으로 바꾸었을 뿐만 아니라, 매화 향기를 무형에 것에서 유형의 것으로 바꾸어 놓았다. 다섯, 여섯 번째 구는 두드러지는 수법을 적용한 것으로, 측면에서 매화의 깨끗하고 선연한 모습을 묘사했다.

가장 마지막 두 구는 매화의 고아함은 단지 시인이 가벼이 읊조렸을 때 그것과 어울릴 수 있음을 썼다.

전체 시는 여러 방면으로 여러 꽃 중에 가장 청려한 형상을 가진 매화의 모습을 묘사하고, 매화의 고결하고 단아한 본질적 특징을 두드러지게 하였으며, 인구에 회자되는 작품이다.

박종연(인제대)

---

7) 微吟: 가볍게 읊는 시. 相狎: 서로 친근하다.

8) 檀板: 박달나무로 만든 판으로, 樂曲을 연주할 때 박자를 맞추는데 사용했다. 金樽: 금으로 만든 잔.

村^촌行^행 어느 마을을 지나다

왕우칭(王禹偁)

馬^마穿^천山^산徑^경菊^국初^초黃^황　말 타고 산길 헤쳐 나가니 국화가 처음 날 반기고,

信^신馬^마悠^유悠^유野^야興^흥長^장　들길 따라 유유히 떠도니 흥이 한껏 솟아난다.

萬^만壑^학有^유聲^성含^함晚^만籟^뢰　저물녘 골짜기마다 온갖 소리 들려오는데,

數^수峯^봉無^무語^어立^립斜^사陽^양　석양에 우뚝 선 몇 봉우리는 말이 없다.

棠^당梨^리葉^엽落^락臙^연脂^지色^색　팥배나무는 잎 지니 연지처럼 붉디 붉고,

蕎^교麥^맥花^화開^개白^백雪^설香^향　메밀꽃은 피어 흰 눈처럼 향기 날린다.

何^하事^사吟^음餘^여忽^홀惆^추悵^창　흥얼대다 문득 가슴이 저미어오는 건 왜일까?

村^촌橋^교原^원樹^수似^사吾^오鄉^향　고향 같은 저 마을의 다리와 들판의 나무들.

◀감상▶

　누구에게나 고향이 있다. 그 고향은 잃어버린 조국일 수도, 한 개인의 작은 보금자리일 수도 있다. 그러나 고향이라고 하면, 으레 그리움이나 추억이란 단어가 떠오른다.

　이 시는 왕우칭(王禹偁)이 991년 상주(商州)에 유배되었을 때 쓴 시다. 그래서 이 시에는 고향에 대한 그리움과 함께 지금의 이 굴레를 벗어나 자유로워지고 싶은 마음이 짙게 깔려 있다. 말을 타고 좁은 산길을 뚫고 지나가고, 들길을

유유자적하게 떠돌며 시인은 자신의 울적한 심사를 자연 속에서 훌훌 털어버리고자 한다. 자기를 맞이해 주는 국화도 피어 있으니, 여유롭게 길 떠나는 흥취가 더욱 샘솟는다.

산길을 가노라니 골짜기에서는 온갖 소리들, 해질녘이라 고즈넉한 사위에서 그 소리들은 더욱 또렷이 들려온다. 그 소리에 아무 말 없이 무심한 듯 서 있는 산봉우리들. 시인은 그 산들을 보면서 무슨 생각에 잠겼을까? 황혼녘 들길을 가는 시인과 말 없는 산들, 그들은 서로 무언의 대화를 나누었을 터이다. 내면 깊숙이 할 말들은 가득해도, 그 무수한 말들을 시인은 가슴 속에 눌러 두고 있는 것이다. 이제 먼발치의 산봉우리에서 들로 눈길을 옮겨본다. 그러자 팥배의 검붉은 연지색과 메밀꽃의 눈같이 하얀 색채가 선명한 대비로 눈에 들어온다. 이 아름다운 광경에 시인은 저도 모르게 콧노래를 흥얼거린다.

그런데 갑자기 방금 전과는 정반대의 상황이 펼쳐진다. 기쁨은 어느새 사라지고 슬픔이 밀려온 시인은 자신의 감정을 결국 고스란히 드러내고 만다. 고향, 저 마을에 있는 다리와 나무들을 보니 마치 자신의 고향 같다는 생각이 들었기 때문이다. 고향에 대한 그리움에 시인은 가슴이 뭉클하여 더 이상 감정을 주체할 수가 없었던 것이다. 순간적으로 왈칵 쏟아지는 눈물, 그 영롱한 눈물 속에 켜켜이 쌓여있을 시간들. 벗들과 나무에 올라가 놀던, 시냇물 흐르는 외나무다리를 건너던, 그 나무와 다리에 어린 추억과 정겨웠던 순간들이 차마 꿈엔들 잊힐리야.

이 시는 포근하고 자연스럽다. 평이한 시어와 진솔한 표현으로 읽는 이는 마치 고향처럼 아늑한 기분을 느낄 수 있다.

김원동(순천향대)

秋日家居 가을 날 집에서

매요신(梅堯臣)

移榻愛晴暉[1]   걸상 옮겨 맑은 햇빛 즐기니,

條然世慮微[2]   세상 걱정 스르르 사라지네.

懸蟲低復上[3]   거미는 줄에 매달려 내려왔다 올라가고,

鬪雀墮還飛   참새 떼는 다투듯 떨어졌다 다시 날더니,

相趁人寒竹[4]   서로 어울려 대숲으로 가버리고,

自收當晚闈[5]   저녁 무렵 거미는 대문에서 줄 거둔다.

無人知靜景   이 조용한 정경 아는 사람 없고,

苔色照人衣   이끼 빛만 옷에 비치는구나.

◀감상▶

　매요신(梅堯臣, 1002-1060)은 자(字)가 성유(聖兪)이고, 선주(宣州) 선성(宣城: 지금의 안휘성安徽省 선성宣城) 사람으로 선성(宣城)의 한대(漢代) 명칭이

---

1) 榻: 걸상. 晴暉: 비가 그친 후 비추는 맑은 햇빛.
2) 條然: 빠른 모양, 빨리 가는 모양, 근심이 금새 사라짐.
3) 懸蟲: 줄에 매달린 거미.
4) 相趁: 서로 쫓다. 앞 다투어 가다.
5) 闈: 중문, 옆문, 사잇문.

완릉(宛陵)이어서 매완릉(梅宛陵) 또는 완릉선생(宛陵先生)이라고 불리 운다. 둘째 아들이어서 매이(梅二), 배항(輩行)이 스물다섯 째여서 매이십오(梅二十五)라고도 한다. 또 관직이 상서도관원외랑(尙書都官員外郞)까지 올라서 매도관(梅都官), 그가 지은 영물시 가운데 하돈(河豚: 복어)을 읊은 시가 유명하여 매하돈(梅河豚), 북송중엽 당시에 시명(詩名)이 높아 매부자(梅夫子)라고 불리기도 한다. 다른 문인들이 시(詩), 사(詞), 산문 등 다양한 작품을 생산한 것과는 달리 작시(作詩)에만 주력한 명실상부한 시인이었다. 또한 그의 시론은 당시 문단의 유력자였던 구양수(歐陽修, 1007-1072)에게 전폭적으로 인정과 지지를 받았고, 북송 초기에 만연했던 당시(唐詩)의 여파(餘波)를 개혁하고 송시 특유의 특징을 자리 잡는데 중요한 내용이 되었으므로, 송시(宋詩)의 개산대사(開山大師)로 칭해진다.

　이 작품에서 시인은 가을날 대숲으로 날아가는 참새 떼와 저녁이 되어 줄치는 일을 거두는 거미를 바라보며 맑은 햇빛을 하루 종일 즐기면서 자연의 섭리에 순응하는 즐거움을 만끽하고 있다. 비록 화려한 수식이나 과장된 감정의 표현이 없으나, 맑은 가을의 햇살과 저녁 무렵의 어슴푸레한 빛 그리고 푸른 이끼 색이 어우러져 이루어 내는 평담(平淡)한 아름다움이 느껴진다. 평담한 풍격은 매요신 시의 특색 가운데 하나이며 송시의 특색이기도 하다. 함련(頷聯)과 경련(頸聯)에서 거미(3구), 참새(4구), 참새(5구), 거미(6구)의 내용을 엇섞어 대를 이룬 것도 묘미가 있다. 이 시에서 작은 사물까지 관찰하여 그 정경을 실감나게 읊으면서도 여운을 남기고 있다. 이는 그가 주장한 소위 "묘사해내기 어려운 정경을 눈앞에 있는 것처럼 생동감 있게 묘사해내고(狀難寫之景, 如在目前)", "끝없이 함축된 뜻을 언외(言外)에 드러낸다(含不盡之意, 見於言外)"는 시론을 구현한 한 예라고 하겠다. 왕유의 〈죽리관(竹裏館)〉 시에서 "깊은 숲 속이라 사람들이 알지 못하고, 밝은 달이 다가와 비춘다(深林人不知, 明月來相照)"의 시구가 연상된다.

문명숙(가톨릭대)

淸夜吟¹⁾ 맑은 밤에 읊다

소옹(邵雍)

月到天心處²⁾ 달은 하늘 가운데 이르고

風來水面時³⁾ 바람은 물위를 지나누나.

一般淸意味⁴⁾ 이렇게 맑은 맛

料得少人知⁵⁾ 아는 이 적으리.

◀감상▶

소옹(邵雍, 1011-1077) 선대(先代) 때는 범양(范陽)에 살았지만, 그의 아버지를 따라 공성(共城)으로 이사하였다. 자는 요부(堯夫), 호는 이천장인(伊川丈人). 사는 집을 스스로 안락와(安樂窩)라 하였기 때문에 안락선생이라고 불려진다. 여러 차례 나라의 부름을 받았지만 나아가지 않았고, 30세 이후에는 하남(河南)을 유람하고 백원산(百源山)에 은거하여 백원선생으로 불려진다. 시호가 강절(康節)이라 후세 사람들은 강절선생이라고 부른다. 《주역》에 밝은 소고

---

1) '맑은 밤에 읊조림' 이란 뜻. 깨달음에 이르러 물아(物我)가 하나되면, 자연이 있는 그대로 맑게 비치게 되지만, 이를 아는 사람이 드물다는 것을 읊은 시이다. '음(吟)' 은 '영(詠)' 과 같이, 소리내어 읊조린다는 뜻이다.

2) 하늘 가운데. '심' 은 중심. '처' 는 '~하는 곳' 이란 뜻이지만, 뒷 구의 '시' 자와 호응하는 말로, 해석하지 않아도 된다.

3) '~할 때' 라는 말로, 앞 구의 '처' 와 호응하는 말이다.

4) 이와 같은. 맑은 기분. 상쾌한 느낌.

5) 마음속으로 헤아려 앎.

(邵古)의 아들이고, 소백온(邵伯溫)의 아버지이다. 주돈이(周敦頤)·정호(程顥)·정이(程頤)·장재(張載)와 함께 북송5자(北宋五子)로 일컬어진다. 북해(北海)의 이지재(李之才)로부터 도서선천상수지학(圖書先天象數之學)을 전수받아 선천학(先天學)의 역학체계를 창시하였다. 저서로는 《고주역(古周易)》·《황극경세(皇極經世)》·《선천도(先天圖)》·《어초문답(魚樵問答)》·《이천격양가(伊川擊壤歌)》 등이 있다.

정신과 전문의 과정을 마치고 동양고전에 입문한 뒤 처음으로 배우기 시작한 것이 《주역》이었다. 무슨 말을 하는 것인지 황당하던 느낌이 《대학》과 《중용》을 듣고 나서야 조금씩 현실감을 가지기 시작하였다. 혼자서 이런저런 참고서를 뒤적여 보면서 이해를 도우려고 노력도 해 보고, 다른 책들도 찾아 '문자속'을 깊게 해보려고 애를 써 보기도 하였다. 그럴 때 만난 시(詩)가 소강절선생의 '청야음'이었다. 처음 읽어보는 순간 뭔가 전달되는 듯한 느낌. 그것은 정신과에서 말하는, "문제에 대한 통찰이 생겼을 때 오는 '아하! 반응(A-ha reflex)'과 비슷한 것"이라고 혼자 생각하면서 스스로 대견해 하였다.

지나서 생각해 보니 그 느낌은 깨달음이나 통찰과는 전혀 관계가 없는 것이고, 단지 요즘 말하는 그 시와 나의 '코드(Code)'가 맞아 순간적으로 일어나는 스파크(Spark)현상 같은 게 아니었나 싶다. 좌우간 그 느낌이 나를 이 시 뿐만 아니라 동양고전 전반에 걸친 애정과 관심을 높여주었고, 이번에 퇴임하시는 반농선생과의 인연도 맺어주었으니, 내 인생에서 애송하는 한시(漢詩)를 말하라면 이 청야음을 두고 무엇을 말하겠는가! 그러나 천성적으로 부족한 시심(詩心) 탓으로 평소에는 시를 읽는 경우가 별로 없어 시에 대한 글을 쓰기가 무척이나 힘이 든다. 그러나 반농선생과의 인연을 귀하게 생각하면서 비록 짧은 글이나마 적어 말석(末席)에라도 동참하려고 한다.

위의 시는 소강절 선생의 도통시(道通詩)인 것 같다.

휘영청 밝은 달이 하늘 가운데 이르렀다. 바람은 물결 위를 스치고 지나간 다. 조용한 밤, 맑은 바람, 밝은 달빛이 한 데 어울려 있으니, 한 폭의 그림을 연상케 한다. 이 미완의 화폭에 한 도사(道士)가 술병을 들고 등장함으로서 점 정(點睛)이 되었으니! 마치 곽박(郭璞)[6]의 유선시(遊仙詩) 초입부(初入部)[7]를 보는 듯하다. 여기에는 나와 네가 따로 구별되지 않고, 크고 작은 것이 서로 비 교하지 않으며, 빠르고 느린 것이 다투지 않는다. 오직 절대적인 '하나'만 있 을 뿐이다. 많은 선사(禪師)들도 이를 노래하였고, 구도자(求道者)들이 너나 없 이 도달하려고 애쓰는 경지일 것이다.

깨달음의 강렬한 에너지(Energy)는 흔히 태양광(太陽光)에 비기는 수가 많 다. 그래서 '지식(知)'이라는 것에 '해(日)'를 더하여 '지혜(智)'라는 글을 만들 었다고 하지 않았던가. 그런데 소강절선생은 자신의 깨달음을 나타낸 이 시에 서 왜 '해'가 아니고 '달'이라고 했을까? 느낌의 강렬함이야 달이 어찌 해의 밝기를 따르겠는가!

소강절 선생은 《주역》을 깊이 있게 연구하여 일가(一家)를 이루었고, 상수역 학(象數易學)을 집대성한 분으로 특히 점(占)에 밝아 많은 일화를 남기고 있다. 그래서 못난 후학이 생각하기에 이 시도 《주역》과 관계가 있지 않겠나 하는 망 상(妄想)을 가지고 감히 선현의 시로 작괘(作卦)를 하여, 굳이 '해'가 아니고 '달'이라고 한 마음의 편린(片鱗)에 대해 허언(虛言)을 한 마디 적어 본다.

---

6) 진(晉)나라 하동(河東) 문희(聞喜) 사람으로 자는 경순(景純). 경술(經術)을 좋아하 고 박학하며 재주가 뛰어났지만 말은 어눌했다고 한다. 사부(詞賦)를 중흥시키는 데 큰 공헌을 하였으며, 고문(古文) 가운데 기자(奇字)를 좋아하고, 음양과 역수(曆 數)에 밝았다고 한다. 저서로는 점을 친 결과를 묶은 《동림(洞林)》과 경방(京房)· 비직(費直) 등 여러 학자의 가장 중요한 이론의 요점을 엮은 《신림(新林)》 10편이 있고, 《복운(卜韻)》 1편이 있다. 또 《이아(爾雅)》·《삼창(三蒼)》·《방언(方言)》· 《목천자전(穆天子傳)》·《산해경(山海經)》·《초사(楚辭)》·《자허(子虛)》·《상림부 (上林賦)》 등에 주(注)를 달았다.

7) 푸른 골짜기 천 길 남짓, 그 가운데 도사 한 사람 있네.(靑溪千餘仞, 中有一道士)

'월도천심(月到天心)'

하늘 위로 달이 올라갔다. 그러면 상괘(上卦)는 달(月)이니 감(坎)괘이고, 하괘(下卦)는 하늘(天)이니 건(乾)괘이다. 괘를 만들면 상감하건(上坎下乾: ☵☰)이 되어 수(需)괘가 된다.

'수(需)'는 '기다린다'는 뜻이다. 막연히 기다리는 것이 아니고 때가 무르익지 않았기 때문에 "음식 먹고 잔치하며 기다린다"[8]는 것이다. 괘를 보면 아래에 있는 건(乾)괘는 강건(剛健)한 성질을 가지고 있어서 반드시 앞으로 나아가려고 하는데, 험한 성질을 가진 감(坎)괘가 가로막고 있기 때문에 어려움이 있을 것을 알고 '기다린다'는 것이다. 이렇게 기다리는 것은 '나아가고 머무르는 것'을 때에 알맞게 할 수 있어 곤궁한 데까지 이르지 않는 것이다. 마치 간(艮)괘 〈단전(彖傳)〉에서 말하는 "그칠 때 그치고 행할 때 행해서, 움직이고 고요히 그쳐있는 것이 때에 어긋나지 않는다"[9]는 것과 같은 경지일 것이다.

'풍래수면(風來水面)'

바람이 물위를 지난다. 상괘는 바람(風)이니 손(巽)괘이고, 하괘는 역시 감괘이다. 작괘를 하면 상손하감(上巽下坎: ☴☵)으로 환(渙)괘가 된다. 〈서괘전(序卦傳)〉에 "기쁜 뒤에 흩어지게 된다. 그렇기 때문에 환괘로써 받으니, 환이란 것은 떠난다는 뜻이다"[10]라고 하였으니, 기쁨을 뜻하는 태(兌)괘 다음에 오는 괘이다. 사람의 마음은 우울하면 심신이 움추려 들고 기쁘면 펴져 흩어지게 되는 것이 일상적인 현상이다. 이렇게 흩어지려는 마음을 추스르는 것이 환괘이다. 즉 환괘는 '마음이 흩어지는 것'을 말하려는 것이 아니고, 흩어지는 마음

---

8) 〈상〉에 말하였다. 구름이 하늘 위에 있는 것이 수(需)괘이다. 군자가 이것을 본받아서 음식 먹으며 잔치한다.(象曰 雲上於天, 需, 君子以, 飮食宴樂)

9) 〈단왈〉 시지즉지, 시행즉행, 동정불실기시.(象曰 時止則止, 時行則行, 動靜不失其時)

10) 〈서괘전〉: 열이후, 산지, 고, 수지이환, 환자, 이야.(說而後, 散之, 故, 受之以渙, 渙者, 離也)

을 모으려고 하는 '치환(治渙)'과 '제환(濟渙)'의 뜻을 가진 괘이다. 그럴 때 중요한 것이 "왕이 종묘에 가서 제사를 드린다"[11]는 방법이니, 곧 흩어지려는 후손들의 마음을 조상의 사당에 제사지내는 의식(儀式)을 통해 규합하려는 것처럼 한다는 말이다.

깨닫고 난 뒤에 오는 기쁨이야 무엇과 비교할 수 있겠는가? 그 기쁨을 가누지 못해 덩실덩실 춤을 추는 선사도 있었다고 하니, 누구나 정도의 차이는 있겠지만 가만히 있기는 어려운 건 사실일 것이다. 어느 분은 그 기쁨과 함께 찾아온 '날아갈 것 같은 가벼움'을 지긋이 가슴에 품고 있는 것이 '지(智)'라고 말하였으니, 불가(佛家)의 '보림(保任) 3년'과 같은 것이리라.

득도(得道)의 기쁨으로 말미암아 마음이 고양(高揚)되지만, 아직은 때가 아니라고 생각하기 때문에 기다리는 것이다. 이 "흩어지려는 마음(渙)"과 "때를 기다리는 자세(需)"가 바로 자신의 느낌을 '해'가 아닌 '달'로 표현하게 된 근본 이유가 아닐까? 때가 되지 않았다는 것을 알고 자신을 감출 수 있는 것은 바로 그 사람의 도력(道力)일 것이다. 암울한 때를 만나 자신의 능력을 감추는 것으로 지혜로움을 삼는 것은 명이(明夷)괘[12]의 뜻과도 닮았다.

한 단계 더 나아가 보자. 소강절 선생은 왜 때가 되지 않았다고 생각했을까? 이 '때'는 시간상으로 일어나는 앞뒤를 뜻하지는 않는 것 같다. 하지 않아도 되기 때문에 안 하는 것이 아닐까? "다른 사람이 알아주지 않아도 섭섭해 하지 않는다"[13]거나, '숨어서 때를 기다리는 용' 건(乾)괘: 초구는 숨어 있는 용이다.

---

11) 환괘는 형통하다. 왕이 종묘에 이르는 것 같이 하니, 큰 내를 건너는데 이롭다. 바르게 하는 것이 이롭다.[환, 형, 왕격유묘, 이섭대천, 이정.(渙, 亨, 王假有廟, 利涉大川, 利貞)]

12) 〈상〉에 말하였다. 밝은 빛이 땅속으로 들어가는 것이 명이괘이다. 군자가 이것을 본받아서 백성을 다스릴 때 자신의 능력을 감추는 것으로 현명함을 삼는다.(象曰 明入地中, 明夷, 君子以, 莅衆, 用晦而明)

13) 《논어 · 학이(論語 · 學而)》: 인부지이불온.(人不知而不慍)

적극적인 활동을 하지 말라.[초구, 잠룡, 물용(初九, 潛龍, 勿用)]와 같아서 "세
상을 바꾸려고 하지도 않고, 이름을 이루려고도 하지 않는다. 세상을 피해 숨
어살아도 근심하지 않으며, 옳다는 평가를 받지 못해도 근심하지 않는다"[14]는
경지일 것이다.

　그러면 '이런 마음을 아는 사람이 얼마나 될까? 아마 드물 것이다.' 이것이
'청야음'을 마무리 짓는 두 행(行)으로, 자신의 깨달음에 대한 확신을 나타낸
말 같기도 하다. 이는 마치 "36궁[15]이 모두 봄이로구나!"[16] 라고 하는 말과 상

---

14) 건괘 · 초구 · 문언전(乾卦 · 初九 · 文言傳): 불역호세, 불성호명, 돈세무민, 불견
　　시이무민.(不易乎世, 不成乎名, 遯世无悶, 不見是而无悶)

15) 《주역》 64괘를 이르는 말이다. 64괘는 상경(上經)에 30괘, 하경(下經)에 34괘로
　　나뉘어져 있다. 이 괘들은 이어 나오는 두 괘가 뒤집어보면 다른 괘가 되는 둔몽
　　(屯蒙)괘나 수송(需訟)괘와 같은 것을 반(反)괘라고 하고, 뒤집어보아도 역시 같
　　은 괘가 되는 건곤(乾坤)괘와 감리(坎離)괘와 같은 것을 대(對)괘라고 한다.[당
　　(唐)나라의 공영달(孔穎達)은 복괘(復卦)와 변괘(變卦)라고 이름하였다] 상경 30
　　괘 가운데는 반괘가 24괘이고 대괘가 6괘이며, 하경 34괘 가운데는 반괘가 32괘
　　이고 대괘가 2괘이다.
　　반괘는 두 괘가 사실상은 한 괘나 마찬가지이기 때문에 둔몽괘를 한 괘로 본다.
　　그러면 상경은 반괘 24괘는 둘로 나누어 12괘가 되고, 대괘는 그대로 6괘가 되니
　　모두 18괘가 된다. 하경은 반괘 32괘는 둘로 나누어 16괘가 되고, 대괘 그대로 2
　　괘가 되니 역시 모두 18괘이다. 상하경의 64괘를 이렇게 나누면 결국 36괘가 된
　　다는 것이다.

16) "이목이 총명한 남자의 몸을, 천지가 나에게 부여해 주었으니 모자라는 게 없구
　　나. 월굴(月窟)을 더듬을 때 비로소 사물을 알 수 있고, 천근(天根)을 밟지 않고
　　어찌 사람을 알겠는가! 건(乾: ☰)이 손(巽: ☴)을 만날 때 월굴을 볼 수 있고, 땅
　　[곤(坤: ☷)]이 우레[뢰(雷: ☳)]를 맞는 데서 천근을 볼 수 있다. 천근과 월굴을 한
　　가로이 왕래하니, 36궁이 모두 봄이로구나![이목총명남자신, 홍균부여불위빈. 수
　　탐월굴방지물, 미섭천근기식인. 건우손시관월굴, 지봉뢰처견천근. 천근월굴한왕
　　래, 삼십육궁도시춘.(耳目聰明男子身, 洪鈞賦予不爲貧. 須探月窟方知物, 未躡天
　　根豈識人. 乾遇巽時觀月窟, 地逢雷處見天根. 天根月窟開往來, 三十六宮都是春)]

통하여, "끊임없이 낳고 또 낳는 것이 역(易)"[17]이라는 이치의 체득을 웅변으로 설파하는 것 같다.

반농 선생의 퇴임을 축하드리며, 마지막으로 희언(戱言) 한 마디를 하면서 글을 맺는다.

반농(伴農)인 줄 알았더니, 반농(半農)이라네
전농(全農)이 되겠단 건, 반농(半弄)이겠지.
속세 떠나면
수무[18] 만 계시려나?
게서도 맑은 바람 밝은 달 벗하여
반옹(伴雍)[19] 이 되시겠네.
누가 여기다 점정(點睛)을 할꼬?
내 술 한 병 준비하리.

조호철(曺晧哲): 동양신경정신과 원장
동양고전연구회 이사장

---

17) 〈계사전 · 상 · 5장〉: 생생지위역(生生之謂易).
18) 반농선생께서 우거(寓居)하시는 수무동. 바깥 길에서는 안 보이는 '숨은 동네' 라는 뜻의 마을.
19) 소옹(邵雍)과 짝이 됨.

宰嚭^{재 비}¹⁾ 재상 백비

왕안석(王安石)

謀臣本自繫安危^{모신본자계안위}²⁾　모신이 본래 안위에 관계되지요,

賤妾何能作禍基^{천첩하능작화기}　천첩이 어찌 화의 씨앗 될 수 있나요?

但願君王誅宰嚭^{단원군왕주재비}　군왕께선 다만 재상 백비를 죽이세요,

不愁宮裏有西施^{불수궁리유서시}³⁾　궁중의 서시는 걱정 마시구요.

◀감상▶

　중국에는 전통적으로 요사스러운 미인이 나라를 망하게 했다는 이른바 '여화론'(女禍論)이 상당히 유행했다. 거론되는 여인들로는 하(夏)나라의 말희, 은(殷)나라의 달기, 서주(西周)의 포사, 그리고 오나라의 서시 등이 있었다. 그러나 왕안석은 이 시에서 '여화론'을 정면에서 뒤집어엎었다. 나라가 망한 것은

---

1) 宰嚭: 춘추시대 말기 오(吳)나라 왕 부차(夫差)의 재상을 지낸 백비(伯嚭). 본디는 초(楚)나라 사람으로 죄를 지어 오나라에 망명했다. 지략이 있었지만 평소 뇌물을 좋아하고 아첨을 잘했다. 그는 부차의 신임을 얻게되자 월(越)나라의 뇌물을 받고서 부차로 하여금 월나라의 항복을 허용케 하고 같은 신분의 망명객이었던 명장 오자서(伍子胥)를 모함하여 죽게 했으며, 결국 오나라를 멸망으로 이끌었다.

2) 謀臣: 왕을 위해 자문을 하고 정책을 결정하는 신하.

3) 西施: 춘추시대 말기 월나라의 미인. 월나라 왕 구천(勾踐)이 오나라와의 전쟁에서 패배한 뒤 미인계로 오나라의 왕을 뒤흔들 목적으로 오나라에 바쳐진 여인. 과연 부차는 서시를 비롯한 월나라의 미인들에게 빠져 정사를 소홀히 한 나머지 구천에게 살해당했고, 오나라는 멸망했다.

서시 때문이 아니라 국정을 책임진 백비와 같은 최고통치집단 탓이라고 천명한 것이다. 20세기 초·중기의 학자인 왕숙해(王叔海)로 하여금 "진정 역사가의 필치이다(眞史筆也)"라고 찬탄을 터뜨리게 한 작품이기도 하다.

사실 왕안석에 앞서 당나라 말기의 시인인 나은(羅隱)은 〈서시〉에서 "나라의 흥망은 저절로 때가 있는 법, 오나라 사람들은 무슨 까닭으로 서시를 원망하는가? 서시가 만약 오나라를 기울게 할 수 있었다면, 월나라가 망한 것은 또 누구 때문이던가?(家國興亡自有時, 吳人何苦怨西施. 西施若解傾吳國, 越國亡來又是誰.)"라고 하여 오나라 멸망의 책임은 위정자에게 있다는 점을 부각시킨 바 있다.

그러나 왕안석의 시는 그 구상이 나은의 시와는 전혀 다르다. 나은의 시에서 작중화자는 시인이지만, 왕안석의 시에서는 바로 '서시'이다. 왕안석은 서시의 입을 통하여 오나라 멸망의 한 원인을 밝힌 것이다.

서시의 입장에서는 어떻게 오나라의 멸망을 설명할 수 있을까? 자신은 미인계의 일환으로 스스로의 의지와는 상관없이 적국에게 '바쳐진' 여인이 아니었던가? 서시의 앙큼하면서도 가녀린 모습이, 그리고 그녀의 앙증스러운 말투가 읽는 이의 눈앞으로 튀어나오고 들려올 듯 하지 아니한가?

류영표(경성대)

<ruby>讀<rt>독</rt></ruby><ruby>史<rt>사</rt></ruby> 역사를 읽고

왕안석(王安石)

<ruby>自<rt>자</rt></ruby><ruby>古<rt>고</rt></ruby><ruby>功<rt>공</rt></ruby><ruby>名<rt>명</rt></ruby><ruby>亦<rt>역</rt></ruby><ruby>苦<rt>고</rt></ruby><ruby>辛<rt>신</rt></ruby>　고래로부터 공명이란 모두 갖은 고초로
얻어지는 것인데,

<ruby>行<rt>행</rt></ruby><ruby>藏<rt>장</rt></ruby><ruby>終<rt>종</rt></ruby><ruby>欲<rt>욕</rt></ruby><ruby>付<rt>부</rt></ruby><ruby>何<rt>하</rt></ruby><ruby>人<rt>인</rt></ruby>¹⁾　모든 행동 거취의 판단은 도대체 누구에게
부탁해야 할까?

<ruby>當<rt>당</rt></ruby><ruby>時<rt>시</rt></ruby><ruby>黮<rt>담</rt></ruby><ruby>闇<rt>암</rt></ruby><ruby>猶<rt>유</rt></ruby><ruby>承<rt>승</rt></ruby><ruby>誤<rt>오</rt></ruby>²⁾　그 당시 현장에서도 불분명한 이유로 오해를
받았는데,

<ruby>末<rt>말</rt></ruby><ruby>俗<rt>속</rt></ruby><ruby>紛<rt>분</rt></ruby><ruby>紜<rt>운</rt></ruby><ruby>更<rt>갱</rt></ruby><ruby>亂<rt>난</rt></ruby><ruby>眞<rt>진</rt></ruby>³⁾　속된 무리들 갖은 억측으로 진실을 더욱
어지럽히네.

<ruby>糟<rt>조</rt></ruby><ruby>粕<rt>박</rt></ruby><ruby>所<rt>소</rt></ruby><ruby>傳<rt>전</rt></ruby><ruby>非<rt>비</rt></ruby><ruby>粹<rt>수</rt></ruby><ruby>美<rt>미</rt></ruby>⁴⁾　많은 전적에 전해지는 내용들 순수하지도
아름답지도 않고,

---

1) 行藏: 원래 이 말은 ≪논어(論語)·述而篇(술이편)≫의 "用之則行, 舍之則藏: 등용
이 되면 (세상에 이 도道를) 행하고, 버림을 받으면 (내 몸에 이 도道를) 간직한다"
라는 말에서 유래되었으나, 여기에서는 인신(引伸)되어 사람의 거취나 행위의 뜻
으로 쓰였다.

2) 黮闇: 본래는 명확하지 않거나 불분명하다는 뜻인데, 여기에서는 이해되지 않거나
서로가 분명하게 알 수 없다는 뜻으로 쓰였다.

3) 末俗: 이는 일반 사람들의 습속이나 풍습 또는 의견을 폄하(貶下)하여 일컫는 말이다. 紛
紜: 말이나 일 또는 의견 등이 많고 어지럽거나 시끄럽고 복잡함을 형용하는 말이
다.

4) 糟粕: 본래 이 말은 술지게미를 뜻하였고, 이에서 引伸되어 쓸데없는 폐기물에 비
유되었으나, 여기에서는 일반적인 전적(典籍)을 지칭하는 말로 사용되었다.

丹^단靑^청難^난寫^사是^시精^정神^신[5]   사가(史家)의 필법으로도 올곧은 정신은
　　　　　　　　　　　그려내기가 어렵다네.

區^구區^구豈^기盡^진高^고賢^현意^의   구차한 몇 줄의 글로 어찌 고결한 현인의
　　　　　　　　　　　뜻 담을 수 있으리요?

獨^독守^수千^천秋^추紙^지上^상塵^진   홀로 지키는 것은 천년 이래의 종이 위의
　　　　　　　　　　　먼지뿐인 것을!

◀감상▶

　문학가나 학자로서 보다는 정치인으로 더 잘 알려진 왕안석(王安石, 1021~
1086)은 자(字)를 개보(介甫), 호를 반산(半山)이라 한다. 정치인으로서의 그는
의지가 굳고 과감하여 강력한 지도자의 자질을 갖추었으며, 실제로 정치적으
로 큰 업적을 남기고자 신법(新法)을 시행하기도 하였다. 그러나 그는 좋은 이
상을 가지고서도 자기의 주장을 강하게 고집하면서 편파적으로 일을 처리함으
로써 많은 정적들을 갖게 되었고, 자기에게 순종하지 않는 사람들을 그 스스로
가 포용하지도 못하였을 뿐만 아니라 한 걸음 더 나아가 불우한 때에는 이들로
부터 배신감을 맛보기도 하였었다.

　그가 남긴 시편들 가운데 초기의 작품들은 사회 현실을 반영한 사실적인 것
도 많고, 또 영사류(詠史類)의 작품들도 꽤 많다. 이런 시편들에서는 역사적인
인물들에 대한 형상이나 평가를 통해 그 자신의 정치적인 견해나 포부를 담아
내기도 하였다. 그리고 그는 경학(經學)에도 대단히 정통하였을 뿐만 아니라
철학 사상에도 조예가 깊어 이러한 시편들을 통하여 그 나름의 독특한 견해와

---

　5) 丹靑: 이 말에는 두 가지 뜻이 있다. 하나는 '단책(丹册)'과 '청사(青史)' 즉 역사
　　서라는 뜻이고, 다른 하나는 그림 즉 회화나 화가를 뜻한다. 여기에서는 '사필(史
　　筆)' 즉 역사가의 필법이라는 의미를 내포한 전자(前者)의 뜻으로 쓰였다.

현실에 대한 울분을 나타내기도 하였다. 여기에서 소개하고자 하는 칠언(七言) 팔구(八句)로 이루어진 율시(律詩) 〈독사(讀史)〉라는 시편이 바로 그런 좋은 예인데, 한 번 살펴보기로 하자.

"自古功名亦苦辛, 行藏終欲付何人?"이라는 첫 두 구절은 넓디넓은 천지와 이상을 추구하는 사람의 외로움을 나타낸 것이다. 우리의 삶에는 구체적으로 어떤 모양이든 자기 나름의 이상 세계를 설정해 놓고 이를 추구함으로써 비로소 자기의 존재 가치를 확인하고 또 거기에서 안정을 느낄 수가 있는 것이다. 여기에서 말한 "공명(功名)"이란 바로 왕안석 자신의 이상 세계의 내용이라고 할 수 있다. 물론 이것은 그 자신이 직접 선택한 내용이 아닐 수도 있지만, 최소한 그가 전 역사 과정을 통하여 깨달은 것임에는 틀림없다고 하겠다. 그리고 여기서의 "고신(苦辛)"이 바로 그가 이상을 추구하는 과정에 대한 묘사이고, "行藏終欲付何人?"이란 바로 이 "고신"을 더욱 구체적으로 설명한 말이다. 이상이 내 개인적인 선택이기에 이 이상은 당연히 나 혼자 추구할 수밖에 없는 것이고, 그렇기 때문에 외롭고 고독할 수밖에 없는 것이다. 누구도 이를 대신할 수도 없고 또 그 내용과 외로움을 이해할 수도 없는 것이다. 그리고 "모든 행동 거취의 판단은 도대체 누구에게 부탁해야 할까?"하는 문제는 이상을 추구하는 사람이라면 누구나 필연적으로 갖게 되는 내심의 질문이다. 공자나 맹자가 잠시의 여유도 없이 전전긍긍했던 것이나, 사마천(司馬遷)이 자기의 뜻을 전하기 위해 고심하였던 것이 바로 이와 같은 것이리라.

"當時黯闇猶承誤, 末俗紛紜更亂眞. 糟粕所傳非粹美, 丹靑難寫是精神."의 네 구절은 이 시(詩)의 주제이자 왕안석 자신의 감개를 나타낸 부분이다. "모든 행동 거취의 판단은 도대체 누구에게 부탁해야 할까?"하는 문제는 정말로 해결하기 어려운 고통이자 슬픔인데, 자신의 행동 거취가 그 당시 그 자리에서도 제대로 이해되지 못하여 오해를 불러일으키고 먼 훗날에는 더더욱 기대할 수 없는 것이 자명한 경우에는 그 고통과 슬픔은 한층 더 클 수밖에 없는 것이다. 왜냐하면 후세의 속유(俗儒)들의 일반적인 나쁜 습속과 부정확한 논거와 편견 그리고 여기에 억측이 덧붙여져 더욱 진실을 어지럽히는 현상은 그를 더욱 비분강개하게 만들뿐이다. 이는 자신의 생각이 누구보다도 정확하고 옳다고 확고하게 믿고 있는 왕안석에게는 그 어떤 방법으로도 나타낼 수 없는 슬픔이었다. 그렇다면 어떤 원인으로 이런 결과를 초래하게 되었는가? 그 원인은 바로 수많은 전적(典籍)들에 전해지는 내용들이 정확하거나 순수하지도 그리고 아름답지도 않고, 사가(史家)의 필법으로도 올곧은 정신은 제대로 그려내기가 어려운 데에 있는 것이다. 이상이란 어차피 개인적인 선택이고 이의 실천 또한 독자적으로 이루어지는 것이기에, 제3자인 타인이 이 과정에서 감수해야 하는 고독한 마음은 그 누구도 이해할 수 없는 것이다. 오로지 마음과 마음이 통하는 경우에만 가능한데, 어떻게 먼 훗날의 사가들에 의해 기록된 것이 이 이상을 추구하는 사람의 가장 정확하고 아름답고 그리고 순수한 형상일 수가 있겠는가? 형적은 쉽게 그릴 수가 있지만 정신은 그려내기가 어려운 것인데, 역사가의 필법이 어떻게 흔적이나 그림자노 없는 정신을 있는 그대로 그려낼 수 있겠는가? 한 인물에 대한 평가는 생전에도 올바르게 이루어지기 힘든 법인데, 하물며 세상을 떠난 뒤에 전문(傳聞)에 의거한 기록에 의해서는 더욱 어려운 법이다. 한 역사적인 인물의 올곧은 정신 세계는 사가의 붓끝으로도 정확하게 그려낼 수 없는 것이다. 이것이 바로 왕안석이 역사를 읽으며 제기한 의문이며, 이를 통해 왕안석은 근본적으로 수많은 전적들의 기록의 정확성에 대해 회의를 품고 있었음을 알 수 있다. 이는 왕안석 자신이 부딪쳤던 현실과 관련이 있는 것이다. 그 자신이 바로 세인들의 오해와 몰이해로 말미암아 억울한 비난을 받은 경험을 갖고 있었기 때문에, 이렇게 올곧은 정신을 가진 사람의 보상받지 못하는 처참한 마음에 대해 그는 특히 깊은 감회를 가졌을 것이라 생각된다.

마지막의 "區區豈盡高賢意? 獨守千秋紙上塵"이란 두 구절은 역사적인 인물이 부딪쳤던 이해와 몰이해의 문제에 대해 왕안석이 마지막으로 내린 해답이다. 득의를 했건 실의를 했건, 외재적인 일체의 형적조차도 몇 구절의 글로는 다 나타낼 수가 없는데 어떻게 고결한 현인의 내심의 모든 곡절을 정확하게 그려낼 수 있겠는가? 이 때문에 그 스스로가 할 수 있는 일이란 홀로 천년 이래로 종이 위에 밀폐되어 있는 먼지를 지키는 일뿐이다. 이 억울함과 슬픔은 왕안석으로서도 어떻게 해볼 도리가 없는 것이다. 편벽되고 왜곡된 속유(俗儒)들의 우견(愚見)으로 가려진 진실을 꿰뚫어 보기 위하여 홀로 먼지가 켜켜이 끼여 있는 천년 이래의 역사서를 뒤적이고 있는 왕안석의 모습에는 세인들의 몰이해와 오해에서 비롯된 비난을 극복하려는 울분과 고독이 배어 있음을 볼 수 있다.

손예철(한양대)

秋月 가을 달
추 월

정호(程顥)

淸溪流過碧山頭　　맑은 물이 푸른 산을 끼고 흐르니,
청 계 류 과 벽 산 두

空水澄鮮一色秋　　하늘과 물 맑고 고와 한 빛으로 가을일세.
공 수 징 선 일 색 추

隔斷紅塵三十里　　티끌 세상 에서부터 삼십 리를 비꼈으니,
격 단 홍 진 삼 십 리

白雲紅葉兩悠悠　　흰 구름 붉은 잎이 유유하여라.
백 운 홍 엽 양 유 유

봄 바람과 가을 달
– 정호(程顥)의 시 두 수로 반농 선생님의 정년을 축하드리며 –

　이학(理學)의 터전을 마련한 이정(二程)은 한 살 터울의 형제였지만 다른 점이 많았다. 정호(程顥)는 학력(學力)이 심후하고 기상이 혼연하여 사람을 감화시키는 힘이 있었고, 정이(程頤)는 학문이 정밀하고 언행이 준엄하여 사람을 숙연하게 하는 바가 있었다.

　이 이정(二程)의 문하를 넘나들며 배운 주광정(朱光庭)이 여주(汝州)에 있던 정호를 찾아간 적이 있었다. 그는 그 곳에서 스승과 한 달을 함께 거처하고 돌아와서는 "한 달을 봄바람 속에 앉아 있다 왔다"고 하였다. 유명한 '좌춘풍(坐春風)'의 고사다.

　봄바람은 만물을 길러주는 온화한 바람이다. 그 바람이 언제 만물을 기르고자 뜻을 세우기나 하였으랴만 만물은 그 바람 속에서 절로 생의(生意)가 발발(勃勃)하니 참 스승의 덕화는 원래 그러하였던가 보다. 위의 시는 그 봄바람 같은 정호가 가을 달을 노래한 것이다.

시가 몹시 맑고 깊다. 시제는 잠시 접어두고 시만 보면 영락없이 어느 청명한 가을날을 노래한 시이다. 맑은 물과 푸른 산, 넓고 높아 눈이 부신 푸른 하늘, 그 하늘을 유유히 떠가는 흰 구름. 시 만으로도 시인의 고원한 의경과 지취를 넉넉히 짐작할 수 있다. 그러나 '추월(秋月)'이라고 한 시제에 눈길을 주고 보면 일순 어리둥절해 진다. 이 시가 달밤을 노래하였단 말인가! 시인의 눈에 가득 찬 산하대지가 밤경치였던가? 도대체 달이 얼마나 맑고 밝기에, 시인은 구름의 흰 빛과 단풍의 붉은 빛을 금낭(錦囊)에 담을 수 있었단 말인가? 둥두렷이 걸린 가을 달 아래 펼쳐진 삼라만상! 그 삼라만상을 노래하여 달을 빛낼 줄 아는 천의무봉의 조탁! 시인의 솜씨가 예사롭지 않다.

1, 2 구에서 시인은 달빛을 흉금에 묻어 두고, 눈에 보이는 산하를 노래하였다. 푸른 산을 끼고 흘러가는 가을 물. 그 물은 하늘 끝으로 흘러 하늘도 물도 산도 모두 가을 빛이다. 가을이라 물이 더욱 맑고, 그 물이 적시고 지나가는 산도 더욱 맑디 맑고, 이윽고 그 물은 청량한 가을 하늘과 하나가 되어 천지는 맑고(淸), 깨끗하고(澄), 고움(鮮)으로 충만해 있다. 이 '청(淸)'·'징(澄)'·'선(鮮)'은 어디서 온 것인가? 가을이라 그러하다면 시인은 굳이 시제를 '추월(秋月)'이라고 하지 않았을 터. 명징한 가을 달이 있었기에 가을이 더욱 맑고 깨끗하고 고운 것이다. 그러므로 도학자 정호가 찬미하고 있는 이 월하(月下)의 가을은 '우화이등선(羽化而登仙)'을 노래하며 탈속의 이상을 추구하던 소동파의 '적벽지추(赤壁之秋)'와도 다르고, 의기(義氣)를 찬미하며 소살(肅殺)의 기운을 느끼던 구양수의 가을도 아니다. 정호는 아마도 가을 달에서 '천리(天理)'를 보았을 것이다. 명징한 달빛이 삼라만상을 감싸고 있듯이, 천리를 벗어난 삼라만상이 있을 수 없다. 이 천리는 언어로 표현될 수 있는 것이 아니다. 주희(朱熹)가 이야기 하였듯이 천지가 있기 전부터 있었던 천지의 리(理)를 어찌 말로써 재단하랴! 천리는 다만 묵묵히 체인하여야 하며, 정호는 평생을 이 천리를 체인하기 위해 노력하였던 사람이다. 어쩌면 이것이 달은 있으되 달을 말하지 않았던 까닭일 것이다.

그러므로 이 명징한 이성의 세계는 홍진(紅塵)을 삼십 리나 벗어나 있다.

'삼십리(三十里)'는 산술적 수치가 아니다. '삼(三)'은 절대이며 무한대이다. 가을 달이 빚어낸 산하는 홍진과 절대 격절되어 있는 것이다. 그 산하 역시 홍진 속의 산하로되 가을 달로 인해 홍진과 격절된 것이다. 자연은 그대로의 자연이지만 천리를 체인한 순간에 나의 세계는 달라지는 것이다. 그러므로 가을 달은 시인의 지향이며 동시에 부박한 우리의 삶이 추구해야 할 절대 가치이다. 이러한 까닭에 '유유(悠悠)' 두 글자는 뜻이 깊다. 시간과 공간을 초월한 천리의 유장함이며, 그 유장한 천리를 좇아가는 삼라만상의 유유자재(悠悠自在)함이다. 흰 구름은 바로 그 유장함의 상징이며 붉은 잎은 천리의 운행으로 이루어지는 자연의 실상인 것이다.

결국, 정호가 노래한 가을 달은 티끌 한 점 없는 명징한 이성의 세계이다. 혼연한 봄바람의 이면에는 천리를 체인한 자득의 경지가 있었던 것이다. 전반적으로 도학가의 이취가 풍기는 시이지만 의경이 고원하여 고립하기만 한 여타의 도학시와는 다른 맛이 있다. 정호가 이 시에 갈무리해 둔 그의 내면을 좀 더 구체적으로 이해하기 위해 또 다른 작품 〈추일우성(秋日偶成)〉을 살펴보자.

秋日偶成 가을 날 우연히 읊조리다

閑來無事不從容   마음이 한가하니 일마다 여유로워,

睡覺東窓日已紅   잠 깨니 동창에 해 이미 붉었네.

萬物靜觀皆自得   만물을 정관하니 모두가 자득하여,

四時佳興與人同   사시의 고운 흥취 사람과 한가질세.

道通天地有形外   도는 유형한 천지 밖에 통하였고,

^{사 입 풍 운 변 태 중}
思入風雲變態中   생각은 풍운의 변화를 꿰뚫었다네.

^{부 귀 불 음 빈 천 락}
富貴不淫貧賤樂   부귀해도 의연하고 빈천해도 즐거우니,

^{남 아 도 차 시 호 웅}
男兒到此是豪雄   남아가 예 이르면 바로 대장부.

전형적인 도학시인 이 시는 일반적으로 시가예술이 지향하는 미학적 아름다움이 없다고들 한다. 지나치게 사변적이라는 말일 것이다. 정호의 시는 전반적으로 미학적 아름다움에 연연하지 않는다. 정호에게 있어서 미추(美醜)와 장단(長短)의 상대적 세계는 초극의 대상일 뿐이다. 그는 천리 속에서 물아(物我)가 하나 되기를 추구하였으며, 그의 시는 이러한 그의 내면의 고백이다. 그러므로 그의 시는 아름다울 수가 없다. 그러나 참된 아름다움은 어디서 오는 것인가? 기교와 꾸밈에서 오는 것인가? 꾸밈없음이 아름다울 수는 없는가? 미(美)와 진(眞)은 길이 다른 것인가? 진실하기 때문에 아름다운 것은 아닌가? 이 시가 풍기는 박삽(朴澀)한 충담(沖澹)이 아름다움을 초극한 아름다움이 될 수는 없는가!

이 시의 핵심어는 '한래(閑來)' 두 글자이다. 정확하게 이야기하면 '래(來)'는 조자이니 '한(閑)' 한 글자가 이 시의 눈이다. 이 시에서의 '한가로움'은 총망한 삶 속에서 어쩌다 찾아오는 일 없음의 여유가 아니다. 이 한가로움은 객관적 사실이 아니라 시인이 도달해 있는 주관적 경지이다. 천리의 체인을 통해 도달한 정신적 한가로움인 것이다. 그러므로 일이 없어 한가롭다 하지 않고 한가롭기 때문에 일마다 '종용(從容)'하다 한 것이다. 객관으로 존재하는 번잡한 세상살이가 주관의 세계에서는 한가롭기에, 어제 졌던 해가 오늘 다시 떠올라 동창을 붉게 물들이는 일상에서도 시인은 천리를 본다. 어디 동창의 붉은 해만 그러하랴! 시인의 '정관(靜觀)'의 눈길에 비친 만물이 모두 천리 속에 '자득(自得)'해 있으니 사시의 순환과 인생의 생멸이 모두 천리인 것이며, 그러기에 아

름답지[佳興] 않은 것이 없다. 고요히 보는[靜觀] 것은 어떻게 보는 것인가. 정호의 스승이었던 주돈이(周敦頤)는 "욕심이 없기 때문에 고요하다(無欲故靜)"고 하였다. 그러므로 욕심을 버린 눈, 세속의 이해를 벗어난 눈, 객관을 객관으로 볼 수 있는 눈으로 보는 것이 '정관'이다. 만물을 정관하면 인간이 욕심 어린 눈으로 규정한 미추(美醜)를 넘어 어느 하나 아름답지 않은 것이 없다는 것이다. 정호는 일찍이 "선악이 모두 천리(善惡皆天理)"라는 알 듯 모를 듯한 말을 하여 후일 주희(朱熹)를 곤혹스럽게 하였거니와, 적어도 이 시의 주석으로는 손색이 없다.

경련(頸聯)에서 시인은 이 한가로움의 정체를 분명하게 이야기한다. 그의 한가로움은 그가 자득한 경지에서 온 것이다. 그가 자득한 경지는 천리의 체인이며 '道'의 자각이다. 유형한 물상들이 모두 도의 모습이지만, 그 유형을 유형되게 하는 노의 실체에 대한 사각이 정신적 어유를 가져온 것이다. 그러므로 그의 사색이 삼라만상의 변화 양태에 대한 깊은 체찰로 이어질 수 있었던 것이며 이러한 경지에서 우러나는 내면의 희열을 맛본 시인은 대장부의 삶은 모름지기 이러해야 한다고 호언한다. 미련(尾聯)의 두 구절은 맹자의 "富貴不能淫 貧賤不能移 威武不能屈 此之謂大丈夫"를 인용한 것이다. 부귀하더라도 흔들림이 없고, 빈천하더라도 도를 즐길 줄 아는 대장부! 폐부에서 우러나는 희열을 맛본 시인은 이미 그에게 주어진 환경으로부터 달관해 있는 것이다.

반농 이장우 선생께서 정년을 하신다고 한다. 필자는 여러 인연들로 인해 지척에서 그 봄바람을 쐰 적이 있기에 이제 칠율(七律) 한 수로 선생님의 노당익장(老當益壯)을 기원드린다.

恭賀伴農丈席閑退

古家弓冶是伊吾,　世守餘聲又一儒.

絳帳北南三十載,　綠陰桃李百千株.
公山曉月心無芥,　洛水春風德不孤.
歸隱莫如朝市大,　懸車何必臥江湖.

　　　　　　　　　이세동(경북대)

寒食雨 二首　한식날 내리는 비 2수

소식(蘇軾)

自我來黃州
내가 황주에 귀양 온지도

已過三寒食
이미 3년이 흘러 세 번씩이나 한식 날을 맞이하였구나.

年年欲惜春
해마다 가는 봄을 애석히 여기건만

春去不容惜
가는 봄은 나의 이 안타까운 마음을 조금치도
몰라주네.

今年又苦雨
올해도 또 이 괴로운 장맛비가 내리니

兩月秋蕭瑟
장맛비 속에서 두 달 남짓 이어지고 있는
가을처럼 소슬한 날씨.

臥聞海棠花
자리에 누운 채 해당화 꽃잎이 다 져버렸다는
말을 들었네.

泥汚燕脂雪
아아! 연지처럼 붉은 꽃잎, 눈처럼 날리다가
진흙 위에 떨어져버렸는가!

暗中偷負去
어둠 속에서 훔쳐가려 한다면 무엇인들
못 훔쳐가랴! 나의 해당화를 누가 훔쳐갔는가?

夜半眞有力
한밤중에 해당화를 훔쳐간 '시간'이라는 그 놈,
정말 힘이 대단한 녀석이구나.

何殊病少年
하 수 병 소 년

병든 내 모습은 초췌하기만 한데 마음은 아직 소년,

病起頭已白
병 기 두 이 백

앓고 난 뒤라서인지 머리가 더 세어버렸네.

春江欲入戸
춘 강 욕 입 호

장맛비에 불어난 물이 집안까지 들어오려 하는데도

雨勢來不已
우 세 래 불 이

비는 그치지 않네, 벌써 두 달째.

小屋如漁舟
소 옥 여 어 주

내 작은 집은 마치 고깃배처럼 물 위에 떠서

濛濛水雲裏
몽 몽 수 운 리

비안개 아득한 물속에 잠긴 듯, 구름 속에 싸인 듯.

空庖煮寒菜
공 포 자 한 채

텅 빈 부엌에서 식은 나물이라도 데우려고

破竈燒濕葦
파 조 소 습 위

무너져 가는 부뚜막에서 젖은 갈대에 불을 붙여보네.

那知是寒食
나 지 시 한 식

귀양 온 처지에 오늘이 한식인줄은 어떻게 알았겠는가?

但見烏銜紙
단 견 오 함 지

까마귀가 물고 다니는 명전(冥錢)을 보고 알았지.

君門深九重
군 문 심 구 중

임금님은 구중궁궐 깊이 계셔서 내 뜻을
전할 길이 없고

墳墓在萬里
분 묘 재 만 리

조상들의 분묘는 만 리 밖에 있어 돌볼 길이 없네.

也擬哭窮途
야 의 곡 궁 도

서러운 마음에 그 옛날 막다른 길에서 울음을
울던 완적(阮籍)이라는 사람의 흉내라도 내보고 싶지만

死灰吹不起
사 회 취 불 기

싸늘히 식어 재가 된 마음, 울음의 불씨마저
불붙지 않네.

◀ 감상 ▶

이 시는 원풍(元豊) 5년(1082)에 소식이 황주로 좌천되어 간 후 세 번째 맞이하는 한식날에 자신의 감회를 읊은 시이다. 꾸밈없는 시어로 자신의 서럽고 답답한 심정을 진솔하게 표현하였다. 소식 시의 진면목을 볼 수 있는 대표작이라고 할 만하다.

소식은 송나라를 대표하는 시인이기도 하지만 채양(蔡襄), 황정견(黃庭堅), 미불(米芾)과 더불어 송4대가의 한 사람으로 꼽히는 서예가이다. 이 한식시 작품은 시로서도 유명하지만 서예 작품으로도 유명하다. 특히 소식보다 9세 연하였던 황정견이 이 한식시(寒食詩) 시고에 대해서 발문(跋文)을 씀으로써 송나라 때의 양대 시인이자 서예가인 소(蘇), 황(黃)의 서예작품을 한 작품 안에서 볼 수 있게 되어 더욱 유명해졌다.

이 한식시 시권(詩卷)은 청나라 말기에 있었던 중국과 영·불 연합군과의 전쟁 중에 청궁(淸宮)으로부터 도출(盜出)되어 내내 일본 사람이 수장하고 있던 것을 후에 대만 사람 왕설정(王雪艇)이 매입하여 소장했다가 1987년 4월 한식날에 대만 고궁박물원에 기증함으로써 지금은 고궁박물원에 수장되어 있다.

이 작품에 황정견이 발문을 쓴 연대는 황정견 나이 56세인 송(宋) 철종(哲宗) 원부(元符) 3년(1100)이다. 황정견의 이 발문에 바로 뒤이어 쓴 송나라 사람 장연(張縯)의 한식시권에 대한 발문에는 다음과 같은 설명이 있다.

「동파노선(東坡老仙)의 시를 선세(先世) 때부터 소장하고 있었는데 나의 큰조부인 영안대부(永安大夫)께서는 일찍이 동파의 이 시첩이 포함된 행서첩(行書帖)을 가지고 미주(眉州)의 청신(靑神)지방으로 황정견을 방문하였다. 이때 황정견은 그 행서첩의 뒤에 모두 발문을 써 주었다. 이 한식시에 대한 발문도 그중의 하나이다.」

(東坡老仙之詩, 先世舊藏, 伯祖永安大夫嘗謁山谷於眉之淸神, 有携行書帖, 山谷皆跋其後, 此詩其一也.)

당시에 황정견이 쓴 발문의 내용은 다음과 같다.

「동파의 이 시는 이태백의 시와 견줄 만하여 오히려 이태백도 이에 미치지 못할 바가 있을 것이다. 그리고 동파의 이 글씨는 안진경(顏眞卿)과 양소사(楊少師: 양응식楊凝式), 이서대(李西臺: 이건중李建中)의 필의(筆意)를 겸하고 있다. 아마 동파로 하여금 다시 써보라고 해도 이보다 잘 쓸 수는 없을 것이다. 훗날, 동파가 나의 이 발문을 본다면, "부처님 안 계신 곳에서 부처님 행세했다."고 웃을 것이다.」

(東坡此詩似李太白, 猶恐太白有未到處, 此書兼顏魯公·楊少師·李西臺筆意. 試使東坡復爲之, 未必及此, 它日東坡或見此書, 應笑我於無佛處稱尊也.)

소식의 이 한식시는 시도 시이려니와 서예 작품이 남아있고 게다가 황정견의 발문까지 붙어있어서 더욱 의미가 있는 작품이다.

나는 이 작품을 볼 때마다 고뇌에 찬 소식의 모습을 보는 것 같아서 마음이 아프다. 그러나 한편으로는 그런 비참한 환경 속에서도 명시와 명서예작품을 남긴 소식에 대한 존경의 마음을 더하기도 한다. 나는 이 시를 읊조리며 소식의 삶과 시와 서예를 생각하곤 한다. 아울러 황정견의 삶과 시와 서예도 생각한다. 정말 위대한 사람들이다.

김병기(전북대)

題西林壁[1] 서림사 벽에 적다
제 서 림 벽

소식(蘇軾)

횡 간 성 영 측 성 봉
橫看成嶺側成峯[2]　멀리서 보면 나직한 산줄기더니 바로 곁에서 보니 드높은 산봉우릴세,

원 근 고 저 각 부 동
遠近高低各不同　원(遠), 근(近), 고(高), 저(低)를 달리해서 바라보니 이처럼 상이(相異)하고녀.

불 식 려 산 진 면 목
不識廬山眞面目[3]　여산의 진면목을 알지 못함은,

지 연 신 재 차 산 중
只緣身在此山中[4]　단지 내가 산중에 갇혀있는 까닭이로세.

---

1) "西林": 서림사(西林寺)를 칭한 것임. 이는 강서성(江西省) 성자현(星子縣) 서북쪽의 여산(廬山)에 소재함. 이는 진조(晉朝)의 승려 혜영(慧永)이 건축하였으며, 후에 송대(宋代)에 와서는 건명사(乾明寺)로 개명하였음.
　　소식의 작시(作詩)에 대한 구상은 매우 독특하다. 여산(廬山)의 절경을 묘사한 이 절구시는 곧 철리(哲理)를 내포시켜서 읊고 있다. 원풍(元豊) 7년(1084년) 4월에 그는 여주단련부사(汝州團練副使), 본주안치(本州安置)로 옮겨 황주(黃州) 유배지를 떠나게 되자, 여주(汝州)로 향하는 도중 오래 전부터 동경해 왔던 여산을 10여 일간 유람하면서 그 속의 묘처(妙處)에 감동하여, 서림사의 벽에다가 자신이 직접 느낀 바를 시로써 표현하였음.(이상은 본사편집 《고시관지(古詩觀止)》(上海: 上海古籍出版社, 1997년 5차 인쇄) p.594 참조)
2) 이 시의 짙은 색으로 표시된 글자들은 압운을 표시한 것임.
3) "廬山": 강서성(江西省) 성자현(星子縣) 서북, 구강현(九江縣) 남쪽으로 위치함. 여산은 삼면이 물이고 서쪽만이 육지에 접해있다. 군산(群山)이 모여 있어서, 주봉이 없이 구불구불 길게 이어져 있으며, 각자 하나하나가 절경을 이루고 있음.(이상은 臺灣 商務印書《中國古今地名大辭典》 p.1341 참조)
4) "緣": 因爲

<ruby>定風波<rt>정 풍 파</rt></ruby>⁵⁾

<ruby>三月七日<rt>삼 월 칠 일</rt></ruby>, <ruby>沙湖道中遇雨<rt>사 호 도 중 우 우</rt></ruby>. <ruby>雨具先去<rt>우 구 선 거</rt></ruby>, <ruby>同行皆狼狽<rt>동 행 개 낭 패</rt></ruby>,

<ruby>余獨不覺<rt>여 독 불 각</rt></ruby>. <ruby>已而遂晴<rt>이 이 수 청</rt></ruby>, <ruby>故作此<rt>고 작 차</rt></ruby>.⁶⁾

<ruby>莫聽穿林打葉聲<rt>막 청 천 림 타 엽 성</rt></ruby>　　수림을 비집고 나뭇잎을 후려치는
◎　　　　　　　빗방울 소리엘랑 개의치들 마시고,

<ruby>何妨吟嘯且徐行<rt>하 방 음 소 차 서 행</rt></ruby>⁷⁾　그저 음률이나 읊으며 천천히 걸어가도
◎　　　　　　　좋지 않을런가.

---

5) 본 사패(詞牌) 〈정풍파(定風波)〉는 본래 당교방곡(唐敎坊曲)이었으나, 후에 사조 (詞調)의 명칭으로 사용하였음. 궁조(宮調)는 쌍조(雙調)에 속하며, 소식이 사용한 본 사조는 총 62자로서, 상편(上片)의 기곡(起曲)을 평성운(平聲韻)으로 시작하는 3개의 평성운에 2개의 측성운(仄聲韻)으로 교착협운(交錯協韻)이 장치되어 있고; 하편(下片)은 2개의 평성운에 4개의 측성운이 교착협운으로 안배되어 있음. 환언 하면, 과편(過片)은 측성운(仄聲韻)으로 환두(換頭)가 되어 있으며, 필곡(畢曲)은 상편의 기곡과 동일한 평성운으로 장치되어 있는 형식임. 따라서 본 사조의 성정 (聲情)은 대체로 역동적이며 변화의 기복도 뚜렷하며, 일면은 침중하고 일면은 활 달해서 시원스러운 성정을 띠움. (龍楡聲 著《唐宋詞定律》(台北: 華正書局) p.182 참조). 이 사에서 「◎ 평성운」「△ 측성운」으로 표기한 부호는 압운을 표시한 것임.

6) 三月은 원풍(元豊) 5년(1082)의 3월을 가리킴. 沙湖는 황주(黃州)의 동남쪽 30리 밖에 있는 지역(호수)으로, 소식은 그곳에 가서 매입한 농전(農田)을 살펴었음(《동 파지림(東坡志林)》 참고). 본 시는 사호(沙湖)에서 농전을 돌아보고 귀가하는 도중 에 비를 만나게 된 것을 그냥 하나의 범상한 일로 간주하는 태도를 보이고 있으면 서도, 오히려 이로부터 그의 주어진 환경에 적응하는 긍정적인 마음과, 일상생활 에서 그 어떤 것에도 구애받지 않는 활달한 인생태도를 반영해내고 있음.

7) "吟嘯": 吟詠.

죽 장 망 혜 경 승 마
竹杖芒鞋輕勝馬⁸⁾　　죽장에 짚신 신고 걸으니 말 타는 것보다
　△　　　　　　　　　　상쾌하거늘,

수 파
誰怕⁹⁾　　　　　　　무엇을 두려워하랴.
△

일 사 연 우 임 평 생
一蓑煙雨任平生¹⁰⁾　　안개 끼고 비 내리는 이 자연 속에서 도롱이
　◎　　　　　　　　　　두른 채 평생을 보내리라.

료 초 춘 풍 취 주 성
料峭春風吹酒醒¹¹⁾　　춘풍이 싸늘하게 불어와서 酒氣를 가시게 하니,
　△

미 냉
微冷　　　　　　　　　약간 으슬으슬해지는데,
△

산 두 사 조 각 상 영
山頭斜照却相迎　　산마루를 물들인 석양은 오히려
　◎　　　　　　　　　나를 반기는 고녀.

회 수 향 래 소 슬 처
回首向來蕭瑟處¹²⁾　　고개 돌려 비바람 몰아치던 길을 되돌아보니,
　△

---

8) "竹杖芒鞋": '芒鞋', 草鞋, 즉 짚신.

9) "誰怕": '誰', 사람을 지칭하는 것과는 다른 의미로서「무엇」이라는 사물내용을
　지칭하는 특지의문사로 해석함. 즉 誰怕는 무엇을 두려워하겠는가?(張相《시사곡
　어사회석(詩詞曲語辭匯釋)》 p.99참조)

10) "一蓑"句: 몸에는 도롱이나 걸치고 한평생을 안개 끼고 비 내리는 대자연의 품안
　에 몸을 맡긴 채 자유롭게 살겠다는 의미로 해석함. 즉 관직생활을 떠나서 강호
　에의 은거를 시사한 것으로 봐야할 것임.

11) "料峭": 바람이 차가운 것을 형용한 말.

12) "蕭瑟": 대체로 대나무 숲이 바람에 의해 요동하는 소리를 말하는 것이나, 여기
　서는 비바람 소리를 가리킴. 또는 풍우(風雨)로 야기된 어려움을 가리킨다고 봐
　도 가능할 것임. "處"는 상황 경우 등으로 해석함.

^{귀 거}
歸去
△

(이미 시야에서) 사라져 버렸네.

^{야 무 풍 우 야 무 청}
也無風雨也無晴[13]
◎

비바람도 쾌청해진 하늘도 더 이상 마음속에 자리하지 않는고녀.

◀감상▶

소식(蘇軾, 1037-1101)은 자(字)가 자첨(子瞻)이고, 호는 동파거사(東坡居士)이며, 미산(眉山: 지금의 사천四川)사람이다. 그는 걸출한 문학가요 예술가로서, 시, 사와 산문은 물론이고 서법과 회화 등에도 조예가 매우 깊다. 그의 시는 표현한 경색(景色)과 사물이 다양할 뿐 아니라 또한 정교하고 수려하며, 생동감이 넘쳐서 운미(韻味) 또한 대단히 순후(醇厚)하여, 호방한 풍격으로 통일되어 있다. 제재 역시 다양하여, 역사적 인물이나 사건이나 개인의 정회를 읊는 것은 물론 시대적 폐단을 제기하거나 민생의 질고에 관심을 가질 뿐 아니라 산수경물이나 그림에 시문(詩文)을 쓰거나 우인들 간의 화답시에 이르기까지 어느 방면에도 관심을 표하지 않은 곳이 없다.

위의 〈제서림벽(題西林壁)〉시는 소식이 북송 신종(神宗) 원풍(元豊) 7년(1084년)에 황주(黃州) 유배지를 떠나, 여주(汝州) 단련부사(團練副使), 본주안치(本州安置)로 옮겨 가던 중에 여산(廬山)을 유람하면서 느낀 바를 시로써 표현한 것이다. 시인은 "여산(廬山)"의 다면성(橫看成嶺側成峰, 遠近高低各不同)에 대한 인식은 곧 관자(觀者)가 바라보는 위치에 의해 나타나는 것임을 시사하여, 독자로 하여금 대상의 본질은 해당 사물로부터 벗어날 때만이 깨달을 수 있다는 「이취(理趣)」를 풍겨나게 하고 있다. 즉, "여산"이라는 대상을 통해, 우리 인생사에 대한 통관(通觀)의 방법을 함축시킴으로써, 독자의 시선을 "여산"

---

13) "也無"句: 비가 내리든 비가 개이든 이미 이러한 현상의 변화에 마음이 동요하지 않음을 의미하는 것으로서, 시인의 정신경계를 함축시킨 표현으로 보았음.

이란 시적대상(詩的對象)에 집중시키도록 하고 있다.

비록 시(詩)의 전체가 논리성을 외화(外化)시킨 어조를 드러내어, 시적 정취의 구현에는 장애가 되고 있는 것이 사실이지만, 그럼에도 불구하고 본 詩가 시적여운을 풍기고 있는데 성공하고 있는 이유는 시인의 깨달음을 "여산"이란 대상 속에 내화(內化) 시켰기 때문이다. 즉 시인은 우리의 사물에 대한 인식이란, 일반적으로 인식의 조건에 제약되기 때문에 「한정적(限定的)」일 수밖에 없다는 것을 표현함으로써, 사물의 전모(全貌)에 대한 이해나 깨달음은 오직 탈사물(脫事物)하여, 이를 관조하는 경우에만 가능한 것이니, 장님이 코끼리 말하듯이 세상사를 판단하는 우매함은 저질러서 안된다는 경책(警策)을 시사하여, 현재 본인이 처해있는 처지 역시 인생의 전모가 아닌 일부분에 해당하는 것이니, 일부를 전체로 간주하는 근시안적인 미혹에 사로잡혀 현재를 비관만 해서는 안된다는 칠리적 인생관을 보여줌으로씨 화자(話者)의 호방한 인생대도가 시적정취를 발산시키도록 하고 있다.

뿐만 아니라, 본 시의 형식 역시 단위구(單位句)를 칠언구(七言句)로 하는 절구시(絕句詩)임으로, 사음보(四音步) 시가형식을 구현하여, 사대부 계층의 장중하고도 교술적(敎述的)인 리듬을 드러냄으로서, 음송(音誦)에 적합한 안정과 질서를 대변하는 멋을 풍기게 하여, 논리적 시의(詩意)가 외재률(外在律)과도 부합이 되게 하고 있다. 게다가 본 시의 1, 2, 4구의 말에 《詩韻集成》의 이동(二冬)과 일동(一東)의 운부(韻部)에 속하는 「봉(峯)·동(東)·중(中)」의 평성 압운을 장치하여, 이의 「너그럽고 장엄한 寬洪」[14]한 성정(聲情)이, 철리(哲理)가 배어있는 호방한 시정신(詩精神)에 혼용되어 사대부적 정취를 발생시키고 있다.

---

14) 왕력(王力)의 《사곡사(詞曲史)》(대만:廣文書局) p.283 참조. 왕력은 본서의 283쪽에서 운(韻)과 문정(文情)의 관계의 중요성을 인정하여, 평(平)·상(上)·거(去)·입(入) 운의 성정(聲情), 즉 평성운은 화창(和暢)하고; 상·거성운은 구성지며(纏綿); 입성운은 절박한 성정을 띄운다고 소개한 뒤에, 과재(戈載)가 분류한 《사림정운(詞林正韻)》의 19개 운부(韻部)의 성정을 제시하고 있음. 그의 이러한 제시를 맹신할 것 까지는 없지만, 십분 일리가 있다고 판단하여 여기에서 활용하였음.

이와 같이 4음보의 지성적(知性的) 리듬과 1, 2, 4구의 말에서 양성운(陽聲韻) 으로 순환되는 넓고 큰 소리는 화자가 추구한 논리적 시의에 생명감을 부여함 으로써, 이취(理趣)와 정취(情趣)가 모두 살아나는 예술적 경계를 탄생시키고 있다.

소식이 구현한 이와 같은 거시적 안목을 지닌 호방한 인생태도에 대한 사상 의 근원을 조금만 더 깊이 알아보기 위하여 그의 사(詞) 작품인 〈정풍파(定風 波)〉한 수를 더 보기로 한다.

본 작품은 오대시안(烏臺詩案)[15]으로 인해, 황주(黃州)에 폄적(貶謫)되었을 당시에 쓴 것으로서, 위의 〈제서림벽(題西林壁)〉의 시보다 2년 앞선 신종 원풍 5년(1082) 봄에 창작된 것이다. 위의 「소서(小序)」에서도 밝히고 있지만, 그가

---

15) 烏臺詩案이란, 신법당(新法黨)과 구법당(舊法黨)간의 정치권력투쟁의 산물로서 원풍(元豊) 2년(1079년)에 대대적으로 발생한 필화사건(筆禍事件)임. 이는 소식 개인의 생애에 커다란 영향을 끼친 사건으로서, 이때, 소식의 시 20여 수가 문책 대상에 오르고, 소철,(蘇轍,) 이청신(李淸臣), 사마광(司馬光) 등 22인이 연루되었 었음. 소식은 당시 지방관을 역임하면서, 왕안석(王安石)의 신법(新法)이 야기하 는 현실적 문제들에 당면하면서, 당초에 참신했던 개혁의도가 변질되는 사례들을 목도하자, 이를 시문을 통해 시정과 철폐를 주장하였음. 이때 그의 나이는 44세로 서, 그는 신법풍자(新法諷刺), 조정우롱, 황제지탄 이라는 죄목으로 탄핵되어 어 사대(御史臺)에 구금되었음. 이러한 내용은 다름 아닌 황제에게 올린 〈호주사표 (湖州謝表)〉가 직접 원인이 되었고 항주통판(杭州通判) 이래 작시(作詩)해 두었던 시정풍자(時政諷刺)의 시들이 구실이 되어, 마침내 하정신(何正臣), 서단(舒亶), 이정(李定) 등에게 모함을 받아 생명이 위협되는 탄핵을 받게 되었던 것임. 이로 인해, 소식은 죽음에 이르기 직전에 장방평(張方平), 사마광(司馬光) 등의 구명운 동과 아우 소철이 자신의 관직으로써 형의 죄를 대속(代贖)받고자 하는 탄원, 인 종태후(仁宗太后)의 유언, 신종(神宗)의 총애와 왕안석의 배려 등으로 130일간의 투옥생활 끝에 석방되어 황주단련부사(黃州團練副使)로 폄적되었으며, 이 사건으 로 신법을 반대한 구법당 세력 중의 다수가 폄적 내지는 벌금형을 받게 되었 음.(이상은 王水照 著/曹圭百 譯《중국의 문호 소동파》(한국: 월인) p.96 참조.

황주에 안치(安置) 당시 본 주(州)의 동남쪽 30리 밖에 있는 사호(沙湖)에 매입해 둔 농전(農田)을 둘러보고, 집으로 돌아오는 길에 비를 만났는데, 우장(雨裝)이 없어 동행자들이 모두 낭패한 기색을 보였을 때, 유독 소식만이 조금도 당황해하지 않고 태연자약 하였는데, 그는 이때의 경험을 되살려 이 사의 사패(詞牌)에 전사(塡詞)를 했던 것이다.

그는 상편 기수(起首) 2구(莫聽穿林打葉聲. 何妨吟嘯且徐行.)에서 바로 노상(路上)에서 비를 만나고도 당황하기는 커녕 오히려 여유를 만끽하는 태도를 보임으로써, 그의 객관세계에 대한 처세관을 엿보게 한다. 이와 같은 처세관은 무엇에 근거한 것인가? 그의 시각에는 이제 더 이상 이 현상세계란 본질적으로 항상성(恒常性)이 없는 것이다.[16] 그는 필화사건으로 인하여, 이미 무상하기 짝이 없는 객관세계의 면면을 몸소 체험하였다. 이를 테면, 관직생애의 난관과, 감옥에서의 수인(囚人)생활, 죽음직전에 구명되어, 다시 또 죄인의 신분으로 황주에 와서 이 곳의 호적에 편입이 되어, 본 주의 지방관으로부터 감시를 받으면서, 직접 농사를 지어야만이 생계를 유지할 수 있었던 고난의 생활 등등이 바로 그러한 것들이다. 소식은 바로 그에게 처해진 이러한 현실적 역경을 「변(變)」의 입장에서 수용하여, 달관의 태도를 보여주고 있는 것이다. 하여서 역경의 연속이었던 그의 생애를 소위 「수우이안(隨遇而安)」의 달관적 처세관으로 대처함으로써 낙천적 인생태도를 보이고 있는 것이다. 더욱 하편의 결구에 오면 "也無風雨也無晴"이라는 내면의 경계를 제시하여, 한 단계 더 깊이 심화된 일종의 선종식(禪宗式)의 돈오(頓悟)를 보여주고 있다. 이는 그의 정신세계가 「변」을 애통하게 여기는 유(儒)·도(道)적 관점인 현상계에의 집착을 떠나서, 생명의 절대자유를 구가하는 탈유(脫儒)·도가(道家)의 인생태도로 전환

---

16) 원풍5년 7월에 적벽(赤壁)을 유람하면서 지었던 그의 〈적벽부(赤壁賦)〉에는 현상 속에 내재한 「변(變)」과 「불변(不變)」이라는 사물에 대한 구조형식을 철리적으로 간파하여, 그의 인생태도의 방향을 시사한 대목이 보인다: "蓋將自其變者而觀之, 則天地曾不能以一瞬. 自其不變者而觀之, 則物與我皆無盡也, 而又何羨乎?"

하여 아집과 법집(法執)으로부터 벗어난 선종식의 경계임을 보여 준 것이다. 통상적인 이해로 얘기한다면, 유가의 자연관은 「비덕적(比德的)」이고, 도가의 자연관은 소위 「천인합일(天人合一)」의 친화적 자연관을 견지함으로써, 이들 양자는 모두 현상을 실체로 인정하고 있다. 그러나 선종(禪宗)에서는 자연으로 부터의 해탈을 추구하는 것이니, 결국은 자연은 실체가 아닌 허상임으로 탈자연의 추구는 바로 자기해탈 즉 소위 「견성성불(見性成佛)」의 본체를 향한 추구인 것이다. 고로 본 작품에서 화자는 바로 "풍우(風雨)"와 "청천(晴天)"이라는 현상계를 다시는 인지로써 「오도(悟道)」하는 각도에서 바라보지 않음으로서, 그의 심령(心靈)이 절대 자유의 심경(心境)에 도달한 것임을 시사해 주고 있다. 요컨대, 화자는 이제 더 이상 「수우이안(隨遇而安)」 현상 조차도 초월한 아집(我執)과 법집(法執)을 초월한 경계에서 휴식을 취하고 있음을 드러내고 있는 것이다. 이는 앞의 〈題西材壁〉에서 추구했던 主旨("只緣身在此山中")와 그 到를 같이 하고 있음을 알 수 있다.

상·하편에 걸쳐서 표현하고자 한 화자의 이와 같은 탈현상적인 인생태도는 본 사의 형식에서 부각시키는 음률적 정서와 혼용되어 화자의 숨결을 직면하는 현장감을 주고 있다. 즉 본 사는 위에서도 언급했지만 역동적인 성정(聲情)을 기조로 하는 「쌍조(雙調)」에 속하는 악조(樂調)로서, 상·하편이 3차례에 걸쳐서 측성환운(仄聲換韻)이 되어 있어서 음률의 기복(起伏)이 십분 선명하게 드러나고 있다. 고로 사조(詞調) 전체가 역동적이면서도 침중하고 침중하면서도 순창(順昌)한 정서를 띠고 있어서, 본 시의 시의(詩意)와 잘 부합이 되고 있다. 이를테면, 상편의 제1, 2구(莫聽穿林打葉聲. 何妨吟嘯且徐行.)에 과재(戈載)의 《사림정운(詞林正韻)》의 제11부에 속하는 「성(聲)·행(行)」의 평성운자(平聲韻字)를 압운하여 「떨치고 일어나는(振厲)」[17] 성정(聲情)이 순창(順昌)하게 펼쳐지는 정서가 발생되고 있는데 이는 바로 풍우(風雨)에 구애되지 않는 화자의 호방한 인생태도에 영기(靈氣)를 감돌게 하는 효과를 주고 있다. 이어

17) 왕력 《사곡사(詞曲史)》 p.283 참조.

지는 3, 4구(竹杖芒鞋輕勝馬. 誰怕.)는 보다 구체적인 처세관인 즉 관직을 가벼이 여기고 강호에 은거하리라는 평민생애에의 지향을 표명한 단락인데, 시인은 바로 여기에 제10부의 상성(上聲)과 거성(去聲)의 운자인 「마(馬)·파(怕)」로써 환운(換韻)과 협운(協韻)을 교체 운용하여, 「방종(放縱)」[18]한 성정을 띠운 정서가 구성지게 휘감기도록 하여, 화자의 상기된 표정이 눈앞에 떠오르게 하고 있다. 결구(一蓑煙雨任平生)에 와서는 상편의 주지인 탈속인(脫俗人)으로서의 안주(安住)를 피력하여, 세속과의 심미거리(審美距離)를 공언(公言)하고 있는데, 바로 본 시의가 완성된 구 말에, 기곡(起曲)에서 사용했던 11부의 운부에 속하는 「생(生)」자의 평성운을 협운하여 다시 대립을 벗어나는 평온한 정서를 상응시킴으로써, 화자의 이러한 심경이 평화로운 분위기로 부각되는 시적효과를 거두게 하고 있다.

하편은 상편 보다 1구가 더 첨가된 구조일 뿐 아니라, 과편(過片)의 압운 역시 상편의 기곡과는 다른 제11부의 측성운자(仄聲韻字)에 속하는 「성(醒)·냉(冷)」으로 환운하여, 과편(過片)이 상편의 기곡과 성정을 달리하는 환두(換頭)로서 시작하는 실마리를 보여주고 있다. 즉 환두의 두 구(料峭春風吹酒醒. 微冷.)는 한기가 감도는 춘풍(春風)으로 인해 춘풍(春風)에서 깨어난 화자가 생리적 균형이 깨지는 한기를 느끼고 있다. 이는 다름 아닌 아직은 겨울에 속하는 그의 인생역정을 함축한 시의로서, 본 시구의 말에서는 바로 화자의 이러한 내면의 불안하면서도 동시에 이를 벗어나고자 하는 욕구를 「성(醒)·냉(冷)」이라는 상성운자(上聲韻字)를 사용하여 「떨치고 일어나는(振厲)」[19] 압운의 성정이 우렁찬 용틀임을 하도록 함으로써, 화자의 불안한 심경을 더욱 강화시키는 정서효과를 드러내고 있다. 다시 이어지는 3구(山頭斜照却相迎)에서는 산마루를 물들인 저녁노을을 의인화시켜서 화자를 반겨 맞는 대상물로 인식하여, 그가 심령의 휴식처를 발견하고 있음을 시사하고 있다. 여기에서 본 시의를 완성하

---

18) 상동.
19) 상동.

는 구 말에 평성으로 협운한 「영(迎)」자의 화순(和順)한 운정(韻情)을 더함으로써, 화자의 심경이 불안함에서 평화로움으로 전환되는 정서효과를 부여해주고 있다. 본래 「영(迎)」자의 운은 「주(酒)·냉(冷)」과 동일 운부이긴 하나 평성의 운자인 까닭에 동일 높이로 길게 발음해야 하는 특징으로 인해, 화평한 정서가 발생이 된다. 고로 1,2구의 끝에서 「성(醒)·냉(冷)」의 운자로 연용된 정서와는 차별성을 지닌다. 말하자면 3구의 「영(迎)」자 운은 2개의 상성운(上聲韻: 醒冷)에서 야기되었던 침중한 정서로부터 벗어나와 가쁜 숨을 고르며 앞으로 나아가는 성정(聲情)으로서, 심신이 모두 안정을 나타낼 수 있는 정서라고 할 수 있다. 4·5구(回首向來蕭瑟處. 歸去.)에 와서는 비가 멎은 후 비바람 속의 힘들었던 노정을 돌아보면서 안도하는 것이지만, 이 역시 화자가 정치 생애에서 세상과 첨예한 대립과 갈등의 정점을 노출시켰던 심경을 시사한 것으로서, 그때 그 당시의 격앙된 정서를 제4부의 거성운(去聲韻)인 「처(處)·거(去)」로써 재차 환운하여, 「오열[幽咽]」[20]하는 듯한 성정을 부합시킴으로서, 시의의 경계가 한층 현실감을 드러내도록 하고 있다. 다시 제6구인 결구(也無風雨也無晴.)에 와서는 마침내 선종식 돈오의 경계를 보여주어 화자가 절대자유의 심경을 획득했음을 시사해주고 있다. 시인은 화자의 이러한 심미절정(審美絕頂)의 경계를 완성하는 구말에 상편의 기곡(起曲)과 동일 부수이며 동일 성조인 11부의 평성운부에 속하는 「청(晴)」자를 협운시켜서 기세가 순창(順昌)하는 정서를 이에 부합시켜, 화자의 득오(得悟)의 심경이 일순 독립자존의 소우주로 탄생되는데에 생동감 넘치는 혈액을 부여해 주고 있다.

왜냐하면, 「사(詞)」란, 악곡에 의거한 형식임으로, 시인이 악곡의 형식을 십분 존중할 때, 바로 이러한 형식이 부각시키는 정서는 시의에 생명을 부여하는 혈액이 되어서, 시 속의 화자는 비로소 영성(靈性)을 지닌 살아있는 존재로 현신(現身)하여 우리를 감동시키게 되는 것이다. 위의 시인은 비록 사상성과 철리성이 내재하여 논리가 외화(外化)되기 쉬운 주지(主旨)를 다루고 있지만, 이

---

20) 상동.

를「상(象: 객관세계의 사물/악곡형식)」속에 용해시키는데 성공함으로써, 우리에게 십분 예술적 감흥을 주고 있는 것이다. 시인이 표현하고자 하는 시의를 기곡(起曲)에서부터 하편의 필곡(畢曲)에 이르기까지 악곡이 지녀야 하는 다양성과 통일성 속에 적절하게 부합시킴으로서, 뜻과 정서가 모두 살아서 어우러진 영원한 현재를 탄생시키고 있는 것이다.

평소에 위의 두 작품 속에 형상화된 시인의 경계(境界)를 특히 애호해 오던 터에, 이 교수님의 정년퇴직을 기념하는 시집을 발간한다는 소식을 접하고 존경하는 마음을 일천(日淺)한 견해로써 피력해 보았습니다.

류명희(부산대)

洗兒戲作[1] 세아회 날 장난 삼아
<small>세 아 희 작</small>

소식(蘇軾)

人皆養子望聰明   남들은 다 자식이 총명하길 바라지만
<small>인 개 양 자 망 총 명</small>

我被聰明誤一生   이 몸은 총명으로 일생을 망쳤으니
<small>아 피 총 명 오 일 생</small>

惟願孩兒愚且魯   오로지 이 아이가 어리석고 미련하여
<small>유 원 해 아 우 차 로</small>

無災無難到公卿[2]   별 탈 없이 무난하게 잘 살기만 바란다.
<small>무 재 무 난 도 공 경</small>

◀감상▶

　요즈음 우리나라 어린이들은 너무나 바빠서 보기에 여간 안쓰럽지 않다. 최근의 한 조사 결과에 의하면 요즈음 우리나라 어린이들의 일과가 조선시대 군주들의 그것 만큼이나 빠듯하다고 한다. 설마하니 어린이들이 아침 일찍 일어나 저녁 늦게까지 하루 종일 앉아서 여러 중신들과 정사를 논의해야 하는 군주만큼이야 바쁠까 하는 생각이 든다. 그러나 학교에서 돌아오면 영어학원에 가고, 영어학원 마치면 속셈학원에 가고, 속셈학원 끝나면 미술학원에 가고, 미술학원 다음에는 음악학원에 가는 우리 어린이들을 보노라면 그들의 일과가 결코 조선시대 군주들의 그것보다 느슨하지도 않은 것 같다. 이 때문에 어린이들은 자신들을 혹사하는 부모가 원망스럽기만 하다.

　그러나 부모는 결코 자식을 혹사하고 싶어서 그러는 것이 아니다. 부모는 어

---

1) 洗兒: 세아회(洗兒會). 아이가 태어난 지 사흘째 되는 날 아이의 몸을 씻어주고 잔치를 벌여 축복해 주던 일.
2) 公卿: 세속적인 부귀영화를 뜻한다.

디까지나 자식이 장차 훌륭한 사람이 되어 잘 살아주기를 바라는 마음에서 그러는 것이다. 자식에게 이것저것 무리하게 요구하는 부모라고 할지라도 막상 자식의 건강에 이상이 생기게 되면 당장 모든 학원을 그만두게 하고 자식의 건강을 보살피기에 여념이 없어질 것이다. 이러한 부모의 마음은 예나 지금이나 변함이 없다. ≪논어 · 위정편≫에서 "부모는 오직 자식이 병들지 않을까 그것만을 걱정한다(父母唯其疾之憂)"라고 한 공자(孔子)의 말씀과, 젊은 아버지가 어린 아들에게 "개구쟁이라도 좋다. 튼튼하게만 자라다오"라는 말을 하여 보는 이의 심금을 울린 오래 전의 어느 텔레비전 광고가 이 사실을 증명해준다.

희령(熙寧) 7년(1074) 9월, 불혹(不惑)의 나이를 몇 달 앞둔 소식(蘇軾, 1036-1101)에게 왕조운(王朝雲, 1063-1096)이라는 시첩(侍妾)이 하나 생겼다. 조운은 마음씨도 착하고 머리도 총명한 소녀로 당시 겨우 열두 살 밖에 안 됐지만 집안이 워낙 가난했기 때문에 일찍부터 사회에 나가 세파에 시달리고 있었다. 그녀는 소식의 인품과 학문에 관한 이야기를 전해 듣고 평소에 늘 그를 흠모하여 그를 위해서라면 자기 한 목숨 바쳐도 좋겠다고 생각하고 있다가 마침내 소원을 이룬 것이었다. 이 일에 관해서는, 소식의 부인 왕윤지(王閏之, 1048-1093)가 조운의 이러한 품성을 알아보고 소식을 위해 직접 시첩으로 천거한 것이라는 일화가 전해진다. 조운은 과연 소성(紹聖) 3년(1096) 7월 소식의 두 번째 유배지인 혜주(惠州, 지금의 광동성 혜주)에서 34세라는 젊은 나이로 인생을 마감한 그 날까지 한시도 떠나지 않고 소식의 곁을 지키면서 충실한 봉사자요 반려자로서 소식에게 온갖 정성을 다 바쳤다.

이러한 시첩 조운이 원풍(元豊) 6년(1083) 9월 27일 아들 소둔(蘇遯)을 낳았다. 소식에게 있어서 소둔은 첫째 부인 왕불(王弗, 1039-1065)이 낳은 소매(蘇邁)와 둘째 부인 왕윤지가 낳은 소태(蘇迨) · 소과(蘇過)에 이은 네 번째 아들이었다. 반백을 바라보는 적지 않은 나이에 늦둥이 아들을 하나 얻었으니 그의 감회가 예사롭지 않았을 것임은 말할 필요도 없다. 당시 소식은 신법파(新法派) 신진인사들의 모함으로 시문을 통해 황제를 비난했다는 누명을 쓰고 사형에 처해질 뻔한 아찔한 순간까지 갔다가 동생 소철(蘇轍, 1039-1112)을 비롯한 많은 원로 대신들의 적극적인 구명운동 덕분에 가까스로 죽음을 면한 채 호북(湖北) 지방의 극빈촌인 황주(黃州)로 폄적된 지 4년째로서 황주 동쪽 산비탈의 황무지를 개간하여 스스로 동파(東坡)라 명명하고 거기서 손수 재배한 농작물로 간신히 가족들의 생계를 유지해가던 때였던 만큼 이 늦둥이의 앞날에 대한 걱정이 더더욱 클 수밖에 없었을 것이다.

아이가 태어난 지 사흘째가 되면 아이의 몸을 씻어주고 잔치를 벌여 축복해주던 당시의 풍습에 따라 소식은 갓 태어난 아들을 위해 세아회를 열어주고 그 자리에서 이 시를 지어 아들의 장래를 축복해주었다. 그 당시의 소식은 비록 세속적인 욕심을 버리고 초연하게 인생을 관조하는 태도를 견지하고 있었지만 그래도 마음 한 구석에는 이 늦둥이 아들이 제발 자기처럼 모나게 살지 말고 원만한 대인관계를 바탕으로 일생 동안 별다른 고생없이 등 따습고 배부르게 잘 살아주었으면 하는 생각이 간절했기 때문이다. 아들의 이름을 '둔(遯)'으로 지은 데에도 이러한 그의 염원이 깃들여져 있었을 것이다. 자식이 별 탈 없이 잘 살기를 바라는 것은 이 세상 모든 부모의 공통된 염원일진대 소식이라고 해서 예외였을 리가 없지 않은가!

오로지 자식이 건강하기만을 바라는 것이 예나 지금이나 변함없는 부모의 염원이라면 소식의 이 시를 그냥 농담으로 한 번 해본 소리로 치부해 버릴 수는 없다. 그러므로 소식 자신이 '장난삼아 지었다(戲作)'고 한 말이 말짱한 거짓말은 아닐지 몰라도, 자식이 특별히 잘난 사람이 되기 보다는 근심 걱정 없이 무난하게 살아가는 한 사람의 성공적인 소시민이 되어주기를 바라는 이 세상 모든 부모의 공통된 마음의 표출인 것 또한 틀림없는 사실일 것이다. 비록 자신은 부조리한 사회현실을 그냥 보아 넘기지 못해 안 해도 될 고생을 자초했을지라도 자식만은 제발 바보 같고 미련하여 한평생 고통 없이 편안하게 살아주기를 바라는 부모의 심사를 두고 이율배반이라고 나무랄 수는 없을 것이다. 그것은 차라리 그 누구에게도 예외가 허용되지 않는 인지상정이라고 해야 할 것이다.

류종목(서울대)

百步洪(二首) 백보홍(이수) 중 한 수

소식(蘇軾)

長洪斗落生跳波 　거센 물결 쏟아지며 튀는 속으로

輕舟南下如投梭 　조각배 쏜살처럼 남으로 흘러간다.

水師絶叫鳧雁起 　사공의 외침에 물새가 날고

亂石一線爭磋磨 　거친 돌들도 부대끼며 굴러 흐른다.

有如兎走鷹隼落 　달리는 토끼 향해 수리가 내리 꽂듯

駿馬下注千丈坡 　준마가 천길 비탈을 내리닫듯

斷弦離柱箭脫手 　가야금 줄이 끊어지고 화살이 날 듯

飛電過隙珠翻荷 　틈새 사이로 번개 치고 연잎에 빗물 튀듯

四山眩轉風掠耳 　산들이 휘돌고 바람도 귀를 스치며

但見流沫生千渦 　세찬 여울 위로 거품 이는 물살

嶮中得樂雖一快 　산 고개 넘었으면 통쾌하건만

何意水伯誇秋河 　어쩌자고 하백은 가을 물살을 자랑하나

我生乘化日夜逝 　나의 삶도 이처럼 밤낮으로 흘러서

^{좌 각 일 념 유 신 나}
坐覺一念逾新羅　　마음 한 자리로 신라를 다녀온다.

^{분 분 쟁 탈 취 몽 리}
紛紛爭奪醉夢里　　취몽 중에 분분히 다퉈 살면서

^{개 신 형 극 매 동 타}
豈信荊棘埋銅駝　　가시가 낙타인줄 어찌 알리요.

^{각 내 부 앙 실 천 겁}
覺來俯仰失千劫　　문득 고개를 드니 천겁을 지났어라

^{회 시 차 수 수 위 사}
回視此水殊委蛇　　흘러온 물길 돌아보니 한없는 곡절

^{군 간 안 변 창 석 상}
君看岸邊蒼石上　　그대여 강가의 창석을 보게

^{고 내 고 안 여 봉 과}
古來篙眼如蜂窠　　천고의 상앗대 자리 벌집 같구면.

^{단 응 차 심 무 소 주}
但應此心無所住　　오로지 이 마음엔 머무는 곳 없어

^{조 물 수 사 여 오 하}
造物雖駛如吾何　　조물주가 부리는 대로 갈 뿐 난들 어쩌랴.

^{회 선 상 마 각 귀 거}
回船上馬各歸去　　배를 내려 말을 타고 각기 떠나는데

^{다 언 효 효 사 소 가}
多言嘵嘵師所呵　　부질없이 말 많음을 사공이 꾸짖는다.

감상

　　이는 원풍3년(1080), 소식이 팽성에서 뱃길을 따라 흐른 소감을 쓴 《백보홍이수(百步洪二首)》 중 한 수이다. 친구 삼요스님에게 준 이 제1수에서 주목되는 점은 소식 자신의 뱃길처럼 숨쉴 새 없이 펼쳐지는 시의 흐름이다. 이 시는 전체적으로 전반부와 후반부로 양분할 수 있다. 전반부는 7가지나 되는 생동하는 비유로 시인이 배를 타고 거센 물살을 따라 흘러 내려가는 정경을 그렸고, "아생(我生)"부터 시작되는 후반부는 이런 전반부의 정경을 문득 허무하고 덧없는 인생에 연결시킨다. 이 연결을 위해서 시인은 "현중(峴中)"으로 시작하는 두 구절에서 배를 달려 내려가는 주관적인 느낌인 "낙"(樂)과 "쾌"(快)를, 이에 대한 "수백(水伯)"의 참뜻이 무엇일까라는 객관적인 문제와 병치시키며 의문을 제기한다. 시인은 이렇게 객관적인 정경에서 얻어지는 시의를 자연스럽게 자신의 주관적 심경으로 전이시키며 사변적 경향이 농후한 시경을 전개한다. 쉼 없이 흘러가는 물살 위의 배 안에서 시인이 펼치는 논변은 뜻밖에도 《금강경》의 핵심 구절인 "마음에 고착이 없으면 참마음이 살아난다"(應無所住而生其心)는 명제에 가 닿는다. 그 것은 '머물지 않음'이라는 대자유의 정신이다. 그러므로 그는 이 순간 자유분방한 시 정신을 보여준 이백을 상기했던 것이다. 소식은 이 시의 서문을 이렇게 남기고 있다. "나는 그때 일이 있어서 더 이상 배로 내려 갈 수 없었으므로 밤에 외투를 입고 삼요와 함께 황루에 우두커니 서서는, '이백이 죽은 뒤로 삼백 년 동안 이런 기쁨을 누릴 줄 아는 이가 없었지'라고 하면서 서로 마주보고 웃었다." 소식의 시는 이처럼 극히 자연스러운 필치로 도도한 시의 웅변을 펼침으로써, 시의 정경은 독자의 눈을 현란하게 하고 그 이치는 독자의 가슴에 설복력을 동반한 감동을 주게 했던 것이다.

안희진(단국대)

吳中田婦歎 강남 농촌 아낙의 탄식
오 중 전 부 탄

소식(蘇軾)

今年粳稻熟苦遲[1]
금 년 갱 도 숙 고 지

금년에는 메벼가 유난히 늦게 익어,

庶見霜風來幾時[2]
서 견 상 풍 래 기 시

서릿바람 불기만을 간절히 기다리네.

霜風來時雨如瀉
상 풍 래 시 우 여 사

서릿바람 불 때에 큰비가 쏟아지니,

杷頭出菌鎌生衣[3]
파 두 출 균 렴 생 의

쇠스랑과 낫자루에 곰팡이 피어나네.

眼枯淚盡雨不盡
안 고 루 진 우 부 진

눈물이 다 마르도록 비는 멎지 않아,

忍見黃穗臥靑泥[4]
인 견 황 수 와 청 니

이삭 진흙에 잠김을 차마 못보겠네.

茅苫一月隴上宿[5]
모 점 일 월 롱 상 숙

한 달을 띠풀 덮고 논둑에서 잠자다,

天晴穫稻隨車歸
천 청 확 도 수 거 귀

개이자 수레에 벼를 싣고 돌아오네.

汗流肩䞓載入市[6]
한 류 견 정 재 입 시

지친 어깨 땀흘리며 장으로 실어가나,

價賤乞與如糠粞[7]
가 천 걸 여 여 강 서

가격이 낮아서 겨 껍질처럼 내어주네.

---

1) 粳稻: 메벼. 苦: 심히, 과도히.
2) 庶: 바라건대, 바라노니. 霜風: 서릿바람. 來幾時: 얼마 동안이런가?
3) 杷頭: 쇠스랑. 鎌: 낫.
4) 黃穗: 누런 벼이삭. 靑泥: 검은 진흙.
5) 茅苫: 띠풀로 덮다. 隴: 밭두둑.
6) 肩䞓: 어깨가 피곤하여 붉어짐.
7) 糠粞: 겨 껍질.

賣牛納稅拆屋炊   소 팔아 납세하고 집 헐어 땔감하며,

慮淺不及明年饑   명년에 굶을 일은 생각지도 못하네.

官今要錢不要米   관청에선 쌀 대신에 현금만을 받으며,

西北萬里招羌兒[8)   서북 만리서 강족 쌀장사를 불러오네.

襲黃滿朝人更苦[9)   만조백관 있어 민생 더욱 고달프니,

不如却作河伯婦[10) 차라리 강물에 빠져죽느니만 못하네.

◀감상▶

　위의 시는 소식이 왕안석(王安石) 신법(新法) 시행의 폐해와 민생의 고통을 항변하는 시를 지음으로써 연루되었던 이른바 오대시안(烏臺詩案)의 필화사건에서 문제되지는 않았으나, 역시 그가 항주통판(杭州通判)을 지내던 시절에 목격한 신법 시행의 폐해와 민생의 고통을 항변한 것으로, 전편(全篇)에서 농부 아낙네의 고달픈 생활과 애처로운 탄식을 진지하게 묘사했고 그 사실성이 매우 뛰어나서, 소동파 정치사회 풍자시의 백미라고 할 수 있다.

　중국의 북송 시기에 1037년부터 1101년까지 생존했던 소식은 뛰어난 재능에 비해서 정치적으로 불우했다. 하지만 문예에 있어서는 시·사·부·산문은 물론이고 서·화에서까지 각각 일가를 이룬 대문호였다. 그 가운데 그의 시는 분량과 업적 면에서, 정치사회적 측면에서의 현실적 의의보다는 예술적 측면

---

8) 羌兒: 티베트의 강족(羌族) 상인.

9) 襲黃滿朝: 한(漢)나라의 공수(龔遂)와 황패(黃霸)처럼 개혁정책에 순응하여 선정을 베푼다는 新法派 집권층 관리들이 조정에 가득 차 있다.

10) 河伯婦: 황하(黃河)의 수신(水神) 하백(河伯)의 부인.

에서의 서경·서정적인 내용과 낭만주의적 풍격이 탁월한 것으로 평가되고 있다. 그러나 소식은 신법 시행 이전의 젊은 시절부터 적지 않은 정치사회 풍자시를 지었고, 신법 시행과 동시에 장문의 상소를 올려서 이를 비판하다가 지방관으로 밀려나 지내면서 신법 시행의 폐해와 민생의 고통을 항변하는 정치사회풍자시를 대량으로 지었다. 그 결과 그는 집권층의 탄핵을 받았고, 그동안 그가 시문으로써 조정을 비방했다는 혐의로 체포·호송되어, 이른바 '오대시안(烏臺詩案)'으로 일컬어지는 엄청난 필화사건을 겪으면서 옥중 심리를 받았다. 이 사건에는 그와 시문을 교류한 39명의 인물이 연루됐고, 심리 대상에는 신법 시행 이후에 지은 100여 편의 시 외에 여러 편의 문장도 포함되었다. 이때 그는 심리 대상이 된 시문의 창작동기를 일일이 해명했고, 40여 편의 시에 대해서 조정을 비방한 것임을 인정했으며, 결국 유죄 판결을 받고 황주(黃州)에서 귀양살이를 했다. 그가 45세였던 이때는 이미 왕안석이 조정에서 완전히 물러나 있었고, 그 역시 정치 혹은 인생 면에서 커다란 좌절을 한 차례 겪었으므로, 이때 이후의 그의 시에서는 신법과 직접 관련하여 통렬하게 정치사회를 풍자한 작품을 찾아보기는 어렵다. 그러나 불우한 환경에서도 그의 애민정신은 여전히 발휘되었고, 그 후에 구법당(舊法黨)의 집권으로 복권되어서도 역시 집권층을 비판함으로써 지방관을 전전하고 구법당(舊法黨)의 재집권으로 귀양살이를 하다가 66세에 생을 마칠 때까지, 그는 오대시안 이전과 비교해도 전혀 손색이 없는 정치사회 풍자시를 적지 않게 지었다.

위 시의 내용을 더욱 깊이 음미해 보기 위해서 약간의 설명을 덧붙이면 다음과 같다.

때늦은 큰 비에 벼가 제대로 여물지 못한 채 흙탕물에 쓰러져 잠기니, 벼 한 톨이라도 더 건지려는 농부 아낙의 애타는 마음과 고초는 이루 다 말할 수 없다. 이에 흉년이 들은데다가 벼의 수매가격은 터무니없이 낮아서, 쌀을 팔더라도 신법 시행에 의한 각종 세금과 정부에 빚진 돈을 마련하기엔 너무나도 부족하다. 맹호보다 무서운 관리 앞에 소를 팔아서 세금을 내고, 땔감 살 돈이 없어 집을 헐어서 불을 땐다. 그러면서도 우선 급하니 명년에 농사를 짓지 못해 굶을 일은 생각할 여지도 없다.

세금을 쌀로 대신하면 그래도 좀 나으련만, 관아에선 현금만을 받고 쌀은 받지 않는다. 청묘법(靑苗法) · 시역법(市易法) 등 신법의 개혁정책을 시행한 이후 관아에서는 많은 현금이 필요하여 다투어 이를 거둬들였고, 이로 인해 각처에서 현금이 동나고 쌀값은 급격히 떨어졌다. 따라서 관아에서 더욱 세금이나 부채상환금을 현금으로만 받고 쌀로는 받지 않았으며, 농민들이 쌀을 팔아서 현금을 마련할 수 있도록 서북 만리 티베트의 강족(羌族) 상인들을 불러들였다. 이때 현금은 귀하고 쌀은 남아돌았으므로, 농민들은 쌀 두 섬에 겨우 쌀 한 섬 값을 받아 세금을 냈다고 한다.

결과적으로 볼 때, 한(漢)나라의 공수(龔遂)와 황패(黃霸)처럼 개혁정책에 순응하여 선정을 베푼답시는 신법과 집권층 관리들이 조정에 가득 차 있어서 민생은 더욱 고달프니, 그 참담한 심정은 차라리 하백(河伯)의 부인으로 바쳐지는 제물이 되어 강물에 빠져죽느니만 못하다는 것이다.

소동파의 정치사회 풍자시는 상징적이고 우의적이면서도, 당대의 실상을 밝힐 수 있는 제재를 망라하여 거침없이 질책하는 호방한 개성을 드러냄으로써 의경(意境)의 확대를 이룩했다.

이는 그가 일찍이 24세 때부터 주장했던 '억지로가 아니라 안에서 충만하여 겉으로 드러나는 자연유로(自然流露) 내지는 자연성문(自然成文)의 창작기교'와 적극적으로 당시의 폐해를 바로잡아 백성들을 구제하려는 유가적 제세의지(濟世意志)가 발휘된 것이다. 그는 자연스럽게 흉중을 토로해야 한다는 창작태도를 평생토록 견지했고, 이로 인해서 그의 시 · 사 · 부 · 산문은 대체로 '행운유수(行雲流水)'로 대표되는 호방한 풍격을 지니게 되었다.

소동파 문학의 호방한 풍격은 '수물부형(隨物賦形)'의 문풍에 따른 제재의 확대가 기반이 된 것이다. 그는 봉상부판관(鳳翔府判官)의 젊은 시절에 이미 호방한 풍격을 서서히 드러냈고, 항주통판(杭州通判)으로 부임한 이후 왕성한 창작의욕을 보여서 다량의 산수자연시와 함께 적지 않은 정치사회 풍자시를 지음으로써 제재의 확대를 이루었다. 후일에 그는 이러한 바탕 위에 도가와 불가의 사상을 본격적으로 수용함으로써, '법도를 지키는 가운데 새로운 의미를 드러내고, 호방하면서 은연중에 묘한 이치를 기탁하는(出新意於法度之中, 寄妙理於豪放之外.)' 그의 독특한 문학풍격을 완성했고, 이는 또한 송대 특유의 문학풍격을 대표하게 되었던 것이다.

또한 그의 정치사회 풍자시는 양적인 면이나 질적인 면에서, 사회시로 일컬어지는 두보·백거이의 풍유시와 비교해도 전혀 손색이 없다고 할 수 있다. 특히 〈탕촌개운염하우중독역(湯村開運鹽河雨中督役)〉〈오중전부탄(吳中田婦歎)〉〈산촌오절(山村五絶)〉〈어만자(魚蠻子)〉〈여지탄(荔支歎)〉 등 백성들의 고통에 대한 동정과 연민을 사실적 수법으로 생동하게 표현한 시들은 소동파 정치사회 풍자시의 백미이다. 의식적인 구성으로 객관적 묘사에 치중한 두보나 지나치게 통속적이었던 백거이와는 달리, 자연유로적이어서 호방하면서도 뛰어난 문학예술성을 구비했던 소동파는 독특한 경지의 사실주의 시인으로서 중국문학사에 기록되어도 좋을 것으로 생각된다.

禹埈浩(충남대)

月夜與客飮酒杏花下
달밤에 손님과 함께 살구꽃 나무 밑에서 술을 마심

소식(蘇軾)

杏花飛簾散餘春[1] 살구꽃이 주렴 위에 휘날려 남은 봄을 흩는데,

明月入戶尋幽人[2] 밝은 달은 창에 들어와 한가로운 사람을
찾는구나.

褰衣步月踏花影[3] 옷을 추어들고 달 아래 나가 꽃 그림자를
밟으니,

炯如流水涵靑蘋[4] 달빛이 흐르는 물 푸른 수초 적심 같네.

花間置酒淸香發 꽃 사이에 술두루미 두니 맑은 향기
풍기는데,

爭挽長條落香雪[5] 긴 꽃가지 휘잡으니 향설인양 떨어지네.

---

1) 杏花: 살구꽃 즉 초봄을 알리는 꽃. 飛簾:「飛於簾」즉 주렴 위에 흩날림. 덧없이
   봄이 지나가고 있음을 암시. 散: 흩다. 여기서는 봄이 지나가기를 재촉한다는 뜻.

2) 尋: 달을 의인화 한 표현.

3) 褰: 걷거나 추어올린다는 뜻으로 반갑게 상대방을 맞이하러 나가는 동작을 형용
   함. 步月: 달빛이 비친 땅위를 걷는다는 뜻.

4) 炯: 달빛에 투사되고 있는 꽃나무의 그림자를 흐르는 물 위의 수초(水草)로 직유
   (直喩)함.

5) 香雪: 향기로운 눈, 즉 꽃을 의미함.

산 성 박 주 불 감 음
山城薄酒不堪飲[6]　　산성의 탁주라 마시기 어렵다면,

권 군 차 흡 배 중 월
勸君且吸盃中月　　그대에게 권하노니 잔속의 달을 마시려무나.

통 소 성 단 월 명 중
洞簫聲斷月明中　　통소 소리 달 밝은 하늘 가로 사라지는데,

유 우 월 락 주 배 공
惟憂月落酒杯空　　오로지 달 지고 술잔 빌까 근심이로세.

명 조 권 지 춘 풍 악
明朝捲地春風惡[7]　　내일 아침 대지를 휩쓸 봄바람이 불어오면,

단 견 녹 엽 서 잔 홍
但見綠葉棲殘紅[8]　　다만 푸른 잎 속에 숨은 꽃만 남으리니.

◀감상▶

위의 시는 《소동파전집》(蘇東坡全集) 전집(前集) 권 18에 실려 있는 작품이다. 시(詩)는 시를 쓴 사람의 심경(心鏡)과 그 시인 앞에 펼쳐진 만물의 형상이 교융(交融)하여 운어(韻語)로 표현된 창조물이다. 석경(石鏡)과 동경(銅鏡)과 유리경(琉璃鏡)이 다르듯이 만물을 관조하는 시인의 심경(心鏡)은 천차만별이다. 남녀의 심경이 다르며, 노소의 심경이 다르며, 유(儒)·불(佛)·도가(道家)의 심경이 다르다. 뿐만 아니라 시인 앞에 펼쳐져 있는 만물의 형상 역시 미묘불측하고 휘황찬란하여 무어라 형용하기 어려운 존재들이다. 때문에 시다운 시를 쓰는 시인이 되려면 폭넓은 사상과 풍부한 정감을 함양하여 훌륭한 심경(心鏡)을 갖추어야 하며, 그러한 심경(心鏡)으로 미묘불측하고 휘황찬란한 만

---

6) 山城薄酒: 가난한 산촌의 맛없는 술.

7) 惡: 험악함, 즉 세참을 의미함.

8) 綠葉棲殘紅: 푸른 입 속에 깃들어 있는 꽃. 즉 제일 나중 피는 꽃. 봄이 끝나갈 무렵임을 암시하는 표현.

물의 형상을 관조하여 얻어진 심상(心象)을 여실히 표현할 수 있는 수사능력 (修辭能力)을 단련해야 한다.

위의 시를 쓴 소식(蘇軾, 1036-1101)은 어릴 때부터 유가(儒家)의 가르침을 통해 현세의 인륜기강을 실천하는 일면 불교의 윤회전생(輪廻轉生)과 도가(道家)의 초연절진(超然絕塵) 사상을 통효하였다. 뿐만 아니라 그는 퇴필여산(頹筆如山)의 문장수련을 통해 자신의 사상과 감정을 여실히 표현할 수 있는 심수상응(心手相應)의 경지에 도달함으로써 20여세에 이미 국사(國士)의 반열에 오른 사람이었다. 그러므로 사상적으로 자유분방하여 어디에도 편중되거나 구속되기를 거부했다. 과거에 급제하여 관리 길에 나아갔으나 권좌나 영달에 연연하지 않았으며, 시문창작에 있어서도 내용이나 형식에 얽매이지 않았다. 오로지 인생과 우주에 대한 깊은 사색을 통해 진실하고 아름답게 사는 것이 무엇인가를 추구해 나갔을 뿐이다. 그가 남겨 놓은 수많은 시문학 작품은 바로 그러한 삶의 본질과 형상을 그려놓고 있다. 평성(平聲) 진운(眞韻) 평기식(平起式) 칠언배율(七言排律) 율격을 밟아 지어진 위의 시도 그 예외는 아니다.

우리는 먼저 〈月夜與客飮酒杏花下〉란 시제(詩題)의 함의를 살펴보자. 20대에 과거에 급제하여 관리가 된 소식(蘇軾)은 그 어느 순간도 무사안일(無事安逸)한 날이 없었다. 북쪽의 요금(遼金)은 국가의 안전을 위협해 오고, 신구법당(新舊法黨)과 낙촉지쟁(洛蜀之爭)의 당쟁은 날로 격화되어 심신(心身)을 불안하게 하였다. 홍진속세(紅塵俗世)의 승패(勝敗)나 명리(名利)에 경도되어 있는 사람이었다면 두려움과 근심과 울분으로 잠을 이루지 못할 시대환경이었다.

하지만 소식은 자신을 에워 싼 시대환경으로 인해 자신이 추구하는 진선미(眞善美)의 세계를 망각하거나 포기하지 않았다. 만물이 소생하는 봄 밤, 달이 뜨고 꽃이 피며, 술이 익고 친구가 오자, 그는 두루미를 들고 훌쩍 속세를 초월하여 눈앞에 펼쳐진 자연의 조화와 아름다움에 몰입하였다. 시제(詩題) 자체가 이미 현실 속의 선경(仙境)을 설정한 한 폭의 서사적인 그림이다.

그 선경(仙境) 속에 등장한 소식이 어느 봄날 해질 무렵, 창가의 주렴 위에 하염없이 떨어지는 살구꽃 송이를 관조하면서 세월의 무상함을 사색하고 있는 순간, 어느덧 동산에 뜬 밝은 달빛이 방안을 비춰와 흡사 그 누구를 찾으면서 두리번거리는 것 같았다. 누구를 찾는 것일까. 분명 달을 알아주는 신선 즉 소식 자신을 찾는 것이었다. 그는 지체 없이 옷자락을 걷고 버선발로 달려 나가 달빛에 아롱거리는 살구꽃 그림자를 밟으며 산보를 하였다. 그때 밝은 달빛 아래 투영된 꽃 그림자는 저 시냇가에 자란 푸른 수초처럼 소식의 심경(心鏡)에 그윽한 자수를 놓았다. 들고 간 술두루미를 살구꽃나무 밑에서 기울이자 맑은 꽃향기는 술잔에 은은하였다. 활짝 핀 살구꽃 한 가지를 휘어잡았다가 놓자 주루루 떨어지는 꽃잎이 마치 향기로운 백설인양 봄밤의 창공에 빈분(繽粉)하였다.

청빈한 환로중(宦路中)의 소식이었던 지라 찾아온 친구에게 아무것도 대접할 것이 없었다. 들고 간 두루미 속의 술마저 산촌의 막걸리이니 손님의 입맛에 맞을리 만무하였다. 그러나 그 술잔에는 저 선경(仙境)에서 내려 비친 달빛이 어려 있었다. 때문에 소식은 친구를 향해 텁텁한 박주(薄酒)를 권한 것이 아니라 술에 비친 그 맑은 달빛을 음미하도록 권하였던 것이다. 그들은 시간이 지나가는 줄 모르고 달 밝은 하늘가로 사라지는 통소(洞簫) 소리를 들으면서 오로지 그 달이 지고 술이 다할까를 근심하였다. 밤이 다하고 세찬 바람이 대지를 휩쓸게 되면 그 봄의 꽃들이 짙어오는 녹음 속으로 사라져버리기 때문이다. 그렇게 되면 인생은 한 발자국 늙음의 피안으로 들어서게 되는 것이니 꽃이 떨어지고 술이 다함을 근심했던 것이다.

이 한 수의 시는 소식의 인생관·우주관·심미관·표현기교가 혼연일치하여 독자의 심금을 사로잡는 우수 작품임에 틀림이 없다. 조선시대의 거유 농암(聾巖) 이현보(李賢輔)선생과 퇴계(退溪) 이황(李滉)선생도 이 작품을 매우 중요시한 적이 있었다. 퇴계의 시「농암선생을 방문했더니 선생께서 시봉하는 아이를 시켜 소동파의 〈月夜飲杏花下〉란 시를 노래하게 하면서 그 운자를 빌려 쓴 시를 보여주셨다. 나도 한 수의 차운시를 써서 드렸다.」(拜聾巖先生先生令侍兒歌東坡月夜飲杏花下詩次其韻示之滉亦奉和呈上)[9]는 바로 그 점을 알려 주

---

9) 《退溪先生文集》卷1詩.

고 있다. 음미하면 할수록 소식의 숨결이 살아 움직임을 실감할 수 있다. 시공 (時空)을 초월하여 독자를 감동시킬 수 있는 걸작이다.

30여년 간 영남대학교 중국문학과를 키워 든든한 반석 위에 올려놓고 퇴임을 하게 된 반농(伴農) 이장우(李章佑) 박사의 학덕을 기리고 건강을 기원하는 뜻으로 저 송대(宋代)의 문호 소식(蘇軾)이 달 밝은 봄밤 살구꽃나무 밑에서 손님과 마시던 그 박주(薄酒) 한잔을 권하면서 무사(蕪辭)를 마친다.

2004년 황화절(黃花節) 대구 수성서실(壽城書室)에서

採山 洪瑀欽(영남대)

우거정혜원지동 잡화만산 유해당일주 토인부지귀야
寓居定惠院之東, 雜花滿山, 有海棠一株, 土人不知貴也¹⁾

소식(蘇軾)

강 성 지 장 번 초 목
江城地瘴蕃草木
강을 낀 黃州땅은 무더운 기운 있어 초목
무성한데

지 유 명 화 고 유 독
只有名花苦幽獨
오직 名花 한 그루 있어 적적하고 외로움을
괴로워한다.

언 연 일 소 죽 리 간
嫣然一笑竹籬間
생긋 한번 웃는 듯한 모습 대울타리 사이로
보이는데

도 리 만 산 총 추 속
桃李漫山總麤俗
복숭아 오얏 꽃은 산에 질펀해도 모두 거칠고
속되기만 하다.

야 지 조 물 유 심 의
也知造物有深意
역시 조물주께선 깊은 뜻이 있어

고 견 가 인 재 공 곡
故遣佳人在空谷
일부러 미인을 텅 빈 골짜기로 보내신 거로다.

자 연 부 귀 출 천 자
自然富貴出天姿
자연스럽게 부하고 귀한 모습은 타고난
바탕에서 나온 것이니

부 대 금 반 천 화 옥
不待金盤薦華屋
금쟁반에 담아 화려한 집에 모셔 놓을 것도 없다.

주 순 득 주 운 생 검
朱脣得酒暈生臉
붉은 입술로 술 마시어 발그레 양볼 상기되고,

---

1) 이 시의 번역은 김학주 선생님의 번역을 그대로 옮겼다.

翠袖卷紗紅映肉
취 수 권 사 홍 영 육
파란 소매의 엷은 비단 말아 올리니 붉은 살이 비친다.

林深霧暗曉光遲
임 심 무 암 효 광 지
숲은 깊고 안개 자욱하여 새벽빛 더디게 비치는데

日暖風輕春睡足
일 난 풍 경 춘 수 족
날 따스하고 바람 가벼워 봄잠 실컷 잔다.

雨中有淚亦悽愴
우 중 유 루 역 처 창
빗속엔 눈물 있어 또 슬픔을 느끼게 하고

月下無人更淸淑
월 하 무 인 갱 청 숙
달빛 아래 아무도 없으면 더욱 맑고 깨끗하다.

先生食飽無一事
선 생 식 포 무 일 사
선생은 배부르게 먹고 할 일 하나도 없어

散步逍遙自捫腹
산 보 소 요 자 문 복
왔다갔다 거닐면서 자기 배를 문지른다.

不問人家與僧舍
불 문 인 가 여 승 사
남의 집이건 절간이건 물어보지도 않고 지팡이 짚고 가 문 두드리고

挂杖敲門看修竹
주 장 고 문 간 수 죽
길게 자란 대를 구경한다.

忽逢節艶照衰朽
홀 봉 절 염 조 쇠 후
갑자기 다시 없는 아름다움 만나 쇠하고 시든 몸 비추니

歎息無言揩病目
탄 식 무 언 개 병 목
탄식하며 말없이 병든 눈만 닦는다.

陋邦何處得此花
누 방 하 처 득 차 화
천한 고장에 어디로부터 이 꽃을 얻어왔을까?

無乃好事移西蜀
무 내 호 사 이 서 촉
호사가(好事家)가 서촉(西蜀)땅으로부터 옮겨온 게 아닐까?

촌 근 천 리 불 이 치
寸根千里不易致 한 치의 뿌리라도 천리 길 가져오기 쉽지
않으리니

함 자 비 래 정 홍 곡
銜子飛來定鴻鵠 씨를 물고 날아온 것은 틀림없이 따오기일 게다.

천 애 유 락 구 가 념
天涯流落俱可念 하늘가에 흘러 떨어졌으니 다같이 외로운 처지라

위 음 일 준 가 차 곡
爲飮一樽歌此曲 한잔의 술 마시며 이 노래를 부른다.

명 조 주 성 환 독 래
明朝酒醒還獨來 내일 아침 술 깨어 다시 홀로 와보면

설 락 분 분 나 인 촉
雪落紛紛那忍觸 눈 내리듯 펄펄 떨어질 꽃잎을 어찌 차마 대하리!

◧감상◨

이 시는 소식(蘇軾: 호는 동파東坡)이 외롭게 핀 해당화 한 주를 보고 읊은 대표적인 산문시이다.

왕안석의 신법에 반대한 동파는 45세 때에 양자강 중류에 위치한 습기가 많고 무더운 황주(黃州) 땅으로 좌천을 당하였다. 그는 자신의 처지를 달게 받아 이곳에서 독서와 유람, 다양한 친구를 사귀는 등 담담하게 인생에 대한 새로운 삶을 엮어갔다.

비록 단련부사란 관직에 있었지만 한가한 직책이었기 때문에 때로는 배부르게 먹고 자연 속을 거닐면서 한가롭게 배를 문지르기도 하고, 남의 집이건 절간이건 지팡이 짚고 가서 문 두드리고 그가 좋아하는 빼어나게 자란 대나무를 구경하며 외로움을 달래곤 했다.

이때에 문득 그의 쇠하고 시든 몸 앞에 나타나 그로 하여금 탄식하며 말없이 병든 눈을 닦게 한 꽃나무 한 그루가 있었으니 이는 바로 외롭게 피어 고독을 달래고 있는 아름다운 해당화였다. 동파에게는 너무도 신비롭고 경이로운 일

이었지만 그곳 사람들은 귀한 줄을 몰랐다.

조물주는 깊은 뜻이 있어 텅빈 골짜기에 해당화 한 그루를 외롭게 피워 장기(瘴氣)가 가득한 황주(黃州) 땅에서 고독하게 나날을 보내는 동파 앞에 출연시킨 것이다. 천자만홍(千紫萬紅), 봄기운을 타고 온갖 꽃이 만발한 봄동산을 무대삼고 대나무 울타리를 무대의 장막으로 삼은 것이다.

적적하면서도 대나무 울타리 사이로 생긋 한번 웃는 듯한 그 자연스런 자태는 한눈에 동파를 사로잡았다. 비록 거친 땅이지만 조물주가 연출한 것이기 때문에 그 어떤 화려한 집 정원이나 방안의 꽃병에 꾸민 것보다도 아름다웠다. 자연 그대로의 부귀한 모습은 그 고운 복숭아 오얏꽃도 거칠고 속되게 보일 정도로 동파를 감동시켰다.

동파는 마음속에 깊이 간직한 사랑스런, 너무도 사랑스런 여인을 그리듯이 그 아름다움을 의인화하여 표현하고 있다.

> 붉은 입술로 술 마시어 발그레 양볼 상기되고
> 파란 소매의 엷은 비단 말아 올리니 붉은 살이 비친다.
> 숲은 깊고 안개 자욱하여 새벽빛 더디게 비치는데
> 날 따스하고 바람 가벼워 봄잠 실컷 잔다.
> 빗속엔 눈물 있어 또 슬픔을 느끼게 하고
> 달빛 아래 아무도 없으면 더욱 맑고 깨끗하다.

동파는 마치 소년이 사랑스런 귀여운 소녀 곁을 감돌 듯 낮에는 물론 이른 아침, 그리고 밝은 달밤, 또 비가 오는 날이라도 가리지 않고 이 미인 주위를 감돌며 자신의 온 정을 다 기울이며 사랑에 흠뻑 빠졌다.

사랑에 빠져버린 동파는 어떻게 이 천한 고장에서 자신과 이 미인의 만남이 이루어지게 되었는지 그 원인을 생각하게 되었다. 호사가가 서촉 땅에서 그 뿌리를 옮겨온 것이 아닌지? 아니면 따오기가 그 씨를 물고 천리 길을 날아온 것인지? 미인의 본향이 천 리 길이나 되는 서촉 땅이라면 이곳에 뿌리를 내리게 된 연유가 어떻든 미인 또한 자신도 모르게 이 거친 땅에 표류되어 왔음이 너무도 분명하다.

사람은 사랑하는 사람을 통하여 그 자신을 알게 된다는데, 동파는 마침내 미인과 자신이 모두 하늘가에 흘러 떨어진 다같이 외로운 처지임을 깊이 느끼게 됨으로써 한 잔 술을 마시며 이 시를 남겼다.

보통, 여자는 봄을 슬퍼하고 남자는 가을을 슬퍼한다는데, 동파는 시들어져가는 해당화를 보고 "내일 아침 눈 내리듯 펄펄 떨어질 꽃잎을 어찌 차마 대하리"라 하며 가는 봄을 한없이 슬퍼했다.

하늘가에 유랑한 자신과 같은 운명이라고 느낀 해당화를 통하여 동파의 미적 가치관과 인간의 삶에 대한 깊은 감정을 엿볼 수 있다.

은무일(전북대)

演雅 연아

황정견(黃庭堅)

雙蠶作繭自纏裹 누에는 고치 자아 스스로 묶이고

蛛蝥結網工遮邏[1] 거미는 줄을 쳐 망보기에 여념 없다.

燕無居舍經始忙 제비는 거처 없이 집짓기에 바쁘고

蝶爲風光勾引破 나비는 경치 좋아 먹이를 잡지 못해.

老鸛銜石宿水飯[2] 재두루미 돌 물어다 알 옆에 놓고 물기 빨아
온도 맞추고

穉蜂趨衙供蜜課[3] 어린 벌은 마을로 가 할당된 꿀 채집하네.

鵲傳吉語安得閑 까치는 기쁜 소식 전해주니 어찌 한가로울까

鷄催晨興不敢臥 닭은 새벽을 재촉하려 잠을 자지 못하네.

氣陵千里蠅附驥 기운이 천리를 넘으니 파리는 말에 붙고

枉過一生蟻旋磨 헛되이 일생을 보내는 개미 이리저리 갈고 닦네.

蝨聞蕩沸尙血食 이는 소탕령 듣고도 아직도 피를 빨고

---

1) 蛛蝥: 거미와 해충, 여기서는 거미.

2) 老鸛: 왜가리, 재두루미.

3) 穉蜂: 어린 벌.

^{작 희 궁 성 자 상 하}
雀喜宮成自相賀 참새는 집 잘 지었다 서로들 떠들어댄다.

^{청 천 진 우 락 부 유}
晴天振羽樂蜉蝣⁴⁾ 비 갠 날 날개 떨치는 저 즐거운 하루살이

^{공 혈 축 아 성 과 라}
空穴祝兒成蜾螺 구멍 속의 남의 새끼 커간다 기뻐하는 나나니벌.

^{길 강 전 환 천 소 합}
蛣蜣轉丸賤蘇合⁵⁾ 쇠똥구리 똥 굴리며 향기로운 조합나무 깔보고

^{비 아 부 촉 감 사 화}
飛蛾赴燭甘死禍⁶⁾ 나방은 어지러이 날아 불꽃에 데어 죽네.

^{정 변 두 리 조 고 비}
井邊蠹李蠐苦肥 우물가의 배꽃 좀먹는 굼벵이 힘들여 살찌나

^{지 두 음 로 선 상 아}
枝頭飮露蟬常餓 나무 위의 이슬 먹는 매미는 늘 배고프지,

^{천 루 복 극 록 인 어}
天螻伏隙錄人語 땅강아지 구멍 속에 숨어 사람 말 엿듣고

^{사 공 함 사 수 영 과}
射工含沙須影過 날도래벌레 모래알 물어 쏘려고 지나가길
기다리네.

^{훈 호 탁 옥 진 행 괴}
訓狐啄屋眞行怪 수리부엉이 집 쪼으니 행실도 이상하고

^{소 소 보 희 태 다 가}
蟏蛸報喜太多可 손님거미 기쁜 소식 전하니 아무리 많아도 좋다네.

^{로 자 밀 사 어 하 편}
鸕鶿密司魚蝦便⁷⁾ 가마우지, 몰래 고기와 새우의 동정을 염탐하나

---

4) 蜉蝣: 하루살이.

5) 蛣蜣: 장구벌레와 쇠똥구리.

6) 飛蛾: 나방.

7) 鸕鶿: 가마우지.

白鷺不禁塵土涴
백로는 진토에 더럽혀도 무심하다.

絡緯何嘗省機織
베짱이는 어찌 늘 베 짜기만 생각하는지

布穀未應勤種播[8]
뻐꾸기는 아직 파종을 재촉 안 하네.

五技鼯鼠笑鳩拙[9]
시원찮은 재주 많은 날다람쥐 비둘기의
뒤뚱거림 흉보고

百足馬蚿憐鼈跛[10]
발 많은 노래기는 자라보고 절룩댄다
불쌍하단다.

老蚌胎中珠是賊
대합 속 진주는 도둑들이 캐 가고

醯鷄瓮裏天幾大[11]
초파리는 단지 속에서 하늘이 크단다.

螳蜋當轍恃長臂[12]
사마귀, 수레 밑에서 팔뚝 힘 믿는데

熠熠宵行矜照火[13]
반딧불이, 밤에 날며 불 밝히기 여념 없다.

提壺猶能勸沽酒[14]
두견새는 아직도 내게 술 권하고

黃口只知貪飯顆
어린 참새 낟알 쪼기에 여념이 없다.

---

8) 布穀: "뻐꾹"이란 울음 소리로서, 뻐꾸기를 의미한다.

9) 鼯鼠: 날다람쥐.

10) 馬蚿: 노래기.

11) 醯鷄: 초파리.

12) 螳蜋: 사마귀, 수레를 떠받쳐 대항함. 제 분수를 모르고 힘 자랑을 하는 것.

13) 熠熠: 반딧불이, 개똥벌레.

14) 提壺: 두견새.

^{백 로 요 설 세 불 문}
伯勞饒舌世不問¹⁵⁾　때까치 떠들어도 세상에선 상관 않고

^{앵 무 재 언 변 관 쇄}
鸚鵡讒言便關鎖　앵무새 일러바치다 곧바로 새장 신세되네.

^{춘 와 하 조 갱 조 잡}
春蛙夏蜩更嘈雜¹⁶⁾　봄 개구리, 여름 매미는 갈수록 시끄럽고

^{토 인 벽 담 하 쇄 쇄}
土蚓壁蟫何碎瑣¹⁷⁾　지렁이, 벽좀벌레는 얼마나 쏠아대는가!

^{강 남 야 수 벽 어 천}
江南野水碧於天　강남땅 물길은 하늘보다 푸른데

^{중 유 백 구 한 사 아}
中有白鷗閑似我　그중의 갈매기는 나처럼 여유롭네.

◀감상▶

　이 시는 그가 태화(太和)에 있을 때 지은 것으로서, ≪황산곡시집주≫ 중 내집 제1권 원풍 연간에 수록되어 있는 것으로 보아 30대 중반의 작품으로 추정된다. 비교적 엄숙한 태도로 창작한 황정견(黃庭堅)에게서는 보기 드문 해학적 필치의 시이다. 농촌 생활 속에서 늘 볼 수 있는 온갖 동물, 곤충, 새를 등장시켜 이들의 이름, 소리, 행태, 그리고 관련된 고사(故事)를 통해 그 특징을 해학적으로 묘사하였다. 우리는 이 시에서 세상의 다양한 인간 군상들을 어렵지 않게 연상할 수 있다.

　이와같은 자연에 대한 세심한 관찰과 탁월한 형상화를 통해 황정견의 시작 능력이 단순한 기교에 머물지 않았음을 느낄 수 있다. 끝구에서 이러한 자연 군상을 세상에서 한걸음 물러나 여유로운 마음으로 보고자 하는 작가의 모습

---

15) 伯勞: 때까치.
16) 嘈雜: 잡스럽게 지껄이다.
17) 碎瑣: 자질구레하다.

은 왕안석 신법으로 인한 신구파간의 갈등이 고조되던 저작 시기와 연결하여 볼 때 나름의 의미를 찾을 수 있다.

이처럼 재미있고 독특한 시임에도 불구하고, 정작 황정견 자신은 없애려고 했다고 한다. 아마도 너무 가볍다고 생각했거나 또는 필화를 걱정했을지도 모른다. 삶의 다양성을 자연물과 잘 연결시킨 이 시야말로 오늘의 관점에서 볼 때, 지나치게 자기 구속적이었던 황정견의 또 다른 일면을 보여주는 훌륭한 작품으로서 손색이 없다고 할 것이다.

吳台錫(동국대)

완 계 사
浣溪沙¹⁾

이청조(李淸照)

누 상 청 천 벽 사 수
樓上晴天碧四垂²⁾　누각 위 개인 하늘 사방으로 푸르고,

누 전 방 초 접 천 애
樓前芳草接天涯³⁾　누각 앞 꽃다운 풀들은 하늘 끝까지
이어져 있네.

권 군 막 상 최 고 제
勸君莫上最高梯⁴⁾　그대에게 권하노니, 계단 꼭대기에
오르지 마소서!

신 죽 이 성 당 하 죽
新竹已成堂下竹⁵⁾　새 죽순은 벌써 안채 아래 대나무가 되었고,

낙 화 도 입 연 소 니
落花都入燕巢泥⁶⁾　떨어진 꽃잎은 모두 제비집으로 날아드네.

---

1) 浣溪沙: 사패(詞牌)의 이름으로서, 또한 '완계사(浣溪紗)', 또는 '완사계(浣紗溪)' 등으로 불리기도 한다.

2) 樓: 누각(樓閣). 층집. 晴天: 맑게 갠 하늘. 四垂: 사방(四方)에 드리움.

3) 芳草: 꽃다운 풀. 향기로운 풀. 天涯: 하늘의 끝. 상당히 먼 곳.

4) 勸君: 그대에게 권하노니. 이 부분이 상심('傷心')으로 되어 있는 판본도 있다. 莫上: 오르지 마시오. 금지 명령. 梯: 계단. 사다리.

5) 新竹: 죽순.

6) 入: 날아 들어오다. 이 부분이 '상(上)'으로 되어 있는 판본도 있다. 燕巢泥: 제비집 진흙. 여기서 '니(泥)'를 '호지야(糊之也)', 곧 '붙이다', '달라붙다'는 동사적인 뜻으로 보아, "제비집으로 날아들어 달라붙네"라는 뜻으로 풀 수도 있을 것 같다.

忍聽林表杜鵑啼⁷⁾ 차마 어이 들으랴, 나무 위 두견새
우는 소리를!

---

7) 忍聽: 차마 어이 들으랴. 차마 듣지 못 하겠다. 林表: '수초(樹梢)', 곧 나무 꼭대
기. 또는 '임외(林外)', 곧 숲 밖. 杜鵑: 두견새. 두견새는 옛날 전설에 촉(蜀)나라
망제(望帝)인 두우(杜宇)의 넋이 변해서 된 새라고 전해진다.(≪성도기(成都記)≫:
"杜宇死, 其魂化爲鳥, 名曰杜鵑, 亦曰子規.") 망제는 본래 나이도 어리고 마음이
약한 사람이었다. 그는 형주(荊州) 출신의 별령(鱉令)이란 사람이 물에 빠져 떠내
려 오는 것을 구해주었다. 그리고 별령이 어진 것을 보고 하늘이 내린 사람이라 생
각하여 그를 정승에 임명하였다. 그런데 별령은 왕위를 찬탈하고자 하는 참람(僭
濫)한 마음을 품고 주변 대신들을 매수하는 한편으로 망제에게는 천하절색인 자신
의 딸을 바쳤다. 망제는 밤낮 미인을 끼고 앉아 정사는 돌보지 않고 모든 것을 장
인인 별령에게 맡기게 되었다. 그러자 마음놓고 수작을 부릴 수 있었던 별령은 마
침내 망제를 몰아내고 스스로 왕위에 오르게 되었다. 하루아침에 나라를 뺏기고
쫓겨난 망제는 그 원통함을 참을 수 없었다. 그리하여 망제는 죽은 뒤에 두견새가
되어 나무에 피가 스며들 정도로 피를 토하며 밤새 '불여귀(不如歸)'하고 우짖었
다 한다.(≪금경(禽經)≫: "夜啼達旦, 血漬草木, 凡鳴皆北向也.", "不如歸去.") 그
래서 두견새는 원조(怨鳥)·두우(杜宇)·망제혼(望帝魂)·귀촉도(歸蜀途)·불여귀
(不如歸)·자규(子規) 등의 여러 가지 다른 이름으로 불리기도 한다.
훗날, 두견새는 중국 시인들에게 애송되는 시적 소재가 되었다. 남조(南朝) 송대
(宋代)의 포조(鮑照)는 〈행로난을 본떠서(擬行路難)〉 시의 제6수에서 "그 가운데
두견이란 새 한 마리, 옛날 촉나라 임금의 넋이라 하네. 애처로운 소리로 쉼 없이
우는데, 깃털은 초췌하여 사람이 삭발의 형벌을 당한 듯하네.(中有一鳥名杜鵑, 言
是古時蜀帝魂. 其聲哀苦鳴不息, 羽毛憔悴似人髡.)"라고 하였고, 당대(唐代) 두보
(杜甫)는 〈두견의 노래(杜鵑行)〉에서 "그대는 보지 못 하였나, 옛날 촉나라 천자께
서 변하여 까마귀 같은 두견새가 되었음을. 남의 둥지에 새끼를 낳으며 스스로 쪼
아 먹지 않는데도, 뭇 새들이 지금까지 그의 새끼를 함께 먹여 기르고 있음
을.(君不見昔日蜀天子, 化作杜鵑似老鳥, 寄巢生子不自啄, 羣鳥至今與哺雛.)"이라
고 하였다.

◀감상▶

이청조(李淸照, 1081~1140 전후)는 남송대(南宋代)의 뛰어난 여류 사인(詞人)이다. 젊었을 적엔 조명성(趙明誠)이란 명문가 자제와 결혼하여 학술과 문학을 서로 주고 받으며 행복한 삶을 누렸지만, 그러나 금(金)나라 군대가 남침하면서부터 강남을 전전하였고, 나중엔 남편마저 죽음으로써 외롭고 고통스러운 삶을 살았다. 이렇듯 그녀의 전·후반기 대조적인 삶은 문학창작에 좋은 밑거름이 되었다.

이청조의 〈완계사(浣溪沙)〉는 시간은 흘러 벌써 봄이 지나가건만 임은 돌아오지 않는 슬픔을 사변적으로 노래한 사 작품이다.

인간의 삶을 관통하는 모든 비극은 인간이 시간의 일방적인 흐름 속에 갇힌 존재이기 때문에 생겨난다. 시간의 불가역성(不可逆性)은 덧없음이라는 인생의 쓰디쓴 진리를 낳게 한다.[8]

중국 시인에게 시간은 흔히 보편적인 창작 동기이자 주제가 되었다. 자연은 변함없이 영원한 데 비해 인생은 덧없고 무상하다는, 시간에 대한 인식을 통해 시인들은 비극적인 정서와 분위기로 시를 가득 메우게 된다.

봄은 겨우내 움츠렸던 만물이 오랜 잠에서 깨어나는 계절이다. 만물이 다시 소생하면서 대지는 푸르름을 되찾고 약동하는 기운으로 넘쳐난다. 그래서 명대(明代) 심호(沈顥)는 "봄 산은 마치 경사가 난 듯하다(山于春如慶)"고 하여 봄기운이 넘쳐흐르는 산을 잘 비유한 적이 있다.

봄은 한 해의 시작이기 때문에 사람들은 봄이 되면 아름다운 꿈을 꾸게 된다. 따뜻한 봄의 햇살, 푸르른 자연은 생각만 하여도 우리를 꿈에 부풀게 한다. 특히 젊은 남녀들은 연인을 만나 사랑과 밀어를 나누며 달콤함에 젖는 꿈을 꾸게 된다. 그러나 열흘 붉은 꽃 없듯이 봄날의 난만한 정취가 언제까지나 계속될 수는 없으며, 사람도 젊음을 영원히 유지하며 사랑을 나눌 수는 없다. 시간

---

8) 강영희, ≪금빛 기쁨의 기억 — 한국인의 미의식≫, 일빛출판사, 2004년, 28쪽.

이 우리를 위해 마냥 머물러 주지는 않기 때문이다. 여기에 인간으로서의 슬픔과 고뇌가 자리할 수밖에 없는 것이다.

위의 작품을 살펴보면, "누각 앞 꽃다운 풀들은 하늘 끝까지 이어져 있다"고 하고 있으니 방초(芳草)가 사방 멀리까지 푸르게 우거져 있음을 알 수 있고, 동시에 봄이 한창을 지나 어느덧 막바지로 접어들고 있음을 또한 미루어 짐작할수 있다. '하늘 끝까지 이어진 방초'는 한편으로 ≪초사(楚辭)·초은사(招隱士)≫ 중에 "은사(隱士)는 떠나 돌아오지 아니하고, 방초는 돋아 푸르렀도다(王孫遊兮不歸, 芳草生兮萋萋)"라는 구절을 연상시키면서,[9] 시적 화자의 떠나간 임에 대한 그리움과 기다림을 암시해 준다. 이러한 중층의 암시를 통해서 우리는 비로소 계단 높이 오르지 말라고 하는 화자의 충고를 이해하게 된다. 봄이 이토록 깊어가고 있는데도 기다리고 있는 임은 보이질 않고 오직 방초만이 무성하게 눈앞에 펼쳐져 있으니 굳이 계단 높이 올라가서 이별의 아픔을 더욱 배가시킬 필요가 있겠느냐는 다소 자조적인 한탄의 소리임을 알 수 있다.

이어서, "새 죽순은 벌써 안채 아래 대나무가 되었고, 떨어진 꽃잎은 모두 제비집으로 날아드네"라고 하였는데, 이것 역시 봄이 어느덧 다해 가고 있음을 암시하고 있는 대목이다. 여기에는 또한 시적 화자의 젊음과 아름다움도 이 봄처럼 사라질 것이라는 암시가 중층으로 되어 있다고 할 수 있다. 결국 떠난 임과 다시 만나 사랑을 나누어 보지도 못 하고 스러져 가는 젊음에 대한 화자의 진한 슬픔과 아픔이 작품 전반에 가득 담겨 있다고 할 수 있다.

맨 마지막 구절에서, 시적 화자는 "두견(杜鵑)새의 울음소리를 차마 듣지 못하겠다"고 하고 있다. 그 이유는 어디에 있을까? 여기서 우리는 시에 활용되는 두견새의 이미지가 담고 있는 두 가지 함의를 먼저 이해할 필요가 있다.

---

9) 유약우(劉若愚) 저, 이장우(李章佑) 역, ≪중국시학(中國詩學)≫, 범학도서(汎學圖書), 1976년, 74쪽 참고. ≪초사·초은사(楚辭·招隱士)≫는 회남소산(淮南小山)의 작품으로, 회남소산은 한대(漢代) 회남왕(淮南王) 유안(劉安)의 일부 문객들에 대한 총칭이다. 본문에 나오는 '왕손(王孫)'은 청대(淸代) 왕부지(王夫之)의 통석(通釋)에 의하면 '은사(隱士)'를 뜻한다.

첫째, 두견새는 촉나라를 잃은 망제의 넋과 관련이 있기에, 시에서 나라를 걱정하는 우국(憂國)의 정서, 내지는 고향을 그리워하는 회향(懷鄕)의 정서를 대표한다.[10] 두견새의 다른 이름인 '귀촉도(歸蜀途)', 곧 '촉나라로 돌아가는 길'이란 이름이 이를 잘 말해준다. 송대(宋代) 사방득(謝枋得)은 〈봄날 두견새 소리 듣고(春日聞杜宇)〉에서 "두견새는 날마다 돌아가라 권하건만, 돌아가 픈 이 내 마음을 뉘라서 알리오! 망제에게 영혼이 있어 물을 수 있다면, 내가 돌아갈 날은 과연 언제이오 물어보련만."[11]이라고 하였고, 같은 시대 문천상(文天祥)은 〈금릉역(金陵驛)〉에서 "이제부터 강남 지방을 작별하고 떠나리니, 두견새 되어 울다가 피 토하며 돌아오리라!"[12] 라고 하기도 하였다.

둘째, 나라를 잃고 쫓겨난 망제는 동시에 사랑하던 임과도 헤어질 수밖에 없었기에 망제가 변한 두견새와 그것의 '불여귀(不如歸)'라는 애절한 울음소리는 고국 또는 고향으로 돌아가고픈 염원을 담은 것이면서 동시에 헤어진 임을 향한 간절한 그리움의 정한(情恨)을 또한 상징하고 있다고 할 수 있다.

위의 작품 맨 끝 구절에 사용된 두견새 이미지는 바로 위의 두 번째 함의, 즉 헤어진 임을 향한 슬픔과 그리움의 뜻을 담고 있다고 할 수 있다. 봄은 벌써 저만치 가고 있건만 떠나가신 임은 돌아오지 않으니, 임을 향한 한스러운 슬픔을 간직한 채 밤새 '불여귀'하며 처절하게 우는 저 두견새의 울음소리를 어찌 차마 들을 수 있겠는가!

이처럼 임을 향한 사랑의 정한을 상징하는 이미지로서 두견새는 우리나라 시인들에게도 널리 애용되었다. 대표적인 시가 바로 서정주(徐廷柱, 1915~2000)의 〈귀촉도(歸蜀途)〉(1943년 발표)이다.

눈물 아롱아롱

---

10) 호효명(胡曉明), ≪중국시학지정신(中國詩學之精神)≫, 강서인민출판사(江西人民出版社), 2001년, 174~175쪽 참고.

11) "杜鵑日日勸人歸, 一片歸心誰得知? 望帝有神如可問, 謂子何時是歸期?"

12) "從今別却江南路, 化作啼鵑帶血歸."

피리 불고 가신 님의 밟으신 길은
진달래 꽃비 오는 서역 삼만리.
흰 옷깃 여며 여며 가옵신 님의
다시 오진 못하는 파촉(巴蜀) 삼만리.

신이나 삼아줄 걸 슬픈 사연의
올올이 아로새긴 육날 메투리.
은장도 푸른 날로 이냥 베혀서
부질없는 이 머리털 엮어 드릴 걸.

초롱에 불빛, 지친 밤하늘
굽이굽이 은하물 목이 젖은 새,
차마 아니 솟는 가락 눈이 감겨서
제 피에 취한 새가 귀촉도 운다.
그대 하늘 끝 호올로 가신 님아

이 시는 우리 민족의 전통 정서인 한(恨)을 바탕으로, 임과 사별(死別)한 뒤의 한을 '귀촉도'로 형상화하여 잘 표현하였다. 이 시에서 귀촉도, 즉 두견새는 바로 임에 대한 사랑의 정한을 지닌 시적 화자 자신임을 알 수 있다.

'서역(西域) 파촉(巴蜀) 삼만 리'는 아마도 시인이 "아! 아찔하구나, 높기도 하여라. 촉나라 가는 길이 푸른 하늘 오르기 보다 더욱 어려워라."[13]라고 하며 촉나라로 가는 길의 어려움을 노래한 이백(李白)의 〈촉도난(蜀道難)〉에서 시상(詩想)을 차용(借用)했을지도 모른다. 어쨌든 파촉 삼만 리는 촉나라로 돌아가는 길이 얼마나 어려운지를 뜻하는 동시에 이 세상 떠난 임을 만나기가 전혀 불가능하다는 사실을 함께 암시하고 있는 말이다. 임은 다시는 돌아올 수 없는

---

13) "噫吁戲, 危乎高哉! 蜀道之難難於上靑天!"

아득히 먼 곳에 계시기에, 임이 사무치게 그리운 여인은 슬픔을 억누를 길이 없어 어느새 눈에 눈물이 아롱아롱 맺힌다. 여인은 임이 살아 있을 적에 왜 좀 더 잘해 주지 못 하였을까, 못내 아쉬운 회한(悔恨)에 잠긴다. 임께서 다시 살아 돌아올 수만 있다면!

맨 마지막에 묘사된 귀촉도의 울음은 시적 화자의 임을 향한 마음을 집약하여 담고 있다. 그리움과 회한, 슬픔 등의 감정에 사무쳐서 우짖으니 목이 젖고 제 피에 취하게 된다. 귀촉도의 울음은 결국 다시는 만날 수 없는 임을 향한 화자 자신의 애끓는 슬픔과 그리움의 절규인 것이다.

우리나라 청록파(靑鹿派) 시인 조지훈(趙芝薰, 1920~1968)의 〈낙화(落花)〉(1946년 발표) 역시 귀촉도의 울음을 이미지로 활용하고 있는데 그중 일부를 들어보자.

꽃이 지기로서니
바람을 탓하랴.

주렴 밖에 성긴 별이
하나 둘 스러지고

귀촉도 울음 뒤에
머언 산이 다가서다.

꽃이 지는 것은 자연의 섭리다. 그럼에도 불구하고 우리는 아름다운 꽃이 지면 슬프지 않을 수 없다. 자연의 섭리를 인정하면서도 사라지는 아름다운 것들에서 쓸쓸함과 비애를 느끼게 되는 것이다. 주렴 밖에 별들이 사라져 가고 있다고 하였으니 시적 화자 역시 삶의 비애를 느끼면서 밤새 잠을 이루지 못 하였음을 알 수 있다. 이런 그의 마음을 알기라도 하는 듯이 귀촉도도 밤새 울었다. 결국 이 시에서도 귀촉도의 울음은 일종의 한을 상징하고 있다고 말할 수 있다. 사라지는 아름다운 것들에 대한 한이며, 그러한 자연의 섭리를 어찌 하지 못하고 순종해야만 하는 인간의 숙명에 대한 한이기도 하다.

그런데 여담이지만, 위의 〈낙화〉시는 얼마 전 어느 정치인의 입에 오르내리면서 갑자기 장안의 화제가 된 적이 있다. 그는 문화관광부 장관과 대통령 비서실장을 역임하는 등 무소불위의 권력을 휘두르면서 대북(對北) 통일사업을 주도한 적이 있었다. 그런데 정권이 바뀌면서 그가 재임하던 시절에 수행하였던 대북 송금(送金) 행위가 불법으로 규정되자, 그는 "꽃이 지기로서니 바람을 탓하랴"라고 혼잣말하면서 감옥으로 향했던 것이다. 시구를 통해 권력의 무상함을 비유한 자조적인 독백이었다. 십 년을 못 가는 게 권세인 것을!

경상북도 문경시에 있는 보현정사를 가보면, 그 싸리문에 '토굴 수칙'이란 이름 아래 여러 글귀들이 걸려 있다. "고요한 달밤에 거문고를 안고 오는 벗이나 단소를 손에 쥐고 오는 이가 있다면 굳이 줄을 골라 곡조를 아니 들어도 좋다", "이른 새벽에 홀로 앉아 향을 사르고 산창에 스며드는 달빛을 볼 줄 아는 이라면 굳이 불경을 아니 외워도 좋다" 등등. 산사에 걸린 글귀라서 그런지 수월경화(水月鏡花) · 낙화유수(落花流水)의 선취(禪趣)가 그득하여 나그네의 눈길을 사로잡는다.

그런데 그중에는 "저문 봄날 지는 꽃잎을 보고 귀촉도 소리를 들을 줄 아는 이라면 굳이 시인이 아니라도 좋다"는 글귀도 있다. 떨어지는 꽃잎을 보고서도, 한 서린 두견새 소리를 듣고서도 슬퍼 외면하거나 울부짖지 않고 오히려 적극적으로 맞이하고 받아들일 수 있는 사람이라면, 굳이 시인이 아니라 하여도 그 예민한 감성과 너른 마음씨를 미루어 짐작할 수 있을 것이란 말로 생각된다. 적막하고 쓸쓸한 산사에서 밤새 애절한 두견새 울음소리를 들을 수 있는 이의 웅숭 깊은 마음을 그려본다.

지금까지 이청조의 사 작품 〈완계사〉를 중심으로, 흐르는 시간과 저물어 가는 봄날에 대한 아쉬움, 임을 향한 애절한 그리움과 정한을 상징하는 이미지로서 두견새와 그 울음소리에 대해서 살펴보았다.

사랑은 아름답고 고귀하다. 그러나 이 세상의 아름다운 것들은 너무 쉽게 사라진다. 아니 어쩌면 시간의 지배 아래서 영원히 존재할 수는 없기에 우리는 도리어 그것들을 아름답다고 생각하고 있는지도 모른다. 흐르는 강물에 두 번 발을 담글 수 없듯이 시간은 되돌릴 수 없기에, 아름다운 사랑이 떠난 자리에는 어쩔 수 없이 커다란 슬픔과 그리움이 남게 된다.

　속절없이 흐르는 시간, 멀리 떠나 만날 수 없는 임, 그리고 남겨진 슬픔과 그리움. 문득 어디선가 두견새 울음소리, 남의 애를 끊나니!

崔日義(강릉대)

念奴嬌
염 노 교

주돈유(朱敦儒)

老來可喜
노 래 가 희

늘어 기쁜 것은

是歷徧人間
시 력 편 인 간

인간 세상 두루 거쳐

諳知物外[1]
암 지 물 외

속세의 밖을 알게된 것이네.

看透虛空
간 투 허 공

헛되고 공허함을 꿰뚫어 보고

將恨海愁山
장 한 해 수 산

바다 같은 한과 산 같은 근심을

一時挼碎[2]
일 시 뇌 쇄

단숨에 비벼 부스러뜨린다.

免被花迷
면 피 화 미

꽃에 홀리는 일 없고

不爲酒困
불 위 주 곤

술로 인해 문란해지지도 않으며

到處惺惺地[3]
도 처 성 성 지

어디서나 머리가 맑다.

飽來覓睡
포 래 멱 수

배부르면 잠 자고

睡起逢場作戲
수 기 봉 장 작 희

깨어나면 일어나 아무데서나 놀이를 펼친다.

---

1) 物外: 속세의 밖. 속세를 벗어난 곳.
2) 挼: 비비다. 주무르다.
3) 惺惺: 머리가 밝다. 똑똑하다.

휴 설 고 왕 금 래
休說古往今來　　고금의 일 말하지 말라

내 옹 심 리
乃翁心裏　　이 늙은이의 마음 속엔

몰 허 다 반 사
沒許多般事　　그렇게 많은 일일랑 없다네.

야 불 기 선 불 녕 불
也不蘄仙不佞佛[4]　　신선을 바라지 않고 부처에게 아첨도 않고

불 학 서 서 공 자
不學棲棲孔子[5]　　바쁘게 다니던 공자를 배우지도 않는다.

나 공 현 쟁
懶共賢爭[6]　　그대와 다투기 귀찮아

종 교 타 소
從敎他笑　　웃도록 내버려두니

여 차 지 여 차
如此只如此　　이렇고 그저 이러할 뿐이다.

잡 극 타 료
雜劇打了[7]　　연극을 다 마치면

희 삼 탈 여 애 저
戲衫脫與獃底　　옷 벗어 바보에게 준다.

◀감상▶

　　주돈유(朱敦儒, 1081~1159)는 북송(北宋) 말에서 남송(南宋) 초에 걸쳐 살았다. 젊어서 포의(布衣)로 풍류 생활을 즐기다가 1127년 북송이 금(金)에 의해

---

4) 蘄: 구하다. 빌어서 원하다.
5) 棲棲: 바쁜 모양. 분주한 모양.
6) 賢: 그대. 송대(宋代)에는 2인칭의 경어(敬語)로 쓰였음.
7) 雜劇: 잡극. 중국 전통극의 일종.

망하자 각지를 전전하며 시국을 슬퍼하였으며, 만년에 벼슬에서 물러난 뒤 은일사(隱逸詞)를 많이 지었다. 이 작품에서 작자는 인생을 연극에 비유하면서 노년의 심경을 담담하게 노래하였다. 인간 세상은 무대와도 같아 한바탕 연극을 마치고 나면 물러나기 마련이다. 그러니 어디에 얽매이지도, 집착할 것도 없다. 인연에 따라 유유자적하는 낙천적인 인생관을 평담한 필치로 진솔하게 보여주고 있다. 도연명(陶淵明)의 시에서 보던 경지와 퍽이나 유사함이 느껴진다.

이치수(경북대)

觀書有感[1] 책을 보고 느낌이 일어

주희(朱熹)

半畝方塘一鑒開[2] 반 이랑 모난 연못에 거울 하나 열렸는데,

天光雲影共徘徊 하늘 빛 구름 그림자 함께 떠돌아 다니네.

問渠那得淸如許[3] 묻노니 어째서 그렇게 맑을 수 있는가 하니,

爲有源頭活水來[4] 살아 있는 물 흘러나오는 근원 있어서라 하네.

---

1) 제목이 〈잡시, 절구(雜詩絕句)〉로 된 판본도 있으며, 두 수 가운데 첫 번째 시이다.

2) 方塘: 주희의 부친인 위재(韋齋) 주송(朱松)의 〈숙부의 못가 정자에 지어 부침(寄題叔父池亭)〉「모난 연못에 기와 그림자 드리웠는데, 맑아서 한 쌍 잉어 다니는 것 보이네.」(方塘蔭瓦影, 淨見雙鯉行)

3) 問渠那得淸如許: 이 구절은 「이상하게도 바닥까지 맑아 찌꺼기 하나 없네.」(怪來澈底淸無滓)로 된 판본도 있다.

4) 源頭活水: 《맹자 · 이루(離婁) 하》「근원이 좋은 물이 철철 흘러 밤낮을 그치지 아니하여 구덩이가 가득해진 뒤에 나아가 사해에 이르니 학문에 근본이 있는 자는 이와 같다.」(原泉混混, 不舍晝夜, 盈科而後進, 放乎四海, 有本者如是) 우암(尤庵) 송시열(宋時烈)의 《차의》「선생은 일찍이 〈관란사〉를 지어 샘물의 흐름이 끊임없음을 보고 근본이 무궁함을 깨달았다 하였는데, 모두 이런 뜻이다.」(先生嘗作觀瀾詞, 觀泉流之不息, 悟有本之無窮, 皆此意也) 〈관란사(觀瀾詞)〉는 〈훈몽절구(訓蒙絕句)〉의 〈관란(觀瀾)〉을 말하는 것 같으며, 그 가운데 「꼭 근본이 끊임없이 나오고 있음과 같네.」(正如有本出無窮)라 한 구절이 있다. 소식(蘇軾)의 〈급강에서 차를 끓이다(汲江煎茶)〉「살아 있는 물 오로지 끓일 살아 있는 불 필요하여, 스스로 낚시하는 돌에 올라 깊고 맑은 물 취하네.」(活水還須活火烹, 自臨釣石取深淸)

◀ **감상** ▶

첫째 구는 심체(心體)가 허명(虛明)함을 말하고 있으며, 둘째 구는 온갖 이치 (理致)가 책 속에 다 갖추어져 있음을 비유하고 있는데, 두 구 모두 외관상으로 는 순수하게 경치만을 읊은 것이다. 결론은 마지막 구에서 내리고 있는데 곧 천리(天理)의 흐름이 끊임이 없음을 나타내고 있다. 이 구절과 관련 있는 말이 《주자어류(朱子語類)》 권120 〈주자(朱子) 17 · 훈문인(訓門人) 8〉 심간(沈偘)의 기록에 보이는데 옮겨 보면 다음과 같다. 「또한 다만 그 죽은 물만 쌓인다면 그 런 살아 있는 물의 근원은 생기지 않는다. 그대는 매일 힘껏 이 바퀴를 돌리지 만 힘만 낭비할 뿐이다. 살아 있는 물이 흘러든다면 그 바퀴는 절로 돌 것이니 힘을 낭비할 필요가 없다.」(也只積得那死水, 那源頭活水不生了. 公只是每日硬 用力推這車子, 只見費力. 若是有活水來, 那車子白轉, 不用費力)

이 시는 주자의 도통시(道通詩)라고 알려졌으며, 연평(延平) 이동(李侗)이 죽 은 직후 남헌 장식의 영향을 받아 독자적인 사상이 확립되어갈 무렵에 쓰여진 것이다. 형상적(形象的)인 시구(詩句)로 추상적(抽象的)인 철리(哲理)를 잘 묘 사하고 있을 뿐만 아니라 도를 비로소 깨달았을 때의 견줄 수 없는 즐거운 심 정을 잘 읊어내고 있다. 이는 설리시(說理詩)에서 최고의 경지로 치는 「이어는 없으면서 이취가 있는 최상」(無理語而有理趣者爲上)의 시작이다. 이런 시는 그 의 시와 여타 이학가(理學家)들의 시를 확연히 구분하는 요소가 되고 있는데, 이렇게 철리를 논하면서도 시적인 맛을 살린 시들이야 말로 그를 철학 방면 뿐 만 아니라 시인으로서도 명성을 떨치게 한 직접적인 요소가 되고 있다.

장세후(영남대)

장 가 행
長歌行[1]

육유(陸游)

인 생 부 작 안 기 생
人生不作安期生[2]　　사람이 나서 안기생처럼

취 입 동 해 기 장 경
醉入東海騎長鯨　　술 취해 동해에 가 큰 고래 타지 않는다면

유 당 출 작 이 서 평
猶當出作李西平[3]　　마땅히 세상에 나가 이서평처럼

수 효 역 적 청 구 경
手梟逆賊淸舊京[4]　　손으로 역적을 죽이고 옛 서울을
수복하여야 하리라.

금 인 황 황 미 입 수
金印煌煌未入手[5]　　빛나는 황금 도장 아직 손에 넣지 못했는데

백 발 종 종 래 무 정
白髮種種來無情[6]　　짧은 흰머리는 무정하게 찾아온다.

성 도 고 사 와 추 만
成都古寺臥秋晚[7]　　성도의 옛 절에 가을 저녁에 누워 있노라니

---

1) 長歌行: 고악부(古樂府)의 이름.
2) 安期生: 전설상 진시황(秦始皇) 때의 선인(仙人).
3) 李西平: 당(唐)나라의 명장(名將) 이성(李晟). 헌종(憲宗) 흥원(興元) 원년(784), 반군(叛軍)의 장수 주차(朱泚)의 수중에 떨어졌던 장안(長安)을 수복하여 난(亂)을 평정한 공으로 서평왕(西平王)에 봉해졌다.
4) 梟: 목을 베어 매달다. 舊京: 옛 서울. 여기서는 당나라의 수도 장안(長安)을 가리킨다.
5) 金印: 관인(官印). 煌煌: 번쩍번쩍 빛나는 모양. 눈부신 모양.
6) 種種: 머리카락이 짧은 모양.
7) 成都: 지금의 사천성(四川省) 성도시(成都市). 古寺: 옛 절. 여기서는 육유가 당시 성도에서 기거하던 다복원(多福院)을 가리킨다.

落^낙日^일偏^편傍^방僧^승窓^창明^명　　석양이 마침 스님 방 창가로 밝게 비쳐든다.

豈^기其^기馬^마上^상破^파賊^적手^수　　어찌하여 말 위에서 도적을 무찌를 사람이

哦^아詩^시長^장作^작寒^한螿^장鳴^명⁸⁾　시나 읊조리며 오랫동안 쓰르라미처럼 울고만 있을 수 있나.

興^흥來^래買^매盡^진市^시橋^교酒^주⁹⁾　흥이 일어 시교 근처의 술 죄다 사니

大^대車^거磊^뇌落^락堆^퇴長^장瓶^병¹⁰⁾　큰 수레에 긴 술병이 가득하다.

哀^애絲^사豪^호竹^죽助^조劇^극飮^음¹¹⁾　슬픈 음악 호쾌한 음악은 진탕 술 마시도록 흥을 돋우니

如^여鉅^거野^야受^수黃^황河^하傾^경¹²⁾　마치 거야 못에 황하의 물이 쏟아져 들어오는 듯 하다.

平^평時^시一^일滴^적不^불入^입口^구　　평소에는 한 방울도 입에 대니 않으나

意^의氣^기頓^돈使^사千^천人^인驚^경¹³⁾　호쾌한 기개는 문득 수많은 사람들을 놀라게 만든다.

---

8) 寒螿: 쓰르라미.

9) 市橋: 다리 이름. 성도(成都)의 석우문(石牛門)에 있다.

10) 磊落: 높이 쌓인 모양.

11) 哀絲豪竹: 슬픈 음악과 호쾌한 음악. '絲'는 현악기(絃樂器), '竹'은 관악기(管樂器)를 가리킨다. 劇飮: 술을 많이 마시다. 마음껏 술을 마시다.

12) 鉅野: 큰 못 이름. 옛 터는 지금의 산동성(山東省) 거야현(鉅野縣) 부근에 있으며, 황하(黃河)에서 가깝다.

13) 頓: 곧, 즉시.

國^국仇^구未^미報^보壯^장士^사老^로 나라의 원수 아직 갚지 못했는데 장사는
이미 늙었고

匣^갑中^중寶^보劍^검夜^야有^유聲^성 칼집의 보검은 밤마다 슬피 운다.

何^하當^당凱^개還^환宴^연將^장士^사 어느 날에나 이기고 돌아와 장군과
병사들에게 잔치 열어줄 수 있을까

三^삼更^경雪^설壓^압飛^비狐^호城^성¹⁴⁾ 삼경에 눈 덮인 비호성에서 말이지.

◀감상▶

육유(陸游, 1125-1210)는 태어난 지 얼마 되지 않아 북송(北宋)이 금(金)에 의해 멸망당하는 변란을 경험하고 평생에 걸쳐 함락된 중원(中原) 땅의 수복을 주장하였으나 그의 생애 동안에는 이의 실현을 보지 못했다.

이 시는 순희(淳熙) 원년(1174), 육유 50세 때의 작품이다. '애국시인(愛國 詩人)'으로 불리는 그의 포부와 이를 이루지 못한 데서 오는 고민이 잘 나타나 있다. 전체 시 20구는 세 부분으로 나눌 수 있다. 앞의 10구에서는 이민족을 몰아내고자 하는 포부를 이루지 못한 탄식을 묘사하였고, 다음 여섯 구에서는 호쾌한 음주를 통하여 이러한 울분을 푼다는 것을 과장의 수법을 빌려 형상적 으로 표현하였으며, 끝의 네 구에서는 뜻을 이루지 못하고 늙어가는 안타까움 과 적을 물리침에 대한 기대를 나타내었다.

육유는 만 수에 가까운 많은 시에서 다양한 내용을 읊었는데, 그중에서도 가 장 대표적인 것이 바로 이 시에서 보듯 나라 걱정과 개인적인 불우를 비분강개 한 어조로 노래한 우국시(憂國詩)이다. 이런 의미에서 이 시는 육유 시 중에서 도 대표성을 띤 작품이라 할 수 있다.

이치수(경북대)

---

14) 飛狐城: 지명. 지금의 하북성(河北省) 내원현(淶源縣)에 있다. 육유가 이 시를 지 을 당시에는 금(金)나라에 점령되어 있었다.

^{양 주 만} 揚州慢

강기(姜夔)

淳^순熙^희丙^병申^신至^지日^일, 予^여過^과維^유揚^양[1]. 夜^야雪^설初^초舞^무 薺^제麥^맥彌^미望^망. 入^입其^기城^성

則^즉四^사顧^고蕭^소條^조, 寒^한水^수自^자碧^벽. 暮^모色^색漸^점起^기, 戍^술角^각 悲^비吟^음. 予^여懷^회愴^창然^연,

感^감慨^개今^금昔^석, 因^인自^자度^탁此^차曲^곡. 千^천巖^암老^노人^인[2]以^이爲^위 有^유黍^서離^리之^지悲^비[3]也^야.

순희(淳熙) 병신년(丙申年, 1176) 동짓날에 나는 양주(揚州)를 시나게 되었다. 밤눈이 갓 개이니, 들판의 냉이풀과 밀밭이 한눈에 들어왔다. 성안에 들어서니 주위가 온통 쓸쓸하고, 차가운 물만이 푸르렀다. 점차 저녁 빛이 감돌자, 군영의 나팔소리 구슬피 울렸다. 나는 슬픔에 잠겼고, 어제와 오늘의 변화된 모습에 감회가 일었다. 이에 이 곡을 짓게 되었다. 천암노인(千巖老人)은 서리(黍離)의 슬픔이 담겨있다고 여겼다.

---

1) 維揚: 지금의 강소성(江蘇省) 양주시(揚州市).

2) 千巖老人: 남송(南宋)의 대 시인이었던 소덕조(蕭德藻)의 자호(自號)임. 그는 만년에 호주(湖州: 절강성浙江省)에서 살았는데 그곳 변산(弁山)의 천암(千巖) 경관이 굉장히 빼어난 것을 보고 자신을 천암노인(千巖老人)이라 불렀음.

3) 黍離之悲: 《시경 · 왕풍 · 서리(詩經 · 王風 · 黍離)》의 수구(首句)에 "피서리리(彼黍離離)"라는 구절이 있어 편명으로 삼음. 주(周) 평왕(平王)이 동천(東遷)한 뒤 주(周)의 지사(志士)가 옛 도읍을 지나다가 궁실 안에 가득 자란 서리(黍離)를 보고 주 왕실의 붕괴를 상심하니 슬픔이 멈추질 않아 이 편을 지었다고 함. "黍離之悲"란 조국을 걱정하는 슬픔이란 뜻임.

淮左名都⁴⁾
회수(淮水)의 동쪽 이름난 도시,

竹西佳處⁵⁾
경치 빼어난 죽서정(竹西亭) 있어,

解鞍少駐初程
말안장 풀고 잠시 초행길 멈춘다.

過春風十里⁶⁾
봄바람 맞으며 10여리 길 지나자니,

盡薺麥靑靑
파릇파릇한 냉이풀과 보리들만 가득하네.

自胡馬窺江去後⁷⁾
오랑캐 병마(兵馬) 장강(長江) 넘보고 떠난 뒤로,

廢池喬木
황폐해진 연못과 교목들,

猶厭言兵
전쟁얘기 꺼내기조차 싫어하는 것 같다.

---

4) 淮左: 회남(淮南)의 동로(東路)를 말함. 송대(宋代)에는 회양(淮揚) 일대를 행정구역상 회남동로(淮南東路)와 회남서로(淮南西路)로 나누었음. 회양[양주(揚州)]은 회남동로에 속하였음. 여기서는 양주의 주요 지역이었음을 나타냄.

5) 竹西: 양주의 옛 유적지인 죽서정(竹西亭)을 말하며 양주성의 동쪽 선지사(禪智寺) 곁에 있었음. 당 (唐) 두목(杜牧, 803-852)의 〈제양주선지사(題揚州禪智寺)〉 시에 이르기를: "누가 죽서로(竹西路)를 알았겠는가? 노래와 주악(奏樂) 소리 높은 곳 바로 양주인 것을."(誰知竹西路, 歌吹是揚州.)

6) 春風十里: 두목의 〈증별(贈別)〉 시에 이르기를: "춘풍(春風)에 10리 길 양주 거리, 말아올린 주렴 언제나 같지를 않네."(春風十里揚州路, 捲上珠簾總不如.) 여기서는 양주의 거리를 말함.

7) 胡馬: 금(金)의 군대를 말함. 窺: 기회를 엿본다는 의미로 남침을 말함. 고종(高宗) 건염(建炎)3년(1129)에 금군(金軍)이 처음으로 양주를 침입하였고, 그후 소흥(紹興) 31년(1161)과 융흥(隆興) 2년(1164)에 다시 두 차례나 남침함으로써 회남(淮南) 일대가 유린 당함.

점 황 혼
漸黃昏 　　　　　황혼 점차 깊어가니,

청 각 취 한
淸角吹寒 　　　　청량한 호각소리 추위 뚫고,

도 성 공 성
都在空城 　　　　텅빈 성에 온통 울려 퍼진다네.

두 랑 준 상
杜郞俊賞[8] 　　　두목(杜牧)이 양주(揚州)를 멋지게 노래했다지만,

산 이 금 중 도 수 경
算而今重到須驚 　지금 다시 와서 보면 깜짝 놀라겠지.

종 두 구 사 공
縱豆蔲詞工[9] 　　아무리 두구(豆蔲) 시가 뛰어나고,

청 루 몽 호
靑樓夢好[10] 　　　청루몽(靑樓夢) 시가 훌륭하다 하더라도,

난 부 심 정
難賦深情 　　　　깊은 심정 노래하기 힘들거다.

이 십 사 교 잉 재
二十四橋仍在[11] 　이십사교(二十四橋)는 예전처럼 여전하지만,

파 심 탕 냉 월 무 성
波心蕩冷月無聲 　물결에 일렁이는 차가운 달은 말이 없다.

---

8) 杜郞: 두목(杜牧)을 말함. 그는 일찍이 양주를 유람하며 주위 경관을 묘사한 작품
　을 많이 남겼음.

9) 豆蔲詞: 두목의 〈증별(贈別)〉 시: "예쁘고 깜찍한 나이 13세 쯤, 두구(豆蔲) 열매 2
　월초 같네"(娉娉裊裊十三餘, 豆蔲梢頭二月初) 구의 내용을 인용함.

10) 靑樓夢: 두목의 〈견회(遣懷)〉 시: "실의 속에 강호를 술만 마시고 다닐 때, 허리
　가는 초희(楚姬)들은 손바닥에 놓아도 가벼울 정도. 10년의 양주 꿈을 한번 깬 오
　늘, 청루(靑樓)의 탕아(蕩兒)라는 이름만 남았구나"(落魄江湖載酒行, 楚腰纖細掌
　中輕. 十年一覺揚州夢, 贏得靑樓薄倖名)의 내용을 인용함.

11) 二十四橋: 옛 기록에 의거하여 본래 위치에 이십사교를 중건하여 관람구역으로
　지정함으로써 현재에도 구경이 가능함.

念橋邊紅藥　　다리 가에 핀 붉은 작약(芍藥),

年年知爲誰生　해마다 누굴 위해 피는지 알기나 할까.

◖감상◗

　이 작품은 남송(南宋) 효종(孝宗) 순희(淳熙)3년(1176)에 강기(姜夔)가 양주(揚州)를 지나다가 매우 번화하던 양주가 금(金)의 침입으로 황폐하게 바뀌어 버린 모습을 보고 감흥이 일어 지은 것이다. 강기의 대표적 자탁곡(自度曲) 중 1수이다.

　상편(上片) 1·2구에서는 양주의 지난 모습을 그리고 있다. 양주는 손오(孫吳)·동진(東晉)·남조(南朝) 4대로부터 남방의 정치·경제·무역·문화의 중심지였다. 그리고 강남(江南)은 산수와 경관이 뛰어나 역대 문인아사(文人雅士)들의 가영(歌詠)이 끊이질 않던 곳이었다. 강기 역시 이곳을 지나다가 잠시 멈춰 풍류를 즐기고자 하였다. 그러나 강기가 발견한 것은 번화한 도시의 모습이 아니라 황량하게 바뀌어 버린 전쟁 뒤의 모습이었다. 이에 분위기가 전환되어 양주의 처량한 현재 모습이 전개된다. 눈앞에 펼쳐진 전경은 지난날의 번화함 대신 무성한 잡초들 뿐이었다. 강기는 부득이 그 원인을 묻지 않을 수 없었으며, 그것은 바로 금의 침입이었다. 금이 40년 동안 3번이나 남침함으로써 양주는 완전히 파괴되었고, 이로써 생명 없는 못이나 지각없는 나무들조차 전쟁얘기를 싫어할 정도였으니 생명과 지각이 있는 사람이야 어떠하였을까? 그들은 전쟁이 싫어 양주를 일찌감치 떠나버렸다. 그리하여 지금의 양주에는 쓸쓸함과 처량함만이 감돌 지경이다.

　하편(下片)에서는 지난날 양주에서 노닐던 두목(杜牧)의 모습을 빌어 자신의 슬픈 감정이 깊음을 우회적으로 표현하고 있다. 두목이 만약 다시 와서 본다면 변해버린 지금의 양주 모습에 분명 깜짝 놀랄 것이다. 이런 놀램의 표현은 상편의 처량함보다는 더욱 심화된 감정표현이다. 강기는 여기에서 멈추지 않고 슬픔의 감정을 더욱 심화시켜 나간다. 설령 두목같은 재주가 있다 하더라도 더 이상 양주는 노래될 수 없는 곳이 되어버렸다. 왜냐하면 양주는 더 이상 빼어난 곳이 아니기 때문이다. 그리하여 지난날의 지음(知音)·지기(知己)조차 더 이상 양주를 노래하지 않게 되었다. 시인은 물론 오랜 동안 양주와 함께 했던 물과 달까지도 더 이상 노래하지 않는 것이다. 그 결과 이십사교(二十四橋)는 예전처럼 그대로이지만 차가운 달은 아무 관심 없이 물결에 따라 그저 일렁일 뿐이다. 물과 달의 이런 무정함은 더욱 짙은 슬픔을 자아내게 한다. 슬픔이란 극한에 달하게 되면 절로 원망이 생기게 된다. 그러나 원망의 대상을 구체적으로 밝히지는 않았다. 왜냐하면 양주를 파괴한 자들이 바로 탐욕스러운 금(金)일 뿐만 아니라 무능한 남송(南宋)의 군주들이었기 때문이다. 그리하여 강기는 자신의 원망을 다리 가에 핀 붉은 작약(芍藥)에 담아 우회적으로 표현하였다. 바로 작약의 무지함을 통해 남송 군주들의 우매함을 지적하고자 하였다. 따라서 이 작품에서는 조국에 대해 걱정하고 있는 강기의 우국지정(憂國之情)을 엿볼 수 있다. 그리하여 소덕조(蕭德藻)는 이 작품에 〈서리(黍離)〉의 슬픔이 담겨 있다고 보았던 것이다.

임영학(아세아대)

別程女[1] 정씨(程氏) 집으로 시집가는 딸과 이별하며

원호문(元好問)

蕓齋淅淅掩霜寒[2]

운향(蕓香) 풍기는 서재는 쓸쓸히 서리 내린 추위를 가렸는데

別酒靑燈語夜闌

이별주와 기름 등불 앞에서 나누는 말로 밤은 깊어가네.

生女便知聊寄託[3]

딸 낳으면 잠시 맡아두는 것임을 곧바로 알았지만,

中年尤覺感悲歡

중년에는 슬픔과 기쁨을 더욱 느끼게 되었네!

松間小草栽培穩[4]

소나무 사이의 작은 풀처럼 무사히 길렀기에,

掌上明珠棄擲難[5]

손바닥에 위에 있는 구슬 같아서 던지기가 어렵구나!

明日緱山東畔路[6]

내일 구씨 산 동쪽 길목에서 헤어질 때

---

1) 程女: 정사은(程思恩)에게 시집가는 큰 딸 원진.

2) 蕓齋: 운향(蕓香)이 나는 서재. 운향은 책에 좀이 스는 것을 방지한다.

3) 寄託: 맡기다. 의탁하다.

4) 穩: 평온하다. 안전하다.

5) 棄擲: 던져 버리다.

6) 緱山: 구씨산(緱氏山). 하남성 언사현(偃師縣) 남쪽, 등봉현(登封縣) 동쪽에 있는 산. 딸이 출가하면서 가야할 길을 말한다.

<ruby>野<rt>야</rt></ruby><ruby>夫<rt>부</rt></ruby><ruby>懷<rt>회</rt></ruby><ruby>抱<rt>포</rt></ruby><ruby>若<rt>약</rt></ruby><ruby>爲<rt>위</rt></ruby><ruby>寬<rt>관</rt></ruby>　이 촌부의 속마음을 너그럽게 할 수 있었으면!

◀감상▶

　선시 배경: 이 시는 딸을 출가시키기 전날 밀려오는 서글픈 감회를 소박하게 읊고 있다. 선시한 배경은 다음 두가지로 요약할 수 있다, 우선은 주제가 돋보이는 데다 의경도 선명하여, 딸을 두지 못한 필자 같은 이는 미쳐 상상할 수 없었던 부녀지정의 실체를 엿볼 수 있었기 때문이다. 다음은 반농(伴農) 이장우 선생님의 영애(令愛)인 지은 양이 멀지 않은 장래에 결혼하게 될 때 반농 선생이 아마도 이와 유사한 정감을 맛보시게 되리라는 상상에서였다.

　필자의 지은 양에 대한 기억은 24년 전인 1980년 대구 계명대학교 재직시절 영남대에서 가졌던 야유회에서 찾을 수 있다. 당시는 영남 중어중문학의 태동기로 영남대에는 일찍이 고인이 되신 이휘교 선생님, 지지난해 고대에서 정년 하신 공재석 선생님, 그리고 이장우 선생님이 계셨고, 경북대에는 이홍진 교수, 계명대에는 류성준 교수님과 필자가 재직하고 있어 매주 윤독회를 가질 수 있었다. 류성준 교수님을 제외하고는 모두가 만촌동(晩村洞)에 거주하고 있어 5분 내로 이휘교 선생댁이나 이장우 선생 댁에 모여 윤독할 수 있었다. 친목을 강화한다는 취지로 1980년 5월 5일 어린이날 온 가족이 참여하는 야유회를 영남대 후원에서 갖게 되었다. 고 이휘교 선생 내외와 동영, 동정 이장우 선생 내외와 지은, 홍관 이홍진 교수 내외와 연수, 경수 필자 내외와 집 아이 은철, 영철이 동참할 수 있었다.

　당시는 지은 양만이 초등학교 2학년 학생일 뿐 그밖의 모든 어린이는 미취학 아동이어서 지은 양이 제법 의젓했던 모습을 더듬을 수 있다. 그 후 지은 양은 남산여자고등학교를 거쳐 연세대 러시아 어문학과를 졸업한 뒤 도미(渡美)하여 하버드대학교에서 한국문학 전공으로 박사과정을 밟고 있음을 최근 반농 선생으로부터 직접 들을 수 있었다. 필자는 24년이 지난 지금까지 지은 양을 만날 수 없었지만 아마도 문질빈빈(文質彬彬)한 숙녀가 되었을 것이다. 반농 선생은 이처럼 자랑스럽고 사랑스러운 지은 양을 결혼시키게 될 때 식장에서 아마도 만감이 교차하는 감회에 빠져들게 될 것이다. 그때의 형언할 길이 없는 서운한 정을 미리 가늠해 보면서 이를 위로하려는 뜻에서 이 시를 소개하게 되었다.

▷ 작자: 원호문(元好問, 1109-1257)은 금(金)나라 시인으로 자(字)가 유지 (裕之)이고 호는 유산(遺山)이다. 산서성(山西省) 흔현(忻縣) 사람으로 젊은 시절에 과거에 급제하여 현령을 지낼 수 있었으나 몽고와의 전쟁이 시작되면서 피폐해 가는 조국을 구제하려는 열정으로 온 생을 바쳐 시를 쓴 애국시인 이다. 그는 끊이지 않는 전쟁 속에서 결국 조국의 멸망을 목격하고 유민으로 살아가는 비애를 맛 본 시인이다. 그에게는 다양한 시체로 쓴 1361수의 시가 전한다. 원호문이 개척한 상란시(喪亂詩)는 강개 비량한 중에 웅혼(雄渾)한 기상을 보임으로써 독특한 풍격을 반영함으로써 높은 평가를 받았다. 특히 그는 전란의 소용돌이 속에서 처와 딸과 사별한 뒤 망국의 비운을 거부할 수 없었기에 역대 중국 시인 중 가장 불행했던 시인이라고 할 만하다. 그가 편찬한 《중주집 (中州集)》은 금조(金朝) 시인의 시를 모은 시집으로 금(金) 나라의 역사를 살필 수 있는 귀중한 자료이다. 68세로 녹천(鹿泉; 河北省, 獲鹿縣)에서 파란만장한 생을 마감하였으나 금조(金朝)를 대표하는 최고의 시인으로 영원한 명성을 남기게 되었다.

▷ 감상: 정대(正大) 2년(1225) 시인은 국사원(國史院) 편수 관직을 버리고 하남성 등봉(登封)으로 돌아가 장녀 원진(元眞)을 정(程)씨 집에 시집보내야 했다. 당시 시인은 36세였다.

수련(首聯)은 시집 보내기 전날 쓸쓸한 시인의 서재에서 이별주(離別酒)를 마시며 밤 깊도록 부녀지간(父女之間)에 밀려오는 정을 술회하였다. 운향(蕓

香) 풍기는 서재, 기름 등불 앞, 서리 내려 추운 밤, 그리고 이별 주 등은 시집가는 딸과 석별의 정을 나누기에 어울리는 경상(景象)들이다. 딸 진(眞)이 올리는 이별주에 시인의 취기는 더욱 올랐으나 그 밤에 잠을 이룰 수 없었음을 언외(言外)로 드러내었다.

함련(頷聯)은 첫딸을 두면서 부터 딸은 잠시 맡아두는 것임을 알았다고 술회한 뒤, 큰딸을 시집보낼 중년이 되니 비환(悲歡)을 이기기 어려운 나약한 심경의 소유자로 변했음을 실토하였다. 특히 딸은 나면서부터 잠시 맡아두는 마음으로 기른다는 묘사는 아들만 둔 부모라면 상상조차 하기 어려운 술회이기에 잔잔한 우수를 몰고 온다. 딸이 출가할 나이가 되면 그 부모는 이미 노쇠해져 심약(心弱)하게 된다는 술회 또한 독자를 쓸쓸하게 한다. 이 술회 속에는 몸과 마음은 약해져 의지해야 할 처지에 딸을 시집보내야 하는 모순심리가 숨겨졌기 때문이다. 아마도 상년(壯年)이 되면 정성껏 키운 자식에게 의지하고픈 마음이 생기는 것은 인지상정일 것이다.

경련(頸聯)은 다시 시간을 거슬러 올라 세파(世波)를 피해 보배와 같이 곱게 키운 딸을 시집보내야 하는 허전한 심경을 묘사하였다. 부부가 딸을 키움을 "소나무 사이의 작은 풀"로 비유하고, 시집보내는 심경을 "손에 쥐고 있던 구슬을 내 던지는" 격으로 형상한 것은 그 의경이 소박하면서도 사실적이기에 감화력이 크다. 딸 '진'은 두 소나무 사이에서 자라난 작은 풀과 같이 풍파 없이 성장하였기에 어떤 고난이나 외로움도 체험할 수 없었음을 우의(寓意)하였다. 댓구는 남이 볼세라 애지중지 하면서 키운 딸은 값진 구슬 같은데 그같은 보배를 더 이상 지닐 수 없는 비통한 상황을 비유하였다.

미련(尾聯)은 내일 구씨 산 길 모퉁이에서 딸과 이별할 때 그 허전한 심경을 아무리 억누르며 태연한 척 하려 해도 도저히 참아내지 못해 필시 눈물을 떨구게 될 것임을 상상한 연(聯)이다. 딸을 출가시키는 결혼식장에서 눈시울을 적시는 아버지를 자주 볼 수 있기에 이 연의 술회는 더더욱 사실적으로 다가온다. 시인은 이같이 서글픈 정을 특별히 한(寒)운으로 압운함으로써 그 쓸쓸한 정감을 극대화 할 수 있었다.

따라서 딸을 출가시켜야 할 이는 이 시에 무한한 공명을 보낼 것이며 딸을 두지 못한 이들은 이 시가 전하는 언외지정(言外之情)을 맛보면서 시집 온 며느리를 보면서 대리 체험할 수 있기에 이 시가 전하는 의미는 무궁한 듯 하다.

▷ 여언: 이 시는 7백여 년 전에 쓰였다. 딸을 둔 이라면 이 시를 읊으면서 출가시키는 허전함을 달랬을 것으로 생각된다. 가족이나 자식에 대한 정(情)을 시의 제제로 적극 쓰기 시작한 것은 두보(杜甫)에서 시작된다. 두보 이전에는 도망시(悼亡詩) 외로는 가족의 정을 시제로 끌어들여 쓰는 경우는 매우 드물었다. 자식에 대한 정(情)을 제기하는 것 자체가 유가의 관점에서 위배된다고 본 때문이다. 안사(安史)의 난을 계기로 이러한 관념이 와해된 것은 전란에 겪는 고통을 시로 써내지 않을 수 없었던 절박성 때문이었을 것이다. 두보에서 가족을 주제로 시를 쓰기 시작한 전통은 한유 구양수를 거쳐 송시(宋詩)에서 확립되었으나 원호문처럼 시집보내는 딸을 주제로 쓴 시는 매우 드문 듯 하다. 이는 계속 추적하며 확인 해 볼 과제이다.

새로운 물질문명이 밀려오고 생활수준이 제고됨에 따라 출가의 개념이나 형태에 크나 큰 변모를 보이게 되었다. 시집을 보내고도 딸을 가까이 두고 있으며 비록 좀 떨어져 있다 해도 고속철 시대라서 언제라도 만나 볼 수 있게 되었다. 외국으로 시집간다 해도 전화나 이-메일로 목소리와 영상을 접할 수 있게 되었다. 가까이 딸을 둔 경우는 같은 단지 내의 아파트에서 아침저녁으로 늘 볼 수 있게 되었다. 그래서 일반적으로 이 시의 주인공이 드러낸 우수를 사실적으로 느끼기 어렵게 되었다. 그러나 출가외인이란 유가적 관념을 지닌 이라면 이와 유사한 의경을 접하게 될 것이다. 특히 반농 선생은 유가적 가풍 속에서 큰 딸 지은 양에게 각별한 애정을 주면서 성장시켰고 또 시인과 같은 심경으로 출가시키게 될 것이다. 이 시로 반농 선생의 그 허전하고 서운한 정을 만분의 일이라도 위로할 수 있다면 다행일 것이다.

이종진(이화여대)

不伏老 늙음에 굴복하지 않는다
<small>불 복 노</small>

관한경(關漢卿)

〔남여 · 일지화(南呂 · 一枝花)〕

<small>반 출 장 타 타 화</small>
攀出牆朶朶花

울 넘은 꽃떨기 부여잡고,

<small>절 임 로 지 지 류</small>
折臨路枝枝柳[1]

길가에 늘어선 버들가지 꺾는다.

<small>화 반 홍 예 눈</small>
花攀紅蕊嫩

붉은 여린 꽃봉오리 부여잡고,

<small>류 절 취 조 유</small>
柳折翠條柔

비취빛 여린 버들 꺾는다.

<small>랑 자 풍 류</small>
浪子風流

한량의 풍류,

<small>빙 착 아 절 류 반 화 수</small>
憑着我切柳攀花手

버들 꺾고 꽃 부여잡는 이내 손,

<small>직 오 득 화 잔 류 패 휴</small>
直熬得花殘柳敗休[2]

꽃 지고 버들 시들 때까지 계속된다.

<small>반 생 래 절 류 반 화</small>
半生來切柳攀花

반평생 버들 꺾고 꽃 부여잡으며,

<small>일 세 리 안 화 와 류</small>
一世裏眼花臥柳

한세월 꽃 속에 잠들고 버들 위에 누워
보냈다.

---

1) 出牆花. 臨路柳: 둘 다 기녀를 비유한 말. 攀花. 折柳: 기생을 데리고 놀다.
2) 直熬得: 줄곧 하다.

〔양주(梁州)〕

我是箇普天下郎君領袖[3] 나는 천하 유객의 영수,

蓋世界浪子班頭[4] 온 세상 한량의 수령.

願朱顏不改常依舊 바라오니 붉은 얼굴 예처럼 변치 않고,

花中消遣 꽃 속에서 소일하고,

酒內忘憂 술 속에서 근심 잊었으면.

分茶攧竹[5] 다도와 전죽 즐기고,

打馬藏鬮[6] 타마와 장구 즐겼으면.

通五音六律滑熟[7] 음률에 정통하니,

甚閒愁到我心頭 내 마음에 무슨 근심 생기랴.

---

3) 郎君: 원래는 귀공자를 지칭하는 말이지만 여기서는 기루의 유객을 가리킨다.

4) 班頭: 우두머리.

5) 分茶: 차를 균등하게 작은 찻잔에 따르어 손님을 접대하는 것. 攧竹: 문인들이나 기원에서 하는 도박성 놀이의 일종. 대나무 표찰이 들어있는 죽통(竹筒)을 아래 위로 흔들어 통 속의 표찰 하나가 나오도록 하여 표찰에 적힌 것을 보고 승패를 결정한다.

6) 打馬: 송원시기 유행하던 도박성 오락의 일종. 동이나 상아로 된 54개의 동전모양에 말 이름이 적혀있는 도구를 사용하며, 주사위를 던져 승패를 결정한다. 藏鬮: 각자 작은 물건을 손에 잡고 서로 그 물건의 수를 알아맞히는 놀이.

7) 滑熟: 매우 숙달됨.

반 적 시 은 쟁 녀 은 대 전 리 은 쟁 소 의 은 병
伴的是銀箏女銀臺前理銀箏笑倚銀屏

> 은빛 쟁(箏) 타는 아가씨 벗하여 은
> 빛 경대 앞에서 은빛 쟁 타면, 은빛
> 병풍에 기대어 웃는다.

반 적 시 옥 천 선 휴 옥 수 병 옥 견 동 등 옥 루
伴的是玉天仙攜玉手並玉肩同登玉樓

> 옥같은 선녀 벗하여 옥처럼 예쁜 손
> 마주 잡고, 옥처럼 고운 어깨 나란
> 히 옥루를 함께 오른다.

반 적 시 금 채 객 가 금 루 봉 금 준 만 범 금 구
伴的是金釵客歌金縷捧金樽滿泛金甌[8]

> 금비녀 여인 짝하여 금루의 노래 부
> 르며 금술통 받쳐 들고 금술잔에 가
> 득 따른다.

니 도 아 노 야 잠 휴
你道我老也暫休

나보고 늙었으니 잠시 쉬라고?

점 배 장 풍 월 공 명 수
占排場風月功名首[9]

기루에서 으뜸가는 풍류인물 되려면

경 령 롱 우 척 투
更玲瓏又剔透[10]

빛나고도 투명해야지.

아 시 개 금 진 화 영 도 수 두
我是箇錦陣花營都帥頭[11]

나는 비단 꽃 진영의 도원수,

증 완 부 유 주
曾翫府遊州

일찍이 이 마을 저 고을을 유람 다녔다.

---

8) 金縷: 당(唐)대 곡조 금투의(金縷衣)을 말함.

9) 排場: 송원시기 연극이나 기예를 공연하던 곳. 여기서는 기루를 가리킴.

10) 玲瓏 剔透: 영롱하고 투명하다는 뜻으로, 송원시기 노련한 유객을 수정이란 의미
의 "수정구(水晶球)"라 칭했기 때문에 이렇게 표현하였음.

11) 錦陣花營: 기녀들이 모여 있는 곳. 都帥頭: 총 대장.

〔격미(隔尾)〕

子弟每是箇茅草岡沙土窩初生的兎羔兒乍向圍場上走[12]
풀밭 언덕에서, 모래흙 둥지에서, 갓
태어난 새끼 토끼처럼 이제 막 사냥
터로 향하는 그대 유객들.

我是箇經籠罩受索網蒼翎毛老野鷄踏踏的陣馬兒熟[13]
나는 덫도 겪어 보고, 그물도 받아
본, 털 희끗희끗한 노련한 꿩처럼
능숙하게 전장을 누볐다.

經了些窩弓冷箭蠟槍頭[14]　숨겨진 활, 차가운 화살,
　　　　　　　　　　　　　납창도 모두 겪으면서

不曾落人後　　　　　　　남에게 뒤쳐져 본 적 없다.

恰不道人到中年萬事休[15]　중년이 되면 만사가 끝난다고들
　　　　　　　　　　　　　　하지만

我怎肯虛度了春秋　　　　내 어찌 나이를 헛되이 먹었겠나!

---

12) 子弟: 송원시기 유객에 대한 호칭. 兎羔兒: 토끼 새끼. 여기서는 기루에 갓 발을
들여놓아 경험이 없는 젊은 유객을 비유. 乍: 갓. 방금.

13) 陣馬: 전장.

14) 窩弓: 사냥용으로 덫처럼 설치해 놓은 활. 蠟槍頭: 창의 끝이 철로 된 것. 외견상
으로는 납으로 되어 쓸모없는 것처럼 보인다는 의미.

15) 恰不道: 어찌 모른단(말한단) 말인가?

〔미(尾)〕

^{아 시 개 증 불 란 자 불 숙 추 불 변 초 불 폭 향 당 당 일 립 동 완 두}
我是箇蒸不爛煮不熟搥不匾炒不爆響璫璫一粒銅豌豆¹⁶⁾

나는 쩌도 흐물어지지 않고, 삶아도 익지
않고, 두드려도 펴지지 않고, 볶아도 터지
지 않고 탱 탱 울리는 한 알의 구리 완두.

^{임 자 제 매 수 교 니 찬 입 타 서 부 단 작 불 하 해 불 개 돈 불 탈 만 등}
恁子弟每誰敎你鑽入他鋤不斷斫不下解不開頓不脫慢騰

^{등 천 충 금 투 두}
騰千層錦套頭¹⁷⁾

누가 당신네 젊은 한량들에게 빠지라 하였
나, 호미질로도 끊을 수 없고, 찍어서도 넘어
뜨릴 수 없고, 풀어헤쳐도 열 수 없고, 발버
둥쳐도 벗어날 수 없는 천 겹이나 되는 그들
의 비단 덫에.

^{아 완 적 시 양 원 월}
我翫的是梁園月¹⁸⁾

내가 즐기는 것은 양원의 달이요,

^{음 적 시 동 경 주}
飮的是東京酒¹⁹⁾

마시는 것은 동경의 술이요,

^{상 적 시 낙 양 화}
賞的是洛陽花²⁰⁾

즐겨보는 것은 낙양의 꽃이요,

^{반 적 시 장 대 류}
攀的是章臺柳²¹⁾

부여잡는 것은 장대의 버들이다.

---

16) 銅豌豆: 수정구(水晶球)와 더불어 노련한 유객에 대해 기루에서 부르는 애칭.

17) 恁: 너희들. 錦套頭: 기녀가 유객을 끌어들이는 수단.

18) 梁園: 한대(漢代) 양효왕제(梁孝王帝)가 개봉(開封)에 지은 화원. 토원(兎園)이라
고도 한다.

19) 東京: 오대(五代)와 송대(宋代)에 변량(汴梁: 開封)을 동경이라 하였다.

20) 洛陽花: 낙양을 대표하는 모란꽃을 가리킴.

21) 章臺柳: 장대는 장안(長安)의 거리 명. 당대(唐代) 시인 한익(韓翊)이 장대의 가기
(歌妓)인 유(柳)씨와 사랑에 빠졌다. 이를 계기로 후세 사람들은 장대류를 기녀를
가리키는 말로 사용하기도 하였다.

아 야 회 위 기 회 축 국 회 타 위 회 삽 과
我也會圍棋會蹴鞠會打圍會揷科

난 바둑도 둘 수 있고, 축국도 할 수 있고, 사냥도 할 수 있고, 골계도 할 수 있고,

회 가 무 회 취 탄 회 연 작 회 음 시 회 쌍 륙
會歌舞會吹彈會嗽作會吟詩會雙陸[22]

가무도 할 수 있고, 연주도 할 수 있고, 가창도 할 수 있고, 시도 읊을 수 있고, 쌍륙도 할 수 있다.

니 편 시 낙 료 아 아 왜 료 아 취 가 료 아 퇴 절 료 아 수
你便是落了我牙歪了我嘴瘸了我腿折了我手

그대들이 내 이빨을 뽑아버리고, 내 입을 비틀어 버리고, 내 다리를 썩혀 버리고, 내 손을 꺾어버린다 해도,

천 사 여 아 저 기 반 아 대 증 후
天賜與我這幾般兒歹症候

하늘이 내게 준 이런 나쁜 버릇만은

상 올 자 불 긍 휴
尙兀自不肯休[23]

그래도 버리고 싶지 않다.

칙 제 시 염 왕 친 자 환
則除是閻王親自喚

염라대왕이 친히 부르시거나,

신 귀 자 래 구
神鬼自來勾

귀신이 직접 와서 가두어 버리거나,

삼 혼 귀 지 부
三魂歸地府

세 가지 혼이 모두 저승으로 돌아가거나,

칠 백 상 명 유
七魄喪冥幽[24]

일곱 가지 백을 황천에다 잃어버리지만 않는다면,

---

22) 嗽作: 노래하다.

23) 尙兀自: 그래도. 여전히.

24) 三魂七魄: 도가에서 사람의 혼백을 총칭하는 말. 도가에서는 사람에게 3가지의 혼과 7가지의 백이 있다고 한다.

天^천那^나   하늘이시여!

那^나其^기間^간纔^재不^불向^향烟^연花^화路^로兒^아上^상走^주 그때가 되면 기루 길 향하지
                                          않으리다.

◀감상▶

　작가 관한경(關漢卿, 생졸 미상, 1230년 경에 태어나 1300년 전후에 죽은 것
으로 추정)은 원대(元代)를 대표하는 잡극(雜劇) 작가이다.

　관한경이 활동했던 원대 사회는 중국 역사상 가장 커다란 전변기였다. 당시
의 지식인들은 장기간의 과거제 폐지, 민족 차별대우 등으로 출사의 길이 거의
차단된 상태에서, "구유십걸(九儒十乞)"이라는 사회적 냉대를 감내하며 살아
야 했다. 따라서 당시의 많은 지식인들에게는 생활을 영위하기 위해서, 혹은
사회에 대한 불만을 토로하기 위해서, 서회를 조직하고 구란이나 기원으로 들
어가 몸소 배우로 분장하거나 천시 받던 광대나 기녀들과 더불어 생활하는 것
이 보편적인 길로 여겨졌다. 이러한 행위는 봉건사회의 정통문인의 입장에서
보면 수치스러운 일이었을 뿐더러 멸시의 대상이었다. 종사성(鐘嗣成, 대략
1277-1345 이후)이 관한경과 같은 당시 서회재인들의 傳을 쓰면서 "고상한
선비나 성리학을 하는 자라면 성문(聖門)에 죄를 지었다고 생각하겠지만 우리
잠시 무명조개 씹으며 그 맛을 아는 자들과 더불어 이야기 하세!(若夫高尙之
士·性理之學, 以爲得罪於聖門, 吾黨且噉啖蛤蜊, 與知味者道!)"《錄鬼簿·序》)
라고 한 글에서 선비들은 그들에 대해 언급하는 것 조차 성문에 죄를 짓는 것
으로 여길 정도로 그들과 그들의 활동을 수치스러운 것이라고 여겼다는 것을
알 수 있다. 하지만 송·금·원시대 서회에서 활동하던 문인들은 오히려 자신
들의 활동을 자랑으로 여겼다. 남희 《장협장원》에서 유영(柳泳)이 "낭자반두
(浪子班頭[으뜸가는 한량])"로 스스로 자부심을 갖는 것이라든지, 《수호전》에
서 "낭자연청(浪子燕靑[한량의 우두머리])"이 미칭으로 사용되고 있는 것 등은

모두 이러한 당시의 풍조를 반영한 것이다. 관한경 역시 이 작품에서 "유객의 영수", "한량의 수령", "비단 꽃 진영의 도원수", "구리 완두" 등으로 자칭하고 있다.

여기서 짚고 넘어가야 할 것은 당시 서회재인들과 창기들과의 관계이다. 그들의 관계는 단순히 즐김을 위한 일반적인 한량의 그것과는 달랐다. 그들은 잡극 공연이라는 하나의 공동 작업을 행하는 동료관계, 즉 서회재인이 작가 내지는 연출자라면 창기는 배우 신분이었다. 관한경은 직접 분장을 하고 무대에도 올랐기 때문에 창기들과의 관계는 더욱 가까울 수밖에 없었다. 이 작품은 관한경의 이러한 생활 배경 속에서 이해되고 감상되어야 한다.

이 작품은 관한경의 대표적인 산투(散套)로 꼽히고 있으며, "반평생 버들 꺾고 꽃 부여잡으며, 한세월 꽃 속에 잠들고 버들 위에 누워 보냈다", "나보고 늙었으니 잠시 쉬라고?" 등의 구절로 보아 그의 만년의 작품임을 알 수 있다. 〔일지화〕〔양주〕〔격미〕〔미〕등 4곡으로 이루어져 있으며, 시작부터 1인칭 자서전 형식을 이용하여 통속적이고 해학적이면서도 호쾌하고 거침없는 언어로 특수한 환경에서의 특수한 자아형상을 그려가고 있다.

첫 곡인 〔일지화〕에는 한평생 "꽃떨기 부여잡고", "버들가지 꺾는", 즉 기녀들과 어우러져 한 평생을 살아온 작가의 인생여정이 개괄적으로 그려져 있다.

〔일지화〕가 작가 자신에 대한 개괄이라면 이어지는 〔양주〕는 보통 사람들과는 다른 자신에 대한 구체적인 형상의 표현이다. 작가는 "나"라는 1인칭을 사용하여 감히 "천하 유객의 영수, 온 세상 한량의 수령"으로 자칭하고 있다. 아울러 "음률에 정통한" 자신의 재능은 "늙었으니 잠시 쉬라는" 젊은 한량들의 말을 뒤로 하고, 앞으로도 "은빛 쟁 타는 아가씨", "옥같은 선녀", "금비녀 여인"들을 짝하여 예전처럼 "비단 꽃 진영의 도원수"로 살아갈 수 있다는 자신감과 더불어 "늙음에 굴복하지 않겠다"는 의지를 분명히 밝히고 있다.

〔격미〕는 "늙었으니 잠시 쉬라는" 젊은 한량들의 말과 "중년이 되면 만사가 끝이 난다"는 통설에 대한 강력한 반박이다. 자신에게 "쉬라고" 하는 젊은이들을 "갓 태어난 새끼 토끼"에, 자신을 "털 희끗희끗한 노련한 꿩"에 각각 비유

하며, 자신의 늙음은 끝이 아니라 젊은이들보다 더 잘 할 수 있는 풍부한 경험의 시간으로 단정하고 있다. "내 어찌 나이를 헛되이 먹었겠나!"라는 마지막 구는 바로 "늙음에 굴복하지 않고" "도원수"로, "구리 완두"로 계속 살아가겠다는 작가의 결심을 재천명한 것이다.

〔미〕에는 구리 완두(노련한 유객)로써의 완벽한 자아형상을 젊은 한량들의 미숙함과 대비시킴으로써 "늙음"이 결코 헛되지 않음을 다시 한번 천명하고 있다. 아울러 최상을 추구하는 유유자적한 삶의 태도와 자칭 "나쁜 버릇"이라는 다양한 기예들이 병렬구조로 나열되어 있다. 작가는 이 "나쁜 버릇"을 죽음, 즉 "염라대왕이 친히 부르거나, 귀신이 직접 와서 가두어 버리기 전"까지는 버리지 않겠다는 강한 의지를 밝히고 있다. 마지막 2구의 "하늘이시여! 그때가 되면 기루 길 향하지 않겠다"는 작가의 의지는 "반평생 버들 꺾고 꽃 부여잡으며, 한세월 꽃 속에서 잠들고 버들 위에 누워 보냈다"는 〔일지화〕의 회상과 어우러져 평생 외길을 살아가고자 하는 작가의 의지를 강하게 나타내고 있다.

이용진(경북과학대)

天淨沙 천정사 · 秋思 가을노래

마치원(馬致遠)

枯藤老樹昏鴉
잎새 마른 넝쿨은 고목을 휘감고 저녁 까마귀
고목 위로 내려 앉는다.

小橋流水人家
시냇물은 다리 아래로 흐르고 그 너머로
인가는 드문드문.

古道西風瘦馬
인적이 드문 길 위로 부는 스산한 바람은
앙상한 말의 갈기를 쓸어넘긴다.

夕陽西下
해는 서쪽으로 뉘엿뉘엿 기우는데,

斷腸人在天涯
오늘도 어느 하늘 아래에서 서글픔에 젖어
있는 나그네.

◀ **감상** ▶

가을이 쓸쓸하고 처량하다고!

시간의 순환과 변화를 감수하는 의지가 우리에게 아직 남아 있는가?

일년 중 자연의 변화를 무의식적으로 자신의 육신에 계합한 시간이 있다면 그것은 말할 필요도 없이 가을일 것이다. 해마다 되풀이되는 상념의 가슴앓이와 상실의 공간이 나의 실체와 더불어 시간의 순례를 떠나는 것이다. 아마 문학의 숨결이 인류에 숨쉬기 시작하면서 이러한 과정과 인식은 연례적으로 고착되었는지도 모른다.

그러나 정작 현대의 시간, 21세기 인공지능 시대에 가을은 온존하고 있는 것인가? 상실의 공허와 아픔의 자리마저 인간이 사이버에 넘겨주는 처지에 직면한 것은 아닌지 혼란스럽다. 그런 까닭에 나그네의 설움도, 석별의 아쉬움을 흥얼거리는 것이 도리어 유치하게 들리는지 모르겠다.

이제 시를 보자. 원대 산곡의 대가인 마치원의 이 가사는 매우 짧으면서도 가을의 스산함이 잘 묻어난다. 특히나 28글자의 짧은 가사 속에 가을의 추락이 송두리째 빨려 들어가 있다. 그래서 이 노래에는 가을의 기운이 기묘하면서도 강렬한 정취를 발산하고 있다. 노래의 특징을 살린 작가의 표현법은 과장적이며 청중을 흡입하는 강력한 이미지를 마음껏 구사하고 있는 것이다.

노래는 감정을 향한 호소력이 중요한 미덕이지 않은가. 이를 역시 대가다운 솜씨로 마치원은 한껏 감정의 흥취를 살려주고 있는 것이다. 그럼 이 시에서 어떤 점이 노래로서의 맛을 살려주고 있는 것일까?

나그네는 길에서 쉬지 않는다.

시의 제재 중에 가장 많은 것 중의 하나가 아마 나그네일 것이다. 이 가사의 주인공도 나그네이다. 방랑자, 여객, 환관 등 사정에 따라 다양한 유형이 있을진대 시에서 노래에서 그들은 오늘도 정처 없이 걷고 있다. 그들은 외로움과 그리움으로 무장한 채 고독에 겨워한다. 우리의 주인공도 마찬가지이다. 더욱이 행색이 말할 것도 없이 초라하여 한층 초췌하다. 노래는 주인공의 모습을 더욱 극적으로 끌고 간다. 비쩍 마른 말이 바로 그의 행색을 대변하고 있다. 원래 인생이 이런 것을 그대 아직도 여행을 떠나지 않는가?

황혼의 엘레지(elegy).

석양이 지고 땅거미가 내리는 저녁, 새들도 제 집을 찾는, 귀소(歸巢) 본능이 꼬물거리는 시간. 나그네의 고향생각은 갑절로 더한다. 그런데 이 노래의 주인공이 오늘 표박하고 있는 석양은 노을빛이 물든 그런 낭만의 채색이 아니다. 괴기스럽기까지 하다. 괴상한 고목과 말라비틀어진 넝쿨, 그리고 까마귀 울음까지, 팍팍한 인적 드문 그 길에서 앙상한 말과 함께 쉴 곳을 찾는다. 그들의 앞에는 시냇물이 작은 다리 아래로 흐르고 멀리 인가에서 연기가 가뭇가뭇 피어오른다. 그러나 다리를 건너는 나그네의 발걸음은 가볍지 않다. 왜냐하면 이곳의 석양은 완전한 회귀의 자리가 아니기 때문이다. 엄습하는 육중한 무서움을 동반한 나그네의 여행은 아직도 끝나지 않았다. 까마귀는 아직도 집으로 돌아가지 않고 있다. 어쩌면 우리도 우리의 세상을 찾지 못한 것이 아닐까! 하여 새들도 세상을 뜨는 것이겠지.

그리고 아무 말도 없었다.

해가 진다. 고요의 시간, 세상의 소동은 잦아들고 낮고 조용한 어둠의 공기 속으로 내면의 울림이 단속적으로 들려올 뿐이다. 그들은 더 이상 시비를 하지 않는다. 자신의 중얼거림과 탄식이 그것을 대변할 뿐이다.

이 노래는 너무나 짧다. 그리고 서사의 이음새를 굳이 사양하고 있다. 그리고 물체를 그대로 형상하는데 그친다. 모든 군더더기를 상쇄하고 있는 것이다. 그래서 이 노래는 쉽고 해석을 요구하지 않는다. 고등(枯藤), 노수(老樹), 혼아(昏鴉), 소교(小橋), 유수(流水), 인가(人家), 고도(古道), 서풍(西風), 수마(瘦馬)로 점철된 이미지의 향연들 그리고 석양(夕陽), 단장(斷腸), 천애(天涯)의 전설이 지배하는 시간으로 바뀌면 노래는 차라리 저편의 기억 속으로 사라진다. 지음(知音)을 기다리며.

박노종(동아대)

雁兒落帶得勝令 "退隱" 은퇴하여
_{안 아 락 대 득 승 령   퇴 은}

장양호(張養浩)

雲來山更佳 _{운 래 산 갱 가}	구름에 싸인 산 더욱 아름답고,
雲去山如畵 _{운 거 산 여 화}	구름 개이니 또한 그림 같다.
山因雲晦明 _{산 인 운 회 명}	산은 구름으로 어두워졌다 밝아졌다 조화를 부리고,
雲共山高下 _{운 공 산 고 하}	구름은 산과 더불어 높아졌다 낮아졌다 키를 잰다.
倚仗立雲沙 _{의 장 립 운 사}	지팡이 기대고 구름밭에 올라서서
回首看山家 _{회 수 간 산 가}	고개 돌리니 산속에 엮어놓은 초막이 보인다.
野鹿眠山草 _{야 록 면 산 초}	들사슴은 들풀 사이에 잠들어 있고,
山猿戱野花 _{산 원 희 야 화}	산원숭이는 들꽃 속에서 장난친다.
雲霞 _{운 하}	구름에다 노을에다,
我愛山無價 _{아 애 산 무 가}	난 산이 좋다, 그냥 무조건.
看時行踏 _{간 시 행 답}	바라보다 다시 산에 올라 노니니,
雲山也愛咱 _{운 산 야 애 찰}	구름도 산도 이런 날 좋아할 게야.

◀감상▶

　은퇴한 후 산속에 묻혀 사는 사람의 자연 사랑과 그 속의 맑은 즐거움을 솔직 담백하게 그려낸 시다. "雲來山更佳, 雲去山如畵."라 한 첫 두 구에서 벌써 산에 대한 사랑이 듬뿍 배어난다. 도연명(陶淵明)이 동쪽 울타리에서 국화를 따며 올려다 본 남산의 모습을 저녁녘이 되어 더욱 아름답다는 "산기일석가(山氣日夕佳)"로 읊은 것과 맞닿는다. 어쩌면 구름과 산의 조화를 오래 관찰하면서 터득한 것에 대한 더욱 소박한 그러나 자신에 찬 자랑일 것도 같다. 더욱 아름답다는 말에는 "그냥도 너무 아름답지만"의 전제가 깔리는데, 그런 마음으로 보는 구름 낀 산은 또 다른 촉촉함과 몽롱함으로 나를 매료시키기 때문이다. 구름이 사라지면, 또 그림같이 명료한 스카이라인과 산빛이 날 황홀하게 하겠지. 과연 구름이 끼었을 때의 산빛과 개었을 때의 산빛은 그때마다 화려한 차이를 빚어내며, 초록이 가장 화려한 색이란 말이 헛되지 않음을 깨닫게 해준다. 존재의 아름다움은 상호 관계에 의해 비로소 드러나는 것인가. '부동(不動)'의 산과 '동(動)'의 구름이 창조하는 변화의 세계로부터 진정한 살아있는 자연을 만나는 것이다. 시인이 산과 구름의 숨바꼭질과 키 재기를 함께 즐기는 동심으로 돌아가고, 들풀과 들꽃 사이에서 들사슴과 산 원숭이와 함께 노니는 자연심(自然心)으로 돌아가는 건 당연한 귀결이다. 거기다 노을까지! 황홀할 따름이다. 그냥 좋다. 산속에서라면. 산과 구름도 이런 나를 그대로 받아 주겠지. 도연명의 무아지경(無我之境)과 자연과의 합일이 관조를 통한 정적인 것이라면, 장양호(張養浩)의 일체감은 실제 등산을 통해 산속에서 그때 그때의 느낌을 소박하게 표현하고 있다는 점에서 경험에 의한 동적인 것이다. 그래서 마치 내가 산행을 하면서 느꼈던 바로 그것을 얘기하고 있는 듯한 소박한 친근감을 느끼게 한다.

　장양호(張養浩, 1270-1329)는 자(字)가 희맹(希孟)이며, 호가 운장(雲莊)으로 산동(山東) 제남(濟南) 사람이다. 관직이 예부상서(禮部尙書)에까지 이르렀는데, 성품이 정직하고 민생에도 많은 관심을 가졌으며, 후에 직언을 하였다가 파직당하여 고향에 은거하였다. 그의 산곡집(散曲集)으로는 『운장휴거자적소악부(雲莊休居自適小樂府)』가 있으며, 『전원산곡(全元散曲)』에 161수의 소령과 2편의 투수가 있다.

고팔미(동의대)

청 구 자 가　병 서
靑邱子歌 幷序 청구자의 노래, 서문과 함께

고계(高啓)

江上有靑邱, 予徙家其南, 因自號靑邱子, 閒居無事, 終日苦吟. 間作〈靑邱子歌〉言其意, 以解'詩淫'之嘲.(강가에 푸른 언덕이 있어서 나는 그 남쪽으로 이사를 하고 그로 인해 스스로 호를 청구자라고 하였다. 한가히 거처하며 일이 없어서 하루 종일 고심하여 시를 지었다. 그 사이에 〈청구자의 노래〉를 지어 그 뜻을 말하고, 아울러 '시광(詩狂)'이라는 조소에 대해 해명한다.)

청 구 자　구 이 청
靑邱子 臞而清　청구자는 수척하고 맑은 자태에

본 시 오 운 각 하 지 선 경
本是五雲閣下之仙卿[1]　본래 오운각 아래의 신선이었다.

하 년 강 적 재 세 간
何年降謫在世間　언제 속세에 귀양 왔는지 모르지만

향 인 부 도 성 여 명
向人不道姓與名　사람들에게 성명을 말하려하지 않는다.

섭 교 염 원 유
躡屩厭遠遊　짚신을 신고 멀리 나가기를 싫어하고

하 서 나 궁 경
荷鋤懶躬耕　호미를 메고 직접 경작하려 하지 않는다.

유 검 임 수 삽
有劍任鏽澁　검이 있지만 녹이 슬도록 내버려두고

유 서 임 종 횡
有書任縱橫　책이 있지만 아무렇게나 방치해둔다.

---

1) 五雲閣: 오색의 상서로운 구름이 둘러싸고 있는 천상 신선들의 누각. 仙卿: 선관(仙官). 천상 신선세계에서 관직에 오른 신선을 가리킨다.

^{불 긍 절 요 위 오 두 미}
不肯折腰爲五斗米²⁾　다섯 말 쌀 때문에 허리를 굽히려 하지 않고

^{불 긍 도 설 하 칠 십 성}
不肯掉舌下七十城³⁾　혀를 움직여 칠십 성을 항복시키려 하지
　　　　　　　　　　　　않는다.

^{단 호 멱 시 구}
但好覓詩句　　　　　　다만 시구를 찾기 좋아하여

^{자 음 자 수 갱}
自吟自酬賡⁴⁾　　　　스스로 시를 짓고 스스로 그 시에 화답한다.

^{전 간 예 장 부 대 삭}
田間曳杖復帶索⁵⁾　밭에서 지팡이를 끌고 다니며 새끼줄을
　　　　　　　　　　　　허리띠로 삼으니

^{방 인 불 식 소 차 경}
旁人不識笑且輕　　　　다른 사람들은 그 뜻을 몰라 비웃고
　　　　　　　　　　　　경멸하며

---

2) 不肯折腰爲五斗米: 도연명(陶淵明)이 팽택령(彭澤令)에 임명되고 나서 얼마 후 상
　급부서의 장(長)이 시찰을 나와 그에게 무리한 요구를 하자, 그는 얼마 안되는 봉
　급 때문에 그런 상관에게 허리를 굽힐 수 없다며 사직하고 전원으로 돌아가 평생
　농사를 지으며 살았다.

3) 掉舌下七十城: 한(漢) 고조(高祖) 때 변사 역이기(酈食其)는 단신으로 제왕(齊王)을
　설득하여 그로 하여금 70여 성을 가지고 고조에게 복속토록 하는 데 성공하였다.
　그 후 고조는 한신(韓信)을 시켜 제(齊)가 무방비한 틈을 타 일거에 제(齊)를 멸망
　시키니, 제왕(齊王)은 분하여 역이기를 죽였다고 한다.

4) 酬賡: 시 또는 사(詞)를 화답하다.

5) 曳杖: 《예기(禮記)·단궁(檀弓)》에 "공자가 일찍 일어나서 뒷짐을 지고 지팡이
　를 끌면서 문 앞에서 소요하였다."(孔子蚤作, 負手曳杖, 消搖於門.)라고 한 데서
　따온 말로 유유자적함을 나타낸다. 帶索: 《열자(列子)·천서(天瑞)》에 보면 은사
　영계기(榮啓期)는 나이가 90이었는데 사슴 갖옷에 새끼줄을 허리띠로 삼고[鹿裘
　帶索] 안빈낙도(安貧樂道)의 생활을 하였다고 한다.

謂是魯迂儒 · 楚狂生[6]
위 시 노 우 유　초 광 생

노나라의 케케묵은 선비요 초나라의 미치광이라고 한다.

靑邱子聞之不介意
청 구 자 문 지 불 개 의

청구자는 그런 소리를 들어도 개의치 않고

吟聲出吻不絶咿咿鳴
음 성 출 문 부 절 이 이 명

시 읊는 소리가 입에서 나와 끊임없이 웅얼거린다.

朝吟忘其饑
조 음 망 기 기

아침에 시를 읊으며 배고픈 것을 잊고

暮吟散不平[7]
모 음 산 불 평

저녁에 시를 읊으며 가슴속의 불평을 털어낸다.

當其苦吟時
당 기 고 음 시

그가 고심하며 시를 지을 때는

兀兀如被酲[8]
올 올 여 피 정

혼미하여 술에 취한 것 같고

頭髮不暇櫛
두 발 불 가 즐

머리를 빗을 여가도 없고

---

6) 迂儒: 세상사에 어두운 선비. 옛날 중국에서는 시류에 영합하여 관직을 구하기를 원치 않는 선비들이 스스로 '迂儒'라고 칭하였다. 楚狂生: 초나라의 은사로 세상을 피하여 일부러 미치광이 노릇을 한 접여(接輿)를 가리킨다. ≪논어(論語) · 미자(微子)≫: "초나라의 미치광이 접여가 노래를 부르며 공자 앞을 지나가면서 말했다: '봉황이여! 봉황이여! 어찌하여 그대의 덕을 쇠퇴하게 만드는가? 지나간 일이야 돌이킬 수 없지만 닥쳐오는 일은 아직 늦지 않았다네. 그만두게나, 그만두게나. 오늘날의 위정자들은 위태롭다네!'"(楚狂接輿歌而過孔子曰: "鳳兮鳳兮! 何德之衰? 往者不可諫, 來者猶可追. 已而, 已而. 今之從政者殆而!")
7) 散不平: 가슴속의 불평을 털어내다. 한유(韓愈) 〈송맹동야서(送孟東野序)〉의 "사물이 그 평형을 얻지 못하면 소리를 낸다"(物不得其平則鳴)에서 따온 말이다.
8) 兀兀: 의식이 몽롱한 모양.

家事不及營
<small>가 사 불 급 영</small>
집안일을 돌볼 틈도 없고

兒啼不知憐
<small>아 제 부 지 련</small>
아이가 울어도 달랠 줄 모르고

客至不果迎
<small>객 지 불 과 영</small>
손님이 와도 제대로 맞지 않는다.

不憂回也空
<small>불 우 회 야 공</small>
안회(顔回)처럼 빈궁해도 걱정하지 않고

不慕猗氏盈⁹⁾
<small>불 모 의 씨 영</small>
의돈(猗頓) 같은 부호도 부러워하지 않는다.

不慙被寬褐
<small>불 참 피 관 갈</small>
헐렁한 베옷을 입었어도 부끄럽지 않고

不羨垂華纓
<small>불 선 수 화 영</small>
화려한 갓끈을 드리웠어도 부러워하지
않는다.

不問龍虎苦戰鬪¹⁰⁾
<small>불 문 용 호 고 전 투</small>
용과 호랑이 같은 영웅들이 애써 싸워도
관심이 없고

不管烏兔忙奔傾¹¹⁾
<small>불 관 오 토 망 분 경</small>
세월이 바삐 흘러가도 아랑곳하지 않는다.

向水際獨坐
<small>향 수 제 독 좌</small>
물가에 홀로 앉아 심사숙고 하고

---

9) 猗氏: 의돈(猗頓)을 가리킨다. 전설에 의하면 그는 노(魯)나라의 대부호였다고 한
다. 盈(영): 창고에 곡식과 재화가 가득 차 있다는 뜻이다.
10) 龍虎: 원(元)나라 말기에 각지에서 의거한 군웅을 가리킨다. 당시 주원장(朱元
璋) · 장사성(張士誠) · 진우량(陳友諒) 등이 원병(元兵)과 격렬하게 싸우고 있었
다.
11) 烏兔: 해와 달을 가리킨다. 전설에 의하면 해에는 세 발 까마귀가 있고 달에는 옥
토끼가 있다고 한다. 여기서는 이것으로 세월을 지칭하였다.

^{림 중 독 행}
林中獨行　　숲 속을 혼자 거닐며 시를 읊는다.

^{착 원 기}
斲元氣　　우주의 근원을 분석하고

^{수 원 정}
搜元精　　자연의 본질을 탐구하니

^{조 화 만 물 난 은 정}
造化萬物難隱情　　천지만물도 그 비밀을 숨기기 어렵다.

^{명 망 팔 극 유 심 병}
冥茫八極遊心兵¹²⁾　　광대무변한 세상에서 유유히 사색하여

^{좌 령 무 상 작 유 성}
坐令無象作有聲¹³⁾　　우주만물의 정신을 시로 표현해본다.

^{미 여 파 현 슬}
微如破懸蝨¹⁴⁾　　정밀함은 매달린 이를 화살로 꿰뚫는 것 같고

^{장 약 도 장 경}
壯若屠長鯨　　호방함은 거대한 고래를 칼로 잡는 것 같고

^{청 동 흡 항 해}
淸同吸沆瀣　　청신함은 맑은 이슬 기운을 들이마시는 것 같고

---

12) 冥茫: 끝없이 넓고 큰 것을 형용하는 말이다. 八極(팔극): 이 세상 팔방의 지극히 먼 곳. 心兵(심병): 심사(心事)와 같다. ≪여씨춘추(呂氏春秋)・탕병(蕩兵)≫에 "마음에 있으면서 표현되지 않은 것이 '병(兵)'이다"라고 하였다. 여기서는 사색 활동을 가리킨다.

13) 坐: "…에 이르게 하다"의 뜻이다. 無象: 상(象)으로 나타나지 않는 것. 즉 우주만 물의 정신을 가리킨다. 聲: 우주만물의 정신을 언어로 표현하는 시(詩)를 가리킨 다.

14) 破懸蝨: 매달려 있는 이를 화살로 쏘아 적중시키다. ≪열자(列子)≫에 보면 기창 (紀昌)이 활쏘기 훈련을 하며 이를 소꼬리 털로 묶어서 창문에 매달아 놓고 안력 (眼力)을 단련했는데, 마침내는 화살을 쏘아 이의 심장을 꿰뚫었는데도 이를 매 단 털은 끊어지지 않았다는 이야기가 나온다.

險比排崢嶸
험 비 배 쟁 영

준험함은 우뚝 솟은 산봉우리와 나란히
있는 것 같다.

靄靄晴雲披
애 애 청 운 피

뭉게뭉게 맑은 구름이 피어오르는 것 같고

軋軋凍草萌
알 알 동 초 맹

움쩍거리며 겨울을 난 풀이 싹트는 듯하다.

高攀天根探月窟[15]
고 반 천 근 탐 월 굴

높이 하늘의 별을 붙잡고 올라 달을 탐색하고

犀照牛渚萬怪呈[16]
서 조 우 저 만 괴 정

무소뿔을 살라 장강 밑을 비추어 온갖
요괴를 드러낸다.

妙意俄同鬼神會[17]
묘 의 아 동 귀 신 회

기묘한 시의는 갑자기 귀신을 만난 듯하고

佳景每與江山爭
가 경 매 여 강 산 쟁

멋진 사경(寫景)은 매번 강산과 아름다움을
다툰다.

星虹助光氣
성 홍 조 광 기

별과 무지개가 그 영험한 빛을 증가시키고

---

15) 天根: 별 이름으로, 동방칠수(東方七宿)의 제 3수 저수(氐宿)를 가리킨다. 여기서
는 이것으로 하늘의 별을 지칭하였다. 月窟: 달이 서쪽으로 져서 돌아간다는 굴
을 가리키는데, 여기서는 달을 지칭하였다.

16) 犀照: ≪진서(晋書)·온교전(溫嶠傳)≫: "(온교가) 우저기에 이르렀는데 물이 깊
어 헤아릴 수가 없었다. 세상 사람들이 그 아래 괴물이 많다고 하여 온교는 즉시
무소뿔에 불을 붙여 물속을 비추었다. 잠시 후 불빛 아래 수족(水族)들이 보였는
데, 기이한 형상을 하고 있어서 어떤 자는 말을 타고 붉은 옷을 입고 있었다."
((嶠)至牛渚磯, 水深不可測. 世云其下多怪物. 嶠遂燬犀角而照之. 須臾, 見水族覆
火, 奇形異狀, 或乘馬著赤衣者.) 우저(牛渚)는 산 이름으로 안휘(安徽) 당도현(當
塗縣) 장강(長江)가에 있다. 그 북부가 강 속으로 돌입하여 채석기(采石磯)라고
하는데, 명승지에 속한다.

17) 鬼神會: 옛사람들은 문장이 훌륭하면 귀신을 감동시킬 수 있다고 믿었다.

煙露滋華英
<small>연 로 자 화 영</small>

안개와 이슬이 그 아름다운 꽃을 자라게 한다.

聽音諧韶樂[18]
<small>청 음 해 소 악</small>

음률을 귀 기울여 들으면 소악(韶樂)과 조화를 이루고

咀味得大羹[19]
<small>저 미 득 대 갱</small>

그 맛을 음미해보면 고깃국처럼 맛이 있다.

世間無物爲我娛
<small>세 간 무 물 위 아 오</small>

이 세상에는 나에게 즐거움을 주는 것이 없어서

自出金石相轟鏗[20]
<small>자 출 금 석 상 굉 갱</small>

스스로 쇠북과 석경을 꺼내 두드려 소리를 낸다.

江邊茅屋風雨晴
<small>강 변 모 옥 풍 우 청</small>

강가 초가집에 비바람이 그쳐 맑게 개고

閉門睡足詩初成
<small>폐 문 수 족 시 초 성</small>

문을 닫고 흠뻑 자고 나니 시가 이루어졌다.

叩壺自高歌[21]
<small>고 호 자 고 가</small>

타호(唾壺)를 두드리며 홀로 소리 높여 노래 부르고

---

18) 韶樂: 고악(古樂)의 이름. 전하는 바에 의하면 순(舜)임금이 제작했다고 한다.

19) 大羹: 오미(五味)로 조미하지 않은 고깃국. 고대에 제사 때 사용하였다.

20) 金石: 동(銅)이나 돌로 만든 악기로, 쇠북과 석경 등을 가리킨다. 轟鏗: 쇠북과 석경 등을 두드릴 때 나는 소리를 형용한다.

21) 叩壺: ≪세설신어(世說新語)·호상(豪爽)≫: "왕돈(王敦)은 매번 술을 마시고 나서 문득 '노마가 마구간에 엎드려 있지만 마음은 천리를 달리고, 열사가 만년에 들어도 웅대한 뜻은 사그라지지 않는다'라고 노래하며 마음껏 타호(唾壺)를 두드려서 타호의 입구가 모두 이가 빠졌다."(王處仲每酒後, 輒詠 "老驥伏櫪, 志在千里. 烈士暮年, 壯心不已.", 以如意打唾壺, 壺口盡缺.)

^{불 고 속 이 경}
不顧俗耳驚　　속인들이 놀라 나무라는 것에 상관하지
　　　　　　　　　않는다.

^{욕 호 군 산 노 부 휴 제 선 소 농 지 장 적}
欲呼君山老父携諸仙所弄之長笛[22]
　　　　　　　　　군산의 노부를 불러 선인들이 부는
　　　　　　　　　긴 피리를 들고 와서

^{화 아 차 가 취 월 명}
和我此歌吹月明　　밝은 달빛 아래 피리 불어 내 노래에 맞추게
　　　　　　　　　하고 싶다.

^{단 수 훌 훌 파 랑 기}
但愁欻忽波浪起[23]　다만 염려되는 건 갑자기 파도가 일어

^{조 수 해 규 산 요 붕}
鳥獸駭叫山搖崩　　새와 짐승이 놀라 소리지고 산이 흔들려
　　　　　　　　　붕괴하여

^{천 제 문 지 노}
天帝聞之怒　　옥황상제께서 이를 듣고 노하시어

^{하 견 백 학 영}
下遣白鶴迎[24]　　아래로 흰 학을 파견해서 청구자를 맞아들여

^{불 용 재 세 작 교 회}
不容在世作狡獪　　속세에서의 유희를 더 이상 용납하지 않으시고

^{부 결 비 패 환 요 경}
復結飛珮還瑤京　　다시 신선의 패옥을 채워 하늘 궁전으로
　　　　　　　　　귀환시키는 것이다.

---

22) 君山老父: 전설 속의 노 신선으로 동정호(洞庭湖)의 군산(君山)에서 피리를 불었
　　는데, 그 소리가 선계(仙界)의 아름다운 음률이어서 인간 세상에서 불면 그로 인
　　해 재앙이 일어났다고 한다.
23) 欻忽: 홀연히. 갑자기.
24) 白鶴: 전설에 의하면 신선들이 말 대신 이것을 타고 다녔다고 한다.

◀️**감상**▶️

고계(高啓, 1336-1374)는 우리나라 독자들에게 비교적 생소한 인물이지만 사회가 극도로 혼란했던 원(元)나라 말기에 태어나 젊은 시기에 왕조의 교체를 목격하였고, 명(明)나라가 들어선 이후 태조 주원장(朱元璋)의 조정에서 잠시 관직생활을 하지만 은거한 이후 태조의 정적이었던 장사성(張士誠) 정권과 가깝게 지냈었다는 전력 때문에 억울하게도 39세의 나이로 허리를 잘리는 형벌을 받고 죽은 비운의 천재 시인이다. 그러나 그가 남긴 2,000여 수의 시는 불우한 시대를 살아간 지식인의 사상과 생활, 시대와 사회, 희망과 포부, 불안과 좌절 등을 솔직하게 감동적으로 담아놓아 원·명 400년 동안의 가장 뛰어난 시인으로 평가받고 있다.

이 작품은 고계의 자전시(自傳詩)라고 할 수 있다. 처음부터 "세월이 바삐 흘러가도 아랑곳하지 않는다"까지가 첫 번째 단락으로서 청구자의 독특한 개성과 생활태도를 묘사하였고, 그 다음부터 "그 맛을 음미해 보면 고깃국처럼 맛이 있다"까지가 두 번째 단락으로서 청구자 시의 다양한 내용과 풍격을 설명하였고, 그 다음부터 끝까지가 세 번째 단락으로서 청구자 시가의 감화력을 과장하여 표현하였다. 고계는 23세 때에 소주(蘇州) 교외 오송강(吳淞江)가의 청구(青邱)로 이주하고 스스로 호를 붙여 청구자라고 하였다. 그는 이곳에서 특별히 하는 일 없이 한가히 거처하며 시 짓는 것을 낙으로 삼았다. 그는 이 시에서 자신의 자유분방한 개성과 낭만적 문예관을 표현하였다. 그가 시 속에서 "우주의 근원을 분석하고, 자연의 본질을 탐구하니, 천지만물도 그 비밀을 숨기기 어렵다. 광대무변한 세상에서 유유히 사색하여, 우주만물의 정신을 시로 표현해본다"라고 했듯이 그는 우주만물의 갖가지 현상뿐만 아니라 그 정신까지도 시에 담으려는 포부를 지니고 있었다. 그가 이 시에 담아낸 기세는 이백(李白)의 가행(歌行)을 연상시켜 준다.

송용준(서울대)

王元章倒枝梅畵[1] 왕원장의「도지매화」

서위(徐渭)

皓態孤芳壓俗姿　하얀 자태 고아한 향기가 세속의 모습들을
　　　　　　　　　압도하는데

不堪復寫拂雲枝　또 가지를 구름까지 뻗어갈 듯 높게
　　　　　　　　　그릴 수는 없었나 보다.

從來萬事嫌高格　종래로 세상 모든 일들이 높은 품격을
　　　　　　　　　미워하니

莫怪梅花着地垂　매화가 땅에 붙어 늘어진 것도 이상할 것 없으리.

감상

　서위(徐渭)는 자(字)가 문장(文長), 별호(別號)가 전수월(田水月), 천지산인(天池山人), 청등도사(靑藤道士) 등으로서, 명(明) 정덕(正德) 16년(1521) 절강성(浙江省) 소흥부(紹興府) 산음성(山陰城: 지금의 紹興) 대운방(大雲坊)에서

---

1) 왕원장(1287-1359)은 이름이 면(冕)이며, 절강(浙江) 제기(諸曁) 사람이다. 왕원장은 시와 그림에 뛰어났는데, 특히 '묵매(墨梅)'로 명성을 날렸다. 그의 '묵매'는 꽃과 가지가 무성하여 생동하는 기운이 넘치며 굳세고 힘이 있다는 평을 받는다. 왕원장은 농민집안 출신으로 자수성가한 사람인데, 누차 과거시험에 실패하여 입신양명의 뜻을 펼치지 못했다. 그래서 세상에 대한 원망만 안고서 원말(元末) 혼란기에 회계(會稽) 구리산(九里山)으로 돌아와 은거하였고, 그림을 팔아 겨우 생계를 유지하였다. 이처럼 왕원장은 이 시의 작자 서위와 비슷한 점이 많다. 두 사람 모두 뛰어난 재능을 갖고 있으면서도 그 재능을 발휘할 방법을 찾지 못한 채 불우한 일생을 보냈던 것이다.

출생하여 만력(萬曆) 21년(1593)까지 생존한 사람이다. 시문, 희곡, 서화 등 문학예술 전 분야에 걸쳐 뛰어난 업적을 남긴 다재다능한 사람이지만 그의 일생은 기이하고도 험난했다. 서위 역시 보통 문인들처럼 어려서는 유가교육을 받아 전통 유가로서의 경세제민의 이상을 꿈꾸었고, 또 그것을 실현하고자 애를 썼다. 그러나 집안 여종의 몸에서 태어나 계모와 형수의 손에서 자란 신분적 한계로 인해 심한 좌절을 겪어야 했고, 또 자유롭고 분방한 성격에서 나오는 예의와 격식을 무시한 행동은 세상에서 용납될 수 없었다. 일곱 번에 걸친 과거의 낙방, 발광(發狂), 그로 인한 아내 살해, 6년 간의 옥고 등은 그의 신분과 성격, 그리고 창조적 에너지가 넘치는 천재 예술인을 수용하지 못한 당시 사회 분위기가 초래한 비극들이다. 이에 그는 현실에 대해 더욱 반항적이고 비판적일 수밖에 없었고, 이러한 의식을 문학예술을 통하여 분출시켰다. 서위 역시 만년에는 왕원장처럼 서화를 팔아서 겨우 연명을 했다. 서위는 이처럼 왕원장과 비슷한 일생을 살았으므로 그가 그린 「도지매화(倒枝梅花)」를 잘 이해할 수 있었던 것이다.

이 시는 서위가 왕원장의 「도지매화」에 붙인 제화시(題畵詩)이다. 왕원장은 서위와 동시대의 사람은 아니지만 자유분방한 성격과 평탄치 않은 삶 등 동병상련식의 공감대를 많이 공유한 사람이다. 따라서 회재불우(懷才不遇)의 두 사람이 시공간을 뛰어넘어 이 한 폭의 그림으로써 서로 교감하고 있는 것이다.

첫 구의 "호태(皓態)"는 매화의 깨끗하고 고결한 모습을 묘사한 것이고 "고방(孤芳)"은 모든 사물들이 영락한 시기에 상설(霜雪)을 딛고 피어난 고귀함을 말한 것으로, 이 두 요소는 바로 "압속자(壓俗姿)"의 이유이다. 이러한 매화를 표현하려면 당연히 가지가 굳세게 위로 뻗어가고 꽃도 뭉실하게 피어나는 "불운지(拂雲枝)"의 모습이어야 할 것이다. 그런데 왕원장은 오히려 가지가 땅으로 곤두박질 치는 "도지매(倒枝梅)"를 그렸고, 서위는 왕원장의 숨은 뜻을 끝 두 구로써 밝히고 있다. "종래만사혐고격(從來萬事嫌高格)"은 여태까지 세속의 풍토가 두 사람처럼 "고격(高格)"의 사람을 용인하지 않았다는 것이다. 그래서 왕원장은 "호태고방(皓態孤芳)"의 매화를 "착지수(着地垂)"하게 그렸고,

서위는 왕원장이 「도지매화(倒枝梅畵)」를 통해서 세상에 대한 원망을 표출한 것으로 본 것이다. 왕원장의 이 그림은 200년이 더 지난 후에야 동병상련의 서위를 만나 제대로 해석되고 있다 할 것이다.

권응상(대구대)

부 막 부 어 상 지 족
富莫富於常知足
부유함에 있어 항상 만족을 아는 이보다 더 부유한 이는 없나니

이탁오(李卓吾)

부 막 부 어 상 지 족
富莫富於常知足 부유함에 있어 항상 만족을 아는 이보다 더 부유한 이는 없고,

귀 막 귀 어 능 탈 속
貴莫貴於能脫俗 고귀함에 있어 능히 세속을 벗어날 수 있는 이보다 더 고귀한 이는 없네.

빈 막 빈 어 무 견 식
貧莫貧於無見識 가난함에 있어 식견이 없는 이보다 더 가난한 이는 없고,

천 막 천 어 무 골 력
賤莫賤於無骨力 미천함에 있어 줏대가 없는 이보다 더 미천한 이는 없나니.

신 무 일 현 왈 궁
身無一賢曰窮 몸에 장기(長技)가 하나도 없는 것이 바로 막힌 것이요,

붕 래 사 방 왈 달
朋來四方曰達 벗이 사방에서 찾아오는 것이 바로 뚫린 것이라.

백 세 영 화 왈 요
百歲榮華曰夭 평생의 부귀영화라도 요절에 불과하고,

만 세 영 뢰 왈 수
萬世永賴曰壽 만 대에 이르는 영원한 믿음이라야 장수(長壽)한다 하리라.

解者曰; 위의 시에 대한 풀이를 다음과 같이 해보았다.

常知足則常足, 故富; 항상 만족을 알면 늘 풍족하므로 부유한 것이고,

能脫俗則不俗, 故貴。능히 세속을 벗어날 수 있어서 속되지 않으니 고귀한 것이다.

無見識則是非莫曉, 賢否[1]不分; 黑漆漆之人耳, 欲往何適, 大類貧兒, 非貧而何? 식견이 없으면 옳고 그름을 알지 못하고 현명함과 어리석음을 분간하지 못하여 칠흑처럼 깜깜한 사람일 뿐이니, 가고자 해도 어디로 가겠는가? 대체로 없는 집 자식과 흡사하니, 가난함이 아니면 무엇이겠는가?

無骨力則待人而行, 倚勢乃立, 東西恃賴耳, 依門傍戶[2], 眞同僕妾, 非賤而何? 줏대가 없으면 남에게 기대어 행동하고 세력에 의지하여 서니, 사방으로 의지할 뿐이다. 대갓집에 의지하여 사는 꼴이 정녕 하인이나 첩과 같으니 미천함이 아니면 무엇이겠는가?

身無一賢[3], 緩急[4]何以, 窮之極也。스스로 잘하는 것이 하나도 없으니 화급한 일을 당해도 무엇을 가지고 해결하겠는가? 지극히 막힌 것이다.

---

1) 현우(賢愚)와 같다.
2) 依門傍戶: 依傍이란 가까이하여 기대는 것을 말하고, 門戶란 사회적 지위가 높은 대가댁을 의미한다.
3) 身無一賢: 여기서 일현(一賢)이란 세속적인 입장에선 '재물', '지위' 등을 의미하는 것이나, 이지(李贄)의 개인적인 입장에선 앞서 제시한 '지족(知足)', '탈속(脫俗)', '견식(見識)', '골력(骨力)' 등을 의미한다.
4) 緩急: 급하지 않은 일, 急은 급한 일을 가리키는데, 여기에서는 후자의 의미를 취하였다.

朋來四方[5], 聲應氣求[6], 達之至也。吾夫子之謂矣。 벗이 사방에서 찾아와 같은 소리가 화답하는 듯하고 같은 기운이 찾는 듯하니 지극히 뚫린 것이다. 이는 공자 선생을 말한 것이다.

舊以不知恥爲賤亦好, 以得志一時爲夭尤好。 옛날에는 치욕을 알지 못하면 미천하다고 여기는 것에 대해 좋다고 생각했고, 한 때에 뜻을 얻는 것은 요절이라는 주장에 대해선 더욱 좋게 생각하였다.

然以流芳百世爲壽, 只可稱前後烈烈諸名士耳, 그런데 백 대에 향기가 흐르는 것을 장수하였다고 한다면 (그런 사람으로는) 이전과 이후에 찬란한 행적을 가진 몇 명의 명사를 들 수 있을 뿐이다.

必如吾夫子, 始可稱萬世永賴, 無疆上壽也。 그러니 오로지 우리 공자 선생 같아야만 만 대에 이르도록 영원히 믿음을 주고 끝이 없이

---

5) 朋來四方: 《논어(論語)》〈학이편(學而篇)〉의 "有朋自遠方來, 不亦說乎?"란 구절을 참고할 수 있으며, 여기서 친구란 비록 세속적인 의미에서 지위가 낮고 재물이 없는 사람이라도 참다운 선비의 자질로서 위의 '네 가지'를 겸비하고 서로가 절차탁마(切磋琢磨)할 수 있는 자세를 가진 사람을 의미한다. 이지(李贄)에게는 이러한 이들과 함께 모여서 대화를 나누는 것이 즐거움 이상의 의미를 갖는 것으로 생각된다.

6) 聲應氣求: '동성상응(同聲相應)'과 '동기상구(同氣相求)'의 준말이다. 같은 부류의 사물이나 사람이 서로 어울리는 것을 말하는데, 곧 마음 맞는 사람은 저절로 한데 모인다는 것을 의미한다. 《주역》〈건괘(乾卦) 문언전(文言傳) 구오(九五) 효사(爻辭)〉에는 다음과 같은 대목이 있다. "'나는 용이 하늘에 있으니 대인(大人)을 만나봄이 이롭다'라는 말은 무엇을 말함인가? 공자가 말하길, '소리가 같아 서로 응하며(同聲相應), 기운이 같아 서로 구하여(同氣相求), 물은 습한 곳으로 흐르고, 불은 마른 데로 나아가며, 구름은 용을 좇고, 바람은 범을 좇는다(雲從龍, 風從虎). 성인(聖人)이 일어나고 만물이 보이나니(실체를 드러내니), 하늘에 근본을 둔 것은 위와 가까이하고, 땅에 근본을 둔 것은 아래와 가까이하여 각각 그 부류를 좇느니라'라고 하였다." ("九五曰 : 飛龍在天, 利見大人, 何謂也? 子曰 : 同聲相應, 同氣相求。水流濕, 火就燥, 雲從龍, 風從虎, 聖人作而萬物睹。本乎天者親上, 本乎地者親下, 則各從其類也。")

최상의 장수를 누린다고 말할 수 있다 하겠다.

《焚書 · 卷六詩歌》

◀감상▶

이지(李贄, 1527~1602)는 명대(明代) 후기 이래 중국문학사 혹은 중국문학 사상사를 이해하고 풀어내는 데 열쇠와도 같은 역할을 한 중요한 인물이다. 그의 일생은 명나라 말기의 급변하는 갖가지 시대적 모순을 반영하고 있는데, 그가 76세라는 고령에 옥중에서 자결했다는 한 가지 사실만 갖고도 순탄하지 못했던 그의 삶과 당시의 어지러운 시대상을 짐작할 수 있다. 그는 생전에 당시의 주류 세력으로부터 끊임없는 탄압과 박해를 받아 결국에는 처참한 종말을 맞이하였고, 사후에도 54시기 이전까지는 유교의 반역자라는 미명하에 이단으로 배척되었다. 그러나 그는 평생 동안 치열하게 구도자의 길을 가면서 현실과의 타협을 거부한 채 자신이 목도한 사회 전반의 불합리성과 당시의 시대적 모순을 하나하나 타파하고 고쳐가고자 노력하였다.

그는 40세를 전후하여 양명학과 불학에 심취하기 시작하여 종국에는 불가와 유가 그리고 도가의 학설을 모두 취한 가운데 이들을 자신의 주관적 견지에서 창의적으로 새로이 조합해 내었고, 당시 양명좌파로부터 일기 시작한 시대 변혁의 흐름을 총결하여 명대 말기는 물론 근대 54시기에까지 지대한 영향을 미쳤다. 이는 명대 후기의 새로운 문학조류를 선도한 탕현조(湯顯祖) · 원굉도(袁宏道) · 풍몽룡(馮夢龍) · 능몽초(凌蒙初) 등과 54시기 신문학 운동의 흐름을 주도했던 주작인(周作人) 등의 사상적 경향이 그에게서 많은 영향을 받았다는 점에서, 그리고 그를 스승으로 모신 대표적 문학가가 적지 않은데다가 당시의 수많은 사람들이 그의 학설을 매우 따르고 숭상했다는 사실 등에서 확인할 수 있다.

주지하듯 '동심설(童心說)'은 바로 이러한 이지 문학사상의 핵심이 되며 아울러 그의 인성론이 집중적으로 구체화된 이론이다. 이를 통해 그는 "자연적

인성"을 강조했는데, 여기에는 사람의 자연적 속성에서 비롯된 욕망이나 요구, 감정 등등이 포함되어 있다. 이지가 특별히 "동심(童心)"을 강조하고, "동심(童心)"을 상실하면 또한 진인(眞人)을 상실한다고 경고하면서 "자연"을 강조한 것은 바로 보통 사람의 자연스런 요구에 순응하여 물질생활과 정신생활이 날로 풍부해질 것을 주장한 것이다.

그런데 앞 시(詩)를 면밀히 읽어 보면 위에서 말한 그의 사상과는 다소 거리가 있는 것처럼 느껴진다. 세속적인 욕망까지도 사람의 자연스러운 인성으로 인정하는 가치관은, 일면 앞의 시에서 밝히고 있는 빈부귀천에 대한 인식과 상호간 모순 되는 부분이 있는 것으로 보이기 때문이다. 사실 어린아이를 순수하게 자연에 맡겨두게 되면 필연적으로 개성이 갈수록 두드러지게 되어 주체의식이 점점 더 강렬해지며, 이에 따라 갈수록 욕망에 대한 추구에 집착하게 되어서, 결국에는 세속적인 부귀공명에 대한 판별을 제대로 진행할 수 없는 상황을 초래하게 된다. 그러나 이지가 평생 불학(佛學)에 심취하였다는 사실과 인욕(人慾)에 대한 긍정을 통해 개인(個人)의 가치를 인정하고자 하였다는 사실을 전제로 하면, 그가 세속적인 욕망의 극단적인 추구를 부추겼다고는 보기 어렵다. 따라서 시(詩)에서 제시한 "상지족(常知足), 능탈속(能脫俗), 유견식(有見識), 유골력(有骨力)"의 네 가지 기준은 이지에게 있어 최상의 위치에 자리한 가치기준이라 하겠다. 누구나 자신의 개성을 발휘하고 자신의 의지와 욕구를 실현할 수 있는 사회가 그가 생각한 "이상사회"의 한 단면이라 할 수도 있으나, 그 자신은 그러한 세속적인 염원이 실현되는 사회를 뛰어넘어 보다 평정(平靜)한 상태의 사회로 가고자 하였던 것은 아닌지 생각된다.

한 가지 주목해야 할 점은 그가 앞의 시에서 말하고 있는 견식(見識)은 그의 다른 글에서 보이는 도리견문(道理見聞)과는 다른 개념이라는 점과 유교의 반역자로 몰렸던 그가 공자(孔子)에 대해 최상의 평가를 하고 있다는 점이다. 이른바 도리견문이란, 당시의 주도 사상으로 자리하여 개인의 가치를 부정하고 획일적인 사고를 요구하는 이학(理學)에서 파생된 것에 대해 말하는 것으로 이해할 수 있고, 앞 시에서 말하는 견식이란 사람과 사람이 서로 관계를 맺으며 자기 자신의 가치를 실현해가는 데 필요한 다양한 이치를 말하는 것으로 볼 수 있다. 그리고 후자의 경우엔 그가 줄곧 타파하고 부정하고자 했던 대상이 공자 또는 공자의 사상 자체가 아니라 공자를 따르고 추앙했던 후학들이 자의적으로 내세운 이념과 사상 즉 유가의 이데올로기라는 점을 이해한다면, 이지의 공자에 대한 평가를 모순 되는 것으로 볼 수는 없다.

　결국 이지는 세상 사람들의 지극히 개인적인 세속의 욕망이 존중되어야 함을 인정하면서도 인생의 수양이란 측면에서 앞의 시를 내놓은 것으로 이해된다. 이 시가 명대 말기라는 시대적 배경을 갖고 있음을 감안하면, 시(詩)라기보다는 오히려 산문에 가깝다는 느낌과 당대(唐代)나 송대(宋代)의 그것에 비해 소위 시적감흥(詩的感興)이 많이 떨어지는 이유도 이해할 수 있으리라 생각된다. 대신에 점점 더 각박해지는 현대를 사는 우리에게 차분하게 인생을 돌아보고 반성하게 하는 또 다른 측면에서의 "감칠 맛"은 자못 넘쳐난다고 하겠다.

최병학(금강대)

夜步虎山橋 밤에 호산교를 걸으며

전겸익(錢謙益)

信步尋谿橋[1] 발걸음 가는 대로 골짜기 다리를 찾으니

邨犬吠林杪[2] 마을 개가 숲가에서 짖는다.

月色淡自佳 달빛이 맑고 절로 고우니

山行誤亦好 산행을 잘못 들었어도 좋기만 하다.

暮峯斂餘黛[3] 저녁 산봉우리는 검푸른 기운 거두고

早梅散輕縞[4] 이른 매화는 가벼운 흰 명주를 뿌린다.

定知今宵夢[5] 분명히 오늘 밤 꿈에는

空濛入幽討[6] 아련히 경치에 깊이 취할 것이라.

(《初學集》卷五《崇禎詩集》一 1628년)

---

1) 信步: 발걸음 가는 대로. 谿橋: 골짜기의 다리.

2) 邨犬: 마을 개. 吠: (개가)짖다. 林杪: 숲 자락.

3) 暮峯: 저녁의 산봉우리. 斂: 거두어드리다. 餘黛: 검푸른 산 기운.

4) 散輕縞: 가벼운 흰 명주를 뿌리다. 흰 꽃잎이 날리다의 뜻.

5) 今宵: 오늘 밤.

6) 幽討: 조용히 찾는다. 명승을 탐방.

◀해설▶

전형적인 산수전원시의 풍격을 보여준다. 제1연은 전원 풍경이며 제2연은 산수의 풍광이다. 산수와 전원이 동시에 어울린 시심을 제3연에서 섬세하게 그려놓았다. 흰 매화꽃을 어떻게 흰 명주로 연상시킬 수 있었을까? 말구의 '유토(幽討)'는 자연과 합일된 심리상태를 대변한 시어이다.

전겸익(錢謙益, 1582-1664)은 명대 말엽에서 청대 초기에 살았던 그 당시의 대표적인 문인이다. 자는 수지(受之)이며 호는 목재(牧齋), 강소성(江蘇省) 상숙인(常熟人)이다. 명대 신종(神宗) 만력(萬曆) 10년에 태어나서 청대 성조(聖祖) 강희(康熙) 3년에 83세로 졸하였다. 명대 만력 38년(1610) 그의 나이 29세에 진사에 급제하고 관직이 이부시랑(吏部侍郎)에 이르지만 연좌되어 삭직을 당하였다. 복왕(福王) 시절에는 예부상서(禮部尙書)를 지냈고, 청조에 굴종하여 예부우시랑(禮部右侍郎)을 5개월 지내다가 관직을 버리고 귀향하여 만년을 음풍영월로 보내며 후학 양성과 시문 및 두보시 주석, 그리고 경학 연구에 몰두하였다. 그의 삶은 격정과 낭만으로 점철되어 있으니, 명조의 멸망과 청조의 건국을 몸소 겪으면서 일시적인 굴종이 있었지만 그것이 오히려 그의 충절심을 강하게 하였고, 한편 명기 유은(柳隱) 즉 유여시(柳如是)를 사랑하여 59세에 23세의 여시를 만나서 그들의 사랑은 평생을 같이 하게 된 것이다. 그런 생활이 그의 만년을 더욱 문학적으로 풍성하게 만들었으니 그의 시중에 상당수가 여시와 연관되어 있으며 그 시적인 가치도 상당히 높게 평가된다. 그의 문집으로는 명대의 작품을 모은 초학집(初學集)과 청대의 작품을 모은 《유학집(有學集)》, 그리고 《투필집(投筆集)》과 《고해집(苦海集)》이 있으며 명대 시인 총집인 《열조시집(列朝詩集)》을 남기고 있다.

류성준(한국외대)

歲暮到家 ^{세 모 도 가} 세모에 집으로 돌아와

장사전(蔣士銓)

^{애 자 심 무 진}
愛子心無盡　　자식을 사랑하여 마음은 다함이 없는데,

^{귀 래 희 급 진}
歸來喜及辰　　돌아와 제때(곧 세모)를 맞춘 것을 기뻐하네.

^{한 의 침 선 밀}
寒衣針線密　　겨울 옷은 바늘과 실이 촘촘하고,

^{가 서 묵 흔 신}
家書墨痕新　　집의 편지는 먹자국이 새로웠네.

^{견 면 련 청 수}
見面憐淸瘦　　얼굴을 보고 야윈 것을 가엽게 여기고,

^{호 아 문 고 신}
呼兒問苦辛　　아들을 불러 고생했느냐고 묻네.

^{저 회 괴 인 자}
低回愧人子　　배회하며 사람의 아들임을 부끄러워하여,

^{불 감 탄 풍 진}
不敢歎風塵　　감히 風塵을 탄식하지 못하네.

◀감상▶

　장사전(蔣士銓, 1725-85)의 자는 심여(心餘), 또는 초생(苕生), 호는 장원(藏園), 또는 정보(定甫)·청용(淸容)·리구거사(離垢居士), 강서(江西) 연산(鉛山) 사람이다. 건륭(乾隆) 22년(1757)의 진사(進士)이다. 일찍이 한림원(翰林院) 편수(編修)를 지냈다. 건륭 30년(1765, 41세) 이후에는 벼슬에서 물러나와 즙산(蕺山: 소흥紹興)·숭문(崇文: 항주杭州)·안정(安定: 양주揚州) 세 서원(書院)의 산장(山長)을 9년 동안 역임하였다. 만년에 건륭제(乾隆帝)의 인정을

받아 43년(1778, 54세) 국사관(國史館) 찬수관(纂修官)을 지냈고 46년 병으로 돌아와 후보어사(候補御史)로 생을 마쳤다.

그는 원매(袁枚, 1716-98)·조익(趙翼, 1727-1814)과 "강우삼대가(江右三大家)"라고 나란히 일컬어진다. 시는 성정(性情)을 주로 하였고 시의 사회적 효용성을 중시하였다. 그는 唐과 宋을 아울러 존중할 것을 주장하였고 격조(格調)와 사조(辭藻)를 일방적으로 추구하는 것을 반대하였다. 그의 시작은 모두 4,900여 수가 현존하는데 시풍은 혼후분방(渾厚奔放)하고 7언에 뛰어났다. ≪충아당시집(忠雅堂詩集)≫ 26권·≪충아당문집(忠雅堂文集)≫ 12권(시집과 문집을 정리한 ≪충아당집교전(忠雅堂集校箋)≫ 전4책(소해청邵海淸 교校·이몽생李夢生 전箋: 상해고적출판사, 1993. 12.)이 최근 나왔음)·≪동현사(銅弦詞)≫ 2권 등이 있다.

장사전은 중국문학사에서는 오히려 희곡 작가로 높이 평가되고 있다. 그는 남북곡(南北曲)에 모두 뛰어나 희곡 16종을 지었다. 그 가운데 잡극(雜劇)은 9종 곧 ≪일편석(一片石)≫·≪사현추(四絃秋)≫·≪제이비(第二碑)≫·≪강구락(康衢樂)≫·≪도리천(忉利天)≫·≪장생록(長生籙)≫·≪승평서(昇平瑞)≫·≪채석기(采石磯)≫·≪여산회(廬山會)≫이고, 전기(傳奇)는 7종 곧 ≪공곡향(空谷香)≫·≪계림상(桂林霜)≫·≪설중인(雪中人)≫·≪임천몽(臨川夢)≫·≪향조루(香祖樓)≫·≪채초도(採樵圖)≫·≪동청수(冬靑樹)≫로 모두 현존한다. 이 가운데 9종(잡극 3종 ≪일편석≫·≪사현추≫·≪제이비≫와 전기 6종 ≪공곡향≫·≪계림상≫·≪설중인≫·≪향조루≫·≪임천몽≫·≪동청수≫)을 합하여 간행한 ≪장원구종곡(藏園九種曲)≫(일명 ≪홍설루구종곡(紅雪樓九種曲)≫)이 가장 유명하다. 그밖에 산곡집(散曲集) ≪남북잡곡(南北雜曲)≫이 있다.

장사전은 건륭(乾隆) 11년(1746, 병인丙寅) 봄에 집을 떠나 광려(匡廬) 및 요주(饒州)·감주(贛州: 모두 강서江西에 있음)의 여러 산에 오르고 고향 연산(鉛山)으로 돌아가 동자시(童子試)에 응시하였다. 또 려릉(廬陵)·무주(撫州)·건창(建昌) 등을 지났으며 세모(歲暮)에는 당시 거주지였던 파양(鄱陽)으로 서둘

러 돌아왔다. 이 시는 바로 모자가 오래 헤어졌다가 만났을 때의 정경을 묘사
한 것이다. 기쁨과 놀라움 가운데서도 슬픔을 머금은 모자간의 애틋한 정이 느
껴진다.

모친이 꿰맨 겨울 옷은 바람과 추위를 막고 나아가 "삼춘지휘(三春之暉)"를
쪼여 마음까지 따뜻하게 할 수 있고, 바늘과 실의 촘촘함은 모친의 깊은 걱정
과 바램을 담아 집떠난 자식의 시름과 추위·바람을 녹인다. 윗구절은 당대(唐
代)의 시인 맹교(孟郊, 751-814)의 유명한 시 〈유자음(遊子吟)〉의 뜻을 취한
것이다. "집의 편지(家信)"는 모친의 사랑을 전하는 매개물이다. 작자는 또
"(초의) 심지를 자르고 가서(家書)를 보니, 풍진(風塵)의 온갖 느낌이 스러지
네.(剪燭看家書, 風塵百感除.)"(〈接家信〉)라는 명구를 남기고 있다.

오랜만에 집으로 돌아온 시인을 본 모친은 가장 먼저 자식의 "야윈"(淸瘦)
얼굴에 눈길이 간다. 그리고 모친은 급히 나그네 생활의 "괴로움"(苦辛)을 알
고 싶어 "불러서"(呼) 꼬치꼬치 "묻는"(問) 것이다. 시인은 아주 간단한 묻는
말을 가지고 모친의 깊은 정을 그린다. 세모에 집에 돌아온 기쁨에는 이미 슬
픈 감정이 배어 있다.

시인은 모친의 물음에 멈칫멈칫 쉽사리 입을 열지 못한다. 야윈 얼굴이 이미
모친을 걱정시키는데 "풍진(風塵)"을 사실대로 말하여 또 자애로운 모친의 마
음을 상하게 할 수는 없다. 새해가 닥쳐오는데 건강한 모습으로 모친을 위로할
수 없는 것이 그의 "부끄러움"(愧)이다. 장사전의 〈명기야과도기(鳴機夜課圖
記)〉라는 글에 따르면 "내가 태어난지 22년 일찍이 모친의 앞을 떠난 적이 업
었다. 동자시(童子試)에 응시하려고 연산으로 돌아갔는데 모친은 전혀 이별하
며 가련히 여기는 기색이 없으셨다.(銓生二十有二年, 未嘗去母前. 以應童子試
歸鉛山, 母略無離別可憐之色)"(그의 나이 22세는 건륭 11년임)라고 하였다. 모
자가 헤어질 때 모친은 이별의 시름을 보이지 않았으니 자식도 역시 출유(出
遊)의 괴로움을 말하지 "감히 못하는"(不敢) 것이다. 집으로 돌아온 기쁨이나
수재(秀才)에 합격한 득의양양함을 묘사하지 않고, 정감의 중심이 기쁨에서 걱
정으로 바뀌어 골육 사이에 서로 자상하게 배려하는 지성(至性)을 나타내고 있

다. 평이한 말로 자식의 모친에 대한 사랑과 마음의 상태를 절묘하게 그렸다. 중국 고전시에서는 드물게 보는 "사모(思母)"의 절창이다.

이홍진(경북대)

这样的战士¹⁾ 이런 전사

루쉰(鲁迅)

要有这样的一种战士——

已不是蒙昧如非洲土人而背着雪亮的毛瑟枪的²⁾；也并不疲惫如中国绿营兵³⁾而却佩着盒子炮⁴⁾. 他毫无乞灵于牛皮和废铁的甲胄；他只有自己，但拿着蛮人所用的，脱手一掷的投枪.

他走进无物之阵，所遇见的都对他一式点头. 他知道这点头就是敌人的武器，是杀人不见血的武器，许多战士都在此灭亡，正如炮弹一般，使猛士无所用其力.

那些头上有各种旗帜，绣出各样好名称：慈善家，学者，文士，长者，青年，雅人，君子…… . 头下有各样外套，绣

---

1) 이 글은 맨 먼저 1925년 12월 21일 《어사(語絲)》(주간) 58기에 발표되었다. 작가는 〈《야초(野草)》 영역본 서문〉에서 이렇게 말했다. "〈이런 전사〉는 문인과 학사들이 군벌을 돕는 것에 유감을 느껴 지었다."

2) 毛瑟枪: 독일의 기술자 모제르(Mauser) 형제가 19세기 70년대에 설계하고 제작한 단발 소총의 일종으로, 당시에는 비교적 선진적인 무기였다.

3) 绿营兵: 녹기병(綠旗兵)이라고도 한다. 청조(清朝)의 군사제도에는 정황(正黃), 정백(正白), 정홍(正紅), 정남(正藍), 양황(鑲黃), 양백(鑲白), 양홍(鑲紅), 양남(鑲藍) 등의 8기병(八旗兵)이 있었는데, 이는 만주족을 위주로 한 군대였다. 이밖에 따로 한족으로 군대를 편성하여 녹영병이라고 불렀는데, 깃발이 녹색이었기 때문에 녹기병이라고도 불렀다. 청대 중엽 이후 녹영병은 점차 몰락하다가 마침내 없어졌다.

4) 盒子炮: 모제르 권총 즉 박각창(駁殼槍). 권총의 일종으로 바깥에 특별히 제작된 나무갑이 있어서 이런 이름이 붙었다.

出各式好花样：学问，道德，国粹，民意，逻辑，公义，东方文明[5]….

但他举起了投枪.

他们都同声立了誓来讲说，他们的心都在胸膛的中央，和别的偏心的人类两样. 他们都在胸前放着护心镜[6]，就为自己也深信心在胸膛中央的事作证.

但他举起了投枪.

他微笑，偏侧一掷，却正中了他们的心窝.

一切都颓然倒地；——然而只有一件外套，其中无物. 无物之物已经脱走，得了胜利，因为他这时成了戕害慈善家等类的罪人.

但他举起了投枪.

他在无物之阵中大踏步走，再见一式的点头，各种的旗帜，各样的外套…….

但他举起了投枪.

他终于在无物之阵中老衰，寿终. 他终于不是战士，但无物之物则是胜者.

在这样的境地里，谁也不闻战叫：太平.

太平…….

---

5) 东方文明: 1919년에 일어난 5 · 4 운동을 전후하여 제국주의자와 봉건적 복고주의자가 부르짖은 반동적 구호의 하나이다. 그 목적은 중국의 봉건도덕과 봉건문화를 수호하고 근대적인 민주제도와 과학문명을 반대하는 데 있었다.

6) 护心镜: 고대에 전투복의 가슴팍 부위에 새겨 넣은 금속제의 원판으로서 가슴을 보호하는 구실을 했다.

但他举起了投枪！

一九二五年十二月十四日.

이런 전사가 있어야 한다———

아프리카 토인처럼 어리석으면서도 눈처럼 빛나는 모제르 (Mauser) 소총을 둘러메고 있는 것이 아닌 전사. 또 중국의 녹영병 (綠營兵)처럼 나른하면서도 모제르 권총을 차고 있는 것이 결코 아닌 전사. 소가죽이랑 고철 갑옷 따위에는 아무런 영험(靈驗)도 바라지 않는 이런 전사가 있어야 한다. 그에게는 오직 자기 자신만이 있을 뿐이다. 하지만 야만인이 사용하는 날렵한 투창을 들고 있다.

그가 물건이 없는 진법(無物之陣) 속으로 들어서자, 마주치는 것들이 모두 꼭 같이 고개를 끄덕인다. 그는 이 끄덕이는 고개가 바로 적의 무기라는 것, 사람을 죽이고도 피 한 방울 묻히지 않는 무기라는 것을 알고 있다. 많은 전사가 이로 인하여 멸망했다. 그것은 마치 포탄처럼 용사를 무력하게 만들었다.

그것들의 머리 위에는 갖가지 좋은 이름이 수 놓여진 각종 깃발이 있다: 자선가, 학자, 문인, 어르신, 청년, 고상한 사람, 군자……. 그 머리 아래에는 가지가지 좋은 무늬가 수 놓여진 갖가지 외투가 있다: 학문, 도덕, 국가의 정수(國粹), 민의, 논리, 대의, 동방 문명…….

하지만 그는 투창을 집어 든다.

그들은 모두 이구동성으로 그들의 심장은 치우친 마음을 가진 사람들과 달리 가슴 가운데에 있다고 맹세한다. 그들은 스스로도 심장이 가슴 가운데에 있음을 굳게 믿고 있다는 사실을 증명하기 위해서 모두 가슴 앞에 호심경(護心鏡)을 드리우고 있다.

하지만 그는 투창을 집어 든다.

미소를 지은 그는 투창을 약간 치우치게 던진다. 웬걸 그들의 심장을 정통으로 맞춘다.

모든 것이 털썩하고 땅에 떨어진다.--- 하지만 속에 물건이 없는 외투 한 벌 뿐이다. 물건이 없는 물건(無物之物)은 벌써 빠져나가 승리를 얻는다. 왜냐하면 전사는 이제 자선가 등등을 해친 죄인이 되었기 때문이다.

하지만 그는 투창을 집어 든다.

그는 물건이 없는 진법(無物之陣) 속을 성큼성큼 걸어간다. 다시 보인다. 꼭 같이 끄덕이는 고개, 각종 깃발, 갖가지 외투…….

하지만 그는 투창을 집어 든다.

그는 마침내 물건이 없는 진법(無物之陣) 속에서 늙어 쇠약해지고, 임종을 맞는다. 그는 마침내 전사가 아니지만, 물건이 없는 물건(無物之物)은 여전히 승리자이다.

이런 지경 속에서 그 누구도 전투의 외침을 듣지 못한다. 태평하다.

태평하다…….

하지만 그는 투창을 집어 든다!

1925년 12월 14일

◀감상▶

〈이런 전사(这样的战士)〉는 루쉰(魯迅)의 산문시집 《야초(野草)》(1924-1926)에 수록된 23편의 산문시 가운데 하나이다. "이런 전사가 있어야 한다"라는 구절로 시작되는 것에서 알 수 있듯이, 이 시는 루쉰이 자신의 자아 이상

(自我理想)을 가장 정면에서 시적이고 철학적으로 그려낸 수작이라고 하겠다. 이 점은 루쉰의 자아 이상을 엿볼 수 있는 다른 시편들, 예를 들어 〈가을 밤(秋夜)〉(1924)이나 〈흐릿한 핏자국 속에서(淡淡的血痕中)〉(1926)와 비교해보면 뚜렷하게 드러난다. 꼭 같이 전사의 형상을 그려내면서도 〈가을 밤〉은 '대추나무'와 '밤하늘'의 대립을 빌어서 상징적으로 표현하고 있고, 〈흐릿한 핏자국 속에서〉는 '조물주'에 대한 '반역의 용사'의 성토가 격정적으로 드러나 있다.

하지만 〈이런 전사〉는 이미 지적한 것처럼 그 속에 루쉰의 자아 이상이 '시적이고 철학적으로' 드러나 있기 때문에, 《야초》 가운데 가장 심각하고 난해한 산문시 가운데 하나로 꼽힌다. 이 점은 이 시에 사용된 시어들을 언뜻 보기만 해도 쉽게 납득할 수 있을 것이다. '물건이 없는 진법(無物之陣)'이나 '물건이 없는 물건(無物之物)' 같은 것이 가장 대표적인 예이고, 이런 전사가 사용하는 무기인 '투창(投槍)'이나 적이 사용하는 무기인 '고개 끄덕이기(點頭)', 또 '깃발'이나 '속에 물건이 없는(其中無物)' '외투 한 벌(一件外套)' 같은 경우도 그 의미를 찬찬히 음미해 볼 가치가 있는 풍부한 함축을 지닌 시어들이다. 산문시 〈이런 전사〉가 지닌 깊이와 매력의 근원은 이토록 함축적인 시어들과 그런 시어들이 구조화되는 독특한 방식에서 찾아야 할 것이다.

우선 시인이 있어야 한다고 요구한 전사의 형상을 살펴보면 두 가지 점에서 일반적인 전사의 범주를 극단적으로 벗어난다. 첫째, 전사가 맞서 싸우는 적(敵)이라는 것이 아무도 적으로 간주하지 않는 '물건이 없는 물건(無物之物)'이어야 한다는 점이다. 둘째, 이 적과 대결하는 전사는 상대를 제압하고 승자가 되는 순간 전사로서의 자격을 상실하고 죄인으로 전락하게 되며, 결국 이 적은 언제까지나 승자로 남는다는 사실을 알고 있으면서도 끝까지 대적해야 한다는 점이다. 시인이 요구하는 전사상(戰士像)을 다시 한 번 요약하자면, 첫째, 아무도 적으로 간주하지 않는 적, 즉 '물건이 없는 물건'을 적으로 삼아야 하고, 둘째, 반드시 질 수밖에 없음을 알고 있으면서도 끈질기게 싸워야 한다는 것이다.

시인이 '물건이 없는 물건'이야말로 전사의 진정한 적이라고 간주한 까닭은 그것이 눈에 보이지 않는 존재이면서도 무소부재하고 막강한 역량을 지니고 있기 때문이다. 그것이 눈에 보이지 않지만 우리는 그것의 존재를 눈에 절반쯤 보이는 '물건이 없는 진법'을 통하여 추론할 수 있다. 또 이 눈에 절반쯤 보이는 '물건이 없는 진법' 속에 비로소 우리의 눈에 완전히 보이는 온갖 '깃발'과 '외투'가 자리하고 있는 것이다. 여기서 '깃발'과 '외투'는 물론 우리가 일상적으로 접할 수 있는 '자선가', '학자', '문인' 등과 같은 문화인과 '학문', '도덕', '국가의 정수(國粹)' 등과 같은 문화에 대한 비유이다. 그러면 주체로서의 인간인 중국인은 어디에 있는가? 어디에도 주체로서의 중국인은 없다. 왜 그런가? 전사가 자선가의 도덕적 양심이 공정하지 못하고 편향된 것임을 증명함으로써 자선가를 죽음에 몰아넣었을 때, 죽은 자선가가 있어야 할 자리에 터무니없게도 '속에 물건이 없는' '외투 한 벌'만 남아있게 된다는 구조를 통해, 우리는 애초부터 주체로서의 자선가는 존재하지 않았다는 시인의 견해를 읽을 수 있다. 존재하지 않았으므로 죽을 수도 없는 것이다. 그러면 주체를 몰아내고 주체의 자리를 차지하고 있었던 것은 무엇인가? 시인은 이것을 '물건이 없는 물건'이라고 지칭한다. 그것은 주체를 산채로 흔적 없이 소멸시킬 수 있는 막강한 역량일 뿐만 아니라, 눈에 보이지 않고 무소부재하기 때문에 죽은 자선가의 몸을 빠져나가 이미 자선가를 해친 죄인으로 정죄된 전사를 바라보며 승리를 구가하는 불사의 알리바이이다. 그것은 '대추나무'가 목숨을 제압하고자 했던 '밤하늘'이나 '반역의 용사'가 비겁한 자라고 성토했던 '조물주'의 또 다른 이름일 것이다.

　루쉰은 평생 동안 중국인을 아직 '참된 인간(眞的人)'이 아니라고 간주했다. 어떤 때는 '사람을 먹는 사람(吃人的人)', 즉 식인 인간으로, 어떤 때는 '폭군의 신하(暴君的臣民)'로 규정했다. 그러다 산문시 〈이런 전사〉에 이르러서는 '속에 물건이 없는' '외투 한 벌'로, 즉 일종의 허깨비 또는 죽은 영혼으로 파악했다. 루쉰이 파악하고 묘사한 이런 중국인의 모습은 많은 중국인들에게 불쾌감, 공포심, 의구심, 모욕감, 적개심을 불러 일으켰다. 하지만 루쉰은 이 모든 부정적인 감정에 굴복하지 않고, 자신이 그려낸 작품을 통해 중국인의 저열한 모습을 깨닫고 고쳐나갈 때 중국인과 중국의 앞날에 희망이 있다고 보았다. 이런 측면에서 루쉰이 필생의 목표로 삼았던 것을 한 마디로 표현한다면 '사람 만들기(立人)'라고 할 수 있을 것이다. 그가 이렇게 '사람 만들기'를 필생의 목표로 삼았던 까닭은 물론 '사람의 나라(人國)'에서 살고 싶었기 때문이다. 참된 사람의 나라에 살고 있지 않다는 루쉰의 판단을 먼 옛날 남의 나라 일로 태평하게 받아들일 수 있는 사람이 오늘날에도 과연 몇이나 될까?

이 시에는 루쉰이 바라보는 중국인의 저열한 모습, 그들을 그렇게 만든 근원 그리고 이를 타개하기 위한 역량이 '터무니없는 투쟁의 미학'을 통해 간결하게 드러나 있음을 알 수 있다.

김언하(동서대)

過去的生命　지나간 날의 생명

주작인(周作人)

這過去的我的三個月的生命, 那裡去了
　　　　　　　　지난 내 석 달의 생명,
　　　　　　　　어디로 간 것일까?

沒有了, 永遠的走過去了　사라졌다, 영원히 가버렸다!

我親自聽見他沉沉的緩緩的一步一步的
　　　　　　　　무거운 다리를 끌며, 천천히,
　　　　　　　　한 걸음 또 한 걸음,

在我床頭走過去了　　내 침대머리를 지나쳤다.

我坐起來, 拿了一枝筆, 在紙上亂點
　　　　　　　　나는 일어나, 펜을 들어 종이 위에
　　　　　　　　내 삶을 눌러놓는다.

想將他按在紙上, 留下一些痕迹
　　　　　　　　내가 산 흔적을 남겨놓고 싶다.

但是一行也不能寫　　하지만 한 줄도 쓸 수 없어,

一行也不能寫　　　　한 줄도 쓸 수 없어.

我仍是睡在床上　　　나는 지금도 침대에 누워

親自聽見他沉沉的緩緩的, 一步一步的
　　　　　　　　다리를 끌며, 천천히,
　　　　　　　　한걸음 또 한걸음

在我床頭走過去了   생명이 스쳐가는 소리를 듣는다.

해설

주작인(周作人)을 뛰어난 시인이라 부르는 것은 아무래도 조금 무리인 것 같다. 그는 상당한 분량의 구체시(舊體詩)와 신시(新詩)를 남기고 있지만 그의 문학적 본령은 역시 시보다 산문에서 돋보인다. 무엇보다도 주작인의 시 대부분은 지극히 산문적이고, 이성적인 서술이 주를 이룬다. 그러나 중국현대문학사상 주작인의 중요한 공로 가운데 하나가 "새로운 문체에의 탐험"이었다면, 역설적으로 주작인 시의 산문적인 특징은 초창기 중국현대시의 건설에 큰 역할을 담당한 것으로 보인다.

중국의 고전시가 장구한 시간을 거치며 가장 정치하고 완전한 예술적 형식으로 정련되었다면, 중국현대시는 중국고전시와의 대결을 통해 자신의 역사적 정당성을 주장해야 했다. 결국 "시를 가장 시답지 않게 만들어야 하는" 역사적 명제를 짊어진 현대시는 "산문화된 문체"와 "문법의 추구" "언어의 통속화"에서 자신의 출로를 찾았다. 문학혁명의 역사적 당위성이 시예술의 내적 추구를 압도하여, 시를 시답게 만들었던 응축의 언어, 여운이 증폭되는 의경(意境) 등이 의식적으로 배척된 것이다. 호적(胡適)이 주작인의 〈소하(小河)〉를 "중국 신시 중 최고의 걸작"이라 평했던 맥락이 여기에 있다.

위의 시 〈過去的生命〉은 주작인의 다른 신시와 마찬가지로 무운의 산문적 경향, 서술적이고 담백한 언어의 특징을 보여준다. 이 시는 1921년 4월, 주작인이 늑막염으로 요양 중이던 시기에 쓰여졌다. 때마침 주작인을 문병왔던 노신이 나지막히 시를 읊조렸고, 이후 두 형제는 마치 정말 스쳐가는 무엇인가를 느끼는 듯, 침묵 속에서 귀기울였다고 한다. 형제는 서로의 마음을 알았던 것일까? 붙잡아둘 수 없는 생명과 역사, 이것을 깨닫는 순간 사람은 침중함과 어찌할 수 없는 비애감을 느낀다. 아마도 주작인은 병을 계기로 자신의 지나간 삶을 돌아보았을 것이다. 자신의 존재방식과 가치에 대해 나름대로 역사적 정

리가 필요했을 것이다. 비슷한 시기에 쓰여진 〈夢想者的悲哀〉는 그의 고민과
정리가 어떠한 차원에서 이루어지는지 짐작케 한다.

"我的夢太多了"	"나는 꿈이 너무 많아요"
外面敲門的聲音	창밖의 문 두드리는 소리
恰將我從夢中叫醒了	꿈속의 나를 깨운다.
你這冷酷的聲音	이 차가운 목소리
叫我去黑夜裏游行了	나를 어두운 밤에 헤매게 하는가?
阿, 曙光在哪里呢	아, 서광은 어디에 있는가?
我的力眞太小了	보잘 것 없는 힘.
我怕要在黑夜裏發了狂呢	나를 미치지 않게 하길.
穿入室內的寒風	방안으로 스며온 차가운 바람,
不要吹動我的火罷	나의 불씨를 살리지 말게.
燈火吹熄了	등불은 꺼져도
心裏的微焰却終是不滅	마음 속의 작은 불꽃은 끝내 사라지지 않아,
只怕沉在風裏發火	그렇지만 바람 속에서 다시 타오른다면
要將我的心燒盡了	나의 마음을 모두 태우고 말겠지.
阿, 我心裏的微焰	아, 마음 속의 작은 불꽃이여
我怎能長保你的安靜呢	내 너를 어찌 지켜줄까?

◀ 감상 ▶

　이 시기 주작인은 더 이상 이상주의적 몽상가는 아니었다. 이전 시기 그를 사로잡았던 것이 오사(五四)의 격정이었다면, 지금 그가 모색하고 있는 것은 그의 가슴 속의 작은 불꽃이 바람에 발화하여 자신을 소진시키지 않는 것, 바꿔 말하자면 이러저러한 외부의 풍조 속에서 자신의 중심을 지켜나가는 것이었다. 그것은 분명히 혁명이라는 대세 속에서, "퇴영적"이라는 비난을 들음직한 것이다. 그는 한편으로 외부의 비판에 노출되어 있었고, 다른 한편 대세에 편입되어 고민을 끊고자 하는 내적 욕망으로 고통스러워야 했다. 주작인에게 자기 자신을 향한 중심 찾기는 왜 이렇게 절실했던 것일까? 자신의 존재 의의와 가치를 외부에서의 공리달성에 두지 않고, 자기 자신의 내부에서 찾고 세우고자하는 근대인의 자부심과 연관되어 있을 것이다. 그렇지만 그것은 끊임없는 적막을 동반할 수밖에 없었다.

　"적막과 고독 속에서 자기 찾고 세우기"는 주작인만의 과제는 아닌 것 같다. 인문학을 하면서 부딪쳐야 하는 항시 현재형의 고민인 것 같다. 과거 시대, 혹은 과거의 인물과 끊임없이 공명할 수 있는 것도 결국을 나를 찾고 돌아보는 과정이기 때문이다.

김미정(경북대)

四月二十五夜 4월 25일 밤

호적(胡適)

吹了燈兒	등불을 끄고,
券開窓幕	창을 열어,
放進月光滿地	달빛을 사방에 들인다.
對着這般月色	달빛을 마주하니
敎我要睡也如何睡	어찌하여도 잠을 이루지 못하네!
我待要起來遮着窓兒	잠시 후 일어나 창을 가리고
推出月光	달빛을 물리니
又覺得有點對他月亮兒不起	또한 달에 미안하구나
我終日裏講王充, 仲長統, 阿裏士多德, 愛比若拉斯¹⁾……	종일 왕충(王充), 중장통(仲長統), 아리스토텔레스, 에피쿠로스를 가르치다.

---

1) 王充: 후한대(後漢代)의 사상가. 저서로는 당시 세간의 책과 세설의 허위를 비판적
으로 논한 『논형(論衡) 30권』 등이 있다. 유교의 비합리적, 신비주의적 경향을 폭
로하고 비판하였다. 仲長統: 후한(後漢) 말의 사상가, 저서에는 고금과 시속의 행
사를 논설하면서 발분하여 저술한 『창언(昌言) 34편』이 있다. 인사(人事)를 본으
(本)로 삼고, 천도(天道)를 말로(末) 삼은 관점은 기존의 천명관(天命觀)을 비판한
것이었다. 조위(曹魏)에 출사하기도 하였다. 阿裏士多德: 아리스토텔레스. 愛比若
拉斯: 에피쿠로스

幾乎全忘了我自己	나를 잊어버리고 있었다.
多謝你殷勤好月	감사하다네, 저 은근한 달이
提起我過來哀怨	내가 겪었던 애원과
過來情思	정사를 떠올리게 한 것을.
我就千思萬想	천번 만번을 생각하고,
直到月落天明	달이 기울고 날이 밝을 때까지도
也甘心愿意	기꺼이 생각하고 싶다.
怕明夜	걱정이라네, 내일 밤
雲密遮天	구름이 모여 하늘을 가리고,
風狂打屋	바람이 집을 광타하면
何處能尋你	어디에서 너를 찾을지……

◀**감상**▶

　이 시는 호적(胡適)이 미국유학을 마치고 귀국한 뒤, 북경대학 교수로 재직하던 1918년 4월 25일에 쓴 것이다. 1917년 1월 『신청년(新靑年)』 2권 5호에 「문학개량추의(文學改良芻議)」를 발표하여 일약 신문학운동(新文學運動)의 기수가 되었던 호적은 귀국 후 북경대학에서 영국문학, 영어수사학, 중국고대철학 등을 강의하였다. 시에서 이야기한 왕충(王充), 중장통(仲長統), 아리스토텔레스, 에피쿠로스 등은 모두 이러한 과목과 관련된 내용이었다. 온종일 남의 이야기만 전했는데 달빛을 접하면서 잊어버린 자신을 되찾는다는 어쩌면 현대인의 일과를 보는 듯한 시이다. 이 시는 달을 통해 자아를 발견하고, 추억을 회상하면서 밤을 새고, 아침을 맞이한다 해도 기꺼이 그러길 원하는 호적의 마음을 담고 있다.

신문학운동의 일환으로 신시(新詩)의 창작과 보급에 노력했던 호적은 여러 편의 백화 서정시를 지었는데 이 시는 그중의 하나이다. 이러한 서정시에서 호적은 내적세계와 외적세계의 결합을 통한 새로운 세계를 조망하면서 특히 개인의 감정을 담아내고 있다. 시에서 달은 호적이 자아와 추억의 매개체로서 의미를 부여받고 있다. 호적 자신은 창막(窗幕)을 열어젖히면서 외부세계와의 교감을 시작하고 있다. 호적은 외부세계와의 교감과정에서 자아와 추억을 회상하게 되고, 자신의 존재론적 의미를 발견하려고 있다.

인간이 살아가면서 잊었던 자아와 추억을 회상해 볼 수 있는 기회는 그리 흔치 않다. 호적의 삶에서도 그런 기회는 많지 않았다. 중국 근대의 격동기를 살았던 호적은 좌우의 대립의 와중에서 자유주의를 주창하였고, 그 결과 左와 右 어느 쪽으로부터도 환영받지 못한 존재였다. 자유주의자로서 호적이 시대로부터 받은 압력은 그만큼 거대하였고, 그의 삶은 갈등과 고뇌의 연속이었다. 그러면서도 호적은 중국에서 자유와 민주를 정착시키기 위해 고군분투하였고, 또한 동분서주하였다. 호적에게서 개인의 자유는 민족의 해방이나 부흥을 위한 도구가 아닌 그 자체로서 목적이었다. 그러나 호적 자신은 정작 차분히 자아를 발견하고, 자유로운 존재로서 개인의 삶을 누릴 수 있는 여건을 갖지 못하였으니, 이 시는 실패한 자유주의자로서 호적이 그토록 갈망하면서도 결코 이르지 못했던 이상의 경지가 깊이 묻어있는 작품일 것이다.

李承佑(영남대)

〈沁園春〉· 雪 심원의 봄 · 눈

모택동(毛澤東)

北國風光	이 나라 북녘 땅의 풍경이여
千里冰封	천리에 얼음 덮이고
萬里雪飄	만리에 눈발 날리는
望長城內外	바라보니 만리장성 안팎은
惟餘莽莽	그 어디나 흰 눈에 덮이고
大河上下[1]	저 황하의 흐름도
頓失滔滔	어느덧 그 도도한 기세 잃었구나
山舞銀蛇	은빛 용 춤추는 듯한 산발들과
原馳蠟象[2]	흰 코끼리 뛰는 듯한 저 고원들
欲與天公試比高	저마다 하늘과 높이를 겨누네
須晴日	이제 날이 개이면
看紅妝素裹	붉은 햇빛 아래 새하얀 소복차림

---

1) 大河: 황하(黃河).
2) 原: 진진고원(秦晉高原).

分外妖嬈　　　　　그 모습 유난히 아리따우리

江山如此多嬌　　　강산이 이렇듯 아름답기에

引無數英雄竟折腰　예로부터 수많은 영웅들 머리 숙여왔더라

惜秦皇漢武[3]　　　아쉽게도 진시황과 한무제는

略輸文釆　　　　　글재주 모자랐고

唐宗宋祖[4]　　　　당태종과 송태조도

稍遜風騷　　　　　시재가 무디었더라

一代天驕　　　　　한때 하늘의 아들이라 자랑하던

成吉思汗　　　　　징기스칸은

只識彎弓射大雕　　독수리 떨구는 활재주 밖에 없었더라

俱往矣　　　　　　아, 모두가 지나간 옛일

數風流人物　　　　정녕 영웅호걸을 찾으려거든

還看今朝　　　　　그래도 우리 시대에 눈을 돌리라.

(1936년 2월)

---

3) 秦皇漢武: 진시황(秦始皇)과 한무제(漢武帝).
4) 唐宗宋祖: 당태종(唐太宗)과 송고조(宋高祖).

◀ **감상** ▶

　중국혁명의 지도자였던 모택동(毛澤東)은 탁월한 정치가, 혁명가이자 동시에 재능 있는 시인이자 문필가이기도 하였다. 모택동이 중국의 혁명운동의 소용돌이 속에서 틈틈이 지은 詩와 詞는 모두 수 백편에 달하고 있다.

　「沁園春雪」은 모택동이 중국 홍군(紅軍)을 이끌고 대장정을 마친 직후인 1936년 2월에 지은 것이다. 당시 모택동은 항일(抗日)의 명목으로 홍군 제1군을 이끌고 섬서성(陝西省)에서 출병하여 황하를 건너 동정(東征)을 지휘하고 있었다. 국민당 군의 초공전(剿共戰)을 피해 가까스로 전멸의 위기를 넘긴 홍군에게 있어서 항일은 명목뿐이었고, 사실은 보급물자 조달하려는 생존을 위한 출병이었다. 그러나 모택동의 시에서는 당시 중국공산당과 홍군의 곤경은 전혀 찾아볼 수 없다. 모택동의 시에서는 오히려 북국[華北地域]의 빙설(氷雪)을 타파되어야할 구 사회와 구질서로 묘사하고, 이러한 봉건잔재가 세상을 뒤덮고 있지만 반드시 중국공산당에 의해 혁파될 것이라는 기개와 자신감을 나타내고 있다. 모택동의 시에서 나타나고 있는 혁명적 낙관주의를 발견할 수 있는 대표적인 작품이라고 할 수 있다.

　시구 중 "惟餘莽莽"은 위의 "萬里雪飄" 구절을 이어서 눈 덮인 고원을 시각적으로 묘사하고 있다. "頓失滔滔"은 위의 "千里冰封"을 이어서 읽는 이로 하여금 자연스럽게 겨울 황하의 소리를 떠올리게 하고 있다. 시각적 효과와 음향적 효과의 반복을 통해 겨울날 북국의 풍경을 연상시키고 있는 것이다. 시의 후반부에서 모택동은 중국의 역사와 영웅에 자신의 독특한 견해를 피력하고, 자신을 금세의 영웅에 비유하고 있는데, 이를 통해 이후 권력에 대한 모택동의 행보를 예견해볼 수도 있을 것이다.

　　　　　　　　　　　　　　　　　　　권세진(동서대)

〈복산자(卜算子)·영매(咏梅)〉

讀陸游咏梅詞, 反其意而用之(육유陸游의 〈영매咏梅〉사를 읽고 시의(詩意)를 바꿔서 쓰다)

모택동(毛澤東)

풍 우 송 춘 귀 風雨送春歸	지난 초 여름 비바람 속에서 떠났던 봄이
비 설 영 춘 도 飛雪迎春到	흰눈 날리면서 또 찾아 왔구나
이 시 현 애 백 장 빙 已是懸崖 百丈冰[1]	백장(丈) 높은 낭떠러지에 얼음은 여전하건만
유 유 회 지 초 猶有花枝俏[2]	유독 너의 꽃가지만 예쁘게 피었도다.
초 야 불 쟁 춘 俏也不爭春	다른 꽃들과 봄 다툴 마음 없이
지 파 춘 래 보 只把春來報	오로지 봄이 왔음을 알리려고 피었구나.
대 도 산 화 란 만 시 待到山花爛漫時[3]	바야흐로 만산에 백화만발하면
타 재 총 중 소 她在叢中笑[4]	너는 깊은 숲속에 숨어 살며시 웃고 있겠지.

---

1) 已是: 비록. 百丈冰: 백장의 얼음, 酷寒을 의미함.
2) 猶有: 다만, 여전히, 초고에는 "獨有"였었는데 발표시 모택동이 "猶有"로 고쳤다. 俏: 아름답다, 초고에는 "梅"였는데 발표시 모택동이 "俏"로 바꿨다.
3) 爛漫: 꽃들이 흐드러지게 활짝 핀 모습
4) 李准等,「文藝創作的思想藝術特色」,『毛澤東文藝思想全書』, 長春, 吉林人民出版社, 1992年, 1253-1255쪽. 초고에는 "傍邊"이었으나 발표시 모택동이 "叢中"으로 고쳤다.

◀감상▶

모택동은 일생동안 많은 시와 사를 썼다. 그러나 본인이 직접 교정을 보아 정식으로 출판한 것은 그리 많지 않은 바 1957년에서 1963년 12월까지 5차례에 걸쳐 37수를 발표하였고 1976년에 다시 2수를 더하여 도합 39수가 전부이다. 아래에서 언급하겠지만 그중의 "영매(詠梅)"는 그가 사랑하는 10수의 사(詞)중의 하나이다.

전쟁시기와 전후시기에 각종 군사신문과 지방신문, 혹은 신문 기자 작가들의 회고록이나 문학작품에 모택동의 이름으로 나타난 시사(詩詞)는 위에 말한 39수보다 훨씬 많은데 그중에는 적지 않은 위작(僞作)이 있다. 또 위작은 아니라도 오자가 난무하든가 사패(詞牌)를 틀리게 썼든가 혹은 작품의 년대가 틀리든가 하는 경우가 많다. 그리하여 지금 중국에서는 모택동 시사작품의 판본고증(板本考證)문제가 매우 중요한 과제로 떠오르고 있다.[5]

지금 감상하고 있는 "영매(詠梅)"도 년대 문제가 있었다. 즉 집필시간이 오랫동안 1962년 12월로 와전되어 오다가 최근에야 1961년 12월로 수정되었다. 모택동은 중국의 최고 지도자로서 불철주야 국내외 복잡다단한 사안들을 일리만기(日理萬機)하여야 했으므로 틈틈이 시간을 짜내어 쓴 시는 필히 그때 그때의 국내정세와 긴밀한 연관 속에 있기 마련이다. 이런 모택동이었기에 시의 집필시간은 대단히 중요한 사실이다. 중국의 어떤 한 작가는 모택동의 시를 "이미주시(以美鑄詩), 이시증사(以詩證史)"라고 형용하면서 모의(毛) 시를 중국혁명의 사시(史詩)처럼 읊어야 한다고 주장하였다.[6]

모택동이 이 "영매"시에 대해 특별히 애착을 가졌음을 설명해주는 아래와 같은 사실이 있다. 1963년판 모택동 시사의 37수 중 10수는 그 이전에는 한번

5) 陳安吉,「試論研究毛澤東詩詞的板本的意義」,『毛澤東思想』, 2002年, 第5期, 46-56쪽.
6) 吳功正,「以美鑄詩, 以詩證史」,『毛澤東思想』, 2002年 第5期, 58-62쪽.

도 발표한 적이 없는 작품이다. 이 10수는 "칠률(七律), 인민해방군이 남경을 점령하다", "칠률(七律), 소산에 가다", "칠률. 노산(蘆山)에 올라", "칠절(七絕). 여성민병사진에 제사(題詞)", "칠률. 우인(友人)에게 답함", "칠절. 이진(李進)이 찍은 사진의 제사(題詞)", "칠률. 곽말약(郭沫若)시에 화답", "복산자(卜算子). 영매(咏梅)", "칠률. 겨울구름", "만강홍(滿江紅). 곽말약에 화답" 등이다.

그중 첫 번째 칠률은 1949년에 쓴 것이고 다음 9수는 모두 1958년 이후에 쓴 것이다. 물론 이 기간에 쓴 시사(詩詞)가 위에 말한 10수 뿐만은 아니다. 그런데 모택동이 오직 이 10수를 선택했다는 것은 그가 심사숙고를 거쳤음을 말한다. 시가 8수이고 사가(詞) 2수인데 작가는 이 10수의 시사의 사상성과 예술성에 대해 매우 만족해 하였는바 1996년에 출판된 "모택동시사전집"에는 "작가가 생전에 엄선하여 공개 발표한 시사는 확실히 그의 상승(上乘)작품이다. 이 10수는 그가 반복적으로 추고하고 연마한 것이다"라고 지적하고 있다. 이러한 사실은 모택동의 사인(私人) 서신왕래에서도 그 근거를 찾을 수 있는 바 "영매"는 그 두 편의 사 중의 하나이다.

중국은 시의 나라이고 시인의 나라이다. 선진(先秦)시대부터 시작하여 수천 년의 유구한 역사에 구름처럼 많은 시작(詩作)과 시인이 나타났다.

1962년 12월, 모택동이 광주(廣州)에서 중공중앙확대회의(中共中央擴大會議)를 준비하고 있던 중 책을 읽다가 남송(南宋) 시인 육유의 〈영매〉 시를 읽고 사패(詞牌)는 따르고 시의(詩意)는 바꿔서 쓴 시가 바로 이 〈영매〉다.

육유의 〈영매(咏梅)〉시는 이렇다:

卜算子(복산자) · 咏梅(영매)

육유(陸游)

역 외 단 교 변
驛外斷橋邊　　　역참 밖 끊어진 다리 옆에

적 막 개 무 주
寂寞開無主　　　쓸쓸히 피었네.

이 시 황 혼 독 자 수
已是黃昏獨自愁　　황혼이 드리우는데 수심에 잠긴 채

경 저 풍 화 우
更著風和雨　　비바람 맞으며 서 있구나.

무 의 고 쟁 춘
無意苦爭春　　다른 꽃들과 봄 다툴 생각없고

일 임 군 방 투
一任群芳妬　　그들의 질투에도 아랑곳 않누나.

영 락 성 니 전 작 진
零落成泥蹍作塵　　꽃잎 떨어져 진토가 되어도

지 유 향 여 고
只有香如故　　그윽한 향기 여전하리라.

육유(陸游, 남송인, 1125년-1210년)는 일생에 9,300여 수의 시를 썼는데 그중에 약 백수가 매시(梅詩)다. 그에 대해서 매화는 특별한 의의를 갖고 있다. 그는 절개를 지킬 줄 아는 사람만 매화를 읊을 자격이 있다고 말했다.

매화는 피어날 때 엄한을 두려워하지 않고 낙엽질 때 봄을 연연하지 않는다.("雪虐風蹍愈凜然, 花中氣節最高堅; 過時自合飄零去, 恥向東君更乞憐"-〈落梅〉) 다시 말해서 매화는 떳떳하게 왔다가 정정당당하게 가는 꽃이다. 육유는 이러한 매화의 고매함에 경도된 사람이다. 매화를 노래하는 절구 한 수는 심지어 이렇게 쓰고 있다:

문 도 매 화 탁 효 풍
聞道梅花坼曉風　　매화는 한풍(寒風)을 뚫으면서 핀다더니

설 퇴 편 만 사 산 중
雪堆遍滿四山中　　흰눈처럼 하얗게 만산에 널려있구나

하 방 가 화 신 천 억
何方可化身千亿　　어쩌면 내 몸을 천만 개로 분신하여

일 수 매 전 일 방 옹
一樹梅前一放翁　　모든 매화 옆에 이 한 몸 놓을 수 있을까?

다시 말해서 한 평생 매화 곁에서 살고지고 하겠단다.

그의 만년에 썼을 것이라고 추측되는 〈복산자 · 영매〉는 그가 젊었을 때 나라를 위해 일편단심 싸우다가 간신 진회(秦檜)의 미움을 받아 관직에서 퇴출당해 시골에서 여생을 보내면서 비록 자신은 초라한 모습의 향로(鄕老)의 신세가 되었지만 뜻한바 우국충정은 변치 않는다는 절개를 읊고 있다.

아래에 육유의 시와 모택동의 시를 한 표에 담아서 비교해 보기로 한다.

육유의 영매	시상(詩想) 풀이	모택동의 영매	시상 풀이
驛外斷橋邊, 寂寞開無主.	역참 밖이란 있을 곳이 못되는 처량한 장소에 적적히 피어있는 매화— 낙향하여 쓸쓸히 지내는 자신의 모습을 비유.	風雨送春歸, 飛雪迎春到.	봄의 폭우나 엄동설한의 눈보라도 아랑곳 않는 매화— 혁명가의 고매한 덕성을 비유.
已是黃昏獨自愁, 更著風和雨.	비바람 맞으며 황혼에 수심에 잠긴 매화— 역경에 처하여 초라한 자신의 모습을 상징	已是懸崖百丈冰, 猶有花枝俏	엄한에도 굴하지 않고 떳떳하게 피어있는 매화— 만난을 뚫고 투쟁하는 비장한 모습.
無意苦爭春, 一任群芳妒.	외롭지만 주위의 비열한 음해를 아랑곳 않고 떳떳이 피어있는 매화— 고방자상(孤芳自賞)의 청고(淸高)함을 지니고 있음을 나타내는 우의(寓意).	俏也不爭春, 只把春來報.	일신의 부귀영화를 바라지 않는 선구자로서의 매화— 이 한 몸 다 바쳐 싸워나가겠다는 굳은 각오.
零落成泥躍作塵, 只有香如故.	한 몸이 진토 되어도 그윽한 향기만은 영원한 매화— 이 한 몸 다 바쳐 절개를 지키겠다는 뜻.	待到山花爛漫.時, 她在叢中笑.	다른 꽃들과의 조화와 단합을 즐기는 매화— 혁명의 승리를 위해 이 한 몸 바치겠다는 자기희생정신의 구가.

중국은 시의 "고국"이요 "대국"으로서 고금중외 타의 추종을 불허한다. 시의 종류나 수량은 명실 공히 수불승수(數不勝數)이다. 고금율절(古今律絕), 가요사곡(歌謠詞曲)은 황하의 모래처럼 많고 시인사객(詩人詞客)도 하늘의 별처럼 많다.

필자는 청소년 시절 중국시인들의 가작명편(佳作名篇)을 읽으면서 너무 좋은 시 구절에 감동 된 나머지 이것이 꿈이냐 생시냐를 의심해 본 적도 있다.

중국의 문인들은 "시가 아름다워 이 강산을 못 떠나겠노라"는 사람이 있나 하면 "중국 문인의 절반은 시에 중독 된 환자들이다"라는 사람도 있다. 필자는 지금도 취중(醉中)에 중국의 고전시사를 읽으면서 시에 울다 시에 웃다 시에 죽고 싶은 적이 있다.

모택동의 시는 정전시(征戰詩), 증답시(贈答詩), 등림시(登臨詩), 영물시(咏物詩), 도망시(悼亡詩), 영사시(咏事詩), 제조시(題照詩), 영사시(咏史詩), 우언시(寓言詩), 애정시(愛情詩) 등으로 나누는데 〈복산자 · 영매〉는 영물시에 속한다. 영물시란 자연과 경치를 노래하는 시작이다. 일월성신(日月星辰), 우설풍상(雨雪風霜), 운하홍예(雲霞虹霓) 등은 물론 산천하류(山川河流), 화초수목(花草樹木), 조수충어(鳥獸蟲魚)도 읊을 수 있다.

중국에는 매화를 읊은 시인도 많고 매화를 그린 화가도 많다. 상설(霜雪)을 두려워 않는 고오(高傲)함과 용세(庸世)에 굽히지 않는 절개와 당당히 왔다가 떳떳이 가는 존귀함과 지극히 아름다우면서도 추호의 현요지의(顯耀之意)가 없는 그 모습이 고금의 중국문인들의 시상을 끝없이 자극한 것이다.

청나라 조익(趙翼)이 "강산대유재인출(江山代有才人出), 각령풍소수백년(各領風騷數百年)"이라고 했듯이 앞으로도 천만년 매화는 중국문인들의 시상을 끊임없이 자아내리라. 봄이면 봄마다 강산에 만개하는 매화를 어떻게 보고만 있겠는가?

馬仲可(한림대)

教我如何不想她 내 어찌 그녀를 그리워 하지 않으리

유반농(劉半農)

天上飄着些微雲	하늘에는 옅은 구름 흩날리고,
地上吹着些微風	땅에는 산들바람 불고 있네.
啊	아!
微風吹動了我頭髮	산들바람 내 머리카락 흩날리는데,
教我如何不想她	내 어찌 그녀를 그리워하지 않으리?
月光戀愛着海洋	달빛은 바다와 사랑하고 있고,
海洋戀愛着月光	바다는 달빛과 사랑하고 있네.
啊	아!
這般蜜也似的銀夜	이 달콤한 은빛 달밤에,
教我如何不想她	내 어찌 그녀를 그리워하지 않으리?
水面落花漫漫游	물 위에 떨어진 꽃잎은 천천히 떠 내려가고,
水底魚儿漫漫游	물밑에 고기들은 유유히 놀고 있네.

啊	아!
燕子你說些什么話	제비는 무엇인가 속삭이는데,
教我如何不想她	내 어찌 그녀를 그리워하지 않으리?
枯樹在冷風里也搖	고목은 찬바람에 흔들리고,
野火在暮色中燒	들불은 황혼에 타오르네.
啊	아!
西天還有些儿殘霞	서쪽하늘엔 아직도 저녁 놀 남았는데,
教我如何不想她	내 어찌 그녀를 그리워하지 않으리?

◀감상▶

이 시는 유반농이 1920년 영국에 있을 때 쓴 작품으로 중국 최초의 현대 애정시로 알려지고 있다. 타(她)라는 여성 3인칭 글자를 처음 만들어 쓴 것으로도 유명하다. 이 시에서 '타(她)'는 작가의 딸을 말한다고도 할 수 있고, 고국을 상징한다고 할 수도 있다. 산들바람, 달빛, 낙화, 고목 등의 소재를 가지고 봄 여름 가을 겨울 사계절을 표현하면서 항상 그녀를 그리워하는 애절한 사랑을 4연으로 나누어 그려 놓았다.

이 시가 표현하고 있는 것은 딸아이에 대한 사사로운 정뿐만 아니라 애인, 고향, 조국에 대한 그리움을 묘사하고 있다. 이 시에 곡을 써서 노래로 만든 조원임(趙元任)은 "그녀[她]는 남성일 수도 있고 여성일 수도 있다. 사랑하는 남자, 사랑하는 여자, 사랑하는 물건 어느 것이나 그 대상이 될 수 있다. 이 가사는 유반농(劉半農)이 영국에 있을 때 쓴 것으로 조국과 고향을 그리워한 정서가 깃들어 있다."고 하였다.

유반농(1891-1934)은 1917년 5월《신청년(新青年)》3권 3호에〈나의 문학개량관(我之文學改良觀)〉에서 "시율(詩律)이 엄격해 질수록 시체(詩體)의 수는 적어진다. 그렇게 되면, 시의 내용에 구속이 심해져서, 시학(詩學)은 발전할 가망이 전혀 없게 된다."고 하였다. 그는 "한(漢)나라 사람들은 오언시(五言詩)를 스스로 창작할 수 있는 능력이 있었고, 당(唐)나라 사람들은 칠언시(七言詩)를 창작할 수 있는 능력을 가지고 있었는데, 우리들이라고 해서 어찌 오언(五言) 칠언(七言) 외에 다른 시체(詩體)를 창작할 능력이 없겠는가?"라고 말하였다.

5·4시기의 시대사조는 자유와 해방 및 이전의 속박을 타파할 것을 요구하였으며, 지금까지의 정신적 형식적 속박을 전반적으로 부정하였다. 유반농의 "시체(詩體)를 늘이자"는 주장은 이러한 시대적 요구에 부합하는 것이었으며, 동시에 언어·어휘 및 어법 등이 발전함에 따라, 구시의 고정된 방식은 이미 발전된 언어와 첨예하게 대립하였다. 게다가 외국시가 계속 소개되어 무운(無韻)의 자유시가 발전할 수 있었다. 유반농의 주장은 시대적 요구와 언어문학 자체의 규율 및 외국시에 대한 체험으로 인해 즉시 신문학운동을 하는 동인들의 호응을 얻었으며, 이 때문에 '무운시(無韻詩)'는 시단 전체를 풍미하였으며, 한 시대의 시풍(詩風)을 형성하였다.

박운석(영남대)

這是一個懦怯的世界 여기는 겁 많은 세상

서지마(徐志摩)

這是一個懦怯的世界[1]	여기는 겁 많은 세상.
容不得戀愛,[2]容不得戀愛	사랑을 받아들이지 못하는, 사랑을 받아들이지 못하는!
披散你的滿頭髮[3]	머리를 온통 풀어 헤치고
赤露你的一雙脚[4]	두 발을 드러낸 당신.
『跟着我來, 我的戀愛	"날 따라오시오, 내 사랑이여.
抛棄這個世界	이 세상일랑 버리고
殉我們的戀愛[5]』	우리의 사랑을 위해 생명을 바치는거요!"
我拉着你的手	나는 그대의 손을 잡고
愛, 你跟着我走	내 사랑, 그대는 나를 따라오는거요.

---

1) 懦怯: 겁이 많다.
2) 容不得: 받아들일 수 없다, 용납할 수 없다.
3) 披散: 머리를 풀어헤치다, 산발하다.
4) 赤露: 발가벗다, 몸을 드러내다.
5) 殉: …에 몸을 바치다, …에 목숨을 바치다.

聽憑荊棗把我們的脚心刺透[6]
　　　가시나무가 우리 발바닥을 찔러도 좋소.

聽憑冰雹劈破我們的頭[7]
　　　우박이 우리 머리를 부숴도 좋소.

你跟着我走　　　그대는 나를 따라오고

我拉着你的手　　나는 그대의 손을 잡고

逃出了牢籠[8]　　새장을 벗어나

恢復我們的自由　우리의 자유를 되찾는거요.

跟着我來　　　　나를 따라 오시오

我的戀愛　　　　내 사랑이여!

人間已經掉落在我們的後背[9]
　　　인간 세상은 이미 우리의 등뒤로
　　　벗어났다오.

---

6) 聽憑: (자유에) 맡기다, 마음대로 하게 하다, 좋을 대로 내맡기다.
　　荊棗: ① 가시나무 ② 고난, 곤란.
　　脚心: 족심, 발바닥.
　　刺透: 꿰뚫다.
7) 冰雹: 우박.
　　劈破: 갈라져 깨지다.
8) 牢籠: ① 새장, 조롱. ② 우리, 외양간. ③ 감옥. ④ 속박, 제한.
9) 掉落: 떨어지다.
　　後背: 등.

看呀, 這不是白茫茫的大海[10]

보시오. 저건 끝없이 하아얀 바다가
아니오?

白茫茫的大海

끝없이 하아얀 바다

白茫茫的大海

끝없이 하아얀 바다

無邊的自由, 我與你與戀愛

무한한 자유,
나, 그대 그리고 사랑이여!

順着我的指頭看

내 손이 가리키는 곳을 보시오.

那天邊一小星的藍

저 하늘 끝 푸른 빛이 감도는 작은
별을 ─

那是一座島, 島上有靑草

저건 섬이라오. 섬에는 푸른 풀이
있고

鮮花, 美麗的走獸與飛鳥[11]

고운 꽃과 예쁜 짐승과 새가 있소.

快上這輕快的小艇[12]

이 가볍고 빠른 작은 배에 어서 올라

去到那理想的天庭[13]

저 하늘나라 이상향으로 갑시다.

---

10) 白茫茫: 온통 끝없이 하얗다.
11) 走獸: 걸어 다니는 짐승.
    飛鳥: 날아 다니는 새.
12) 小艇: 작은 배.
13) 天庭: ① 양미간. ② 하늘.

| 戀愛, 歡欣, 自由 | 사랑, 기쁨, 자유 — |
| 辭別了人間, 永遠[14] | 인간 세상과 작별하는거요. 영원히! |

◀ 감상 ▶

　신월파(新月派)의 대표적인 시인인 서지마(徐志摩)는 1922년부터 1932년까지 근 10여 년간에 걸쳐 적지 않은 시를 썼다. 그의 시는 《志摩的詩》(1922-1925)에 41수, 《翡冷翠的一夜》(1925-1926)에 42수, 《猛虎集》(1925-1931)에 41수, 유작을 모아놓은 《雲游》에 13수가 수록되어 있고, 이 4권의 시집에 수록되지 않은 시가 40수 더 남아 있다.

　서지마는 비록 짧은 인생을 살았지만 그가 집요하게 추구한 것은 '사랑, 자유, 아름다움'이었다. 이상적인 세계에 대한 그의 의지는 확고하였다. 그러기에 그는 현실 속에서 이상주의를 가로막는 장벽에 끊임없이 부딪쳐야만 했다. 사랑을 추구하는 과정에서 필연적으로 따라오는 많은 고통과 슬픔과 좌절을 겪으면서 그는 그의 내면의 세계를 시로써 표출해내었다. 서지마가 끊임없이 추구했던 사랑의 의미를 우리는 그의 시를 통해 알아볼 수 있다.

　〈여기는 겁 많은 세상〉은 서지마가 유부녀인 육소만(陸小曼)과 연애하던 1925년에 쓰여졌다. 두 사람의 연애는 많은 사람들의 반대에 부딪쳤고, 서지마는 이 때문에 정신적 고통을 많이 겪었다. 그러기에 그는 시의 서두에서 '사랑을 받아들이지 못하는' 이 세상을 '겁 많은' 세상이라고 단도직입적으로 표현했다. 그러나 시인은 그러한 세상에 대해서는 더 이상의 구체적인 묘사를 하지 않고, 이상세계에 대한 긍정적인 모습들만을 열정을 다해 묘사하고 있다.

---

14) 歡欣: 기뻐하다.

이 시는 어두운 현실세계를 거부하고 이상세계를 지향하는 시인의 낭만적인 열정을 유감없이 보여준다.

'끝없이 하아얀 바다'는 무한한 자유를 상징한다. 바다에는 아름다운 섬이 있다. 그리고 섬에는 푸른 풀이 있고, 고운 꽃이 있고, 예쁜 짐승과 새가 있다. 그가 더욱 동경해 마지않는 것은 '사랑, 기쁨, 자유'가 있는 이상향으로서의 '저 하늘나라'이다. 이러한 이상세계를 찾기 위해 시인은 일말의 미련도 없이 결단한다. "이 세상일랑 버리고 우리의 사랑을 위해 생명을 바치는거요!", "가시나무가 우리의 발바닥을 찔러도 좋소. 우박이 우리의 머리를 부숴도 좋소."라고.

이 시에서 볼 수 있듯이 서지마에게 있어서 사랑은 모든 것의 원동력이었다. 그의 일기집《愛眉小札》에서 그는 사랑에 대하여 다음과 같이 말하고 있다.

"사랑한다는 것 --- 정신적인 약속, 위대한 상호헌신 --- 은 위대한 일이다. 두 영혼이 하나님 앞에서 자원하여 결합하는 것보다 더 아름다운 순간은 이 세상에 없다. --- 사랑의 신성함은 이 절대성과 완전성, 그리고 불변성에 있다. …… 사랑은 생명의 중심이요 핵심이다. 사랑에 성공하면 생명이 성공하는 것이요, 사랑에 실패하면 생명이 실패하는 것이니 이는 의심의 여지가 없는 것이다."

"'定情' —— the spiritual engagement, the great mutual giving up —— 是一件偉大的事情, 兩個靈魂在上帝的眼前自願的結合, 人間再沒有更美的時刻 —— 戀愛神聖就在這絕對性, 這完全性, 這不變性; …… 戀愛是生命的中心與精華; 戀愛的成功是生命的成功, 戀愛的失敗, 是生命的失敗, 這是不容疑義的。"(《愛眉小札》8월 14일)

서지마가 사랑에 대해 얼마만큼 절대적인 가치를 부여하고 있는지를 알 수 있는 말이다. 서지마가 죽은 뒤 호적(胡適)은 그를 애도하면서 다음과 같이 말하였다.

  "그의 일생은 사랑의 상징이었다. 사랑은 그의 종교였으며 그의 하나님이었다."
  "他的一生是愛的象徵, 愛是他的宗敎, 他的上帝。"(胡適,〈追悼志摩〉)

朴星柱(한국방송통신대)

再別康橋[1] 다시 캠브리지를 떠나며

서지마(徐志摩)

輕輕的我走了	가볍고 가볍게 떠난다
正如我輕輕的來	내 그렇게 왔듯이
我輕輕的招手	가볍게 손을 흔들며
作別西天的雲彩	서쪽 하늘의 구름과 작별한다.
那河畔的金柳	강가 저 황금빛 버드나무는
是夕陽中的新娘	석양 속의 신부
波光裏的艶影	물결치는 빛 속 아름다운 그림자는
在我的心頭蕩漾	내 마음 속에서 출렁인다.
軟泥上的靑荇[2]	부드러운 진흙 위의 푸른 노랑머리 연꽃은
油油的在水底招搖	유유히 물밑에서 흔들거린다.

---

1) 康橋: 영국 런던 북쪽에 위치한 캠브리지(Cambridge) 도시를 가리키는 말로, 지금은 '劍橋'란 이름으로 사용되고 있음.
2) 荇: 荇菜로, 노랑머리 연꽃을 말함.

在康河的柔波裏	캠브리지 연못의 잔잔한 물결 속에서
我甘心做一條水草	한 떨기 水草가 되기를 기꺼이 바라네!

那榆蔭下的一潭	저 느릅나무 그늘 아래의 연못은
不是清泉, 是天上虹	맑은 샘이 아니라 하늘의 무지개로
揉碎在浮藻間	떠 있는 말 사이에서 망가뜨려지고
沈淀着彩虹似的夢	무지개 같은 꿈을 침전시키고 있다.
尋夢撑一支長篙	꿈을 찾는다고? 긴 상앗대로 배를 저으며
向青草更青處漫溯	푸른 풀 더 짙은 곳으로 자유로이 거슬러 올라간다.
滿載一船星輝	배에 별빛을 가득 싣고서
在星輝斑爛裏放歌	별빛의 찬란함 속에서 노래한다.

但我不能放歌	그러나 나는 노래할 수 없다
悄悄是別離的笙簫	조용한 것이 이별의 생황과 퉁소 소리이기에
夏蟲也爲我沈默	여름 벌레도 나를 위해 침묵한다
沈默是今晚的康橋	침묵은 오늘밤의 캠브리지로다!

悄悄的我走了[3]	조용 조용히 떠난다
正如我悄悄的來	내 그렇게 왔듯이
我揮一揮衣袖	나는 옷소매를 흔든다
不帶走一片雲彩	한 조각의 구름이라도 묻혀가지 않도록.

감상

서지마(徐志摩, 1897-1931)는 중국 현대 시단에 새로운 방향을 제시했던 신월사(新月社)의 중심 인물이자 서정시인이다. 이 시는 시인이 1928년 11일 6일 두 번째 유럽 여행에서 귀국하는 도중에 쓴 것으로, 1928년 12월 《신월(新月)》 1권 10기에 발표되었고, 4권(《志摩的詩》·《枇冷翠的一夜》·《猛虎集》·《雲游》)의 시집 중 세 번째인 《猛虎集》에 실려 있다.

시인이 말하는 강교(康橋)[캠브리지]는 단순한 도시만이 아니라 그의 정신적 고향이라고도 할 수 있다. 왜냐하면 캠브리지에서의 생활이 그를 "정치를 버리고 문학에 종사하게 한" 자신의 인생 행로에 중대한 변화를 불러 일으켰던 곳이기에 그에게 있어서 매우 의미 있는 중요한 도시이고, 바로 이때부터 시를 짓게 되었기 때문이다. 따라서 시인은 캠브리지란 도시와의 이별에 대한 정감을 이 작품 속에 잘 표현하고 있다.

외형적 특징적 측면에서 보면, 이 시는 시형미(詩形美: 모든 절(節)이 4행, 1, 3행과 2, 4행의 시행(詩行)의 고저(高低)와 음악미(音樂美: 첩자疊字 사용과 절의 반복 등) 등에서 신월시파(新月詩派)가 주장한 시의 예술적 표현 기교와 "완미(完美)한 형체"의 요구를 잘 반영한 작품 중 하나이다.

---

3) 悄悄的: 多義語로, "조용 조용히"란 의미 이외에도 "슬프고 슬프게"란 의미가 있는데, 여기서는 모두 전자를 따랐음.

내용적 측면에서 보면, 이 시는 시인이 마치 한 폭의 시의(詩意)가 가득 담긴 풍경화처럼 생동적으로 캠브리지와 이별을 아쉬워하는 정경을 재현하였다라고 할 수 있다. 제1절은 마지막 절과 호응하면서, 장차 캠브리지를 떠나가려 할 때의 시인의 심리상태를 묘사하였다. 첫 번째 절에서 세 개의 "輕輕的"를 반복하는데, 이것을 통해 시인은 작별인사를 하는 대상에 대한 섬세하고 부드러운 정을 드러내었다. 두 번째 절에서 네 번째 절까지는 석양 만조 속의 캠브리지의 경물 및 이러한 경물이 시인의 마음속에서 불러일으키는 감정과 정서를 묘사하고 있다. 이러한 3절은 경물 묘사에 치중하였는데, 이 경물 묘사 속에는 이별의 감정을 드러내었을 뿐만 아니라 더욱 많은 것은 도리어 캠브리지를 다시 봄으로 인해서 생겨난 시인의 즐거워하는 정(情)을 드러내고 있다. 다섯 번째 절에서는 과거를 회상하며 시인이 그 해 별이 총총한 하늘 아래에서 배를 띄우는 정경을 서술하였다. 여섯 번째 절에서 시인은 회상에서 현실로 돌아와 캠브리지의 '침묵(沈默)'한 분위기를 과장하고, 집중적으로 이별의 감정을 드러내었다. 그리고 이 절은 서정에 치중하는데, 경물 묘사를 집중적으로 했던 2~4절에서 나타났던 그러한 기뻐하고 좋아하는 색채는 없고, 단지 속으로 삼키는 절제된 더욱 애절한 감정이 "조용 조용히" 가득 차 있다. 이것이 바로 시인의 이별 감정이 승화된 부분이다. 마지막 절에서는 첫 번째 절과 같은 캠브리지를 떠나가려 할 때의 최후의 심리상태를 묘사하였다. 여기에서는 첫 번째 節의 "輕輕的"를 "輕輕的"로 바꾸었는데, 이것은 시의 말미에 한층 담담한 애수를 느끼게 하였고, 앞 節의 서정 분위기와 잘 어울리게 하였다. 마지막 行의 "한 조각의 구름이라도 묻혀가지 않도록"이라고 말하는 것은 바로 일종의 사랑의 표명이고, 원망(願望)의 표현이다. 또 이것은 캠브리지의 아름다움을 한 조각이라도 묻히고 가면 캠브리지의 빛이 바래지기에, 시인의 고상한 운치가 조금이라도 감소되지 않고 아름다운 빛이 영원하길 바란다는 함축적인 의미를 지니고 있다. 이처럼 이 시는 매우 함축적이지만 모호하지는 않고, 의경(意境)과 언어 방면에서도 아름다운 중국 신시(新詩)의 역작이라고 말할 수 있다.

박안수(경남대)

死水 죽은 물

문일다(聞一多)

這是一溝絕望的死水	이곳은 절망의 죽은 물
淸風吹不起半點漪淪	맑은 바람 불어도 잔물결 일지 않으니
不如多扔些破銅爛鐵	녹슨 고철덩어리 던지는 게 낫겠다.
爽性潑你的剩菜殘羹	아싸리 먹다 남은 반찬이며 국물을 뿌리자
也許銅的要綠成翡翠	구리는 푸르스름한 비취가 되고
鐵罐上鏽出幾瓣桃花	깡통은 녹슬어 복사꽃 몇 잎 피울 수도 있겠지.
再讓油膩織一層羅綺	그리고 기름 낀 음식은 고운 비단 한 겹 짜내고
霉菌給他烝出些雲霞	곰팡이는 무지개구름을 피워줄지도 모르지
讓死水酵成一溝綠酒	죽은 물이 푸른 술 빚어내면
飄滿了珍珠似的白沫	하얀 방울 진주처럼 떠다니고
小珠們笑聲變成大珠	작은 구슬 웃으며 큰 구슬로 변하면
又被偸珠的花蚊咬破	또 술 탐내는 호랑모기 물어뜯어 터트릴게다.

那麼一溝絕望的死水　그러면 이 절망의 죽은 물은

也就誇得上幾分鮮明　화려하고 빛나는 자신을 뽐낼 수도 있으리

如果靑蛙耐不住寂寞　거기에 적막을 못 견디는 개구리 있다면

又算死水叫出了歌聲　죽은 물은 노래도 부르는 셈이 되리라.

這是一溝絕望的死水　이곳은 절망의 죽은 물

這裡斷不是美的所在　여기 결코 美 있는 곳 아니니

不如讓給醜惡來開墾　차라리 醜惡더러 개간하게 하라

看他造出個什麼世界　그리고 그것이 만드는 세상을 보자.

◀감상▶

　알고 있는 중국현대시가 몇 편 안 되던 시절 나에게 강한 인상을 주며 더 많은 시를 찾아보게 만든 시가 위의 시 〈죽은 물〉이다. 지금 생각해보면 그 당시는 유난히 우울하고 어두웠던 시절이었고 나 자신 조금의 거짓이나 가식도 용납할 줄 모르는 깨끗하고 여린 마음을 지녔던 시절이었다. 그때 이 시는 내게 회생할 수 없는 더럽고 썩은 물과 그것이 벌이는 현란한 잔치의 강한 대비 속에서, 화려하고 광채 나는 것 속에 은폐된 추악함을 보아내는 예지력을 그리고 있는 시로 다가왔다. 그 주제가 던지는 예언적 울림과 시 속의 선명한 이미지가 오래도록 가슴 속에 남았던 기억이 난다.

　하지만 나는 그 깊은 감동을 간직하고 싶으면 싶을수록, 그러한 이해로는 이 시 전체를 해석할 수 없다는 사실을 인정하지 않을 수 없었다. 2연에서 4연까지는 이러한 이해를 따를 수 있었지만 1연과 5연의 의미는 이런 식으로 해석되

지 않았기 때문이었다. 그리고 본격적으로 현대시 관련 자료들을 찾아보고 다른 사람들의 이해를 비교해가면서 나는 이 시의 이해가 그렇게 녹녹치만은 않다는 것을 발견해야 했다. 다른 사람들의 해석 방법도 다양했던 것이다. 그중 대표적인 것 몇 가지를 소개해보도록 하겠다.

중국의 대표적인 산문가이자 시 평론가인 주자청(朱自淸)은 문일다(聞一多)가 불의의 죽음을 당한 후 그의 작품과 연구성과들을 모아 《문일다전집(聞一多全集)》을 편집하였다. 그는 이 책의 서문에서 장극가(臧克家)에게 보낸 문일다의 편지를 인용하면서 시인, 학자, 투사로서의 문일다상을 그려내는데, 이 편지는 이후 문일다 연구자들이 반복해서 인용하는 문일다를 이해하는 중요한 글이 되었다. 그 내용은 다음과 같다.

나는 나 자신이 폭발하지 않은 화산일 뿐이라고 느낀다. 고통스럽도록 불타고 있지만 나를 짓누르고 있는 지표면을 부숴 빛과 열을 낼 능력(바로 기교)은 없는 그런 화산이라고. 그런데 나의 오래된 친구 몇 명만이 내 속에 불이 있다는 것을 보아내고, 그들만이 《죽은 물》에서 나의 불을 발견한다.

주자청은 고요하고 정제된 표면과 표면 깊숙이 들끓고 있는 불이야말로 문일다를 이해하는 핵심적인 비유라고 이해한 듯 하며, 이에 근거해서 〈죽은 물〉에 대해 "이 시는 '악의 꽃'에 대한 찬양이 아니라, 차라리 '추악'으로 하여금 빨리 '악으로 세상을 뒤덮게 하자'는 것이다. '절망' 속에 희망이 있다."[1]라고 비평한다.

또 장극가의 견해가 있는데, 그는 "시 속에 나오는 '추악'의 의미는 암흑현실의 반대 측면으로 받아들여야만 한다"[2]고 한다. 다시 말해 '추악'이라고 말하지만 문자 그대로 추악을 의미하는 것이 아니라 그것은 추악한 세상에 저항하고 그것의 제거에 힘쓰는 세력을 의미한다는 것이며, 이러한 해석을 따르는

---

1) 朱自淸, 〈聞一多先生怎樣走着中國文學的道路-《聞一多全集》序〉 1947.
2) 臧克家, 《特刊》 1979년 4기.

사람들은 '추악'은 혁명세력을 의미한다고까지 풀이한다. 이러한 시 해석이 애국주의자 문일다의 선입견에 충실한 지나친 견강부회임이 분명해 보이지만, 이런 식의 견강부회가 아니고서는 모두가 알고 있는 애국주의자 문일다에 걸 맞는 해석을 해내기 힘들 정도로 이 시가 꼼꼼한 읽기를 요구하는 난해한 시라 는 점을 기억해두도록 하는 게 좋겠다.

앞서 주자청의 글에서 잠시 언급되었지만 이 시는 또한 '악의 꽃'을 표현한 다는 평가도 있었던 것으로 보인다. 중공 수립 이후 문일다를 포함한 신월시파 (新月詩派)가 시종 유미주의라는 이름으로 비난받아왔으며, 문일다의 신라파 엘주의에 대한 관심이나 그의 시와 시론에서 적잖게 발견되는 '미'(美)에 대한 추구는 부인할 수 없는 사실이다. 그렇다면 〈죽은 물〉에서 시궁창을 화려한 세 계로 표현하고 추악이 만들어내는 세계를 기대하라는 마지막 구절 등은 추한 것 속에서 아름다움을 발견하는 미적 지향을 그리고 있다고 설명할 가능성을 배제한다고 할 수도 없을 것이다.

신시기 이후 〈죽은 물〉에 대한 평가는 어느 정도 합의점을 찾아가고 있는 듯 하다. 신시기 이후 비평가들은 이 시의 원고 끝에 문일다가 기록한 1925년 4 월이라는 창작날짜가 1926년 4월의 오기일 것이라고 주장하면서, 이 시는 귀 국 후 발견한, 타향에서 그리던 아름다운 조국과는 너무나 판이한 조국현실에 대한 분노와 저주를 표현하고 있다고 평가한다. 하지만 이 경우에도 구체적인 분석에 있어서는 여전히 이견이 분분하다. 예를 들어 2연에서 4연에 표현된 아름다운 세상이 의미하는 것이 무엇인가에 대하여, 그것이 제국주의와 봉건 군벌이 만들어놓은 겉보기에 화려하고 현란한 세계를 보여주며, 개구리는 이 들에 아부하여 이러한 세계를 찬미하는 사람들을 비유하는 것으로, 이 시는 이 들 암흑세력에 대한 저주를 담고 있는 것이라고 평가하는 이도 있고,[3] 이것이 현실사회를 그린 '사실(寫實)'이 아니라 시인 자신의 상상 속에서 완성하고자 하는 '행동'이라는 점을 강조하여 그 아름다운 세계는 시인이 적극적으로 만

---

3) 凡尼, 魯非, 《中國現代作家欣賞叢書》(桂林:廣西教育出版, 1988)

들어내고자 하는 세계로서, 조국에 대한 애정의 크기만큼 이 시는 암흑의 조국에 대한 가혹하고 통렬한 저주를 담고 있다고 비평하기도 한다.[4]

이렇게 다양한 해석들이 나오는 것에 대해 시의 감상은 주관적이라는 말로 어떠한 해석이든 가능하다고 할 수 있는 것일까? 시의 감상이 주관적이라는 명제는 정당하지만, 그렇다고 해서 그것을 시를 마음대로 해석해도 좋다는 의미로 이해해서는 안 될 것이다. 시의 감상이 주관적이며 다양할 수 있다는 것은 언어와 현실, 또는 언어와 심리가 결코 일치할 수 없다는 언어의 본성에 대한 이해에 기반한 것으로, 시의 논리에 충실히 따르고 있음에도 불구하고 매 개인이 그려내는 감상의 세계는 달라진다는 의미에서 그렇다는 점을 이해해야 할 것이다. 즉, 시 해석의 정당성 문제는 여전히 남는 것이다.

그러자면 우선 이 시를 이 시가 쓰여진 시간과 공간에서 분리시켜 하나의 언어의 구조물로 이해하는 것에서 출발하는 것이 필요할 듯하다. 문학이란 시대를 초월하여 영원성을 구현하고 있다는 주장을 반복하기 위해서가 아니라, 문학이란 언어를 통해 구축한 관념의 세계로서, 그 세계가 포착하는 구체적 현실은 매 시대와 매 개인에게 있어 달라질 수밖에 없다는 원리에 충실해지기 위해서이다. 그럴 때에만 시는 하나의 의미만을 전달하는 도구가 아닌 의미를 끊임없이 생산해내는 생명체가 될 수 있기 때문이다. 문학의 영원성이라든가 보편성이란 문학작품에서 현실을 제거한 창백한 의미를 추출해내는 데에서 찾아지는 것이 아니라 어느 곳 어느 때의 사람에게라도 자신의 현실을 받아들이는 무한한 해석의 여지를 제공하는 그 풍부한 언어의 조직체라는 데에서 의미를 찾아야할 것이다.

〈죽은 물〉의 첫 구절 '이것은 절망의 죽은 물'이란 20년대 중국의 현실뿐 아니라, 절망 그 자체에 대한 형상화로 읽혀야 함이 마땅하다. 허위와 가식이 판치는 세상, 부패가 순수를 모독하는 세상, 전쟁을 향해 질주하는 권력에 환호하는 세상, 소통의 방법을 잃어버린 세상, 극한의 기아와 견딜 수 없는 허영

---

4) 李怡,《聞一多名作欣賞》(北京: 中國和平出版社, 1993)

이 공존하는 세상 등등 그 죽은 물의 이미지는 매 개인, 매 사회가 대면하는 상황에 따라 다양한 양상으로 울림을 줄 것이다. 그러므로 '죽은 물'의 이미지는 중요한 시적 언어로 다가온다. 본문에서 양사가 '일구(一溝)'라고 쓰여 있는 것을 볼 때, 이 죽은 물은 웅덩이에 고여 있는 물이 아니라, 이제는 흐름을 멈추고 썩어있는 시궁창물이다. 맑은 바람이 불어도 꿈쩍도 하지 않는 정체된 물이다.

하지만 이 썩고 정체된 물, 절망감은 시의 전개에 있어서 시종 떠나지 않는 이미지이지만 그것은 단지 시작일 따름이다. 〈죽은 물〉은 이 절망을 앞에 두고 절망을 그리지 않고 그 죽은 물이 화려하고 밝은 모습으로 변신하는 것을 그리는 데에 시적 상상력을 발휘한다. 이 죽은 물에 다시 더 망가진 동과 녹슨 철을 던지고 먹다 남은 반찬과 국물을 뿌린다. 이것들은 쓸모없는 것, 더러운 것, 역겨운 것, 보기 싫은 것들이다. 그런데 그것들이 화려한 변신을 한다. 비취며 복사꽃이며 비단, 무지개 구름으로 변신하고, 게다가 맛있는 술과 진주 방울들의 웃음, 개구리의 노래까지, 시궁창은 시각 청각 미각의 향유로 가득 찬 세계로 변모한다. 가장 추악한 것이 마치 마술처럼 가장 아름다운 것으로 변모하는 것이다.

이 시에 등장하는 이미지들은 미와 추악의 두 그룹으로 나눌 수가 있다. 비취, 복사꽃, 비단, 무지개 구름, 푸른 술, 진주, 개구리 울음은 미의 그룹에 속하고, 망가진 동과 녹슨 철, 먹다 남은 반찬과 국물은 추악의 그룹으로 분류된다. 미의 그룹에 분류된 이미지들은 중국시에 오래도록 사용되어온 낡은 이미지들이라는 공통점도 있다. 그런데 여기에서 우리는 시적 상상력의 진수를 경험한다. 시궁창에 떠 있는 찌그러진 깡통이며 냄새나는 음식찌꺼기처럼 이제껏 감히 시의 한 구절이 되리라고는 생각지도 못하던 이미지들이 전통적으로 지고지미의 상징이어 온 복사꽃이며 비단, 무지개 구름으로 변모하고 있는 것이다. 이것은 미학의 전복이고, 도덕의 전복이기도 하고, 시가 이루어내는 의식의 전복이다. 이 시가 주는 감동이란 이 전복의 짜릿함을 통과해서 온 몸의 감각기관으로 퍼지는 황홀함이 아닐까? 더러운 것, 추한 것 속에서 아름다움을 보아내는 것은 시적 상상력의 힘이라고 하겠다. 이 시를 읽으면서 우리는 앉은뱅이가 일어나고, 총이 꽃으로 변하고, 굶주린 얼굴에 뽀얀 살이 오르는 모습을 상상할 수 있지 않을까? 영화 〈오아시스〉의 청계고가도로 위에서의 댄스를 떠올릴 수도 있을 것이다. 이 시가 감동적인 이유는 바로 이 부분 때문이다. 우리는 이 시를 통해 썩고 더러운 절망뿐인 세상에서 희망을 꿈꾸는 상상력을 경험하는 것이다.

　문일다와 함께 격률시론을 탐색했던 요맹간(饒孟侃)은 시인이 〈죽은 물〉을 쓸 당시의 상황에 대해, "〈죽은 물〉은 그가 우연히 씨단[西單] 이용갱(二龍坑) 남쪽의 썩은 시궁창을 보고 지은 것"[5]이라고 우리에게 증언하고 있는데, 이는 〈죽은 물〉에 대한 이해에 중요한 단서를 준다. 미국 유학 시절 문일다는 조국을 지나 지구를 한 바퀴 돌고 온 태양을 보며 태양을 좇아 집에 갔다 온 듯이 여기겠다고 할 정도로 조국을 그리워했고(〈태양음(太陽吟)〉), 그가 그리워한 조국은 고고한 역사와 우아한 풍속을 지닌 국화꽃 같은 조국(〈억국(憶菊)〉)이었다. 그러던 문일다가 1925년 6월 1일 상해에 도착했을 때, 그리던 고향에 돌아온 그의 눈앞에 펼쳐진 조국의 모습은 5·30운동이 벌어지고 난 후의 혼란과 처참함이었다. 불안한 정국과 제국주의 국가의 침략, 민중들의 비참한 삶, 불확실하고 혼돈스런 조국의 장래 등 그가 느낀 조국은 절망스러운 것이었다. 그러던 그가 우연히 마주친 쓰레기가 떠 있는 시궁창을 보고 절망스런 조국을 떠올렸으리라는 것은 예상할 수 있을 것이다. 하지만 〈죽은 물〉은 거기에 그치지 않고, 그 시궁창에서 미의 축제를 꿈꾸고 있는 것이다. 우리는 시궁창 물에서 절망스런 조국을 떠올리는 데에 그치지 않고, 절망스런 조국의 재기, 아름다운 미래를 갈망하는 문일다를 상상할 수 있다. 〈죽은 물〉은 조국의 현실에 대한 절망뿐 아니라 더 나아가 그보다 더 강한 희망을 그려내고 있었다. 시궁창에 찌그러진 금속과 먹다 남은 음식찌꺼기를 버리는 것은 절망적인 조국현실에 대한 통렬한 분노와 저주이지만, 그 깊은 분노와 절망이 결국에는 아름다운 조국을 창조하리라는 꿈, 희망이 마음 깊숙이 불타고 있다.

　앞서 〈죽은 물〉의 해석에 있어서 시궁창이 아름다운 세계로 변화하는 부분

---

5) 〈詩詞二題〉, 《詩刊》 1979년. 8기.

을 어떻게 이해할 것인가를 둘러싸고 의견이 갈라짐을 살펴보았는데, 이상의 분석을 통해 그 의미가 밝혀졌을 것이다. 또한 이 시의 미적 체험의 중심이 절망의 희망으로의 변신에 있다고 할 때, 〈죽은 물〉의 핵심 메시지가 당시 중국 현실에 대한 분노와 저주에 있다고 하는 해석이 일반 심미 체험과도 동떨어진다는 것을 지적해야겠다. 그리고 간단한 몇 마디 말로 시의 중심 메시지를 보아내는 주자청의 시적 혜안에 감탄하지 않을 수 없다는 말을 덧붙여야겠다.

〈죽은 물〉의 가치가 시인의 시적 상상력에 있다는 점을 이해하고 나니 격률 시론의 비판적 계승자인 변지림(卞之琳)의 문일다에 대한 이해가 궁금해진다. 변지림은 문일다의 시가 애국주의와 사회정의감의 표현에 있어 두드러진다는 점을 인정하면서, 그렇지만 자신이 신시로부터 익힌 시의 기교 중에서 문일다의 《사수(死水)》로부터 배운 것이 가장 많다는 것을 고백하고, 〈죽은 물〉에 대해 다음과 같은 평가를 한다.

〈죽은 물〉 시 전부와 〈자백[口供]〉의 마지막 행 "파리 같은 생각이 쓰레기통을 기어간다("蒼蠅 似的思想, 垃圾桶裏爬") 와 같은 것, 소위 "이추위미(以醜爲美)", 이른바 아름답지 않은 사물을 시 속에 써넣는 것은 "진부한 것을 신기한 것으로 변화시키는 것"이라고 하지 않을 수 없다. 이러한 예는 우리나라 시가 전통 속에 많지는 않지만 그렇다고 없지도 않았다. 두보(杜甫)의 명구 "부자집에는 술과 고기 썩는 냄새 나는데, 거리에는 얼어 죽은 뼈들이 뒹구네(朱門酒肉臭, 路有凍死骨)"가 아름다운 사물을 쓴 것은 아니지 않은가? 그런데 그가 창조해낸 것이 더러운 느낌이 드는가, 시적 흥취가 없는가?… 지금에 있어서도 《죽은 물》의 가치는 주로 여전히 우리에게 던지는 예술의 계발에 있다… 장극가와 나 뿐만이 아니라 지금의 모든 사람들이 《죽은 물》 속에 "불"이 있다는 것을 쉽게 알아볼 수가 있다. 다만 우리 모두 아직 《죽은 물》이 열어놓은 연단술과 같은 공력을 충분히 배워 더 진척시키지 못하였을 뿐이다[6]

---

6) 卞之琳, 〈完成與開端:紀念詩人聞一多八十生辰〉(1979. 3. 作), 《人與詩:憶舊說新》
  (北京: 三聯書店, 1984)

변지림의 이와 같은 평가는 문일다의 〈죽은 물〉이 지금에 이르기까지 가치를 지니는 이유가 그 주제에서만이 아니라 그 주제를 표현해내는 언어조작력에 있다는 것에 주목하기를 요구하는 것이고, 이 점에 있어서 〈죽은 물〉은 매우 완전한 예가 된다고 할 수 있다. 문일다 자신도 자신의 글 〈시의 격률〉에서 격률시의 대표작으로 〈죽은 물〉을 자랑스럽게 소개하기도 하였다. 시의 원문에서 볼 수 있듯이, 〈죽은 물〉은 문일다가 주장했던 시에 있어서의 음악의 미, 회화의 미, 건축의 미를 두루 갖추고 있으며 또 그러한 격률이 이 시에 고전적이면서 절제된 아름다움을 부여하고 있는 것이 사실이다. 하지만 이 시가 80여 년을 격한 지금에까지 우리에게 감동을 주는 이유는 그러한 아름다움 이외에 시대가 다르고 나라가 다르더라도 공감할 수 있는 보편적인 무엇, 더 정확히 말한다면 각기 다른 조건에 있는 개개의 독자에게 서로 다른 세계의 미적 경험으로 나아갈 길을 열어주는 그 무엇을 지니고 있기 때문일 것이다. 또한 더러운 것을 시에 도입하여 예술의 재료로 만들어내는 능력도 그가 일구어낸 새로운 시의 길이라고 해야 할 것이다. 그리고 그것이 그토록 진부한 전통적 상징을 사용하고 있다는 점도 지적해야 하겠다.

李先玉(충북대)

雨巷 비 내리는 골목길

대망서(戴望舒)

撑着油紙傘, 獨自	지우산을 받고, 홀로
彷徨在悠長, 悠長	쓸쓸히 비 내리는
又寂寥的雨巷	길고 긴 골목길 떠돌 때
我希望逢着	만나고 싶어
一個丁香一樣地	한 송이 라일락처럼
結着愁怨的姑娘	슬픔 머금은 여인을.
她是有	여인은
丁香一樣的顏色	라일락 같은 빛깔과
丁香一樣的芬芳	라일락 같은 향기와
丁香一樣的憂愁	라일락 같은 우수로
在雨中哀怨	빗속에 애원하고
哀怨又彷徨	애원 속에 떠돌아
她彷徨在這寂寥的雨巷	쓸쓸히 비 내리는 골목을

撐着油紙傘	낡은 지우산을 받고
像我一樣	나처럼
像我一樣地	나처럼
默默彳丁着	정처 없이 떠도는 여인아
冷漠, 凄淸, 又惆悵	무정하게, 처량하게, 구슬프게.
她靜默地走近	여인은 말없이 다가와
走近, 又投出	다가와 던져
太息一般的眼光	한숨 섞인 눈길을,
她飄過	그리곤 스쳐 지나가
像夢一般地	꿈처럼
像夢一般地凄婉迷茫	아련히 사라지는 꿈처럼.
像夢中飄過	꿈속에서 스쳐 지나간
一枝丁香花	한 송이 라일락처럼
我身旁飄過這女郎	여인은 내 곁을 스쳐지나
她靜默地遠了, 遠了	말없이 멀리 머얼리

到了頹圮的籬牆　　　그 무너진 담장에 이르러

走盡這雨巷　　　이 비 내리는 골목에서 사라져.

在雨的哀曲裏　　　애절한 빗소리에

消了她的顏色　　　여인의 빛깔도 사라지고

散了她的芬芳　　　여인의 향기도 흩어지고

消散了,甚至她的　　　심지어 한숨 섞인 눈길과

太息般的眼光　　　라일락 같은 우수도

丁香般的惆悵　　　사라지고 흩어져.

撑着油紙傘,獨自　　　지우산을 받고, 홀로

彷徨在悠長,悠長　　　쓸쓸히 비 내리는

又寂寥的雨巷　　　길고 긴 골목길 떠돌 때

我希望飄過　　　스쳐 지나고 싶어

一個丁香一樣地　　　한 송이 라일락처럼

結着愁怨的姑娘　　　슬픔 머금은 여인을.

◀감상▶

　1928년 8월 ≪소설월보(小說月報)≫(제19권 8호)에 발표된 이 〈비 내리는 골목길〉이란 시는 당시 청년 독자들에게 폭발적인 반향을 일으킨다. 당시 다이왕수(戴望舒, 1905-1950)의 나이 스물 셋임에도 불구하고 이 시로 인하여 문단의 주목을 받게 되고 그는 '우항시인(雨巷詩人)'이란 칭호도 얻게 된다. 시인 주상(朱湘, 1904-1933)이 ≪신문예(新文藝)≫(1.3,1929)의 〈통신(通信)〉란에서 특히 이 시를 인용하면서 '중국 신시의 서곡(我國新詩的一個Prelude)'이라고 극찬한 것처럼, 이 시는 그 스타일이나 이미저리, 상징주의적인 연상 작용에 있어서 중국 독자들에게 다이왕수를 모더니스트로서 각인시켜준 작품이랄 수 있다. 불확실하고 희미한 암시적인 이미지들, 애상적인 분위기, 감미로운 음악성, 정감적인 어휘들의 조화로운 결합은 특히 프랑스 상징주의 시인 베를렌(Verlaine, Paul, 1844-1896)의 풍격을 연상시킨다.

　이 시에서는 고독한 시인이 비 내리는 골목길을 배회하면서 몰입하는 끝없는 절망감과 상실감이 환상으로 그려지고 있다. 시인은 우수에 찬 여인의 이미지를 그려내고, 그녀와 연민의 눈빛을 교환하고, 말없이 그를 스쳐지나가 빗속의 허름한 골목길 끝으로 사라지는 그녀를 상상하고 있다. 특히 마지막 연에서 첫 연을 반복시킴으로써 이러한 시인의 상상에 대한 신빙성은 더욱 높아진다. '비 내리는 골목길'과 '라일락처럼 슬픔 머금은 여인'이 무엇을 암시하는가에 따라 이 시에 대한 해석도 다를 수가 있다. '비 내리는 골목길'이 그 당시 중국의 어둡고 암담한 현실을 암시하는 것일 수도, 그가 열렬히 사모했던 스저춘(施蟄存, 1905-2003)의 여동생 스쟝녠(施絳年)에 대한 힘들고 가슴 졸이던 사랑의 과정을 암시하는 것일 수도, '시적 영감이나 글쓰기의 산고'를 암시하는 것일 수도 있다. 따라서 각각의 경우에 '라일락처럼 슬픔 머금은 여인'은 희망을, 스쟝녠을, 시고의 탄생을 암시한다고 볼 수 있다.

　우수와 절망감에 대한 반복적인 강조에도 불구하고 〈비 내리는 골목길〉은 꿈과 같은 아름다움, 빛깔과 향기와 소리에 아름답게 농축된 암시적인 서정미

를 보여준다. 따라서 다이왕수가 이 시에서 창조하고자 하는 바는 우수와 절망
감을 직서하는 것이 아니라 간접적으로 우수에 찬 아름다움을 환기시키는 것이
다. 우수에 찬 아름다움을 환기시키기 위해 키워드로 사용된 '라일락(丁香)'의 이미지는 이미 만당(晚唐) 이상은(李商隱, 813-858)의 시 〈대신 드림[代贈]〉과 남당(南唐) 이경(李璟, 916-961)의 사 〈완계사(浣溪沙)〉에서 등장하고 있다. 〈대신 드림〉에선 "파초는 펼쳐있지 않고 라일락도 봉오리 맺혀/ 봄 바람 결에 각자 슬퍼하네(芭蕉不展丁香結/同向春風各自愁)"란 구절이, 〈완계사〉에선 "라일락은 헛되이 빗속에서 시름을 맺고 있네(丁香空結雨中愁)"란 구절이 있다. 두 구절 모두 라일락의 맺혀있는 봉오리로 시인의 시름을 상징하고 있다. 〈비 내리는 골목길〉에서 등장하는 '한 송이 라일락처럼 슬픔 머금은 여인'도 시인의 우수와 절망감을 환기시키는 이미지라는 점에서 다이왕수는 상징주의에서만 자신의 시적 계발을 의지한 것이 아니라 전통에서도 상당한 상상력의 계발을 받았음을 알 수 있다.

鄭雨光(숙명여대)

蘆笛 갈피리

- 紀念故詩人阿波里內爾(고 아폴리네르 시인을 기념하여)

J'avais un mirlitong que je n'aurais pas échânge contre un baton de maréchal de France.

G. Apollinaire[1]

애청(艾靑)

我從你彩色的歐羅巴	나는 당신의 화려한 구라파에서
帶回了一支蘆笛	한 자루 갈피리를 가져왔어요,
同着它	그것과 함께,
我曾在大西洋邊	나는 대서양 가를
像在自己家裏般走着	내 집처럼 거닐었었는데,
如今	지금
你的詩集 "Alcool" 是在上海的巡捕房裏[2]	당신의 시집 "Alcool"은 상하이의 경찰서에 있고,
我是「犯了罪」的	나는 '범죄' 자예요,

---

1) (원주) 그때 내겐 갈피리 한 자루가 있었지, 프랑스 대원수의 지휘봉과도 바꾸지 않았네. ----아폴리네르.

2) (원주) Alcool, 불어: 술.

在這裏   여기서는

蘆笛也是禁物   갈피리도 금지된 물건이죠.

我想起那支蘆笛啊   그 갈피리가 생각나요,

它是我對於歐羅巴的最眞摯的回憶
                 그건 구라파에 대한 내 가장 진지한
                 추억이죠,

阿波裏內爾君   아폴리네르씨,

你不僅是個波蘭人[3]   당신은 폴란드 사람인 것만이 아니에요,

因爲你   왜냐하면 당신은 정말로

在我的眼裏   내가 보기에,

眞是一節流傳在蒙馬特的故事
                 몽마르트에 널리 퍼진 이야기,

那冗長的   그 기나긴,

惑人的   매혹적인,

由瑪格麗特震顫的褪了脂粉的唇邊
                 마가레트의 떨리는, 루즈 색 바랜 입술이

---

3) 아폴리네르(1880-1918)는 로마 출생으로 시칠리아 출신의 아버지와 폴란드 출신
    의 어머니 사이에서 태어났고 주로 모나코에서 성장했으며 처음 파리에 온 것은
    19세 때였다.

吐出的堇色的故事	토해내는 연보랏빛 이야기예요.
誰不應該朝向那	누가 마다하겠어요 그
白里安和俾士麥的版圖	브리앙과 비스마르크의 판도를 향해
吐上輕蔑的唾液呢	경멸의 침 뱉는 일을----
那在眼角裏充溢着貪婪	눈가에 탐욕이 흘러넘치는,
卑汚的盜賊的歐羅巴	비열한 도적들의 구라파!
但是	하지만,
我耽愛着你的歐羅巴啊	나는 당신의 구라파를 사랑해요,
波特萊爾和蘭布的歐羅巴	보들레르와 랭보의 구라파를.
在那裏	거기에서,
我曾餓着肚子	난 배를 곯면서
把蘆笛自矜的吹	자랑스럽게 갈피리를 불었어요,
人們嘲笑我的姿態	사람들이 내 모습을 비웃어도,
因爲那是我的姿態呀	왜냐하면 그게 내 모습이기 때문에!
人們廳不慣我的歌呀	사람들이 내 노래를 들을 줄 몰라도,
因爲那是我的歌呀	왜냐하면 그게 내 노래이기 때문에!

滾吧	꺼지시오,
你們這些曾唱了《馬賽曲》	당신들 한때 '라 마르세예즈'를 불렀었지만,
而現在正在淫汚着那	지금은 더럽히고 있소 그
光榮的勝利的東西	영광된 승리의 노래를!
今天	오늘,
我是在巴士底獄裏	나는 바스티유 감옥에 있거니와,
不，不是那巴黎的巴士底獄	아니, 그 파리의 바스티유 감옥은 아니지.
蘆笛並不在我的身邊	갈피리는 내 곁에 없고,
鐵鐐也比我的歌聲更響	족쇄도 내 노래 소리보다 더 큰 소리를 내지만,
但我要發誓-對於蘆笛	하지만 나는 맹세해요---- 갈피리에게,
爲了它是在痛苦的被辱着⁴⁾	그가 고통스럽게 능욕당하고 있기 때문에,
我將像一七八九年似的	나는 마치 1789년처럼

---

4) 원인절에는 접속사로 '因爲'를 쓰고 '爲了'를 쓰지는 않지만, 애청은 종종 '因爲' 대신 '爲了'를 사용한다.

向灼肉的火焰裏伸進我的手去

살을 태우는 화염 속으로
내 손을 뻗을 테요!

在它出來的日子

그가 나오는 날이면,

將吹送出

불어서 퍼뜨릴 테요

對於凌侮過它的世界的

그를 능멸한 세계에 대한

毀滅的咒詛的歌

파멸과 저주의 노래를.

而且我要將它高高地擧起

그리고 또 나는 그를 높이 들어,

以悲壯的Hymne[5]

비장한 Hymne으로

把它送給海

그를 바다에 보낼 테요,

送給海的波

바다의 파도에게 보낼 테요,

粗野的嘶着的

거칠게 울부짖는

海的波啊

바다의 파도에게!

◀감상▶

〈갈피리〉는 1933년 3월 28일에 옥중에서 씌어져서 같은 해 5월 상하이의 월간잡지 〈현대(現代)〉에 발표되었다. 1929년부터 1932년까지 3년 간 프랑스

---

5) (원주) 불어: 송가.

에서 미술 공부를 한 아이칭(艾靑)은 재불 기간에 프랑스 현대시를 애독했는데 이때 그가 특히 애호한 시인은 보들레르, 랭보, 아폴리네르 등이었다. 이 시가 아폴리네르에게 바쳐진 것은 그러므로 자연스러운 일이라 할 수 있다.

이 시에서 갈피리는 중의적이다. 그것은 우선 "프랑스 대원수의 지휘봉과도 바꾸지 않은 아폴리네르의 갈피리"이다. 이 갈피리는 물론 실제 갈피리가 아니라 '시'의 비유이다. 그 다음은 시인이 프랑스에서 중국으로 가져온 갈피리이다. 이 갈피리는 두 가지이다. 하나는 물질적인 것으로서 아폴리네르의 시집 〈Alcool〉이고, 다른 하나는 비물질적인 것으로서 아폴리네르의 갈피리--시를 배워서 시인 스스로 새로 만들어낸 갈피리--시이다. 둘 중에서 먼저 제시되는 것은 시집 〈Alcool〉이다. 이 갈피리를(시집을) 시인은 프랑스에서 자랑스럽게 불었었다(읽었었다). 그러나 지금 이 갈피리는 경찰서에 압수(감금) 당했다. 그래서 지금 감옥에 갇혀 있는 시인 곁에는 갈피리가 없는 것이고, 시인은 그 압수(감금)를 갈피리에 대한 능욕이라고 생각한다. 그런데 바로 그 다음의 "그가 나오는 날이면"이라는 시행부터는 '갈피리=시집'이라는 등식이 더 이상 성립하지 않는다. 이 장면에서 갈피리는 더 이상 아폴리네르 시집이 아니라 이미 아이칭의 시인 것이다. 다시 앞으로 돌아가 보면, '갈피리=아이칭의 시'라는 등식은 "거기에서,/ 난 배를 곯면서/ 자랑스럽게 갈피리를 불었어요"라는 대목에서부터 나타나기 시작한다(실제로 아이칭은 1932년에 프랑스에서 두 편의 시를 쓰기도 했다). 여기서부터 갈피리는 한편으로 아폴리네르 시집이기도 하면서 동시에 아이칭의 시이기도 하다(이렇게 보면 이 시에는 프랑스 시의 영향으로부터 '파멸과 저주의 시'라고 자칭하는 아이칭의 시가 생성되기까지의 과정이 그려졌다고 말할 수도 있겠다). 그러니 옥중의 시인 곁에 갈피리가 없다는 진술은 한편으로 아폴리네르 시집이 없다는 뜻도 되지만 동시에 시인이 시 쓰기를 금지 당했다는 뜻도 되는 것인데, 여기서 더 중요한 것은 후자이다. 실제로 옥중의 아이칭에게는 시 쓰기가 금지되었었다. 하지만 바로 이 시를 포함해서 옥중시 25편이 옥중에서 씌어진 것도 사실이다. 몰래 써서 면회인을 통해 내보내 발표까지 했던 것이다. 이 모순 혹은 역설도 중의성의 한 양상이다.

또 하나 주목할 것은 서양에 대한 인식의 문제이다. 브리앙과 비스마르크의 유럽, 탐욕의 유럽, '라 마르세예즈'의 영광을 더럽히고 있는 유럽을 거부하고 보들레르와 랭보의 유럽을 긍정하는 데서 보듯, 맹목적이거나 막연한 동경이 아니라 비판적 인식이 뚜렷이 나타난다는 점은 주목될 만하다. 이인칭 청자로 나타나는 아폴리네르, 즉 긍정적인 유럽과의 대화가 이 시의 전반부를 구성하지만, "꺼지시오"부터 몇 행은 '라 마르세예즈'를 더럽히는 부정적인 유럽을 이인칭으로 불렀고, 그 뒤로는 이 시의 독자를 청자로 설정하고 있다. 서술 방식에 있어서의 이러한 청자의 변화가 갈피리의 중의성과 맞물리는 데서 이 시의 묘미가 극대화된다.

전형준(서울대)

斷章 단장

변지림(卞之琳)

你站在桥上看风景	당신은 다리 위에서 풍경을 보고,
看风景人在楼上看你	풍경을 보는 사람은 누각에서 당신을 본다.
明月装饰了你的窗子	명월은 당신의 창문을 장식하고,
你装饰了别人的梦	당신은 다른 사람의 꿈을 장식한다.

◀ 감상 ▶

변지림(卞之琳, 강소성江蘇省 해문海門 출신, 1910-2000)의 시는 난해하나 매력적이다. 그의 시는 보는 각도에 따라 다른 빛을 발하는 영롱한 보석처럼 독자를 유혹한다. 그러나, 그 세계는 미궁과 같아 길을 잃기 쉽다. 그 미로 속에서 보석의 비밀을 여는 열쇠는 무엇일까.

그는 중국과 서구 문화의 충돌 속에서 살았다. 그의 몸은 오천년 중국 봉건 문화가 아직 생활 곳곳에 강하게 배어 있던 시대에 살았으나, 그의 정신은 중국과 이질적인 사회 환경과 문화를 배경으로 한 서양 문학을 호흡했다.

그는 어둡고 혼란스럽고 격동했던 중국 현대사를 살았다. 그의 시는 현실에서의 도피처였는가 아니면, 그 자신으로서는 어쩔 수 없었던 현실 세계와 대응하는 미(美)세계의 건설이었는가. 그는 사회 현실에 적극 참여하지는 않았지만, 적어도 서양이나 중국의 다른 현대파 시인들처럼 방황하거나 타락하지 않았다. 그는 문인으로서 영문학자로서 번역가로서 성실하게 자기의 길을 걸었던 것으로 보인다. 그는 영문학자로서 셰익스피어 희곡에 관한 논문을 발표했고, 그가 번역한 셰익스피어 전집은 명 번역으로 유명하다.

그는 3, 40년대 중국 현대문단에서, 서지마(徐志摩)를 대표로 하는 후기 신월파(新月派)와 대망서(戴望舒)를 대표로 하는 현대파(現代派) 시의 교량 역할을 한 것으로 평가 된다. 그는 대학 시절인 1930년대 초부터 프랑스 상징주의 시와 영미 시를 번역하고 연구하면서, 모더니즘 특히 상징주의 시를 실험했다.

서구의 모더니즘 시 이외에, 그의 시 세계에 영향을 준 중국 문인들로는 서지마(徐志摩, 1897-1931), 문일다(聞一多, 1899-1946), 폐명(廢名, 본명 馮文炳, 1901-1967) 등을 들 수 있다.

그를 문단에 추천했고 북경대 영문과에서 그를 지도했던 서지마와 당시 청화대 교수로 역시 스승처럼 존경했던 문일다에게서 그가 배우려 한 점은 대상 장면을 드라마틱하게 묘사하는 점과 구어체를 생동감 있게 구사하는 점 그리고 격률의 제약을 수용한다는 점 등이다. 그가 시에서 동의와 반대, 긍정과 보충, 질문과 답변 등의 수법을 사용하며 장면을 극적으로 구성하거나, 구어체를 사용하고 격률을 정교하게 다듬으려 노력한 것은 이들 영향이다.

주작인(周作人)의 4대 제자 중의 하나로 그의 영문과 선배였던 폐명에게선 중국 전통 사상 특히 불교식 세계관을 받아들였다. 1930년대 중기와 후기, 폐명의 영향을 받아, 그의 시는 정경(情景)을 사실(寫實)하던 시풍에서 관념(觀念)을 상징(象徵)하는 시풍으로 바뀌었다. 그는 이 시기 불교 사상을 그의 정감과 이성의 핵심으로 삼고, 세상의 현상을 심상(心象)으로 받아들이고 관념적인 것을 시 속에서 찾으려 했다. 이 글에서 살펴보려는 《단장(斷章)》이나, 관념의 도약이 큰 《距離的組織》《圓寶盒》 등은 폐명의 영향이 큰 작품들이다.

이 시기 변지림의 시 세계에서 불교와 관련된 주요 상징어는 물과 꿈과 거울 등이다. 물은 인생의 강물, 시간의 영원한 흐름, 차별이나 체현의 전 단계 등을 상징하며, 그와 대조적으로 대지는 투쟁과 집착으로 쌓아 올린 구체적인 현실을 의미한다.(〈대조(對照)〉〈무제(無題)3〉〈무제4〉 등) 꿈은 인생으로, 인생은 꿈으로 본다. 인생은 허상에 불과하고, 그것은 물로 상징되는 흐름 속으로 사라져 버리는 것이라고 말한다.(〈古鎭的夢〉〈一個和尙〉) 거울도 그 앞에 서면 모든 것을 비추지만 그 안에는 아무 것도 없는 인생을 상징한다.(〈무제4〉)

결국, 모든 것은 변하고 모든 것은 허상이며 인생은 부재(不在)한다는 불교적 관점이 이 시기 변지림의 시각이다.

이처럼 이 시기 변지림의 시 세계는 중국적인 관념의 체현이다. 그런데, 이는 동시에 서양 모더니즘과 만나는 통로가 된다. 비개인화(impersonality)를 주장한 Eliot, Pound, Yeats 등이나, 존재를 서로 관통하는 순간의 내재적 흐름으로 본 Bergson의 관점은 당시 변지림의 불교적 세계관과 하나로 연결된다. 그는 또 "분리적인 이미지의 병렬, 극적인 인물, 아이러니, 모호함" 등을 특징적인 수법으로 하는 서양의 모더니즘 수법을 원용해 불교적 세계관을 표현하려 했다.

변지림의 대표작 중 하나인 〈단장(斷章)〉(1935)은 이런 배경을 지니고 태어난다. 이 시는 다양한 문화적 층위 속에서 여러 가지로 해석될 수 있다.

먼저 작가 자신의 해설을 보면, "이 작품은 상대적 평형적 관념을 표현한 것이다. 너는 나를 풍경으로 삼고, 나도 너를 풍경으로 삼는다. 나와 너의 형상은 서로 상대방의 창구나 꿈속에서 교환된다."고 풀이하고 있다. 이에 대해 이건오(李健吾)는 시란 독자 마다 각자의 경험으로 읽는 것이므로, 작자의 의도가 전부가 아니다 라고 주장하며, "이 시인은 인생을 '장식(裝飾)'으로 해석하고 있으며, 말로 다 할 수 없는 슬픔을 암암리에 담고 있다."라고 해석한다. 어떤 이는 "낙화유진의(落花有眞意), 유수역함정(流水亦含情)"이라며, 애정 시로 보기도 한다.

논자는 위에서 살펴 본 서지마, 문일다, 폐명, 서구의 모더니즘의 영향이란 측면에서 이 시를 검토해 보고자 한다. 이 시는 입체적인 구성을 지니고 있다. 다리에 서 있는 너와 풍경, 풍경을 보는 사람과 너, 명월과 너의 창문, 너와 다른 사람의 꿈이라는 모두 8개의 개체가 주체가 객체가 되고 객체가 주체가 되는 등 위치를 바꾸며 연쇄적으로 관련돼 있다. A→B→B'→A와 C→A'→A→

B로 도미노적으로 영향을 주고받는다. 이는 또한 모두 주어+동사+목적어를 기본 구조로 갖고 있어, 각각 떼어 내면 일반 구어체 서술문으로도 전혀 손색이 없다.

이 시의 형식은 자유체이나 내재 음률이 정교하게 다듬어진 신격률시이다. 첫 행과 끝 행은 각 3박이고, 중간 두 행은 4박이다. (你站在/桥上/看风景, 看楼景/人/在你上/看你. 明月/装饰了/你的/窗子, 你装饰了/别人的/梦) 만약, 첫 행과 끝 행의 你를 끊으면 모두 4박이 된다. 이렇게 되면 멈춤이 동수인 내재 음률을 지니는 것이다. 새로운 격률을 주장했던 신월파(新月派)의 서지마와 문일다의 영향으로 볼 수 있는 이런 정교한 격률과 생동적인 구어와 리듬으로 이 시는 노래로 만들어지기도 했다.[1]

이 시의 가장 큰 매력은 평의한 표현으로 심도 있는 철학을 함축적으로 상징하는 점이다. "이것이 있으면 저것이 있고, 이것이 일어나면 저것이 일어난다. 이것이 없으면 저것이 없고, 이것이 소멸하면 저것이 소멸한다."라는 불교의 연기설처럼, 이 시는 모든 존재의 관계성과 상대성을 말한다.

다리 위에 선 사람이 주체가 돼 풍경을 보고, 누각에 선 사람이 주체가 돼 다리 위에 선 사람을 본다. 여기서 다리 위에 선 사람은 바로 주체에서 객체로 그 위치가 변화된다. 위 두 사람은 서로 주체이면서 동시에 객체이다. 이는 인간 존재의 상대성 뿐 아니라, 인간 인식의 상대성도 상징해, 모든 인간의 의식은 필연적으로 주관적이고 상대적이라고 말하고 있는 것이다.

두 번째 단락에서 사용된 동사 "장식"이란 시어에 대해 여러 견해가 있다. 시인 본인은 별 의미를 두지 않았다고 하나, 이건오는 이 시인은 인생을 "장식"에 불과하게 생각한다며 이 시어를 중시한 바 있다. 이 "장식"이란 시어는 이 시인의 〈狀態〉(1937)란 시에선 "자기 자신을 잃는 것"으로 사용되고 있다.

---

1) 이 시인은 문혁 때, 식당에서 일한 적 있다. 다른 사람들은 부추를 한 단씩 물에 씻는데, 이 시인은 부추를 하나씩 씻어 주방장의 비판을 받은 적이 있다고 한다. 격률을 정교하게 다듬었던 그의 꼼꼼한 성격을 엿 볼 수 있다.

만약 그런 의미라면, 당신의 창문을 장식하는 명월은 본래 명월이 아니며, 다른 사람의 꿈을 장식하는 당신도 본래 당신이 아닌 게 된다. 다시 말하면, 이 시에서 8개의 개체는 모두 다른 상대에게 인식되는 순간 본래의 의미를 잃는다는 의미가 된다. 이 시인은 또 다른 시에서 인간은 마치 "어린아이가 던진 돌과 같은" 우연적이고 목적 없는 존재에 불과하다고 말하고 있다.(〈投〉(1931))

　인간이나 세상을 관계 속에서 상대적으로 본다거나 인간을 임의적인 존재로 보는 것은 분명 중국적(불교적) 시각이다. 그러나 감정이 섞인 동사 (예를 들면 "思"나 "想")가 아니라, 그저 "본다[看]"거나 "장식" 하는 등 드라이 한 동사를 사용해, 각각의 관계를 소원하게 묘사한 것은 다른 시에서 "어린아이가 던진 돌"로 인간을 상징한 점과 연관시켜 보면, 서구 모더니즘에서 말하는 소외된 존재나 던져진 존재를 염두에 둔 의도적인 시어 선택이 아닐까 생각된다. 또한, 개인의 서정이 아니라 인간 전체의 실존을 다룬 점, 존재를 서로 관통하는 순간의 내재적 흐름으로 보는 관점, 고도의 상징성, 이미지의 병렬, 모호함 등은 서양의 모더니즘의 영향이라고 말하지 않을 수 없다.

　마치 작은 동양화 한 폭을 연상시키는 이 시는 과거의 것이 현재적 의미를 지니며, 중국적인 것이 서양적인 의미로 해석되는 등 미묘하고 다양한 무늬로 정교하게 장식된 보석함 같은 시이다.

　2000년, 90세로 작고한 그는 만년에 중국의 전통극인 곤곡(崑曲)을 즐겨 감상했으며, 세계 축구 잡지를 애독해 서구 유명 축구 선수의 내력을 꿰고 있었다고 한다. 중국 것을 바탕으로 하지만, 서구로의 창을 열어 놓고자 했던 그의 삶을 엿볼 수 있다.

김영철(동국대)

중국시에 대한 소회

존경하는 이장우 선생께서 정년하심을 기리고자 각자가 애송하는 중국시 한 수 씩을 소개하여 그것을 모아 상재(上梓)하기로 했단다. 그런데 필자는 애송하는 중국시가 없어 중국시에 대한 소회의 글로 대신하고자 한다.

청소년기에 나는 한시에 매료되어 백여 수 남짓이나 외며 다니곤 했다. 그러다 대학에 들어가 문학을 배우게 되자 내가 어릴 적 한시에 이끌렸던 것은 시에 대한 흥미나 소질이 있어서가 아니라 한시만이 지니는 특질 때문이었음을 깨닫게 되었다. 그때 내가 자각했던 한시만이 지니는 특질은 무엇이었는가.

첫째, 한자라는 문자의 '묘수풀이식 해독방법'이었다. 규칙성이라곤 희박한 이상하고 복잡한 부호들이 제각각 일정한 의미를 지니고 있다는 사실이 신기했다. 한자를 해독하기란 길거리의 다양한 교통신호판의 의미를 이해하는 것처럼 재미있었다. 더구나 한 글자는 한 가지의 의미만을 지니는 게 아니라 다층(多層)의 의미군(意味群)이었기에 한자를 해독하기란 비밀스런 암호체계를 해독하는 기쁨과 같았다. 일정 수준의 문자를 해독하고 나면 더 복잡한 문자들은 덜 복잡한 문자들의 조합에 불과함을 알게 되었고, 또 그 조합에 어느 정도의 규칙성까지 있음을 알게 되었다. 나는 이처럼 비밀의 발견과 같은 —그것도 오랜 시간이 녹아 있는 비밀— 묘수풀이에 강한 흥미를 느꼈던 것이다. 한자는 한글이나 영어처럼 단순하고 정직하게 개념을 전달하는 투명한 문자가 아니라 그 하나하나마다 대단한 비밀이 내장된 신비한 부호였던 것이다.

둘째, 부호들의 조합이 의미하는 것을 '알아차리는 일'이었다. 하나씩 놓고 보아도 신기하고 재미있는 부호들이지만 그것이 둘 이상 조합될 경우의 풀이는 더욱 다양하였다. 둘 이상 조합한다면 해석의 경우의 수는 분명 여럿일 텐데도 '그 의미는 바로 이거다'라는 답이 있다는 것이 더욱 신기했다. 대동(大同) 중화(中和) 불이과(不二過) 인자수(仁者壽)처럼 두세 글자의 간단한 조합을

푸는 데도 기다란 주석이 필요한 해석방식이 재미를 가중했던 것이다. 한시의 경우 5언 또는 7언이라는 리듬이 묘수풀이의 흥과 모양새를 북돋아주기는 했지만 흥미의 본질은 어디까지나 '그 의미는 바로 이거다'를 '알아차림'에 있었다. 한시들은 모두 특정한 메시지들을 던지고 있어서 그것을 알아차리는 일에 흥미를 가졌던 것이다. 더구나 답은 종종 아예 문자를 떠나있기도 했다. 문자풀이로는 이거지만 그것이 상징하는 정답은 다른 데 있기가 일쑤였다. 행간을 읽는다든지, 전고를 이해한다든지 하는 해석방식 또한 신기한 재미를 증폭시키고 있었다. 근체시가 갖는 율격미(律格美) 같은 것은 당시 나에게 도무지 와닿을 수 없었지만, 율격에 대해 조금 이해한 다음일지라도 한시가 나에게 주는 묘미는 역시 지은이의 뜻을 알아차림에 있지 율격미를 비롯한 한시의 나머지 조건들은 아니었다. 결국 나는 시심을 풍부하게 가졌거나 시에 능한 소질이 있어서 한시에 매료되었던 것이 아니라 한시만이 갖는 특질에 매료되었던 것이다.

그렇다. 한시의 특질은 우리가 일반적으로 아는 시의 특질과는 거리가 있었다. 중국 전통시의 본령은 확실히 '지은이가 던진 메시지를 읽는 이가 알아차림' ─수작(酬酌)─ 에 있다. 한 글자인가 두 글자 이상의 조합인가의 차이만 있을 뿐 '묘수풀이' 또한 '알아차림'과 다르지 않다. 수작은 중국시의 효용이 아니라 중국시의 본질이다. 지은 이의 뜻을 읽는 이가 '알아차리지' 못하면 시의 효용은 없는 것이고, 알아차리게 할 생각 없이 시를 짓는 일은 결코 없었다. 중국식의 불교가 선종(禪宗)인데, 선종의 지취(旨趣) 또한 '알아차림'에 있다. 달마(達磨)가 서쪽에서 온 뜻을, 임제(臨濟)가 소리를 질렀던 뜻을, 조주(趙州)가 개에는 불성(佛性)이 없다고 말한 뜻을 '알아차리는' 것이 중국선종의 최고 지취다. 그래서 '시선일치(詩禪一致)'는 중국에서 허언(虛言)이 아닌 명제(命題)가 된다.

중국시의 본령이 메시지의 '주고받음(酬酌)'에 있다고 깨닫게 되자 중국의 전통적인 시, 즉 한시(漢詩)에 대한 필자의 흥미는 저절로 가셨다. 지월망지(指

月忘指) 득어망전(得魚忘筌)이 바로 그것 아니겠는가. 그러한즉 그 이후로는 아쉽게도 나에게서 애송하는 중국시란 사라졌다.

중국시에 대한 나의 관념은 거기에 머물지 않는다. 중국시의 본령이 '주고받음'에 있다면 좋은 시란 당연히 알아차리는 감동을 크게 만드는 것이다. 알아차림이 커지도록 하려면, 당연히 표현이 기발해야 한다. 그래서 중국의 전통시는 절묘하고 기발한 표현을 필수로 한다. 기발한 표현을 통해 한 소식을 건네주고, 기발한 표현을 통해 한 소식을 알아차리는 것이야말로 중국시의 최고봉이다. 무릎을 탁 치는 정도가 아니라 우렛소리가 나는 듯한 충격을 주는 알아차림, 이런 알아차림을 주는 시가 좋은 시다. 조탁한 언어에 담긴 것은 자신의 진실한 감정, 모두가 공명할 수 있는 감정이 아니라 자신의 메시지일 뿐이다. 그래서 천하의 역적도 절창(絶唱)의 충군시(忠君詩)를 지을 수 있고, 변새(邊塞)에 가보지 않고서도 그곳을 지키는 군사의 고난을 잘도 시로 읊으며, 남이 지은 가구(佳句)를 매입(買入)하기도 하는 것이 중국이다.

한시라는 것이 이렇듯 '기발함을 수작함'에 가장 큰 점수를 주기에 나는 그것의 범주를 한정할 필요가 없다고 본다. 일정한 격식을 강요함은 오히려 한자를 가지고 시를 짓는 효과를 훼손시킨다고 본다. 그런 차원에서 볼 때 선사(禪師)들이 지은 난해한 게송(偈頌)이나, 조선 사람이면 누구나 이해할 수 있는 중의법을 사용해서 지은 김삿갓의 희작(戲作)들도 결코 폄하할 만한 문자희(文字戲)에 그치는 것이 아니라 한시의 본질을 이해한 사람만이 저지를 수 있는, 범주를 극단적으로 확대시킨 사례라고 평가한다.

人皆弓弓去　我獨矢矢來

조명화(서원대)

색 인(索引)

중국명시감상(中國名詩鑑賞)

초판 인쇄 : 2005년 2월 5일
재판 발행 : 2005년 12월 15일
특별 보급판 1쇄 발행 : 2014년 2월 17일
특별 보급판 2쇄 발행 : 2015년 2월 25일
특별 보급판 3쇄 발행 : 2022년 12월 15일

편 저 : 이동향 외 엮음
발행자 : 김동구
발행처 : 명문당
　　　　서울시 종로구 윤보선길 61(안국동)
　　　　우체국 010579-01-000682
　　　　Tel (영) 733-3039, 734-4798, 733-4748
　　　　Fax 734-9209
　　　　Homepage www.myungmundang.net
　　　　E-mail mmdbook1@hanmail.net
　　　　등록 1977. 11. 19. 제1~148호

값 20,000원

ISBN 979-11-951643-6-3 03820